THEOLOGISCHE WISSENSCHAFT

Sammelwerk für Studium und Beruf

Herausgegeben von

Carl Andresen, Werner Jetter,

Wilfried Joest, Otto Kaiser,

Eduard Lohse

Band 9

Erwin Fahlbusch

Kirchenkunde der Gegenwart

Verlag W. Kohlhammer
Stuttgart Berlin Köln Mainz

CIP-Kurztitelaufnahme der Deutschen Bibliothek

Fahlbusch, Erwin:
Kirchenkunde der Gegenwart /
Erwin Fahlbusch. –
Stuttgart, Berlin, Köln, Mainz : Kohlhammer, 1979.
(Theologische Wissenschaft ; Bd. 9)
ISBN 3-17-001082-4

Stuttgart Berlin Köln Mainz
Verlagsort: Stuttgart
Umschlag: hace
Gesamtherstellung: W. Kohlhammer GmbH
Grafischer Großbetrieb Stuttgart
Printed in Germany

Inhalt

Anstatt eines Schlußwortes

Vorwort

Die »Kirchenkunde der Gegenwart« ist in langjähriger Arbeit entstanden. Ich danke meinen Kollegen im Konfessionskundlichen Institut Bensheim (Bergstraße), daß sie mir immer wieder Zeit gelassen haben, neben der alltäglichen Institutsarbeit diese »Kirchenkunde« zu schreiben. Sie waren darüber hinaus bereit, in zwei häuslichen Klausurtagungen freundschaftlich, wenngleich hart in der Sache, meine Prolegomena zu einer »Phänomenologie christlicher Glaubens- und Handlungssysteme« zu diskutieren, die ich zunächst konzipiert hatte, aber vorerst zugunsten der in der Reihe »Theologische Wissenschaft« gewünschten »Kirchenkunde« zurückgestellt habe; diese »Phänomenologie« wird zur gegebenen Zeit dem interessierten Publikum vorgestellt.
Einen besonderen und herzlichen Dank schulde ich meinem Freund Dr. RICHARD BOECKLER, wissenschaftlicher Referent in der Ökumenischen Centrale der Arbeitsgemeinschaft christlicher Kirchen in Frankfurt/Main. Er hat nicht nur in ausführlichen Gesprächen dazu beigetragen, das Konzept der vorliegenden »Kirchenkunde« zu entwickeln, sondern auch selbst fleißig Hand angelegt, um es zu verwirklichen. Seinen Manuskripten und Beiträgen verdankt der Leser im II. Hauptteil die Darstellungen über die Pfingstkirchen (II § 10), die orthodoxen katholischen Kirchen (II § 12) und die Arbeitsgemeinschaft christlicher Kirchen (II § 14) sowie den ganzen III. Hauptteil über den ökumenischen Kontext und die ökumenischen Kommunikationen. Dabei gab er mir immer freie Hand, in dem einen oder anderen Fall zu ergänzen oder zu kürzen, wo ich dies für angemessen erachtete.
In der Dankadresse sind auch zu nennen Herr Professor D. Dr. Carl Andresen, Göttingen, der die vier kirchengeschichtlichen Bände der Reihe betreut, und der Verlag Kohlhammer, die beide über längere Zeit hinweg mehr oder wenig geduldig auf das druckfertige Manuskript warten mußten, dann Herr Professor Dr. Kaiser, Marburg, der freundlicherweise die Korrekturen mitgelesen hat, und nicht zuletzt meine große Familie, vorab meine Frau, die ermunternd und verständnisvoll sich zeigten, wenn ich mich in die Studierstube zurückzog, um zu lesen und nachzuschlagen und die Beobachtungen und Gedanken in die Schreibmaschine zu tippen.
Ich würde mich freuen, wenn sich der Aufwand zum Nutzen der Leser gelohnt hätte. Für Berichtigungen bin ich dankbar.

Beedenkirchen (Odenwald), im September 1978 Erwin Fahlbusch

Einführung

Die »Kirchenkunde der Gegenwart« schließt sich an die dreibändige »Geschichte des Christentums« an (vgl. das Vorwort zu Band 6 dieses Sammelwerkes). Entgegen dem ursprünglichen Plan habe ich im Einvernehmen mit den Herausgebern für meine Darstellung nicht die übliche Bezeichnung »Konfessionskunde« gewählt. Die Titeländerung zeigt an zum einen (1), daß hier die Frage offenbleiben soll, wie angesichts des ökumenischen Gesprächs der Kirchen und ihrer Situation im Geflecht der Umweltbedingungen eine »Konfessionskunde« hinsichtlich Gegenstand, Aufgaben, Methoden und Kriterien neu zu konzipieren ist, und zum andern (2), daß die Darstellung sich auf die Aufgabe beschränken will, in einem orientierenden Überblick bestimmte gegenwärtige christliche Kirchen zu sichten und darüber zu informieren, wie sich diese Kirchen in Selbstverständnis, Organisation, Glaubensvollzug, Disziplin u. ä. darbieten. Auch wenn auf »Konfessionskunde« im traditionellen Sinn verzichtet und stattdessen die begrenzte Aufgabe einer »Kirchenkunde« angegangen wird, so bedarf es dennoch eines Standortes, von dem aus der Überblick erfolgt. Darüber ist Rechenschaft zu geben, desgleichen über die Hilfsmittel, die der weiteren Information und dem eigenen Studium dienen.

1. Zur heutigen Problematik der Konfessionskunde

a) Das Wort »Konfessionskunde« ist mit dem Lehrbuch von F. KATTENBUSCH (s. Lit.) üblich geworden. Das damit bezeichnete Sachgebiet – Leben und Lehre der verschiedenen christlichen Kirchen, Gruppen und Bewegungen und ihr Verhältnis zueinander – wurde aber schon früher ein besonderes Arbeitsfeld der Theologie. Die Anfänge liegen im 16. Jahrhundert, auch wenn man vielleicht schon in dem 374–377 entstandenen *Panarion* (»Arzneikasten«) des EPIPHANIUS VON SALAMIS (er schildert 80 Ketzereien der damaligen Zeit) oder in der 393 gehaltenen Rede AUGUSTINS »De fide et symbolo« erste Ansätze erkennen mag. Die Geschichte der später als Konfessionskunde bezeichneten theologischen Disziplin spiegelt die Kirchen- und Theologiegeschichte, ihre Strömungen und Tendenzen im Kontext des sozio-kulturellen Wandels. Sie beginnt unter den inneren und äußeren Bedingungen der Kirchenspaltung des 16. Jahrhunderts, als Recht und Gestalt konkurrierender Konfessionskirchen (bis ins 18. Jahrhundert Religions- oder Kirchenparteien genannt) den Anlaß zur Frage nach der wahren Kirche und zur Rechtfertigung der entstehenden Kirchentümer geben. Zunächst ist vor allem *Polemik* im Spiel; sie fördert das konfessionelle Bewußtsein. Im Laufe des 17. Jahrhunderts kommt der Prozeß der Konfessionsbildung zu seinem Ende. In dem Zeitalter, das die Historiker unter die Chiffren Aufklärung, Rationalismus, Pietismus, Spiritualismus u. a. stellen, tritt neben die Polemik das Bemühen um Verständigung und Versöhnung der christlichen Konfessionen. Die sich ausbildende *Irenik* lenkt den Blick auf eine gemeinsame Basis (altkirchliche Symbole) oder auf Fundamentallehren, neigt zum Synkretismus oder relativiert die differenten Lehrsätze zu individuellen Ausprägungen einer nicht adäquat erfaßbaren Wahrheit. An der Wende vom 18. zum 19. Jahrhundert scheint festzustehen, daß eine Wiedervereinigung aller christlichen Kirchen unrealistisch ist. Im Klima bürgerlicher Toleranz und eines »gemäßigten Eifers« werden die Gegensätze nicht mehr so scharf empfunden. Die Religionsparteien werden als historisch gewachsene Größen zur Kenntnis genommen und einem registrierenden Vergleich ausgesetzt. Der dogmatisch-komparative Aufriß typisiert die Konfessionen nach Stufenmerkmalen und Wertunterschieden und rekurriert auf bestimmte Prinzipien (katholisches und protestantisches Prinzip; Material- und Formalprinzip der Reformation). Doch in dem geistigen und kirchlichen Geschehen des 19. Jahrhunderts (Idealismus, antirevolutionäre Reaktion, Kampf um die Union, Konfessionalismus usw.) genügt die historische und topologische Methode nicht; dem Vergleich der Konfessionen muß ein systematisch-theologisch begründetes Urteil zugrunde liegen. Neben die *»vergleichende Symbolik«* als »rein historische Wissenschaft« tritt eine *dogmatisch-normative Symbolik* (Wissenschaft von den »Symbolen«, Bekenntnissen), die sich an den Kontroversen des 16. Jahrhunderts orientiert und die Notwendigkeit der Lehrunterschiede zu erweisen sucht (ADAM MÖHLER; s. Lit.). Am Ende des Jahrhunderts gibt der schon genannte KATTENBUSCH der »alt gewordenen Disziplin eine neue Form«; es sind die »Kirchen der Gegenwart« als »lebende und geschichtliche Größen« mit ihren »unbewußten Faktoren« darzustellen (die bedeutendsten Vertreter dieser Richtung sind Loofs, Mulert und Algermissen; s. Lit.).

Lit.: F. KATTENBUSCH: Lehrbuch der vergleichenden Confessionskunde, 1. (einziger) Bd., Freiburg 1892 (1–70: Wissenschaftsgeschichte) – A. MÖHLER: Symbolik oder Darstellung der dogmatischen Gegensätze der Katholiken und Protestanten nach ihren öffentlichen Bekenntnisschriften, 1832 (viele Aufl.; krit. Ausgabe m. Kommentar von J. R. Geiselmann, 2 Bde, Köln 1958–60) – F. LOOFS: Symbolik oder christliche Konfessionskunde, 1902 – H. MULERT: Konfessionskunde, Berlin [1]1926 (3. Aufl. hg. v. E. Schott, Berlin 1956) – K. ALGERMISSEN: Christliche Sekten und Kirche Christi, 1923 (ab der 4. Aufl. Konfessionskunde, Paderborn [7]1957).

b) In der zeitgenössischen Diskussion um die Problematik der Konfessionskunde hält H. STEPHAN (s. Lit.) an dem Ziel einer vergleichenden Morphologie des Christentums fest (vgl. W. ELERT; s. Lit). Im Trend der Theologie K. Barths wendet sich ERNST WOLF gegen den Rückzug in die Geschichte und plädiert für die Wiederbelebung des reformatorischen Kirchenbegriffs, dessen ökumenische Perspektive er aufweist. Die konfessionskundlichen Bemühungen müssen im »Dienst einer konkreten kirchlichen Aufgabe« stehen und »kirchliche Verbindlichkeit« haben. Angesichts des ökumenischen Geschehens ist der Weg einer »kirchlich-ökumenischen Theologie« einzuschlagen, die das »Anderssein des jeweils anderen nunmehr positiv aufgreift«.
Im Horizont der durch R. Bultmann ausgelösten hermeneutischen Debatte stehen die Überlegungen von GERHARD EBELING (s. Lit.). Er weist der Konfessionskunde die Aufgabe zu, die »wesenhaft innere Einheit der einzelnen Konfessionen« herauszuarbeiten und »ein geschichtliches Verständnis der Christenheit in der Gegenwart zu vermitteln«; dabei empfindet er zwischen dem konfessionellen Problem und der hermeneutischen Frage einen unlöslichen Zusammenhang. Indem aber »die konfessionelle Differenz schon in der Bestimmung des Wesens des Christentums durchschlägt« und »das Grundverständnis des Christlichen selbst berührt«, ist der Konfessionsgegensatz Thema der *Fundamentaltheologie,* für die Ebeling neuerdings besonderes Interesse bekundet. Auch die katholische Theologie sieht, daß gerade »in der Interpretation der offenbarten Wahrheit« die »schwerwiegenden Unterschiede« liegen und »daß das hermeneutische Problem notwendig im Herzen der konfessionellen Spaltung steht«. Indessen bemüht sie sich – einerseits der mit dem Namen Möhler bezeichneten Tradition verpflichtet, andererseits offen für die gegenwärtigen theologischen und kirchlichen Entwicklungen – um »eine Integrierung der Konfessionskunde in die neue ökumenische Situation« (STAKEMEIER). So kommt als neue Bezeichnung für die alte Disziplin der Name *»Ökumenik«* ins Spiel. Wie Ebeling meint auch Stakemeier, daß die Konfessionskunde nicht unkritisch verfahren und als eine theologische Disziplin von der Wahrheitsfrage nicht absehen kann. Für Ebeling verbindet sich damit die Überzeugung, daß »man nur vom protestantischen Standort aus sich der vollen Problematik des konfessionellen Problems auszusetzen vermag«, während Stakemeier an das »Gut der göttlichen Offenbarung« und die »Fülle des Katholischen« denkt, wie sie der römisch-katholischen Kirche als »konkrete Existenzform« der »einzigen Kirche Christi« anvertraut sind.

Lit.: H. STEPHAN: Zur gegenwärtigen Lage der vergleichenden Konfessionskunde, in: ZThK NF 5, 1924, 16–36 – W. ELERT: Morphologie des Luthertums, 2 Bde, München 1931 – E. WOLF: Ökumenische Symbolik. Zur Aufgabe der Konfessionskunde heute (1950), in: DERS., Peregrinatio I, München 1954, 338–358 – G. EBELING: Über Aufgaben und Methoden der Konfessionskunde (1952), in: DERS., Wort Gottes und Tradition, Göttingen 1964, 28–40 – DERS.: Erwägungen zu einer evangelischen Fundamentaltheologie, in: ZThK 67, 1970, 479–524 – G. MARON: »Symbolik« und »Konfessionskunde« im Katholizismus, in: MdKI 8, 1957, 41–48 – E. STAKEMEIER, Einleitung zur 8. neu bearbeiteten Aufl. von K. ALGERMISSEN: Konfessionskunde, Paderborn 1969 – *Überblick* über die wissenschaftstheoretische Diskussion nach 1945 (Algermissen, Barth, Bartz, Bläser, Ebeling, Fries,

Grosche, Kösters, Schott, Schrey, Seibel, Stakemeier, Thils, Ernst Wolf, Hans Heinrich Wolf) bei JOH. BROSSEDER: Ökumenische Theologie, Geschichte, Probleme, München 1967.

c) Die beiden neuen Standardwerke der Konfessionskunde (die von mehreren Autoren neu gestaltete »Konfessionskunde« von ALGERMISSEN und das von FRIEDRICH HEYER vorgelegte Sammelwerk, das Nachfolger der Mulert'schen Darstellung sein will) unterliegen der Tendenz, Sache und Methodik der älteren Symbolik mit der neueren Konfessionskunde zusammenzuführen; sie verfahren sowohl historisch-deskriptiv als auch theologisch-normativ. Beide sind stimuliert durch die Frage nach der Einheit der Kirche angesichts einer Vielfalt von Kirchen und von der nach der Legitimation der einen Kirchengemeinschaft gegenüber der anderen. Gemeinsam ist ihnen die Intention: »von einer schon vorhandenen Einheit zu jener vollen Einheit führen, die das Ziel aller ökumenischen Beziehungen ist« (Algermissen); mit der »schon gegebenen Einheit des Leibes Christi« rechnen und »die theologischen Voraussetzungen für das fortdauernde Gespräch der Kirchen untereinander schaffen« (Heyer). Auch wenn Heyer sich von Algermissen darin unterscheiden will, daß er sein Buch »von solchen Präferenzen frei« hält, die bei Algermissen den Eindruck hervorrufen, er wolle »einer Kirchenstrategie dienen«, so gilt doch von beiden, daß sie mit ihrer Intention das konfessionelle Problem überspielen, das in einer »Konfessionskunde« wenigstens thematisiert werden müßte. Indessen ist zuzugeben, daß das erkenntnisleitende Interesse an der Einheit der Kirche und der situative Bezug auf den Schmerz über die Spaltung der Christenheit es erschweren oder gar unmöglich machen, der Problematik aus einer wissenschaftlich gebotenen theoretischen Distanz ansichtig zu werden. Die Einheit der Kirche als Glaubensartikel und Zielvorstellung kirchlicher Strategie wie das engagierte Bemühen nötigen Respekt ab, doch sie können nicht den Tatbestand aufhellen und erklären, geschweige denn als unabdingbar plausibel machen, daß das historische Geschehen einer einmaligen Offenbarung Gottes in Jesus von Nazareth zu einer Vielzahl divergierender Kirchen und Gemeinschaften geführt hat und selbst die Bedingung für die konfessionelle Pluralität und Partikularität abgibt. Sie leben in der Hoffnung, »die theologischen Sandbänke beseitigen zu können«, die »zwischen ihnen (den Kirchen) liegen« (Heyer). Doch ist folgendes zu bedenken:
Das *konfessionelle Problem* ist mit der Kontingenz der Offenbarung und der situationsbedingten konfessorischen Verkündigung gegeben. Es besitzt eine theologische und eine historische Komponente und ist aufgrund der Nichtobjektivierbarkeit des Kerygmas von prinzipieller Natur. Die *theologische* Komponente wird dadurch angezeigt, daß der in jenem Geschehen als der Offenbarende sich bezeichnende Absolute menschlichem Zugang und menschlicher Einsicht letztlich entzogen bleibt: er offenbart sich und wirkt in der Welt vermöge seines »Wortes« bzw. »Geistes«, setzt sich der Erkennbarkeit nicht unmittelbar und nicht für jedermann aus, erscheint vielmehr in der Gestalt des Offenbarungsträgers (Jesus), der in seinem Zuspruch und Anspruch Glauben erheischt, d. h. ein Bekenntnis (confessio), das subjektiven Charakter besitzt, individuell gebunden ist. Die *historische* Komponente wird dadurch markiert, daß der Offenbarungsträger und seine Botschaft (Evangelium) faktisch allein in dem persönlichen und auslegenden Bekenntnis derer erfaßbar wird, die sich von dem Offenbarungsvorgang betroffen finden, und daß die Zeugnisse von dem historisch einmaligen Offenbarungsgeschehen eine gewisse Bandbreite ausweisen. Die Pluralität der Aussagen ist durch den jeweiligen Autor (Zeuge) und sein Herkommen, durch Ort, Zeitpunkt, Adressaten, gegnerische Einwände etc. wie durch die Art und Weise seiner Betroffenheit, seines Verständnisses, seines Interesses und seiner Hoffnung bedingt. Im Laufe der Christentumsgeschichte hat sich das konfessionelle Problem in dem Maße verschärft, als unter den jeweiligen Bedingungen von Raum und Zeit die Auslegung, die Absicherung, die Vermittlung und die Vergegenwärtigung der Offenbarung vielfältiger und begrenzter wurden und werden mußten. Seine

sachgemäße Behandlung könnte im Rahmen einer *»Phänomenologie christlicher Glaubens- und Handlungssysteme«* gelingen, die mit Hilfe anthropologischer, soziologischer und theologischer Kriterien darauf angelegt ist, diese Systeme hinsichtlich ihrer Thematik, Funktion und Leistungsfähigkeit für die Sinnorientierung menschlichen Lebens zu sichten und in pragmatischer Absicht danach zu beurteilen, ob und inwieweit sie die Heil versprechende Existenz vor der Instanz der Welt, der sie angehören, glaubwürdig anbieten. Solange eine solche »Phänomenologie« nicht vorliegt, muß für die Vermittlung konfessionskundlicher Kenntnisse eine schlichte *»Kirchenkunde«* genügen. Sie beansprucht ebenfalls, »Ergebnis einer Reflexion (zu sein), die der Praxis folgt und weitere Praxis vorbereitet« (Heyer), wenngleich sie dabei weniger die »Kirche« im Blick hat, vielmehr an den Menschen interessiert ist, die sich um ihres Heiles willen in verschiedenen und gegensätzlichen, konkreten und begrenzten Kirchen zusammengefunden haben, solche Gemeinschaften gestalten, pflegen und bewahren möchten, und denen es im Respekt ihrer Glaubensentscheidung überlassen bleiben muß, diesem ihrem Glauben zu leben.

Das konfessionelle Problem läßt sich nicht durch ökumenisches Bemühen verdrängen, noch durch das Programm einer irgendwie gearteten Einheit der Kirche beiseite schieben. In einem solchen Fall meldet es sich ständig als unbewältigte Vergangenheit zurück und bleibt virulent. Es kann aber auf sich beruhen, wenn sich die Einsicht durchsetzt und internalisiert wird, daß die konfessionelle und kulturelle Partikularität wie die Pluralität und Variabilität der Christenheit abhängig sind von den in ihr lebenden Menschen und deren Glauben und Erfahrungen unter den Bedingungen ihres Alltags. Die konfessionelle Vielfalt christlicher Gemeinschaften korrespondiert der Selbstauskunft der Glaubenden. Sie ist möglich und legitim. Darum erscheint mir nicht die »Einheit der Kirche« wünschenswert, sondern die konfessionelle Identität der einzelnen christlichen Gemeinschaft, für die ökumenischer Kontext und ökumenische Kommunikation einen sachlich und menschlich gebotenen Bezugsrahmen abgeben, innerhalb dessen die »Heilswahrheit« im Gespräch und ein Geschehen bleibt.

Lit.: K. ALGERMISSEN: Konfessionskunde, 8. neu bearbeitete Aufl. von Heinrich Fries, Wilhelm de Vries, Erwin Iserloh, Laurentius Klein und Kurt Keinath, Paderborn 1969 – F. HEYER: Konfessionskunde, mit Beiträgen von (13 Mitautoren), Berlin 1977.

2. Kirchenkunde der Gegenwart

a) Die »Kirchenkunde« will Kenntnis geben von dem Selbstverständnis der verschiedenen christlichen Kirchen und Gemeinschaften in der Gegenwart und damit von unterschiedlichen Arten und Weisen des Glaubens von Menschen, die sich Christen nennen. Sie *informiert* über divergierende Möglichkeiten christlichen Glaubensvollzuges sowie über die interkonfessionellen Kontakte, die praktizierte zwischenkirchliche Zusammenarbeit und die vielfältige ökumenische Kommunikation. Sie *beschreibt,* was aufgrund von Selbstdarstellungen und Dokumenten sich feststellen und was bei versuchtem Miterleben solcher Gemeinschaften sich beobachten läßt. Sie *analysiert* die Phänomene hinsichtlich ihrer inneren Logik und unterscheidet sich – was ihr Interesse betrifft – von Polemik und Irenik, von Symbolik und Ökumenik und – was die Methode angeht – von deskriptiven, narrativen, kontroverstheologischen und dialogischen Darstellungen ihres Beobachtungsfeldes.

b) Die Tatsache, daß der Ökumenische Rat der Kirchen nahezu 300 Kirchen vereinigt und in der Welt insgesamt wenigstens 3200 organisatorisch selbständige, wenngleich oftmals verwandte Kirchen und Gemeinschaften gezählt werden können, nötigt dazu, eine »Kirchenkunde«, wenn sie sich nicht mit bloßer Aufzählung begnügen will, auf eine auszuwählende Anzahl von Kirchen zu beschränken. Die *Auswahl* des Stoffes in dem vorliegenden Band hat sich von der Aufgabe bestimmen lassen, den evangelischen Theologiestudenten, Religionspädagogen, Pfarrern und anderen kirchlichen Mitarbeitern einen Überblick solcher christlicher Kirchen zu bieten, die ihnen heute in unserem Land in Studium und Beruf begegnen. Als ein Auswahlkriterium bot sich an, diejenigen Kirchen zu berücksichtigen, die derzeit Mitglieder und Gäste der Arbeitsgemeinschaft christlicher Kirchen in der Bundesrepublik Deutschland und West-Berlin sind (vgl. II § 14). Eine geographische Begrenzung wird zum einen dadurch verhindert, daß die aufgeführten fünfzehn Kirchen, soweit sie auch außerhalb der Bundesrepublik Deutschland bestehen, in ihren *größeren Einheiten* dargestellt sind, und zum anderen, daß der *ökumenische Kontext* und die ökumenische Kommunikation dieser Kirchen ausführlich behandelt werden. So erlaubt die knapp gehaltene Darstellung trotz ihrer Auswahl einen gewissen Ausblick auf die christlichen Kirchen in der Welt.

c) Vier von den ausgewählten Kirchen habe ich mich mit besonderer Aufmerksamkeit gewidmet, wie aus dem Umfang der betreffenden Darstellung erkennbar ist. Es handelt sich um die römisch-katholische Kirche (I § 1–8), die evangelischen Kirchen (II § 1), die evangelisch-methodistische Kirche (II § 3) und die orthodoxen katholischen Kirchen (II § 12). Dazu nenne ich folgende Gründe:

(1) Die *römisch-katholische Kirche* umschließt in unserem Land über die Hälfte der Bevölkerung und als Weltkirche schätzungsweise mehr als 20 % der Weltbewohner. Auf der internationalen Ebene ist sie ein mächtiges Gegenüber und der große Gesprächspartner der im Ökumenischen Rat der Kirchen zusammengeschlossenen Christenheit. In unserem Land begegnet sie den nicht-katholischen Christen beständig und auf vielfältige Weise, z. B. mit ihrem öffentlichen Auftreten in verschiedenen gesellschaftlichen Bezügen, in der örtlichen Präsenz ihrer Institutionen und in ökumenischen Veranstaltungen, in der problematischen persönlichen Konfrontation, wie sie sich noch immer aus ihrer Mischehen-Praxis und deren Folgen ergibt. Zudem verdient die römisch-katholische Kirche gerade in dem Land der Reformation besondere Beachtung. So habe ich dieser Kirche etwa ein Drittel des verfügbaren Raumes eingeräumt.

(2) Die *evangelischen Kirchen* dürften dem evangelischen Adressaten dieses Bandes hinlänglich als der eigene Erfahrungsbereich bekannt sein. Auch beschäftigen sich die übrigen Bände der Reihe »Theologische Wissenschaft« so ausführlich mit Geschichte, Theologie, Gottesdienst usw. der evangelischen Kirchen, daß ein gänzlicher Verzicht hier nahe gelegen hätte. Doch schien es mir unumgänglich, die evangelischen Kirchen, in denen wir leben, in das Konzept einer »Kirchenkunde« einzuordnen, methodisch und kategorial entsprechend zu erfassen und die kirchenkundlich interessanten Entwicklungstendenzen zu benennen, damit sich ein Gesamtbild ergibt.

(3) Die *evangelisch-methodistische Kirche* ist als ein typisches Beispiel einer Freikirche hervorgehoben. Damit verbindet sich keine Wertung; auch andere Freikirchen hätten eine ausführlichere Würdigung verdient. Indessen erscheint mir diese Kirche – im Hinblick auf eine denkbare Typisierung christlicher Gemeinschaften nach Glaubensvollzug, Gemeinschaftsform, Weltverhältnis und Frömmigkeitsart – dazu geeignet, um ein beachtenswertes Grundmuster für mögliche Auslegungen und Vergegenwärtigungen der christlichen Botschaft vorstellen zu können.

(4) Die *orthodoxen katholischen Kirchen* verdienen ein besonderes Interesse, weil sie zum einen ebenfalls einen charakteristischen Frömmigkeitstypus unter den christlichen

Gemeinschaften darstellen, zum andern mit dem nachdenkenswerten Anspruch auftreten, die legitime Fortsetzung der Alten Kirche des 1. Jahrtausends zu sein, und zum dritten – ganz vordergründig – sowohl in unserem Land (man denke an die Gastarbeiter) als auch und vielmehr durch ihre zunehmend dominierende Rolle im Ökumenischen Rat der Kirchen an Bedeutung gewonnen haben und stärker in das kirchliche Bewußtsein getreten sind.

3. Die literarischen Hilfsmittel

Die zu den einzelnen Abschnitten und Exkursen jeweils aufgeführte *Literatur* ist überall nur eine bescheidene Auswahl. Die Angaben beschränken sich auf solche Titel, von denen ich meine, daß sie zum einen die eigene Darstellung belegen und zum andern dem Leser helfen könnten, sich weitere Kenntnisse anzueignen, offen gebliebene Fragen zu beantworten und das Selbststudium leichter zu betreiben. Nachstehend nenne ich allgemeine Literatur, wobei ich mich auch hier auf eine nützliche Auswahl beschränke.

a) *Quellen:* C. FABRICIUS (Hg.): Corpus Confessionum. Die Bekenntnisse der Christenheit, Berlin 1928 (bisher 52. Lfg., nach 1945 nicht fortgesetzt) – H. H. HARMS/H. KRÜGER/G. WAGNER/H. H. WOLF (Hg.): Die Kirchen der Welt, Stuttgart 1959 ff (Reihe A bisher 18 Bde; Reihe B fünf Bde) – K. ONASCH u. a. (Hg.): Quellen und Untersuchungen zur Konfessionskunde der Orthodoxie, Berlin 1956 ff – K. D. SCHMIDT/W. SUCKER (Hg.): Quellen zur Konfessionskunde, Lüneburg/Göttingen 1954 ff (Reihe A: röm-kath.; Reihe B: prot.) – F. SIEGMUND-SCHULTZE (Hg.): Ekklesia. Eine Sammlung von Selbstdarstellungen der christlichen Kirchen, Gotha 1934 ff (auf 12 Bde geplant, aber nicht abgeschlossen) – U. KUNZ (Hg.): Viele Glieder – Ein Leib. Freikirchen und ähnliche Gemeinschaften in Selbstdarstellungen, Stuttgart [3]1963 – H. B. MOTEL (Hg.): Glieder an einem Leib. Freikirchen in Selbstdarstellungen, Konstanz 1975.

b) *Zeitschriften:* Aus dem Beobachtungsfeld der Konfessions- und Kirchenkunde berichten vornehmlich folgende Zeitschriften: Catholica, Münster (Cath) – Documentation Catholique, Paris (DC) – Ecumenical Review, Genf (ER) – Herder-Korrespondenz, Freiburg i. B. (HK) – Internationale Kirchliche Zeitschrift, Bern (IKZ) – Irénikon, Chevetogne (Irénikon) – Journal of Ecumenical Studies, Pittsburgh/Pa. (JES) – Lutherische Rundschau, Stuttgart (LuthRs) – Materialdienst des Konfessionskundlichen Instituts, Bensheim (MdKI) – Ökumenische Rundschau, Frankfurt/M. (ÖkumRs) – Orientierung, Zürich (Orientierung) – UnaSancta, Meitingen/Augsburg (UnSa/Meit) – Vgl. ferner die in der IOB genannten Zeitschriften.

c) *Bibliographie:* Die für die Konfessions- und Kirchenkunde relevante Literatur wird erfaßt in: Internationale Ökumenische Bibliographie (IOB), München/Mainz 1967 ff (Lit. seit 1962, bisher 11 Bde).

d) *Lehrbücher:* Vgl. die oben Nr. 1 genannten Titel.

e) *Nachschlagewerke:* Außer den üblichen theologischen Nachschlagewerken (EKL, RGG, LThK): J. GRÜNDLER: Lexikon der christlichen Kirchen und Sekten unter Berücksichtigung der Missionsgesellschaften und zwischenkirchlichen Organisationen, 2 Bde, Wien 1961 (LCK) – H. WAKELIN COXILL/K. GRUBB (Hg.): World Christian Handbook, London 1967 (WCH) – H. JEDIN/K. S. LATOURETTE/J. MARTIN (Hg.): Atlas zur Kirchengeschichte. Die christlichen Kirchen in Geschichte und Gegenwart, Freiburg 1970 – F. L. CROSS/E. A. LIVINGSTONE (Hg.): The Oxford Dictionary of the Christian Church, London [2]1974.

f) *Weitere Literatur:* W. NIESEL: Das Evangelium und die Kirchen. Ein Lehrbuch der Symbolik, Neukirchen 1953 – E. HAMMERSCHMIDT: Grundriß der Konfessionskunde, Innsbruck 1955 – P. MEINHOLD: Ökumenische Kirchenkunde. Lebensformen der Christenheit heute, Stuttgart 1962 – O. EGGENBERGER: Die Kirchen, Sondergruppen und andere religiöse Vereinigungen, Zürich

[2]1978 – H. RELLER (Hg.): Handbuch Religiöse Gemeinschaften, Gütersloh 1978 – A. C. PIEPKORN: Profils in Belief. The Religious Bodies of the United States and Canada. Vol. 1: Roman Catholic, Old Catholic, Eastern Orthodox, New York 1977 (umfass. Darstellung; auf 7 Bde geplant).

g) Den *Abkürzungen* für Bücher und Zeitschriften liegt das Verzeichnis von »Religion in Geschichte und Gegenwart« ([3]RGG) zugrunde. Für die bei der Darstellung der verschiedenen Kirchen zitierten Texte und Literatur wurden spezielle Abkürzungen verwendet, die am jeweiligen Ort (Hauptteil bzw. §§) den vorausgehenden bibliographischen Angaben in Klammern hinzugefügt sind (vgl. z. B. die Literaturangaben zum I. Hauptteil); eine *Übersicht* solcher Abkürzungen findet der Leser auf Seite 285 ff.

I. Hauptteil

Die römisch-katholische Kirche

Textausgaben: H. DENZINGER/A. SCHÖNMETZER (Hg.): Enchiridion Symbolorum, Freiburg ^{35}1973 (zit.: DS; dt. Auszüge in: J. NEUNER/H. ROOS: Der Glaube der Kirche in den Urkunden der Lehrverkündigung, hg. v. K. Rahner, Regensburg ^{9}1971; zit.: NR) – J. ALBERIGO u. a. (Hg.): Conciliorum Oecumenicorum Decreta, Bologna ^{3}1972 (ConcOec; lat., gr.) – A. ROHRBASSER (Hg.): Heilslehre der Kirche. Dokumente von Pius IX. bis Pius XII., Freiburg (Schweiz) 1953 (Rohrbasser; dt.) – A. F. UTZ/J.-F. GRONER (Hg.): Aufbau und Entfaltung des gesellschaftlichen Lebens. Soziale Summe Pius XII., 3 Bde, Freiburg (Schweiz) 1954–1961 (Utz-Groner; dt.) – *Texte des II. Vatikanischen Konzils* (lat.-dt. mit *Kommentar*) in den drei Ergänzungsbänden zum Lexikon für Theologie und Kirche (LThK Vat), daneben viele Einzelausgaben – Konziliare und *nachkonziliare Texte* sind veröffentlicht (lat.-dt. mit *Kommentar*) in: Nachkonziliare Dokumentation, 58 Bde (einschl. Index), Trier 1967–1977 – Texte der *Gemeinsamen Synode:* Gemeinsame Synode der Bistümer in der BRD. Offizielle Gesamtausgabe. Bd. I: Beschlüsse der Vollversammlung, Bd. II: Arbeitspapiere der Sachkommissionen, Freiburg 1976–1977 (Synode).

Nachschlagewerke u. allg. Literatur: Lexikon für Theologie und Kirche, 10 Bde u. Reg., Freiburg ^{2}1957–67 (LThK) – Sacramentum Mundi, 4 Bde, Freiburg 1968–69 (SM) – H. FRIES (Hg.): Handbuch theologischer Grundbegriffe, 2 Bde, München 1962–63 (HThG) – F. X. ARNOLD u. a. (Hg): Handbuch der Pastoraltheologie, 5 Bde, Freiburg 1964–72 (HPTh) – H. VORGRIMLER/R. V. GUCHT (Hg.): Bilanz der Theologie im 20. Jahrhundert, 3 Bde u. Erg.bd. (theol. Porträts), Freiburg 1969–70 (Bilanz) – J. FEINER/M. LÖHRER (Hg.): Mysterium Salutis. Grundriß heilsgeschichtlicher Dogmatik, 5 Bde, Einsiedeln/Köln 1965–76 (MySal) – J. AUER/J. RATZINGER: Kleine Katholische Dogmatik, bisher 6 Bde, Regensburg 1970–1978 (KKD) – K. RAHNER: Grundkurs des Glaubens. Einführung in den Begriff des Christentums, Freiburg 1976.

Statistik: F. GRONER (Hg.): Kirchliches Handbuch. Amtliches statistisches Jahrbuch, Bd. XXVI (1962–68), Köln 1969 (m. Gliederung, Verbänden usw.); Bd. XXVII (1969–74), Köln 1975 (nur statist. Angaben) – Annuarium Statisticum Ecclesiae 1975, Vatikan 1977 (dreisprach.; seit 1970). Laufende *Berichterstattung* in den Zeitschriften: Herder-Korrespondenz, Freiburg, seit 1946 (HK); Materialdienst des Konfessionskundlichen Instituts, Bensheim, seit 1949 (MdKI).

Abkürzungen der Texte des *II. Vatikanums:*

AA	Apostolicam actuositatem, Dekret über das Laienapostolat
AG	Ad gentes, Dekret über die Missionstätigkeit der Kirche
CD	Christus Dominus, Dekret über die Hirtenaufgabe der Bischöfe in der Kirche
DH	Dignitas humanae, Erklärung über die Religionsfreiheit
DV	Dei Verbum, Dogmatische Konstitution über die göttliche Offenbarung
GE	Gravissimum educationis, Erklärung über die christliche Erziehung
GS	Gaudium et spes, Pastorale Konstitution über die Kirche in der Welt von heute
IM	Inter mirifica, Dekret über die publizistischen Mittel
LG	Lumen gentium, Dogmatische Konstitution über die Kirche
NA	Nostra aetate, Erklärung über das Verhältnis der Kirche zu den nichtchristlichen Religionen
OE	Orientalum Ecclesiarum, Dekret über die katholischen Ostkirchen
OT	Optatam totius, Dekret über die Ausbildung der Priester
PO	Presbyterorum ordinis, Dekret über Dienst und Leben der Priester
PC	Perfectae caritatis, Dekret über die zeitgemäße Erneuerung des Ordenslebens
SC	Sacrosanctum Concilium, Konstitution über die heilige Liturgie
UR	Unitatis redintegratio, Dekret über den Ökumenismus

1. Katholisch

a) Seit dem Zerfall der abendländischen Christenheit in konfessionelle Partikularkirchen bezeichnet *»römisch-katholisch«* eine Konfessionszugehörigkeit im Unterschied zu anderen (z. B. lutherisch, reformiert). In der so benannten kirchlichen Konkretion wird allerdings der Anspruch erhoben, daß die einzige Kirche Christi ihre wahre und vollgültige Gestalt auf dieser Welt in der *»katholischen Kirche«* habe, »die vom Nachfolger Petri (d. i. der Papst in Rom) und von den Bischöfen in Gemeinschaft mit ihm geleitet wird« (LG 8,2). Indessen verstehen sich auch andere christliche Kirchen als katholisch.

b) *Katholisch* (gr. καθόλου, καθ'ὅλου = im allgemeinen; καθολικός = das Ganze betreffend) wird im Neuen Testament nicht auf die Kirche angewandt. Erst Ignatius von Antiochien († um 110) nennt die Kirche katholisch und unterscheidet damit die *gesamte* Kirche von den bischöflichen *Teil*-(Orts-)kirchen. In Auseinandersetzung mit häretischen Strömungen wird seit dem 3. Jahrhundert katholisch zum Kirchenattribut und im Sinne von »rechtgläubig« verstanden. Katholizität expandiert zu Glaubensaussage, Anspruch, Programm gegenüber Häretikern und Schismatikern, gewinnt so schon konfessionellen Charakter und bekommt mit dem Religionsedikt von 380 (Theodosius d. Gr.) reichsrechtlichen Schutz, der auch später im Heiligen Römischen Reich Deutscher Nation gewährt wird (die »Ecclesia catholica« ist die allein berechtigte Staatskirche).
Die theologische Interpretation (seit Augustin, 4. Jahrh.) gibt dem Wort katholisch neben »umfassend« (Gesamtkirche) und »rechtgläubig« den Sinn von »über die ganze Erde verbreitet« (geographische Katholizität), »zahlenmäßig die größte« (numerische Katholizität) und »was überall und immer von allen geglaubt worden ist« (zeitliche und geschichtliche Katholizität; Vinzenz von Lerinum, † vor 450). Die Präzisierung von »katholisch« mit »römisch« setzt sich – nach frühen Ansätzen bei Irenäus (um 150–200) und Cyprian († 258) – im 12. Jahrhundert durch. Den Anspruch, die römische Kirche sei die katholische, akzentuieren das Tridentinische und das I. Vatikanische Konzil; die Formel lautet: »Sancta (catholica apostolica) Romana Ecclesia« (DS 3001). Das II. Vatikanische Konzil vermeidet diese Formel, behauptet aber die Sache.
Neben dem *quantitativen* Verständnis der Katholizität (d. i. die räumliche und zeitliche Unbegrenztheit der Kirche bis zum Ende der Geschichte, ihre prinzipielle Offenheit für alle Menschen) wird heute mehr der *qualitative* Aspekt betont: Katholizität als die Fülle der Wahrheit und der Heilsgüter, alles Wahren, Schönen und Guten, als Ganzheit und Vollkommenheit. Darin dokumentiert sich die Abkehr von der alten Apologetik und die Absicht, einen Dialog mit Andersdenkenden zu ermöglichen und deren Anteil an der Wahrheit und den Heilsgütern zu würdigen und aufzunehmen. Doch ungewollt fördert der qualitative Aspekt die Konfessionalisierung der Katholizität, weil er nur dogmatisch behauptet werden kann und für das Urteil über andere den eigenen Besitzstand voraussetzt.

Lit.: W. BEINERT: Um das dritte Kirchenattribut. Die Katholizität der Kirche im Verständnis der evangelisch-lutherischen und römisch-katholischen Theologie der Gegenwart, 2 Bde, Essen 1964 (m. umfass. Bibliographie).

2. Katholizismus

a) Während mit »römisch-katholische Kirche« eine bestimmte kirchliche Organisationsform der Christenheit gemeint ist, bezeichnet das Wort *Katholizismus* eine geschichtliche

Gestalt des Christentums, die als weltanschauliche Größe geistig und gesellschaftlich über die kirchliche Form hinausgeht und gelegentlich in ein spannungsvolles Verhältnis zur offiziellen Kirche gerät. Obgleich der Katholizismus den Personen wie der Sache nach an die römisch-katholische Kirche und ihre Lehraussagen gebunden ist und mehr oder weniger eng organisatorisch mit ihr zusammenhängt (katholische Verbände; vgl. § 4, 4 Exkurs), so ist er doch nicht mit ihr identisch. Indem er sich in gesellschaftlichen Aufgaben engagiert (Politik, Recht, Erziehung usw.) und als *Politischer Katholizismus, Sozialer Katholizismus, Linkskatholizismus* uam. mit anderen Weltanschauungen konkurriert, nimmt er die Gestalt einer Ideologie an. Dabei ist der Katholizismus keine einheitliche Größe. Von Land zu Land, von einem Kulturbereich zum andern trägt er je nach den politisch-sozialen und kulturellen Bedingungen und je nach Zielsetzung und Interessenlage eigenartige Züge, so daß von unterschiedlich geprägten *Katholizismen* gesprochen werden muß. So ist der polnische Katholizismus ein anderer als der niederländische, der deutsche ein anderer als der französische, der italienische ein anderer als der lateinamerikanische usw.

b) Im *öffentlichen Bewußtsein* wird zwischen kirchlicher Form und weltanschaulicher Gestalt (Katholizismus) nicht differenziert. Als »katholisch« gelten bestimmte Charakterzüge der so benannten Kirche, die auf Beobachtung, Erfahrung oder Vorurteil beruhen. Augenfällig wirkt die hierarchische Organisation und das äußere Erscheinungsbild der römisch-katholischen Kirche, wie es durch die Publikationsmedien vermittelt wird. Beachtung findet die Geschlossenheit des Systems, die als Dogmatismus und Gesetzlichkeit, als Denk-, Lehr- und Handlungszwang zur Kenntnis genommen wird, ferner der Autoritäts-, Universalitäts- und Exklusivitätsanspruch, der sich aus öffentlichen päpstlichen Ansprachen und Verlautbarungen entnehmen läßt, und weiter die sehr entschiedenen, auf gesellschaftspolitische Einflußnahme zielenden Aktivitäten, die in vielfältiger Form zu registrieren sind. Daneben beeindruckt die faszinierende Ausstrahlungskraft, die von katholischem Selbstbewußtsein und Selbstvertrauen ausgeht und eine fundamentale Verläßlichkeit vermuten läßt.
Solche und ähnliche Merkmale, die meist vordergründig wahrgenommen werden, haben einen Anhalt im Selbstverständnis und Selbstvollzug der römisch-katholischen Kirche. Je nach dem Standort des Beobachters werden sie positiv oder negativ gewertet, recht selten als bedeutungslos hingenommen. Indessen bleibt oft unbeachtet die plurale Vielfalt und die inneren geistig-religiösen Spannungen einerseits, wenn sie von äußerer Einheit und Uniformität verdeckt werden, und das Anpassungs- und Integrationsvermögen der römisch-katholischen Kirche andererseits, das auf Verbindung von Extremen und auf Zusammenschau und Ausgleich zielt und bislang in allen Krisensituationen sich bewährt hat. Beides ist historisch gewachsen und gehört zu den Eigentümlichkeiten dieser Kirche, die sich mit weiteren Wesenszügen erst in einer analysierenden Beschreibung erhellen lassen.

Lit.: W. v. LOEWENICH: Der moderne Katholizismus. Erscheinung und Probleme, Witten [8]1970 – G. GORSCHENEK (Hg): Katholiken und ihre Kirche in der Bundesrepublik Deutschland, München 1976 (weit. Lit.).

3. II. Vatikanum und postkonziliare Kirche

a) Das *Zweite Vatikanische Konzil* (1962–65) beendete eine innerkirchliche Entwicklung, die das Tridentinische Konzil (1545–63) nach dem Bruch in der abendländischen

Christenheit eingeleitet und die zu dogmatischer Stabilisierung und zur Zentralisierung der römisch-katholischen Kirche im papalen System geführt hatte. Nach der inneren und äußeren Befestigung sollte »die von Vitalität strotzende Kirche« (Johannes XXIII.) auf einem neuen Konzil sich der Welt zuwenden und auf die ganze Menschheit hin öffnen, fortschrittliche Regungen und Kräfte aufgreifen und von einer gesicherten Basis aus neue Ziele in Angriff nehmen. Unter dem Eindruck, daß sich eine neue Epoche abzeichnet, schien es geboten, Wegzeichen für die Marschroute der römisch-katholischen Kirche in die »Welt von morgen« zu setzen. Das *Ergebnis,* wie es in den formal wie in der Sache unterschiedlichen Beschlüssen des Konzils vorliegt,

- rezipiert weithin die traditionelle Lehre der Kirche und bestätigt sie als unaufgebbare Grundlage (Trinitätslehre, Christologie, Mariologie),
- führt fort oder ergänzt früher formulierte Aussagen (Primat, Kollegialität der Bischöfe),
- greift vergessene Gedanken wieder auf und nimmt sie zum Ausgangspunkt neuer Überlegungen (Heilsgeschichte, Kirche als Volk Gottes),
- setzt in der Reihe der Lehraussagen neue Akzente (Pneumatologie, Verständnis von Religion, Grenzen der Kirche, ekklesiale Elemente in anderen christlichen Gemeinschaften),
- gibt der theologischen Arbeit und Reflexion einen erweiterten Spielraum (Bibelwissenschaft, historisch-kritische Forschung, zeitgemäße Interpretation der Dogmen),
- bleibt vielfach bei bewußt in Schwebe gehaltenen Formeln stehen (z. B. Verhältnis von Schrift und Tradition) und vermeidet autoritative Lehrentscheidungen (keine neuen Dogmen),
- legitimiert für die Gestaltung kirchlichen Lebens die Mannigfaltigkeit von Menschen und Völkern, Kulturen und Lebensgewohnheiten (Vielfalt der Riten und der Frömmigkeitsformen),
- erinnert an den verpflichtenden Charakter von Reichtum und Gaben, Werten und Gütern der Kirche Christi und aller Menschen, ruft zu Gebet und Heiligung, Demut und Buße auf,
- ermöglicht den Laien intensivere Teilnahme am liturgischen Geschehen (Muttersprache, Bibellesen, Predigt) und ermuntert sie zur verantwortlichen Mitarbeit im Apostolat der Kirche inmitten der pluralistischen Gesellschaft,
- zeigt sich aufgeschlossen gegenüber den nichtrömischen Kirchen und Gemeinschaften (Religionsfreiheit, Ökumenismus) und den Problemen der modernen Welt (Krieg und Frieden, Ehe und Geburtenregelung, Sozialpolitik usw.).

Titel und Textausgaben der 16 Konzilsbeschlüsse sind in der vorangestellten Literaturübersicht genannt (vgl. S. 21).

b) Das Konzil rief beharrende und vorwärtsdrängende Kräfte auf den Plan, ließ Autoritätskonflikte und gravierende Meinungsverschiedenheiten über Lehre und Praxis der Kirche entstehen, beflügelte Emanzipationsbestrebungen der Laien und löste zahlreiche strukturelle und pastorale Reformen aus. Nach einer ersten stürmischen Phase ist inzwischen eine gewisse *Konsolidierung* eingetreten. Die *Traditionalistenbewegung,* die sich gegen die liturgischen Reformen zur Wehr setzt, Kirche und Papst als modernistisch und protestantisierend anklagt und in dem suspendierten Erzbischof Lefèbvre einen markanten Führer besitzt, bleibt zwar öffentlichkeitswirksam wie alle extrem anmutenden und abnormen kirchlichen Vorgänge, aber sie ist nicht von solcher Potenz, daß sie die weitere Entwicklung beeinflussen könnte. Die *Progressiven,* denen die konziliaren Reformansätze nicht genügen, die eine Demokratisierung der Kirche und ein viel stärkeres und direkteres politisches und soziales Engagement wünschen, in den späten 60er Jahren zu

Kontestationen aufriefen und sich in Solidaritätsgruppen organisierten, haben an Effektivität verloren. Doch dürfte ihnen insofern mehr Gewicht zukommen, als sie die durch den politischen und sozialen Wandlungsprozeß und die veränderten Umweltbedingungen aufgeworfenen Probleme in ihrer Kirche präsent halten. Indessen scheinen sich die kirchlichen Autoritäten gegen progressive Experimente in Theorie und Praxis zu behaupten. Dies gilt ebenso gegenüber *Emanzipationsbestrebungen* von Laien, die auf Mitbestimmung und Gleichberechtigung in der Kirche drängen und die hierarchische Struktur verändern wollen. Zudem hat das Laieninteresse weithin nachgelassen, allerdings ohne daß die Kritik gänzlich verstummt wäre. Von Konsolidierung kann man auch im Blick auf den *ökumenischen Dialog* sprechen, von dem anfänglich sehr viel erwartet wurde. Er ist institutionalisiert, das Klima ist allgemein freundlich. Der theologischen Annäherung, die in vielen bilateralen Gesprächen von Expertenkommissionen erreicht werden konnte, fehlt es freilich an der kirchenoffiziellen Rezeption.

c) Die postkonziliare Kirche hat die vom II. Vatikanum ausgehenden Impulse kanalisiert und an Reform und Erneuerung nur so viel zugelassen, wie es der Hierarchie für die Existenz der Kirche im weltlichen Kontext und für ihren Sendungsauftrag als notwendig erscheint. Doch läßt sich ihre gegenwärtige Situation nicht allein als eine Konsolidierung charakterisieren, die einerseits eine drohende Getto-Existenz und andererseits einen sich aufdrängenden Konformismus vermeidet. Es macht sich nämlich die vom Konzil behutsam zugelassene *Präsenz der modernen Welt* innerhalb der Kirche sowohl im Klerus als auch im Kirchenvolk recht nachdrücklich bemerkbar und wirkt sich nach eigenen Gesetzen tendenziell aus. Deutlich ist der Trend zu einem *Pluralismus* in der Theologie, nachdem historisch-kritische Methode, Geschichtlichkeit von Wahrheit und Offenbarung, Dogmeninterpretation, Anthropozentrik, überhaupt Fragestellungen und Einsichten anderer Wissenschaften nicht mehr generell und pauschal tabuisiert werden, wenngleich das Lehramt immer wieder auf die Grenzen eines theologischen Pluralismus aufmerksam macht. Gleichwohl wird der Pluralismus noch verstärkt und strukturiert durch die Regionalisierung der Theologie entsprechend den Kulturräumen, in denen sie betrieben wird (Lateinamerika, Asien, Afrika; einheimische Theologien); auch die berufliche Stellung der Theologen bekommt hier eine gewisse Bedeutung (Gemeindetheologen in Lateinamerika, Universitätstheologen in Europa). Ebenso unvermeidlich scheint das Phänomen einer *»kirchendistanzierten Religiosität«* zu sein, das die zunehmende Verkümmerung kirchlicher Bindungen im Kirchenvolk und den Verlust der Einheit von individueller Religiosität und institutionalisierter Glaubensgemeinschaft anzeigt. Die Distanz äußert sich in der mäßigen Teilnahme an Gottesdiensten und Sakramenten, in der mangelhaften Anerkennung kirchlicher Normen und Werte und in Identifikationsschwierigkeiten, die viele Katholiken dazu veranlassen, Kirche nur insoweit zu akzeptieren, als sie sich der eigenen Überzeugung und Lebensgestaltung einfügen läßt. Als weiterer Trend-Faktor ist der anhaltende *Priestermangel* zu registrieren, der angesichts fehlendem Nachwuchs und Überalterung des Klerus als bedrohlich für die Existenz der Kirche empfunden wird. Wenn Aufbau und Einheit der örtlichen Gemeinde und die Feier der Eucharistie als höchste Verwirklichung der Kirche an das Amt eines geweihten Priesters gebunden sind, dann ist dessen Präsenz unabdingbare Voraussetzung für den Bestand der römisch-katholischen Kirche. Ein Anstieg der Zahl von Studienanfängern und Seminaristen, der sich mancherorts feststellen läßt, bedeutet nach dem Rückgang der letzten Jahre und des bestehenden Bedarfs vorerst noch keine Tendenzwende.

Lit.: Bilanz I–III (zur Theologiegeschichte); E. GERSTNER u. a.: Die katholische Traditionalistenbewegung, Zürich 1970; Y. CONGAR: Der Fall Lefèbvre. Schisma in der Kirche?, Freiburg 1977; W. SIEBEL: Katholisch oder konziliar. Die Krise der Kirche heute, München 1978 (traditionalistisch); K. FORSTER (Hg.): Religiös ohne Kirche? Eine Herausforderung für Glaube und Kirche,

Mainz 1977; P. STOCKMEIER (Hg.): Konflikt in der Kirche. Droht eine Kirchenspaltung?, Düsseldorf 1977; L. BERTSCH/F. SCHLÖSSER (Hg.): Kirchliche und nichtkirchliche Religiosität, Freiburg 1978 (pastoraltheol. Perspektiven); E. DIEMER-WEIMANN: Der Aufstand der Schafe – unterbleibt. Zur gegenwärtigen Lage der Laien, Meisenheim 1975; H. FRIES: Ökumene statt Konfessionen? Das Ringen der Kirche um Einheit, Frankfurt 1977; INTERNATIONALE THEOLOGENKOMMISSION (Hg.): Die Einheit des Glaubens und der theologische Pluralismus, Einsiedeln 1973; F. KLOSTERMANN (Hg.): Der Priestermangel und seine Konsequenzen. Einheit und Vielheit der kirchlichen Ämter und Dienste, Düsseldorf 1977.

§ 2 Selbstverständnis

1. Dokumente

Das Verständnis, das die römisch-katholische Kirche in der *Gegenwart* von sich selbst besitzt, dokumentieren die zeitgenössischen Dogmen, Konzilsaussagen und päpstlichen Lehrschreiben.

a) Die beiden *Dogmen* über *Marias* Bewahrung vor der Erbsünde vom ersten Augenblick ihrer Empfängnis an (Pius IX.: Immaculata Conceptio, 1854) und über ihre leibliche Aufnahme in den Himmel (oft fälschlich als »Himmelfahrt Marias« bezeichnet) (Pius XII.: Assumptio, 1950);
b) Das *Dogma* über die volle und höchste *Leitungsgewalt* des Bischofs von Rom, die ihm als Nachfolger Petri über die ganze Kirche zukommt (Papstprimat), und über seine *Unfehlbarkeit* (Infallibilität, irrtumsfrei), wenn er kraft seines Amtes eine Glaubens- oder Sittenlehre in einem endgültigen Akt verkündigt (I. Vatikanisches Konzil: Pastor aeternus, 1870);
c) die Aussagen des *II. Vatikanischen Konzils* (1962–65) über das Wesen und innere Leben der Kirche (v. a. Kirchen-, Liturgie- und Offenbarungskonstitution) und über ihr Verhältnis zur nichtkatholischen Christenheit (Ökumenismus- und Ostkirchendekret), zu den Nichtchristen (Erklärung zu den nichtchristlichen Religionen) und zur heutigen Weltsituation (Pastoralkonstitution);
d) eine lange Reihe von *Lehrschreiben* (Litterae encyclicae), welche die Päpste in den letzten hundert Jahren an die römisch-katholischen Bischöfe und Gläubigen (oder auch »an alle Menschen guten Willens«) gerichtet haben, z. B. über die Lehre von der Kirche (Satis cognitum, 1896; Mystici corporis, 1943; Ecclesiam suam, 1964), das Sakramentsverständnis (Mysterium fidei, 1965), die Entwicklung der Theologie (Humani generis, 1950), das Bibelstudium (Divino afflante Spiritu, 1943), die Liturgie (Mediator Dei, 1947), die Ehe und Geburtenregelung (Casti connubii, 1930; Humanae vitae, 1968), die christliche Erziehung (Divini illius magistri, 1929), soziale Fragen (Rerum novarum, 1891; Quadragesimo anno, 1931; Mater et magistra, 1961), politische Fragen (Pacem in terris, 1963; Populorum progressio, 1967) und zur ökumenischen Bewegung (Mortalium animos, 1928; Ad Petri cathedram, 1959).

2. Lehramt

a) Wie die römisch-katholische Kirche sich selbst versteht, wird autoritativ und authentisch von ihrem *Lehramt* ausgesprochen, d. i. der einzelne Bischof (allerdings ohne den Vorzug der Unfehlbarkeit), das Kollegium aller Bischöfe innerhalb oder außerhalb eines Konzils (= Gesamtepiskopat mit und unter dem Papst) und der Papst (der in seiner vollen und höchsten Gewalt auch frei entscheiden und handeln kann; vgl. § 5, 2 a). Die ständige Lehrverkündigung (d. i. das *ordentliche* Lehramt) ist die ureigene Aufgabe des Papstes und der Bischöfe; in feierlichen Glaubensentscheidungen wird das Lehramt (Papst oder

Konzil) in *außerordentlicher* Weise tätig (vgl. CIC can. 1323). Kraft der ihm verliehenen Gaben ist es dem Lehramt (dem »hierarchischen Priestertum«) in seiner höchsten Gestalt als einer vorgegebenen und dazu qualifizierten Autorität vorbehalten, den katholischen Glauben »in docendo« irrtumsfrei und verbindlich festzustellen und zu verkündigen; es ist formal und sachlich der glaubenfordernde Träger der Botschaft der Kirche. Demgegenüber beteiligt sich die Gesamtheit der Gläubigen an der Sendung der Kirche durch tätiges Bewahren und lebendiges Zeugnis (d. i. das »gemeinsame Priestertum der Gläubigen«); sie kann »in credendo« nicht irren, hier bekundet sie ihren natürlichen Glaubenssinn. Das Verhältnis von Glaubenssinn des Gesamtvolkes zum unfehlbaren Lehramt der Kirche entspricht der gestuften Zuordnung von allgemeinem Priestertum und Weihepriestertum, in welches das Priestertum aller Getauften einmündet (vgl. § 4, 4 a). Das Lehramt der Kirche geht dem Glauben des Volkes voraus. Die Geschichte des römisch-katholischen Selbstverständnisses ist darum mehr (K. Rahner: »fast identisch«; SM III, 177) eine Geschichte der Lehre vom Lehramt, weniger eine Geschichte des katholischen Glaubens, wie er von den Gläubigen einzeln und in Gemeinschaft gelebt und reflektiert wird.

b) Die *lehramtlichen Aussagen* der römisch-katholischen Kirche sind in mehrfacher Hinsicht zu differenzieren. Sie lassen sich nach sprachlicher Eigenart und Stil, Sprechweise und Argumentationsstruktur, Dignität und Qualität unterscheiden.
Das Lehramt bedient sich in der Regel (auch dann, wenn eine Volkssprache und nicht die Kirchensprache Latein benutzt wird) *kultischer* und *juridischer Sprachformen*, die im Laufe der Geschichte gewachsen sind und über Jahrhunderte hinweg eingeübt wurden; für heute lebende Menschen ist jedoch deren frühere Aussagekraft und Lebendigkeit weithin verlorengegangen. Je nach Absicht, Zweck und Adressat haben lehramtliche Äußerungen teils den Charakter *frommer Betrachtung*, in denen Bekenntnis, Hymnus und Gebet sich mischen; teils zeichnen sie sich durch einen *Verkündigungsstil* aus, der Glaube und Gehorsam bei Hörern und Lesern voraussetzt; teils tragen sie die Merkmale einer *Sprachregelung*, mit der das Selbstverständnis artikuliert und verbindlich gemacht wird; teils verfahren sie apologetisch und polemisch, stellen sich als *Belehrung* dar, welche die depositär verstandene Offenbarung erklärt, sog. natürliche Wahrheiten geltend macht, an überlieferte Werte und Normen erinnert und/oder moralische und soziale Leitbilder propagiert; teils sind sie *rechtlicher* (administrativer) *Natur*, drohen Sanktionen an, geben sich als Interventionen oder verwerfen falsche Lehrmeinungen. Dabei können gleichwohl innerhalb eines Textes liturgische Formeln, doxologische Aussagen, imperativisch gestaltete dogmatische Prinzipien, rechtliche Anweisungen, pastorale Mahnungen, dekretierte Sprachregelung, Meditation des Mysteriums etc. miteinander verbunden sein.
Die *Qualität* lehramtlicher Dokumente ist nicht immer ein und dieselbe. So muß einerseits unterschieden werden zwischen immergültigen Wesensaussagen (definitive Entscheidungen, Dogmen) und solchen Äußerungen, in denen geltende Prinzipien der Lehre auf bestimmte, zeitlich und räumlich begrenzte Situationen angewandt werden und die aufgrund ihres relativen, zeitgeschichtlichen Charakters als überholbar erscheinen. Andererseits gilt zu beachten, welchen Stellenwert eine Aussage innerhalb der Rangordnung katholischer Lehre (»Hierarchie der Wahrheiten«) besitzt und welcher Art ihr Zusammenhang mit dem Fundament christlichen Glaubens (Mysterium der Trinität, der Inkarnation, der Gnade) ist. Bis in die Gegenwart hinein bedient sich das Lehramt eines minutiösen *Qualifikationssystems*, das die Abstufung dogmatischer, kirchlicher und theologischer Aussagen nach Gewißheitsgraden und -qualitäten ermöglicht und damit den Verbindlichkeitsgrad einer lehramtlichen Äußerung bestimmt. Das II. Vatikanische Konzil erinnerte bezüglich der Verbindlichkeit und der Auslegung seiner Texte an die »allgemei-

nen, allseits bekannten Regeln« (LG Notificationes; LG 25), unterschied zwischen »constitutio«, »decretum« und »declaratio« und befleißigte sich ansonsten einer pluriformen Sprechweise, die sich freilich immer vom Standard der Alltagssprache abhebt. Trotz mancher Kritik, die Irrtum in nichtdefinierten Lehräußerungen der Kirche für möglich hält, ist das Prinzip der Qualifikation grundsätzlich nicht aufgegeben. Es soll »dem Aufweis der Identität des Glaubens im Wandel seiner Formulierungen« und seiner Vergewisserung im Kontext pluraler Denk- und Sprachformen dienen. Für die zeitgenössische katholische Theologie ist die Hermeneutik lehramtlicher Aussagen eine offene Frage.

Lit.: SM III, 177–193. 1413–1425 (ausführl. Überblick m. Bibliographie) – U. VALESKE: Hierarchia veritatum, München 1968 – H. KÜNG: Unfehlbar? Eine Anfrage, Zürich 1970 – H. KÜNG (Hg.): Fehlbar? Eine Bilanz, Zürich 1973 – K. RAHNER (Hg.): Zum Problem Unfehlbarkeit. Antworten auf die Anfrage von Hans Küng, Freiburg 1971.

3. Grunddaten

Neben den Dokumenten, die das Lehramt vorlegt und verbindlich interpretiert, begegnet die römisch-katholische Kirche vor allem in der Gestalt einer gesellschaftlichen Organisation, mit der sie handelnd ihre Überzeugung kundgibt (vgl. § 7). In dem, was sie in Texten und Worten, in Institutionen und Taten vielfältig darbietet, erteilt sie Auskunft über einige für sie wesentliche Gesichtspunkte; sie sollen ihr Dasein und Sosein, den Anspruch und das Ziel, das Programm und das Handeln begründen.

a) Das Selbstverständnis der römisch-katholischen Kirche orientiert sich an vier Grunddaten

- an dem geschichtlichen Ursprung der Kirche, d. i. die *Berufung der zwölf Jünger* Jesu und ihr Sendungsauftrag, die Botschaft des Evangeliums aller Welt zu verkündigen (geschichtlich-institutionelle Perspektive)
- an der Selbstmitteilung Gottes in Jesus Christus, d. i. die heilvermittelnde *Inkarnation Gottes in Jesus* von Nazareth, in dem sich das Mysterium Gottes, sein ewiger Ratschluß und seine Liebe zum Menschen, enthüllt und bleibend verwirklicht hat (heilsökonomisch-christologische Perspektive)
- an dem Heilsplan Gottes, d. i. die *Erwählung eines Gottesvolkes,* das dazu bestimmt ist, die Gottesherrschaft (Reich Gottes) auszubreiten bis zur Vollendung am Ende der Zeiten (heilsgeschichtlich-eschatologische Perspektive)
- an Maria in ihrer Selbsthingabe und Glaubenstreue, d. i. die jungfräuliche *Gottesmutterschaft Marias* und ihre vollkommene persönliche Heilsaneignung, die sie zum Urbild und zum Zielbild der Kirche machen und zugleich zu deren vorzüglichstem Glied (marianisch-ekklesiotypische Perspektive).

b) Diese Grunddaten, die den göttlichen Heilswillen und das weltumfassende Heilswirken Gottes offenbaren und die nur der Glaube in ihrer Bedeutung erkennt und erfaßt, stecken den Horizont ab, innerhalb dessen nach römisch-katholischem Verständnis »Kirche« als konkrete und vielfältige Wirklichkeit erfahren und geglaubt, über »Kirche« gedacht und von »Kirche« geredet werden kann. Sie sind konstitutiv für das *Sein* und die *Funktion* der Kirche, für ihre Motivationen und Intentionen. Von diesen Grunddaten werden (1) die Merkmale der Kirche, die ihr Sein kennzeichnen, zu denen sie sich bekennt und die ihr Handeln stimulieren, hergeleitet: das sind die *Apostolizität* der Kirche, ihre *Einheit,* ihre *Katholizität* und ihre *Heiligkeit.* Sie geben die Basis für das Selbstbewußtsein der römisch-katholischen Kirche und ihren Anspruch ab. Je nach der Perspektive, in der »Kirche« gesehen und vorgestellt wird, läßt sich das theologische Selbstverständnis jeweils in einer bestimmten Hinsicht akzentuieren: Kirche als *Trägerin der Offenbarungswahrheit,* Kirche als *Leib Christi,* Kirche als *Volk Gottes,* Kirche als *Mutter der Gläubigen.* Zugleich (2) zeigt die im Glauben erkannte Orientierung, welche Dimensionen und Möglichkeiten die handelnde Kirche besitzt und in welchen Funktionen und Bereichen sie sich zu betätigen vermag: die apostolische *Wortverkündigung* proklamiert das Heilsereignis und leitet genetisch das Christwerden ein (ekklesialer Bereich); die *Kultfeier* mit dem eucharistischen Höhepunkt vermittelt am intensivsten die Präsenz des göttlichen Mysteriums, während die Sakramente das Heil in konkreten Situationen sichtbar machen und bewirken (sakramentaler Bereich); gesellschaftliche *Ordnung und Recht* sind notwendig, um die Heilsvermittlung zu bewahren und in der Welt wirksam werden zu lassen (mondialer Bereich); die mütterlich liebende *Heilssorge* wendet sich dem persönlichen Leben des Menschen zu und führt ihn zu einem gnadenhaften Sein (personaler Bereich). Mit diesen eng zusammenhängenden und sich gegenseitig bedingenden Funktionen kann sich die römisch-katholische Kirche als *lehramtliche,* als *sakramentale,* als *institutionelle* und als *pastorale* Wirklichkeit ihren Gläubigen (und allen Menschen) anbieten und den gesamten menschlichen Erfahrungsbereich *belehrend, heilend, sichernd* und *sorgend* umfassen und durchdringen.

Diese stichwortartige und schematische Anzeige nimmt systematisierend auf, was die römisch-katholische Kirche hinsichtlich ihres eigenen Verständnisses und ihrer Existenz (implizit ihres geschichtlichen Herkommens) phänomenologisch in Lehre und Leben bietet. Sie läßt schon den Zusammenhang von Sein und Funktion und die Beziehungen zwischen Grunddaten und Grundfunktionen erkennen und deutet Prinzipien und Imperative, Normen und Handlungsfelder der römisch-katholischen Kirche an. Doch erst in der weiteren Darstellung des römisch-katholischen Selbstverständnisses (vgl. Nr. 4 ff) und bei näherer Betrachtung des Phänomens können die Konturen deutlicher hervortreten und die Details faßbar werden. Die damit verbundene Analyse des phänomenologischen Befundes (vgl. §§ 3–7) soll das römisch-katholische Glaubenssystem eindrücklich machen und seine Bedingungs- und Einschließungsverhältnisse aufhellen. Zunächst bleibt aber noch das auffällig Eigenartige im Blick.

4. Das Mysterium der Kirche

a) Obgleich das römisch-katholische Selbstverständnis in jeder der genannten Perspektiven sich in seiner Eigenart gegenüber anderen christlichen Kirchen schon zu erkennen gibt, so kann das römisch-katholische Proprium doch erst in einer *Zusammenschau der verschiedenen Aspekte* erfaßt und ausgesagt werden. Dieser Umstand ist für das Selbstverständnis der römisch-katholischen Kirche ebenso charakteristisch wie der andere, daß aus der Zusammenschau noch keine in jeder Hinsicht zutreffenden Begriffe und Definitionen zu gewinnen sind. Alle Begriffe und Bilder, die hier verwandt werden (z. B. Mysterium Christi, Sakrament des Heils, Leib Christi, Pleroma Christi, Volk Gottes, Heilsanstalt, Reich Gottes, Tempel Gottes, Haus, Herde, Braut, Mutter usw.) bleiben für sich genommen perspektivisch und darum ergänzungsbedürftig; es müssen immer andere Ausdrücke noch hinzutreten, weil das zu Erkennende und Auszusagende alle weltliche Erkenntnis übersteigt. Angemessen ist eine metaphorische Beschreibung, in der Gewöhnliches ein geheimnisvolles Ansehen und Endliches einen unendlichen Schein gewinnt. Im Blickfeld liegt – das zeigen die verschiedenen Perspektiven – eine Organisation von Menschen, die mit ihrem Sendungsbewußtsein und in ihrer Selbstdarstellung über das sichtbare Diesseitige hinausweist und das jenseitige Transzendente einbezieht.

In der Zusammenschau der verschiedenen Aspekte bietet sich die römisch-katholische Kirche dar

- als konkrete Totalität, die sowohl die heilsgeschichtlichen Gegebenheiten der Offenbarung Gottes als auch die historische Erscheinungsweise der Kirche umfaßt
- als komplexe Wirklichkeit, die Himmel und Erde, Göttliches und Menschliches verbindet
- als spannungsvolle Einheit, die ein sichtbares innerweltliches soziales Gebilde und eine unsichtbare übernatürliche geistliche Gemeinschaft zusammenfügt
- als universale Ganzheit, die Zeiten und Grenzen der Völker übersteigt und die Fülle der ganzen Welt einfängt.

Mit dieser ihr eigentümlichen Totalität, ihrem inkarnatorischen Charakter, ihrer theandrischen Struktur und ihrer planetarischen Dimension gibt sich die Kirche als *Mysterium*. Das ist ihr Proprium. Es ist nicht adäquat definierbar, weil der Glaube der Kirche, dem allein das Mysterium zugänglich und einsehbar ist, um ein noch größeres undurchschaubares Geheimnis weiß, in dem die Mysterienhaftigkeit der Kirche letztlich gründet. Die verschiedenen und oft gegensätzlichen Begriffe und Bilder, auch wenn sie das Ganze meinen, können die geheimnisvolle Allheit nur fragmentarisch beschreiben. Indessen kann die Kirche in ihrer empirischen Gestalt – das ist ihr Anspruch und darin sieht sie ihre Funktion – das Geheimnis nachahmen, dem sie sich verdankt.

b) Das Mysterium der Kirche wird nicht als Selbstzweck verstanden. Die römisch-katholische Kirche denkt ihren Status dynamisch und funktional. Er soll gelebt und auf die ganze Welt ausgedehnt werden. Der *Leitgedanke*, der ihrem Sendungsbewußtsein zugrunde liegt und ihre Selbstdarstellung steuert, richtet sich aus an dem Glauben der fortschreitenden Präsenz Christi und der wachsenden Gottesherrschaft auf Erden, an dem göttlichen Geheimnis, das ihr vorausliegt.

- Die wahre und einzige Kirche – als eine göttliche und menschliche Elemente umschließende Ganzheit qualifiziert und in der katholischen Kirche verwirklicht (d. i. die Kirche, die der Papst und die Bischöfe in Gemeinschaft mit ihm leiten) – ahmt den Gottheit und Menschheit einenden Christus nach, bringt ihn zur Anschauung, vermittelt das von ihm vollbrachte Heil und macht als Volk Gottes die Einheit von Vater, Sohn und Heiligem Geist wie die Einheit des Menschengeschlechts und die Erneuerung der Welt als Ziel des göttlichen Heilswillens sichtbar.

In dieser Vorstellung von Kirche, die einem Axiom gleichkommt, werden Programm und Ziel der römisch-katholischen Kirche bezeichnet *und zugleich* als erfüllt angesehen. Diese bestimmte historisch-soziologische Gestalt von Kirche ist immer schon zu dem gemacht, was sie darstellen will, die wahre und einzige Kirche (Leib Christi und Volk Gottes); sie ist der Ausdruck des Mysteriums, das sie glaubt. Der irdische Auftrag der Kirche, in ihrem Reden und Tun die Trägerin des Evangeliums und das Organ des Heils zu sein, worin Anspruch und Programm beschlossen liegen, ist die Objektivation ihres verborgenen Wesens, oder anders: ist räumlich die Säkularisierung und zeitlich die Aktualisierung der mystischen Präsenz Christi und der Gottesherrschaft. Das Heil, das in der Verkündigung des Evangeliums und im sakramentalen Handeln den Menschen erreicht, ist in dem Sein der Kirche aufgehoben.

Dieses *Denkmodell*, das die sichtbare und die unsichtbare Kirche, die religiöse Organisation und die pneumatische Gemeinschaft, die konkrete Aufgabe und das Wesen der Kirche, ihre Funktion und ihr Sein ontologisch koordiniert und in dem das eine Element als die Objektivation des anderen gedacht ist, als greifbare Gegenwart des Verborgenen in der Welt erscheint, dies wird oft und durchaus zutreffend als typisch *katholisch* bezeichnet. Es basiert auf der im Glauben gewonnenen Erkenntnis, daß sich der Logos inkarniert hat (das »Wort« wurde »Fleisch«), und ist deren überlegter Ausdruck (vgl. § 4, 3 Exkurs: Theologie der Inkarnation). Als Denkschema läßt es sich durchgängig in der katholisch-theologischen Reflexion aufweisen, z. B. in den Fragen nach dem Verhältnis von Schrift und Tradition, Natur und Gnade, Vernunft und Glaube, Recht und Liebe, Schöpfung und Erlösung, Eucharistie und Kreuzesopfer Christi, Welt und Gott, Kirche und Christus, Weihe und Sendung, göttliches und menschliches Recht, allgemeines und hierarchisches Priestertum u.a.m. In solchen Gegenüberstellungen und Verhältnisbestimmungen spielt das von der protestantischen Theologie oftmals gerügte »katholische ›*Und*‹« eine besondere Rolle. Es soll nicht bloß eine äußere sprachliche, sondern eine innere inhaltliche Beziehung herstellen; es zielt auf die Wesenseinheit dessen, was die Worte bezeichnen. So darf das »Und« also nicht im Sinne einer Summation verstanden werden, wie es gelegentlich in der kontroverstheologischen Auseinandersetzung geschieht (z. B. vor allem dann, wenn das vierfache reformatorische »Allein« – solus Christus, sola gratia, sola scriptura, sola fide – gegen das katholische »Und« ausgespielt wird: Christus *und* Kirche, Gnade *und* Natur, Schrift *und* Tradition, Glaube *und* Werk). Auch intendiert das »Und« nicht einen dialektischen Übergang oder das Zusammenfallen der Gegensätze (»coincidentia oppositorum«). Es geht darüber hinaus und meint Inklusion und Integration, die Einheit von Zeichen und Bezeichnetem (»Sakrament«; vgl. § 3, 3), von Vertretung und Vertretenem (»Stellvertretung«, »Repräsentation«; vgl. § 5, 1 c). Es will die allumfassende (»katholische«) Fülle und Ganzheit aussagen, so daß eine Partikularität (z. B. die der empirischen römisch-katholischen Kirche) als eingebettet, eine qualitative Differenz (z. B. zwischen allgemeinem und hierarchischem Priestertum) als vermittelt, ein kreatürlicher Abstand (z. B. zwischen dem Heiligen Geist und dem sozialen Gefüge der Kirche) als überbrückt oder ein Gegeneinander (z. B. von Natur gegen Gnade, Welt gegen Gott) als versöhnt erscheinen (vgl. § 4, 2 Exkurs: Zur Gnaden- und Sündenlehre). In jedem Fall und prinzipiell ist das »Und« von einer überlegenen Totalität her gedacht. Es strukturiert die theologische Logik (s. u. Nr. 6) wie die kirchliche Institution mit ihrer Disziplin (vgl. § 5 u. 6) und bestimmt den Selbstvollzug der römisch-katholischen Kirche in ihrem gottesdienstlichen und weltlichen Leben (vgl. § 3 u. 4).

Der Leitgedanke, der die heilsgeschichtliche Sendung des Volkes Gottes auf Erden ausdrückt und im Sein der Kirche aufgehoben denkt, basiert auf der Glaubensüberzeugung, daß zwischen dem Mysterium Ecclesiae und den göttlichen Geheimnissen (Heilswille des Vaters, Inkarnation des Sohnes, Sendung des Geistes) ein inniges Verhältnis besteht. Er unterstellt eine als Analogie gedachte Zuordnung von *Christus und Kirche* und ihre *trinitarische Herkunft*. Beides bildet die Voraussetzung für das Mysterium, das die Kirche auszeichnet.

5. Die Zuordnung von Christus und Kirche

a) Die göttlichen Geheimnisse sind undurchschaubar. »Wenn aber die vom Glauben erleuchtete Vernunft eifrig, fromm und lauter forscht, erlangt sie mit Gottes Gnade einigermaßen eine Einsicht in die Geheimnisse, und zwar eine überaus fruchtbare, sowohl aus der Entsprechung (Analogie) zu dem, was sie auf natürliche Weise erkennt, wie aus dem Zusammenhang der Geheimnisse untereinander und mit dem letzten Ziel des Menschen« (so das I. Vatikanische Konzil in seiner dogmatischen Konstitution »De fide catholica«, cap. 4; DS 3016). Das Ergebnis solchen Erkenntnisbemühens hinsichtlich des *Kirchenverständnisses* (vgl. das o. g. Denkschema mit dem typischen »Und«, das aus diesem Erkenntnismodus resultiert) formuliert das II. Vatikanische Konzil. In seiner dogmatischen Konstitution »Lumen gentium« (= LG), die sich als eine authentische Explikation von »Wesen und universaler Sendung« der Kirche versteht, umschreibt das Konzil das Verhältnis zwischen dem Mysterium Ecclesiae und den göttlichen Geheimnissen mit seinen Implikationen. Die beiden Titelworte benennen die hier obwaltende Glaubensüberzeugung und theologische Logik und zeigen damit das der römisch-katholischen Kirche eigene Selbstbewußtsein an.

Die dogmengeschichtliche Entwicklung des römisch-katholischen *Kirchenbegriffs* ist mit dem II. Vatikanischen Konzil insofern an ein gewisses Ende gekommen, als die Konzilsaussagen nunmehr nicht zu überschreitende Grenzen für ekklesiologische Reflexionen markieren. Eine einseitige theozentrische, christozentrische, pneumatozentrische oder mariozentrische Fassung des Kirchenverständnisses, wie sie bei der Verwendung bestimmter Ausdrücke und Bilder gelegentlich in der theologischen Literatur, in der Liturgie und in der Frömmigkeit des Kirchenvolkes auftaucht, wird vom II. Vatikanum ebenso vermieden wie die nachtridentinische Schau der Kirche und die neuromantische Formel von der in der Kirche fortgesetzten Inkarnation Christi. Gegen die reformatorische Lehre von der verborgenen Kirche hatte BELLARMIN (1542–1621) ihre sichtbare Seite betont; die Kirche sei so greifbar wie das Königreich Frankreich oder die Republik Venedig. Die Idee einer »andauernden Fleischwerdung«, welche die hypostatische Union auf die Kirche ausdehnt und christologische Aussagen zu ekklesiologischen wendet, hatte JOHANN ADAM MÖHLER (1796–1838) vertreten: »So ist denn die sichtbare Kirche ... der unter den Menschen in menschlicher Form fortwährend erscheinende, stets sich erneuernde, ewig sich verjüngende Sohn Gottes, die andauernde Fleischwerdung desselben, so wie denn auch die Gläubigen in der heiligen Schrift der Leib Christi genannt werden ... Wie in Christo Göttliches und Menschliches wohl zu unterscheiden, aber doch auch Beides zur Einheit verbunden ist, so wird er auch in ungeteilter Ganzheit in der Kirche fortgesetzt. Die Kirche, seine bleibende Erscheinung, ist göttlich und menschlich zugleich, sie ist die Einheit von Beidem ...« (Symbolik § 36, ed. Geiselmann, S. 389). Demgegenüber verweist das II. Vatikanum auf die sichtbar-unsichtbare Ganzheit der Kirche, auf das μυστήριον (lat. sacramentum), dem die altkirchlichen Väter nachdachten. Es nimmt zwar die Parallelisierung von »fleischgewordenem Gotteswort« und »Kirche« auf, spitzt sie aber nicht im Sinne Möhlers zu, sondern formuliert: »Dieses göttliche Heilsmysterium (gemeint sind der Heilswille *Gottes,* die Sendung des *Sohnes,* seine Fleischwerdung durch den *Geist* und die Gottesmutterschaft *Mariens*) wird uns offenbar und wird fortgesetzt in der Kirche« (LG 52). Die Christus-Kirche-Analogie ist trinitarisch und marianisch verklammert. So ist die Kirche in eine Mysterienwirklichkeit eingebettet, ohne daß die sichtbare Seite der Kirche dadurch verkürzt oder eingeengt wäre.

Die Anfangsworte »Lumen gentium« meinen Christus und sie meinen die Kirche (»lux mundi«; LG 9, 2), den »Lichtkörper« und die »ausströmende Lichtmasse«. Das Bezeichnete und das Zeichen bilden eine Einheit (Sakrament im römisch-katholischen Verständnis; vgl. das »katholische ›Und‹«). Sie erklären damit die Zuordnung Christus-Kirche (»eine nicht unbedeutende Analogie«; LG 8, 1), und sie sagen, was die Kirche ist und was sie verwirklicht. Der Leitgedanke römisch-katholischen Selbstverständnisses erhält hier seine Begründung:

- *Christus* ist das Licht der Völker; es spiegelt sich auf dem Antlitz der Kirche (LG 1, 1). Christus, der Sohn Gottes und das Haupt der ganzen Menschheit, offenbart Gottes Heilsabsicht und erlöst das Menschengeschlecht zur Gemeinschaft mit Gott und zur Einheit unter sich. Die Kirche verkündigt dieses Evangelium, das Heil und die neue Schöpfung (Reich Gottes). Christus bedient sich der Kirche als Instrument seines Heilswerkes. Deshalb ist sie »Zeichen und Werkzeug für die innigste Vereinigung mit Gott wie für die Einheit der ganzen Menschheit« (LG 1, 1), oder anders: das »allumfassende Heilssakrament« (LG 48, 2).
- *Kirche* als das alle Welt erleuchtende Licht, das heißt Gegenwart Christi. In ihrem liturgischen Handeln (Messe, Taufe, Schriftlesung, beten und singen) ist Christus präsent, führt sie das Werk Christi sichtbar weiter (SC 7). Vor allem in der Eucharistie wird deutlich, was die Kirche ist (Ursakrament) und was sie verwirklicht (Heiligung des Menschen), denn so oft sie das Kreuzesopfer Christi auf dem Altar feiert, wird das Werk der Erlösung vollzogen (LG 3). Was in dem liturgischen Geschehen, in dem Verkündigungsereignis, sinnenfällig bezeichnet wird, das wird auch bewirkt (ex opere operatum). Darum stellt die Liturgie im Wirken der Kirche insgesamt den »Höhepunkt« dar, »dem das Tun der Kirche zustrebt, und zugleich die Quelle, aus der all ihre Kraft strömt« (SC 10, 1).

b) In dieser Zuordnung von *Christus und Kirche* ist die Kirche instrumental verstanden, als ein geschaffenes Gegenüber, das als solches in einer unaufhebbaren Subordination zu dem Herrn der Kirche verbleibt, *und* zugleich als ein handelndes Subjekt, das an Christi Stelle tritt und das Heilswerk selbst vollzieht. Die Kirche läßt sich in dieser widersprüchlich erscheinenden Doppelfunktion als Einheit denken, weil vorausgesetzt ist, daß der *Heilige Geist* sie begnadet und das »Gegenüber« von Herr und Knecht damit überwindet; er durchdringt das menschliche Element der Kirche, ihr soziales Gefüge, wie er auch die Menschheit Christi durchdrungen und emporgehoben hat. So kann die Kirche das Heilsorgan Christi, sein irdisches Werkzeug sein, weil der Heilige Geist ihren Leib beseelt, *und* zugleich an Christi Stelle treten, weil sie vermöge des Heiligen Geistes Christus ähnlich ist in dessen Eigentümlichkeit, d. i. die hypostatische Union des Logos mit der menschlichen Natur. Die ganzheitliche Qualität der Kirche und ihre Erhabenheit, die mit dem »Und« ausgesagt sind, werden ihr aufgrund dieser »nicht unbedeutenden« Christus-Analogie zugesprochen.

c) Der Analogiegedanke eröffnet aber noch eine andere Perspektive; er behauptet eine Beziehung zwischen *Kirche und Trinität.* Das Wirken des Heiligen Geistes, das dieser Gedanke voraussetzt, wird mit dem innertrinitarischen Verhältnis und dem Zusammenspiel von Vater, Sohn und Heiligem Geist in der göttlichen Heilsökonomie begründet: den Heilswillen des Schöpfers offenbart und erfüllt der mit Gottes Geist Gesalbte, Christus; der Heilige Geist, der aus dem Vater und dem Sohn hervorgeht, offenbart und erfüllt den Heilswillen als die Kraft, welche die Herzen der Gläubigen durchströmt; wie der Heilige Geist Vater und Sohn verbindet, so verbindet er die Menschen untereinander und mit Christus; vermöge solchen pneumatischen Wirkens dauert die Geisterfülltheit Christi an und setzt sie sich fort in der Gemeinschaft der Christgläubigen. Somit erscheint die Kirche als »realsymbolische Wirkgestalt« des Geistes des Vaters und des Sohnes. Sie ist trinitarischer Herkunft und steht in einer Beziehung zu allen drei göttlichen Personen; je nach den Eigentümlichkeiten der Bezugspersonen empfängt dieses Verhältnis einen spezifischen Sinn. (Die Kirche läßt sich hier mit *Maria* vergleichen, denn Maria steht in gleicher Weise in einer solchen trinitarischen Beziehung; sie ist »Gottesmutter« und »Braut Christi«, sie gehört gleichsam zur »Familie« der Dreifaltigkeit; so Pius XII., in: AAS 38, 1948, 266.) Durch die mit der Christus-Analogie gewonnene Erkenntnis kann die Kirche von sich selbst sagen, daß sie an dem göttlichen *Mysterium* teilnimmt, zu ihm gehört, und kann sie ihre Position im Heilsgeschehen beschreiben. Was ihr offenbar geworden ist, dokumentiert sie in ihrem Vollzug; sie macht das trinitarische Leben und die göttliche Heilsökonomie transparent. Die Kirche ist die geschichtlich konkrete Auslegungsgestalt der göttlichen Dreifaltigkeit.

6. Geschichtliche Bestimmung

a) Die Zuordnung von Christus und Kirche und die Beziehung zwischen Trinität und Kirche, die der römisch-katholischen Kirche nach ihrem Selbstverständnis eine besondere, andere Gemeinschaftsformen übertreffende Qualität und Erhabenheit verleihen, sind im Laufe der Heilsgeschichte offenbar geworden. Darum muß die *Heilsgeschichte* und das, was sie konstituiert, neben der Status- und Funktionsbestimmung gerade auch eine *geschichtliche* Bestimmung der Kirche erkennen lassen:

- Der unsichtbare Gott, der ewige Vater und Schöpfer der Welt, hat in seiner Güte beschlossen, alle Menschen an dem göttlichen Leben teilnehmen zu lassen und seinen

Ratschluß geschichtlich zu verwirklichen. Deshalb bestimmte er den Sohn zum Erstgeborenen aller Schöpfung (LG 2), der das beabsichtigte Werk vollbringen soll; er sollte die in Sünde gefallenen Menschen erlösen, die Welt erneuern und das Gottesreich auf Erden begründen (LG 3). Die gleichfalls vor aller Zeit zum Heil Erwählten sollten dem Sohn gleichförmig werden, seine Brüder sein, das Volk Gottes bilden und am Ende der Weltzeiten »in der allumfassenden Kirche beim Vater« sich zusammenfinden (LG 2; 13, 1).

- Diese »seit dem Anfang der Welt vorausbedeutete« Kirche (LG 2), die sich seit Adam sammelt, wächst – vorbereitet in der Geschichte Israels (LG 9, 1) – seit dem Kreuzestod Christi sichtbar in der Welt heran durch die Kraft des Heiligen Geistes. Der Geist fügt die Brüder Christi zu seinem mystischen Leib (LG 7), erfüllt die Kirche mit Leben, beschenkt sie mit hierarchischen und charismatischen Gaben (LG 4), rüstet sie »mit geeigneten Mitteln sichtbarer und gesellschaftlicher Einheit« aus (LG 9, 3) und treibt sie an, damit durch ihre Mitarbeit der Ratschluß Gottes tatsächlich ausgeführt und von Erfolg gekrönt wird (LG 17). Die Kirche ist Keim und Anfang, Fortgang und Entfaltung des Gottesreiches (LG 3; 5; 9; 13). Durch sie wird die himmlische Herrlichkeit und die Erneuerung der Welt schon in dieser Weltzeit in gewisser Weise wirklich vorausgenommen (LG 48); sie ist die Anwesenheit des Endgültigen, wenngleich noch nicht seine Fülle.
- Die »neue Heilsökonomie« hat in der Geschichte bereits mit Maria, der Gottesmutter, begonnen, »als der Sohn Gottes die Menschennatur aus ihr annahm« (LG 55). In der göttlichen Vorsehung wurde mit der Inkarnation (und der Kirche) auch die Mater Dei vorausbestimmt (LG 61); darum besitzt sie einen »Vorrang vor allen anderen himmlischen und irdischen Kreaturen« (LG 53). Wie Christus (und die Kirche) trat sie »Schritt für Schritt deutlicher« in der Heilsgeschichte hervor, in die sie »zuinnerst« eingegangen ist (LG 65), bis sich mit ihr die Zeit erfüllte (LG 55). Indem sie den Sohn empfing, gebar, nährte, darstellte und mit ihm litt, hat sie in einzigartiger Weise an dem Erlösungswerk mitgewirkt (LG 61). Ihre »Mutterschaft dauert unaufhörlich an ... bis zu ewigen Vollendung aller Auserwählten« (LG 62).
  Die Kirche verehrt Maria als ihr »überragendes und völlig einzigartiges Glied« (LG 53). Maria ist die in einem Menschen vollkommen gelungene Antwort auf das fleischgewordene Gotteswort. In ihr sieht die Kirche das Bild und den Anbeginn der vollendeten und vollkommenen Kirche (LG 65; 68) und erkennt damit in ihr den Typus und das Urbild, dem die Kirche stetig folgt.

b) Mit diesen Aussagen ist die geschichtliche Bestimmung der Kirche angezeigt und ihr Ort in der Weltgeschichte markiert. Die römisch-katholische Kirche versteht sich als die in der Geschichte kontinuierlich existierende und aufzuweisende ontische Realität des Heilsgeschehens. Dieser hohe Anspruch wird möglich, weil die Profangeschichte in einer der geschichtlichen Bestimmung der Kirche entsprechenden Weise gedeutet und der Mangel an Evidenz durch doktrinäre Konsequenz ersetzt ist. Die dem Glauben durch Offenbarung vermittelte Einsicht in die göttliche Heilsökonomie entdeckt Gottes Wirken in der Geschichte der Welt. Alles, was der Mensch als ein zeitliches Nacheinander und als kontingent erlebt und betrachtet, was ihm als Wirklichkeit widerfährt, worin er sich vorfindet, was ihn determiniert und was er im historischen Prozeß zu beeinflussen und auf Zukunft hin zu gestalten sucht, dies alles steht in einem Wirk- und Bedeutungszusammenhang, den der Schöpfer der Welt bestimmt und in den er eingreift, um seine Heilsabsicht, die Einheit von Gott und Menschheit und der Menschen untereinander, in einer fortschreitenden Gestaltung ans Ziel zu bringen. Weltgeschichte und Heilsgeschichte sind somit »koextensiv« (Rahner); sie dehnen sich gleichzeitig aus. Die Weltgeschichte hat ihren geheimen Grund in Gottes Heilsgeschichte. In ihr ereignet sich das transzendente Heilsgeschehen in einer nicht durchschaubaren Weise. Doch an einer bestimmten Stelle im Geschichtsablauf ist es transparent geworden. Inkarnation, Kreuz und Auferstehung Christi offenbaren das Heil. Damit wird die Weltgeschichte ausgedeutet und ihr Ausgang angesagt. Indem die Kirche Christus als Heilsorgan dient und ihn nachahmt, ist sie im Horizont der Geschichte und im historischen Prozeß ihrer messianischen Sendung (Kirchengeschichte), der sich über die ganze Welt und durch alle Zeiten erstreckt, die Objektivation der Heilsgeschichte; sie bietet »das Ganze im Fragment« (U. v. Balthasar). Ihre empirische Institution ist in der pars-pro-toto-Rolle, die sie zwischen Anfang und Ausgang der Weltgeschichte einnimmt, die augenfällige und sinnhafte Deutung dieser Geschichte.

Lit.: M. SCHMAUS u. a. (Hg.): Handb. d. Dogmengeschichte, Bd. III/3 a–d, Freiburg i. B. 1970–74 (zur Geschichte d. Ekklesiologie) – MySal III/1 u. 2 (zum Christusereignis; Lit.) – MySal IV/1 u. 2 (umfass. Darstellung d. röm.-kath. Ekklesiologie; Lit.) – SM II, 1123–1157 (Lit.) – U. VALESKE: Votum Ecclesiae, München 1962 (Das Ringen um d. Kirche in d. neueren röm.-kath. Theologie; Bibliographie) – G. BARAÚNA (Hg.): De Ecclesia. Beiträge zur Konstitution »Über die Kirche« des Zweiten Vatikan. Konzils, 2 Bde, Freiburg i. B. 1966 – H. MÜHLEN: Una Mystica Persona. Die Kirche als das Mysterium der heilsgeschichtl. Identität des Hl. Geistes in Christus und den Christen, Paderborn [2]1967 – H. DE LUBAC: Geheimnis, aus dem wir leben, Einsiedeln 1957 – H. KÜNG: Die Kirche, Freiburg 1967; dazu H. HÄRING/J. NOLTE (Hg.): Diskussion um Hans Küng »Die Kirche«, Freiburg i. B. 1971 – H. FRIES: Die römisch-katholische Kirche, in: K. ALGERMISSEN: Konfessionskunde, Paderborn [8]1969, 1–75 – M. KELLER: »Volk Gottes« als Kirchenbegriff, Einsiedeln/Köln 1970 – J. RATZINGER: Das neue Volk Gottes, Düsseldorf 1971 – R. WEIBEL-SPIRIG: Christus und die Kirche. Das ökumenische Gespräch über die Kirche, Einsiedeln/Köln 1972 – H. U. V. BALTHASAR: Katholisch. Aspekte des Mysteriums, Einsiedeln 1975 – L. BOUYER: Die Kirche, 2 Bde, Einsiedeln 1977 (gesch. u. theol.) – M. SEYBOLD: Christus Jesus – Christus Totus. Christologisches Dogma und kirchliches Selbstverständnis, in: ThGl 67, 1977, 146–170 – L. SCHEFFCZYK: Katholische Glaubenswelt, Wahrheit und Gestalt, Aschaffenburg 1977.

§ 3 Gottesdienstliches Leben

Das gottesdienstliche Leben der römisch-katholischen Kirche ist ihre »aufschlußreichste Selbstbeschreibung«; es zeigt ihren »elementarsten Selbstvollzug« (vgl. § 7, 2b); in ihm macht sie ihre »wesentlichste und höchste Selbsterfahrung« (H. Volk). Es umfaßt zunächst die von der Kirche in den liturgischen Handlungen öffentlich ausgeübte Gottesverehrung und daneben die außerliturgische Spiritualität des Gottesvolkes, die sich in gemeinschaftlichen und individuellen Übungen und Feiern äußert (vgl. die Liturgiekonstitution des II. Vatikanums »Sacrosanctum Concilium« [= SC], 5–13).

1. Die Liturgie

a) Seine größte Dichte bekommt das gottesdienstliche Leben in der *Liturgie*, d. i. der »gesamte öffentliche Kult des mystischen Leibes Jesu Christi, des Hauptes und seiner Glieder« (Enz. »Mediator Dei«, Nr. 20; Rohrbasser 228). Die Liturgie gilt »als Vollzug des Priesteramtes Christi« (SC 7, 3), und zwar in einem doppelten Sinn (vgl. § 2, 5, das katholische »Und«): hier lebt und wirkt der Hohepriester Jesus Christus *und* zugleich führt hier die Kirche sein priesterliches Amt weiter. So ist die Liturgie ein heiliges inneres Geschehen »durch sinnenfällige Zeichen« *und* ein Tun der ganzen Kirche; in ihr wird die Heiligung des Menschen bewirkt *und* Gott verherrlicht. Inhalt der Liturgie ist also die

Zuwendung des Heils *und* die gottesdienstliche Antwort; keines ist ohne das andere. In der Eucharistie kommt beides am innigsten zum Ausdruck, indem sie zugleich Sakrament *und* Opfer ist. Mit diesem korrespondierenden Tun Gottes und des Menschen in der liturgischen Handlung wird »der Bund Gottes mit den Menschen ... neu bekräftigt« (SC 10). Darum erfährt die Kirche in der Liturgie ihre höchste Verwirklichung.

b) Das liturgische Handeln ist an eine *rechtmäßige Ordnung* gebunden, »denn der göttliche Erlöser wollte, daß sein Reich auf eine heilige Ordnung gegründet sei«; sie »ist gleichsam ein Abbild der himmlischen Hierarchie« (Enz. »Mediator Dei« Nr. 39; Rohrbasser 243). »Rechtmäßig« besagt, daß die Liturgie vom Apostolischen Stuhl (»und nach Maßgabe des Rechts« von einem Bischof bzw. einer Bischofskonferenz) in Ausübung der Christus anvertrauten göttlichen Autorität »eingeführt« und »geregelt« ist (in approbierten liturgischen Büchern) und daß die liturgischen Akte an dazu beauftragte Personen gebunden sind (das sind zunächst die Kleriker, dann aber auch Laien; s. u.). Ferner muß die Liturgie mit den Glaubensvorschriften in Einklang stehen, weil in ihr der katholische Glaube ausdrücklich und öffentlich bekannt und gelehrt wird. Das Gesetz des Glaubens soll das Gesetz des Betens bestimmen, nicht umgekehrt (Enz. »Mediator Dei« Nr. 44–47; Rohrbasser 247–249).

Die rechtmäßige Ordnung des liturgischen Handelns der römisch-katholischen Kirche erschwert bzw. verhindert *gemeinsame Gottesdienste* von Katholiken und Nichtkatholiken. Möglich sind (entsprechend vorhandener Richtlinien) gemeinsame Veranstaltungen und gemeinschaftliche Gottesverehrung, die sich auf einzelne liturgische Akte beschränken (z. B. Schriftlesung, Predigt, Gebet, Aufruf zum Glauben, Bekehrung der Herzen), aber keine liturgische Handlung im vollen Sinn darstellen. Eine Gottesdienst-(Liturgie-)gemeinschaft (communicatio in sacris) bleibt ausgeschlossen, weil auf Seiten der Nichtkatholiken sowohl die inneren als auch die äußeren Vorbedingungen für die liturgische Handlung fehlen (Einklang mit dem Glauben der römisch-katholischen Kirche, Gemeinschaft mit Papst und Bischof, Weihesakrament, Mitwirkung der Gläubigen). Indessen ist »eine gewisse Gottesdienstgemeinschaft unter gegebenen geeigneten Umständen mit Billigung der kirchlichen Autorität nicht nur möglich, sondern auch ratsam« mit den nichtrömischen orientalischen Kirchen, denn sie besitzen trotz der Trennung wahre Sakramente, vor allem die Eucharistie, und ihr Priestertum steht in der apostolischen Sukzession (UR 15; OE 26–29).

c) *Träger* der Liturgie ist Christus und mit ihm die »ganze Kirche«, das ist »das heilige Volk, geeint und geordnet unter den Bischöfen« (SC 26). In Christi Auftrag sind Bischof, Priester, Diakon und andere Helfer zu dem heiligen Dienst bestellt, während die Gläubigen »kraft der Taufe Recht und Amt« besitzen »zu der vollen, bewußten und tätigen Teilnahme an der liturgischen Feier« (SC 14). So sind die liturgischen Handlungen ihrer »Natur nach« auf ein gemeinschaftliches Feiern angelegt (was private liturgische Akte nicht ausschließt, aber nachrangig erscheinen läßt). Das feiernde Volk Gottes ist eine gegliederte Gemeinschaft, in der »jeder nur das und all das tut, was ihm aus der Natur der Sache gemäß den liturgischen Regeln zukommt« (SC 28).

Die Rollenverteilung im liturgischen Geschehen entspricht dem hierarchischen Aufbau der Kirche (vgl. § 5, 2). In dem *Bischof*, dem »Verwalter der Gnade des höchsten Priestertums«, ausgestattet mit der »Fülle des Weihesakraments« (Amt der Heiligung, der Lehre und der Leitung analog dem priesterlichen, prophetischen und königlichen Amt Christi), ist »Christus anwesend«; jede rechtmäßige Eucharistiefeier steht unter seiner Leitung (LG 21; 26, 1). Er bringt die Eucharistie selbst dar oder läßt sie durch Priester darbringen, die ihm zur Seite stehen und in ihrem Dienst von ihm abhängig sind (LG 28, 1). Der *Priester*, der »in der Rolle Christi an der Spitze der Gemeinde« steht (SC 33, 2), »vollzieht in der Person Christi das eucharistische Opfer und bringt es im Namen des ganzen Volkes Gottes dar«; sein Priestertum unterscheidet sich aufgrund seiner Weihe, die ihm ein »unauflösliches Merkmal« (character indelebilis) aufdrückt und ihn dem Priester Jesus Christus gleichförmig macht (Enz. »Mediator Dei« Nr. 41, 42; Rohrbasser 244, 245; LG 28, 1), von dem allgemeinen Priestertum der Gläubigen »dem Wesen und nicht bloß dem Grade nach« (LG 10). Die *Gläubigen* übernehmen bei den liturgischen Handlungen »ihren je eigenen Teil« (ebd.). Sie bringen das eucharistische Opfer »nicht nur durch die Hände des Priesters, sondern auch gemeinsam mit ihm« dar (SC 48). Ihr Priestertum verwirklicht sich im Empfang der Sakramente (Kelchkommunion ist möglich; SC 55), im Gebet und Zeugnis und in ihrem Tugendleben (LG 10; 11). Die meisten liturgischen Akte sind nur dem Amtspriester möglich oder zumindest an seine Leitung gebunden. Unter bestimmten Voraussetzungen (z. B. bei Abwesenheit von Priestern oder Diakonen) können Laien liturgisch handeln: Nottaufe, Taufe in Kurzform, Patenamt, Eheschließung in extremen Fällen, Wortgottesdienst, Sakramentalien, Stundengebet (SC 35,4; 68; 79; 84; 100); die kirchliche Beauftragung bleibt in jedem Fall unumgänglich.

Lit.: A. ADAM: Erneuerte Liturgie. Eine Orientierung über den Gottesdienst heute, Freiburg[2] 1975 – H. REIFENBERG: Fundamentalliturgie: Grundelemente des christl. Gottesdienstes, Klosterneuburg 1978.

2. Eucharistiefeier

Die Mitte der Glaubensverkündigung und den Höhepunkt des liturgischen Handelns der Kirche, in dem die Einheit des Volkes Gottes bezeichnet und bewirkt und die Gemeinsamkeit mit Christus und untereinander anschaulich wird, bildet die *Eucharistiefeier* (Messe). Ihr Zentrum ist die Feier des »Pascha-Mysteriums«, der ein mit ihr eng verbundener Wortgottesdienst vorausgeht. Ein Eröffnungsritus dient der Vorbereitung, der Schlußritus endet mit dem Ruf »Ite, missa est« (dt. Fassung: »gehet hin in Frieden«); nach ihm wird die Eucharistiefeier meist als »Messe« bezeichnet.

Aufbau der Eucharistiefeier:

Eröffnung	Gesang zur Eröffnung (Introitus) Begrüßung und Einführung Bußakt Kyrie (Herr erbarme dich) Gloria (Ehre sei Gott in der Höhe) Tagesgebet (Bittgebet der zum Gottesdienst versammelten Gemeinde)
Wortgottesdienst	Lesung(en) (Epistel) Zwischengesänge Evangelienlesung Predigt (Homilie) Credo (Glaubensbekenntnis) Fürbitten (Allgemeines Gebet)
Eucharistie	*Gabenbereitung* Gesang zur Gabenbereitung; Herbeibringen der Gaben; Bereitungsgebete; Händewaschung; Gabengebet (sekret) *Hochgebet* Präfation (Dankgebet) mit Sanctus; Epiklese; Einsetzungsbericht; Gedächtnis (Anamnese); Opfergebet; Fürbitten; Große Doxologie (Lobspruch)

	Kommunion Gebet des Herrn mit Embolismus und Akklamation; Ritus des Friedens; Brotbrechung und Mischung; Gesang zur Brotbrechung (Agnus Dei); Vorbereitungsgebet; Einladung und Austeilung; Kommuniongesang; Danksagung und Schlußgebet
Schlußritus	Mitteilungen Gruß und Segen Entlassung

Diese Grundform der Eucharistiefeier wird in der Regel von einem Priester (Bischof: Pontifikalamt) unter Mitwirkung anderer liturgischer Dienste (Ministranten, Lektoren, Chöre) und mit der Gemeinde zelebriert. Andere Formen sind Meßfeiern in Konzelebration (mehrere Priester oder Bischöfe bei feierlichen Gelegenheiten), ohne Gemeinde (wenn keine Gläubigen dabei sein können), mit Kindern (soll der besonderen Situation von Kindern gerecht werden) und in kleineren Gemeinschaften (Familien, Gruppen, Krankenhaus, Hochzeit u. a.).

Der Glaube an die Art und Weise der *Gegenwart Christi* (Realpräsenz), an die *Wandlung von Brot und Wein* (Transsubstantiation), an den *Opfercharakter* der Eucharistie und die ekklesiale Bedeutung der Eucharistiefeier waren und sind bis heute kontroverstheologisch und auch innerkatholisch umstritten (Überblick über die neuere innerkatholische Diskussion bei J. Powers: Eucharistie in neuer Sicht, Freiburg 1969, und Th. Schneider: Die neuere katholische Diskussion über die Eucharistie, in: EvTheol 35, 1975, 497–524; m. umfass. Lit.). Lehramtliche (unfehlbare) Klärungen legten vor das *IV. Laterankonzil* (1215; Identität der konsekrierten Gaben mit dem historischen Leib und Blut Christi; DS 802) und das Konzil von *Trient* in Sess. XIII, XXI und XXII (1551 u. 1562; Präzision der Transsubstantiationslehre, Opfercharakter der Messe; DS 1635 ff, 1651–1658, 1726 ff, 1751–1755). In neuerer Zeit sprachen Pius XII. in seiner Enzyklika »Mediator Dei« (1947) und die Liturgiekonstitution des *II. Vatikanums* (1963) das katholische Eucharistieverständnis in umfassender Weise aus. Gegen moderne innerkatholische Interpretationen, die den Gehalt der Eucharistie verkürzen könnten (»Transsignifikation« oder »Transfinalisation« anstelle von »Transsubstantiation«), wendete sich 1965 Paul VI. in seiner Enzyklika »Mysterium fidei« (AAS LVII, 1965, 753–774). In einem »Schreiben der deutschen Bischöfe an alle, die von der Kirche mit der Glaubensverkündigung beauftragt sind« vom 22. 9. 1967 weisen die Bischöfe mit Nachdruck darauf hin, daß »der wahre und spezifische Opfercharakter der heiligen Messe nicht unterschlagen werden darf« (Nr. 40); das Opfer, das die Kirche mit Christus »darbringt und in welchem sie selbst dargebracht wird« (Mysterium fidei; AAS LVII, 1965, 761), ist die »Vereinigung mit der Hingabe Christi an den himmlischen Vater« (Nr. 41). Die Bischöfe räumen ein, daß der Begriff »Transsubstantiation« heute nicht mehr geläufig und durchaus ergänzungsfähig ist (Nr. 44 f) und übersetzen ihn mit »Wesensverwandlung« (Nr. 44); doch kann er »nicht ersetzt werden« (Nr. 45). Bei der Beschreibung der Wesensverwandlung ziehen sie die neuen Begriffe heran: »Durch die neue Zeichenhaftigkeit (›Transsignifikation‹) wird aus dem natürlichen Brot die geistliche Speise, durch die neue Bestimmung (›Transfinalisation‹) wird die neue Speise zur Speise für das ewige Leben« (Nr. 45). – Vgl. die ausführl. Darstellungen in: MySal IV, 185–313 (m. Lit.), und in: KKD VI, 129–268 (m. Lit.).

3. Sakrament, Sakramente, Sakramentalien

a) Nach der Lehrentscheidung des Konzils von Trient (1547–1563) ist mit dem Wort *Sakrament* (lat. sacramentum) ein Zeichen gemeint, das Gnade enthält und zugleich mitteilt (DS 1606; vgl. DS 1601–1613), ein »sinnfälliges Zeichen einer heiligen Sache und sichtbare Gestalt der unsichtbaren Gnade« (DS 1639). Es werden *sieben Sakramente* aufgezählt (»nicht mehr und nicht weniger«), die gemäß der Stiftung Christi in der Kirche tradiert werden: Taufe, Firmung, Eucharistie, Buße, Letzte Ölung, Weihe und Ehe (DS 1601). Sie sind zum Heil des Menschen notwendig (DS 1604), und sie wirken die Heiligung bei allen, die kein Hindernis entgegensetzen (DS 1606), kraft des vollzogenen Ritus (»ex opere operato«; DS 1608), wenn Materie (dinglicher Vollzug) und Form (die gesprochenen Worte) gegeben sind und der Spender in der Absicht handelt, »zu tun, was die Kirche tut« (DS 1312, 1611). Die Sakramente Taufe, Firmung und Weihe prägen der Seele des Empfängers ein »geistiges und unlösliches Zeichen« ein (character indelebilis) und sind deshalb unwiederholbar (DS 1609).

Die nachtridentinische Theologie hat die Frage nach der Intention des Spenders und der Wirkungsweise der Sakramente weiter diskutiert und verschiedene Theorien entwickelt; besonders die Liturgische Bewegung dieses Jahrhunderts wirkte auf die Sakramententheologie anregend, erneut wurde nach der Grundstruktur des Sakraments gefragt (vgl. den Überblick bei J. Auer: Allgemeine Sakramentenlehre, in: KKD VI, 23–125). Eine Zusammenfassung des gegenwärtigen römisch-katholischen Sakramentsverständnisses formulierte das II. Vatikanische Konzil in seiner Liturgiekonstitution (SC 59 und 61; vgl. auch LG 1; 11): Die Sakramente setzen Glauben voraus, sie nähren und stärken ihn, zeigen ihn in Wort und Ding, verleihen Gnade und befähigen dazu, Gnade mit Frucht zu empfangen, Gott zu verehren und Liebe zu üben. So sind sie hingeordnet auf die Heiligung des Menschen, den Aufbau des Leibes Christi (Kirche) und die Gottesverehrung.
Eine Explikation *römisch-katholischen Sakramentsverständnisses* auf der Basis dieser Konzilsaussagen hat die Gemeinsame Synode der Bistümer in der Bundesrepublik Deutschland in ihrem Beschluß »Schwerpunkte heutiger Sakramentenpastoral« vorgelegt (Synode I, 238–275). Sie nennt Sakramente »Handlungen, in denen Gott dem Menschen begegnet«. Der ursprüngliche Ort solcher Begegnung ist das Leben und Leiden des Jesus von Nazareth. In seiner Menschwerdung (Inkarnation) vereinigte sich der ewige Gottessohn mit der menschlichen Natur, in Kreuz und Auferstehung wurde er zum sichtbaren und wirksamen Zeichen der unsichtbaren Gnade, des göttlichen Heilswillens. Deshalb stellt die Synode fest: »Christus ist das Ursakrament«, und fügt hinzu: der bleibende geschichtliche Ort dieser Gottesbegegnung ist die Kirche, durch die Christus sichtbar in die Welt hineinwirkt (Kirche als das allumfassende Heilssakrament; LG 48, 2; s. o. § 2, 6 a). Dieses sakramentale Wesen der Kirche entfaltet sich in den einzelnen Sakramenten, welche »die konkrete Situation des menschlichen Lebens« betreffen. Die Sakramente sind in zweifacher Hinsicht »Zeichen des Glaubens«: »der gläubige Mensch bezeugt in ihrem Empfang seinen Glauben an die wirksame Hilfe Gottes; durch dieses Wirken Gottes wird ihm gleichzeitig Glauben geschenkt und bestärkt«. Die Wirksamkeit der Sakramente (traditionell »Gnade« genannt) umschreibt die Synode als Gemeinschaft und Teilnahme am Leben Gottes, Jesu Christi und der Kirche. Wer Taufe, Firmung und Eucharistie empfängt, tritt in diese Gemeinschaft ein und wird mit einem neuen Sinn seiner Existenz beschenkt. Die anderen Sakramente beziehen sich auf spezifische Lebenssituationen des so erneuerten und zu einem christlichen Leben bleibend beauftragten Menschen: die Situation persönlicher Schuld, schwerer Krankheit und herannahenden Todes, der Eheschließung, amtlicher Indienstnahme für die Kirche.

Lit.: MySal IV/2, 46–154 (Lit.) – A. WINKLHOFER: Kirche in den Sakramenten, Frankfurt/M 1968 – A. ADAM: Sinn und Gestalt der Sakramente, Würzburg 1975 (weit. Lit.) – P. HÜNERMANN: Schwerpunkte heutiger Sakramentenpastoral, in: D. EMEIS/B. SAUERMOST (Hg.): Synode-Ende oder Anfang, Düsseldorf 1976, 119–137.

b) Zu den Grundsakramenten (oder Initiationssakramenten), die den Menschen in die Kirche eingliedern, von der Herrschaft des Bösen befreien, die Gemeinschaft mit Christus bewirken und den Geist der Kindschaft Gottes schenken, gehören außer der (bereits erwähnten, s. Nr. 2) Eucharistie die ihr vorausgehenden Sakramente *Taufe* und *Firmung*. Bis zu der durch das II. Vatikanum veranlaßten Liturgiereform wurden Kinder nach dem überlieferten Ritus für erwachsene Taufbewerber getauft. Seit 1969 ist ein besonderer *Kindertaufritus* in Kraft (1971 für den deutschsprachigen Raum adaptiert).

In der derzeitigen Diskussion über die Berechtigung der Kindertaufe (vgl. W. KASPER [Hg.]: Christsein ohne Entscheidung oder Soll die Kirche Kinder taufen? Mainz 1970) wird darauf hingewiesen, daß Kinder getauft werden dürfen auf den Glauben der Kirche, den die Eltern und Paten bekennen. Taufwille, Absage an Satan und Sünde und Glaubensbekenntnis werden von Eltern und Paten erfragt, nicht wie bisher von dem Kind. Ein Taufaufschub ist möglich, wenn der Glaube der Eltern und ihre Bereitschaft zur christlichen Erziehung nicht vorhanden sind. Dienst und Auftrag der Eltern bei der Kindertaufe haben Vorrang vor dem Auftrag der Paten, denen nur eine helfende (subsidiäre) Funktion zukommt.

Der Ritus für die *Erwachsenentaufe* wurde 1972 neu geordnet (die Adaption für den deutschsprachigen Raum ist noch nicht erfolgt). Er wird in drei Stufen vollzogen: Nach einem »Vorkatechumenat« (Kennenlernen des Glaubens) erfolgt (1) die Aufnahme in das Katechumenat (Zeit der Reifung im Glauben und christlichem Leben; kann sich über mehrere Jahre erstrecken); ihr schließt sich (2) der Ritus der Erwählung an (Zeit der Läuterung und Erleuchtung); danach folgt (3) das Sakrament der Eingliederung (Taufe einschl. Firmung). Neben dem ausführlichen feierlichen Ritus ist je nach Ort, Zeit, Situation eine vereinfachte (festgelegte) Ordnung erlaubt. Unabdingbare Elemente des *Taufritus* sind das Eintauchen bzw. Übergießen von Wasser auf das Haupt (Zeichen der Reinigung und des Lebens) mit den Worten: »N., ich taufe dich im Namen des Vaters und des Sohnes und des Heiligen Geistes.«
Im engen Zusammenhang mit der Taufe steht das Sakrament der *Firmung* (neuer Ritus seit 1971; für den deutschen Raum 1973 adaptiert). Wer in frühster Kindheit getauft wurde, soll im Schulalter (in der Regel vom 7. Lebensjahr an) nach entsprechender Vorbereitung (Firmunterricht) gefirmt werden und die Eucharistie empfangen. Durch die Firmung erhalten die getauften Kinder die Gabe des Heiligen Geistes, die sie Christus ähnlicher macht und der Kirche vollkommener verbindet. Durch den Empfang der Eucharistie wird der Gläubige dem Leib Christi vollkommen eingegliedert.

Lit.: J. AMOUGOU-ATANGANA: Ein Sakrament des Geistempfangs? Zum Verhältnis von Taufe und Firmung, Freiburg 1974 – MySal V, 136–197 (Lit.); 297–348 (Lit.) – KKD VII, 21–113 (Lit.).

c) Neben den drei Sakramenten, in denen sich die Initiation vollzieht, kennt die römisch-katholische Kirche vier weitere Sakramente: Buße, Krankensalbung (Letzte Ölung), Weihe und Eheschließung.
aa) Im *Bußsakrament* nimmt die Kirche ihren Auftrag und ihre Vollmacht wahr, den Sünder mit Gott zu versöhnen. Seit 1973 (dt. Ausgabe 1974) liegt ein neues Bußritual vor, das folgende *Lossprechungsformel* enthält: »Gott, der barmherzige Vater, hat durch den Tod und die Auferstehung seines Sohnes die Welt mit sich versöhnt und den Heiligen Geist gesandt zur Vergebung der Sünden. Durch den Dienst der Kirche schenkt er dir Verzeihung und Frieden. So spreche ich dich los von deinen Sünden im Namen des Vaters und des Sohnes und des Heiligen Geistes«. Die sakramentale Versöhnung kann sich in verschiedenen *Formen* vollziehen: (1) in einer Bußfeier für einzelne , (2) in einer gemeinschaftlichen Feier mit Bekenntnis und Lossprechung des einzelnen und (3) in einer gemeinschaftlichen Feier mit allgemeinem Bekenntnis und Generalabsolution (nur bei »schwerwiegender Notwendigkeit«, z. B. Todesgefahr, zu wenig Beichtväter; die Beichte des einzelnen muß innerhalb eines Jahres nachgeholt werden).

Zur Theologie und Liturgie der Buße vgl. F. NIKOLASCH: Die Feier der Buße, Würzburg 1974 – E. FEIFEL (Hg.): Buße – Bußsakrament – Bußpraxis, Einsiedeln 1975 – MySal V, 349–461 (Lit.) – KKD VII, 117–193 (Lit.).
Mit dem Bußsakrament ist die im kirchlichen Gesetzbuch geregelte (seit 1967 vereinfachte; s. u.) *Ablaßpraxis* der römisch-katholischen Kirche verbunden (vgl. CIC can. 911–936). Sie setzt voraus, daß (definierte Lehre des Konzils von Trient; DS 1010, 1543, 1580, 1689–91, 1712–15) Schuld (culpa) und Schuldstrafen (poena) nicht zusammenfallen und darum auch nicht notwendig in einem Akt getilgt werden. Während das Bußsakrament die Sünden*schuld* aufhebt, bleibt die zeitliche Sünden*strafe* solange bestehen, bis sie im Leben oder im Fegfeuer (Reinigungsort) abgebüßt ist. Die Sün-

denstrafe kann aber durch den »Ablaß« (indulgentia) nachgelassen werden von der kirchlichen Autorität kraft ihrer Vollmacht, die Sünde zu lösen und zu binden und Strafen (Kirchenstrafen) aufzuerlegen und zu erlassen, und unter der Voraussetzung, daß der Sünder den Ablaß gewinnen will und die vorgeschriebenen Ablaßwerke erfüllt. Die Kirche gewährt den Ablaß vermöge des »Kirchenschatzes« (das sind die überschießenden Verdienste Christi und aller Heiligen), aufgrund dessen sie die Lebenden begnadigt und für die Toten fürbittend eintritt. Gegen die Mißbräuche des Ablaßhandels wandte sich LUTHER in seinen »95 Thesen« (1517). In der zeitgenössischen katholischen Theologie sind Ablaßtheorie und -praxis umstritten, im Kirchenvolk schwindet das Interesse am Ablaß (vgl. K. RAHNER: Schriften z. Theol. VIII, 1967, 472–518). Unbeschadet grundsätzlicher Einwände, doch in der Absicht das Ablaßwesen zu vereinfachen, legte PAUL VI. eine neue Ablaßordnung vor: Apost. Konstitution »Indulgentiarum Doctrina« vom 1. 1. 1967 (AAS LIX, 1967, 5–24), in der die bisherige kirchenamtliche Tradition bestätigt wird und neue Normen für die Ablaßpraxis genannt sind (vgl. F. BARTH: Materialien zu Entstehung und Bedeutung der Ablässe, in: MdKI 18, 1967, 47–54; weit. Lit.).

bb) Das Sakrament der *Krankensalbung* (früher: »Letzte Ölung«) als leiblich-seelische Hilfe für den schwer erkrankten Gläubigen soll nach dem Willen des II. Vatikanums (SC 73) nicht erst in der Todesstunde, sondern schon dann empfangen werden, »wenn der Gläubige beginnt, wegen Krankheit oder Altersschwäche in Lebensgefahr zu geraten«. Ein neuer Ritus wurde 1972 veröffentlicht (dt. Ausgabe 1973, konfirmiert 1975). Er sieht die Salbung an Stirn und Händen vor, notfalls an einer anderen Körperstelle (früher Salbung der fünf Sinnesorgane).

Lit.: M. PROBST/K. RICHTER (Hg.): Heilssorge für die Kranken, Freiburg 1975 (Lit.) – KKD VII, 197–212 (Lit.)

cc) Das *Weihesakrament* gliedert sich in drei Stufen: Diakonats-, Priester- und Bischofsweihe. Die wesentlichsten Stücke der Weihehandlung sind Handauflegung und Konsekrationsgebet. Ein erneuerter Ritus wurde 1968 vorgelegt (für den deutschsprachigen Raum gültige Fassung folgte 1971). Die *Diakone* stehen als Helfer des Bischofs und seines Presbyteriums »im Dienst des Wortes, des Altars und der Liebe« (u. a. predigen, taufen, trauen, beerdigen). Sie werden konsekriert durch einen Bischof mit dem Gebet: »Sende herab auf sie, o Herr, den Heiligen Geist; seine siebenfältige Gnade möge sie stärken, ihren Dienst getreu zu erfüllen«. Die *Priester* nehmen am Lehr-, Priester- und Hirtenamt Christi teil. Ihre Aufgaben sind vor allem der Dienst beim eucharistischen Opfer, Taufe, Bußsakrament, Krankensalbung, Stundengebet, Dienst an den Armen und Notleidenden nach dem Vorbild Christi. Die Konsekrationsformel lautet: »Gib deinen Knechten die priesterliche Würde. Erneuere in ihnen den Geist der Heiligkeit. Gib, o Herr, daß sie festhalten an dem Amt, das sie aus deiner Hand empfingen; ihr Leben sei für alle Ansporn und Richtschnur«. Mit der Weihe eines *Bischofs*, die höchste Stufe, wird die ununterbrochene Nachfolge der Bischöfe gewahrt (apostolische Sukzession; vgl. § 5, 1 b). Sie wird gemäß päpstlichem Auftrag von einem Bischof und wenigstens zwei weiteren Bischöfen als Mitkonsekratoren vollzogen und überträgt dem Bischofskandidaten die Teilhabe am dreifachen Amt Christi, dessen Vorbild für ihn verpflichtend ist. Wesentlich für die Konsekration sind die Worte: »Sende herab auf diesen Auserwählten die Kraft, die von dir ausgeht, den Geist der Führung, welchen du deinem geliebten Sohn Jesus Christus gegeben hast. Er hat den Heiligen Geist den Aposteln verliehen, und sie haben dein Heiligtum, die Kirche, überall auf Erden gegründet deinem Namen zum Lobpreis und Ruhm ohne Ende.« Die Vorstufen des Weihesakraments sind nach der Neuregelung von 1972 der Dienst des *Lektors* und des *Akolythen* (Gefolgsleute, Ministranten) (können auch von männlichen Laien ausgeübt werden) und die Aufnahme unter die *Kandidaten* des Diakonats und des Presbyteriats. Die Aufnahme in den geistlichen Stand (Kleriker) erfolgt erst mit der Diakonatsweihe, die mit der Übernahme des *Zölibats* als einem trennenden Ehehindernis verbunden ist.

Die Frage, ob nur ein *Mann oder* auch eine *Frau* das Sakrament der Weihe empfangen kann, ist im Laufe der Kirchengeschichte immer wieder diskutiert worden. Anläßlich des II. Vatikanischen Konzils und entsprechender Forderungen seitens katholischer Frauen sowie aufgrund der aufkommenden Praxis protestantischer Kirchen, auch Frauen zu ordinieren, und der ökumenischen Diskussion über das Amt in der Kirche wurde das Problem erneut debattiert (vgl. HAYE VAN DER MEER: Priestertum der Frau? Eine theologiegeschichtliche Untersuchung, Freiburg 1969). Obgleich die Stellung der Frau auch im kirchlichen Bereich zunehmend aufgewertet wird, hält die römisch-katholische Kirche unverändert an ihrer Tradition fest und lehnt nachdrücklich das *Priestertum der Frau* ab, weil eine weibliche Person nicht an die Stelle Christi (eines Mannes) treten könne und Christus keine Frau zum Priester bestellt habe; vgl. das umfangreiche, von Papst Paul VI. approbierte Votum der Kongregation für die Glaubenslehre »Declaratio circa quaestionem admissionis mulierum ad sacerdotium ministeriale« vom 15. Okt. 1976 (AAS LXIX, 1977, 98–116) – Vgl. KKD VII, 295–367 (Lit.).

dd) Die liebende und dauerhafte Verbindung von Mann und Frau in der *Ehe* gilt als ein Zeichen für die heilstiftende Vermählung Christi mit seiner Kirche. In der Ehe realisiert sich die Gnade und Liebe Gottes; »sie wird durch die Erlöserkraft Christi und den Heilsdienst der Kirche geleitet und beschenkt« (GS 48). Darum konstituieren zwei Christen, wenn sie ihren Ehewillen in der kirchlich anerkannten Form aussprechen (d. h. vor dem Priester und zwei Zeugen: »Formpflicht«), nicht nur ihren natürlichen Ehebund, sondern in ihm auch das Sakrament. Bei der Eheschließung spenden sich die Brautleute selbst das Sakrament, der Priester als amtlichr Vertreter der Kirche bestätigt und segnet den geschlossenen Bund (die nur standesamtlich geschlossene Ehe wird bloß hinsichtlich ihrer bürgerlich-rechtlichen Wirkungen respektiert). Die kirchlich gültig geschlossene Ehe kann durch keine irdische Instanz geschieden werden; unter bestimmten Voraussetzungen (z. B. Formfehler, Eheversprechen mit Vorbehalt) kann sie aber vor einem kirchlichen Ehegericht für nichtig erklärt werden.

Die *Konfessionsverschiedenheit* gilt in der römisch-katholischen Kirche als Ehehindernis. Darum ist die Eheschließung konfessionsverschiedener Partner (sog. *Mischehe*) an Bedingungen geknüpft (vgl. PAUL VI.: Motuproprio »Matrimonia mixta« vom 31. März 1970; dt. Ausführungsbestimmungen vom 23. Sept. 1970; Text in: MdKI 21, 1970, 55–60. 95–100). Von dem *Ehehindernis* der Konfessionsverschiedenheit kann der Priester befreien (Dispens), wenn der katholische Partner bejaht, in seiner Ehe »als katholischer Christ« zu leben und »sich nach Kräften« um die Taufe und die katholische Erziehung seiner Kinder »zu bemühen«. Von der *Formpflicht* kann der Bischof befreien, wenn einer katholischen Eheschließung erhebliche Schwierigkeiten (Gewissenskonflikte) entgegenstehen. Auch für diesen Dispens ist die vorgenannte Zusage des katholischen Partners unabdingbare Voraussetzung. Mit der Befreiung von Ehehindernis und Formpflicht ist die nur standesamtlich geschlossene oder evangelisch getraute Ehe ebenso gültig wie eine in der kanonischen Form geschlossene Ehe. Eine *gemeinsame Trauung* ist bei begründetem Wunsch der Partner in der Weise möglich, daß ein evangelischer Pfarrer bei der katholischen Trauung oder (bei Dispens von der Formpflicht) ein katholischer Priester bei der evangelischen Trauung mitwirkt (ein von der römisch-katholischen und den evangelischen Kirchen in Deutschland verabschiedetes Doppelritual liegt seit 1971 vor). Eine doppelte Trauung lehnen beide Konfessionen ab.

Lit.: MySal IV/2, 422–449 (Lit.) – KKD VII, 215–292 (Lit.) – F. BÖCKLE: Pastoraltheologie der Ehe, in: HPTh IV, 17–44 – W. KASPER: Glaube und Geschichte, Mainz 1970, 330–354 (»Die Verwirklichung der Kirche in Ehe und Familie. Überlegungen zur Sakramentalität der Ehe«) – R. FRIELING: »Mischehe« – Aber wie? Kommentar und Dokumente zu Seelsorge und Recht bei Ehen konfessionsverschiedener Paare, Göttingen 1971.

d) Neben den sieben Sakramenten werden in der römisch-katholischen Kirche eine Fülle von Riten praktiziert, die Zeichen der Präsenz Gottes in der Welt sein wollen, indem sie Gottes Herrschaft über Personen und Sachen bekunden und Gottes Hilfe erbitten. Sie sind den Sakramenten vergleichbar, doch von geringerer Bedeutung (»Nachahmung der Sakramente«; von der Kirche eingesetzt, nicht von Christus gestiftet; SC 60); sie werden darum *Sakramentalien* genannt. Sie sollen die Gläubigen dazu bereiten, »die eigentliche Wirkung der Sakramente aufzunehmen« und »das Leben in seinen verschiedenen Gegebenheiten zu heiligen« (SC 60). Ihre Wirksamkeit gründet sich auf das Gebet der Kirche, die an dem Christusgeheimnis teilhat (Wirkweise ex opere operantis Ecclesiae, beim Sakrament ex opere operato). Es wird unterschieden zwischen *Weihungen* (Konsekrationen), die Personen oder Sachen auf den Dienst Gottes oder der Kirche hinordnen, und *Segnungen* (Benediktionen), die für Personen oder Sachen Gottes Hilfe erflehen. Zu den Weihungen gehören u. a. die monastischen (klösterlichen) Riten wie Mönchs-, Jungfrauen- und Abtsweihe, die Weihe von Kirchen, Altären, Glocken, Friedhöfen, des Taufwassers, der Kerzen (u. a. Osterkerze), der liturgischen Gewänder usf. Die Segnungen sind mannigfacher Art; das Rituale Romanum nennt wenigstens 160 verschiedene Segenshandlungen: neben dem päpstlichen, bischöflichen und sakramentalen Segen u. a. Segnungen von Andachtsgegenständen (z. B. Rosenkranz) und Gebrauchsgegenständen (z. B. Brautringe, Brücken, Häuser, Wohnungen, Werkstätten usf.). Die Konsekrationen nehmen in der Regel Bischöfe vor, Benediktionen – sofern sie nicht den Bischöfen oder Ordensangehörigen vorbehalten sind – können die Priester spenden, aber auch »in besonderen Fällen« qualifizierte Laien (SC 79, 2).

4. Das Gebet

Im gottesdienstlichen Leben der römisch-katholischen Kirche nimmt das Gebet einen hervorragenden Platz ein. Voran steht das *Stundengebet* (Brevier), mit dem Christus »durch seine Kirche« die priesterliche Aufgabe des göttlichen Lobgesangs über den Ablauf des Tages und der Nacht hin fortsetzt; es ist »die Stimme der Braut, die zum Bräutigam spricht«, und es ist zugleich das Gebet, »das Christus vereint mit seinem Leib an seinen Vater richtet« (SC 83; 84). So steht das Stundengebet als öffentliches Gebet der Kirche und in ihrem Namen (SC 85) dem Rang nach über anderen Gebeten; es ist die »Quelle der Frömmigkeit und Nahrung für das persönliche Beten« (SC 90). Außer den Ordensmitgliedern, die das Chorgebet verrichten, sind die Priester bzw. Inhaber der höheren Weihen zum Stundengebet verpflichtet (Dispens in besonderen Fällen ist möglich), andere Glieder der Kirche (einschl. Laien) können damit beauftragt werden.

Nach der Liturgiereform des II. Vatikanums gliedert sich das Stundengebet in: *Laudes* (auch Mette genannt; Morgengebet); die ursprünglich folgende Prim wurde gestrichen; von den anschließenden drei kleineren Horen *Terz* (3. Stunde), *Sext* (6.) und *Non* (9.) braucht außerhalb des Chorgebetes je nach Tageszeit nur eine gebetet werden; *Vesper* (Abendgebet); *Komplet* (Nachtgebet); *Matutin* (hat im klösterlichen Chorgebet den Charakter eines nächtlichen Chorgebetes, ist ansonsten ein an keine Stunde gebundenes officium lectionum). – Neues Stundengebet (Paul VI.: »Laudes Canticum«, Allerheiligen 1970), vgl. Dokumente zum Röm. Stundengebet, Trier 1975.

Obgleich das gemeinschaftliche Gebet in den liturgischen Akten vorrangig ist, so »muß der Christ auch in sein Kämmerlein gehen und den Vater im Verborgenen anbeten« (SC 12). Das *private Gebet* wie alles geistliche Leben des Einzelnen außerhalb der Liturgie und die *individuellen* (auch gemeinsamen) *Andachtsübungen* (z. B. Rosenkranzgebet, Kreuzweg) sollen dazu dienen, die Gläubigen auf die bewußte und tätige Teilnahme an der Liturgie vorzubereiten (SC 11–13). Das gleiche gilt auch für die persönlich oder gemeinsam geübte Gottesverehrung in dem vielfältigen religiösen *Brauchtum* (soweit es nicht mit »Aberglauben und Irrtum verflochten« und sofern es »mit dem wahren und echten Geist der Liturgie vereinbar ist«; SC 37): z. B. Tisch- und Abendgebete, Gebete an Maria und die Heiligen, Prozessionen, Wallfahrten, Votivgaben, Weihnachts-, Dreikönigs-, Passions- und Osterspiele, Brauchtum anläßlich von Geburt, Taufe, Hochzeit, Begräbnis usw.

5. Verehrung Marias, der Heiligen und Seligen

a) Neben dem vielfachen liturgischen Handeln, das – in seiner aufsteigenden Linie – der Anbetung und Verherrlichung Gottes unmittelbar dient, steht – ein Charakteristikum römisch-katholischer Frömmigkeit – die (indirekte) Gottesverehrung im Medium der *Verehrung Marias, der Heiligen und der Seligen.* In den Heiligen leuchtet die himmlische Kirche auf, der die pilgernde Kirche auf Erden entgegengeht. Zwar sind die Heiligen »Schicksalsgenossen unserer Menschlichkeit«, aber sie sind bereits mit Christus vollkommen vereinigt; sie schauen jetzt schon den dreieinigen Gott, treten fürbittend vor ihn und zeigen ihre Verdienste vor (LG 49). Darum können sie den »sicheren Weg« zur Heiligkeit zeigen und von denen, die auf Erden pilgern, hilfesuchend angerufen werden, »um Wohltaten zu erflehen von Gott durch seinen Sohn Jesus Christus, der allein unser Erlöser und Retter ist« (LG 50, 3). In der Liebe und dem Dank zu diesen »Freunden und Miterben Christi« wird Gott verherrlicht und der »Kult der Anbetung«, der Gott gebührt, keineswegs abgeschwächt, »sondern vielmehr stark bereichert« (LG 51, 1). Wenn die Kirche sich zu ihren Heiligen bekennt, dann ist dies ein Bekenntnis der Kirche zu sich selbst und zu ihrer Geschichte, in der sich Gottes Geist und Heilswillen als wirksam erwiesen haben, und zugleich ein Bekenntnis zu dem Herrn, der »die Krone aller Heiligen« ist (LG 50, 3). Wenn sie die Heiligen verehrt, dann bringt sie damit ihre Einheit mit der himmlischen Kirche zum Ausdruck. So gehört die Heiligenverehrung wie die heilige Liturgie, in der die Einheit mit der himmlischen Kirche »auf vornehmste Weise verwirklicht« ist (LG 50, 4), zur Selbstdarstellung der Kirche; hier konkretisiert sie ihr »eschatologisches Wesen«, ihren »endzeitlichen Charakter« der Heiligkeit.

b) In einem »Kult eigener Art« wird *Maria* verehrt, weil sie »vor allen Engeln und Menschen erhöht« wurde (LG 66), und weil sie unaufhörlich bittet, um für die pilgernde Kirche »die Gaben des ewigen Heils zu erwirken« (LG 62, 1). Sie wird »unter dem Titel der Fürsprecherin, der Helferin, des Beistandes und der Mittlerin angerufen«, ohne daß dies der Würde und Wirksamkeit Christi abträglich wäre (ebd.). Ihre Verehrung kann sich in verschiedenen Formen »im Rahmen der gesunden und orthodoxen Lehre je nach den Verhältnissen der Zeiten und Orte und nach dem Charakter und der Geistigkeit der Gläubigen« vollziehen (LG 66).

Das Lehramt hat die Marienverehrung »als wesentlichen Bestandteil des christlichen Gottesdienstes« immer wieder nachdrücklich eingeschärft, zuletzt PAUL VI. In seinem Apostolischen Schreiben »Marialis Cultus« vom 2. Febr. 1974 (AAS LXVI, 1974, 113–168; vgl. dazu die Aufsatzsammlung: Maria im Geheimnis der Kirche. Bild der Neuen Frau. Kult und Frömmigkeit – Lehre – Ökumene, in: Cath 29, 1975, 87–283; ferner MdKI 26, 1975, 115–117). Der besonderen Verehrung Mariens dienen vier Hochfeste (8. Dez. Maria Empfängnis; 1. Jan. Maria Gottesmutter; 25. März Verkündigung des Herrn, die neue Eva; 15. Aug. Mariä Aufnahme in den Himmel), daneben drei weitere Feste, vier gebotene Gedenktage und fünf nicht gebotene (regionale) Gedenktage; hinzu kommen eine Vielzahl regionaler Feste, Weihetage und Wallfahrten, die nicht im allgemeinen liturgischen Festkalender aufgezählt sind. Vgl. § 2, 1 a; 2, 6 a. Lit.: W. BEINERT (Hg.): Maria heute ehren, Freiburg ^{2}1977.

c) Der Marienverehrung nachgeordnet ist das verehrende Gedenken des heiligen *Joseph,* der *Apostel,* der *Märtyrer,* der übrigen *Heiligen* und *Seligen.* Sie werden »gemäß der

Überlieferung verehrt, ihre echten Reliquien und ihre Bilder in Ehren gehalten. Denn die Feste der Heiligen künden die Wunder Christi in seinen Knechten und bieten den Gläubigen zur Nachahmung willkommene Beispiele« (SC 111).
Der vom II. Vatikanum ausgesprochenen Anregung, die übergroße Zahl der Heiligenfeste zu reduzieren bzw. lokal zu begrenzen, wurde in der 1969 vorgenommenen Neuordnung des Kirchenjahres und des Allgemeinen Römischen Kalenders entsprochen (Der Röm. Kalender, hg. v. d. Liturgischen Instituten in Salzburg, Trier und Zürich, 1969).

d) Über den besonderen Grad und Modus eines ihrer Glieder befindet die römisch-katholische Kirche in einem juristisch geregelten *Verfahren der Selig- bzw. Heiligsprechung*. Es wurde 1634 eingeführt und ist im CIC can. 1999–2141 festgelegt; neue, den heutigen Bedürfnissen angepaßte Bestimmungen werden vorbereitet.

Der »Ruf der Heiligkeit« oder »des Martyriums« muß zunächst durch Zeugenbefragung, Archivmaterial oder historische Dokumente u. ä. in einem »informatorischen« Verfahren und mit juristischer Evidenz begründet werden. Wird es positiv entschieden, kann das Apostolische Verfahren eröffnet werden, das mehrere Instanzen im Für und Wider der Postulatoren und Advokaten durchlaufen muß. Bei einem günstigen Ausgang ist der Weg zur feierlichen Seligsprechung geöffnet. Handelt es sich dabei um einen Nichtmärtyrer, müssen in einem erneuten Verfahren Wundertaten nachgewiesen werden (neben theologischen und historischen sind ggf. naturwissenschaftliche und medizinische Beweisgänge erforderlich). Eine Heiligsprechung erfolgt erst dann, wenn in einem weiteren Verfahrensgang, ähnlich den vorangegangenen, der Heilige Stuhl zu der Gewißheit gekommen ist, daß Gott durch die Fürbitten des Seligen weitere Wunder gewirkt hat.

Seit der Einführung des kanonischen Verfahrens wurden über 1200 Seligsprechungen vorgenommen, davon mehr als 90 % in den letzten hundert Jahren, zu einem großen Teil während des Pontifikats Pius' XII. (1939–1958). In einem gewissen Widerspruch zu dieser Tendenz, die auch in der Amtszeit Johannes' XXIII. und Pauls VI. angehalten hat, scheint die oft vorgebrachte Feststellung zu stehen, daß im Kirchenvolk, zumindest in bestimmten Regionen und Ländern, die Heiligenverehrung rückläufig ist. Doch angesichts des Stellenwertes und der Funktion, die der Heiligenverehrung nach römisch-katholischer Lehre zukommen, und des Anspruchs der Heiligkeit, den diese Kirche damit verbindet und ausdrückt, kann die Haltung des Lehramtes nicht überraschen. Die vermehrten Selig- und Heiligsprechungen in den letzten Jahrzehnten mögen dem Zweck dienen, das Kirchenvolk immer wieder auf den Weg zur himmlischen Kirche zu rufen und einer widrigen Entwicklung entgegenzusteuern.

Ein Gegengewicht zur nachlassenden Heiligenverehrung und schwindenden Volksfrömmigkeit könnte – nach ihrem Selbstverständnis – die seit 1967 von Nordamerika ausgehende *charismatische Bewegung* darstellen. Sie wendet sich gegen das zum Objekt gewordene Heilige und gegen einen zum Denkproblem erstarrten Glauben. Stattdessen sucht sie auf dem Weg einer »Wiederentdeckung des Heiligen Geistes«, in Gebetserfahrungen, im Zungenreden (Zeichen der Geisttaufe), in der Macht über Krankheit und Dämonen (Gabe des Heilens) und im ordensähnlichen Gruppenleben jene christliche Spiritualität zurückzugewinnen, die dem einzelnen zu seiner Identität verhelfen und die Gemeinschaft geistlich auferbauen und beleben will (vgl. H. VINCON: Charismatische Bewegung – Frühling der Kirche?, in: MdKI 26, 1975, 93–98; hier weit. Lit.). – Vgl. ferner: Die charismatische Erneuerung und die Kirchen, Regensburg 1977.

Lit.: W. BEINERT: Heute von Maria reden? Kleine Einführung in die Mariologie, Freiburg ²1977 – P. MOLINARI: Die Heiligen und ihre Verehrung, Freiburg 1964.

6. Heilige Zeiten, Orte und Dinge

Die Vergegenwärtigung des Heils, wie sie im liturgischen Handeln der römisch-katholischen Kirche vollzogen wird, soll dem universalen göttlichen Heilswillen gemäß in allen

Dimensionen menschlichen Seins geschehen. Die geistliche Wirklichkeit, die der Kirche vorgegeben ist und die sie als Kirche weiterträgt, beschränkt sich nicht auf den inneren und individuellen Bereich, sondern ergreift auch den äußeren und sozialen. Diesen Anspruch drückt die römisch-katholische Kirche darin aus, daß sie Zeit, Raum und dingliche Umwelt liturgisch gestaltet, als heilserfüllt und heilsbezeugend verfügbar macht und seelsorgerlich-pädagogisch auf die Gläubigen hin ausrichtet.

a) Wie das Stundengebet das Heil in der Zeiteinheit des Tages und der Nacht vergegenwärtigt, so wird im Kreislauf des Jahres das Heilswerk durch eine feste Ordnung von Festen und Zeiten erschlossen (vgl. SC 102–105). Das *liturgische Jahr* (Kirchenjahr) gliedert sich (1) in die Feste, welche die Mysterien der Erlösung feiern (Menschwerdung und Geburt Jesu, seine Auferstehung und Himmelfahrt, Ausgießung des Geistes, Erwartung der seligen Hoffnung und Ankunft des Herrn; die »Herrenfeste« haben Vorrang vor allen anderen Festtagen), (2) in die Feste zur Verehrung Mariens, welche die Kirche als »Frucht der Erlösung« bewundert und welche sie als ihr Urbild und ihre eschatologische Vollendung erkennt, (3) in die Gedächtnistage der Märtyrer und Heiligen, welche die Fürsprecher und Vorbilder der Gläubigen sind (insgesamt 63 gebotene und 95 fakultative Gedenktage ohne die regionalen Heiligenfeste), und (4) in »fromme Übungen der Seele und des Leibes« (Unterweisung, Gebet, Fastenzeiten, Werke der Buße und Barmherzigkeit, d. h. u. a. Hilfsaktionen für Entwicklungsländer wie Misereor und Adveniat), in denen die Kirche die Erziehung der Gläubigen vertieft (SC 105; vgl. auch 109; 110). Als »Fundament und Kern« des Kirchenjahres gilt der *Sonntag* (»Herrentag«, »Ur-Feiertag«), weil an diesem Tag in der Eucharistiefeier das ganze Mysterium gegenwärtig ist; er soll für die Gläubigen ein »Tag der Freude und der Muße« sein (SC 106).

Das *»Heilige Jahr«*, das seit 1300 (Bonifazius VIII.) zunächst im hundertjährigen Turnus, dann alle 50 Jahre (Clemens V.) und seit 1470 (Paul II.) im 25jährigen Rhythmus in Rom gefeiert wird, verfolgt in neuerer Zeit das Ziel, die Gläubigen, die nach Rom pilgern, zu einer Erneuerung und Vertiefung des Glaubens durch Gebet und Versöhnung mit Gott und der Mitmenschen hinzuführen, ihnen unter bestimmten Bedingungen einen vollkommenen Ablaß zu gewähren und die Einheit der Kirche, das Band zwischen Rom und den Teilkirchen enger zu knüpfen.

b) Wo das Volk Gottes, die Kirche sich versammelt, dort ist *geheiligter Raum*. Das liturgische Geschehen adelt das Haus, die Gegenwart des Herrn im Sakrament und die Aufbewahrung der Eucharistie im Tabernakel verleiht dem *Kirchengebäude* seine Würde. Bei aller »Freiheit für die Kunst unserer Zeit und aller Völker und Länder«, welche die römisch-katholische Kirche gewährt, müssen die christlichen Versammlungsstätten ihrem Zweck gemäß gestaltet sein; sie sollen »den heiligen Riten mit der gebührenden Ehrfurcht und Ehrerbietung« dienen (SC 123).
Das Zentrum des liturgischen Raumes ist der *Altar* »als der Ort, an dem die Heilsmysterien gefeiert werden, und als ehrfurchtsgebietende Mitte der versammelten Gemeinde« (Instruktion vom 25. 5. 1967 Nr. 24). In oder unter dem geweihten Altar wird die Reliquie eines Märtyrers oder Heiligen aufbewahrt. Für die Altarausstattung (Altartuch, Kreuz, Leuchter) gelten besondere Vorschriften. Als angemessener Aufbewahrungsort für die konsekrierten Hostien dient das *Tabernakel* (tabernaculum = Zelt). Das Tabernakel auch außerhalb der Eucharistiefeier zu besuchen und dabei das Sakrament zu verehren, gilt als legitime Form eucharistischer Frömmigkeit. Als »Zeichen der dem Herrn gebührenden Ehrfurcht« soll in der Nähe des Tabernakels »ständig eine Lampe brennen« (o. g. Instruktion Nr. 57). Für die Verwaltung des Bußsakraments stehen in jedem Kirchengebäude *Beichtstühle* bereit, die an einem würdigen und sichtbaren Platz aufgestellt werden. Den *Bildern* Christi, Marias, der Apostel und Heiligen kommt Verehrung zu.

Sie eignen sich dazu, die Frömmigkeit der Gläubigen zu wecken und zu stärken. Dem Bild Christi gebührt vor anderen Bildern ein Ehrenplatz (Chorraum der Kirche).

c) Die *liturgischen Geräte* werden nach ihrem Gebrauch unterschieden. Gefäße, die zur Aufnahme und Spendung der »Heiligen Gestalten« benutzt werden, müssen aus Edelmetall gefertigt sein; z. T. ist Gold vorgeschrieben. Kelch und Patene bedürfen zu ihrem ordnungsgemäßen Gebrauch der Konsekration, während für andere liturgische Geräte (z. B. Weihrauchfaß u. ä.) die Benediktion genügt. Die reichhaltige *liturgische Kleidung* unterliegt einer diffizilen Gewänderordnung, in der die hierarchische Ordnung, die Weihestufen, die Gelegenheit und die Art des Tragens berücksichtigt sind. Die Farben der verschiedenen Kleidungsstücke richten sich teils nach dem Kirchenjahr, teils nach der Amtsstellung.
Was für den liturgischen Raum und seine Ausstattung, für die Geräte und die Kleidung gilt, trifft auch für die *Kirchenmusik*, den *Kirchengesang* und für die dabei verwandten *Instrumente* zu: sie haben in den liturgischen Handlungen der Kirche eine dienende Funktion, sind notwendiger und integrierender Bestandteil des gottesdienstlichen Lebens (vgl. SC 112). Sie sollen das Christusgeheimnis verherrlichen und verdeutlichen, Ausdrucksformen der Frömmigkeit sein, die Feierlichkeit und die Empfindungen der Gläubigen spiegeln.

d) Lange Zeit war Latein als *liturgische Sprache* üblich. Das II. Vatikanum leitete eine neue Entwicklung ein. Zwar wurde verfügt: »Der Gebrauch der lateinischen Sprache soll in den lateinischen Riten erhalten bleiben, soweit nicht Sonderrecht entgegensteht«, aber zugleich eingeräumt, daß »bei der Messe, bei der Sakramentsspendung und in den übrigen Bereichen der Liturgie nicht selten der Gebrauch der Muttersprache für das Volk sehr nützlich sein kann« (SC 36 § 1 ff). Inzwischen hat, wenn auch unter Widerständen, die volkssprachliche Liturgie sich durchgesetzt. »Die in der Liturgie gebrauchte muttersprachliche Übersetzung des lateinischen Textes muß von der zuständigen Autorität approbiert werden« (a.a.O.). Dabei ist man sich bewußt, daß im Blick auf die Zeit- und Kulturgebundenheit der Sprache die bloße Übersetzung oft nicht genügt; neue liturgische Texte, die der religiösen Erfahrung des modernen Menschen und seinen Sprachgewohnheiten angepaßt sind, werden nicht ausgeschlossen.

Lit.: A. G. MARTIMORT: Handbuch d. Liturgiewissenschaft, 2 Bde, Freiburg 1963–65 – K. G. FELLERER (Hg.): Geschichte d. kath. Kirchenmusik, 2 Bde, Kassel 1972–76 – SM I, 598–604 (Bilder; Lit.); I, 624–628 (Brauchtum; Lit.); II, 1215–1222 (Kirchenjahr; Lit.); III, 278–282 (liturg. Sprache; Lit.); HPTh III, 205–215; V, 260 f (Kirchenbau; Lit.).

§ 4 Kirche in der Welt

Dem Selbstvollzug ihres sakramentalen Wesens im gottesdienstlichen Leben (§ 3) korrespondiert der Selbstvollzug der römisch-katholischen Kirche im weltlichen Leben. Mit ihrer weltlichen Präsenz und Tätigkeit (vgl. § 7, 2 c) und in konkreten Beziehungen zur Welt in Zeit und Raum (geographisch, kulturell, gesellschaftlich, politisch) sucht sie ihrem universalen Anspruch gerecht zu werden, »Zeichen und Werkzeug für die innigste Vereinigung mit Gott wie für die Einheit der ganzen Menschheit« zu sein (LG 1, 1). Dabei stützt sie sich auf »Prinzipien der Lehre«, berücksichtigt die »verschiedenen Aspekte des heutigen Lebens und der menschlichen Gesellschaft« und unterstellt sich der »pastoralen Zielsetzung« ihres Sendungsauftrages (vgl. die erklärenden Anmerkungen zum Titel der Pastoralkonstitution »Gaudium et spes« [= GS]).

1. Prinzipien des Weltverhältnisses

a) Das konkrete Weltverhalten der römisch-katholischen Kirche gibt zu erkennen, daß sie sich innerhalb eines bestimmten Rahmens bewegt, der durch ihre Glaubensüberzeugung (in der das Ziel ihres Handelns mitgesetzt ist) wie durch Angemessensheits- und Zweckmäßigkeitsgründe markiert wird. Ihre *Beziehungen* zu den Kulturen und Gesellschaften, in denen sie jeweils lebt, *orientieren* sich

- grundsätzlich an ihrem *Selbstverständnis*, d. h. sie haben ihre Norm an der Offenbarung, die sie glaubt, und an dem Wesen der Kirche, das sie erkennt
- konkret an den Gegebenheiten der *Situation*, d. h. sie können geschichtlich variabel und je nach den Umweltbedingungen vielgestaltig sein
- insgesamt an der *Einheit des Ziels und der Aufgabe*, welche der Kirche vorgegeben ist.

Diese (allgemeine, am konkreten Handeln abzulesende) Ausrichtung ihres Weltverhaltens ermöglicht es der römisch-katholischen Kirche einerseits, in Anbetracht von Gegenwartssituationen differenzierend und akzentuierend Stellung zu nehmen; sie gibt Spielraum für Ermessensentscheidungen und erlaubt Rationalität im Handeln der Kirche. Andererseits intendiert sie Kontinuität und eine Raum und Zeit übergreifende Strategie des Weltverhaltens; sie bindet das Handeln der Kirche an Grundsätze, die immer und überall sich aus dem Wesen der Kirche ergeben, und sie macht die das geistliche Wesen und die gesellschaftliche Verfassung der Kirche umschließende Einheit geltend, die den unter verschiedenen Bedingungen lebenden Ortskirchen vorausliegt.

b) Das in den vielgestaltigen, doch ein Gleiches intendierenden Beziehungen zur Wirklichkeit sich ausdrückende *Verhältnis von Kirche und Welt* gründet auf der im Glauben gewonnenen *Erkenntnis*, daß

- die *Kirche* als göttliches Heilsorgan ausgezeichnet ist und sich nicht anders vollziehen kann als in einer dem Heilswillen gemäßen Hinwendung zur Welt
- die *Welt* als Schöpfung Gottes und als Adressat seiner Selbstmitteilung qualifiziert ist und durch den eigenen (widergöttlichen) Willen des Menschen geprägt wird
- *Kirche* und *Welt* sich unterscheiden und voneinander abheben, aber keinen Gegensatz darstellen.

Hinsichtlich der *Kirche* (vgl. § 2, 5) stimmt diese Erkenntnis überein mit dem Anspruch der römisch-katholischen Kirche, das universale und wirksame Heilssakrament zu sein, desgleichen mit ihrer Berufung, der fortschreitenden Präsenz Christi und der wachsenden Gottesherrschaft auf Erden zu dienen, und ferner mit ihrer Einsicht in Gottes Heilsplan, der neben Voraussetzung (Heilswille) und Anfang der Welt (Schöpfung) auch das Ziel der Geschichte erkennen läßt (Einheit des Menschengeschlechts, Vereinigung mit Gott). Hinsichtlich der *Welt* bringt diese Erkenntnis zum Ausdruck (vgl. GS 36; 39 u. ö.), daß die irdische Wirklichkeit eigenen Sinn, eigene Dignität und legitime Autonomien besitzt (d. i. ihr Anspruch), ein notwendiges Moment in der göttlichen Heilsordnung (Gemeinschaft mit Gott) darstellt (d. i. ihre Berufung) und ihre Vollendung in der gottgewollten Einheit von Schöpfungsordnung und Erlösungsordnung findet, in der die durch die Sünde verwundete, geschwächte und verunzierte Welt geheilt, erneuert und umgestaltet ist (d. i. ihr Ziel). Hinsichtlich des Verhältnisses von *Kirche und Welt* ist in dieser Erkenntnis festgehalten, daß zwischen Schöpfungswirklichkeit und Erlösungswirklichkeit eine formale Differenz besteht, daß aber Kirche und Welt aufeinander hingewiesen sind, indem die Welt der Kirche bedarf und die Kirche an der Welt ihr materiales Interesse findet (GS 23 ff; 33 ff; 40 ff).

Das bedeutet für das *Weltverhältnis* der römisch-katholischen Kirche, daß sie

- Kirche für alle Menschen ist – unbeschadet des Tatbestandes, daß nicht alle Menschen ihrer sichtbaren Organisation eingegliedert sind, obgleich sie wegen der »Heilsnotwendigkeit« der Kirche prinzipiell ihr angehören müßten

- die Aufgabe hat, die Welt als den Bereich des Menschen und der Dinge für Gott zu heiligen – unbeschadet des Tatbestandes, daß die Welt in ihrer Beschaffenheit und in ihrem Aufbau eine profane bleibt, ihren Wert behält und der zeitlichen Ordnung nicht entnommen ist
- in keinem unaufhebbaren Gegensatz zur Welt steht – unbeschadet der jedermann zugänglichen Erfahrung, daß der Mensch selbst, ohne Gott und ohne Kirche, die Welt nach seiner Vernunft und seinem Willen plant, steuert, gestaltet, manipuliert und zerstört und dabei der Versuchung ausgesetzt ist und ihr erliegen kann, die Wertordnung zu verzerren und das Böse mit Gutem zu vermengen (vgl. GS 37, 1).

c) Dieses Weltverhältnis macht die römisch-katholische Kirche in ihrem konkreten *Handeln* anschaulich: zum einen, indem sie menschliche Tätigkeiten und Güter, profane Leistungen und Werte zu umfassen und zu integrieren sucht, und zum andern, indem sie sich den jeweiligen Gegebenheiten der Situation bis hin zum Martyrium anpaßt und damit Gegnerschaft entschärfen und überwinden will. Integration und Anpassung als Merkmale ihres Handelns folgen der theologischen Erkenntnis, dem Glauben an Menschwerdung, Kreuz und Auferstehung Christi und der hier mitgegebenen Einsicht, daß Gott/Gnade/Heil gerade auf diese Weise in Welt/Natur/Sünde wirksam wird und zu dem eschatologischen Ziel kommt.

2. Weltverständnis

Das Weltverhältnis der römisch-katholischen Kirche spiegelt ihr *Weltverständnis.* Die irdische Wirklichkeit ist nicht bloß eine Gelegenheit zur Bewährung des Glaubens; sie wird auch nicht zu einem indifferenten Material abgewertet, das gestaltet werden will, dem es aber an der Beziehung zur eschatologischen Vollendung mangelt; und ebenso läßt sie sich nicht als ein Provisorium betrachten, das von dem Reich Gottes ersetzt werden muß. Vielmehr stellt sie die auf Gott hingeordnete, dem Geist und der Kraft des Menschen überlassene und von ihm weiterzuentwickelnde Welt dar, die »eigene Wahrheit, eigene Gutheit, Eigengesetzlichkeit und eigene Ordnung« besitzt; es wäre falsch, sie »ohne Bezug auf den Schöpfer« zu gebrauchen oder eine »Rivalität«, eine Gegnerschaft zu konstatieren (GS 36, 2; 34, 3). Doch gilt prinzipiell die *Unterscheidung* von profan und heilig, Vernunft und Glauben, Natur und Gnade, Aufbau der Welt durch den Menschen und Verwirklichung des Gottesreiches durch die Kirche, Kultur und Evangelisation, Gesellschaft und Kirche usw. Denn Gott und Welt können nicht gleichgesetzt werden. Aber ebensowenig läßt sich ein radikaler unaufhebbarer Dualismus behaupten. Stattdessen wird im Blick auf die Menschwerdung Gottes in Christus (s. u. Nr. 3 c Exkurs: Theologie der Inkarnation) und auf die Sendung des Heiligen Geistes – und in der Analogie dazu – die *Anwesenheit des Heils in der Welt,* der göttlichen Gnade in der irdischen Wirklichkeit geglaubt. Das bedeutet, daß die gute Schöpfung, die sündige (gegenwärtige) Menschenwelt und das vollendete (zukünftige) Universum in einem Zusammenhang stehen, der nicht nur auf einer effizienten Kausalität des Schöpfers basiert. Sie sind vielmehr als *Einheit* zu begreifen, die von der Gnade Gottes durchwirkt und zusammengehalten wird. Die genannten Unterscheidungen und polaren Spannungen, die sich allenthalben zeigen, bewegen sich innerhalb dieser Einheit und werden letztlich aufgehoben sein, wenn die Gnade die Natur (Welt, Geschichte) ans Ziel geführt und vollendet hat, wenn Gottheit und Menschheit letztendlich vereinigt sind nach dem Plan Gottes.

Exkurs: Zur Gnaden- und Sündenlehre

a) Das römisch-katholische Welt-(Wirklichkeits-)verständnis setzt eine ziemlich komplexe wie diffizile *Gnadenlehre* voraus, die in einer längeren dogmengeschichtlichen Entwicklung entstanden ist. In ihr wird die von seinem Heilswillen getragene Selbstmitteilung Gottes an die Kreatur und die unaufhaltsame Wirksamkeit der Gnade systematisch erfaßt und dargestellt und dabei das Verhältnis des sich offenbarenden Absoluten zu dem empfangenden Bedingten expliziert. (Zur Vielschichtigkeit der Gnadenvorstellungen, zur unterschiedlichen Begrifflichkeit und Akzentuierung in den verschiedenen theologischen Schulen und zur kontroverstheologischen Auseinandersetzung mit der reformatorischen Kritik vgl. außer den dogmengeschichtlichen Darstellungen die Lehrbücher der Dogmatik, u. a. KKD V [m. weit. Lit.]; MySal IV/2, 595–984 [umfass. Überblick; Lit.]; ferner: U. KÜHN: Natur und Gnade, Göttingen 1961 [kontroverstheol.]).
Ein wichtiges Problem der Gnadenlehre ist die Frage, wie »Natur« als Schöpfung und als notwendiges Moment der Gnadenzuwendung zu bestimmen und wie das Verhältnis von »Natur« und »Gnade« zu denken ist. Die *»Natur«* kann zum einen qualifiziert werden als »geschöpfliche Wirklichkeit« an sich, der absolut unterschieden die »übernatürliche Wirklichkeit« als solche gegenübersteht, zum andern als sündige Natur, die sich widergöttlich äußert und darum der Heilung bedarf, und zum dritten als die auf ein höheres Ziel, auf Vollendung angelegte Natur, die zu ihrer Verwirklichung auf Hilfe angewiesen ist. In dieser Bestimmung von »Natur« sind ihre Beziehungen zur »Gnade« bereits angezeigt. Die Frage nach der Zusammengehörigkeit und nach dem Zusammenwirken von »Natur« und »Gnade« und damit auch die nach dem Wesen der *Gnade* beantwortet das die »Analogia-entis-Lehre« und das katholische »Und« (vgl. § 2, 4 b) charakterisierende scholastische Axiom: »Gratia non destruit, sed supponit et perficit naturam«. (Diesem für die Seinsordnung geltenden Grundsatz entspricht hinsichtlich der Denkordnung [Problem von Glaube und Vernunft] die Aussage: »Fides non destruit, sed supponit et perficit rationem«. Vgl. E. PRZYWARA, in: Scholastik 17, 1942, 178–186 [eine ideengeschichtliche Interpretation dieses Axioms], und J. RATZINGER: Gratia praesupponit naturam, in: Einsicht und Glaube, hg. v. J. RATZINGER und H. FRIES, 1962, 135–149). In diesem Axiom kommt zum Ausdruck, (1) daß die Gnade die Natur in ihrer Freiheit und in ihren Möglichkeiten nicht einschränkt oder gar vernichtet, (2) daß sie vielmehr die Natur voraussetzt, der sie zugehört, und (3) daß sie die dazu geeignete Natur erhöht und vollendet. Sofern damit nicht bloß eine theoretische Frage beantwortet werden soll, sondern ein die *Existenz des Menschen,* seine Selbstverwirklichung betreffendes Problem, so besagt der genannte Grundsatz: Die Gnade ist eine freie und das Geschöpf überschreitende Gabe des Schöpfers und keine natürliche Folge der Schöpfung; sie setzt den in Raum und Zeit lebenden Menschen voraus, dem sie geschenkt wird und den sie zu einer »neuen Kreatur« gestalten will; das Geschenk verpflichtet den Beschenkten, der Gnade in seinem Sein und Wirken Ausdruck zu verschaffen; dabei wird die Gnade nur in dem Maße in ihm wirksam, als der Mensch ihrer Anregung folgt, sie zur Entfaltung kommen läßt, und es ihm damit gelingt, sie zu »verleiblichen«; erst durch den Vollzug der Gnade wird die Erlösung wirksam (vgl. die Wirksamkeit des Sakraments; § 3, 3 a). Der gemeinte Sachverhalt trifft – über den einzelnen Menschen hinaus – ebenso für die *Geschichte* zu, weil Menschwerdung, Erlösung und Geistsendung ein geschichtliches Ereignis sind (Heilsgeschichte) und die Vollendung der Menschheitsgeschichte in allen ihren Dimensionen zum Ziel haben. Er gilt desgleichen für die *Kirche* (vgl. § 2, 5), die als der mystische Leib Christi in dieser Welt nur wirksam werden kann, wenn und insoweit sie die menschliche Gesellschaft erfaßt und sie sich in dieser verleiblicht (was nicht die Identität von Kirche und Gnade bedeutet, sofern die Gnade über deren sichtbares Gefüge hinausreicht).

b) Die römisch-katholische Gnadenlehre, welche die Differenz wie die Einheit von Natur und Gnade aufzeigt, beide Größen unterscheidet und in einem höheren Ganzen aufgehoben sein läßt, impliziert ein korrespondierendes Verständnis von *Sünde* bzw. *Erbsünde:*
Der durch die Gnade ermöglichten Teilnahme an der göttlichen Natur kann sich der Mensch versagen; er kann sich weigern, in der Geschichte des Heils sich zu engagieren, und er kann damit die ganze Ordnung der Schöpfung und die »geschuldete Ausrichtung auf sein letztes Ziel« durchbrechen. Das ist die *Sünde des Menschen* (die sich nach ihrer Schwere differenzieren läßt: Todsünde, läßliche Sünden). Sie »mindert den Menschen, weil sie hindert, seine Erfüllung zu erlangen«; sie macht ihn »in sich selbst zwiespältig«, so daß sich »das ganze Leben des Menschen... als Kampf zwischen Gut und Böse« darstellt (GS 13). Das wirkt sich aus in der Begegnung der Menschen untereinander, im kulturellen und gesellschaftlichen Bereich, und tritt deutlich in der Geschichte hervor,

u. a. in den vielfältigen Formen der Unmenschlichkeit (Unheilsgeschichte). Die Sünde besteht nicht nur in widergöttlichen Entscheidungen und Taten der Person, sondern sie ist eine *geschichtliche Wirklichkeit.* Sie bewirkt eine Situation, die Sünde provoziert und in der das Wachstum der Gnade behindert ist. So stehen die Menschen in einer Schuld- und Schicksalsgemeinschaft, in der die Unfähigkeit des Menschen, »durch sich selbst die Angriffe des Bösen wirksam zu bekämpfen«, offenkundig, und sein Angewiesensein auf Gottes Heilstat aufgedeckt wird. Der sündige Zustand tangiert insofern die *Kirche,* als das »Absterben« einzelner Glieder der Kirche infolge der Sünde deren heilshafte Dynamik abschwächt.
Die Unheilsgeschichte begann mit Adams Fall, mit dem Verlust der heiligmachenden Gnade »und damit des ewigen Lebens, mit dem Hang zum Bösen« (PIUS XI.: Enz. »Mit brennender Sorge« vom 14. 3. 1937; Rohrbasser 898). Mit seiner Geburt tritt jeder Mensch in diese Geschichte ein; er kann sich ihr nicht entziehen; sie liegt seiner eigenen Freiheitsentscheidung voraus und versetzt ihn in den schuldhaften Zustand, der mit dem »Sündenfall« eingetreten ist. Das meint die sog. *Erbsünde;* sie »ist die erbliche, wenn auch nicht persönliche Schuld der Nachkommen Adams, die in ihm gesündigt haben (Röm. 5, 12)« (PIUS XI. a.a.O., Rohrbasser 898; einen Lehrentscheid über die Erbsünde hat das Konzil von Trient in seiner 5. Sitzung 1546 vorgelegt; vgl. DS 1510–1516). Doch der »Erbfluch der Sünde und des Todes« bedeutet nicht, daß der Mensch in jeder Beziehung völlig gnaden- und heillos geworden ist. Durch die Wirkmächtigkeit der göttlichen Gnade wurde die Verderbnis des Menschen seit Adams Fall nicht so total, daß ihm infolge seiner »angeborenen« Neigung zur Selbstherrlichkeit das Verlangen nach dem Guten und Wahren und die Möglichkeit, in seinem Innersten die Stimme Gottes zu hören und ihr zu gehorchen, gänzlich abhanden gekommen ist. Wegen des Heilswillen Gottes konnte das in die Welt eingebrochene Böse nicht seine ganze Unheilsmacht entfalten.
Die Lehre von der Erbsünde »gehört zum unveräußerlichen Bestand der christlichen Religion« (PIUS XI. a.a.O.). Doch ist sie in neuerer Zeit zunehmend der Kritik ausgesetzt. Zur innerkatholischen Diskussion und Neuinterpretation des Erbsündendogmas vgl. K.-H. WEGER: Theologie der Erbsünde, 1970; U. BAUMANN: Erbsünde? Ihr traditionelles Verständnis in der Krise heutiger Theologie, 1970; My Sal II, 845–941 (Lit.).

3. Die universale Aufgabe der Kirche in der Welt

a) Christus hat der Kirche den Auftrag gegeben, die Menschen zu Gott zu führen. Mit dieser Sendung und gemäß ihrer Eigenart ist die Kirche »an keine besondere Form menschlicher Kultur und an kein besonderes politisches, wirtschaftliches oder gesellschaftliches System gebunden« (GS 42, 4). Doch sieht die römisch-katholische Kirche ihre Aufgabe in der Welt nicht bloß als eine religiöse an, die sich auf die Verkündigung der christlichen Botschaft, auf die innere Heiligung des Einzelnen und auf soziale Wohltaten beschränkt (vgl. § 7). Obgleich sie mit ihrer Tätigkeit nicht unmittelbar auf den politischen, wirtschaftlichen oder sozialen Bereich zielt, versteht sie ihren Auftrag gleichwohl so umfassend, daß sie auch in die weltliche Ordnung eingreift. Im Lichte des Glaubens meint sie beurteilen zu können, ob die in einer Gesellschaft besonders hervorgehobenen Werte menschlichen Zusammenlebens »aus der gottgegebenen Anlage des Menschen« stammen und darum gut sind oder ob sie »infolge der Verderbtheit des menschlichen Herzens einer Läuterung bedürfen« (GS 11). Mit solchem Dienst will sie zum »Aufbau der gesamten zeitlichen Ordnung« beitragen, »der menschlichen Gemeinschaft bei der Festigung nach göttlichem Gesetz behilflich sein«, auf »wirklich humane Lösungen« hinarbeiten und letztlich »die zeitliche Ordnung mit dem Geist des Evangeliums durchdringen und vervollkommnen« (GS 42; AA 5).

b) Der auf Heilung und Heiligung der Welt ausgerichtete Dienst der Kirche konkretisiert sich in »Hilfeleistungen«. Sie werden den »einzelnen Menschen«, der »menschlichen Gemeinschaft« und dem »menschlichen Schaffen« angeboten. Denn:

Die Kirche kennt die »letzte Wahrheit über den *Menschen*«. Darum kann sie ihm das Verständnis seiner eigenen Existenz erschließen, der volleren Entwicklung seiner Persönlichkeit dienen, die Würde der menschlichen Person den Meinungsschwankungen entziehen, die Freiheit des Menschen und seine Rechte fördern und ihn dazu ermuntern, seine Talente zum Wohl aller einzusetzen (GS 41).
Der menschlichen *Gemeinschaft* hilft die Kirche mit ihrem Offenbarungswissen, mit dem sie ein »tieferes Verständnis der Gesetze des gesellschaftlichen Lebens« erschließen kann, »die der Schöpfer in die geistliche und sittliche Natur des Menschen eingeschrieben hat« (GS 23, 1). Sie engagiert sich für die menschliche Gemeinschaft, indem sie fördert, »was an Gutem in der heutigen gesellschaftlichen Dynamik vorhanden ist«; das sind besonders die Bemühungen um die Einheit menschlicher Gemeinschaften und Nationen, »gesunde Sozialisation und Vergesellschaftung im bürgerlichen und wirtschaftlichen Bereich« und die Einrichtung von Institutionen, in denen sich das Wahre, Gute und Gerechte der Menschheit manifestiert (GS 42).
Das menschliche *Schaffen,* durch das die Menschen ihre Herrschaft über die Natur mit Hilfe von Wissenschaft und Technik ständig weiter ausbreiten, unterstützt die Kirche mit dem »Wunsch, das Licht der Offenbarung mit der Sachkenntnis aller Menschen in Verbindung zu bringen« (GS 33). Die von des Menschen Geist und Kraft geschaffenen Werke bilden keinen Gegensatz zu Gottes Macht. »Das Bemühen der Menschen, ihre Lebensbedingungen stets zu verbessern«, entspricht ebenso der Absicht Gottes wie das alltägliche Tun beim Erwerb des Lebensunterhaltes und der Einsatz für eine »größere Gerechtigkeit«, eine »umfassendere Brüderlichkeit« und eine »humanere Ordnung der gesellschaftlichen Verflechtung« (GS 34; 35).
In den schweren Nöten und bedrängenden *Fragen der Zeit* weist die Kirche auf die »lichtvollen Prinzipien« hin, »die von Christus herkommen« (GS 46). Als Hüterin des »bei ihr hinterlegten Wort Gottes, aus dem die Grundsätze der religiösen und sittlichen Ordnung gewonnen werden« (GS 33, 2), kann sie – sofern sie keine abschließende Antwort bereit hat – aufklären, anleiten, raten und so bei der Lösung der Probleme mitwirken.

c) Im Unterschied zu einer früher behaupteten »Christianitas« faßt das II. Vatikanum – »im Sinne angepaßter Verkündigung« an geschichtliche Erfahrung (GS 44) – die Aufgabe der Kirche in der Welt in mehr oder weniger programmatische Sätze und allgemeine Aussagen. Es begrenzt sie auf das Angebot vielfältiger Hilfe und verbindet damit den Wunsch nach »gegenseitigem Dialog« und »Zusammenarbeit«, in denen die Kirche ihrerseits »Hilfe von der heutigen Welt« erfahren will (GS 40, 1; 44; 92). Der Anspruch auf die universale Aufgabe ist dabei keineswegs geschmälert. Die Aufgabenbestimmung resultiert
- einerseits aus einer *realistischen Diagnose* der »Zeichen der Zeit«, die weltanschaulich, kulturell und gesellschaftlich eine pluralistische Welt und die Nichtidentität der Kirche mit all diesen Bereichen wie ihre Diaspora-Situation konstatiert, und
- andererseits aus einer *theologischen Interpretation,* die aus der kirchlichen Lehrtradition stammt und geeignet erscheint, die »Zeichen«, d. h. die Situation und die Entwicklungstendenzen im Licht der göttlichen Heilsabsicht zu deuten.

Die hierbei aufgestellten Gesetze und Ziele weltlicher Präsenz und Tätigkeiten und die konkreten Beziehungen zur Welt in Zeit und Raum sind wie auch das Weltverständnis der römisch-katholischen Kirche von der *Menschwerdung Christi* her gedacht und begründet (vgl. § 7, 2 c Exkurs: Soziallehre).

Exkurs: Theologie der Inkarnation

a) »Das Wort ward Fleisch und wohnte unter uns« (Joh. 1, 14). Diese zentrale Aussage christlichen Glaubens wurde im Laufe einer bewegten und verwickelten Auseinandersetzung, die mehrere Jahr-

hunderte anhielt (vgl. die Konzilien von Nicäa 325, Konstantinopel 381, Ephesus 431, Chalcedon 451, Konstantinopel 680/681), mit der Lehre von der Inkarnation in eine dogmatisch-begriffliche Form gebracht. In ihr kommt zum Ausdruck: (1) der in Bethlehem von der Jungfrau Maria geborene und in Jerusalem gekreuzigte und auferstandene Jesus ist in ein und derselben Person wirklich und vollständig Gott und zugleich wirklich und vollständig Mensch; (2) in dieser gottmenschlichen Person ist die Einheit von Gottheit und Menschheit als real verschiedene Wirklichkeiten »ungetrennt« und »unvermischt« gegeben; (3) in der geschichtlichen Menschwerdung des göttlichen Logos bleibt die Eigenart der beiden »Naturen«, der göttlichen und der menschlichen, heil bewahrt; (4) vermöge solcher Einheit von Gott und Mensch wird die Schöpfung des Menschen vollendet; Christus ist der vollkommene Mensch.
Die Auseinandersetzung um die Gottmenschlichkeit Jesu war motiviert und angetrieben von der Frage nach Heil und Erlösung des Menschen, seiner Teilhabe am göttlichen Leben. Nur wenn Jesus zugleich wahrhaft Gott und wahrer Mensch ist, wenn er schon in seinem Sein das Heil als solches darstellt und nicht erst mit seiner erlösenden Tätigkeit, wenn in ihm das ganze Heilsgeschehen stattfindet und er nicht bloß Erlösung ermöglicht, wenn der Erlöser kein anderer ist als der Schöpfer, erst dann konnte das Heil als garantiert erscheinen. So sollte mit der Inkarnationslehre das Problem gelöst werden, wie die Einzigartigkeit Jesu Christi als absoluter Heilsbringer und damit die Offenbarung der erlösenden Liebe Gottes zur ganzen Menschheit sichergestellt werden kann. Das altkirchliche Dogma (Chalcedon) über die Annahme der menschlichen Natur durch den Logos und die Einheit von Gott und Mensch wurde die gültige Interpretation der Geschichte und des Geschickes Jesu. Die Inkarnation, in Kreuz und Auferstehung Jesu bestätigt und vollendet, war als das zentrale Heilsereignis erkannt.

b) Auch wenn die mittelalterliche Scholastik ihr Augenmerk mehr auf eine Lehre vom Werk Christi (Soteriologie) lenkte und die neuere katholische Theologie, dem zeitgenössischen Trend folgend, den geschichtlichen Jesus stärker beachtet, so blieb für die Kirche (wie auch für die orthodoxen Kirchen des Ostens) die Inkarnationslehre (zusammen mit der Trinitätslehre) grundlegend und vorrangig gemäß der Einsicht, daß die soteriologische Funktion Jesu, sein Werk, in dem Sein Jesu begründet sein muß. Demgegenüber fand in der reformatorischen Theologie der leidende und tätige Gehorsam Jesu, sein Erlösungswerk, die theologia crucis, die Rechtfertigung des Sünders, das größere Interesse, ohne daß damit das altkirchliche Dogma preisgegeben wurde. Erst die Theologie der Aufklärungszeit rückte von der klassischen Christologie ab und unterwarf sie einer grundsätzlichen Kritik. (Zur Entwicklung der katholischen Christologie vgl. SM II, 920–957 [knapper Überblick m. ausführl. Literaturangaben]; My Sal III/1, 389–647 [Lit.]; zur gegenwärtigen katholischen christologischen Diskussion und den neueren Entwürfen [Rahner, Küng, Schillebeeckx, Kasper] vgl. den Literaturbericht in MdKl 28, 1977, 73–76).

c) Die fundamentale Bedeutung der Inkarnationslehre und deren Zusammenhang mit dem Ganzen des christlichen Glaubens in römisch-katholischer Sicht läßt sich an den Aussagen des II. Vatikanums ablesen. Mit ihrer christologischen Durchformung zeigen die konziliaren Texte (v. a. LG und GS), wie die soteriologischen, anthropologischen, ekklesiologischen, kosmologischen und eschatologischen Aspekte, die mit der Inkarnationslehre implizit gegeben sind, miteinander verknüpft werden. Für das Gott-Welt-Verhältnis – und was sich daraus für das Verständnis der Welt und der Kirche wie für die weltliche Präsenz und Aufgabe der Kirche ergibt – liefert das »Unvermischt« und »Ungetrennt« der Inkarnationslehre die grundlegenden Formeln.
(1) Die Selbstzusage Gottes (Offenbarung), mit der sich der absolute, unendliche und heilige Gott *selbst* in seiner Liebe dem schöpferisch gesetzten Nichtgöttlichen (Mensch, Welt) mitteilt und dessen Heil bewirkt, findet ihren unüberbietbaren Höhepunkt und ihre endgültige Erscheinung in der Inkarnation des Logos Gottes. Hier wird Transzendenz ein diesseitiges (Heils-)Ereignis, gewinnt das Mysterium der Liebe Gottes geschichtliche Konkretheit. So wird die Menschwerdung Christi nicht als ein, auf einen konkreten Menschen begrenzten Sonderfall innerhalb der Schöpfung angesehen; vielmehr wird in ihr der ewige Heilsratschluß Gottes erkannt (LG 2; 3), der die *Grundlegung* der Welt wie ihre *Vollendung* umfaßt. Sie weist auf, daß der menschgewordene und erlösende Logos das Werk des Schöpferlogos an sein Ziel bringt und vollendet, und sie dokumentiert damit die endgültige Annahme und Aufnahme der Welt durch Gott. Vermöge der Inkarnation bilden Schöpfungswirklichkeit und Erlösungswirklichkeit eine Einheit, lassen sich Profan- und Heilsgeschichte nicht ad-

äquat trennen (GS 41, 2). »Der Herr ist das Ziel der menschlichen Geschichte, der Punkt, auf den hin alle Bestrebungen der Geschichte und der Kultur konvergieren, der Mittelpunkt der Menschheit, die Freude aller Herzen und die Erfüllung ihrer Sehnsüchte... Von seinem Geist belebt und geeint, schreiten wir der Vollendung der menschlichen Geschichte entgegen« (GS 45, 2; 38).

(2) Indem der menschgewordene Gottessohn als »Alpha et Omega« geglaubt und betrachtet wird, erscheint die Inkarnation, über das vordergründige geschichtliche Ereignis des Jesus von Nazareth hinaus, in einer *kosmischen Dimension* und in einer *endzeitlichen Perspektive*. Sie ist angelegt auf die Eingliederung jeder Wirklichkeit, jedes menschlichen Wertes, jeder zeitlichen Ordnung, aller menschlichen Talente, Aufgaben und Tätigkeiten, d. h. insgesamt auf die Durchdringung des Weltalls durch die Gnade Gottes, und sie zielt damit auf die »allgemeine Wiederherstellung«, in der »mit dem Menschengeschlecht auch die ganze Welt vollkommen in Christus erneuert wird« (LG 48, 1). Die mit Christi Menschwerdung begonnene Wiederherstellung der Welt »nimmt ihren Fortgang in der Sendung des Heiligen Geistes und geht durch ihn weiter in der Kirche«. Von der Kirche, die in das inkarnatorische Geschehen hineingenommen ist und die Wirkgestalt des Heiligen Geistes darstellt, wird die Recapitulatio und Renovatio der Welt »in gewisser Weise wirklich vorausgenommen, denn die Kirche ist schon auf Erden durch eine wahre, wenn auch unvollkommene Heiligkeit ausgezeichnet« (LG 48, 2. 3).

(3) Mit der kosmischen Dimension und der endzeitlichen Perspektive der Inkarnation ist nicht eine Sakralisierung oder eine Verkirchlichung der Welt gemeint. Weil in der Menschwerdung Christi das göttliche Ja zur Welt *als Welt* ausgesprochen wurde (Chalcedon: die Eigenart der beiden »Naturen« heil bewahren), behalten die eigene Beschaffenheit der zeitlichen Dinge und die profanen Tätigkeiten, die auf das irdische Wohl ausgerichtet sind, ihre natürliche Bestimmung; sie verlieren nichts von ihrer eigenen Energie, die Eigengesetzlichkeit der irdischen Sachbereiche bleibt gewahrt. So stellt die Inkarnation die relative Autonomie der Schöpfungsordnung nicht in Frage (vgl. GS 34; 36; 39; 59; 61). Sie zielt auf die *Heiligung der Welt* (sanctificatio), d. i. ihre Aufnahme in die göttliche Fülle, die Teilnahme des Menschen am göttlichen Leben (LG 2), die Zusammenfassung der »ganzen Menschheit mit all ihren Gütern unter dem einen Haupt in der Einheit seines Geistes« (LG 13, 2; vgl. AA 7, 2).

(4) An dieser universal verstandenen Inkarnation nimmt die *Kirche* teil. Dem inkarnatorischen Geschehen verdankt sie ihre Existenz; es konstituiert ihr Wesen und ihre geschichtliche Bestimmung (vgl. § 2, 6) und begründet ihre Aufgabe und ihr Tun in der Welt (vgl. § 7, 1 a). Wie Christus in seiner Menschheit die geschichtlich greifbar gewordene Selbstzusage Gottes darstellt, das »Sakrament Gottes«, also das Zeichen, das den Heilswillen Gottes sichtbar macht und erfüllt, so stellt die Kirche, von Christus gestiftet und in seinem Geist geeint (GS 40, 2), mit ihrer »komplexen Wirklichkeit« von pneumatischer Gemeinschaft und sozialer Körperschaft das »sacramentum mundi« dar, d. h. das Heilszeichen für die Vereinigung von Gott und Mensch und die Einheit der ganzen Welt (LG 1; LG 8, 1). Was die Inkarnation enthüllt und bezweckt, wird in der Kirche weiter »offenbart und fortgesetzt« (LG 52). Sie ist die societas sanctorum und zugleich die societas sanctificans; die heilige Kirche ist zur Heiligung der Welt berufen. Dieses der Inkarnation gemäße heilvermittelnde Wirken muß sie in ständiger Begegnung und Kommunikation mit der Welt vollziehen (vgl. GS 40). Darum: Wie der Logos Fleisch geworden ist, so inkarniert sich die Kirche (Seele) in die Welt (Materie) und hat an ihr teil. Wie Christus durch das Kreuz zur Auferstehung ging und seine Menschwerdung erfüllte, so wandelt die pilgernde Kirche der himmlischen Herrlichkeit entgegen, in welcher das Menschengeschlecht erneuert wird (vgl. LG 48). Die Kirche geht mit der ganzen Menschheit einen gemeinsamen Weg, »erfährt das gleiche irdische Geschick mit der Welt und ist gewissermaßen der Sauerteig und die Seele der in Christus zu erneuernden und in die Familie Gottes umzugestaltenden menschlichen Gesellschaft« (GS 40, 2). In der Kommunikation mit der Welt verfolgt die Kirche die göttliche wie ihre eigene Heilsabsicht, indem sie »nicht nur den Menschen das göttliche Leben vermittelt, sondern dessen Widerschein mehr oder weniger auf die ganze Welt fallen läßt« (GS 40, 3). Die Kirche ist »Keim und Anfang« des Reiches Gottes, und es ist ihr Auftrag, die Welt ihrer Vollendung (d. i. »die Vollendung des Reiches«, »die Verwirklichung des Heils« u. ä.) näherzubringen (vgl. LG 1, 1; GS 45, 1 u. par.). Die ontologische Bedingung und die irdische Möglichkeit für solches Tun erkennt die römisch-katholische Kirche als gegeben in der Menschwerdung Christi.

Lit. zu 1–3: SM II, 1336–1357 (Lit.); IV, 1300–1312 (Lit.) – HPTh II/2, 203–267 (Grundstrukturen im heutigen Verhältnis der Kirche zur Welt; umfass. Lit. bis 1966) – G. Baraúna (Hg.): Die Kirche in der Welt von heute. Untersuchungen und Kommentare zur Pastoralkonstitution »Gaudium et

Spes« des II. Vatikanischen Konzils, Salzburg 1967 – M.-D. CHENU: Volk Gottes in der Welt, Paderborn 1968 – J. B. METZ: Zur Theologie der Welt, Mainz 1968 – B. A. WILLEMS: Erlösung in Kirche und Welt, Freiburg 1968 – E. SCHILLEBEECKX: Gott-Kirche-Welt, Mainz 1970.

4. Das Apostolat der Laien

Die Verwirklichung des universalen Sendungsauftrages ist dem gesamten Gottesvolk aufgetragen. Doch unterscheidet die römisch-katholische Kirche dabei in doppelter Hinsicht. Aus der hierarchischen Struktur der Kirche folgt, daß bei der »Heilsmission der Kirche an der Welt« die »geweihten Hirten« ihre »vornehmliche Aufgabe« darin finden, »die Gläubigen zu führen und ihre Dienstleistungen und Charismen so zu prüfen, daß alle in ihrer Weise zum gemeinsamen Werk einmütig zusammenarbeiten« (LG 30). Aus der Eigenart der Beziehungen zwischen Kirche und Welt, wo es um die menschliche Tätigkeit als solche geht und der Kirche die unmittelbare Kompetenz fehlt, wie auch aus der nüchternen Einsicht in die Weltsituation, die weithin nur eine begrenzte Wirksamkeit der Kirche zuläßt, ergibt sich hingegen, daß für den Bereich der »weltlichen Aufgaben und Tätigkeiten« die Laien zuständig sind (GS 43, 2). In dieser strukturell gebotenen und theologisch legitimierten wie auch situationsbedingten Arbeitsteilung liegt das Apostolat der Laien begründet.

»Die Laien ... müssen eine besondere Form der Glaubensbezeugung vollziehen. Ihre erste und unmittelbare Aufgabe ist nicht der Aufbau und die Entwicklung der kirchlichen Gemeinschaft – hier liegt die besondere Aufgabe der Hirten. ... Das eigentliche Feld ihrer evangelisierenden Tätigkeit ist die weite und schwierige Welt der Politik, des Sozialen und der Wirtschaft, aber auch der Kultur, der Wissenschaften und Künste, des internationalen Lebens und der Massenmedien, ebenso gewisse Wirklichkeiten, die dem Geist des Evangeliums offenstehen, wie Liebe, Familie, Kinder- und Jugenderziehung, Berufsarbeit, Leiden usw. ...
Die aktive Präsenz der Laien innerhalb der irdischen Wirklichkeiten erhält somit ihre volle Bedeutung. Dennoch darf man nicht die andere Dimension vernachlässigen oder vergessen: die Laien können sich auch berufen fühlen oder berufen werden zur Mitarbeit mit ihrem Hirten im Dienst der kirchlichen Gemeinschaft...«
(PAUL VI.: Apost. Schreiben »Evangelii nuntiandi« v. 8. 12. 75 Nr. 70 u. 73; dt.: Über die Evangelisierung in der Welt von heute, Trier 1976, 157f, 161.)

a) Die Unterscheidung und Zuordnung von *»Klerus und Laien«* ist in der römisch-katholischen Kirche von prinzipieller Natur.

Der Sprachgebrauch wird schon seit dem 2. Jahrhundert üblich (gr. κλῆρος Los, der durch das Los gewählte Apostel vgl. Apg. 1, 26; der ausgeloste bzw. gnadenhaft zugefallene Anteil am Erbe der Heiligen vgl. Kol. 1, 12 – gr. λαϊκός der einfache Gläubige im Unterschied zum Amtsträger vgl. 1. Clem. 40, 6). Der Ausbau des Kirchenwesens, hierarchische Struktur, besondere Qualifikationen und Privilegien der Geistlichkeit, unterschiedliche Lebensform und Kleidung, der Gegensatz geistlich-weltlich usw. brachten es mit sich, daß die »Laien« zur unqualifizierten Masse des Kirchenvolkes wurden. Unter den veränderten Bedingungen der neueren Zeit hat sich in der Betrachtung und in der Rolle des Laien ein gewisser Wandel ergeben.

Das II. Vatikanum spricht von der »priesterlichen Gemeinschaft des Gottesvolkes«, in der jeder Gläubige am »allgemeinen Priestertum« teilnimmt (vgl. LG 10; 11). Freilich handelt es sich um eine gegliederte Gemeinschaft (vgl. § 5), die einmal nach den verschiedenen Geistesgaben (Charismen) und zum andern nach Vollmacht und Autorität differenziert ist. Von dem »Priestertum des hierarchischen Dienstes«, dem die Leitung des Volkes obliegt und das im eucharistischen Kult das Opfer Christi vergegenwärtigt

(LG 10, 2; 28 u. ö.), sind jene Christgläubigen »dem Wesen und nicht bloß dem Grade nach« zu unterscheiden, die dem Weihe- und Ordensstand nicht angehören und darum »Laien« genannt werden (LG 10, 2; 31, 1). Damit ist das Volk Gottes in zwei Stände gegliedert. Der *geistliche Stand,* dem Autorität und Vollmacht zukommt, ist durch Priester- und Bischofsweihe qualifiziert und »aufgrund besonderer Erwählung« dem »heiligen Dienst« zugeordnet (vgl. § 3, 3 c–cc; § 5, 2 b). Demgegenüber ist dem *Laienstand* »der Weltcharakter in besonderer Weise eigen«. Mit ihren verschiedenen Geistesgaben sind die Laien zum weltlichen Dienst berufen; ihnen fällt die Aufgabe zu, in den »zeitlichen Dingen das Reich Gottes zu suchen« und »wie ein Sauerteig zur Heiligung der Welt von innen her beizutragen« (LG 31, 2; AA 2).

Der wesenhafte Unterschied zwischen Klerus und Laien schließt eine *Zuordnung* nicht aus. Sie liegt begründet in der für Priester wie für Gläubige geltenden Berufung zur Heiligkeit und in der »gemeinsamen Würde und Tätigkeit zum Aufbau des Leibes Christi«. Sie zeigt sich darin, daß die geweihten Amtsträger zum Dienst an den Gläubigen verpflichtet sind und diese zur Zusammenarbeit mit den Priestern und Bischöfen (LG 32, 3).

b) An der Sendung der Kirche, die »Apostolat« genannt wird und von allen Christen in den beiden Ständen zu verwirklichen ist (vgl. § 7, 1 b u. c), nehmen die Laien in einer ihnen eigentümlichen Weise teil (AA 2; 25, 1). Sie gehören »der geistlichen wie der weltlichen Ordnung« an, d. h. der Kirche und der Welt; der Laie ist »Christ und Bürger zugleich« (AA 5). In beiden Bereichen haben die Laien Rechte und Pflichten, die einerseits wohl zu unterscheiden sind, andererseits aber harmonisch miteinander verbunden werden müssen; denn »Gott hat es gefallen, alles, das Natürliche und das Übernatürliche in Christus Jesus zu einer Einheit zusammenzufassen« (AA 7, 2; LG 36, 4; vgl. Exkurs: Theologie der Inkarnation). Die Teilnahme der Laien am Apostolat zeichnet sich dadurch aus, daß es ein *kirchlicher und weltlicher Dienst* ist. Es ist ihre Aufgabe, gemäß dem Ziel der kirchlichen Sendung, die ihnen anvertraute Welt in die Fülle Christi hineinzuziehen und seinem Gesetz anzupassen, damit die Welt in Christus vollkommen erneuert werde (vgl. AA 2; LG 17; 48).

Das Apostolat der Kirche zielt auf Evangelisierung (»Christi Herrschaft über die ganze Erde ausbreiten«), auf Heiligung (»alle Menschen der Erlösung teilhaftig machen«) und auf christliche Durchdringung der Welt (»die gesamte Welt auf Christus hinordnen«) (vgl. AA 2). Alle Glieder der Kirche sind dazu berufen, mit dem Dienst der Anbetung Gottes und dem Zeugnis in Wort und Tat in den verschiedenen Lebensbezügen (Ehe, Familie, Beruf, Gesellschaft) an diesem Apostolat mitzuwirken. Den Laien fällt dabei eine *besondere Aufgabe* zu. Aufgrund ihrer Zuständigkeit für die »zeitlichen Dinge« und ein »weltliches Wirken« sind sie dazu »berufen, die Kirche an jenen Stellen und in den Verhältnissen anwesend und wirksam zu machen, wo die Kirche nur durch sie Salz der Erde werden kann« (LG 33, 1). Dies ist die Aufgabe der *christlichen Weltdurchdringung.* Evangelisierung und Heiligung kann die Kirche unmittelbar leisten; bei ihrem dritten apostolischen Ziel ist sie aber auf jene Glieder angewiesen, die beim »Aufbau der zeitlichen Ordnung«, zu der die Kirche sonst keinen Zugang hat, in eigener Verantwortung und auf eigenes Risiko das Apostolat zu erfüllen trachten (AA 7, GS 76). Die römisch-katholische Kirche weiß, daß sie angesichts der so komplex gewordenen Wirklichkeit und der im rapiden Wandel begriffenen Welt auf die Sachkompetenz der Laien, auf ihre Erfahrungen und auf ihren Rat zurückgreifen muß. Sie hat erkannt, daß sie unter den heutigen politischen und sozialen Verhältnissen nur durch die Laien präsent gemacht werden und Einfluß nehmen kann. Die Rolle des Laien in der Kirche gewinnt so eine zunehmende Bedeutung und Beachtung (vgl. LG 37).

Pflicht und Recht zum Apostolat empfangen die Laien generell durch Taufe und Firmung (und Ehe), nicht erst durch spezielle Beauftragung (AA 3, 1; LG 33, 2). Ihr Auftrag wird sakramental gegeben. Doch kommt nicht jedem Laien dieselbe Funktion zu. Das je einmalig geschenkte Charisma bedeutet einen je einmaligen Beitrag zum Sein und zum Vollzug der Kirche. Die vom Heiligen Geist gewirkten Gaben, die aktive Teilnahme am liturgischen Geschehen, der Empfang der Sakramente, ein geistliches Leben und die gute Verwaltung ihrer Fähigkeiten ermöglichen den Laien die wirkungsvolle Teilnahme am Apostolat der Kirche. Ihr Vorbild ist »Maria, die Königin der Apostel« (AA 4, 10).

c) Das Apostolat der Laien kann mannigfache *Formen* annehmen. Von jedem Laien erwartet die Kirche, daß er »vor der Welt Zeuge der Auferstehung und des Lebens Jesu« ist und an der christlichen Durchdringung der weltlichen Gesellschaft teilnimmt (consecratio mundi; LG 34, 2). Die Christen sollen in der Welt gleichsam »die Seele im Leib« sein (LG 38; GS 40) und sich in der Welt inkarnieren.
Das *persönliche* Apostolat der Laien findet sein Betätigungsfeld in allen Lebenslagen, überall dort, wo der Mensch lebt und arbeitet; es ist aber an jenen Orten besonders notwendig, wo die Freiheit der Kirche behindert wird oder sie in der Diaspora lebt (AA 17). Das persönliche Apostolat setzt zum einen eine lebendige Verbindung mit Christus voraus, die sich in der tätigen Teilnahme an der Liturgie, im Gebet und im Vollzug von Glaube, Hoffnung und Liebe erfüllt (AA 4), und zum andern eine vielfältige und umfassende Bildung, die mit der christlichen Unterweisung in der Kindheit beginnt, in einer den Gaben des einzelnen entsprechenden Weise durch kirchliche Unternehmungen fortgeführt wird (Vorträge, geistliche Übungen, Tagungen, Handreichungen usw.) und gemäß der intendierten »christlichen Ausrichtung der zeitlichen Ordnung« zur Erfüllung des apostolischen Auftrages im familiären, beruflichen und gesellschaftlichen Leben theoretisch und praktisch befähigen soll (AA 28 ff).
Es wird nicht bloß als nützlich, vielmehr dem »christlichen Bedürfnis« als angemessen betrachtet, wenn die Laien das Apostolat in *Gemeinschaft* üben, sei es in Familiengemeinschaften, Gruppen, Vereinigungen auf lokaler und regionaler Ebene, sei es in Verbänden und Organisationen auf nationaler und internationaler Ebene (AA 18 f).
Besonders empfohlen und gefördert wird die *»Katholische Aktion«*, die in vielen Ländern in verschiedenen Formen (aufgrund nationaler Erfordernisse auch unter anderen Namen) tätig ist (vgl. unten den Exkurs: Das katholische Vereins- und Verbandswesen). Sie zeichnet sich durch vier Merkmale aus: aa) Evangelisierung der Menschen und christliche Bildung ihres Gewissens als Aufgabe und Ziel; bb) Zusammenarbeit mit der Hierarchie in der Analyse der Verhältnisse und in der Planung und Durchführung von Aktionsprogrammen; cc) Handeln in der Gestalt kollegialer und körperschaftlicher Organisationen; dd) offiziell-kirchlicher Charakter durch die »Oberleitung der Hierarchie« (AA 20). Diese Eigenart der Katholischen Aktion, die spannungsvoll ist und gelegentlich zu Auseinandersetzungen zwischen Laienschaft und Hierarchie führt, wenn das Engagement selbstbewußter Laien in konkreten Fällen mit kirchlichen Konzepten oder Absichten kollidiert, folgt der Logik in der genannten Unterscheidung und Zuordnung von Klerus und Laien und entspricht dem oben dargelegten Verhältnis von Kirche und Welt mit dem implizierten Kirchen- und Weltverständnis.
Neben dem persönlichen und gemeinschaftlichen Apostolat gewinnen in der Gegenwart (u. a. bedingt durch Priestermangel, neue Aufgaben und Arbeitsweisen) qualitativ und quantitativ weitere Formen des Laienapostolats zunehmend an Bedeutung. Nicht nur auf dem Felde »zeitlicher Ordnung« ist der apostolische Dienst der Laien erwünscht. Sie können auch zu »gewissen kirchlichen Ämtern herangezogen werden, die geistlichen Zielen dienen« (LG 33, 3). Dazu zählt die Tätigkeit solcher Laien, die »sich für immer oder auf Zeit mit ihrem Fachwissen dem Dienst an den kirchlichen Instituten und an de-

ren Wirken hingeben« (AA 22, 1). In diese Kategorie fallen neuentstandene *kirchliche Berufe* wie Gemeindeassistent(innen), Gemeindereferent(innen), Pfarrhelfer(innen), Pastoralassistent(innen), Katechet(innen), Religionslehrer(innen), hauptamtliche Mitarbeiter im kirchlichen Dienst (Kirchenverwaltung, Verbandswesen, ferner Missionsärzte, Schwestern, Entwicklungs- und Sozialhelfer usw.). Sie »verdienen besondere Ehre und Empfehlung« (a.a.O.). Freilich entstehen hier auch neue Probleme: Ausbildung, Einsatzmöglichkeiten, Besoldung, soziale Versorgung, Verhältnis zur Hierarchie und zum geweihten Priestertum (vgl. § 5, 3 c).
In gewisser Hinsicht lassen sich auch die *»Säkularinstitute«* (Weltgemeinschaften) dem Laienapostolat zurechnen. In solchen Instituten finden sich unter hierarchischer Leitung Laien zusammen, die sich zur Hingabe (»Ganzweihe«) an Gott und für die Menschen berufen wissen, dem Vollkommenheitsideal (»evangelische Räte«) verpflichtet sind, aber kein gemeinsames religiöses Leben wie die Ordensgemeinschaften führen (vgl. § 7, 3), sondern »in der Welt bleiben« und an ihren jeweiligen Orten in den weltlichen Bereichen der Arbeit, Politik, Wirtschaft und Kultur ein Apostolat ausüben (Pius XII.: Apost. Konst. »Provida Mater, in: AAS 39, 1947, 115–118; dt. in Rohrbasser a.a.O., 981–993; vgl. PC 11).

d) Das im römisch-katholischen Selbstverständnis hochgeschätzte und für die erkannte Aufgabe der Heiligung der Welt wie für die kirchliche Strategie so bedeutungsvolle Laienapostolat ist mit seinen verschiedenen Formen und Inhalten, Einrichtungen und Werken, Organen und Aktivitäten eingebunden in die hierarchische Ordnung der Kirche. Der nach einer längeren Übergangszeit 1976 für die Gesamtkirche installierte päpstliche *Laienrat* hat die Aufgabe, die tatkräftige Mitarbeit der Laien zu jeder Zeit und an allen Orten zu fördern, ihre Vielfalt zu koordinieren und auf das kirchliche Gemeinwohl hinzuordnen (Paul VI.: Motu proprio »Apostolatus peragendi«, in: AAS 68, 1976, 696–700; vgl. AA 23 ff).

Außer den bereits genannten lehramtlichen Aussagen vgl. die Grundsätze und praktischen Richtlinien, die Pius XII. anläßlich des zweiten Weltkongresses des Laienapostolats am 5. 10. 1957 vorgetragen hat: AAS 49, 1957, 922–939; dt. bei Utz-Groner Nr. 5980–6012 – *Lit.:* MySal IV/2, 393–421 (Theologie d. Laientums; Lit); SM III, 127–137 (Lit.); II, 1070–1078 (zu »Kath. Aktion«; Lit.); HPTh I, 429–435; III, 233–253. 586–635; IV, 587–601 (Laientheologe) – F. Klostermann: Das christliche Apostolat, Innsbruck 1962 – Y. Congar: Der Laie, Stuttgart [3]1964 – Ders.: Priester und Laien im Dienst am Evangelium, Freiburg 1965; – G. Baraúna (Hg.): De Ecclesia, Bd. II, Freiburg 1966, 269–348 (Lit.) – O. Hirmer: Die Funktion des Laien in der katholischen Gemeinde, Münsterschwarzach 1973 – F. Ortner: Die Aufgabe des Laientheologen in der Kirche, Graz 1973 – P. Krämer: Dienst und Vollmacht in der Kirche, Trier 1973 – E. Diemer-Weimann: Der Aufstand der Schafe – unterbleibt. Zur gegenwärtigen Lage des Laien in der katholischen Kirche, Meisenheim 1975 – Zu *Säkularinstitute:* HPTh IV, 573–586 – J.-M. Perrin: Geist und Aufgabe der Säkularinstitute, Mainz 1960 – N. Martin: Der Ordenspartisan, Meisenheim 1969.

Exkurs: Das katholische Vereins- und Verbandswesen

1. Der Sammelbegriff »katholisches Vereins- und Verbandswesen« steht für ein außerordentlich komplexes Phänomen. Es reicht über die Grenzen der römisch-katholischen Kirche hinaus und erstreckt sich in die Bereiche des öffentlichen Lebens (Politik, Wirtschaft, Wissenschaft, Kultur). Das Gemeinsame, das dieser Begriff benennen will, liegt mehr in der formalen Art des Zusammenschlusses katholischer Christen, wenngleich mit dem Wort »katholisch« auch eine gewisse Übereinstimmung oder zumindest eine Tendenz anklingt. Die Vielfalt zeigt sich in mannigfachen Zielen und Aktivitäten, in unterschiedlichen rechtlichen und organisatorischen Strukturen und in der weitverzweigten und gelegentlich gegensätzlichen Interessenlage der Mitglieder bzw. ihrer Vereinigungen. Nimmt man auch jene Vereinigungen, Aktions- und Basisgruppen, Bruderschaften, Gesinnungs-

gemeinden u. ä. hinzu, die in der Regel hier nicht genannt werden, weil sie im kirchenrechtlichen Rahmen nicht als »kirchlich« oder »kirchlich empfohlen« gelten (vgl. can. 685 ff CIC), die aber in vieler Hinsicht ähnlich oder vergleichbar sind, so wird das Bild noch farbiger.

2. Man kann das Phänomen unter mehreren Gesichtspunkten betrachten und differenziert werten. Es läßt sich auch in seiner Gesamtheit und so als ein typischer Ausdruck katholischen Glaubensvollzuges und Lebensgestaltung ansehen. In einem *historischen* Blickwinkel spiegelt das katholische Vereins- und Verbandswesen die Geschichte der römisch-katholischen Kirche unter den sich verändernden politischen und sozialen Bedingungen seit der Mitte des 19. Jahrhunderts. In *soziologischer* Hinsicht zeigt es Emanzipationstendenzen und damit einen Wandel in dem Bewußtsein des katholischen Kirchenvolkes bezüglich überkommener Leitbilder und Verhaltensmuster. Bei einer *innerkirchlich-pastoralen* Betrachtungsweise signalisiert es neben der Mobilisierung der Laien die Wende zu einer erneuerten Frömmigkeit, die sich zum einen durch Pluriformität und Bewegung statt Uniformität und Starrheit auszeichnet und zum andern in einem bewußten und vertieften Christsein anstelle formaler Kirchenmitgliedschaft ausdrückt. Mit der Frage nach der *Wirkung* nach innen und außen, die das katholische Vereins- und Verbandswesen gehabt hat und hat, kommen bestimmte Entwicklungstendenzen der römisch-katholischen Kirche und ihr Verhalten zu Staat und Gesellschaft, Wirtschaft und Kultur ins Blickfeld. In einer *morphologischen* Perspektive kann man der konfessionellen Dynamik und Dominanten in den vielfältigen, wechselnden und teils heterogenen Erscheinungsformen ansichtig werden. Hier legt sich dann der *Vergleich* mit gleichzeitig entstandenen und parallellaufenden protestantischen Vereinigungen wie überhaupt mit dem nichtkonfessionellen Vereinswesen nahe. Wird aber das *Ganze* katholischen Glaubensvollzuges und entsprechender Lebensgestaltung sowohl im Rahmen der Kirche als auch auf dem Felde privaten und öffentlichen Lebens erfaßt, dann bietet sich das so komplexe Phänomen als Reflex und eigentümlicher Ausdruck des Katholischen dar (vgl. § 7).

3. Bereits die mittelalterliche Kirche kennt ein blühendes Vereinswesen. Zu nennen sind Fronleichnamsgilden, caritativ-genossenschaftliche Vereinigungen, Gebetsverbrüderungen, Bußbruderschaften usw.; später kommen auch Missionsvereine hinzu. Aber erst seit der Mitte des 19. Jahrhunderts, nachdem die Vereinigungsfreiheit durch Verfassung garantiert und Vereinsgründungen bürgerlich-rechtlich ermöglicht worden waren, entstanden jene Zusammenschlüsse, die mit dem Begriff »katholisches Vereinswesen« zunächst gemeint sind. Außer der zugestandenen Vereinsfreiheit, die motivierend wirkte, erwuchsen die *Beweggründe* für die Vereinigung

a) aus der politischen, sozialen, wirtschaftlichen, kulturellen und konfessionellen Situation und der damit einhergehenden materiellen und religiösen Interessenlage in den jeweiligen katholischen Bevölkerungsteilen:
(1) *Piusvereine* (»zur Erringung der religiösen Freiheit und Förderung christlicher Gesinnung«, seit 1848); *Volksverein* für das katholische Deutschland (zur politischen, sozialen und religiösen Belehrung und »zur Verteidigung der christlichen Ordnung in der Gesellschaft«, 1890; vorangegangen waren die »Windthorstbünde« zum Zwecke der politischen Schulung junger Katholiken); Centrumswahlvereine (zum Zwecke politischer Aktivierung und zur Unterstützung der katholischen Zentrumspartei); – (2) *Berufs- und Standesvereine* für Arbeiter (seit 1849), Lehrlinge und Gesellen (seit 1846), Bauern, Handwerker, Kaufleute (Verband seit 1877), Unternehmer (Verband katholischer Industrieller, 1879), Lehrer und Lehrerinnen (seit 1865; Verband 1889), Akademiker (1863), Ärzte, Schwestern, Apotheker usw.; ferner Vereine für Priester, Küster und Meßdiener (1865); ebenso organisierten sich die katholischen Studenten (erste katholische Studentenvereinigung 1844 in Bonn, um »durch Belebung der katholischen Interessen bei sich sowohl als bei Anderen dem fortschreitenden Indifferentismus Einhalt zu tun«; um 1900 bestanden 112 Vereinigungen); – (3) *Wohltätigkeitsvereine* in großer Zahl, z. B. St. Vincenzverein (zur Unterstützung der Armen, 1833); St. Raphaelsverein (zum Schutz katholischer Auswanderer, 1871); Gefängnis- und Mäßigkeitsvereine; bedeutsam wurde vor allem der Caritasverband (gegr. 1887) zum Zwecke planmäßiger Förderung und Zusammenwirkens christlicher Liebestätigkeit; – (4) Vereinigungen zur Pflege katholischer Interessen in *Wissenschaft, Kunst und Literatur:* Görres-Gesellschaft (1876); Leo-Gesellschaft (1892); Borromäusverein (zur Förderung und Verbreitung guten Schrifttums, 1844); Deutsche Gesellschaft für christliche Kunst (1892); Cäcilienverein (zur »Hebung und Förderung katholischer Kirchenmusik«, 1870); Augustinusverein (zur Pflege der katholischen Presse, 1878); Canisiusverein (zum

Zwecke religiöser Erziehung und gegen glaubenslose Schulen, 1879) und weitere Vereinigungen katholischer Eltern und Erzieher; – (5) der *konfessionellen* Situation widmeten sich vornehmlich der *Bonifatiusverein* (1849), daneben Vereine zur Wiederherstellung der Glaubenseinheit (u. a. Ut omnes unum, 1862; Gebetsverein für Deutschland, 1879; Winfriedbund, 1920)

b) aus der Neubelebung des religiösen Sinnes in der volkstümlichen Frömmigkeit und einem neu geweckten Kirchenglauben, der dem zurückgewonnenen geistigen Einfluß der römisch-katholischen Kirche und ihrem Wiederaufstieg im 19. Jahrhundert positiv korrespondiert:
Zahlreiche, seit den zwanziger Jahren des 19. Jahrhunderts entstandenen Vereinigungen (z. T. wiederbelebte frühere Bruderschaften) dienten dem Aufbau kirchlichen Lebens und der Pflege der Glaubenstreue und waren meist mit Ablässen für ihre Mitglieder verbunden; hierzu zählen (1) *Missionsvereine,* die sich generell der Unterstützung der Heidenmission annahmen, aber auch besondere Ziele verfolgten (z. B. katholische Interessen im Heiligen Land, Palästinaverein 1855; Kampf gegen den afrikanischen Sklavenhandel, Afrikaverein 1888); – (2) *Frauen- und Müttervereine* (zur Pflege katholischer Kindererziehung), Verein der christlichen Familie (zum Zweck der Weihe an die Heilige Familie, 1851); – (3) *Jünglings- und Jungfrauenvereine* (auch mit sozialem und politischem Engagement); – (4) Vereinigungen zur Verbreitung und Förderung katholischer Frömmigkeit, vornehmlich als *Bruderschaften* organisiert (z. B. Herz-Jesu-Bruderschaften, marianische Kongregationen, Rosenkranzbruderschaften, Exerzitienbünde, Meßbundvereine, Gebetsbruderschaften für den Papst); – (5) Vereinigungen für *kirchliche Bedürfnisse* (Paramenten- und Kirchbauvereine, Unterstützungsvereine für Priesteramtskandidaten).
In der großen, kaum übersehbaren Zahl von Vereinen (es entstanden auch Vereine, welche die Geselligkeit pflegten) fand die katholische Bevölkerung ein weites Betätigungsfeld und vielfältige Gelegenheiten, um unter der Führung des Klerus sich kirchlich zu engagieren und für eine konfessionell geprägte Kultur zu wirken. Das Bemühen der Laien um die Verwirklichung katholischer Grundsätze im öffentlichen Leben und ihr Eintreten für die Rechte der Kirche in der Gesellschaft wurde außerordentlich bedeutsam für die weitere Entwicklung der römisch-katholischen Kirche, die durch Revolution und Säkularisation in ihrem äußeren Bestand stark erschüttert worden war. Bereits 1848 kam es zu einem Zusammenschluß der Piusvereine (s. o.) im *»Katholischen Verein Deutschlands«*. Seine Delegiertenversammlung in Mainz (3./6. Okt. 1848), die von rund 1200 Ortsvereinen beschickt war, legte das Fundament des bis heute stattfindenden *Katholikentages* (seitdem 85 Katholikentage). Fortan fanden sich fast alle katholischen Vereine auf den »Generalversammlungen der Katholiken Deutschlands« ein, die seit 1868 von einem *Zentralkomitee* organisiert wurden. Nicht nur in Deutschland, auch in anderen Ländern bildeten sich katholische Laienorganisationen zur Verteidigung religiöser, politischer und sozialer Interessen (z. B. Schweiz und Belgien 1863, Italien 1874, Spanien und Frankreich 1889). Seit der Jahrhundertwende mehrten sich die internationalen Zusammenschlüsse.
Nach einer wechselvollen Geschichte (u. a. Kulturkampf, Drittes Reich) organisierte sich die katholische Laienschaft erneut nach 1945. Das *Zentralkomitee der deutschen Katholiken,* wie es heute besteht, wurde 1952 gegründet. Es versteht sich als Zusammenschluß aller Kräfte des Laienapostolats. Neben der Vorbereitung und Durchführung des *Deutschen Katholikentages* sieht es seine Aufgabe darin, in gesellschaftspolitischen Fragen Stellung zu nehmen und gemeinsame Aktivitäten zu entfalten, die Bischöfe zu beraten und zur Bildung öffentlicher Meinung in der Kirche beizutragen. Hinzu kommt die Zusammenarbeit mit Laienorganisationen in anderen europäischen Ländern (vgl. § 8, 3).

4. Das aufblühende katholische Vereinswesen, das nicht immer und überall bloß apologetisch sich darbot, sondern auch zeitgenössische politische und soziale Vorstellungen in sich aufnahm und verarbeitete, brachte es mit sich, daß im Laufe seiner Geschichte viele Kirchenglieder selbstbewußter wurden, sich gegen klerikale Bevormundung wendeten, nach »Mündigkeit« und eigener Verantwortung in der Kirche strebten. Geistige Anstöße, die um die Jahrhundertwende von den »Modernisten« ausgingen (»Reformkatholizismus«), die Erfahrungen der Jugendbewegung, das Bemühen der Liturgischen Bewegung um die Beteiligung des Volkes an der Liturgie (u. a. Volkssprache, Gemeinschaftsmesse) und ein wachsendes Interesse an Bibelübersetzungen (die »Heilige Schrift für das Leben erklärt«) verstärkten diese Tendenz. Nach dem Zweiten Weltkrieg formierten sich im katholischen Kirchenvolk neben den früheren Vereinen und Verbänden neue Bewegungen und Gruppierungen unterschiedlicher Provenienz und Größe. Einer erneuerten Spiritualität und dem Apostolat

der Kirche verpflichteten sich Bewegungen wie die der *Focolarini,* die sich an urchristlichen Vorbildern orientierten, und die des Pater *Lombardi,* die durch ein gut geschultes und organisiertes Apostolat »eine bessere Welt« zu verwirklichen sucht. Andere Gruppen griffen Gegenwartsforderungen auf, paßten sich modernen Lebensformen an und bemühten sich, katholisches Gemeindeleben »von unten« her zu aktivieren; doch wegen ihrer von der überlieferten Lehrtradition abweichenden theologischen und politischen Option wurden sie von der offiziellen Kirche an den Rand gedrängt (*Kritischer Katholizismus, Offene Kirche* u. a.). Das II. Vatikanische Konzil, das dem veränderten Bewußtsein der Laien in der Kirche entgegenkommen und es aufnehmen wollte, lieferte nicht nur den sog. »progressiven« Katholiken Anreize zur vermehrten Aktivität. Es provozierte unter der Laienschaft, unterstützt von gleichgesinnten Klerikern (Erzbischof Lefèbvre), auch eine *Traditionalistenbewegung,* die gegen die konziliaren Reformen streitet (Una Voce, Bewegung für Kirche und Papst).
Die Mobilisierung der Laien in katholischen Vereinen, ihr spiritueller Aufbruch (R. Guardini: »das Erwachen der Kirche in den Seelen«), der persönliche wie der gemeinschaftliche Einsatz innerhalb und außerhalb der Kirche hat im katholischen Kirchenvolk einen Prozeß in Gang gebracht, der ambivalent erscheint. Die Geschichte des katholischen Vereins- und Verbandswesens ist nicht bloß als ein Gewinn zu buchen. Mit dem wachsenden Selbstbewußtsein der Laien, das sich oft genug als kritische Distanz äußert, wurden der römisch-katholischen Kirche nicht wenige Probleme und Konflikte beschert – vgl. § 1, 3 b.

5. Der sich weltweit erstreckende Verbandskatholizismus, das mit »Katholischer Aktion« bezeichnete und in verschiedenen Formen organisierte Laienapostolat und die zunehmende außer- wie innerkirchliche Bedeutung der »Nicht-Kleriker« ließen es nach dem Zweiten Weltkrieg der Römischen Kurie dringlich erscheinen, die formale und sachliche Vielfalt katholischer Laienaktivitäten zu regeln. Papst Pius XII. veranlaßte 1951 den ersten »Weltkongreß für Laienapostolat«, dem zwei weitere folgten (1957, 1967), und daneben ein »Ständiges Komitee«. Die Konferenz der Internationalen Katholischen Organisationen (OIC) erhielt 1953 einen offiziellen kirchlichen Status. Den Anregungen folgend (AA 26) wurde 1967 ein Laienrat gegründet; er sollte das Laienapostolat in den verschiedenen Nationen in Gang bringen bzw. ordnen und einen. Doch wirkten diesem Ziel Spannungen und Konflikte zwischen einigen Verbänden, dazu interne Krisen entgegen, die teils durch die nachkonziliare kirchliche Entwicklung, teils durch unterschiedliche Beurteilung politischer und sozialer Tatbestände entstanden. Nach einem zehnjährigen Experimentieren wurde 1976 mit der Errichtung des *Päpstlichen Laienrates* (Pontificium Consilium pro Laicis) als eine römische Kurialbehörde ein Instrument geschaffen, mit dem die mannigfaltige Tätigkeit der verschiedenen Laienverbände koordiniert, in die Gesamtpastoral der Kirche eingefügt und im Sinne ihres Evangelisierungsauftrages gefördert werden soll. Diesem neugeschaffenen Laienrat kommt auch die Aufgabe zu, »Kontroversen bezüglich der Laien auf administrativem Wege zu prüfen« (vgl. PAUL VI.: Motu proprio »Apostolatus peragendi«, in: AAS 68, 1976, 696–700).

Lit.: WETZER-WELTE: Kirchenlexikon, XII, ²1901, 707–760 – HPTh IV, 728–743 (Lit.); 591–595 (Lit.) – J. MAY: Geschichte der Generalversammlungen der Katholiken Deutschlands (1848–1903), Köln 1904/05 – J. B. KISSLING: Geschichte der deutschen Katholikentage, 2 Bde, Münster 1920/23 – A. RETZBACH: Das moderne katholische Vereinswesen, 1925 – E. FILTHAUT: Deutsche Katholikentage (1848–1958) und Soziale Frage, Essen 1960 – E. RITTER: Die Katholisch-Soziale Bewegung Deutschlands im 19. Jahrhundert und der Volksverein, Köln 1954 – J. LELL/F. W. MENNE (Hg.): Religiöse Gruppen. Alternativen in Großkirchen und Gesellschaft, Düsseldorf/Göttingen 1976 – G. GORSCHENEK (Hg.): Katholiken und ihre Kirche in der Bundesrepublik Deutschland, München 1976 – H. GROTE: Die katholischen Vereine und Verbände in der BRD. Ihre Integration und Kooperation, in: MdKI 27, 1976, 68–71.

§ 5 Die Organisation der Kirche

Der Selbstvollzug der römisch-katholischen Kirche, der im gottesdienstlichen (§ 3) und im weltlichen Leben (§ 4) sichtbaren Ausdruck gewinnen will, erfordert nach eigenem Verständnis ein »soziales Gefüge« (LG 8, 1) und »geeignete Mittel sichtbarer und gesellschaftlicher Einheit« (LG 9,3). Ohne eine organisierte und feste Verbundenheit von Menschen, die auf ein gemeinsames Ziel hin zusammenwirken (»Gesellschaft«), könnte die Kirche nicht geschichtlich konkret werden und ihrer Sendung nicht nachkommen; die Modalitäten ihrer Existenz sind an die kreatürliche Eigenart menschlichen Lebens gebunden. Die Notwendigkeit gesellschaftlicher Organisation folgt aber nicht allein aus der Natur des Menschen und seiner zeitlichen und räumlichen Bedingungen. Voran steht eine theologische Prämisse; sie begründet das Erfordernis, bestimmt die Strukturelemente und erklärt Anspruch und Eigenart der Kirche als »Gesellschaft«.

1. Die theologische Prämisse

a) Das Erfordernis eines »sozialen Gefüges« liegt in der Logik römisch-katholischen Selbstverständnisses, das die Kirche gleichermaßen als Gemeinschaft in Christus (der geheimnisvolle »Leib Christi«) und als Volk Gottes (die geschichtlich greifbare Präsenz des göttlichen Heilswillens) behauptet. Es entspricht dem Analogiegedanken Christus-Kirche (vgl. § 2, 5 b und c) und dem geglaubten inkarnatorischen Prinzip der Heilsgeschichte (vgl. § 2, 6), wenn das Heilsmysterium in der Form einer *sozialen Körperschaft* vergegenwärtigt wird. In der Wirhaftigkeit der Trinität ist der transzendentale Ermöglichungsgrund der Kirche als Personengemeinschaft gegeben. Gemäß der Inkarnation nimmt die Kirche die »Gestalt dieser Welt« auf sich (LG 48, 3; GS 40, 2); in ihren geschichtlichen Konkretionen teilt sich der Heilige Geist mit, ohne jene natürliche Differenz aufzuheben, die zwischen der gesellschaftlichen Organisation der Kirche und dem Personsein Christi besteht. Das *inkarnatorische Prinzip,* das die Einheit von Heiligem Geist und geschichtlicher Greifbarkeit ausdrücklich macht, bestimmt mit seinen göttlichen (materialen) und menschlichen (formalen) Elementen durchgängig die römisch-katholische »Kirchenverfassung«, d. h. uneingeschränkt alle Dimensionen der Kirche (Sakrament und Liturgie, Verkündigung und Lehre, Disziplin und Recht). Die Interdependenz von Christologie und Ekklesiologie, die hier ersichtlich ist, bedeutet, daß ein Wandel (Irrtum) im Christusverständnis und in der Christusverehrung unumgänglich einen Wandel (Irrtum) im Kirchenverständnis und -vollzug bewirkt und umgekehrt (vgl. § 7, 1 Exkurs 2).

b) In dieser Logik steht das *Ordnungsprinzip,* welches das »soziale Gefüge«, die konkrete Existenzform der Kirche strukturiert. Will sich die römisch-katholische Kirche als Gottes Selbstmitteilung in dieser Welt verstehen, so darf ihre Organisation prinzipiell trotz aller unumgänglichen Geschichtlichkeit weder beliebig noch wandelbar sein. Ihr Ordnungsprinzip muß ihrer trinitarischen Herkunft und ihrem heilsgeschichtlichen Auftrag korrespondieren. Die Vorstellung, daß die Kirche als die irdische Wirkgestalt des Heiligen Geistes gilt, der aus dem Vater und dem Sohn hervorgeht, und das für alle Menschen aufgerichtete Heilszeichen darstellt (LG 13), bestimmt darum die Struktur der Kirche. Das Prinzip ihrer Ordnung ist vorgegeben: weil der Heilige Geist sich den Aposteln mitgeteilt hat und ihnen die göttliche Sendung anvertraut wurde (LG 18, 2: »Christus hat die heilige Kirche gebaut, indem er die Apostel sandte wie er selbst gesandt war vom Vater«), kann die Kirche ihr »soziales Gefüge« nur apostolisch, d. h. *hierarchisch* organisieren, als »heilige Herrschaft« (gr. ἱερά ἀρχη : heiliger Ursprung). Aufgrund der »göttlichen Einsetzung« dauert das Apostelamt fort und wird von den Nachfolgern der Apostel, den Bischöfen, in »apostolischer Sukzession« übernommen: »an Gottes Stelle stehen sie der Herde vor«, als Lehrer, Priester und Regenten (LG 19, 3). Den Bischöfen obliegt die

Repräsentation des Christus und des Heils; die *apostolische Sukzession* gewährleistet, daß die Verkündigung der Repräsentanten mit der Botschaft Christi identisch bleibt (DV 7, 2; LG 20: »wer sie hört, hört Christus«; LG 21, 2). Wenn sich die römisch-katholische Kirche als eine hierarchisch personal geordnete Gesellschaft darbietet, so ist diese Art gesellschaftlicher Organisation – wie sie glaubt – die ihrer Sendung, ihrer Geisterfüllheit und Sakramentalität angemessene Gestalt.
Das Prinzip hierarchischer Ordnung wird verdeutlicht und bekräftigt durch das der »sichtbaren und gesellschaftlichen *Einheit*«. Seine Notwendigkeit ergibt sich ebenfalls aus dem römisch-katholischen Selbstverständnis, indem sich die Kirche als »das von der Einheit des Vaters und des Sohnes und des Heiligen Geistes her geeinte Volk« begreift (LG 4, 2). Die apriorische Einheit bedarf einer ausdrücklichen Repräsentanz, wenn die Kirche sakramentales Zeichen des Heils sein will, eines Amtes, das dieser Einheit dient, und einer Autorität, welche die Wirhaftigkeit der Glaubens- und Kommunionsgemeinschaft gewährleistet. Diese umfassende Aufgabe fällt dem »Nachfolger Petri« zu, dem römischen Bischof, dem *Papst*, der als »Statthalter Christi« das »sichtbare Haupt der ganzen Kirche« verkörpert (LG 18, 2) und die Bischöfe des ganzen Erdkreises mit sich und untereinander verbindet (LG 22). Gegenüber dem historischen Faktum einer nur fragmentarischen Einheit der Kirche Christi (als »menschliche und irdische Einrichtung«; UR 6, 1), welche das Leid irdischer Pilgerschaft bewußt macht, symbolisiert das Papstamt gleichbleibend und auf Dauer die Herkunft und das Ziel der Kirche (UR 4, 3). In ihm findet die Einheit des Gottesvolkes ihren sichtbaren Ausdruck.

c) Aus der Einsicht in das Offenbarungsgeschehen der Inkarnation gewinnt die römisch-katholische Kirche nicht nur das sie verpflichtende Ordnungsprinzip, sondern auch das ihre soziale Körperschaft bestimmende *Handlungsprinzip*. Wenn sich die Kirche als das dem Logos dienende Heilsorgan (LG 8, 1) und als Zeichen und Werkzeug für die Vereinigung mit Gott wie für die Einheit der Menschen erkennt (LG 1), dann weiß sie nicht bloß ihre Eigenschaft; sie kennt zugleich ihre Funktion, die damit verbunden ist, nämlich den Auftrag, als »Leib Christi« instrumental der Vermittlung des Heils zu dienen und institutionell seine Anwesenheit zeichenhaft zu markieren. Mit der Eigenart ihres Wesens (Wirkgestalt des Heiligen Geistes) wie mit ihrer Funktion (Vermittlung und Präsentation) ist aber auch das Prinzip angezeigt und gegeben, auf welche Weise der Auftrag erfüllt und die Einheitlichkeit des ekklesialen Handelns gewährleistet werden kann. Kraft des ihr einwohnenden Heiligen Geistes tritt die Kirche an die Stelle Christi, dem Urheber des Heils. Getragen von seinem Geist erfüllt sie die Heilssendung in der Weise der Stellvertretung. Die Richtschnur ihres Handelns heißt *Repräsentation.*

Der römisch-katholische Sprachgebrauch des Wortes »Repräsentation« (Stellvertretung) weicht von dem gebräuchlichen juristischen Wortsinn ab. Der gesetzliche Vertreter (z. B. Eltern, Vormund, Konkursverwalter, Vereinsvorstand) handelt im Namen eines andern im Rahmen der ihm zustehenden Vertretungsmacht; dabei ist es gleichgültig, ob der Wille, für einen anderen zu handeln, ausdrücklich erklärt ist oder sich aus den Umständen ergibt. Wesentlich für die Stellvertretung im juristischen Sinn ist es, daß der Vertreter in Abwesenheit des Vertretenen alleine handelt, die Rechtswirkung seines Handelns aber unmittelbar denjenigen trifft, den er repräsentiert, also nicht ihn selbst (vgl. BGB § 164). Indessen wird bei der Stellvertretung Christi durch die Kirche der Vertretene nicht abwesend gedacht und nicht durch den Stellvertreter ersetzt. Vielmehr: Christus als der Hirte belebt und trägt durch seinen Geist die Kirche, die das Heilshandeln Christi sakramental vergegenwärtigt und somit durch Handlungen repräsentiert, in denen Christus begegnet, das unsichtbar Anwesende sichtbare Gestalt gewinnt (vgl. § 3, 3).

Gemäß ihrem Heilsauftrag soll die Kirche zum einen die Gemeinschaft mit Gott (Christus) und zum andern die Gemeinschaft der Menschen untereinander (Leib Christi, Volk Gottes) repräsentieren, also eine *doppelte Repräsentation* vollziehen. Weil die Kirche aufgrund göttlicher Verfügung hierarchisch organisiert ist, kann sie aber nicht in der sozialen Leiblichkeit als solche die Repräsentationsfigur abgeben. Die zweidimensionale Vertretungsaufgabe fällt den rechtmäßigen Organen zu; das sind die Hirten des Volkes Gottes. Der Bischof vollzieht die *Repräsentation des Christus,* indem er an dessen Stelle tritt, in dessen Namen handelt und in seiner Person zeichenhaft die Gemeinschaft mit Gott und die Anwesenheit Christi sichtbar macht. Er vollzieht die *ekklesiale Repräsentation,* indem er durch Wort und Sakrament die Gemeinschaft der Gläubigen auferbaut und sie als Hirte leitet; dies kann er nur deshalb tun, weil und insofern er als der Repräsentant Christi dem Haupt des Leibes Christi gleichförmig ist. An der Figur des Bischofs wird deutlich, daß die Repräsentation als Handlungsprinzip der Kirche mit dem Prinzip hierarchischer Ordnung unlöslich verbunden ist. Sie gilt als ein Strukturelement der römisch-katholischen Kirche, das sich aus ihrem sakramentalen Wesen ergibt und ihm entspricht.

Die Stellvertretung in der doppelten Hinsicht als Repräsentation der Communio mit Gott und der Communio der Gläubigen wie die zugehörige Repräsentationsfigur werden dort besonders eindrücklich gemacht, wo die römisch-katholische Kirche zu ihrem »elementarsten Selbstvollzug« kommt, in der Eucharistiefeier (vgl. § 3, 1): der Bischof (oder der von ihm beauftragte Priester) »vollzieht in der Person Christi das eucharistische Opfer und bringt es im Namen des ganzen Volkes Gott dar« (LG 10, 2); durch seinen Dienst »vollendet sich das geistige Opfer der Gläubigen in Einheit mit dem Opfer des einzigen Mittlers Christus« (PO 2, 4).

d) Für ihre soziale Körperschaft beansprucht die römisch-katholische Kirche eine besondere Qualifikation: sie ist »societas perfecta«, *vollkommene Gesellschaft,* weil sie »in sich und durch sich alles besitzt«, was für eine Gesellschaft wesentlich ist und sie hinsichtlich ihrer Herkunft und ihres Zieles wie ihres Aufbaues als übernatürlich anzusehen ist (Leo XIII.: Enz. »Immortale Dei« vom 1. 11. 1885, DS 3167; u. Enz. »Satis cognitum« vom 29. 6. 1896, Rohrbasser 637 f). Das schließt nicht aus, im Gegenteil: es entspricht dem inkarnatorischen Geschehen, an dem die Kirche teil hat, daß sie Strukturelemente menschlicher Herkunft und zeitlicher Ordnung ihrem »gesellschaftlichen Gefüge« integriert (»komplexe Wirklichkeit«; LG 8, 1) und in der ekklesialen Konkretion »zugleich heilig und stets der Reinigung bedürftig« ist (LG 8, 3; UR 6, 1).

Gleichwohl bleibt zu beachten, daß staatsrechtliche, juristische und soziologische Terminologien, die in den eigenen Sprachgebrauch übernommen werden, unter dem Vorbehalt der theologischen Prämisse stehen und jeweils immer nur einen Aspekt des Ganzen bezeichnen. Somit können Begriffe wie Gesellschaft, Verfassung, Institution, Recht, Gesetz, Repräsentation usw. nur in begrenzter, d. h. analoger Weise auf die »soziale Leiblichkeit« der römisch-katholischen Kirche angewandt werden (was einen Vergleich mit »Staat« und »Gesellschaft« nicht hindert; auch der Staat ist »societas perfecta«; vgl. § 7, 2 c 1).

Die Eigenart der gesellschaftlichen »Organisation« der römisch-katholischen Kirche bewirkt, daß sie eine *Verfassung* (im neuzeitlichen Sinn dieses Wortes und damit eine geschriebene Verfassung) nicht hat und nicht haben kann. Ihre Seinswahrheit läßt sich im institutionellen, gesellschaftlich und rechtlich normierten Rahmen nur teilweise verwirklichen, obgleich Institution und Recht unabdingbare Momente ihres Wesens ausmachen. Aber die Kirche ist mehr als ihre »Verfassung« aussagt und bewirkt, wie auch Sakrament mehr ist als Zeichen, der Heilige Geist sich nicht in seiner Wirkgestalt erschöpft und Gnade über Natur hinausragt (vgl. § 4, 2 Exkurs a). Insoweit die römisch-katholische Kirche sich in gesellschaftlichen und rechtlichen Dimensionen gestaltet, also »verfaßte« Kirche ist, so rechtfertigt sie dies mit ihrer Mittlerfunktion und der Notwendigkeit geschichtlicher Konkretion.

2. Hierarchie und heilige Gewalt

Das Wort »Hierarchie« bezeichnet allgemein das Grundprinzip der gesellschaftlichen Organisation der römisch-katholischen Kirche und meint näherhin die Gesamtheit der Träger heiliger Gewalt (das sind die Bischöfe) sowie die Stufung im Dienst an der Sendung der Kirche (Weihe- und Ämterhierarchie; Klerus und Laien).

a) An der Gewalt »im Himmel und auf Erden«, die Christus empfing, ließ er die Apostel teilhaben, damit sie die göttliche Sendung fortführen sollten (LG 19). Als Nachfolger der Apostel haben die *Bischöfe* jene heilige Gewalt und damit auch deren Sendungsauftrag übernommen (LG 20). Wie die Apostel ein Kollegium bildeten, an dessen Spitze Petrus gestellt war, so sind ihre Nachfolger in einer entsprechenden Körperschaft, dem *Bischofskollegium,* untereinander verbunden und haben ihr Haupt im *Papst,* dem römischen Bischof in der Nachfolge des Petrus (LG 22). In dieser Hierarchie, die auf die bevollmächtigte rechtliche Stellvertretung Christi auf Erden zielt und die – weil von Christus selbst eingesetzt – nicht als menschliche Einrichtung gilt, besitzt der Papst die »volle, höchste und universale Gewalt über die Kirche«; kraft seines Amtes kann er sie »immer frei ausüben« (LG 22, 2), »nach Gutdünken, wie es von seinem Amt her gefordert wird« (LG-Nota explicativa praevia 4, 1). Gemeinsam mit dem Papst, aber »niemals ohne dieses Haupt«, besitzt auch das *Bischofskollegium* diese Gewalt; doch kann sie »nur mit Zustimmung« des römischen Bischofs ausgeübt werden (ebd.). Sofern die oberste Gewalt des Kollegiums in einem Konzil betätigt wird, bedarf sie ebenfalls der Bestätigung oder wenigstens der Rezeption durch den Papst. Gleiches gilt für gemeinsame Handlungen der in alle Welt verstreuten Bischöfe. Das bedeutet: »wenn die Tätigkeit des Hauptes ausfällt, können die Bischöfe als Kollegium nicht handeln« (LG-Nota 4, 2).

Das *I. Vatikanische Konzil* (1870) definierte in der Const. dogmatica »Pastor aeternus« (Cap. I): »Wer daher sagt, der heilige Apostel Petrus sei nicht von Christus, dem Herrn, zum Fürsten aller Apostel und zum sichtbaren Haupt der ganzen streitenden Kirche aufgestellt worden, oder habe nur einen Vorrang der Ehre und nicht den Vorrang der wahren und eigentlichen Rechtsbefugnis von unserem Herrn Jesus Christus direkt und unmittelbar erhalten, der sei ausgeschlossen« (DS 3055). – (Cap. II) »Wer also behauptet: nicht auf Grund der Einsetzung von Christus dem Herrn selber, d. h. auf Grund göttlichen Rechts habe der heilige Petrus seine beständigen Nachfolger im Vorrang über die gesamte Kirche, oder: der Bischof von Rom sei nicht der Nachfolger Petri in diesem Vorrang, der sei ausgeschlossen« (DS 3058). – (Cap. III) »Wer also sagt, der römische Bischof habe nur das Amt einer Aufsicht oder Leitung und nicht die volle und oberste Gewalt der Rechtsbefugnis über die ganze Kirche – und zwar nicht nur in Sachen des Glaubens und der Sitten, sondern auch in dem, was zur Ordnung und Regierung der über den ganzen Erdkreis verbreiteten Kirche gehört –; oder wer sagt, er habe nur einen größeren Anteil, nicht aber die ganze Fülle dieser höchsten Gewalt, oder diese seine Gewalt sei nicht ordentlich und unmittelbar, ebenso über die gesamten und die einzelnen Kirchen wie über die gesamten und einzelnen Hirten und Gläubigen, der sei ausgeschlossen« (DS 3064). – (Cap. IV) »Wenn der römische Bischof in höchster Lehrgewalt (ex cathedra) spricht, das heißt, wenn er seines Amtes als Hirt und Lehrer aller Christen waltend in höchster, apostolischer Amtsgewalt endgültig entscheidet, eine Lehre über Glauben oder Sitten sei von der ganzen Kirche festzuhalten, so besitzt er auf Grund des göttlichen Beistandes, der ihm im heiligen Petrus verheißen ist, jene Unfehlbarkeit, mit welcher der göttliche Erlöser seine Kirche bei endgültigen Entscheidungen in Glaubens- und Sittenlehren ausgerüstet haben wollte. Diese endgültigen Entscheidungen des römischen Bischofs sind daher aus sich und nicht auf Grund der Zustimmung der Kirche unabänderlich. Wenn sich jemand – was Gott verhüte – herausnehmen sollte, dieser unseren endgültigen Entscheidung zu widersprechen, so sei er ausgeschlossen« (DS 3074. 3075). – Vgl. LG 25, 2 f.

b) Die von Christus ausgehende, seiner Kirche anvertraute heilige Gewalt ist unvermindert eine und bezieht sich auf den Dienst des Priesters, des Lehrers und des Hirten (Ämter

Christi). Damit sie die Bischöfe als Nachfolger der Apostel besitzen und ausüben können, ist zweierlei notwendig: Weihe und kanonische Sendung, wie auch Christus vom »Vater geheiligt und in die Welt gesandt« wurde (LG 28, 1). Die *Bischofsweihe* überträgt die Gnade des Heiligen Geistes in einer solchen Fülle, daß der Bischof instand gesetzt ist, »in hervorragender und sichtbarer Weise die Stelle Christi selbst« einzunehmen und »in seiner Person« zu handeln (LG 21, 2). Mit seiner Weihe gewinnt er eine »seinsmäßige (ontologische) Teilnahme an den heiligen Ämtern« Christi, die dauerhaft wirkkräftig bleibt (LG-Nota 2, 2). Sie ist Lebensprinzip, an die Person des Geistträgers gebunden und prägt ihm ein »heiliges Merkmal« (character) ein, das unauslöschlich ist. Damit nun aber diese in der sakramentalen Weihe verliehene substanzielle Teilhabe (heilige Gewalt, Vollmacht) auch zur »Betätigung fähig«, vor menschlichem Mißbrauch geschützt und sachgemäß ausgeübt wird, muß ein formal ordnendes Element hinzutreten. Das ist die *kanonische Sendung* (oder: rechtliche Einweisung), d. h. die Übertragung der Hirtengewalt durch die hierarchische Autorität (d. i. der Papst) nach den Normen kirchlichen Rechtes (LG-Nota 2); sie ist territorial (Bistum) oder personal (Zuweisung von Untergebenen) begrenzt (abgesehen von der hierarchischen Autorität, der Höchstgewalt des Papstes und des Bischofskollegiums), und sie kann ggf. auch wieder entzogen werden (ebenso ist Resignation möglich, mit dem 75. Lebensjahr sogar erwünscht). Erst in der Zuordnung von Weihe und Sendung, die komplementär zusammengehören, ist die *Bischofsgewalt* vollständig und als die *eine* heilige Gewalt gegeben, die von Christus stammt und in seinem Namen zu üben ist.

c) Die Verklammerung von Weihe und Sendung folgt der vorgestellten theologischen Prämisse. Sie verknüpft göttliche (materialiter) und menschliche (formaliter) Ordnungselemente. Dadurch wird es möglich, daß der für die Stellvertretung Christi Geheiligte zugleich die ekklesiale Repräsentation übernehmen kann (vgl. oben Nr. 1 c). Die komplementäre Zuordnung von Weihe und Sendung ist die Voraussetzung dafür, daß in einer physischen Person, nämlich in der Gestalt des *Bischofs,* lebendig und sichtbar wird, was prinzipiell in der römisch-katholischen Kirche gilt: (1) die theandrische *Struktur* der Kirche (d. i. ihre »komplexe Wirklichkeit«), (2) ihre trinitarisch vorgeschriebene und hierarchisch ausgedrückte *Einheit,* (3) die hierarchische *Stufung* (welche durch die Differenz zwischen »seinsmäßiger Teilhabe« und »handelndem Amt« bedingt ist, die Einheit heiliger Gewalt aber nicht aufhebt), (4) die *Identität* der Botschaft Christi mit derjenigen der Kirche (vermöge apostolischer Sukzession), und (5) die bleibende *Anwesenheit Christi* in dem sichtbaren, hierarchisch geordneten Gefüge der Kirche.
In *kirchenrechtlicher* Hinsicht erscheint die Verklammerung von Weihe und Sendung als verfassungsrechtliche Konsequenz der mit der Heilssendung übernommenen Repräsentationsaufgabe der Kirche (s. o. Nr. 1 c). Rechtliche Normierung und theologische Begründung stabilisieren sich hier (wie auch sonst) gegenseitig.

Der prinzipiellen Verknüpfung von Bischofs*weihe* und Bischofs*amt* wird konkret dadurch entsprochen, daß jeder Bischof immer Vorsteher eines bestimmten Bistums ist. Ist ein Bischof nicht der Leiter einer Diözese (z. B. Patriarch, Metropolit oder Erzbischof, Apostolischer Vikar, Weihbischof), so wird ihm ein aufgelassener, nur noch fiktiv bestehender Bischofssitz zugewiesen (d. i. der sog. Titularbischof).

d) Der gegenseitige und nicht auflösbare Bezug von Weihe- und Hirtengewalt hindert nicht, zwischen den beiden Gewalten hinsichtlich ihrer funktionalen Zweckbestimmung zu unterscheiden und damit eine Stufenordnung aufzubauen: die *Weihe- und Ämterhierarchie.* Gerade das Ineinandergreifen der beiden Gewalten wie ihre Unterschiedenheit verleiht der römisch-katholischen »Kirchenverfassung« ihre Eigentümlichkeit und hebt sie von anderen Verfassungsformen ab.

Während der römische Bischof (Papst) in seiner Höchstgewalt die *hierarchische Autorität* verkörpert, lassen die vielfältigen bischöflichen Dienste der römisch-katholischen Kirche in ihrer jeweiligen Zuordnung eine *hierarchische Stufung* (Über- und Unterordnung) erkennen. Die mit der Weihe verliehene Vollmacht und Qualität ist allen Bischöfen gemeinsam (d. i. die *potestas ordinis*); sie wird durch niedere und höhere Weihen vorbereitet (Weihehierarchie; vgl. § 3, 3 c–cc). Ihre hoheitliche Leitungsgewalt (d. i. die *potestas jurisdictionis* seu regiminis) setzt die kanonische Sendung voraus (s. o.). Hinsichtlich der übernommenen Kirchenämter bestehen Unterschiede (Ämterhierarchie). Dem *Papstamt* ist das auf eine bestimmte Diözese (Jurisdiktionsbezirk) bezogene *Bischofsamt* nachgeordnet, obgleich das Bistum nicht nur einen Teil des Ganzen darstellt, sondern in seinem Bereich die ganze Kirche repräsentiert. Vom *Papstamt* werden abgeleitet die bischöflichen Funktionen in den kurialen Ämtern der römischen Zentralregierung, die Oberbischöfe (Patriarchen, Erzbischöfe u. a.) und solche Träger bischöflicher Gewalt, die als Apostolische Vikare, Präfekten und Administratoren fungieren und als Oberhirten priesterlichen Ordensverbänden vorstehen (s. u. Nr. 3 a). Vom *Bischofsamt* werden abgeleitet die Organe der Bistumsregierung, die Aufsichtsämter für Teilgebiete der Diözesen und die Pfarrer als Leiter der einzelnen Kirchengemeinden (s. u. Nr. 3 b u. c).

e) Das in der römisch-katholischen Kirche geltende Grundprinzip der Hierarchie (heilige Herrschaft) und die Konzentration der Leitungsvollmacht (heilige Gewalt) in der Gestalt des Bischofs schließt sowohl eine *charismatische* Struktur als auch *demokratische* Instanzen (Prinzip der Gewaltenteilung) in dieser Kirche aus. Zwar teilt sich der Heilige Geist in Taufe und Firmung allen Gläubigen mit und läßt sie am Priestertum Christi teilnehmen und mitwirken. Die Glieder des Gottesvolkes werden aber damit nicht zu Trägern heiliger Gewalt, die allein den Bischöfen vorbehalten bleibt. Die Amtsträger (Klerus) sind von den übrigen Gliedern der Kirche (Laien) wesensmäßig unterschieden (vgl. § 4, 4). Demokratische Tendenzen und Versuche stoßen an eindeutig markierte Grenzen. So kann zum einen der Eindruck entstehen, daß der Heilige Geist mittels Weihe und kanonischer Sendung bischöflich verwaltet, kanalisiert und kontrolliert wird, und zum andern, daß die römisch-katholische Kirche mit Herrschaftsprivilegien für wenige ausgestattet ist und einer absoluten Monarchie gleicht, in der sich die freiheitlichen Rechte des Menschen, die ihm seiner Natur nach zukommen, nicht voll entfalten können. Diesem (auch innerkatholisch artikulierten) Eindruck steht die theologisch begründete Behauptung entgegen, daß Christus selbst das hierarchische Ordnungsprinzip verfügt hat (Dogma), die Gliederung in Leitende (Hirt) und Geleitete (Herde) dem göttlichen Willen entspricht, die Kirche auch in der Organisation ihres gesellschaftlichen Gefüges ihrem Herrn gehorsam und treu bleiben muß und ihr Sendungsauftrag gerade darauf zielt, allen Menschen Erfüllung und Heil zu vermitteln.

3. Die hierarchischen Organe

Die römisch-katholische Kirche stellt eine mit hierarchischen Organen ausgestattete Gesellschaft dar. Die eine heilige Gewalt, die ihr als ganzer anvertraut ist, betätigt und entfaltet sich in solchen Organen. Sie sind die amtlichen Träger des Selbstvollzuges der Kirche, der Präsenz Christi in dieser Welt; das hindert nicht, daß sich die nicht-amtlichen Glieder des Gottesvolkes an der Sendung der Kirche beteiligen (d. i. das Apostolat der Laien; vgl. § 4, 4).

a) *Papst und römische Zentralregierung.* Der *Papst* (vgl. CIC can. 218–221) besitzt keine höhere Weihegewalt (potestas ordinis) als die übrigen Bischöfe, die im Bischofskollegium mit ihm verbunden sind. Doch steht dem römischen Bischof als Nachfolger Petri unabhängig von menschlicher Gewalt die Hirtenvollmacht (potestas jurisdictionis) unmittelbar und uneingeschränkt über die ganze Kirche zu. Diese Höchstgewalt gewinnt der in einer Papstwahl von den Kardinälen Gewählte »iure divino« sofort mit der Annahmeerklärung seiner Wahl.

Mit der Befähigung, den Herrn der Kirche allein sichtbar in seiner physischen Person zu vertreten, ist der Papst zugleich der *höchste amtliche Träger* des aktuellen Selbstvollzuges der römisch-katholischen Kirche. Seiner Primatsgewalt ist innerhalb des öffentlichen Lebens der Kirche in allen ihren Dimensionen (Liturgie, Spiritualität, Lehre, Theologie, Recht, Verwaltung usw.) grundsätzlich nichts entzogen. Keine irdische Instanz steht seiner Kompetenz entgegen und kann sie beurteilen (suprema sedes a nemine iudicatur – der Heilige Stuhl wird von niemandem gerichtet). Damit ist freilich nicht gesagt, daß alles, was der Papst in seiner Person redet und tut, verbindliche Norm sei (vgl. § 2, 2). Ebensowenig bedeutet der Mangel einer höheren Instanz, daß sich die Herrschaft und Autorität des Papstes durchgehend und überall in der Kirche auch durchzusetzen vermag; beim Vollzug seines Amtes ist er praktisch auf den Glaubensgehorsam, das Gewissen und den guten Willen der Gläubigen angewiesen (vgl. LG 25, 1); seine Gewalt muß anerkannt sein (innerer Assens), um real wirksam werden zu können.

Als vorzügliche Berater und Helfer stehen dem Papst derzeit fast 120 *Kardinäle* zur Seite, die er aus dem weltweiten Episkopat auswählt und im *Kardinalskollegium,* gegliedert nach Rangstufen (Kardinalbischof, -priester, -diakon), zu einer juristischen Person vereinigt (vgl. CIC can. 230–241). Die Kardinäle sind die höchsten Würdenträger der römisch-katholischen Kirche. Im *Konsistorium* des Papstes (Senat) sind sie beratend tätig, in den Organen der *Römischen Kurie* übernehmen sie leitende Funktionen (s. u.) und bei der Erledigung des päpstlichen Stuhles obliegt ihnen die Papstwahl (s. o.).

Bei der Ausübung seiner Vollmacht im Priester-, Lehr- und Hirtenamt bedient sich der Papst der Organe und Institutionen, die unter dem Namen »Curia Romana« *(Römische Kurie)* zusammengefaßt werden (vgl. CIC can. 242 ff). Der kuriale Behördenorganismus gliedert sich in elf Kongregationen, drei Gerichtshöfe und fünf Ämter; als weitere Hilfsorgane kommen ständige Kommissionen, Sekretariate und Räte hinzu. Alle *Kurialbehörden* besitzen eine ordentliche stellvertretende Jurisdiktionsgewalt, die aus dem Papstamt abgeleitet ist (*Stellvertretungsorgane,* die im Namen des Papstes handeln). Den Kongregationen obliegt die Administrativgewalt, die in einigen Fällen auch richterliche Befugnisse einschließt. Den Gerichtshöfen (tribunalia) steht die richterliche Gewalt zu.

aa) Die *Kongregationen* bilden gleichsam die Fachministerien der päpstlichen Regierung (vgl. CIC can. 246–257). Sie sind kollegial verfaßt und werden von einem *Kardinal* geleitet (Präfekt oder Pro-Präfekt, wenn der Papst selbst den Vorsitz führt); ihm stehen ein Kardinalsekretär, ein Subsekretär (Substitut), dazu Konsultoren, Sachbearbeiter und weitere Hilfskräfte zur Seite.

(1) Die Kongregation für die *Glaubenslehre* (früher: Heiliges Officium) befaßt sich mit den Angelegenheiten des Glaubens und der Sitten und verfügt hierbei auch über richterliche Vollmachten. – (2) Die *Konsistorialkongregation* beschäftigt sich vornehmlich mit der regionalen Organisation der Kirche, der Aufsicht der Bischöfe und der Besetzung von Bischofsstühlen, Apostolischen Administraturen u. a. – (3) Die Kongregation für die *Ostkirche* ist für die persönlichen, rechtlichen und liturgischen Fragen der mit Rom unierten orthodoxen Kirchen zuständig. – (4) Die *Sakramentenkongregation* entscheidet über Rechtsfragen im Sakramentenwesen (Gültigkeit von Weihen, Ehen usw.). – (5) Die *Konzilskongregation* beschäftigt sich mit der christlichen Lebensführung des Klerus und der Laien (Pastoral und Katechese) sowie mit den Angelegenheiten des Synodalwesens. – (6) Der *Religiosenkongregation* obliegt die Sorge für das Ordensleben. – (7) Die Kongregation für die *Glaubensverbreitung* besitzt weitreichende Kompetenzen über die gesamte Missionstätigkeit der Kirche und dient nicht nur der Verwaltung, sondern ist auch ein »Organ dynamischer Steuerung« (AG 29, 5). –

(8) Die *Ritenkongregation* befaßt sich mit den Fragen der Liturgie und fungiert als Gerichtshof in den Selig- und Heiligsprechungsprozessen. – (9) Die *Zeremonienkongregation* überwacht die Protokollangelegenheiten des päpstlichen Hofes. – (10) Die Kongregation für die *außerordentlichen Angelegenheiten* ist gleichsam das Außenministerium des Vatikans; sie steht in einer engen sachlichen und personellen Verbindung (der Präfekt ist zugleich Kardinalstaatssekretär) mit dem Staatssekretariat, der wichtigsten kurialen Behörde. – (11) Die *Studienkongregation* beaufsichtigt die kirchlichen Universitäten, Lehrinstitute, Schulen und Seminare.
bb) Die drei *Gerichtshöfe* sind die *Poenitentiaria* (zuständig für das Ablaßwesen), die *Rota Romana,* die das oberste Appellationsgericht in Zivil- und Strafsachen darstellt (u. a. Eheprozesse), und die *Signatura Apostolica,* die als Kassationsgerichtshof dient (vgl. CIC can. 258. 259).
cc) Unter den kurialen *Ämtern* (vgl. CIC can. 260–264) ragt das *Staatssekretariat* hervor, das in engster Zusammenarbeit mit dem Papst für dessen Kirchenpolitik zuständig ist (vatikanische Diplomatie, Konkordate) und auch bei der Besetzung von Kurialämtern tätig wird. Daneben sind zu nennen: die *Kanzlei,* die *Datarie* (beschäftigt mit der Verleihung niederer Kirchenämter), die *Kammer* (Vermögensverwaltung) und das *Breven-Sekretariat* (Abfassung päpstlicher Dokumente).
dd) Zu den weiteren kurialen Organen gehören die *Kommissionen* für *Bibelstudien,* für *publizistische Mittel,* für die authentische *Interpretation der Konzilstexte* und für *Gerechtigkeit und Frieden* (die frühere Studienkommission »Iustitia et Pax«).
Im Zusammenhang mit dem II. Vatikanischen Konzil entstanden die *Sekretariate* für die *Einheit der Christen* (1960 von Johannes XXIII. eingerichtet), für die *Nichtchristen* und für die *Nichtglaubenden* (beide 1964 von Paul VI. verfügt).
Der Kurie sind ferner integriert der Päpstliche Rat für die *Laien* und für die *Liturgie.*
ee) Dem kollegialen Element in der Ausübung der Hirtengewalt, wie es mit dem Wort »Bischofskollegium« umschrieben wird (s. o. Nr. 2 a), hat Paul VI. mit der Errichtung der *Bischofssynode* als »Institutum ecclesiasticum centrale« Rechnung getragen (1965). Der Bischofssynode gehören rund 200 teils geborene, teils gewählte Vertreter des Weltepiskopates an. Sie kann zu ordentlichen und zu außerordentlichen Versammlungen einberufen werden (bisher zweijähriger Turnus). Es ist ihre Aufgabe, in wichtigen gesamtkirchlichen Fragen (z. B. Evangelisation, Katechese in der modernen Welt) sich mit beratender Stimme an der Kirchenregierung zu beteiligen.

b) *Bischof und Bistum.* Der *Bischof* nimmt an der höchsten Gewalt in der Kirche teil, indem er ein Glied des Bischofskollegiums ist (vgl. CIC can. 329–349). Das Amt wird ihm vom Papst verliehen, der örtlich geltende Wahl-, Nominations- und Präsentationsrechte berücksichtigt. Wird dem Bischof mit seiner kanonischen Sendung nicht nur ein fiktiver (aufgelassener) Bischofsstuhl zugesprochen (Titularbischof), sondern die Hirtengewalt über ein faktisch bestehendes Teilgebiet der Kirche übertragen (Territorialbischof), so ist er in seiner Person der amtliche Träger des aktuellen Selbstvollzuges der Kirche in dem ihm zugewiesenen Bistum. Er besitzt in seiner Diözese »jede ordentliche, eigenständige und unmittelbare Gewalt, die zur Ausübung der Hirtenvollmacht erforderlich ist« (CD 8 a). Der Bischof ist (1) der »authentische *Lehrer*«, indem er im Namen Christi dem ihm anvertrauten Volk das Evangelium und seine Anwendung auf das sittliche Leben verkündigt und erklärt (z. B. durch Hirtenbriefe; vgl. LG 25, 2), (2) der *Hohepriester* an der Stelle Christi, indem er die »Gnade des höchsten Priestertums« verwaltet und durch Wort und Sakrament an die Gläubigen austeilt, »vorzüglich in der Eucharistie, die er selbst darbringt oder darbringen läßt« (LG 26), und (3) der *Hirte* seiner Kirche, indem er die ihm zugewiesene Teilkirche »als Stellvertreter und Gesandter Christi durch Raten, Empfehlen, Beispiel, aber auch durch Autorität und heilige Vollmacht« leitet (LG 27; vgl. auch CD 11 ff).

Das *Bistum* (Diözese), das personell einen Teil des Gottesvolkes umfaßt, jedem Gläubigen seinen eigenen Hirten verschafft und geographisch das Hoheitsgebiet eines Bischofs bezeichnet, repräsentiert als ein Glied des kirchlichen Organismus die *ganze Kirche* (dies ist ein charakteristischer Unterschied zu weltlichen Gesellschaften; vgl. LG 23, 1). In der bischöflich geleiteten Teil-(Orts-)kirche »lebt und wirkt wahrhaft« die eine Kirche Christi in allen ihren Dimensionen (CD 11, 1); jede rechtmäßig gefeierte Eucharistie läßt die Gegenwart Christi und die Einheit des Gottesvolkes in der örtlichen Gemeinschaft der Gläubigen anschaulich werden (vgl. § 3, 2; LG 26, 1). Damit wertet die römisch-katholische Kirche das Bistum als ein wesentliches Element ihrer Heilssendung.

Neben dem Bistum kennt die römisch-katholische Kirche als größere Teileinheit die *Kirchenprovinz*, die mehrere Diözesen (sog. Suffraganbistümer) umfaßt. An der Spitze der Kirchenprovinz steht ein *Erzbischof* (Amt des *Metropoliten*), dem gewisse Präsidial- und Aufsichtsrechte über seine Provinz zufallen (vgl. CIC can. 272–279), aber kein Gesetzgebungsrecht. Wo es nützlich erscheint, können Kirchenprovinzen zu kirchlichen *Regionen* zusammengeschlossen werden (vgl. CD 39 f).
Im Bereich der mit Rom unierten Ostkirchen bestehen *Patriarchate* als Verbände von Bischofskirchen des gleichen Ritus; sie unterstehen jeweils der ordentlichen Gewalt eines gewählten und weithin an die Mitwirkung synodaler Organe gebundenen *Patriarchen* (die Befugnisse sind in dem 1957 kodifizierten ostkirchlichen Verfassungsrecht geregelt).
Bistumsähnliche Gebietskörperschaften sind die *Präfekturen* und *Vikariate*, die in Missionsgebieten eingerichtet werden, unmittelbar dem Papst unterstehen und von *Apostolischen Präfekten* und *Vikaren* verwaltet werden (vgl. CIC can. 293–311), ferner *gefreite Abteien* und *Prälaturen*, die aus dem Verband einer Diözese ausgegliedert sind und jeweils einem *gefreiten Abt* (Ordensgeistlicher) bzw. *Prälaten* unterstehen (vgl. CIC can. 319–327).
Soweit nicht schon vorhanden, empfiehlt das II. Vatikanische Konzil nachdrücklich, (1) *Provinzialsynoden* (-konzile; vgl. CIC can. 281–291) zu errichten, »in denen die Bischöfe sowohl in Bezug auf die Verkündigung der Glaubenswahrheit als auch auf die kirchliche Disziplin eine einheitliche Regelung für die verschiedenen Kirchen festlegen« (CD 36, 1) (tendenziell vergleichbare Synoden, die sich als *»Pastoralsynoden«* verstehen und an der auch Laien teilnehmen, wurden in den letzten Jahren durchgeführt in den Niederlanden, der Bundesrepublik, der DDR, der Schweiz und in Österreich), und (2) *Bischofskonferenzen* (vgl. CIC can. 292) zu bilden, »damit durch den Austausch von Kenntnissen und Erfahrung und durch gegenseitige Beratung ein heiliges Zusammenwirken der Kräfte zum gemeinsamen Wohl der Kirchen zustandekommt« (CD 37). Die Aufgaben der Bischofskonferenz und ihr Verfahren wird in Statuten festgelegt; sie bedient sich ständiger Einrichtungen und Ämter (Bischofsrat, Kommissionen, Generalsekretariat) und sie kann in bestimmten Fällen mit Zwei-Drittel-Mehrheit verpflichtende Beschlüsse fassen (CD 38, 1–6). (In der BRD wegen ihres Tagungsortes unter dem Namen »Fuldaer Bischofskonferenz« bekannt, vgl. § 8, 2 a.)

Bei der Ausübung seiner Hirtenaufgabe, welche Gesetzgebung, Rechtssprechung und Verwaltung umfaßt und ausschließlich ihm selbst zusteht (monarchisches Prinzip), wird der Bischof von einem oder mehreren *Weihbischöfen* (episcopus auxiliaris, Hilfsbischof; Titularbischof) von einem oder mehreren *Bischofsvikaren* (vicarius episcopalis, mit ordentlicher stellvertretender Gewalt für einen bestimmten Teil der Diözese oder Geschäftsbereich; vgl. CD 27, 1) und ggf. von einem *Koadjutor* (episcopus coadiutor cum iure successionis; besitzt das Recht der Nachfolge) unterstützt (CD 25 f; vgl. CIC can. 350–355) sowie von dem Beamtenstab der *Diözesankurie* (CD 27; vgl. CIC can. 363–365). Während der Koadjutor und die Weihbischöfe, ausgestattet mit den entsprechenden bischöflichen Vollmachten, sich generell der Aufgabe widmen, die Diözesanregierung wirksamer zu gestalten, erledigt die Diözesankurie die laufenden Geschäfte der Verwaltung und Rechtssprechung.
Die Diözesanverwaltung untersteht dem *Generalvikar*, der als Stellvertreter des Bischofs fungiert und an dessen Weisungen gebunden ist (vgl. CIC can. 366–371). Für die Rechtssprechung werden ein *Offizial* und Synodalrichter bestellt, die weisungsunabhängig sind (vgl. CIC can. 1573–1593, 1869). Zu den weiteren Mitarbeitern des Bischofs gehören (örtlich unterschiedlich) in der Funktion kollegial beratender Organe das *Domkapitel* (Senat des Bischofs; vgl. CIC can. 391–422), der *Geistliche Rat* (ein vom Bischof ernanntes Kollegium, meist Domherren), der *Diözesanrat* (vgl. CIC can. 423–428), der *Diözesanvermögensrat* (auch mit kundigen Laien; vgl. CIC can. 1520), der *Pastoral-(Seelsorge-)rat* (der Kleriker, Ordensmitglieder und Laien umfaßt und sich mit Fragen der

Seelsorgearbeit beschäftigt), der *Priesterrat* (repräsentiert den Diözesanklerus, soll dessen Verbindung untereinander sowie die mit dem Bischof fördern und die seelsorgerlichen Tätigkeiten wirksamer gestalten; vgl. CD 28) und der *Katholikenrat* (faßt die Kräfte des Laienapostolats zusammen; Vereine und Verbände). Der bischöfliche Schriftverkehr wird in der *Kanzlei* erledigt und im *Archiv* aufbewahrt (vgl. CIC can. 372–384).
Als beratendes Organ dient dem Bischof die *Diözesansynode*, die aus Vertretern des Diözesanklerus gebildet wird und vom Bischof wenigstens alle zehn Jahre einberufen werden soll (vgl. CIC can. 356–362).

Zu den Strukturen, Ämtern und Funktionen im Bereich der *deutschen Bistümer* und den Bemühungen um größere Effektivität und Neugestaltung angesichts gesellschaftlicher Entwicklungen sind die Beschlüsse und Arbeitspapiere der *Gemeinsamen Synode* zu beachten: Gemeinsame Synode der Bistümer in der Bundesrepublik Deutschland (Offizielle Ausgabe), 2 Bde (Beschlüsse, Arbeitspapiere), Freiburg 1976–77 – DIETER EMEIS/BURKARD SAUERMOST (Hg.): Synode-Ende oder Anfang, Düsseldorf 1976 – Katholische Synode – evangelisch gesehen, Göttingen 1977 (Gutachten d. Konfessionskundl. Instituts) – A. NEES: Die erste Gemeinsame Synode der Bistümer in der BRD (1971–1975), Paderborn 1978. – Vgl. § 8, 4.

c) *Priester (Pfarrer) und Pfarrei.* Der *Priester* partizipiert am hierarchischen Apostolat; in der hierarchischen Ordnung folgt er dem Bischof. Er gehört der Hierarchie insofern an, als auch für sein Amt – obgleich auf niederer Stufe – Weihe und Sendung konstitutiv sind (vgl. oben Nr. 2b–d; § 3, 3c–cc). Durch seine Weihe ist er dem »Priester Christus gleichförmig« geworden, kann er potentiell an dessen Stelle handeln und ist er zum Mitarbeiter des Bischofs berufen (LG 28; PO 2 u. 3; CD 28). Dem einzelnen Priester liegt logisch und sachlich (analog dem Bischofskollegium) das *Presbyterium* voraus. Es wird durch die einem Bischof zugewiesenen oder seiner (Teil-)Kirche inkardinierten Priester gebildet, untersteht der Autorität des Bischofs, ist von ihm abhängig und fungiert als »Hilfe und Organ des Bischofsstandes« (LG 28; PO 8; CD 28, 1: bildet »eine Familie, deren Vater der Bischof ist«; LG 41, 3: »einen geistlichen Kranz« um den Bischof). An der Vollmacht und dem Amt des Bischofs nimmt der Priester teil, indem er (1) Glied des Presbyteriums ist (bedingt durch Weihe und Inkardination bzw. Zuweisung) und (2) einzelne Aufgaben übernimmt, die dem bischöflichen Amt zustehen, aber von dem Bischof persönlich nicht überall und zu jeder Zeit wahrgenommen werden können. Indem der Bischof den Priester das eucharistische Opfer darbringen läßt, partizipiert dieser an dem »höchsten Priestertum« (LG 26, 1). Die dem Priester übertragenen Aufgaben können auf bestimmte Funktionen, auf einen begrenzten Personenkreis oder auf einen ihm zugewiesenen Teil der Diözese bezogen sein. Im Rahmen und auf der Stufe seines Dienstes übt der Priester in Einheit mit seinem Bischof das Lehr-, Priester- und Hirtenamt aus (LG 28).
Wo der Bischof erscheint, dort soll die Gemeinde sein; denn das Leben der Gläubigen geht »gewissermaßen« vom Bischof aus und hängt von ihm ab (SC 41; LG 26). Weil er in eigener Person aber nicht immer und überall den Vorsitz führen kann, muß er seine Kirche (Bistum) in Gemeinden aufgliedern (SC 42); es mögen sowohl Territorial- als auch Personalgemeinden sein (doch Ortskirche im Vollsinn bleibt das Bistum). Der Normalfall ist bislang noch immer die *Pfarrei* (d. i. die territoriale Altargemeinde), obgleich aufgrund gesellschaftlicher Strukturveränderungen Personalgemeinden größere Bedeutungen zu gewinnen scheinen (vgl. CD 23, 3). Die Pfarrei stellt einen dem ordentlichen Vollzug der kirchlichen Heilssendung dienenden Teilverband des Bistums dar (CIC can. 216 § 1).
Recht und Pflicht zur Seelsorge an den in einer Pfarrei wohnenden Gläubigen (Pfarrvolk, Pfarrgemeinde) fallen dem *Pfarrer* zu (CIC can. 462. 467–469; CD 30, 2). Er heiligt und leitet den ihm »zugewiesenen Anteil der Herde«, macht den Bischof »gewissermaßen ge-

genwärtig« und die »Gesamtkirche örtlich sichtbar«; mit seiner Fürsorge trägt er »zur Erbauung des gesamten Leibes Christi« bei (LG 28, 2f). Als Inhaber des *Pfarramtes* besitzt er eine eigenberechtigte Amtsgewalt (potestas ordinaria et propria) in Unterordnung unter seinen Ortsbischof (CD 30; vgl. CIC can. 451–470. 2330–2349). Pfarrer und Pfarrgemeinde zusammen sind ein Abbild der Ortskirche.

Mitarbeiter des Pfarrers sind *Pfarrvikare* (CD 30, 3; mit unterschiedlichen Rechten, vgl. CIC can. 471–475), *Hilfsgeistliche* (Kaplan; an die Weisung des Pfarrers gebunden, den er unterstützen soll; CIC can. 476) und *Diakone* (üben weisungsgebunden auf der untersten Stufe der Hierarchie ein Dienstamt aus in der Liturgie, Wortverkündigung und Liebestätigkeit, LG 29; Voraussetzung ist die Diakonatsweihe, vgl. § 3, 3 c–cc; das Diakonat wurde vom II. Vatikanischen Konzil als ständige Einrichtung erneuert).

Für das *Diakonat* hat Papst Paul VI. rechtliche Vorschriften erlassen und Empfehlungen gegeben; vgl. Motu proprio »Sacrum diaconatus« vom 18. 6. 1967, »Ad pascendum« vom 15. 8. 1972 und »Ministeria quaedam« vom 15. 8. 1972; lat.-dt. Text in Nachkonziliare Dokumentation Bd. 9: Über die Erneuerung des Diakonats, Trier 1968, und Bd. 38: Kleriker- und Weiherecht, Trier ^{2}1977. Es wird »als eigene und beständige« Einrichtung empfohlen, »wenn und soweit es erforderlich ist«, d. h. in solchen Gebieten, in denen die Aufgaben der Kirche ohne ein Diakonat nur schwer erfüllt werden können. Für den Bereich der Bistümer in der BRD hat die *Deutsche Bischofskonferenz* im März 1977 »Grundsätze zur Ordnung der pastoralen Dienste« beschlossen, welche die Voraussetzungen, den Einsatz und die Aufgaben von Diakonen in ihrem Bereich regeln. Die Anordnungen gelten zunächst nur für eine bestimmte Probezeit (vgl. H. GROTE: Katholische Neuordnung pastoraler Dienste, in: MdKI 28, 1977, 87–93). Die »Grundsätze« beziehen sich auch auf die kirchlichen Dienste von nicht-geweihten männlichen und weiblichen Helfern auf Diözesan- und Pfarreiebene (pastorale Laiendienste im Haupt- und Nebenberuf); das sind *Pfarrassistent* bzw. *-referent* (mit theologischem Hochschulabschluß, möglichst mit Zusatzausbildung), *Gemeindeassistent* bzw. *-referent* (mit Fachschul- oder Fachhochschulabschluß) und *Gemeinde-* bzw. *Pfarrhelfer* (Ausbildung in Kursen). Weitere Kirchenbedienstete aus dem Laienstand sind Küster, Mesner, Organist, Gemeindeschwester usw. (CIC can. 1185).

Die Organe der *Pfarrgemeinde,* die positivrechtliche Gebilde von theologischem Rang darstellen, aber selbst nicht als ein Rechtssubjekt fungieren können (juridische Person ist gemäß der hierarchischen Verfassung der Pfarrer; vgl. CIC can. 451 § 1. 453 § 1), doch den Laien die Möglichkeit und die Pflicht bieten, »ihre Meinung in dem, was das Wohl der Kirche angeht, zu erklären« und ihre »Kraft mit dem Werk der Hirten« zu verbinden (LG 37, 1.4), sind der *Pfarrgemeinderat* (gelegentlich Pfarrkomitee, Pfarrausschuß, Pfarrat genannt; besteht aus Klerikern und Laien, d. h. aus amtlichen, gewählten, berufenen und von den kirchlichen Vereinen entsandten Mitgliedern; soll der »Seelsorgerat des Pfarrers« sein und zugleich der »Erfüllung des Weltdienstes der Kirche« im Sinne des Laienapostolats dienen; berichtet über seine Tätigkeit in *Pfarrversammlungen*) und der *Kirchenvorstand* (auch Kirchenstiftungsrat, Pfarrkirchenrat genannt; ist ein für das kirchliche Vermögen zuständiges Verwaltungsorgan, das aus Klerikern und Laien gebildet werden kann, CIC can. 1182–1184; soll mit dem Pfarrgemeinderat eng zusammenarbeiten oder, wo rechtlich möglich, als dessen Finanzausschuß tätig sein).

Mehrere Pfarreien können, wenn es zweckmäßig erscheint, in einem *Pfarrverband* zusammengeschlossen werden. Eine mittlere pastorale Ebene zwischen Pfarrei und Bistum bildet das *Dekanat,* das eine kooperative Seelsorge mehrerer Pfarreien in einem kommunalen Bereich (Stadt, Kreis) ermöglicht, oder die *Region,* welche größere Diözesen in übersichtlichere Seelsorgebezirke gliedert. Dem Dekanat steht der *Dechant* (Dekan) als Außenvikar und örtliches Aufsichtsorgan des Bischofs vor, dessen ordentliche Gewalt er stellvertretend ausübt (CD 30, 1; CIC can. 217. 445–450). Ihm stehen hauptamtliche Mitarbeiter zur Seite (Assistenten, Definitoren für die Vermögensverwaltung), das Presbyterium des Dekanats und der Pastoralrat. Doch ist die Struktur der Dekanate in den einzelnen Diözesen unterschiedlich. Gleiches gilt für die diözesanen Kirchenstrukturen wie Regionen (Bezirke), die ausgerichtet auf die örtlichen und gesellschaftlichen Gegebenheiten eine intensive und effektive kirchliche Tätigkeit erleichtern sollen, sich aber mehr oder weniger im Stadium der Erprobung und des Versuches befinden.

Die Probleme neuer *kirchlicher Strukturen* und *Modellversuche* sowie die damit einhergehenden *theologischen Überlegungen* dogmatischer und pastoraler Art werden eingehend behandelt von F. KLOSTERMANN: Gemeinde – Kirche der Zukunft, 2 Bde, Freiburg 1974 (umfass. Lit.), dsgl. im HPTh (vgl. I, 149–215; Lit.). Zur *Orientierung* dienen die Artikel in SM (m. weiterführender Lit.): I, 885–903 (Diözese); I, 1073–1104 (Episkopat); II, 582–597 (Heilige Gewalt); II, 689–693 (Hierarchie); III, 970–991 (Papst); III, 1140–1151 (Pfarrei/Pfarrer). Zu den *rechtlichen Normen* vgl. die Lehrbücher des Kirchenrechts (z. B. Eichmann/Mörsdorf). Zu *Einzelfragen* vgl.: P. V. DIAS: Vielfalt der Kirche in der Vielfalt der Jünger, Zeugen und Diener, Freiburg 1968 – H. DOMBOIS: Hierarchie. Grund und Grenze einer umstrittenen Struktur, Freiburg 1971 – O. SAIER: »Communio« in der Lehre des Zweiten Vatikanischen Konzils, München 1973 – P. E. PERSSON: Repraesentatio Christi. Der Amtsbegriff in der neueren röm.-kath. Theologie, Göttingen 1966 – R. DREIER: Das kirchliche Amt. Eine kirchenrechtstheoretische Studie, München 1972 – U. MOSIEK: Verfassungsrecht der lateinischen Kirche, 3 Bde, Freiburg 1975–78 (nachkonziliare Rechtslage) – K. PETERS: Repräsentation nach der Lehre des II. Vatikanischen Konzils, Diss. Trier 1976 (rechtstheol.) – M. KEHL: Kirche als Institution. Zur theologischen Begründung des institutionellen Charakters der Kirche in der neueren deutschsprachigen kath. Ekklesiologie, Frankfurt/M 1976 – E. WEINZIERL (Hg.): Die päpstliche Autorität im kath. Selbstverständnis des 19. und 20. Jahrhunderts, Salzburg 1970 – K. RAHNER/J. RATZINGER: Episkopat und Primat, Freiburg 1961 – W. BERTRAMS: Papst und Bischofskollegium als Träger der kirchl. Hirtengewalt, Paderborn 1965 – A. BRANDENBURG/H. J. URBAN (Hg.): Petrus und Papst, Münster 1977 (zum ökumenischen Diskussionsstand) – H. SCHAUF: Das Leitungsamt der Bischöfe, Paderborn 1975 – P. INHOFFEN: Der Bischof und sein Helferkreis, Hildesheim 1971 – H. MÜHLEN: Zum Verhältnis zwischen Episkopat und Presbyterat, Wien 1971 – Internationale Theologenkommission (Hg): Priesterdienst, Einsiedeln 1972 – P. KRÄMER: Dienst und Vollmacht in der Kirche, Trier 1973 – W. AYMANS: Das synodale Element in der Kirchenverfassung, München 1970 – N. TIMPE: Das kanonistische Kirchenbild vom Codex Iuris Canonici bis zum Beginn des Vaticanum Secundum, Leipzig 1978 – H. WIEH: Konzil und Gemeinde, Frankfurt/M. 1978 (Gemeindeverständnis des II. Vatikanum) – Vgl. auch die Lit. zu § 2.

§ 6 Die Disziplin der Kirche

Die römisch-katholische Kirche vollzieht ihr gottesdienstliches und weltliches Leben (§ 3 u. 4) diszipliniert; ihre Organisation (§ 5) ist rechtlich strukturiert. Die Gesamtheit aller Regeln (Rechtssätze; κανών Maßstab, Richtschnur), die das Handeln und die Einrichtungen der Kirche ordnen, bilden das *kanonische Recht* (oder: Katholisches Kirchenrecht; davon ist das Staatskirchenrecht zu unterscheiden, das der Staat zur Regelung kirchlicher Angelegenheiten setzt). Die Notwendigkeit eines solchen Rechtes ergibt sich für die römisch-katholische Kirche nicht allein aus dem Umstand, daß sie eine soziale Körperschaft darstellt und wie jede andere Gesellschaft verbindlicher Normen bedarf. Vielmehr sieht sie die ihre eigentümliche Disziplin vorab schon mit ihrer Stiftung und ihrem Sendungsauftrag gegeben; das soll heißen: die Disziplin der Kirche ist heilsgeschichtlich bedingt und liegt logisch und sachlich den sonst für eine gesellschaftliche Organisation notwendigen Normen voraus; sie schließt die dem Recht zukommende Ordnungs- und Schutzfunktion ein, geht aber darüber hinaus, weil sie essentiell auf Heilsvermittlung bezogen ist. Das kanonische Recht unterscheidet sich darin von jedem anderen Recht, wie sich auch Kirche von jeder anderen Gesellschaft unterscheidet (vgl. § 5, 1 d). Es spiegelt das Selbstverständnis der römisch-katholischen Kirche.

1. Übernatürliche Grundlage und Eigenart

Die Voraussetzung und die Grundlagen des kanonischen Rechtes, damit überhaupt die Berechtigung von Recht in der Kirche und dessen Eigentümlichkeit folgert die römisch-katholische Kirche aus der Eigenart der göttlichen Selbstmitteilung, d. h. aus der inkarnatorischen Ordnung des Heilswerkes Gottes.

a) »Der göttliche Erlöser wollte, daß sein Reich auf eine heilige Ordnung gegründet sei ... gleichsam ein Abbild der himmlischen Hierarchie« (Pius XII., Enz. »Mediator Dei«, Nr. 39, Rohrbasser 243). In diesem Willen, der mit der Einsetzung und Sendung von Aposteln geschichtlich greifbare Gestalt gewann, wie in dem Erlöser selbst, dem von Gott gesandten menschgewordenen Sohn, der »das Reich der Himmel auf Erden begründete« und durch die Kraft des Heiligen Geistes dessen Wachstum bewirkte (LG 3–5), erkennt die römisch-katholische Kirche die Voraussetzung für ihre Rechtsordnung. Durch die im Glauben gewonnene Einsicht in Gottes Offenbarung weiß sie, (1) daß sie sich mit ihrer theandrischen Struktur dem göttlichen Heilswillen verdankt und als solche heilsnotwendig ist, (2) daß sie aufgrund der Menschwerdung des Gottessohnes (Inkarnation) eine rechtlicher Ordnung fähige und bedürftige Gemeinschaft darstellt, (3) daß die ihr aufgetragene Vermittlung des von Gott ausgehenden Heils an eine Disziplin gebunden ist und selbst rechtlichen Charakter besitzt, und (4) daß das sie verpflichtende Prinzip hierarchischer Ordnung göttlichen Ursprungs ist (vgl. § 5, 1).

b) Die *Grundelemente* der römisch-katholischen Rechtsordnung sind mit dem göttlichen Sendungsauftrag gegeben, der bis zu seiner endzeitlichen Erfüllung dauert. Das Heil soll allen Menschen von den dazu eingesetzten Personen durch Wortverkündigung und Sakramentsspendung, durch Lehre und Kult, bleibend (das Überkommene bewahrend) und dauerhaft vermittelt werden. Grundelement ist, was Gott verfügt hat:
(1) Christus hat die Apostel und seine Nachfolger zu seinen Stellvertretern und rechtmäßigen Organen bestellt, mit einer übernatürlichen, von Gott ausgehenden Vollmacht ausgestattet und ihnen die Rechtsbefugnis beigelegt, durch Wort und sakramentale Zeichen das Erlösungswerk zu betreiben und das christliche Volk zu heiligen und zu leiten. Das *hierarchische Amt* und *heilige Gewalt* sind göttlich gesetztes Recht (vgl. § 5, 2).
(2) Mit Hierarchie als Ordnungsprinzip und Repräsentation als Handlungsprinzip ist die rechtliche Bindung an das Überkommene und die Pflicht zur getreuen Weitergabe verknüpft. Die apostolische *Sukzession* als Traditionsprinzip verbürgt, daß das Apostelamt fortdauert und die in einer Überlieferungskette stehenden Repräsentanten Christi die Überlieferung der Apostel bewahren und richtig bezeugen (vgl. § 5, 1 b). Sie ist ebenfalls göttlich gesetztes Recht.
(3) Als Aufbauelemente der Kirche besitzen auch Wortverkündigung und Sakramentsspendung einen auf göttliche Verfügung beruhenden rechtlichen Charakter und sind von normativer Art. Die *Verkündigung* geschieht im Namen und Auftrag Christi, ruft zur Glaubensentscheidung, fordert das Bekenntnis, verlangt Gehorsam, verpflichtet zur Nachfolge und kulminiert in der authentischen und verbindlichen Lehrvorlage, welche die geoffenbarte Wahrheit in Sätzen ausspricht, und in der autoritativen unfehlbaren Definition (Dogma), welche die Offenbarungswahrheit in die Form eines kirchlichen Gesetzes faßt. Das Abweisen von Lehraussagen, für die normative Geltung beansprucht wird, ist mit Sanktionen verbunden (»wer nicht glaubt, wird verdammt«; Mk 16, 16).
(4) Die stiftungsgemäß vollzogenen *Sakramente* machen anschaulich, was in der Wortverkündigung ausgesprochen und gehört wird, teilen bleibend gültig mit, was sie enthal-

ten (Gnade; Geist, Vollmacht, Gnadengaben), und bewirken rechtsverbindlich, was sie sinnbildlich und zeichenhaft anzeigen, bei denen, die sie empfangen: Eingliederung in das Gottesvolk, Gemeinschaft mit Christus und untereinander, Tilgung von Sünden, Heiligung des Menschen und Befähigung zum Dienst (vgl. § 3, 2 und 3).

c) Die *Eigenart* des kanonischen Rechtes gegenüber jedem anderen Recht zeigt sich an folgenden Merkmalen:

(1) Entsprechend der inkarnatorischen Ordnung sind göttliches und menschliches Recht miteinander verbunden. Dem positiv *göttlichen,* in der Offenbarung gesetzten *Recht* (ius divinum positivum; Offenbarungsrecht), ergänzt durch das der Vernunft zugängliche, in der Schöpfung begründete Naturrecht (ius divinum naturale), tritt in der Rechtsordnung der römisch-katholischen Kirche das positiv *menschliche Recht* (ius humanum positivum) als ein rein kirchliches Recht (mere ecclesiasticum) zur Seite; es beruht auf Gesetz (ius scriptum) oder Gewohnheit (ius non scriptum; andauernde Übung wird zum Recht, sofern sie nicht widerrufen wird). Dabei bezieht sich das menschliche Recht stets auf das göttliche Recht, indem es seine Legitimation von dort ableitet und mit der Kodifizierung nichts anderes sein will als Entfaltung des materiell vorgegebenen göttlichen Rechtes und Füllung des gesetzten Rahmens. Das rein kirchliche Recht ist insoweit veränderlich und zu Neubildungen fähig, als es im Wandel der Geschichte und unter veränderten kulturellen, politischen und wirtschaftlichen Bedingungen praktikabel bleiben und seinen Zweck erfüllen muß. Demgegenüber sind die göttlichen Normen als konstitutives und unmittelbar anwendbares Recht unveränderlich, wenngleich auch für das göttliche Recht gilt, daß vermöge tieferer Einsicht in die Offenbarung und unter der Leitung des Heiligen Geistes eine Entwicklung gleich derjenigen von Dogmen nicht auszuschließen ist (Beispiel: Primat des Papstes).

(2) Das kanonische Recht hat als solches teil an der Heilsvermittlung und gehört somit zur Grundfunktion der pneumatischen Gemeinschaft. Es dient dem Sendungsauftrag der Kirche, indem es dem *Zweck* unterstellt ist, die hierarchische Struktur zu sichern, die Heilsvermittlung in einer dem göttlichen Willen entsprechenden Weise zu gewährleisten, Glaubensaussagen den Charakter von rechtlich verbindlichen Normen zu verleihen, die Reinheit der Lehre zu schützen und das Leben zu ordnen. Mit seiner Zweckbestimmung und dienenden Funktion unterstützt das Kirchenrecht, was wesentliche Aufgabe der Kirche ist: Zeichen und Werkzeug der pneumatischen Gemeinschaft mit Christus wie der Menschen untereinander zu sein.

(3) Die Rechtsordnung der Kirche ist nicht auf den äußeren Bereich beschränkt; sie greift weiter, als es dem Recht naturgemäß zukommt, und bezieht als geistliches Recht die Glaubensüberzeugung mit ein. So unterscheidet das kanonische Recht zwischen *äußerem* und *innerem Bereich* (Forum externum und internum). Weil die Kirche als eine Gemeinschaft im Geist auf den Gehorsam im Glauben, auf Überzeugungstreue und guten Willen angewiesen ist, kann sie sich nicht mit dem äußeren Rechtsverhalten ihrer Glieder begnügen. Darum stellt das Kirchenrecht die Mittel bereit und regelt die »gnadenerweisenden«, helfenden und heilenden Tätigkeiten (Bußsakrament; Bußordnung; Beichte), die geeignet erscheinen, Verstockungen des Herzens zu lösen, das Gewissen zu wecken und bessere Einsicht und freie Zustimmung zu fördern.

(4) Das Kirchenrecht ist auf das geistliche Wohl der Allgemeinheit wie auf das des Einzelnen ausgerichtet. Dem dient das kanonische Prinzip der *Billigkeit* (aequitas canonica), das den Geist der Gerechtigkeit mit dem der Liebe verbindet. Es will bei der Anwendung eines kirchlichen Gesetzes aus konkreter Veranlassung Härten vermeiden, indem es eine höhere Gerechtigkeit geltend macht und unterstellt, daß der Gesetzgeber in diesem speziellen Fall nicht verpflichten wollte. Es ermöglicht somit den *Dispens* (Befreiung), wo er

im Blick auf das geistliche Wohl im Einzelfall und aus Rücksicht auf örtliche und zeitliche Umstände geboten erscheint, setzt aber damit keine neue Norm. Ob und wie das Prinzip der Billigkeit anzuwenden ist, bleibt offen; es hat seine Grenze nur an dem unveränderlichen göttlichen Recht.

2. Quellen und Einteilungsprinzip

a) Die *Quelle,* aus der das Kirchenrecht *materiell* schöpft, ist zunächst und unmittelbar das *göttliche Recht* (Offenbarungs- und Naturrecht; s. o.), wie es in der Heiligen Schrift und der auf Christus zurückgehenden apostolischen Tradition vorgelegt und durch die Vernunft erkannt werden kann; es ist direkt anwendbar. Das rein kirchliche (menschliche) Recht erzeugen die *Träger heiliger Gewalt* als Gesetzgeber einzeln, das sind der Papst für die Gesamtkirche und die Bischöfe für ihre Teilkirchen, oder gemeinschaftlich, das sind die Allgemeinen und die Provinzial-Konzilien, doch jeweils im Rahmen der göttlich-rechtlichen Grundnormen.
Als *formelle* Rechtsquellen kommen hinzu (1) einzelne, im Lauf der Kirchengeschichte entstandene Gesetze und Rechtssammlungen, konziliare Entscheidungen und päpstliche Erlasse, vornehmlich die im *Corpus Iuris Canonici* zusammengefaßten Gesetzbücher und Rechtssammlungen, und (2) der 1918 in Kraft getretene *Codex Iuris Canonici* (CIC), dazu die authentischen Auslegungen des CIC durch die dafür zuständige Kardinalskongregation und die ergänzenden, ändernden oder neues Recht setzenden päpstlichen Erlasse, die fortlaufend im Gesetzesblatt des Heiligen Stuhles, den *Acta Apostolicae Sedis* (AAS) veröffentlicht werden.

Der Hinweis auf die wichtigsten Quellen des Kirchenrechtes ist nicht bloß informativer Art, vielmehr auch von sachlichem Gewicht. Er will anzeigen, was oft übersehen wird, daß das kanonische Recht nicht identisch ist mit dem im CIC kodifizierten Recht. Zwar hat der CIC das bis 1917 geltende objektive Recht zusammengefaßt und damit früheres Recht formell aufgehoben, aber Vorbehalte zugunsten des nicht kodifizierten liturgischen Rechtes, des Konkordatsrechtes, der Rechte Dritter, des Partikularrechtes und des Gewohnheitsrechtes eingeräumt, und vor allem die Sätze des göttlichen Rechtes unberührt gelassen, zudem auf das bisherige Recht als Auslegungshilfe verwiesen, Gesetzeslücken unterstellt und eine weitere Rechtsentwicklung offen gelassen (vgl. CIC can. 2–6. 20), die in den letzten 50 Jahren auch erfolgt ist.
Eine Revision des CIC und seine Anpassung an die seit 1918 eingetretene Entwicklung wurde 1959 von Papst Johannes XXIII. angekündigt und auch veranlaßt, später ein Grundgesetz für die Gesamtkirche (Lex Ecclesiae Fundamentalis) neben den Gesetzbüchern für die verschiedenen Kirchen programmiert. Die Arbeit ist noch nicht abgeschlossen; sie scheint langfristig geplant. Vgl. J. G. Gerhartz u. a.: Kein Grundgesetz d. Kirche ohne Zustimmung d. Christen, Mainz 1971 – H. Dombois: Kodex und Konkordie. Fragen und Aufgaben ökumenischer Theologie, Stuttgart 1972.

b) Das im CIC kodifizierte kanonische Recht benutzt als *Einteilungsprinzip* das Schema des alten römischen Rechtes: personae, res, actiones, und behandelt demgemäß, nachdem die allgemeinen Ordnungsnormen wie Gesetz, Gewohnheit, Befehl, Verfügung u. a. benannt sind, zuerst das Personenrecht, dann das Sachenrecht und schließlich das Prozeß- und Strafrecht. Es stellt somit das formende Prinzip der Rechtsordnung dem Material, den zu ordnenden »Sachen« voran. Das *Personenrecht* umfaßt den Bereich, der sonst als Verfassungs- und Verwaltungsrecht bezeichnet wird (Recht des Klerus, der Religiosen und der Laien; allgemeine Kirchenleitung, Leitung der Teilkirchen; Klosterrecht). Zum *Sachenrecht* gehört das Recht der Sakramente (stark ausgebildet ist das Eherecht), der heiligen Orte und Zeiten, des Gottesdienstes, des Lehramtes, der Benefizien und das Vermögensrecht. Das *Prozeß- und Strafrecht* regelt die Gerichtsverfassung und das gerichtliche Verfahren für die verschiedenen Prozeßarten (u. a. für Selig- und Heiligsprechungsprozesse), dazu das Disziplinarrecht.

3. Tragweite und Grenze des kanonischen Rechtes

Der Stellenwert des kanonischen Rechtes im Ganzen des Systems und seine Bedeutung für die römisch-katholische Kirche lassen sich durch einen Hinweis auf seine Tragweite und Grenze anzeigen.

a) Das römisch-katholisch verstandene Wesen der Kirche als heilige Herrschaft und als Zeichen und Werkzeug der göttlichen Selbstmitteilung, darin eingeschlossen ihr Sendungsauftrag, beinhaltet Vollmacht und Rechtsanspruch, erfordert Disziplin und rechtliche Strukturen und verlangt folgerichtig nach Kirchenrecht. Darum gehört die Rechtsordnung der Kirche zur Natur der Kirche; sie ist deren *rechtliche Objektivation,* ein unbedingtes Moment ihrer selbst. Indem die römisch-katholische Kirche den Status einer Rechtsanstalt annimmt, ist sie in dieser Gestalt der sachlich angemessene und geschichtlich unvermeidlich gewordene Ausdruck dessen, was sie glaubt und beansprucht. Ihr Recht als Anspruch und Forderung, Norm und Ordnung, Gesetz und Verpflichtung gegenüber jedem, dem ihr Sendungsauftrag gilt, ergibt sich aus dem Verständnis, das die römisch-katholische Kirche über sich selbst besitzt, und ist darum dogmatisch bestimmt.
Wie Gottesdienst und Weltdienst (vgl. § 3 u. 4) gehört das kanonische Recht zu den *Grundfunktionen* der römisch-katholischen Kirche. Es ist an dem Heilswerk Christi beteiligt. Heilsvermittlung und Rechtsordnung, Glaube und Rechtsgehorsam sind aufeinander bezogen. Mit seiner umfassenden Aufgabe – das von Christus Verfügte gesetzlich abzusichern und in rechtlich normierten Handlungen zu erhalten, den Offenbarungsinhalt juridisch zu fixieren und die Verpflichteten daran zu binden, die göttlich gegebene Rechtsfigur der Kirche zu wahren und ihre geschichtliche Identität zu garantieren – leistet das kanonische Recht selbst keinen inhaltlichen Beitrag zur Sendung der Kirche. Doch es ermöglicht das Heilsgeschehen (die Vereinigung mit Gott wie der Menschen untereinander), das die Kirche zeichenhaft darstellt und bewirkt. Ohne ihr Recht könnte die römisch-katholische Kirche sich selbst nicht verwirklichen und ihre Sendung nicht erfüllen. Es ist ein wesentliches Element ihres Selbstvollzuges.
Das kanonische Recht bleibt als Recht der Kirche ihr äußerlich. Es gehört zu den »geeigneten Mitteln«, mit denen Christus seine Kirche ausgestattet hat, »damit sie allen und jedem das sichtbare Heilszeichen« sein kann (LG 9, 3). Diese Zweck-Mittel-Relation impliziert die Rechtsbefugnis der Kirche, gegenüber allen und jedem als Heilszeichen zu gelten, wie die Verhaltensnorm der Vielen, für die das Heilszeichen gesetzt ist. Mit seiner *zweckbestimmten Instrumentalität* ist das der Kirche äußerliche Recht dazu geeignet, ihren Sendungsauftrag für alle und jeden in einen Rechtsanspruch gegen alle und jeden umzusetzen und deren Rechtspflicht zu behaupten. Was der Kirche als Wirkgestalt des Heiligen Geistes aufgetragen ist, das Reich Gottes in allen Völkern zu begründen und die Einheit des Menschengeschlechtes herbeizuführen (vgl. LG 1; 5, 2; 48, 2), juridifiziert das kanonische Recht zum Anspruch und zur Verpflichtung. Es unterwirft, soweit es die Form rein kirchlicher Gesetze annimmt, alle getauften Christen seinen Normen (auch gebannte und nicht-katholische Christen) und darüber hinaus alle Menschen, getaufte und ungetaufte, soweit es das göttliche Recht geltend macht (vgl. CIC can. 12). So will

das kanonische Recht mehr als Disziplin und Ordnung einer pneumatischen Gemeinschaft und religiösen Organisation sein, auch mehr als eine Legitimationsinstanz für den römisch-katholischen Anspruch. Es dient als Instrument heiliger Herrschaft.

b) Unter den aufgezeigten Aspekten der rechtlichen Objektivation der Kirche, einer im Sein der Kirche begründeten Funktion und seiner zweckbestimmten Instrumentalität wird deutlich, welche Tragweite dem kanonischen Recht zukommt. Zugleich aber wird auch seine *Grenze* erkennbar. Das kanonische Recht ist in doppelter Hinsicht beschränkt:

(1) Mit seiner dogmatischen Bestimmtheit, im Rahmen der jeweiligen Spezifizierung von göttlichem und rein kirchlichem Recht ein für alle und jeden geltendes Recht zu sein, bleibt das kanonische Recht den Beweis seiner Wirksamkeit schuldig. Es kann ihn auch nicht leisten. Denn zum einen ermangelt es ihm (gerade weil es Dogma ist) an allgemeiner Anerkennung, die notwendig wäre, um wirksam werden zu können; und zum andern fehlen ihm die Mittel, sich in dem von ihm beanspruchten Geltungsbereich durchzusetzen. Ein bloß geltendes, aber faktisch unwirksames Recht ist kein Recht im wahren Sinne des Wortes. Dieser Hinfälligkeit ihres Rechtes, die sich nicht nur außerhalb ihres direkten Einflußbereiches zeigt, sondern auch im eigenen Hause, im Verhalten ihrer Kirchenglieder, sucht die römisch-katholische Kirche unter Berufung auf das Subsidiaritätsprinzip der Opportunität und des ungeschriebenen Rechtes einer höheren Gerechtigkeit abzuhelfen. Mit der geschickten Anpassung an die jeweilige Situation gibt sie die Rechtsbefugnis nicht preis (vgl. § 4, 1) und mit dem gewährten Dispens nach Maßgabe der Billigkeit im subjektiven Fall hebt sie die objektive Norm keineswegs auf, läßt stattdessen eine andere, individuell angepaßte und nichtkodifizierte Norm wirksam werden (s. o. Nr. 1 c 4). Indessen ändert die situationsbedingte Anpassung wie die Dispenspraxis der römisch-katholischen Kirche nichts an der Feststellung einer Grenze des kanonischen Rechtes, die sich im Spiegel des Faktischen offenbart.

(2) Von einer Relativität des kanonischen Rechtes und damit von einer weiteren Grenzmarkierung ist im Blick auf die Beziehungen zwischen Gott und Mensch und der Menschen untereinander zu reden, denen das Recht dienen soll. Obgleich das kanonische Recht als rechtliche Objektivation der Kirche ein wesentliches Moment ihrer selbst ausmacht und jeglichen Selbstvollzug der Kirche als Heilsgemeinschaft erst vermöge erfüllter Normen heilswirksam werden läßt – auch und gerade in der Liturgie, wo die Kirche ihre höchste Verwirklichung erfährt und die innigste Gottes- und Menschengemeinschaft zustandekommt –, vermag es das Recht nicht, den Abstand zu überbrücken, der zwischen einem rechtlich erfaßten objektiven Sachverhalt der Heilsvermittlung und einer unvermittelten inneren personalen Gemeinschaft von Gott und Mensch im Glauben klafft. Gnade und Heiliger Geist können, wie katholische Lehre nicht ausschließt, auch ohne administrierte Gnadenmittel und außerhalb der Rechtsordnung geschenkt werden, weil und sofern der Heilswille Gottes allen Menschen unbeschränkt gilt und frei sich mitteilen kann und solange die Kirche als sacramentum mundi das Ganze nur im Fragment darstellt. Das aber bedeutet, daß das kanonische Recht nur insofern gelten und wirksam werden kann, als es beansprucht wird. Desgleichen versagt das Recht der Kirche trotz seiner heilenden Mittel (s. o. Nr. 1 c 3) auch dort, wo der Mensch als je einmaliges Individuum mit seiner Gewissensentscheidung dem normierten und vergesellschafteten Glauben gegenübertritt. Das seinem Gewissen folgende Subjekt kann nicht diszipliniert werden, weil zum einen der Mensch ein nicht bloß soziales Wesen ist und sich darin erschöpft, und weil zum andern sein existentielles Verhältnis zur Gemeinschaft juridisch nicht restlos sich erfassen läßt. Die bleibende, nicht aufhebbare Differenz zwischen übernatürlicher geistlich personaler Gemeinschaft und irdischer rechtlich geordneter Körper-

schaft sowie jene Nichtidentität zwischen je Einzelnen und ihrem gemeinschaftlichen Ausdruck markieren Grenzpunkte und relativieren das kanonische Recht.
Ein außerhalb des Systems liegendes Problem ist die Frage, ob die Korrelation von Gott und Mensch sich überhaupt in rechtlichen Beziehungen einfangen läßt und ob das Heilsgeschehen als Rechtsvorgang qualifiziert und auf solche Weise reguliert und normiert werden kann. Seit dem II. Vatikanum ist innerhalb der römisch-katholischen Kirche und Theologie eine lebhafte Diskussion um Tragweite und Grenze des kanonischen Rechtes im Gange, die sich gegen den allzu juridischen Charakter der Kirche wendet und vor allem auf pastoraltheologische Erwägungen eingeht.

Textausgaben: Codex Iuris Canonici, Vatikan 1956 u. ö. – *Lit.:* Außer der Lit. zu § 5 vgl. die Übersichtsartikel in: SM I, 799–809; II, 1226–1251. 1252–1267 (jeweils m. weiterf. Lit.); MySal IV/2, 156–183 (Lit.); und d. Lehrbücher d. Kirchenrechts, u. a. E. EICHMANN/K. MÖRSDORF: Lehrbuch d. Kirchenrechts auf Grund des CIC, 3 Bde, München [11]1964 – A. RETZBACH: Das Recht der kath. Kirche nach dem CIC, Freiburg [4]1953 – A. ERLER: Kirchenrecht, München [4]1975 (Grundriß) – U. MOSIEK: Verfassungsrecht der lateinischen Kirche, 3 Bde, Freiburg 1975–78 (nachkonziliare Rechtslage; umfass. Lit.) – *Ferner:* H. E. FEINE: Kirchl. Rechtsgeschichte, Bd. I. Kath. Kirche, Weimar/Köln [4]1964 – HPTh I, 333–366 (pastoraltheol. Überlegungen) – P. SHANNON: Der Codex Iuris Canonici 1918–1967, in: Conc 3, 1967, 625–629 (Beispiel innerkath. Kritik; jährl. ein Heft dieser Zeitschr. ist den Kirchenrechtsproblemen gewidmet) – A. MÜLLER u. a.: Vom Kirchenrecht zur Kirchenordnung?, Einsiedeln 1968 – S. PFÜRTNER: Macht, Recht, Gewissen in Kirche u. Gesellschaft, Einsiedeln 1972 – U. MOSIEK: Kirchl. Eherecht, Freiburg [2]1972 (nachkonziliare Rechtslage) – H. DOMBOIS: Kirche u. Eherecht, Stuttgart 1974 – J. NEUMANN: Menschenrechte – auch in der Kirche? Einsiedeln 1976 – P. KRÄMER: Theologische Grundlegung des kirchl. Rechtes, Trier 1977 (umfass. Lit.).

§ 7 Die Pastoral der Kirche

Im pastoralen Handeln der römisch-katholischen Kirche trifft zusammen, wie sie über sich denkt und als was sie sich versteht (Heilsmysterium; § 2, 4 ff), was ihre »aufschlußreichste Selbstbeschreibung« und ihre »höchste Selbsterfahrung« ausmacht (Liturgie; § 3), wem ihre Sendung gilt (Heiligung der Welt; § 4), was Prinzip ihrer Ordnung und ihres Handelns ist (heilige Gewalt; § 5) und wo sie ihre Rechtsbefugnis und die Verhaltensnorm ihrer Gläubigen hernimmt (kanonisches Recht; § 6). In ihrer Pastoral verknüpft und verknotet sich, was die römisch-katholische Kirche als bleibende Wahrheit und Lebenskraft ansieht (Heiligkeit), mit der Überzeugung, daß sie potentiell dazu geeignet und berufen ist (Heiligung), praktische Gegenwartsfragen im Persönlichen wie in allen Dimensionen des Gesellschaftlichen zu lösen. Ihre pastoralen Handlungsfelder sind so umfassend wie ihr Anspruch. Als »Mater et Magistra« sucht sie den gesamten menschlichen Erfahrungsbereich zu durchdringen – belehrend, heilend, sichernd, sorgend, wie es ihrem Selbstbewußtsein entspricht (vgl. § 2, 3 b).

1. Heiligkeit und Heiligung

a) Die römisch-katholische Kirche versteht sich als *»sacramentum mundi«*, als das umfassende konkrete Zeichen heilbringender Einheit von Gott und Mensch und der ganzen Menschenwelt (LG 1; 9, 3; 17; 48, 2; vgl. § 2, 3 ff); dieser Zeichencharakter liegt in der inkarnatorischen Ordnung des göttlichen Heils begründet (vgl. § 4, 3 Exkurs). Der Begriff sagt Sein und Funktion der Kirche aus, was sie ist und was sie mitteilt; er benennt ihr Wesen und ihre Sendung, die im gottesdienstlichen und weltlichen Leben Gestalt gewinnen (vgl. § 3 u. 4); und er meint auch die Eigentümlichkeit ihrer Organisation, welche die heilbringende Einheit repräsentiert, wie ihrer Disziplin, welche sie rechtsverbindlich bewirkt (vgl. § 5 u. 6). Doch ist die Kirche als *societas sanctorum* zugleich eine *societas sanctificans*, eine dynamische, um das Heil besorgte, für das Heil agierende, Heiligkeit anstrebende und durchsetzen-wollende Organisation. Denn der in der Inkarnation geschichtlich greifbar und wirksam gewordene Heilswille Gottes soll unaufhaltsam »in der Kirche offenbart und fortgesetzt« werden (LG 52) bis die Geschichte an ihr Ziel gekommen und die Vollendung der Welt erreicht ist. Der *Gottmensch*, als der Mittelpunkt erkannt, auf den hin alles konvergiert und der alle Sehnsüchte erfüllt (vgl. GS 45, 2; 38), ist der Quellgrund der zur Heiligung Berufenen (Ecclesia) und gleichsam der Prototyp (das »Sakrament Gottes«) des kirchlichen Mittlertums, der ekklesialen Seel- und Leibsorge. So liefert das göttliche Heilsmysterium *Beweggrund und Ziel* für die Pastoral der Kirche, d. h. für die konkrete und aktuelle Explikation dessen, was sie ist und mitteilt, repräsentiert und bewirkt, im Hier und Heute des Einzelnen und der Vielen, in ihren Nöten und Ängsten, Wünschen und Hoffnungen. Das Selbstverständnis der Kirche, in welcher Perspektive es immer auch gesehen und vorgestellt sein mag (vgl. § 2, 3), wird intentional in ihrem pastoralen Handeln veranschaulicht und verwirklicht, dort wo es gilt, den Anspruch in alltagsbezogene Wirklichkeit, die »Theorie« in die »Praxis« einer jetzt gegebenen Situation umzusetzen. Das bedeutet freilich, daß sich das pastorale Handeln nicht in praktischer Lebenshilfe und verbesserter Lebensqualität erschöpft oder damit begnügt. Mit ihrer Pastoral, dem heilsorgenden Mühen um Menschen in ihrer jeweiligen Lage und ihren persönlichen, sozialen, politischen und kulturellen Bezügen, will die römisch-katholische Kirche »allen und jedem das sichtbare Heilszeichen« sein, das bewirkt, was es anzeigt (LG 9, 3).

b) Zur Pastoral, dem heiligenden Dienst, ist jedes Glied der Kirche berufen (LG 40, 2). Als die Geheiligten, die den Geist Gottes empfangen haben und in der Taufe »der göttlichen Natur« teilhaftig geworden sind, werden sie dazu gedrängt, »Christi Spuren folgend und seinem Bild gleichgestaltet, dem Willen des Vaters in allem folgsam, sich mit ganzem Gemüt der Ehre Gottes und dem Dienst des Nächsten hinzugeben« (LG 40, 2). In solchen »Gnadenfrüchten« zeigt sich nicht nur die vertikal wie horizontal ausgerichtete Berufung der Christgläubigen. Hier macht sich ebenso »die Heiligkeit der Kirche unaufhörlich kund« (LG 39) und zugleich »wird auch in der irdischen Gesellschaft eine menschlichere Weise zu leben gefördert« (LG 40, 2). Heilsfrucht und Heilsmittel sind also wirksam aufeinander bezogen. Die göttliche und die eigene Heilsabsicht der Kirche verknoten sich, wenn der einzelne zu einem vollkommenen Leben strebt und dadurch die anderen erbaut, und wenn die Kirche zu ihrer unverlierbaren Heiligkeit findet und auf diese Weise die Welt ihrer Vollendung entgegenführt. So ist die Pastoral, die auf »die Rettung der menschlichen Person« und »den rechten Aufbau der menschlichen Gesellschaft« gemünzt ist (GS 3, 1), der *Selbstvollzug der heiligen Kirche* in der inkarnatorischen Ordnung. Sie umschreibt Raum und Zeit, wo der unaufhörliche Prozeß fortschreitender Selbstverwirklichung der römisch-katholischen Kirche stattfindet; auch im pastoralen Handeln bleibt sie ihrem Anspruch treu. Die Kirche ist das Subjekt und zugleich das Objekt der Pastoral.

c) An dem Heilsdienst der Kirche beteiligen sich alle Christgläubigen, ihrer Berufung folgend, jeweils nach »Stand und Rang« und nach »Gaben und Gnaden« (vgl. LG 41): vorzüglich die Bischöfe, »die Hirten der Herde«, die »zur Fülle des Priestertums erwählt und mit sakramentaler Gnade beschenkt« wurden; alsdann die Priester, die an der Amtsgnade teilhaben und »in täglicher Ausübung ihres Amtes in der Liebe zu Gott und dem

Nächsten wachsen« sollen; ferner die »Amtsträger der niederen Ordnung, vor allem die Diakone, die Geheimnissen Christi und der Kirche dienen«; hinzukommen die Laien, »von Gott erwählt und vom Bischof gerufen«, die je nach Stand und Beruf (z. B. als Eheleute, als Frau und Mutter, Witwen und Ledige wie als Arbeiter, Angestellte, Bauern und Akademiker) in ihren verschiedenen Lebensbereichen »Zeugen und Mitarbeiter der fruchtbaren Mutter Kirche« sind und als solche ihre Pflichten erfüllen (LG 41, 5); allesamt aber tragen die Christgläubigen mit ihrem Heilsdienst dazu bei, daß in der irdischen Ordnung und in den vielfältigen Lebenslagen Hoffnung geweckt und Liebe wirksam wird und das Ziel höherer Heiligkeit näherrückt. Es ist nur konsequent, wenn die römisch-katholische Kirche in solcher Strukturierung ihrer Pastoral auf das hierarchische Ordnungsprinzip zurückgreift. Desgleichen, wenn sie mit der allgemeinen Zweckbestimmung des pastoralen Handelns dem Zeichencharakter der Kirche in seiner doppelten Ausrichtung folgt – das ist die heilsorgende Hinwendung zu den Menschen und der Welt und deren erlösende Rückführung zur Heiligkeit Gottes – und mit derselben Logik jedem Stand, Klerikern wie Laien, die ihm eigene, auf seinen spezifischen Amts- und Lebensbereich bezogene Aufgabe zuschreibt (vgl. § 4, 4). Wie alle göttliche Heilstätigkeit im Ereignis der Inkarnation verankert ist, so sind auch die *Prinzipien und Imperative* der römisch-katholischen Pastoral an der theandrischen Struktur der Kirche festgemacht und auf die Durchdringung von Menschlichem durch Göttliches abgestellt. Wo die »komplexe Wirklichkeit« dazu übergeht, eine lebendige und konkrete zu werden, zeigen sich Status und Dynamik im pastoralen Handeln miteinander verschränkt, aber auch spannungsvoll aufeinander einwirkend – nicht immer im Sinne des Systems. Es wäre naheliegend, an der konkreten die Qualität der »komplexen« Wirklichkeit zu messen, an dem Selbstvollzug den Anspruch zu überprüfen.

Exkurs:

1. Pastoraltheologie

a) Das Wort *»pastoral«*, abgeleitet von lt. pastor (Hirt), wurde im kirchlichen Sprachgebrauch üblich, um die praktischen Tätigkeiten eines Seelsorgers und (implizit) seinen Gegenstand zu bezeichnen (Hirt und Herde, Priester und Volk). Demgemäß faßte die *Pastoraltheologie* zunächst jene Disziplinen zusammen, die den Pflichtenkatalog des Pastors im Lehr-, Priester- und Hirtenamt betrafen (Liturgie, Katechetik, Homiletik, Hodegetik), bekam aber die Tendenz, sich auf eine Standeslehre für den Seelsorger und Anleitung für Seelenführung und Gemeindeleitung zu konzentrieren. Einwände gegen die klerikale Ausrichtung der Pastoral (und Pastoraltheologie) setzten sich erst nach dem Zweiten Weltkrieg durch. F. X. ARNOLD brachte mit seiner Formel vom »Gott-Menschlichen« die Inkarnation als Leitgedanken pastoralen Handelns ins Spiel und stellte die Pastoral als die seelsorgerlich handelnde Kirche vor (Grundsätzliches u. Geschichtliches zur Theologie d. Seelsorge, Freiburg 1949; erweiterte Neuaufl.: Pastoraltheologische Durchblicke, Freiburg [2]1965; kritisch weitergeführt von F. BLACHNIKI: Das Prinzip d. Gott-Menschlichen als Formalprinzip der Pastoraltheologie, in: Theologie im Wandel, München 1967, 631–659; vgl. dazu I. GOLDBRUNNER: Inkarnation als Prinzip d. Pastoraltheologie, in: F. KLOSTERMANN/R. ZERFASS (Hg): Praktische Theologie heute, Mainz 1974, 132–140). Die neuen Ansätze wurden aufgenommen und entfaltet in dem von F. X. ARNOLD, K. RAHNER, V. SCHURR, L. M. WEBER und F. KLOSTERMANN seit 1964 herausgegebenen fünfbändigen *Handbuch der Pastoraltheologie* (HPTh). Hier wird die Pastoral im Blick auf die jeweilige Gegenwartssituation als »Selbstvollzug der Kirche« behandelt, wobei als Träger solcher Aktualisierung alle Glieder der Kirche mit ihren verschiedenen Funktionen bedacht und berücksichtigt sind. Diese christologisch und ekklesiologisch vermittelte Ausrichtung der Pastoral als Heilsdienst der Kirche bestätigte das II. Vatikanische Konzil, das in der *Pastoralkonstitution* »Gaudium et spes« seine diesbezüglichen Überlegungen darlegte.

Lit.: Vgl. zur *Geschichte:* HPTh I, 15–114; Bilanz III, 371–435; zur *Problematik:* Praktische Theologie heute, Mainz 1974; H. GASTAGER u. a. (Hg.): Praktisches Wörterbuch d. Pastoralanthropologie. Sorge um d. Menschen, Wien/Göttingen 1975; dort jeweils umfass. Lit.

b) Die kritischen *Einwände* gegen eine Pastoral als »Selbstvollzug der Kirche« bemängeln, daß in dieser Konzeption genauere Kriterien fehlen, an denen man »das legitime Seinsollen und Wirkensollen der Kirche messen kann«. Dem Mangel will man dadurch abhelfen, daß anstelle der Inkarnation als Prinzip die *»Sache Jesu«* betont und ihr eine normative Bedeutung zugesprochen wird (vgl. H. SCHUSTER: Die Praktische Theologie unter dem Anspruch der Sache Jesu, in: Praktische Theologie heute, Mainz 1974, 150–163; m. weit. Lit.). Eine Akzentverschiebung findet statt auch in der sog. *Politischen Theologie* und in der angesichts konkreter politischer Verhältnisse (Lateinamerika) entstandenen *Theologie der Befreiung;* beide nehmen die notwendige und sachgemäße Verbesserung menschlichen Lebens in seinen verschiedenen Dimensionen in den Blick (Menschenrechte!) und sind auf ein engagiertes Handeln der Christen bezogen.

Lit. zur Politischen Theologie: J. B. METZ: Zur Theologie der Welt, Mainz 1968; DERS., in: SM III, 1232–1240; weitergeführt zu einer »praktischen Fundamentaltheologie« in: Glaube in Geschichte und Gesellschaft, Mainz 1977; vgl. ferner H. PEUCKERT (Hg.): Diskussion zur »politischen Theologie«, Mainz 1969 (umf. Bibliographie); A. GANOCZY: Sprechen von Gott in heutiger Gesellschaft. Weiterentwicklung d. »Politischen Theologie«, Freiburg 1974; G. BAUER: Christl. Hoffnung u. menschlicher Fortschritt, Mainz 1976 (Lit.); S. WIEDENHOFER: Politische Theologie, Stuttgart 1976 (hist. u. systemat. Übersicht; umf. Bibliographie).

Zur *Theologie der Befreiung:* R. FRIELING: Die lateinamerikanische Theologie d. Befreiung, in: MdKI 23, 1972, 26–35; 26, 1975, 51–55 (Lit.); 29, 1978, 41–64; H. ZWIEFELHOFER: Bericht zur »Theologie d. Befreiung«, Mainz 1974; H. SCHÖPFER: Theologie d. Gesellschaft. Interdisziplinäre Grundlagenbibliographie zur Einführung in d. befreiungs- und polittheol. Problematik, Bern 1977; K. RAHNER u. a. (Hg.): Befreiende Theologie, Stuttgart 1977. – Ende August 1977 legte die *Internationale Theologenkommission* unter dem Titel »Zum Verhältnis zwischen menschlichem Wohl und christlichem Heil« eine Stellungnahme zur Theologie der Befreiung vor; vgl. K. LEHMANN u. a.: Theologie der Befreiung, Einsiedeln 1977 (dt. Text auch in: HK 32, 1978, 24–30).

2. Interdependenzen im katholischen System

In den neueren Pastoralkonzeptionen tritt deutlich die charakteristische Wechselwirkung zwischen Christologie, Ekklesiologie und Pastoraltheologie hervor. Das römisch-katholische Lehrgebäude zeichnet sich durch eine wohldurchdachte Strukturierung und Ausgewogenheit aus. Jede Akzentverschiebung in einem Aussagebereich wirkt in dem anderen nach. So führt eine *Christologie* »von unten«, die beim historischen Jesus und der »Sache Jesu« einsetzt und sein Menschsein hervorhebt, unvermeidlich zu Konsequenzen für das Kirchenverständnis und das pastorale Handeln: Kirche ist dann nicht mehr die göttliche Stiftung mit ihren irreversiblen Strukturen, sondern die (geschichtlich variable) Gemeinschaft der von Jesus »Betroffenen«, und die Pastoral darum auch nicht die Verwirklichung eines bleibenden Wesens der Kirche. Gleiches gilt, wenn bei der *Pastoral* angesetzt und sie auf die humane Relevanz der Christusbotschaft zugespitzt wird: die Folge ist eine Verlagerung der Christologie und Ekklesiologie »nach unten«. Deshalb haben alle kritischen Neuansätze in der *Ekklesiologie,* die auf einen Abbau der hierarchischen Strukturen, der sakramentalen Gewalt, des gottmenschlichen Rechtssystems u. ä. zielen und demokratische Elemente einschleusen wollen (Mitspracherecht der Laien, Synoden usw.), jeweils ein, zumindest tendenziell von der Tradition abweichendes, als Neuinterpretation deklariertes Christusbild zur Voraussetzung und eine funktionale Pastoral im Gefolge, die sich als soziale Explikation der Christusbotschaft versteht. Die Reaktionen des Lehramtes auf Links- und Rechtsabweichler (vgl. § 1, 3) sind deshalb verständlich; es ist auf die Integrität des Systems bedacht, das nur stabil bleiben und sich durchhalten kann, wenn solche Verlagerungen verhindert werden.

2. Handlungsfelder der Pastoral

Heiligkeit und Heiligung, Sein und Funktion der Kirche strukturieren ihr pastorales Handeln und konstituieren die Bereiche, in denen sich der Heilsdienst vollzieht. Die Pastoral der römisch-katholischen Kirche sucht, weil sie den Selbstvollzug der Kirche meint und in die inkarnatorische Ordnung sich eingefügt sieht, das »ganze Leben« zu umfassen – das, was vom Göttlichen zum Menschlichen hinabsteigt, was Menschen bewegt und zwischen ihnen sich begibt und was vom Irdischen zum Himmlischen emporführt. Die funktional ineinandergreifende, auf Ort und Adressaten zugespitzte, konkret und aktuell explizierte Selbstverwirklichung der Kirche vollzieht sich im Rahmen der die Identität gewährleistenden Disziplin (vgl. § 6) auf verschiedenen Handlungsfeldern. Sie lassen sich nach Grundfunktionen wie nach Intentionen differenzieren oder unter verschiedenen Perspektiven in den Blick nehmen (vgl. das Schema in § 2, 3 b).

a) Der *ekklesiale* Bereich. Das pastorale Handeln der Kirche beginnt sachlich zuerst mit der *Verkündigung des Wortes* bzw. mit der *Glaubensverkündigung* (»die Verkündigung des Evangeliums hat Vorrang« LG 25, 1; PO 4, 1) und setzt dort ein, wo Menschen zum Glauben geführt, dann auch darin gefördert, bewahrt und weiter belehrt werden sollen (vgl. CD 13; PO 4, 2). Die Verkündigung erfolgt durch *Predigt* und *Lehre, Katechese* und *Unterricht.* Sie richtet sich an Nichtchristen (Missionspredigt, die »zunächst einmal zum Glauben und zu den Sakramenten des Heils führt« PO 4, 2; auf den »geistlichen Weg der Bekehrung« bringt, AG 13), an Gläubige (Gemeindepredigt, »vor allem für diejenigen, die offensichtlich nur wenig von dem, was sie immer wieder tun, verstehen oder glauben« PO 4, 2), an Jugendliche wie an Erwachsene, an potentielle wie an bereits eingegliederte Christen, an einzelne wie an Gruppen. Sie kann werbend und apologetisch, belehrend und verurteilend geformt sein (CD 13; 14; GE 3, 3; 4). Welche Anforderungen auch immer durch die Adressaten in ihrem jeweiligen Stand und ihrer Situation und durch die Umstände hinsichtlich Ort und Zeit, Sprache und Kultur, sozialer und politischer Verhältnisse gestellt sind (z. B. Alter, Beruf, Familienstand, Erwachsenenbildung, Akademien, Schule, Missionsgebiet, Diaspora, pluralistische Gesellschaft, Stadt, Land usw.), es gilt, auf dem Wege konkreter und aktueller autoritativer Glaubensverkündigung unter Verwendung »vielfältiger Mittel« (CD 13, 3) die Heilstaten Gottes zu proklamieren. Die Glaubensverkündigung, die das in der Offenbarung objektiv enthaltene Wort Gottes situations- und zeitgemäß übersetzt, soll den Glauben hervorrufen und seine Anwendung auf das sittliche Leben ermöglichen und unterstützen. Predigt und Unterweisung gehören zu dem »heiligen Tun« der Kirche (Liturgie), in dem »Gott zu seinem Volk« spricht, »Christus die Frohe Botschaft verkündigt« und selbst »gegenwärtig« ist (SC 33; 35; 7). Der Glaube, der aus dem *Hören* kommt, ist heilsnotwendig (PO 4, 1; DS 1532).

(1) Eine lange Zeit vernachlässigte *Theologie des Wortes* und der *Verkündigung* versucht man, besonders seit dem II. Vatikanum, verstärkt nachzuholen. Die Dringlichkeit von *Predigt/Glaubensverkündigung* in der heutigen Welt und unter den gegenwärtigen Bedingungen der Kirche ist erkannt. Knapper *geschichtlicher* Überblick in: Bilanz III, 385–397 (ausführl. Lit.); mehr bei B. SCHNEYER: Die Geschichte d. kath. Predigt, Freiburg 1969. *Grundsätzliches* in: HPTh I, 219–286; auf Situation bezogen in: HPTh II–IV (Lit.); *umfassende* Darstellung durch B. DREHER/N. GREINACHER/F. KLOSTERMANN (Hg.): Handbuch d. Verkündigung, 2 Bde, Freiburg 1970 (Bibliographie) – *Einzelfragen:* F. SOBOTTA: Die Heilswirksamkeit d. Predigt in d. theol. Diskussion d. Gegenwart, Trier 1968; H. JACOB: Theologie d. Predigt. Zur Deutung d. Wortverkündigung durch d. neuere kath. Theologie, Essen 1969; W. BARTHOLOMÄUS: Kleine Predigtlehre, Zürich 1974.
(2) Ebenso hat die *Katechese* im Blick auf die Zeitverhältnisse eine Erneuerung erfahren. Das II. Vatikanum erinnerte nachdrücklich an die Bedeutung katechetischer Unterweisung und kündigte ein Direktorium an, das die »grundlegenden Prinzipien und die Ordnung des Unterrichts« behandeln sollte (CD 44); es wurde 1971 von der Kleruskongregation vorgelegt; dt. Text: Allgemeines Katechetisches Direktorium, Fulda 1973. Der Katechese fällt die Aufgabe zu, einen »reifen Glauben« auszubilden. Sie meint nicht nur die Weitergabe des Glaubensgutes auf elementare Weise im Laufe der Erziehung, vielmehr umfassende Glaubensunterweisung bis hin zu wissenschaftlicher Beleh-

rung. Sie umfaßt »alles, was im Laufe eines christlichen Lebens für die Förderung eines reflektierten Glaubensbewußtseins und einer diesem Glauben entsprechenden Lebensgestaltung nötig ist« (so das Arbeitspapier »Das katechetische Wirken der Kirche«; Synode II, 48). Innerhalb der römisch-katholischen Theologie ist eine lebhafte Diskussion über Inhalt und Methoden im Gange, welche die Gemeinsame Synode der deutschen Bistümer stark beschäftigt hat und auch im Kirchenvolk Resonanz findet (vgl. A. EXELER: Das katechetische Wirken d. Kirche, in: D. EMEIS/B. SAUERMOST (Hg.): Synode – Ende oder Anfang, Düsseldorf 1976, 108–116; Text d. synodalen Arbeitspapieres in: Synode II, 37–97). – Knapper *geschichtlicher* Überblick in: Bilanz III, 397–407; einführend SM II, 1054–1064 (Lit.); *grundsätzliches* in: HPTh I, 266–287 (Lit.). Die gegenwärtigen *Tendenzen* spiegeln sich in den Handbüchern; E. FEIFEL u. a. (Hg.): Handbuch d. Religionspädagogik, 3 Bde, Gütersloh/Zürich 1973–75; E. J. KORHERR/G. HIERZENBERGER (Hg.): Praktisches Wörterbuch d. Religionspädagogik, Wien 1973 – Lit. zu *Einzelproblemen:* G. HANSEMANN (Hg.): Katechese nach d. Konzil, Graz 1967; A. EXELER: Wesen u. Aufgabe d. Katechese, Freiburg 1966; H. HALBFAS: Fundamentalkatechetik, Düsseldorf [2]1969 (vgl. dazu die Diskussion in G. STACHEL (Hg.): Existentiale Hermeneutik, Zürich 1969); W. NASTAINCZYK: Formalkatechetik, Freiburg 1969; A. KALTEYER (Hg.): Katechese in d. Gemeinde, Frankfurt/M 1974; G. BAUDLER (Hg.): Erneuerung der Kirche durch Katechese, Düsseldorf 1975; D. EMEIS/K. H. SCHMITT: Grundkurs Gemeindekatechese, Freiburg 1977.

(3) Der Versuch eines zeitgemäßen *Katechismus* liegt im sog. Holländischen Katechismus (1966) vor; dt. Ausgabe: Glaubensverkündigung für Erwachsene, Freiburg 1969; vgl. dazu J. DREISSEN: Diagnose d. Holländ. Katechismus. Über Struktur u. Methode eines revolutionierenden Buches, Freiburg 1968; G. BEEKMAN (Hg.): Report über d. Holländ. Katechismus, Freiburg 1969; W. BLESS/H. VAN LEUWEN (Hg.): Bildungsarbeit mit d. Holländ. Katechismus, Freiburg 1969. – Ein für den »heutigen Verständnishorizont mündiger katholischer Christen« geschriebener Katechismus erschien 1975 in den USA; dt. Ausgabe: Ein katholischer Katechismus, München 1976. – Dem »vielfältig geäußerten Wunsch nach einer klaren Orientierung des heutigen Menschen an der Botschaft des Glaubens« will ein Katechismus entsprechen, der im Auftrag der Bischöfe von Augsburg und Essen herausgegeben wurde von A. BAUR/W. PLÖGER (Hg.): Botschaft des Glaubens. Ein katholischer Katechismus, Donauwörth/Essen 1978. – Beispiel einer gemeinsamen evangelisch/katholischen Glaubensunterweisung ist J. FEINER/L. VISCHER (Hg.): Neues Glaubensbuch. Der gemeinsame christl. Glaube, Freiburg/Zürich 1973; vgl. dazu R. FRIELING: Der gemeinsame Glaube. Anmerkungen zum »Neuen Glaubensbuch«, in: MdKI 25, 1974, 26–32. – Einen »Katechismus« eigener Art, mehr als Studienbuch gedacht, legte vor K. RAHNER: Grundkurs des Glaubens. Einführung in den Begriff d. Christentums, Freiburg 1976; vgl. dazu E. FAHLBUSCH: Zum Begriff d. Christentums, in: MdKI 28, 1977, 34–40. – Über das Bemühen wie über den Inhalt von *Kurzformeln des Glaubens,* die in der gegenwärtigen Glaubenssituation als Hilfe gefordert werden, unterrichten R. BLEISTEIN: Kurzformeln des Glaubens, 2 Bde, Würzburg 1971; A. STOCK: Kurzformeln des Glaubens, Einsiedeln 1971; L. KARRER: Der Glaube in Kurzformeln, Mainz 1978.

(4) Die seit einigen Jahren propagierte Unterscheidung zwischen der Katechese, die von der Gemeinde getragen wird, und dem *Religionsunterricht* in der Schule scheint sich durchgesetzt zu haben, wie das bereits genannte synodale Arbeitspapier »Das katechetische Wirken der Kirche« (Synode II, 37–97) und der Beschluß »Der Religionsunterricht in der Schule« (Synode I, 123–152) zeigen. Entsprechend der besonderen Situation einer von der säkularisierten Gesellschaft geprägten Schule soll der Religionsunterricht in der Verschränkung von Verkündigung, Auslegung und Information darauf abgestellt sein, die Erfahrung des Glaubens (in Tradition, Lehrsätzen und Lebensform) dem Denken und Fühlen des Schülers zu vermitteln, und helfen, eine eigene Entscheidung vorzubereiten. An dem konfessionell geprägten Unterricht wird trotz mancher gegenläufiger Tendenzen festgehalten. Problematisch bleiben die von einer anthropologisch gewendeten Theologie ausgehenden Anstöße, der Religionsbegriff und die didaktische Gestaltung. Vgl. die zu »Katechese« genannten Handbücher und Lit.; dazu hilfreich: Wörterbuch d. Religionsunterrichtes, Freiburg 1976 (knapper Auszug aus großen Lexika m. Lit.nachtrag; Tabu); ferner W. G. ESSER (Hg.): Zum Religionsunterricht morgen, 6 Bde, München 1970–75; G. BAUDLER: Der Religionsunterricht an der deutschen Schule, München 1971; R. FRIELING: Emanzipation und Konfessionalität im Religionsunterricht, in: MdKI 24, 1973, 106–113 (Überblick) – Zum gegenwärtigen *Problemstand* vgl. H. SCHRÖDTER: Die Religion d. Religionspädagogik, Zürich 1975; S. VIERZIG: Ideologiekritik u. Religionsunterricht, Zürich 1975; A. STOCK (Hg.): Religionspädagogik als Wissenschaft. Gegen-

standsbereich, Probleme, Methoden. Zürich 1975; W. G. ESSER (Hg.): Religionsdidaktik, Zürich 1977.
(5) Zum Bereich der Glaubensunterweisung gehört der *Konvertitenunterricht;* vgl. dazu HPTh III, 510–517; SM III, 39–47 (Lit.).
(6) Zunehmende Bedeutung gewinnt die katechetische *Erwachsenenbildung*, die darauf zielt, die Kirche in eine »Lerngemeinschaft« zu verwandeln. Die Gläubigen sollen dazu befähigt werden, durch Meinungs- und Willensbildung im Glauben ihrer Mitverantwortung für die Kirche bewußt zu werden. Vgl. A. EXELER/D. EMEIS: Reflektierter Glaube. Perspektiven, Methoden und Modelle d. theol. Erwachsenenbildung, Freiburg 1970; E. FEIFEL u. a.: Erwachsenenbildung, Zürich 1972; VITO DI CHIO: Didaktik des Glaubens, Zürich 1975; HPTh III, 475–493.

Exkurs: Die Mission der römisch-katholischen Kirche

1. Das pastorale Handeln der Kirche ist zu einem wesentlichen Teil missionarische Tätigkeit.
a) Die römisch-katholische Kirche kann, ihrem »Auftrag« und »innersten Anspruch« folgend, ihrer Sendung wie ihrem Wesen als »sacramentum mundi« (LG 48; das »zur Völkerwelt von Gott gesandte allumfassende Sakrament des Heils« AG 1, 1) notwendigerweise nur durch *Mission* gerecht werden, d. h. durch ein Handeln, das (1) den universalen Heilswillen Gottes und das Werk der Erlösung in der glauben-weckenden Predigt mitteilt, (2) zur »Bekehrung« und zum »heilschaffenden Glauben« hinführt (»wiedergeboren durch das Wort Gottes«), (3) das »Werk des Heils zur Fruchtbarkeit« bringt (»mittels Taufe der Kirche eingegliedert«), (4) Christus als Urheber des Heils in seiner Wahrheit und Liebe in der eucharistischen Feier gegenwärtig macht und mit alledem (5) die Kirche als mystischen Leib und als Volk Gottes bei allen »Menschen, Gemeinschaften und Völkern« einpflanzt, ausbreitet und Dauer verleiht (vgl. v. a. AG 4–9). Damit erfüllt die Kirche »den Plan Gottes in der Welt und ihrer Geschichte« in der Zeit »zwischen der ersten Ankunft des Herrn und seiner Wiederkunft«; mit ihrem missionarischen Handeln strebt sie der »eschatologischen Fülle« zu (AG 9).
b) Methoden, Mittel, Objekt, Raum, Zeit, Zweck und Ziel der missionarischen Tätigkeit stehen in Einklang mit dem sakramentalen Wesen der Kirche und seiner geschichtlichen Bestimmung (vgl. § 2, 4 u. 6). Die Mission geht von der Kirche aus; der Heilige Geist bewegt sie »zu ihrer eigenen Ausbreitung« (AG 4). Sie wird von der Kirche durchgeführt und kommt erst zum Ziel, wenn die Kirche ihre »Vollgestalt« erlangt hat (vgl. AG 36, 1; 1, 2). So ist die Mission *Selbstvollzug der Kirche.* Das missionarische Handeln verwirklicht die unsichtbare geistliche Gemeinschaft in der ganzen Menschheit auf Erden in einer geschichtlich greifbaren Weise.
c) Die Kirche entfaltet ihre Mission *situationsgerecht* (vgl. die Prinzipien des Weltverhältnisses: § 4, 1 a). Die Missionspredigt trifft auf Menschen, die ohne Kenntnis Gottes sind, ihn verleugnen, anderen Religionen oder Gemeinschaften angehören (AG 10). Die missionarischen Aktivitäten richten sich auf Völker oder Gruppen, die unter unterschiedlichen ökonomischen, kulturellen und politischen Bedingungen leben (AG 6). Sie enden nicht, wenn die Kirche gepflanzt ist und jugendlich erblüht, vielmehr müssen sie auch und gerade dann fortgesetzt werden, wenn die Gesellschaften, innerhalb deren die Kirche schon besteht und die sie geprägt hat, sich verändern zu einer pluralistisch säkularen oder gar antichristlichen Gesellschaft (AG 6, 4). Weil die Mission Selbstvollzug der Kirche ist und damit »Ausbreitung der katholischen Einheit«, achtet sie gleichfalls auf die jeweilige innerkirchliche Situation und blickt auf andere christliche Gemeinschaften; deshalb sind die pastorale Tätigkeit gegenüber den eigenen Gläubigen wie die Bemühungen zur Wiederherstellung der christlichen Einheit (Ökumenismus) »mit dem missionarischen Wirken der Kirche aufs engste verbunden« (AG 6, 6). Einem situationsgerechten Verhalten ist es auch zuzuschreiben, wenn die Kirche »nicht immer und nicht sogleich im vollen Umfang« und »in voller Wirklichkeit gegenwärtig« wird und zur »katholischen Fülle« kommt; sie berührt und durchdringt Menschen, Gemeinschaften und Völker »nur schrittweise«; die missionarischen und pastoralen »Wirkformen« und »Mittel« müssen den »Bedingungen bzw. Stadien entsprechen« (AG 6, 2). Vor allem kommt es darauf an, daß das Evangelium ein »Ferment« der Freiheit, des Fortschritts, der Brüderlichkeit, der Einheit und des Friedens bleibt (AG 8), und daß die »Einpflanzung« unter den jeweiligen Bedingungen überall auf der Welt geschieht und die Kirche sich inkarniert, »und zwar mit dem gleichen Antrieb, wie sich Christus selbst in der Menschwerdung von der konkreten sozialen und kulturellen Welt der Menschen einschließen ließ« (AG 10).

2. Die Mission betrifft die ganze Kirche; sie gehört zu der »*Grundpflicht des Gottesvolkes*« (AG 35). Jeder Christgläubige »soll nach Gelegenheit, Fähigkeit, Gnadengabe und Amt am Evangelium mitwirken« und zur »Auferbauung der Kirche« beitragen (AG 28). Was er empfangen hat, muß er leben und weitergeben als Zeuge, in tätiger Mithilfe und durch finanzielle Leistung (AG 36). Doch soll dieser Einsatz des gesamten Gottesvolkes, wie es der organischen Struktur der Kirche entspricht, in geordneter Weise geschehen (AG 28). *Ordnung* im missionarischen Handeln bedeutet zum einen, daß Mission »als der wichtigsten und heiligsten Aufgabe der Kirche« in die Zuständigkeit der Bischöfe fällt, die gehalten sind, in eine »Arbeitsgemeinschaft zu treten untereinander und mit dem Nachfolger Petri, dem die große Aufgabe in einzigartiger Weise übertragen ist« (LG 23, 2; AG 29, 1), und zum andern, daß Mission über eine Einrichtung verfügen muß (d. i. die Kongregation »zur Verbreitung des Glaubens«; vgl. § 5, 3 a–aa), die alle Aktivitäten plant und koordiniert, Methoden und Arbeitsinstrumente entwickelt, Informationen sammelt, für die missionarische Zurüstung und den Einsatz der vorhandenen Kräfte Sorge trägt und sich dabei als ein »Organ dynamischer Steuerung« erweist (AG 29, 2). Dem obersten *Träger des Missionswerkes* sind die Bischöfe mit ihren Teilkirchen zugeordnet. Sie haben ihre Weihe »für das Heil der ganzen Welt empfangen«. Daraus erwächst ihnen die Verpflichtung und die konkrete Aufgabe, anregend und fördernd auf Priester und Laien, Pfarreien und kirchliche Vereinen einzuwirken, »so daß die ganze Diözese missionarisch wird« (AG 38, 1; vgl. 37–41). – Die deutsche Zentrale des Päpstlichen Missionswerkes *»Missio«* (in Aachen) fördert missionarische und pastorale Projekte in Afrika, Asien und Ozeanien (seit 1961 wurden Mittel für die Ausbildung von rund 15000 Katecheten bereitgestellt), während das Bischöfliche Hilfswerk *»Adveniat«* die Evangelisation in Lateinamerika unterstützt.

3. Der Aufbau der christlichen Gemeinschaft auf dem Missionsfeld obliegt den *Missionaren* (Priester, Diakone, Katecheten und Laienapostolat), die aufgrund »besonderer Berufung« von der Kirche ausgesandt werden, und den eigens für die Missionsarbeit geschaffenen Instituten, d. h. den *Missionsorden* (AG 23 ff). Auf Spiritualität (AG 24), geistliche und moralische Bildung (AG 25), wissenschaftlich gründliche Vor- und Ausbildung, die sich auf die Lehre der Kirche wie auf die Kenntnis der Völker, Kulturen und Religionen erstreckt (AG 26 f), legt die römisch-katholische Kirche nachdrücklich Wert.

4. Beweise ihres Integrationsvermögens wie ihrer Prinzipien der Katholizität und der Inkarnation bzw. des Weltverhaltens (vgl. § 4, 1 a) erbringt die römisch-katholische Kirche durch ihre *Akkomodationsmethode*. Zugleich liegen hier die schwierigsten *Probleme* der Missionsarbeit, die nicht weniger, eher mehr geworden sind, wie Paul VI. in seiner Enzyklika »Evangelii nuntiandi« vom 8. 12. 1975 »über die Evangelisierung in der Welt von heute« zu erkennen gibt (vgl. Nr. 20 ff; 29 ff; lat.-dt. Text m. Kommentar in: Nachkonziliare Dokumentation, Bd. 57, Trier 1976).

a) *Akkomodation* meint Anpassung und Angleichung an die Gegebenheiten des Missionsfeldes in seinen verschiedenen Bezügen (kulturell, politisch usw.) und die Durchdringung dieses Natürlich-menschlichen durch das Evangelium. »Die Fleischwerdung des Logos war Akkomodation vollkommenster Art« (HThG I, 27; vgl. AG 10). Angesichts der rapiden Veränderungen, die sich nach dem Ende der Kolonialzeit ergeben haben (aber nicht nur dort; zwischen »Missionsländern« und »christlichen Ländern« besteht lediglich ein gradueller Unterschied), berührt die Akkommodation mehr denn je die Frage, ob und wie es der in Lehre und Praxis »angepaßten« Kirche gelingen kann, ihre Identität zu erhalten.

b) Den Unabhängigkeitstendenzen, dem Selbstbestimmungsrecht und den neuen Nationalstaaten in den früheren Kolonialgebieten trägt die römisch-katholische Kirche durch die Errichtung einer einheimischen Hierarchie Rechnung. Dem urbanen und industriellen Wandel sucht sie durch angemessene Pastoralstrukturen (u. a. religiöse Zentren, Bildungswerke) gerecht zu werden. Der Wiederentdeckung rassischer, historischer, kultureller und religiöser Eigenständigkeit begegnet sie mit einer angepaßten Liturgie und einer einheimischen Theologie, die solche eigenständigen Elemente aufgreift und mit der kirchlichen Tradition zu verarbeiten sucht. Vielerorts wird aber die Neigung erkennbar, sich von der lateinischen und europäischen Überlieferung zu lösen; sie setzt das römisch-katholische Integrationsvermögen einer besonderen Belastungsprobe aus.

c) Neben den veränderten Umständen, unter denen heute die Mission geschieht und die mancherlei Anpassungen notwendig machen, ist die Konkurrenz weltanschaulicher Mächte, dabei vornehmlich der *Pluralismus der Religionen,* die selbst missionarische Aktivitäten entwickeln und die Minderheitensituation der Christenheit verstärkt, zu einer bedrohlichen, die eigene Existenz unmittelbar berührenden Anfechtung der Kirche geworden. Die Konfrontation erschwert nicht nur die Mission und mindert den Ausbreitungserfolg, sondern der zunehmende religiöse Pluralismus mit dem Angebot anderer Heilswege und -möglichkeiten stellt auch den dogmatischen Anspruch der römisch-katholischen Kirche in Frage und verunsichert das eigene Bemühen. Damit ist erneut das alte Problem der Legitimität der Religionen und ihres Verhältnisses zur Kirche dringlich geworden; es betrifft in eminenter Weise Theorie und Praxis einer Mission, die von der unbedingten Heilsnotwendigkeit der Kirche bewegt wird. Vor allem Karl Rahner hat die These von einem »anonymen Christen« ins Spiel gebracht, die auf den in allen Menschen gnadenhaft wirksamen allgemeinen Heilswillen Gottes verweist und die alle »irgendwie« schon Glieder der Kirche sein läßt. Das bedeutet, daß die Kirche in ein dialogisches Verhältnis zu den Religionen treten muß und dementsprechend ihr missionarisches Handeln zu gestalten hat. Rahners Ansatz zu einer *Theologie der Religionen,* in der katholischen Missiologie teils aufgegriffen, teils bestritten, kann sich insoweit auf das II. Vatikanum berufen, das sich eigens zum Verhältnis zu den nicht-christlichen Religionen erklärt und sie gewürdigt hat (Erklärung »Nostra aetate«), als dort an der Heilsnotwendigkeit der Kirche zwar festgehalten, aber doch hinzugefügt wird: Gott kann »Menschen, die das Evangelium ohne ihre Schuld nicht kennen, auf Wegen, die er weiß, zum Glauben führen« (AG 7, 1; vgl. LG 16). Wenn das Konzil »mit aufrichtigem Ernst« die Religionen zu betrachten lehrt, bei ihnen »nicht selten einen Strahl« der alle erleuchtenden Wahrheit erkennt und die Regel aufstellt, »mit Klugheit und Liebe, durch Gespräch und Zusammenarbeit ... jene geistlichen und sittlichen Güter und auch die sozial-kulturellen Werte« in den Religionen »anerkennen, wahren und fördern« (NA 2, 3), dann ist deutlich ausgesprochen, was Akkommodation meint und auf welche Weise die römisch-katholische Kirche ihre Mission zu erfüllen trachtet.

5. *Statistik.* Die nachfolgenden Angaben zeigen den Stand vom 31. Dez. 1975 an (Quelle: Annuarium Statisticum Ecclesiae, Vatikan 1977, S. 38–45); die Zahlen in den Klammern beziehen sich auf den Stand vom 31. Dez. 1972.
In *Afrika* leben 48,5 (43) Millionen Katholiken, das sind 12,1 (11,7)% der Bevölkerung. Der Anteil der katholischen Christen schwankt von Land zu Land zwischen 0,1% in Somalia und 92,9% in Guinea Equatorial.
In *Amerika* (ohne USA und Kanada) beträgt der Anteil der Katholiken 89,6 (91,2)%, das sind 286,2 (262,3) Millionen, und schwankt zwischen 8% in Jamaica und 96% in Kolumbien. In den Vereinigten Staaten von Nordamerika und Kanada leben 57,1 (56) Millionen katholische Christen; das sind 24,1 (24,3)% der Bevölkerung.
In *Asien* werden 52,6 (54,7) Millionen Katholiken gezählt, das sind 2,3 (2,5)% der Bevölkerung. Während in Japan der katholische Bevölkerungsanteil 0,3% beträgt, ist er auf den Philippinen 82,4%.
In *Australien* und auf den *ozeanischen* Inselgruppen leben 5,2 (4,7) Millionen Katholiken, das sind 24,8 (23,4)% der Bevölkerung.
In *Europa* beträgt der Anteil der katholischen Christen 39,5 (40)% der Bevölkerung, das sind 261,9 (261,6) Millionen. Fast rein katholische Länder sind Spanien (99%), Portugal (98%), Italien (97%), Polen (94%) und Belgien (91%), während in den nordischen Ländern der katholische Bevölkerungsanteil sehr gering ist (Norwegen 0,3%, Dänemark 0,5%, Schweden 0,9%), aber auch in Griechenland (0,5%) und Bulgarien (0,7%).

Lit.: SM III, 477–563 (guter Überblick zu Begriff u. Geschichte der Mission; ausführl. Lit.) – HPTh II/2, 46–80 (grundsätzl.; Lit.); I, 220–229 (Missionspredigt) – A. MULDERS: Missionsgeschichte, Regensburg 1960 – H. W. GENSICHEN: Missionsgeschichte der neueren Zeit, Göttingen [2]1969 – Zur *Akkomodationsproblematik:* SM I, 55–61 (Lit.); J. MÜLLER: Missionarische Anpassung als theol. Prinzip, Münster 1973; R. FRIELING: Zum Problem einheimischer Theologien, in: MdKI 27, 1976, 1–24 (Lit.) u. 31–33 (zu »Evangelii nuntiandi«); Boka di Mpasi Londi SJ: Die jungen Kirchen Afrikas vor der Frage nach ihrer Authentizität, in: Geist u. Leben 50, 1977, 268–277; N. SOMMER: Auf der Suche nach einer afrikanischen Theologie, in: HK 32, 1978, 63–65; Lateinamerika, Kirche im Wandel, in: HK 32, 1978, 65–84 – Zur *Theologie der Religionen:* SM III, 773–778 (Lit.); IV, 260–272 (Lit.); HPTh V, 19–20; E. FAHLBUSCH: Theologie der Religionen. Überblick zu einem Thema römisch-katholischer Theologie, in: KuD 15, 1969, 73–86; H. BÜRKLE: Einführung in die Theologie d. Religionen, Darmstadt 1977 (Lit.) – Über die *Entwicklung* d. weltweiten Kirchenorganisation und den *Stand* der Mission unterrichtet im Überblick der Atlas zur Kirchengeschichte, hg. v. H. JE-

DIN u. a., Freiburg 1970; die statist. Angaben bietet: Annuarium Statisticum Ecclesiae, Vatikan – *Vgl. ferner:* J. SCHÜTTE: Mission nach dem Konzil, Mainz 1967 (zum Missionsdekret) – L. RÜTTI: Zur Theologie d. Mission, Mainz 1972 – J. AMSTUTZ: Kirche d. Völker. Skizze einer Theorie d. Mission, Freiburg 1972 – G. EVERS: Mission. Nichtchristliche Religionen. Weltliche Welt, Münster 1974.

b) Der *sakramentale* Bereich. Das pastorale Handeln der Kirche konzentriert sich im gottesdienstlichen Leben und führt zu ihrem »elementarsten Selbstvollzug« (vgl. § 3), wenn in der *Liturgie* mit dem eucharistischen Höhepunkt und im Spenden der *Sakramente* die bleibende Gegenwart Christi in der Welt und für die Welt sichtbar gemacht und das Heil in die verschiedenen Lebenssituationen des Menschen vermittelt wird (Taufe, Firmung, Buße usw.). In den liturgischen Handlungen exemplifiziert die Kirche ihr sakramentales Wesen und will es nach dem Gesetz der Inkarnation als Begegnung von Gott und Mensch wirksam werden lassen. Die Selbstdarstellung und die heilsvermittelnde Absicht setzen sich auf dem Feld der außerliturgischen *Volks- und Privatfrömmigkeit* fort (vgl. § 3, 4 ff). In Wallfahrten, Andachten, Prozessionen, Marien- und Heiligenverehrung, heiligen Zeiten und Orten, Gebäuden, Bildern, Geräten, Trachten, Liedern und Devotionalien aller Art kommt der Zeichencharakter der Kirche geschichtlich variabel, zeit- und ortsgebunden, situationsgerecht, auf menschliche Erfahrungen wie auf kulturelle Eigenarten bezogen, hinsichtlich Alter und Geschlecht, Arbeit und Beruf partiell und in vielfältiger Weise zum Ausdruck. Mit den mannigfaltigen Frömmigkeitsweisen, -formen und -gegenständen sucht die römisch-katholische Kirche, Wahres und Gutes eines naturhaften Kultes aufnehmend, die Fülle menschlichen Lebens einzufangen, in der sie sich inkarnieren will, um dem göttlichen Heilswillen überall und in je spezifischer Art eine lebendige und wirksame Gestalt zu verleihen. Gleichwohl gibt es eine *Grenze,* die sowohl für die ganzheitliche Liturgie als auch für das fromme Detail gilt und in der Regel (von Auswüchsen abgesehen) beachtet wird. In der symbolträchtig gestalteten Liturgie wie in den weltverhafteten und oft als magisch erscheinenden Frömmigkeitsübungen muß der Eindruck gewahrt bleiben und zum Ausdruck kommen, daß das Heil nicht von dieser Welt ist und sich nicht mit ihr vermischt, vielmehr ein Übernatürliches in allem Natürlichen bleibt (vgl. Gnadenlehre: § 4, 2 Exkurs). Vieles, was so befremdend im Erscheinungsbild der römisch-katholischen Kirche anmuten mag (Sprache, Ritus, Struktur u. a.) und nicht preisgegeben wird (allenfalls durch gleichartiges ersetzt), empfängt Begründung und Sinn von dieser, im sakramentalen Wesen der Kirche angelegten Grenze.
Das pastorale Handeln gewinnt im sakramentalen Bereich einen eigenartigen Zug, der mit zwei Merkmalen von Liturgie und Frömmigkeit zusammenhängt und in anderen Bereichen nicht zu beobachten ist. Das liturgische Geschehen wie die frommen Übungen zeichnen sich durch *Feier* und *Kontemplation* aus. Neben den feiernden Handlungen, Tätigkeiten und Werken in Gemeinschaft, außerhalb der Unrast des Alltags, stehen ehrfurchtsvolles Verharren, Betrachten und Meditieren des einzelnen; indem sich beides verbindet, wird isolierte Innerlichkeit vermieden. Die römisch-katholische Pastoral erschließt sich hier die Dimensionen des Emotionalen, Symbolhaften, Sinnfälligen und Besinnlichen und damit einen Bereich menschlichen Lebens, der existenznotwendig in der wissenschaftlich-technischen, den Intellekt beanspruchenden Welt ist und der mit Stichworten wie Muße, Ruhe, Träumen, Spielen, Spontanität und Zweckfreiheit angezeigt wird. Auch darin ist die Pastoral Explikation des Katholischen – allumfassend, nichts auslassend.

Lit.: Vgl. die Angaben in § 3.

c) Der *mondiale* Bereich. Das pastorale Handeln der Kirche drängt in den großen wie den kleinen Verhältnissen weltlichen Lebens auf *Weltgestaltung,* in der das Dogma in Aktion übergeht und das statische Element der Kirche (die im Glauben erkannte inkarnatorische Heilsordnung) als ein dynamisches Element sich erweisen will (vgl. § 4). Wenn sich die römisch-katholische Kirche als »sacramentum mundi« versteht (s. o. Nr. 1 a), dann ist damit nicht allein auf das historische Heilswerk Christi verwiesen und die Glaubensgemeinschaft als Kondensat und Repräsentanz dieses Heils in der Welt gemeint, das sich in der Sphäre menschlichen Verstehens niederschlägt und in kultischer Darstellung wahrnehmbar wird, sondern zugleich ist das Ziel der eschatologischen Vollendung im Blick, das die Kirche in Bewegung bringt und zu heilsorgenden Tätigkeiten antreibt. Die göttlich providentielle Sendung der Kirche ist zwar eine religiöse, aber »gerade dadurch eine höchst humane« (GS 11, 3). Dieses religiös-humane Handeln, das die »zeitliche Ordnung durchdringen und vervollkommnen« will (AA 5), vollzieht sich auf den miteinander verzahnten Sektoren von *Politik* (Staat, Gesellschaft), *Wirtschaft* (Arbeit, Technik, Eigentum, Wohlstand), *Kultur* (Erziehung, Wissenschaft, Literatur) und *Völkergemeinschaft* (Frieden, Entwicklung) und erfolgt im Modus von »Hilfeleistungen« (vgl. § 4, 3 b). Recht nachdrücklich tritt das pastorale Handeln der römisch-katholischen Kirche hervor, wenn sie ihre Position in der Gesellschaft markiert, in die Diskussion um Grundwerte und Normen menschlichen Zusammenlebens eingreift und aktuelle und konkrete Fragen der Bildungs- und Sozialpolitik beantwortet. Mit bischöflichen Hirtenbriefen und publizistischen Mitteln aller Art macht sie ihre Prinzipien und Imperative bekannt und beteiligt sich an dem Prozeß *sozialer Kommunikation*. Bei ihren gesellschaftlichen Aktivitäten setzt sie vornehmlich die *Laien* ein, die in den mondialen Bereichen Kompetenz besitzen und die »Kirche in der Welt« darstellen (vgl. § 4, 4). Wenn die Laien ihr Apostolat erfüllen und sich weltlich engagieren, die Kirche zum Lebensprinzip der Gesellschaft werden lassen und die »consecratio mundi« betreiben, dann ist auch dies ein Selbstvollzug der Kirche (Pius XII.; vgl. Utz-Groner Nr. 5991). Denn nicht nur Glaubensverkündigung, Spenden der Sakramente und Akte der Hierarchie konstituieren Kirche; auch der Weltdienst und Lebensvollzug der Christen sind wesentliche Momente ihrer Existenz und Pastoral. Die Kirche kann »die Gemeinschaft derer genannt werden, die unter dem übernatürlichen Einfluß der Gnade, in der Vollkommenheit ihrer persönlichen Würde, in der ebenmäßigen Entfaltung aller menschlichen Anlagen und Kräfte den mächtigen Bau des menschlichen Zusammenlebens errichten« (Pius XII., Ansprache v. 20. 2. 1946, in: AAS 38, 1946, 149 f; dt. bei Utz-Groner Nr. 4105).

(1) Zentrales Thema römisch-katholischer Pastoral im mondialen Bereich ist das Verhältnis von *Kirche und Staat*. Die Kirche findet bei ihrem pastoralen Bemühen ein Ordnungsgefüge vor, das in umfassender Weise die sozialen Beziehungen regelt, und sie trifft dabei auf eine mit Macht ausgestattete Instanz, welche die Existenz des Menschen ermöglicht und seine Daseinsvorsorge betreibt. Kirche und Staat konkurrieren insofern miteinander, als beide ein und denselben Menschen beanspruchen; sie kooperieren, soweit sich die beiderseitigen Interessen vereinbaren lassen, und sie geraten in einen Konflikt, wenn und solange ihre Absichten entgegenstehen. Das Verhältnis von Staat und Kirche, das eine wechselvolle Geschichte aufweist (vgl. die kirchengeschichtlichen Lehrbücher), ist abhängig von der jeweiligen Machtkonstellation (mitbestimmt durch den katholischen Bevölkerungsanteil), den unterschiedlichen sozio-ökonomischen Bedingungen (Industrie-, Agrarstaaten), den verschiedenen Herrschaftsformen (demokratisch, totalitär) und nicht zuletzt von dem jeweils geltenden Kirchen- und Staatsverständnis. Doch in allem geschichtlichen Wandel gilt prinzipiell, daß der eigene Anspruch theoretisch niemals preisgegeben wird, wenngleich sich die Kirche situationsgemäß verhält, ihre Pastoral anpaßt und ihren Selbstvollzug den inneren und äußeren Umständen entsprechend realisiert (vgl. § 4, 1 a; 4, 3 c).

Während in der *mittelalterlichen* Theorie (aber auch praktisch) geistliche und weltliche Herrschaft, Kirche und Staat aufs engste miteinander verflochten waren, wobei die prinzipielle Überordnung der Kirche beansprucht wurde (vgl. die Auseinandersetzungen von Kaisertum und Papsttum), setzte sich im Zuge der neuzeitlichen Veränderungen seit Leo XIII. (Enz. »Diuturnum illud, 1881; »Immortale Dei«, 1885; »Sapientiae christianae«, 1890), obgleich auf der Basis der überkommenen na-

turrechtlichen Anschauungen, der Gedanke durch, daß Kirche und Staat selbständige und voneinander unabhängige Größen darstellen (beide sind »societas perfecta«), beide mit einem ihnen eigentümlichen Recht ausgestattet sind, innerhalb ihres Bereiches (bürgerlich, kirchlich) volle Souveränität und Kompetenz besitzen, aber – vornehmlich in den sog. gemischten Angelegenheiten (res mixtae; Ehe, Erziehung, Schule u. ä.) – auf der Basis »geordneter Einigung« (ordinata colligatio) miteinander verbunden sind und der Kirche bei sachlichen Grenzüberschreitungen seitens des Staates ein Einspruchsrecht zusteht. Das *II. Vatikanum* (Pastoralkonstitution, Erklärung über die Religionsfreiheit) hat in Anbetracht unterschiedlicher Gegebenheiten in den einzelnen Ländern und Kulturbereichen und zeitgenössischer Tendenzen im fortschreitenden Säkularisierungsprozeß insofern eine neue Akzentuierung vorgenommen (durchaus im eigenen kirchlichen Interesse), als nunmehr der Wunsch eines »rechten Zusammenwirkens zum Wohl aller« (sana cooperatio; GS 76) anstelle des Koordinationsschemas (ordinata colligatio; DS 3168) betont und Religionsfreiheit nicht nur als Notbehelf, sondern als ein Recht der menschlichen Person anerkannt wird (DH 2 ff). Darüber hinaus aber markierte das Konzil einen gewissen Wandel im Verständnis, wobei es offenkundig die gegenwärtige Situation im Blick hat. Wenn auch das Verhältnis von Kirche und Staat nichts von seiner zentralen Bedeutung für die römisch-katholische Pastoral eingebüßt hat, so wird es doch nicht mehr primär unter institutionellen und jurisdiktionellen Gesichtspunkten gesehen (Leo XIII.). Es erscheint jetzt in dem größeren Zusammenhang des Verhältnisses von *Kirche und Welt* und unter *funktionalen* Aspekten und ist stärker auf die in beiden Ordnungen lebenden Menschen und den von der Kirche zu leistenden Heilsdienst bezogen (vgl. § 4, 3).
Die Beziehungen zwischen Kirche und Staat werden (obgleich von politischer Natur), wo es möglich ist, (noch immer) durch *Konkordate* rechtlich fixiert. Als Vertragspartner fungieren der Heilige Stuhl und die jeweilige Staatsgewalt. Die Vereinbarungen betreffen Rechte und Freiheiten der Kirche, ihre regionale Gliederung (Bistümer), kirchliche Ämter und Einrichtungen, religiöse Erziehung, Militärseelsorge, finanzielle Fragen usw. Im Bereich der Bundesrepublik Deutschland bestehen *Länderkonkordate,* so in Bayern, seit 1924; Preußen, 1929 (ergänzt für Nordrhein-Westfalen 1956); Baden, 1932; Niedersachsen, 1965; Rheinland-Pfalz, 1973. Das 1933 mit dem Deutschen Reich abgeschlossene *Reichskonkordat* gilt weiter (nicht in der DDR), doch ergeben sich für die Bundesländer wegen ihrer Kulturhoheit keine verfassungsrechtlichen Verpflichtungen (Bundesverfassungsgerichtsurteil 1957). Die Revisionsbedürftigkeit dieser Konkordate ist unbestritten.

Texte: Päpstliche Verlautbarungen zu Staat und Kirche, hg. v. H. SCHNATZ, Darmstadt 1973 (lat.-dt., m. zusammenfass. Darstellung u. Lit.); A.-F. UTZ/I.-F. GRONER: Aufbau u. Entfaltung des gesellschaftl. Lebens. Soziale Summe Pius XII., 3 Bde, Freiburg/Schweiz 1954–61; L. SCHÖPPE (Hg.): Konkordate seit 1800, Frankfurt/M. 1964; W. WEBER (Hg.): Die deutschen Konkordate und Kirchenverträge d. Gegenwart, 2 Bde, Göttingen 1962–71 – *Bibliographie:* A. UTZ u. a. (Hg.): Bibliographie d. Sozialethik. Grundsatzfragen d. öffentl. Lebens, bisher 9 Bde, Freiburg 1960–76 (ab 1956, m. Rez.) – *Lit.:* SM II, 1294–1336 (umfass. Lit.; Überblick) – HPTh II/2, 337–377 (grundsätzl., Lit.) – Handb. d. Staatskirchenrechtes d. BRD, 2 Bde, Berlin 1974–75 – E. FISCHER: Trennung von Staat u. Kirche, Frankfurt/M. ²1971 (kritisch) – P. LEISCHING: Kirche und Staat in den Rechtsordnungen Europas, Freiburg 1973 (Überblick) – U. SCHEUNER: Schriften z. Staatskirchenrecht, Berlin 1973 – P. MIKAT: Religionsrechtl. Schriften, 2 Bde, Berlin 1974 – I. NEUMANN: Auf Wegen der Versöhnung, in: H. FRIES/U. VALESKE (Hg.): Versöhnung, Frankfurt/M. 1975, 263–297 (Grundprobleme) – J. KRAUTSCHEIDT/H. MARRE (Hg.): Essener Gespräche zum Thema Staat u. Kirche, bisher 12 Bde, Münster 1969–77 (grundsätzl. u. aktuelle Fragen). – G. DENZLER (Hg.): Kirche und Staat auf Distanz. Historische u. aktuelle Perspektiven, München 1977.

(2) Die Beziehungen zwischen *Kirche und Gesellschaft* in den hochentwickelten Industrienationen sind in den zeitgenössischen Trend hineingezogen, der die vormals homogenen Gesellschaften umgestaltet und zu einer Segmentierung der Wirklichkeit geführt hat. Die Kirche stellt innerhalb der pluralistischen Gesellschaft nur noch ein Subsystem neben anderen dar. Aber auch in den Entwicklungsländern zeichnen sich epochale Veränderungen ab, welche die Position der Kirche in der Gesellschaft nachhaltig beeinflussen. Das *II. Vatikanische Konzil* hat den »tiefgreifenden Wandel der Situation« markiert, Erklärungen vorgelegt, Antworten angeboten und die Beziehungen zwischen Kirche und Gesellschaft neu zu bestimmen gesucht (vgl. GS 4–10). Die römisch-katholische Kirche ist dazu bereit, auf staatliche Privilegien und legitim erworbene Rechte zu verzichten, »wenn feststeht, daß durch deren Inanspruchnahme die Lauterkeit ihres Zeugnisses in Frage gestellt ist, oder

wenn veränderte Lebensverhältnisse eine andere Regelung fordern« (GS 76, 5). Dem möglichen oder gebotenen Verzicht steht gegenüber: »Immer und überall nimmt sie das Recht in Anspruch, in wahrer Freiheit den Glauben zu verkündigen, ihre Soziallehre kundzumachen, ihren Auftrag unter den Menschen unbehindert zu erfüllen und auch politische Angelegenheiten einer sittlichen Beurteilung zu unterstellen, wenn die Grundrechte der menschlichen Person oder das Heil der Seelen es verlangen« (ebd.). Die konziliare Aussage beinhaltet zum einen die Notwendigkeit von *Gegenwartsanalysen,* aus der allein ein Verzicht resultieren kann, und zum andern allgemeine *Direktiven* für das pastorale Handeln in den gesellschaftlichen Bezügen, die ihre Norm an den immergültigen Prinzipien der Kirche finden.
Zwischen Situation und zeitlosem Anspruch stellt die *nachkonziliare katholische Theologie* (u. a. Rahner, Metz, Schillebeeckx) mit Hilfe theologischer Deutung und Interpretation eine Beziehung her, die zu Konsequenzen für die römisch-katholische Pastoral führt. Sie weist auf die christlichen Wurzeln der für die Kirche so gefährlich erscheinenden Situation hin, hebt deren heilsgeschichtliche Bedeutung in der göttlichen Providenz hervor, betrachtet den religiös-weltanschaulichen Pluralismus als Chance für einen persönlichen Glauben und den Verlust des gesellschaftlichen Führungsanspruches der kirchlichen Institution als einen Gewinn für die Glaubwürdigkeit des christlichen Zeugnisses. Wenn die Kirche dem epochalen Gefälle nicht entrinnen kann, dann ist sie zu einem Konzept des Handelns genötigt, das seine Imperative nicht bloß aus überlieferten dogmatischen und moralischen Prinzipien deduziert, vielmehr pragmatisch ausrichtet, aber auch nicht auf das Bewahren der Restbestände fixiert, das mithin bisherige Aufgaben und Positionen preisgibt und der Heilsorge der Kirche und ihrer Sendung, Zeichen und Werkzeug der Einheit zu sein, einen gesellschaftspolitischen und -kritischen Charakter verleiht. Solche Situation und Anspruch verknüpfende Imperative berufen sich auf das *Liebesgebot,* das in der Liebe Gottes seinen Anhalt hat, sofern es nicht auf ein Verhalten zu Gott, auf Bruderliebe und Barmherzigkeit in Not und Gefahr und auf die übliche organisierte Liebestätigkeit beschränkt bleibt, sondern auf eine umfassende gesellschaftliche Verantwortung sich erstreckt. In diesem Konzept ist die *Caritas* nicht nur christliche Tugend, sondern gleichwertig und gleichgewichtig neben Glaubensverkündigung und sakramentalen Gottesdienst gestellt. Sie wird als Mit- und Nachvollzug des Lebens Jesu in allen gesellschaftlichen Dimensionen gedacht, als Selbstvollzug der Kirche verstanden und gilt als deren politische Explikation.
Das in Relation zu den geschichtlichen Determinanten entwickelte, aber umstrittene (vgl. oben Nr. 1 Exkurs 1 b u. 2) Plädoyer für eine situationsgemäße Pastoral läuft darauf hinaus, die Kirche zu einem Politikum eigener Art werden zu lassen. Doch vorerst handelt es sich um ein Politikum innerhalb der römisch-katholischen Kirche, an dem sich die Interdependenz von Kirche und Gesellschaft beispielhaft aufweisen läßt. Werden aber Caritas zur Gesellschaftskritik und Kirche zum Instrument der Gesellschaftsveränderungen gestaltet, dann sind die Absichten des Konzils verfehlt; beides ist nicht mehr systemimmanent. Deshalb hielt sich auch das Lehramt auf der *Gemeinsamen Synode* zurück. Die Caritas-Thesen und die Vorlage zu einer gesellschaftlichen Diakonie blieben Arbeitspapiere (»Die Not der Gegenwart und der Dienst der Kirche« und »Aufgaben der Kirche in Staat und Gesellschaft«; Text in Synode II, 103–157 und 187–214), während ein Entwurf »Zum Dienst der Kirche in der Leistungsgesellschaft«, der auf gesellschaftsverändernde Handlungsstrategien und entsprechende politische Aktivitäten eingestellt ist, nicht zur Veröffentlichung freigegeben wurde (Text m. Einf. u. Lit. in D. EMEIS/B. SAUERMOST (Hg.): Synode – Ende oder Anfang, Düsseldorf 1976, 425–487).

Empirisches Material und *Analysen* zu der Beziehung von Kirche und Gesellschaft bieten u. a. G. SCHMIDTCHEN: Zwischen Kirche und Gesellschaft. Forschungsbericht über d. Umfrage z. Gemeinsamen Synode, Freiburg ²1973; Ders.: Protestanten und Katholiken. Soziologische Analyse konfessioneller Kultur, Bern 1973 (vgl. dazu E. FAHLBUSCH: Katholiken u. Protestanten. Empirische Daten u. soziologische Analysen als Materialien einer künftigen Konfessionskunde, in: MdKI 26, 1975, 66–74); K. FORSTER (Hg.): Befragte Katholiken – Zur Zukunft von Glaube u. Kirche, Freiburg 1973; K. RAHNER: Strukturwandel d. Kirche als Aufgabe u. Chance, Freiburg 1972; W. WEYMANN-WEYHE (Hg.): Offene Kirche. Analysen zur Situation – Modelle der Praxis, Düsseldorf 1974; H. W. BROCKMANN (Hg.): Kirche und moderne Gesellschaft, Düsseldorf 1976; zur *theol. Deutung* vgl. HPTh II/1, 178–276 (Lit.); II/2, 319–336; zum *Caritas-Verständnis* vgl. HPTh I, 385–415 (Lit.); II/2, 403–423; V, 79–83; *weitere Lit.:* L. ROOS: Kirchlichkeit u. gesellschaftliche Diakonie d. Kirche, in: K. FORSTER: Befragte Katholiken, Freiburg 1973, 220–233; M. KRÄMER: Kirche contra Demokratie? Gesellschaftl. Probleme im gegenwärtigen Katholizismus,

München 1973; E. W. BÖCKENFÖRDE: Kirchl. Auftrag und politische Entscheidung, Freiburg 1973; U. HOMMES (Hg.): Gesellschaft ohne Christentum? Düsseldorf 1974; O. v. NELL-BREUNING: Grundsätzliches zur Politik, München 1975; K. FORSTER: Religiös ohne Kirche? Mainz 1977; *theol. Entwürfe:* E. SCHILLEBEECKX: Christus und die Christen. Die Geschichte einer neuen Lebenspraxis, Freiburg 1977, bes. 627–822; J. B. METZ: Glaube in Geschichte u. Gesellschaft, Mainz 1977.

(3) Zu den traditionellen Aufgabenfelder römisch-katholischer Pastoral gehört die *Sozialpolitik*, die entsprechend der veränderten Lebensumständen vielschichtiger und weiträumiger geworden ist. Der 1897 gegründete Caritasverband, gleichartige Werke und Einrichtungen praktizieren unter bischöflicher Aufsicht *soziale* Hilfe in jeglicher Weise an Bedürftige aller Art und unterhalten Schulen und Seminare zur Ausbildung sozialpädagogischer Berufe. Die nationalen Caritasverbände sind seit 1924 in der *Caritas Internationalis* zusammengeschlossen. Die römisch-katholische Kirche will eine Ecclesia caritatis sein; ihr caritatives Tun »kann und muß heute alle Menschen und alle Nöte umfassen« (AA 8, 4; vgl. AA 31 c; GS 88; 90). Dem entsprachen die deutschen Bistümer schon 1958 mit dem Hilfswerk *»Misereor«* als »Aktion gegen Hunger und Krankheit in der Welt« und 1961 mit der Aktion *»Adveniat«*, die der Unterstützung pastoraler Aufgaben der Kirche in Lateinamerika gilt (HPTh V, 5. 334; zum Missionswerk *»Missio«* s. o. Exkurs: Mission 2.). Der Umfang wie das Potential der innerdeutschen Caritas, die einerseits in Diözesan- und Pfarr-Caritasverbänden und andererseits in mannigfache Fachverbände gegliedert ist, kann mit dem Hinweis auf rund 25 000 caritative Einrichtung mit ca. 1,1 Mill. Betten und 250 000 hauptberufliche Mitarbeiter (darunter 39 000 Ordensangehörige) nur angedeutet werden.
Vgl. den *Überblick* in SM I, 699–709 (Lit.); desgl. HPTh I, 385–412 (Lit.); II/2, 389–423; *Berichte u. Probleme* in: Caritas. Zeitschrift f. Caritaswissensch. u. Caritasarbeit, Freiburg 1896 ff (Lit.) u. Jahrbuch d. Caritaswissensch. u. Caritasarbeit, Freiburg 1957 ff; *Statistik* (Stand 1. 1. 1975): Die Einrichtungen der Caritas in d. BRD einschl. Berlin (West), hg. v. Dt. Caritasverband, Freiburg 1975; vgl. *ferner:* Pastorale 2, Handreichung für d. pastoralen Dienst, Fasc. »Caritas und Diakonie, Mainz 1974 (Lit.: 89–92); R. VÖLKL: Caritative Diakonie d. Kirche, Aschaffenburg 1976; DERS.: Diakonie u. Caritas d. deutschsprachigen Synoden, Freiburg 1977.

Als ein bedrängendes sozial- und gesellschaftspolitisches Thema erkennt die römisch-katholische Kirche ihr Verhältnis zur *Arbeiterschaft* (einschl. Gewerkschaften), die ihr (wie auch den protestantischen Kirchen) im 19. Jahrhundert verlorengegangen ist. Allgemeine Aussagen des *II. Vatikanums* (vgl. GS 67 ff) hat die *Gemeinsame Synode* in pastoralen Anweisungen zu einer Mitverantwortung für die Arbeiter konkretisiert; vgl. den Beschluß »Kirche und Arbeiterschaft« (Synode I, 321–364; Lit.: 314. 315. 316). Vgl. dazu O. v. NELL-BREUNING/G. RUHMÖLLER, in: D. EMEIS/B. SAUERMOST (Hg.): Synode – Ende oder Anfang, Düsseldorf 1976, 177–203 (m. Lit.); zum kath. *Berufs- und Arbeitsverständnis:* HPTh IV, 350–396 (Überblick m. Lit.).

Zunehmende Bedeutung gewinnt ein pastorales Arbeitsfeld, das die römisch-katholische Kirche zwar »zu allen Zeiten mit Aufmerksamkeit und mütterliche Sorge« bedacht hat (Paul VI.), dem sie aber angesichts der zeitgenössischen Mobilität der Menschen (Berufs- und Ortswechsel, Landflucht, Verstädterung, industrielle Zusammenballung, ausländische Arbeitnehmer, Wanderungsbewegungen, Flüchtlinge, Tourismus usw.) jetzt größere Beachtung schenkt (vgl. GS 66, 2): die *Wanderer- und Ausländerseelsorge.* Diese Aufgabe wird für so dringlich gehalten, daß PAUL VI. 1970 eigens eine Päpstliche Kommission für Wanderer- und Touristenseelsorge errichtet hat (Motu proprio »Apostolicae Caritatis« v. 19. 3. 1970), nachdem er bereits zuvor diesbezügliche Normen festgesetzt und Instruktionen erlassen hatte (vgl. Nachkonziliare Dokumentation Bd. 22, der den lat.-dt. Text des genannten Motuproprio und des Allgemeinen Direktoriums für die Touristenseelsorge v. 30. 4. 1969 enthält, und Bd. 24 mit dem lat.-dt. Text des Motuproprio »Pastoralis migratorum« v. 15. 6. 1969 zur Neuordnung der Wandererseelsorge und der entsprechenden Seelsorgeinstruktion v. 22. 8. 1969, kommentiert v. B. POSCHMANN, dazu Lit., Statistiken u. weitere Dokumente). Die *Gemeinsame Synode* hat diese pastorale Problematik aufgegriffen und mit ihrem Beschluß »Der ausländische Arbeitnehmer, eine Frage an die Kirche und Gesellschaft« (Synode I, 375–410; Einl. u. Lit. 365–375) die Ausländerseelsorge zu einer sozial- und gesellschaftspolitischen Aufgabe der Kirche gemacht.

(4) In recht nachdrücklicher Weise engagiert sich die römisch-katholische Kirche in den Bereichen von *Bildung und Erziehung.* Ihre Intentionen hat das *II. Vatikanum* in seinem Dekret »Gravissi-

mum educationis« (Über die christliche Erziehung) ausgesprochen. Sie will die Verpflichtung einlösen, die sie mit der Taufe junger Menschen übernimmt (GE 2). Nicht nur an der Entfaltung der menschlichen Anlagen und der Lebensbefähigung ist ihr gelegen (GE 1), zugleich geht es ihr um die Befähigung zum Dienst am Reich Gottes (GE 3, 3). Das bildungspolitische Handeln der römisch-katholischen Kirche konzentriert sich auf zwei Schwerpunkte: (a) Die Elternschaft (das sind die Laien) wird aufgerufen, ihr Erziehungsrecht in vollem Umfang wahrzunehmen und bei der Gestaltung der Schulen mitzuwirken, um damit auszuschließen, daß das öffentliche Schulwesen allein durch eine politische oder ideologische Denkrichtung bestimmt wird (vgl. GS 3 u. 6); (b) ihre Präsenz im Erziehungswesen erweist die Kirche (vgl. GE 8) durch eigene Bildungseinrichtungen wie Kindergärten, Schulen, Hochschulen und andere Institutionen (u. a. Internate, Bildungswerke für Erwachsene), für die sie Gleichrangigkeit und Gleichstellung mit öffentlichen Einrichtungen fordert. Kleinkindererziehung, Behindertensorge, Erziehungs- und Berufsberatung und Hochschulpastoral sind weitere Tätigkeitsfelder, auf denen die römisch-katholische Kirche gegenwärtig und sichtbar sein will, das eigene Bildungsangebot vorweist und gesellschaftlichen Einfluß im Sinne ihres Sendungsauftrages anstrebt oder auch verteidigt, wenn sie entsprechend etabliert ist. Eine katholische Bildungslehre analog der katholischen Soziallehre liegt nicht vor, doch hat das genannte Konzilsdekret unter Aufnahme früherer lehramtlicher Aussagen (u. a. Pius XI., Enz. »Divini illius magistri« vom 31. 12. 1929) einige Grundsätze aufgestellt, die in einem Beschluß der *Gemeinsamen Synode* für den deutschen Bereich aktualisiert wurden: »Schwerpunkte kirchlicher Verantwortung im Bildungsbereich« (Synode I, 518–548). Vgl. HPTh II/2, 389–402; III, 446–493 (Überblick; Lit.); III, 263–301 (Hochschulpastoral; Lit.); SM I, 604–616. 1176–1183 (Lit.); K. ERLINGHAGEN: Grundfragen kath. Erziehung, Freiburg 1963 (zur Enz. Pius XI.); DERS. (Hg.): Erziehungswissenschaft u. Konfessionalität, Frankfurt/M. 1971; H. J. GAMM/F. PÖGGELER (Hg.): Streitfragen der Bildungspolitik, Freiburg 1967; G. GORSCHENEK (Hg.): Katholiken und ihre Kirche in der BRD, München 1976, 240–290 (u. a. statistische Übersicht über kath. Schulen; weiterf. Lit. 360 f). – Ein auf die Gesamtkirche ausgerichtetes Dokument über »Die katholische Schule« vom 19. 3. 1977 hat die *Kongregation für das katholische Bildungswesen* vorgelegt, in dem das Konzilsdekret über die katholische Erziehung vertieft und in Auseinandersetzung mit alten und neuen Einwänden zeitgemäß ausgelegt wird; dt. Text in: HK 31, 1977, 407–417; vgl. dazu E. FAHLBUSCH: Katholische Schule, in: MdKI 29, 1978, 93–98.

In den kulturpolitischen Handlungsbereich römisch-katholischer Pastoral fallen die »Kultursachgebiete« *Wissenschaft* (vgl. HPTh II/2, 269–277; Bilanz I, 146–363 [geschichtl. u. system. Überblick; Lit.]; zu kath. Hochschuleinrichtungen u. Fakultäten vgl. Handb. d. Staatskirchenrechts II, 569 ff, 597 ff), *bildende Kunst* (vgl. HPTh II/2, 278–284; Bilanz I, 88–108 m. Lit.; SM II, 115–128 m. Lit.), *Literatur* (Pastoral durch das Buch: HPTh III, 494–510 m. Lit.; Bilanz I, 108–145; Büchereiwesen: Kath. öffentliche Bücherei, Grundausstattung d. lebendigen Gemeinde, Bonn 1975; ferner: G. KRANZ: Europas christl. Literatur, 2 Bde, Paderborn 1968) und *Musik* (K. G. FELLER [Hg.]: Geschichte d. kath. Kirchenmusik, 2 Bde, Kassel 1972–76; H. HUCKE u. a.: Musik in d. feiernden Gemeinde, Einsiedeln 1974), in denen es jeweils darauf ankommt, daß durch die Hilfe der Kirche die »Güter und Werte der Natur« gepflegt und »zur wahren und vollen Verwirklichung des menschlichen Lebens« gelangen (vgl. GS 53 ff). Die Entfaltung des kulturellen Lebens ist der »ernsten Anstrengung« der Kirche wert (GS 60). Vgl. Ch. MOELLER: Der Aufstieg der Kultur, in: G. BARAÚNA (Hg.): Die Kirche in der Welt von heute, Salzburg 1967, 271–332 (m. umfass. Lit.).

(5) Neben Sozial- und Kulturpolitik kann jede andere politische Angelegenheit die römisch-katholische Pastoral auf den Plan rufen, wenn es der Kirche in ihrer universalen Heilssorge geboten erscheint. Dies gilt insbesondere hinsichtlich einer immer deutlicher erkennbaren Verschiebung im *Werte- und Normenbewußtsein* in der neuzeitlichen Gesellschaft. Die Pastoralkonstitution des II. Vatikanums hat sich hierzu umfassend geäußert und die unverzichtbaren Normen und Werte für das menschliche Leben geltend gemacht. In der anläßlich von Rechtsreformen (u. a. des § 218 StGB) und einer politischen Wahl öffentlich gewordenen *Grundwerte-Diskussion* in der BRD (ähnlich auch in anderen Ländern; u. a. Österreich, Italien, Frankreich) meldete sich die römisch-katholische Kirche zu Wort, um an fraglich gewordenen Grundwerten wie Würde und Freiheit der Person, Solidarität, Gemeinwohl »zu erinnern und für diese einzustehen« (Deutsche Bischofskonferenz, 20. 5. 1976: Gesellschaftliche Grundwerte und menschliches Glück, und 22. 9. 1977: Grundwerte verlangen Grundhaltungen; Text in: HK 30, 1976, 367–370 und 31, 1977, 614–617; vgl. dazu

K. LEHMANN: Grundwerte in Staat u. Gesellschaft. Eine Zwischenbilanz, in: HK 31, 1977, 13–18; G. GORSCHENEK [Hg.]: Grundwerte in Staat u. Gesellschaft, München 1977; F. RAABE: Der Streit um die Grundwerte, Köln 1977).

In ihrer Sorge um die Zukunft der menschlichen Gesellschaft greift die römisch-katholische Kirche auch die Frage der *Kernenergie* und des *Umweltschutzes* auf, um »ethische Kategorien in die Entscheidungs- und Abwägungsprozesse« einzubringen; Texte in HK 31, 1977, 569–572 (betr. Frankreich) und 572–574 (betr. Bundesrepublik Deutschland). Desgleichen beobachtet die römisch-katholische Kirche sehr aufmerksam die politischen Entwicklungen in *Europa.* Unter dem Titel »Neue Impulse für Europa« trugen die belgischen Bischöfe am 23. 11. 1976 »pastoral-politische Erwägungen« vor, denen die Europäische Bischofskonferenz am 29. 6. 1977 ein »Wort zu Europa« folgen ließ, in dem die Christen zur Mitarbeit an der europäischen Einigung auf der Basis der christlichen Tradition aufgerufen werden; vgl. die Texte in HK 31, 1977, 77–82 u. 405–407. Solches pastoral-politisches Engagement der römisch-katholischen Kirche berührt ihr *Verhältnis zu den politischen Parteien* in den jeweiligen Ländern (für die Bundesrepublik Deutschland vgl. G. GORSCHENEK [Hg.]: Katholiken und ihre Kirche, München 1976, 179–217 [Geschichts- u. Problemübersicht; weiterf. Lit. 357 f] und HK 29, 1975, 113–140 [aktuelle Fragen]), steht aber in dem größeren Zusammenhang einer gesamtkirchlichen Pastoralpolitik auf internationaler Ebene.

(6) Die *päpstliche Pastoralpolitik* umfaßt (a) die politischen Aktivitäten des Vatikans in *Osteuropa,* wo die Kirche um ihre Existenz und Kultfreiheit besorgt ist, in *Lateinamerika,* wo sie den Militärdiktaturen die Anerkennung der Menschenrechte und mehr eigene Freiheit abverlangt, und in der *Dritten Welt,* wo sie in fremden Kulturen und unter schwierigen sozialen und politischen Bedingungen Fuß fassen will; (b) die sozial-, wirtschafts- und gesellschaftspolitischen Bemühungen, die sich in lehramtliche Verlautbarungen kleiden, römisch-katholische *Soziallehren* geltend machen und das öffentliche Bewußtsein zu beeinflussen suchen (vgl. unten Exkurs: Soziallehren); (c) die Aktionen der *Entwicklungshilfe,* die über die Teilkirchen, Ordensgemeinschaften und das päpstliche Missionswerk abgewickelt werden; und (d) das Engagement für *Frieden und Völkergemeinschaft,* das sich in der Weise von Friedensappellen, direkter Einflußnahme bei Konflikten und der Präsenz in internationalen Organisationen äußert. Dabei bedient sich der Papst neben den Massenmedien seines kurialen und diplomatischen Apparates (Staatssekretariat, Kongregationen, Kommissionen, Nuntiaturen; vgl. § 5, 3 a) sowie des Episkopates in den betreffenden Ländern.

Texte zur Pastoralpolitik (außer Soziallehren; dazu vgl. den Exkurs): JOHANNES XXIII.: Enz. »Pacem in terris« v. 11. 4. 1963 (über den Frieden unter allen Völkern; dt. b. Herder, Freiburg 1963) PAUL VI. (in: Nachkonziliare Dokumentation, Bd. 4:) Enz. »Populorum progressio« v. 26. 3. 1967 (über die Entwicklung der Völker); (Bd. 14:) »Humanae vitae« v. 25. 7. 1968 (über die rechte Weitergabe des menschlichen Lebens); (Bd. 35:) »Octogesima adveniens« v. 14. 5. 1971 (betr. Soziallehren); (Bd. 57:) »Evangelii nuntiandi« v. 8. 12. 1975 (über die Evangelisierung der Welt von heute); Appelle, Ansprachen usw. in: PAPST PAUL VI.: Wort und Weisung, Bd. 1 ff, Vatikan 1974 ff. – Päpstl. Kommission *Iustitia et Pax:* Dokument zur Abrüstungsfrage, in: HK 31, 1977, 302–306; dies.: Die Kirche und die Menschenrechte, Mainz 1976.

Lit. zu Ostpolitik, Lateinamerika, Dritte Welt: H. STEHLE: Die Ostpolitik des Vatikans, München 1975; I. LEMBKE: Christentum unter den Bedingungen Lateinamerikas, Frankfurt/M. 1975; CHR. MODEHN (Hg.): Christen entdecken die Freiheit, Stuttgart 1976; vgl. auch die o. g. Lit. zur »Theologie d. Befreiung« (§ 7, 1 Exkurs 1 b) und zur »Mission« (s. o. Nr. 2 a Exkurs) – *Entwicklungspolitik:* vgl. HPTh IV, 618–645 (Überblick über versch. Hilfswerke; Lit.); TH. DAMS (Hg.): Entwicklungshilfe – Hilfe zur Unterentwicklung?, Mainz 1974, bes. 113 ff, 187 ff; zur Kurialbehörde »Cor unum« zur »Koordinierung und Intensivierung der caritativen Arbeit« vgl. HK 25, 1971, 360–362. 421–424. 443–444; vgl. auch die Lit. zu »Caritas« – *Wirtschaftspolitik:* Oeconomia Humana, Köln 1973: H. KUNST/H. TENHUMBERG (Hg.): Soziale Gerechtigkeit und internationale Wirtschaftsordnung, Mainz 1976 – *Friedesnpolitik:* SM II, 110–118 (Lit.); III, 95–101 (Lit.); G. BARAÚNA (Hg.): Die Kirche in der Welt von heute, Salzburg 1967, 421–458 (Lit.); H. TH. RISSE/R. LEHMANN: Den Frieden planen, Mainz 1969 (betr. Pax Christi); E. J. NAGEL: Zu den sozialtheol. Grundlagen der Entwicklungs- u. Friedenspolitik, Frankfurt/M. 1972; G. SCHARFFENORTH/W. HUBER (Hg.): Neue Bibliographie z. Friedensforschung, Stuttgart 1973; H. TH. RISSE: Der Beitrag d. kath. Kirche in der BRD für Entwicklung und Frieden, in: D. EMEIS/B. SAUERMOST: Synode – Ende oder Anfang, Düsseldorf 1976, 239–278 (m. umfass. Lit); F.-M. SCHMÖLZ (Hg.): Christlicher Friedensbegriff u. europäische Friedensordnung, Mainz 1977 – *Zur päpstlichen Diplomatie:* HPTh IV, 646–659 (Lit.); PAUL VI.: Motu proprio »Sollicitudo omnium Ecclesiarum« v. 24. 6. 1969, lat.-dt. Text in: Nachkonziliare Dokumentation Bd. 21, Trier 1970 (m. Kommentar; vgl. HK 23, 1969, 407 ff; betr. die Neuordnung d. Gesandtschaftswesens) – *Weitere Lit.:* D. A. SEEBER: Paul, Papst im Widerstreit. Dokumentation u. Analyse, Freiburg 1971, bes. 207 ff; R. RAFFALT: Wohin steuert der Vatikan? Papst zwischen Religion und Politik, München 1973; P. KARPF: Fortschritt u. Kirche. Die Stellung d. kirchl. Lehramtes zum wissenschaftl.-technisch-wirtschaftl. Fortschritt, Bonn 1974; W. BÜHLMANN: Wo der Glaube lebt. Einblicke in die Lage d. Weltkirche, Freiburg 1974.

(7) Die Pastoral der römisch-katholischen Kirche, wie sie sich in dem Verhalten zu Staat und Gesellschaft zeigt und auf den verschiedenen Feldern des politischen Handelns betätigt, erfährt neuerdings eine gewisse, der Logik ihres Selbstverständnisses gemäße, wenngleich nicht überall aktualisierte und darum vorerst mehr programmatische Zuspitzung im Bereich der *sozialen Kommunikation.* Dabei steht zweierlei im Blickfeld: einmal der Prozeß der Übermittlung von Informationen, des wechselseitigen Austausches von Wissen, Gedanken, Meinungen, Wünschen und Zielvorstellungen und der Verständigung zwischen Menschen, Gruppen und Organisationen in der Gesellschaft, und zum andern die in diesem Kommunikationsprozeß verwandten Mittel, die sog. Massenmedien (Presse, Rundfunk, Fernsehen, Film, Buch, Theater), wie die entsprechenden Mediensysteme, die den Vorgang der Mitteilung ermöglichen und mit deren Hilfe er verwirklicht wird. Die römisch-katholische Kirche registriert die wichtige Funktion dieses Vorganges wie die Wirkung, Macht und Manipulationsmöglichkeit der Vermittlungssysteme und damit die außerordentliche Bedeutung, die dem Massenkommunikationsprozeß für die Gemeinschaftsbildung zukommt. Ihre Pastoral entdeckt hier insofern ein besonderes Aufgabenfeld, als ihr selbst an gesellschaftlicher Kommunikation und menschlicher Gemeinschaft bis hin zur »Einheit der Menschheit« gelegen ist und sie für ihren eigenen Zweck der Glaubensverkündigung darauf angewiesen ist, das Instrumentarium der Massenkommunikation zu benutzen. Die Begründung für einen solchen pastoralen Einsatz liefert das inkarnatorische Geschehen, in dem sich Christus als »Meister der Kommunikation« erwiesen hat. Während das *II. Vatikanische Konzil* mit seinem Dekret »Inter Mirifica« (IM) vom 4. 12. 1963 über die publizistischen Mittel mehr oder weniger nur einen Nachholbedarf des bisherigen Presseapostolats dokumentierte, bietet die von der »Päpstlichen Kommission für die Instrumente der sozialen Kommunikation« (sie wurde 1964 eigens zu diesem Zweck errichtet) vorgelegte *Pastoralinstruktion* »Communio et Progressio« (CP) vom 23. 5. 1971 ein umfassendes Konzept, das allgemeine Grundsätze und pastorale Anweisungen zur sozialen Kommunikation enthält (lat.-dt. Text m. ausführl. Kommentar in: Nachkonziliare Dokumentation Bd. 11, Trier 1971). Das Staunen des Konzils über die »Erfindungen der Technik« in der Nachrichtenübermittlung (IM 1) und seine Einsicht, daß die Kirche das Recht besitzt, »für die christliche Erziehung und für jede ihrer Bemühungen zum Heil der Seelen« sich der publizistischen Mittel zu bedienen (IM 3, 2), führt die Instruktion weiter zu der Erkenntnis, daß die gesellschaftliche Kommunikation mitsamt ihren Instrumenten in die Heilsgeschichte eingebettet ist (CP 7) und ihre Ziele – d. i. die »Verbundenheit und Gemeinschaft der Menschen« (CP 8) – mit dem Sendungsauftrag der Kirche und ihrer »allumfassenden Hirtensorge« übereinstimmen (CP 18; 101). Als Urbild für die Kommunikation gilt die Trinität, denn alle Gemeinschaft der Menschen ist »ursprünglich verwurzelt und gleichsam vorgebildet im höchsten Geheimnis der ewigen Gemeinschaft in Gott zwischen dem Vater, dem Sohn und dem Heiligen Geist« (CP 8). Den Grund für die Kommunikation zwischen Gott und Menschen und der Menschen untereinander legte Christus, der »einzige Vermittler« (CP 10): um die göttliche Information (die Heilswahrheit) mitteilen zu können, wurde er den Menschen gleich, »sprach ihnen aus dem Herzen, ganz in ihrer Mitte stehend«, paßte er sich im »Reden und Denken« den Adressaten an, sprach »aus ihrer Situation heraus« und zeigte sich damit als der »Meister der Kommunikation«, indem er die Kommunikation zu einer »Mitteilung seiner selbst« werden ließ, die Eucharistie als »höchste Form der Einigung« einsetzte und die Kirche zum Zeichen und Werkzeug vollkommener Gemeinschaft machte (CP 11; 18).

In dieser theologischen Perspektive erscheinen der profane Prozeß sozialer Kommunikation als Suche nach Wahrheit wie als Streben nach der Einheit des Menschengeschlechtes und die Kommunikationsmittel als Instrumente zur Konstituierung menschlicher Gemeinschaft. Die Rolle der römisch-katholischen Kirche ist eindeutig bestimmt, desgleichen ihre hohe Verantwortung, weil die

Massenmedien auch mißbraucht werden können und dann Zwietracht zur Folge haben (CP 9). Die Kirche verfügt über Beurteilungsmaßstäbe für den Wert einer Nachricht und den Gebrauch der Medien (CP 12–17). Die Pastoralinstruktion gibt detailliert Auskunft, welche Funktion die Kommunikationsmittel in der Gesellschaft haben sollen (CP 19–61), welche Voraussetzungen für einen sachgerechten Gebrauch gegeben sein müssen (CP 63–100) und welche Aufgaben den Katholiken im Bereich der sozialen Kommunikation erwachsen und wie die Pastoral der Kirche zu organisieren ist (CP 101–180).

Die *Gemeinsame Synode* der deutschen Bistümer hat zu der Frage »Kirche und gesellschaftliche Kommunikation« ein Arbeitspapier vorgelegt (Text in: Synode II, 218–246), das sich mit seinen Direktiven an der Pastoralinstruktion orientiert, auch die Dringlichkeit römisch-katholischer Pastoral auf diesem Gebiet unterstreicht, doch zunächst über eine Beschreibung von Problemfeldern und zukünftigen Aufgaben nicht hinauskommt (vgl. M. SCHMOLKE, in: D. EMEIS/B. SAUERMOST (Hg.): Synode – Ende oder Anfang, Düsseldorf 1976, 303–315; m. Lit.). Gleichwohl wurden im Rahmen eines »Sofortprogramms« am 8. 5. 1975 eine »Medien-Dienstleistungs-GmbH« und am 1. 1. 1976 eine »Kirchliche Zentralstelle für Medien« eingerichtet, welche die Aktivitäten in den Bereichen sozialer Kommunikation verstärken und koordinieren sollen. Ein bereits recht wirksames Instrumentarium bieten die Bistumblätter (Auflage: 1,9 Mill.), die überdiözesanen illustrierten Wochen- und Sonntagsblätter (2 Mill.), die Verbandsorgane (2 Mill.), die Ordens- und Missionspresse (4,5 Mill.), dazu eine Reihe von Kultur- und Fachzeitschriften, Kleinschrifttum und die religiöse Buchproduktion katholischer Verlage, ferner die Büchereiarbeit (ca. 5700 Büchereien mit ca. 17 Mill. Entleihungen pro Jahr), das System der Rundfunk- und Fernsehbeauftragten mit erheblichen Mitwirkungs- und Gestaltungsrechten (Kirchenfunk), die Filmarbeit und die Katholische Nachrichten-Agentur (KNA).

Lit.: HPTh II/2, 284–308 (Pressewesen); V, 272–276 (Kommunikation); HK 29, 1975, 381–384 (Medien-Dienstleistungsgesellschaft) – F. J. EILERS u. a. (Hg.): Kirche und Publizistik, München 1972 (zu »Communio et Progressio«); G. DEUSSEN: Ethik der Massenkommunikation bei Paul VI., Paderborn 1973; F. P. SCHALLER: Notstand im christl. Pressewesen, Zürich 1974; H. WAGNER: Das Ende der kath. Presse, 3 Bde, Aschaffenburg 1974; G. GORSCHENEK (Hg.): Katholiken und ihre Kirche, München 1976, bes. 314–343. 363 f (Lit.).

Exkurs: Zur römisch-katholischen Soziallehre

Das pastorale Handeln der römisch-katholischen Kirche im mondialen Bereich setzt eine zureichende Kenntnis der Werte und Zwecke des wirtschaftlichen, sozialen, gesellschaftlichen und staatlichen Lebens voraus. Dieses notwendige Wissen vermittelt die »christliche Soziallehre«.

1. Die römisch-katholische Kirche besitzt »ihre eigene Soziallehre, die sie von den ersten Jahrhunderten an bis in die moderne Zeit tiefdringend ausgearbeitet« hat (Pius XII., Ansprache vom 23. 2. 1944; dt. bei Utz-Groner Nr. 94). Gegenstand lehramtlicher Aussagen wurde sie aber erst gegen Ende des 19. Jahrhunderts angesichts des gesellschaftlichen Wandels, der mit dem Entstehen eines Industrieproletariats, zunehmendem Arbeiterelend (»soziale Frage«), Wirtschaftsliberalismus, sozialistischen Bewegungen usw. angezeigt ist. Nachdem »der Geist der Neuerung ... auf dem politischen Gebiete seine verderblichen Wirkungen entfaltet«, »auch das volkswirtschaftliche Gebiet« ergriffen, den »Niedergang der Sitten« herbeigeführt und »den sozialen Konflikt wachgerufen« hatte, sah sich Papst LEO XIII. (1878–1903) genötigt, auf die kirchlichen Lehren und Gebote einer unveränderlichen Ordnung hinzuweisen (Rn 1). In seiner Enz. *»Rerum novarum«* (Rn) vom 15. 5. 1891 »über die Arbeiterfrage« legte er »die Grundsätze dar, welche für eine richtige und billige Entscheidung der Frage maßgebend sein müssen« (Rn 1).

Anläßlich der Vierzig-Jahrfeier des leonischen Rundschreibens (15. 5. 1931) veröffentlichte Papst PIUS XI. (1922–1939) eine weitere Sozialenzyklika: *»Quadragesimo anno«* (Qa); sie sollte rückblickend an die »segensreichen Wirkungen« von »Rerum novarum« erinnern, aufgrund »gewisser Erörterungen« die »Gesellschafts- und Wirtschaftslehre des großen Meisters ... zweifelsfrei klarstellen sowie in einigen Stücken ihre Ansätze weiter entfalten, endlich mit der Wirtschaft von heute ins Gericht gehen und über den Sozialismus das Urteil sprechen, um die wahre Ursache der gegenwärtigen Störung der gesellschaftlichen Ordnung aufzudecken und damit zugleich den einzigen Weg zur Heilung aufzuzeigen, nämlich die sittliche Erneuerung aus christlichem Geiste« (Qa 15). In seinen gegen

den Nationalsozialismus und den Kommunismus gerichteten Rundschreiben (*»Mit brennender Sorge«* vom 14. 3. 1937 und *»Divini Redemptoris«* vom 19. 3. 1937) bekräftigte Pius XI. noch einmal die wichtigsten Stücke der vorangegangenen Sozialenzykliken und zeigte sich besorgt um die Rückgewinnung der Arbeiterschaft für die Kirche.
Sein Nachfolger, PIUS XII. (1939–1958) nannte es bei der Fünfzig-Jahrfeier von »Rerum novarum« am 1. 6. 1941 »nicht nur das Recht, sondern auch die Pflicht« der Kirche, »zu den Fragen des menschlichen Zusammenlebens autoritativ Stellung zu nehmen« und »darüber zu befinden, ob die Grundlagen der jeweiligen gesellschaftlichen Ordnung mit der ewig gültigen Ordnung übereinstimmen« (Utz-Groner Nr. 497. 498). In seinem fast zwanzigjährigen Pontifikat erfüllte er diese Pflicht mit großem Eifer (vgl. die dreibändige Dokumentensammlung von Utz-Groner; s. u. Lit.). Seine umfassende Darlegung der römisch-katholischen Soziallehre bei jedweder Gelegenheit und ihre Anwendung auf die Zeitprobleme ging immer wieder mit dem nachdrücklichen Appell einher, »daß die Gemeinschaft der Gläubigen nicht zaudere, entschlossen und mutig die Grundsätze der katholischen Soziallehre in die Tat umzusetzen, und es verstehe, sie zu verteidigen und zu verbreiten« (Utz-Groner Nr. 95).

Neue Perspektiven eröffnete Papst JOHANNES XXIII. (1958–1963) mit seiner Enz. *»Mater et Magistra«* vom 15. 5. 1961 (Mm), welche die »jüngsten Entwicklungen des gesellschaftlichen Lebens und seine Gestaltung im Licht der christlichen Lehre« (so der Titel) in den Blick nimmt. Es werden weniger die hochindustrialisierten Nationen, mehr die Probleme der sog. Entwicklungsländer bedacht als »die wohl größte unserer Zeit gestellte Aufgabe«, was dazu nötigt, die Lehren von »Rerum novarum« neu zu durchdenken und »klärend weiterzuführen« (vgl. Mm 51 ff; u. a. Vergesellschaftung, Mitbestimmung). Wie sein Vorgänger appellierte auch Johannes XXIII. an »Unsere Söhne in der ganzen Welt«: »Diese Lehre muß nicht nur gekannt und erfaßt werden. Sie muß auch in die Tat umgesetzt werden« (Mm 221). Mit der Enz. *»Pacem in terris«* (Pt) vom 11. 4. 1963 griff Johannes XXIII. erneut die römisch-katholischen Sozialprinzipien auf und entfaltete sie unter dem Aspekt des »Friedens unter allen Völkern in Wahrheit, Gerechtigkeit, Liebe und Freiheit«.
Obgleich das *II. Vatikanum* mit seiner Pastoralkonstitution *»Gaudium et spes«* die Sozialdoktrin der römisch-katholischen Kirche in vielfältiger Weise und bezogen auf die verschiedenen gesellschaftlichen Probleme in aller Welt zur Geltung gebracht hatte, meldete sich Papst PAUL VI. (1963–1978) nicht bloß mit der üblichen Gedenkrede zur 75-Jahrfeier (22. 5. 1966) zu Wort. Er legte ebenfalls am 26. 3. 1967 eine Sozialenzyklika vor: *»Populorum progressio«* (Pp), um – wie schon Johannes XXIII. – zu verdeutlichen, daß die soziale Frage ein Problem von weltweiter Dimension geworden sei. Vier Jahre später, am 14. 5. 1971, ließ er in Form eines umfangreichen Schreibens an Kardinal Roy eine Gedächtnisschrift *»Octogesima adveniens«* zum 80jährigen Gedenken an »Rerum novarum« folgen, in der noch einmal die Vielzahl der Probleme genannt, gleichwohl Rezepte vermieden werden, doch die römisch-katholische Soziallehre als unvergleichlich gegenüber allen Ideologien gefeiert wird.

2. Der Anspruch, die römisch-katholische Soziallehre bleibe »ohne Zweifel für alle Zeiten in Geltung« (Mm 218), der in allen Sozialenzykliken und ähnlichen lehramtlichen Aussagen behauptet wird, beruht einmal auf dem Dogma von der Menschwerdung Christi, von dem die römisch-katholische Soziallehre ausgeht, und zum andern auf den »natürlichen« Wahrheiten, die der Mensch mit seinem Verstand im Naturrecht erkennt und die darum »für alle annehmbar« sind (Mm 220). Offenbarungswahrheit und die Seinsbetrachtung durch die Vernunft gelten als die beiden selbständigen *Erkenntnisquellen* der römisch-katholischen Soziallehre.

a) Christus ist als »wahrer Gott und wahrer Mensch« durch seine Menschwerdung und historische Existenz (vgl. § 4, 3 Exkurs: Inkarnation) der irdischen Ordnung immanent geworden, hat sie erhöht und in die göttliche Heilsordnung eingefügt (Utz-Groner Nr. 226. 4447 ff; vgl. § 4, 2 Exkurs: Gnadenlehre). Diese Selbstmitteilung Gottes in Christus (*Offenbarung*) läßt die Einheit von Natur und Gnade in der einen konkreten Ordnung erkennen und sagt Wesentliches über den Menschen, über seine Person, Würde und Recht. Kraft des inkarnatorischen Heilshandelns Christi sind die natürlichen Ordnungsstrukturen als Bestandteil der übernatürlichen Gnadenordnung ausgewiesen. Die Kirche als »sacramentum mundi« ist ihr berufener Anwalt, d. h. sie ist »die Hüterin der christlichen Heilsordnung, in welcher Natur und Gnade in eins zusammengeschlossen sind« (Utz-Groner Nr. 498).

b) Das göttliche Ja zur Welt läßt die Eigenart der natürlichen Ordnung weiter gelten. Der Mensch findet sie vor und vermag sie auch zu erkennen, weil »die Erbsünde seine Veranlagungen und Kräfte nicht im Innern getroffen (hat), sie hat sogar das natürliche Licht seines Verstandes und seine Freiheit wesentlich unangetastet gelassen« (Utz-Groner Nr. 358; vgl. auch Enz. »Humani generis« DS 3875. 3892 f). Darum kann sich die römisch-katholische Soziallehre auf das »*Naturgesetz*« und die *naturrechtlichen Normen* stützen (Utz-Groner Nr. 359). Sie schöpft hier aus einer Quelle, die allen Menschen (auch den Nichtgläubigen) im Lichte der Vernunft zugänglich ist und allgemein-gültige normative Aussagen wie eine objektive Begründung der sozialen Ordnung möglich macht. Zwischen den beiden Erkenntnisweisen, Offenbarung und Naturrecht, besteht kein Widerspruch. »Denn die Grundsätze des Naturrechts und der Offenbarungswahrheiten haben ... ihre gemeinsame Quelle in Gott« (Utz-Groner Nr. 498).

c) Obgleich das Lehramt am *Naturrecht* als »Fundament« festhält und ihm für seine Erkenntnis »die gesunde Vernunft ausreicht«, so bedarf es doch »großer Anstrengung, um das Naturgesetz zu beobachten«; der Glaube muß die Vernunft erleuchten (Utz-Groner Nr. 359. 231. 5062). Das Naturrecht wird nicht einfach als absolute Instanz hingenommen; alle naturrechtlichen Erkenntnisse und Deduktionen sind an der Offenbarung zu messen und unterliegen der »regulativen Idee« des Evangeliums. Indessen ist das Naturrechtsdenken, wie es – nach einer langen und wechselvollen Geschichte durch die Neuscholastik des 19. Jahrhunderts wiederbelebt – der römisch-katholischen Soziallehre zugrunde liegt, seit den 60er Jahren zunehmend Gegenstand innerkatholischer Kontroverse (vgl. den Überblick bei F. BÖCKLE/E.-W. BÖCKENFÖRDE [Hg.]: Naturrecht in der Kritik, Mainz 1973); sie steht im Zusammenhang mit der Naturrechtsdiskussion, die nach 1945 mit der weltweiten Renaissance des Naturrechts einsetzte (vgl. W. MAIHOFER [Hg.]: Naturrecht oder Rechtspositivismus? Darmstadt 1962; A. KAUFMANN [Hg.]: Die ontologische Begründung des Rechts, Darmstadt 1965).

3. Der *Gegenstand* der römisch-katholischen Soziallehre ist die Gesellschaftsordnung »nach den Grundsätzen gesunder Sozialphilosophie bis zu ihrer Vollendung nach den erhabenen Vorschriften des Heilsplanes der Frohbotschaft« (Qa 76), wie sie »von der Kirche gepredigt« und »von der natürlichen Vernunft gefordert« wird (Qa 136), d. h. die unveränderliche Ordnung, Einheit und Harmonie, »die durch die Gegenwart Christi in der Welt und seine Naturgleichheit mit dem Menschen erzeugt ist« (Utz-Groner Nr. 4437). In die objektive Ordnung der Gesellschaft als »Einheit in wohlgegliederter Vielheit« (Qa 84) sind eingeschlossen sowohl die Gesamtstruktur als auch Einzelstrukturen wie Ehe/Familie, Eigentum, Berufsstand, Staat, Völkerbund bis hin zu wirtschaftlichen und kulturellen Sozialgebilden (z. B. Vereine). »Kein Lebensbezirk, keine Einrichtung, kein Gebrauch einer Vollmacht kann den Mitarbeitern Gottes zur Wahrung der göttlichen Ordnung und der Harmonie in der Welt untersagt werden« (Utz-Groner Nr. 4451). So wird der römisch-katholischen Soziallehre folgende *Definition* gegeben: »Die katholische Gesellschaftslehre ist die einheitliche Zusammenfassung aller auf Grund der christlichen Heilsordnung möglichen Erkenntnisse von den Ordnungsstrukturen der diesseitigen menschlichen Gesellschaft im Ganzen und in ihren Einzelbereichen als Norm der dem innerlich gesellschaftlichen Menschen dauernd und im Wandel der Geschichte erwachsenden Ordnungsaufgabe« (SM I, 766).

4. »Die Soziallehre der katholischen Kirche ist ein integrierender Bestandteil der christlichen Lehre vom Menschen« (Mm 222). Die menschliche Person als Ebenbild Gottes bildet das Fundament der Gesellschaft; sie ist »Träger, Schöpfer und Ziel aller gesellschaftlichen Einrichtungen« (Mm 219; GS 25, 1; vgl. GS 12; 63; Qa 118; Pp 16 ff. 34. 41 f). Das gesellschaftliche Leben dient der Entfaltung und Vollendung der menschlichen Person (Utz-Groner Nr. 227 ff. 3472. 4093; GS 12–32). Aus dieser Einsicht in das Wesen des Menschen ergeben sich die *Prinzipien* der römisch-katholischen Soziallehre. Dem Menschenbild korrespondiert das Ordnungsbild der Gesellschaft. »Dem Wesen des Menschen muß sein Tun gleichförmig sein ... ›Operari sequitur esse‹ – ›Das Tun folgt dem Sein‹« (Utz-Groner Nr. 4435).

a) *Personprinzip.* Aus der Gottebenbildlichkeit folgt Würde und Eigenart der menschlichen Person. Personsein (Personalität) wird gekennzeichnet durch Einmaligkeit und Selbstand, Geist und Sprache (Abbild des Logos), Selbstmächtigkeit im Denken, Handeln und Unterlassen, Vernunft und Willensfreiheit, Ehrfurcht und Liebe, Gewissen als die in ihm vorgegebene Norm, Bewußtsein der Geschöpflichkeit und des Angewiesenseins auf andere (Geschichtlichkeit, Sterben-müssen), Sozialität, Verantwortungsbewußtsein für Mitmenschen und die anvertrauten Güter der Schöpfung, Tugendkräfte (Treue, Wahrhaftigkeit, Gerechtigkeit, Gehorsam), Berufung zur Gemeinschaft mit Gott (vgl. Utz-Groner Nr. 227 ff. 252. 506 ff. 5397–5409; Pt 9 ff). Mit solchen (metaphysischen) Wesenszügen wird das Sein des Menschen als »ens individuale et sociale« umschrieben. Die Individualität und Sozialität, die das Personprinzip aussagt, sind aufeinander bezogen. Diese Beziehung hinsichtlich des gesellschaftlichen Lebens drücken die Sozialprinzipien »Solidarität« und »Subsidarität« aus.

b) Das *Solidaritätsprinzip* betrifft die seinsmäßig vorgegebene Zuordnung von Person und Gesellschaft und ihre wechselseitigen Beziehungen. Es ist zugleich ontisches Prinzip und ethischer Imperativ und ist damit als Aufbauprinzip der Gesellschaft zu verstehen. Es besagt zum einen (ontisch), daß der Mensch seiner Natur nach auf Gesellschaft hingeordnet und diese von dessen Existenz und Geschick abhängig ist, und zum andern (ethisch), daß jeder einzelne für die rechte Ordnung verantwortlich sein muß und daß die Gesamtheit für ihre Glieder einzutreten hat (»einer für alle, alle für einen«; vgl. Utz-Groner Nr. 26–37. 2275–77. 3292–95. 4532–44. 5692; Pt 31 ff; Pp 17. 60. 43 ff. 80. 98. 114). Bei der Verhältnisbestimmung von Person und Gesellschaft ist immer zu beachten, daß der einzelne Mensch »vor der Gesellschaft da« ist und »nach seiner Bestimmung höher als diese« steht; gleichwohl besitzt die Gesellschaft »eine hervorragende Bedeutung und eine eigene Würde«, denn sie ermöglicht es dem Menschen, »Werte und Ergebnisse« zu erzielen, die er allein nicht erreichen kann »und deren Träger er als Einzelperson niemals zu sein vermag« (Utz-Groner Nr. 5379).

c) Das *Subsidaritätsprinzip* setzt das Solidaritätsprinzip voraus. Es betrifft die Zuständigkeiten in der Zuordnung von Person und Gesellschaft und bestimmt unter Rücksicht auf das Personsein des Menschen: Die Gemeinschaft soll ihren Gliedern (bzw. die größere Sozialeinheit den kleineren) zur Hilfe kommen und deren Selbsttätigkeit (Selbsthilfe) unterstützen und ergänzen, ohne jedoch das Eigenleben dabei zu erdrücken (Qa 79. 80; Utz-Groner Nr. 3255; Mm 53; Pt 140). Dieser ethische Imperativ geht von dem ontischen Prinzip aus, daß die Gesellschaft die notwendigen Bedingungen und Voraussetzungen für die Existenz des Menschen schafft. Er schließt insoweit auch eine Forderung an die Person ein, als diese nicht umhin kann, ihre eigenen Kräfte zu betätigen und zu entfalten. Indem der »überaus bedeutsame Grundsatz« der Subsidarität die Selbstentfaltung der Person ermöglichen soll und ihr dient, kann er auch als ein pädagogisches Prinzip angesehen werden.

d) Gemäß dem Personprinzip müssen sich die gesellschaftliche Ordnung und ihre Entwicklung »dauernd am Wohl der Personen orientieren« (GS 26, 3). Der *gesellschaftlichen Organisation* fällt die Aufgabe zu, die Voraussetzungen für »die Entfaltung der der Person eigentümlichen Anlagen« und für ein »gedeihliches Zusammenwachsen« zu schaffen (Mm 67). Der »Inbegriff« bzw. die »Summe aller jener Bedingungen des gesellschaftlichen Lebens, die den Einzelnen, den Familien und gesellschaftlichen Gruppen ihre eigene Vervollkommnung voller und ungehinderter zu erreichen gestatten«, heißt *Gemeinwohl* (GS 74, 2; 26, 1; Mm 65; Pt 58; vgl. auch Utz-Groner Nr. 102. 1257. 3214). Das Gemeinwohl wird »bestimmt und erkannt aus der Natur des Menschen und ihrem harmonischen Ausgleich zwischen persönlichem Recht und sozialer Bindung, sowie aus dem durch die gleiche Menschennatur bestimmten Zweck der Gemeinschaft. Die Gemeinschaft ist vom Schöpfer gewollt als Mittel zur vollen Entfaltung der individuellen und sozialen Anlagen ...« (Pius XI., Enz. »Mit brennender Sorge«, Rohrbasser Nr. 905; vgl. Utz-Groner Nr. 2276 ff). »Natur und Endzweck« der politischen Gemeinschaft ist die »Verwirklichung des Gemeinwohls« (GS 74, 1; vgl. Pt 53–59; Rn 26 ff; Utz-Groner Nr. 231. 508).

5. Indem sich die römisch-katholische Soziallehre auf Wesenserkenntnisse stützt und allzeit gültige Seins- und Sollensprinzipien entwickelt, wendet sie sich gegen eine »Gebrauchs- bzw. Situationsethik« (Utz-Groner Nr. 145–158). Doch bedeutet dies nicht Abstraktion (a.a.O. 1755). Vielmehr ist das prinzipiell immer Gültige in der jeweiligen *Situation* anzuwenden und durchzuführen nach der Maßgabe dessen, »was die Umstände der Zeit und des Ortes gestatten oder nahelegen, wenn nicht gar zwingend verlangen« (Mm 126. 221). Bei dieser »schwierigen, aber bedeutsamen Aufgabe« kann die konkrete Anwendung der allgemein-gültigen Prinzipien jeweils eine andere sein, weil die Situation sich wandelt (vgl. § 4, 1 a: Prinzipien des Weltverhältnisses). Meinungsverschiedenheiten »unter Katholiken« lassen sich hier nicht gänzlich ausschließen (Mm 238). Als *Anwendungsregel* gilt: »Zunächst muß man den wahren Sachverhalt überhaupt richtig sehen; dann muß man diesen Sachverhalt anhand dieser Grundsätze gewissenhaft bewerten; schließlich muß man feststellen, was man tun kann und muß, um die überlieferten Normen nach Ort und Zeit anzuwenden« (Mm 236).

Textausgaben: A. UTZ/B. V. GALEN (Hg.): Die katholische Sozialdoktrin in ihrer geschichtl. Entfaltung. Eine Sammlung päpstl. Dokumente vom 15. Jahrh. bis in die Gegenwart, 4 Bde, Aachen 1976 (lat.-dt. Text; umfass.); Texte zur katholischen Soziallehre, Bd. I: Die sozialen Rundschreiben, Bd. II/1–2: Dokumente zur Geschichte des Verhältnisses von Kirche und Arbeitnehmerschaft, Köln 1976 (dt.; m. Einf.); A.-F. UTZ/J.-F. GRONER (Hg.): Aufbau und Entfaltung des gesellschaftlichen Lebens. Die soziale Summe Pius XII., 3 Bde, Freiburg/Schweiz 1954–61 (dt.) – *Lit.:* SM I, 765–777 (Lit.); G. GUNDLACH: Die Ordnung d. menschlichen Gesellschaft, 2 Bde, Köln 1964 (wichtige Aufsatzsammlung); J. Y. CALVEZ/J. PERRIN: Kirche und Wirtschaftsgesellschaft. Die Soziallehren d. Päpste von Leo XIII. bis Johannes XXIII., 2 Bde, Recklinghausen 1964–65; J. HÖFFNER: Christl. Gesellschaftslehre, Kevelaer [6]1968 (Grundriß); F. KLÜBER: Katholische Gesellschaftslehre, Osnabrück 1968 (Geschichte u. System; umfass. Darstellung u. Lit.); Neue Ansätze der kath. Soziallehre, Köln 1970; W. HARTH (Hg.): Christl. Dienst in der Welt. Dokumente kirchl. Soziallehre der Gegenwart, Paderborn 1977 (knappe Einf.) – *Bibliographie:* A.-F. UTZ (Hg.): Bibliographie d. Sozialethik, bisher 9 Bde, Freiburg 1960ff (Lit. seit 1956).

d) Der *personale* Bereich. Das pastorale Handeln der Kirche kulminiert im personalen Bereich, indem es auf den *Glauben des je einzelnen* und sein *christliches Dasein* zielt und bewirken will, was die Kirche immer schon repräsentiert: die Einheit von Gott und Mensch. Im ekklesialen, sakramentalen und mondialen Bereich erscheint das heilsvermittelnde Tun der Kirche insofern als bloß »*institutionelle*« Pastoral, als hier die Kirche im Selbstvollzug worthaft, sakramental und gesellschaftlich das Heil vergegenwärtigt, es belehrend, heilend und sichernd in den konkreten und aktuellen Bezügen expliziert und auf die Vollendung der Welt hinarbeitet. Die Heilsvermittlung in Verkündigung, Liturgie und Weltdienst bleibt solange nur Anspruch, Repräsentanz und Forderung, bis der Adressat des Heils, d. i. der Mensch, dieses sich aneignet, personal vollzieht und für sein Dasein konstitutiv werden läßt. Aus dieser Einsicht ergibt sich für die römisch-katholische Kirche die Notwendigkeit und Dringlichkeit wie die überaus große Bedeutung einer »*personalen*« Pastoral, mit der sie erst ihren Sendungsauftrag voll erfüllt.

Die »personale« Pastoral resultiert allerdings nicht aus taktischen Überlegungen oder aus Erfolgszwang, sondern sie folgt der theologischen Logik des *inkarnatorischen Prinzips,* das auch sonst die römisch-katholische Pastoral strukturiert. Zugleich läßt sich in dieser Konsequenz die Differenz zwischen kirchlicher Heilsvermittlung und personaler Heilsaneignung überbrücken, die dadurch gegeben ist, daß einerseits die Kirche ihre Mittlerschaft und Heilsnotwendigkeit behauptet, andererseits aber der persönliche Glaube als unverzichtbar für das Heil des Menschen gilt und dieser eine unmittelbare Beziehung zu Gott herstellt. Nach dem »Prinzip des Gott-Menschlichen« (F. X. Arnold; s. u.) gehört zum Heilsereignis die von Gott ermöglichte Tat des Menschen, d. i. seine Glaubensentscheidung, unabdingbar hinzu. Der Heilsprozeß, der die unmittelbar wirksame Gnade Gottes voraussetzt, erfordert die »Intention« und die »Mitwirkung« des Menschen, wenn er an sein Ziel kommen will. So wird das »Menschliche« – »unvermischt« und »ungetrennt« – als ein Moment angesehen, welches das Heilsgeschehen mitkonstituiert. Aufgrund des gleichen Prinzips läßt sich die Kirche als die geschichtlich greifbar gewordene Gnade Gottes und damit als eine dem Glauben des Menschen vorausliegende und ihn begründende Wirkgestalt des Heiligen Geistes verstehen. Weil jedoch im »Prinzip des Gott-Menschlichen« kein Widerspruch oder Gegensatz liegt, so folgt, daß die Kirche (1) hinsichtlich der Glaubensentscheidung des einzelnen prinzipiell mit ihrer Pastoral zwar an eine Grenze stößt und die Verschiedenheit von kirchlicher Heilsvermittlung und personaler Heilsaneignung beachten muß (wenngleich ihre Praxis oftmals auch anderes bekundet, was beklagt wird), aber zugleich (2) hinsichtlich ihres von Christus empfangenen Mittlertums die Gottunmittelbarkeit des Glaubens von ihrem heilsvermittelnden Tun abhängig machen und die Einheit von kirchlicher Pastoral und personalem Heilsvollzug behaupten kann. In dieser Dialektik bedingen sich die Unmittelbarkeit des Menschen zu Gott und die Mittlerschaft der Kirche wechselseitig. Keine »institutionelle« Pastoral ohne die »personale« und umgekehrt. Die Pastoral in Verkündigung, Liturgie und Weltdienst rundet und erfüllt sich erst in der *Seelsorge.* Vgl. F. X. ARNOLD: Seelsorge aus der Mitte der Heilsgeschichte, Freiburg 1956, 170–195; DERS.: Pastoraltheologische Durchblicke, Freiburg 1965; HPTh II/1, 55–61.

Die intensive Heilssorge der römisch-katholischen Kirche im personalen Bereich, ihr nachdrückliches Bemühen um den einzelnen Menschen in seiner Individualität und je eigenen Lebenssituation wie die Zielstrebigkeit, mit der sie auf den Heilsvollzug ihrer Glieder hindrängt, entspringt der Inkarnation, der Menschwerdung Gottes. Der »personalen« Pastoral bleibt nichts Menschliches verschlossen: alle Lebensphasen vom Säugling bis ins Alter, Ehe und Familie, die Geschlechtlichkeit von Mann und Frau, die Schuldiggewordenen, Kranken und Sterbenden, Arbeit und Freizeit, insgesamt der Alltag des Menschen in jeder Hinsicht und in allen sozio-kulturellen Bereichen.

Beispiele »personaler« Pastoral in allgemeinen und besonderen Situationen des Menschen:

(1) Die Seelsorge beginnt mit der *Taufpastoral,* mit der Vermittlung der Heilsgabe, und intensiviert sich in der *Sakramentenpastoral* (Firmung, Bußkatechese, eucharistische Erziehung) und der *Jugendpastoral,* um das in Christus geschenkte Leben und den personalen Glaubensakt zu wecken, zu fördern und zu verlebendigen. Vgl. die Lit. zu § 3, 3; ferner HPTh III, 329–405 (Lit.); V, 560–565 (Lit.; Taufe) u. 482–486 (Lit.; Sakramentenpastoral); J. MÜLLER/W. RÜCK: Taufgespräche, Würzburg[2]1973; A. BREUNING: Gabe des Geistes, Kevelaer 1972 (zur Firmung); P. HASTENTEUFEL: Handbuch d. Jugendpastoral, bes. Bd. 3, Würzburg 1973; R. BLEISTEIN (Hg.): Kirchl. Jugendarbeit, Düsseldorf 1976. – Besondere Beachtung verdienen die Beschlüsse der Gemeinsamen Synode der deutschen Bistümer: »Schwerpunkte heutiger Sakramentenpastoral« (Synode I, 238–275) und »Ziele und Aufgaben kirchl. Jugendarbeit« (Synode I, 288–311).

(2) In der *Ehe- und Familienpastoral* gewinnt die Privatsphäre insofern kirchlichen Charakter, als die Ehe Sakrament ist und das Eheleben Nachvollzug der Liebe Christi zu seiner Kirche sein soll (GS 48 vgl. LG 35, 4; 41, 5). Die Eheleute gewähren sich gegenseitig Seelsorge und üben sie durch Wort und Beispiel an ihren Kindern (a.a.O.). Weil »das Wohl der Person sowie der menschlichen und christlichen Gesellschaft zuinnerst mit einem Wohlergehen der Ehe- und Familiengemeinschaft verbunden« ist (GS 47, 1), erscheint die »Förderung von Ehe und Familie« (GS 52) wie schon die voraufgehende Eheerziehung als ein besonderes wichtiges pastorales Handlungsfeld (GS 49, 2). Vgl. die Lit. zu § 3, 3 c–dd; ferner: HPTh IV, 44–94 (Lit.); III, 413–432 (Lit.; Eheerziehung); V, 97–108 (Lit.; Ehepastoral) u. 130–131 (Lit.; Familienpastoral); G. STRUCK/L. LÖEFFLER (Hg.): Einführung in d. Eheberatung, Mainz 1971; J. LANGE/B. LISS: Zielgruppe Familie, Wien 1977 (Lit.; kirchl. Familienarbeit).

Als »Mutter und Lehrmeisterin« will die Kirche auch Hilfen bieten »bei der Durchführung einer sittlich geordneten *Geburtenregelung*« (Papst Paul VI., Enz. »Humanae vitae« vom 25. 7. 1968, Nr. 19; lat.-dt. Text in: Nachkonziliare Dokumentation Bd. 14, Trier 1968). Allerdings hat dieses Angebot z. T. sehr heftige Kontroversen ausgelöst, die viele Katholiken bewegte und auch außerkirchlich Resonanz fand, und die einige Bischofskonferenzen veranlaßte, eigene Stellungnahmen abzugeben. Vgl. F. BÖCKLE/C. HOLENSTEIN (Hg.): Die Enzyklika in der Diskussion, Zürich 1968 (m. Bischofserklärungen); A. BECKMANN: Autorität – Lehramt – Gewissen, Essen 1969 (innerkirchl. Diskussion); A. GÜNTHÖR: Die Bischöfe für oder gegen »Humanae vitae«? Freiburg 1970; H. GÖPPERT/W. WICKLER (Hg.): Sexualität und Geburtenkontrolle, Freiburg 1970.

Seit dem päpstlichen Rundschreiben ist eine lebhafte innerkatholische Debatte über die kirchlichen *Sexualnormen* und über Sinn und Gestaltung menschlicher *Sexualität* in Gang gekommen, die für die Ehe- und Familienpastoral von nicht geringer Bedeutung ist. Die Kongregation für die Glaubenslehre erinnerte am 29. 12. 1975 mit einer Erklärung »Persona humana« an die lehramtlichen Normen (dt. Text: Erklärung zu einigen Fragen d. Sexualethik, Würzburg 1976; m. Kommentaren). Die Gemeinsame Synode legte einen Beschluß »Christlich gelebte Ehe und Familie« (Synode I, 423–457) und ein Arbeitspapier »Sinn und Gestalt menschlicher Sexualität« vor (Synode II, 162–183). Vgl.: Fragen menschlicher Geschlechtlichkeit. Katholische Stellungnahme zur Sexualethik und Sexualpädagogik, Hildesheim 1976; F. BÖCKLE (Hg.): Menschl. Sexualität u. kirchl. Sexualmoral, Düsseldorf 1977; DERS.: Christl. gelebte Ehe u. Familie, u. H. STRÄTLING-TÖLLE: Sinn u. Gestaltung menschl. Sexualität, beides in: D. EMEIS/B. SAUERMOST (Hg.): Synode – Ende oder Anfang, Düsseldorf 1976, 215–225 bzw. 226–236, m. weit. Lit. – Als Beispiel d. theol. Auseinandersetzung in Rede und Gegenrede vgl. HK 27, 1973, 143–151. 286–296. 390–399.

Bedeutsam für die Ehe- und Familienpastoral sind die Probleme, die sich durch die *Reform des § 218 StGB* ergeben. Vgl. K. PANZER (Hg.): Schwangerschaftsabbruch. § 218 StGB, Köln 1972 (Dokumentation); E. WILKENS (Hg.): § 218. Dokumente und Meinungen, Gütersloh 1973; HK 30, 1976, 462–467 (pastorales Wort der dt. Bischöfe u. a.).

(3) In »Krisensituationen« und bei »Belastung oder Bedrohung des harmonischen Lebens mit Gott« nimmt sich die Kirche in besonderer Weise ihrer Glieder an, um die Begegnung mit Christus erneut herbeizuführen, während der Krankheit das Vertrauen zur Heilung zu wecken oder auf ein Sterben mit Christus hinzuwirken. Pastoral zur *Buße und Umkehr,* vgl. HPTh IV, 95–114 (Lit.); V, 73–78 (Lit.); R. GOETSCHI: Der Mensch und seine Schuld, Zürich 1976. – Seelsorge an *Kranken und Sterbenden,* vgl. HPTh IV, 145–228 (Lit.); Pastorale, Krankheit und Tod, Mainz 1974; I. JORISSEN/H. B. MEYER: Pastorale Hilfen in Krankheit und Alter, Würzburg 1974. Vgl. auch: P. M. ZULEHNER: Heirat – Geburt – Tod. Eine Pastoral zu den Lebenswenden, Wien 1976.

(4) Wachsende Aufgaben erkennt die »personale« Pastoral angesichts der Situation des Menschen im *Beruf,* in der *Arbeitswelt,* in seiner *Freizeit,* im *Alter,* in der *Großstadt.* Vgl. HPTh IV, 350–396 (Lit.; Berufsseelsorge); HPTh IV, 397–411 (Lit.; Freizeit); W. ZAUNER/H. ERHARTER: Schöpferische Freizeit, Wien 1974; HPTh IV, 285–296 (Lit.; Altenpastoral); W. ZAUNER/H. ERHARTER: Alter – Altern – Altenpastoral, Wien 1973; A. STIEFVATER/H. KÖNIG: Altersseelsorge heute, 3 Bde, Würzburg 1977; HPTh IV, 336–349 (Lit.; Großstadtseelsorge); Kirche in der Stadt, 2 Bde, Wien 1968–69.

(5) *Sorge um den Menschen,* eine Übersicht und gute Orientierung bietet: Praktisches Wörterbuch der Pastoralanthropologie, hg. v. H. GASTAGER u. a., Göttingen 1975.

3. Ordensstand und Ordensleben

Die Pastoral ist als »Selbstvollzug der Kirche«, des »sacramentum mundi« (s. o. Nr. 1), darauf angelegt, den einzelnen Menschen wie die Menschheit zu Gott hinzuführen und damit den Heilsauftrag zu erfüllen. Die heilbringende Einheit von Gott und Mensch und der Menschen untereinander wie das Streben nach Heiligkeit, welche die Pastoral im ekklesialen Bereich durch Glaubensverkündigung propagiert (Nr. 2 a), im sakramentalen Bereich durch Liturgie und Frömmigkeit elementarisiert (Nr. 2 b), im mondialen Bereich durch Weltgestaltung dynamisiert (Nr. 2 c) und im personalen Bereich durch Heilsaneignung internalisiert (Nr. 2 d), manifestiert noch deutlicher und intensiver der Ordensstand und seine Lebensform.

a) Der *Ordensstand* »bezeugt das neue und ewige Leben und kündigt die Herrlichkeit des Himmelreiches an«; er ahmt die Lebensform Christi »deutlicher nach und gibt ihr in der Kirche ständige Gegenwart«; er macht »in besonderer Weise« die »Ansprüche« und die »Erhabenheit des Gottesreiches« offenkundig und beweist die »unbegrenzte Wirkkraft des Heiligen Geistes« (LG 44, 3). Durch seine *Lebensform* »über das Maß des Gebotes hinaus« (LG 42, 4) soll »Christus sichtbar« gemacht werden, wie er verkündigt, heilt, zur Umkehr bringt, segnet, Wohltaten erweist (LG 46, 1). Das Ordensleben zielt »auf die Nachfolge Christi und die Vereinigung mit Gott« (PC 2 e). Was die Kirche insgesamt mitteilt, bewirkt und repräsentiert und was ihre Pastoral als Weg und Mittel zur Heiligkeit vielfältig demonstriert, das wird in spezifischer Weise durch den Ordensstand und seine Lebensform ausgedrückt. Ordensstand und Ordensleben gelten als *Zeichen* für die Wirklichkeit des Seins bei Gott und des Lebens auf Gott hin. Darum gehört der Ordensstand für die römisch-katholische Kirche, die selbst diesen Zeichencharakter trägt, »unerschütterlich zu ihrem Leben und ihrer Heiligkeit« (LG 44, 4).

b) Zum heiligenden Dienst der Kirche, der Verwirklichung der Heiligkeit (s. o. Nr. 1), sind alle Christgläubigen berufen (LG 40, 2). Doch verrichten »im mystischen Leib dessen Glieder nicht alle den gleichen Dienst« (PC 7). Der Ordensstand unterscheidet sich von den Klerikern und Laien – ohne damit einen »Zwischenstand« in dem ständisch gegliederten und hierarchisch aufgebauten Volk Gottes zu begründen (LG 43, 2; vgl. § 4, 4 a) – durch »einen eigenen Weg nach Heiligkeit« (LG 13, 3), »ein deutliches und hervorragendes Zeugnis« (LG 31, 2) und »Beispiel dieser Heiligkeit« (LG 39). Er ist ein *»Stand der Vollkommenheit«*, der auf einer »besonderen Gabe« beruht (LG 43, 2; 42, 2. 4), auf »besondere Weise mit der Kirche und ihrem Geheimnis« verbindet (LG 44, 2), mit der Kirche lebt und fühlt, »sich deren Sendung ganz überantwortet« (PC 6, 3) und »das Leben der Kirche reicher und deren Apostolat fruchtbarer« werden läßt (PC 1, 3).

c) Das konstituierende und charakteristische Merkmal des Ordensstandes ist das Gelöbnis (professio, Profeß) der *»evangelischen Räte«*, d. i. die Verpflichtung zur Lebensform Christi, die in einem Versprechen (vota, Gelübde) gelobt wird (LG 44, 1. 5). Diese »evangelischen Räte« sind Keuschheit, Armut und Gehorsam, wie sie »in Wort und Beispiel des Herrn begründet« liegen (LG 43, 1). Die *Keuschheit* (Jungfräulichkeit, Ehelosigkeit) macht »in einzigartiger Weise für eine größere Liebe zu Gott und zu allen Menschen frei« (PC 12, 1). Sie ermöglicht die unmittelbare liebende Beziehung zu Gott (im Unterschied zum sakramentalen Ehestand, wo einer dem anderen ein Mittler zur Gotteinigung ist), erlaubt eine spezifische Angleichung an die Eigenart des Sohnes Gottes, der die Liebe des Vaters mit seiner Ganzhingabe beantwortete, erinnert an den »wunderbaren Ehebund der Kirche mit Christus« und ist »ein vorzügliches Mittel, sich mit Eifer den Werken des Apostolats zu widmen« (PC 12, 1). Die *Armut* gibt »Anteil an Christi Armut« (PC 13, 1), wie er in Demut und Selbstverleugnung das Erlösungswerk vollzog (LG 8, 3). Sie achtet die weltlichen Güter gering im Blick auf das »Besitztum im Himmel«, weist »unangebrachte Sorge« von sich (PC 13, 2. 3) und ahmt die Entsagung und Erniedrigung Christi nach (LG 41, 6; 42, 4; 46, 2). Der *Gehorsam* ist »volle Hingabe«, »Opfer« und Verzicht des »Eigenwillens«, das Gleichförmig- und Einig-werden mit dem göttlichen Heilswillen (PC 14, 1; LG 42, 4). Im Gehorsam wird in spezifischer Weise die Nachfolge Christi erfüllt. Weil Christus »im Gehorsam gegen den Vater den Brüdern diente«, so kann der Gehorsam keine ausschließlich das Verhältnis zu Gott bestimmende Haltung bleiben; er ist zugleich *»Ordensgehorsam«*, wie es der wechselseitige Dienst (der Untergebenen und Oberen) an den Brüdern erfordert (PC 14, 2. 3).

d) Mit dem Gelöbnis der evangelischen Räte haben die Mitglieder des Ordensstandes dem »göttlichen Ruf geantwortet«, sind sie »der Sünde gestorben« und haben sie »der Welt entsagt«, »um allein Gott zu leben« (PC 5, 1). Ihnen allen ist gemeinsam die Nachfolge Christi, die besondere Teilnahme am Werk der Erlösung und die innere Gottvereinigung, aus der die Nächstenliebe fließt; so ist das Ordensleben immer zugleich *kontemplativ und apostolisch* (PC 5, 5; 6, 1). Auch wenn sich einige Ordensinstitute vor allem der Kontemplation und der Gottesverehrung hingeben und andere mehr die apostolischen, karitativen und seelsorgerlichen Aufgaben erfüllen, so bleibt beides als ein je Notwendiges eng aufeinander bezogen und gehört zusammen (vgl. PC 6–10). Gerade in der doppelten Ausrichtung der einen Berufung, *geistliches Leben und sozialer Dienst*, sind die Orden Kirche, ekklesiales Urbild und Zeichen für das in Christus angebrochene Heil.
In den Aussagen des II. Vatikanums wird deutlich, welche hohe Bedeutung die römisch-katholische Kirche dem Ordensstand und seiner Lebensform als »leuchtendes Zeichen des Himmelreiches« (PC 1, 1) zuspricht und warum sie den Ordenseinrichtungen, die »ihrer Heilsmission nützen« (LG 43, 2), die wohl wichtigste Position in ihrem pastoralen Handeln einräumt. Zugleich wird aber auch erkannt, daß das überkommene Ordenswesen nicht mehr an die Erfordernisse der Gegenwart

heranreicht. Zwischen Anspruch und Wirklichkeit besteht eine Kluft. Um die Wirksamkeit der Orden zu erhalten und zu beleben, damit sie »der Kirche in der gegenwärtigen Zeit zu größerem Nutzen gereichen« (PC 1, 4), fordert das Konzil eine »zeitgemäße Erneuerung« und eine »echte Anpassung«. Die dazu vorgelegten Grundsätze wie die später erlassenen Ausführungsbestimmungen »Instituta religiosa« (durch das Apost. Schreiben »Ecclesia Sanctae« vom 6. 8. 1966 veröffentlicht; lat.-dt. Text in: Nachkonziliare Dokumentation Bd. 3, Trier 1967, 60–81) möchten zum einen den »Radikalismus« der evangelischen Räte erhalten und zum andern aber das Ordensleben so anziehend machen, daß der Verzicht auf Partnerschaft, Eigentum und Selbstbestimmung dem heutigen Menschen nicht als Zumutung, sondern als sinnvolle Lebensaufgabe und -erfüllung erscheint. Dem Plädoyer für die »Stunde der Nachfolge« und für eine »Nachfolge-Existenz«, die allen gilt, in den Orden aber ihr Vorbild finden soll, und die »mystisch und zugleich praktisch-politisch« ist (J. B. Metz), steht vorerst – trotz mancher Neuansätze, vielfältigem Bemühen und einiger zeitgemäßer Fortschritte – noch die Feststellung gegenüber, daß »die Orden von einer Krise betroffen« sind und ihre Situation durch »Mangel oder gänzliches Ausbleiben von Nachwuchs, Austritt, Überalterung und Arbeitsüberlastung« gekennzeichnet ist (so der Beschluß der Gemeinsamen Synode »Die Orden und andere geistliche Gemeinschaften – Auftrag und pastoraler Dienst heute«; Synode I, 557–580. Vgl. dazu P. Lippert, in: D. Emeis/B. Sauermost [Hg.]: Synode – Ende oder Anfang, Düsseldorf 1976, 319–328, m. weit. Lit.).

Überblick zu *Geschichte und Recht* des Ordenswesens: SM III, 884–921 (umfass. Lit.); ferner: B. Primetshofer: Das Ordensrecht, Freiburg 1978; M. Heimbucher: Orden und Kongregationen d. kath. Kirche, 2 Bde, Paderborn 1966 – Zur *Statistik* (Mitglieder, Nachwuchs, Austritte, Klöster usw.): Kirchl. Handbuch, Bd. 27 (1969–74), Köln 1975, 28–44 (betr. Bundesrepublik Deutschland); Annuarium Statisticum Ecclesiae, Vatikan 1975, 283–329 (betr. Weltkirche) – Zur *Problematik*: HPTh IV, 545–572 (Lit.); R. Schulte: Das Ordensleben als Zeichen, in: G. Baraúna (Hg.): De Ecclesia, Bd. II, Frankfurt/M 1966, 383–414 (Lit.) – Perspektiven des Ordenslebens, Aschaffenburg 1972 – MySal IV/2, 450–486 (Phänomenologie d. Ordenslebens) – Die Zukunft des Ordenslebens, in: Conc 10, 1974, 461–540 – P. Lippert: Zwischen Umbruch u. Selbstbesinnung, in: HK 29, 1975, 346–353 – J. B. Metz: Zeit der Orden? Zur Mystik u. Politik der Nachfolge, Freiburg 1977 – Detaillierte *Informationen* fortlaufend in Zschr. »Ordenskorrespondenz«, Köln.

§ 8 Die römisch-katholische Kirche in der Bundesrepublik Deutschland

Die Organisation der römisch-katholischen Kirche ist hierarchisch aufgebaut und territorial gegliedert. Jede bischöflich geleitete Teil-(Orts-)kirche (Diözese, Bistum) repräsentiert die ganze Kirche. Überdiözesane Zusammenschlüsse und Zusammenarbeit auf nationaler Ebene sind nicht nur möglich, sondern zum Zwecke der Koordinierung gemeinsamer Aufgaben in einem bestimmten Gebiet oder Land erwünscht. Ihre Formen sind Bischofskonferenzen und Pastoralsynoden (Provinzial-, Plenarsynoden), welche die Autorität des Bischofs nicht mindern. Vgl. §5, 2 u. 3.

1. Territoriale Gliederung

a) Die römisch-katholische Kirche auf dem Gebiet der Bundesrepublik Deutschland (ohne West-Berlin) umfaßt 21 *Territorialbistümer,* die nach dem jeweiligen Bischofssitz benannt werden: Aachen, Augsburg, Bamberg, Eichstätt, Essen, Freiburg, Fulda, Hildesheim, Köln, Limburg, Mainz, München-Freising, Münster, Osnabrück, Paderborn, Passau, Regensburg, Rottenburg, Speyer, Trier, Würzburg. Daneben existieren (Personalbistümer) ein Jurisdiktionsbereich des Katholischen Militärbischofs für die Bundeswehr und eine Apostolische Exarchie für die in der Bundesrepublik Deutschland lebenden ukrainischen Katholiken. Von den Territorialbistümern stehen fünf im Rang von *Erzbistümern* (Bamberg, Freiburg, Köln, München-Freising, Paderborn), denen die übrigen als Suffraganbistümer zugeordnet sind. Die territoriale Aufgliederung ist im Laufe der Jahrhunderte geschichtlich gewachsen, nur die Bistümer Aachen (bestand 1801–1821, wurde 1930 restituiert) und Essen (gegr. 1958) wurden erst im 20. Jahrhundert errichtet. Teile der Bistümer Fulda, Osnabrück, Paderborn und Würzburg liegen im Hoheitsgebiet der DDR (eine Neugliederung, welche die Ländergrenze berücksichtigt, steht zu erwarten). Das Bistum *Berlin* umfaßt West-Berlin und das in der DDR gelegene Stadtgebiet.

b) Die einzelnen Bistümer sind untergliedert in *Dekanate*; teilweise sind mehre Dekanate zu *Regionen* zusammengefaßt; die Dekanate bestehen aus mehreren benachbarten *Pfarrgemeinden* und *Pfarrverbänden* (vgl. § 5, 3 b u. c). Eine auf die heutigen Lebensumstände eingehende Pastoral (vgl. § 7, 2) läßt es der römisch-katholischen Kirche als notwendig erscheinen, die kirchlichen Territorialeinheiten in Anlehnung an die staatliche und kommunale Raumordnung neu zu strukturieren und dabei im Blick auf Vergleichbarkeit und die Einheit der Kirche ein Mindestmaß an einheitlicher Gliederung zu schaffen. Eine diesbezügliche Empfehlung hat die Gemeinsame Synode der deutschen Bistümer (s. u. Nr. 4) ausgesprochen in der Form: »Rahmenordnung für die pastoralen Strukturen und für die Leitung und Verwaltung der Bistümer in der Bundesrepublik Deutschland«; zugleich wurden »Musterstatuten« für Pfarrverbände und Dekanate/Regionen vorgelegt (Text u. Lit. in: Synode I, 679–726). Die intendierte Strukturreform zielt auf »die Sammlung von Menschen zu lebendigen, offenen Gemeinden auf allen pastoralen Ebenen« und die Präsenz der Kirche in der Gesellschaft; der Lebensraum der Menschen und der Handlungsraum der Kirche sollen sich weitgehend decken (a.a.O. 689f). Dabei werden das Leitbild einer zukünftigen Gemeinde und die Kriterien der Gemeindezugehörigkeit diskutiert: Aufbau der Gemeinde von unten durch freie Initiative, aktuelle Glaubensentscheidung und Interaktion (Basisgemeinden) oder von oben durch Amt, Sakrament und Caritas (Territorialgemeinde) unter Einschluß volkskirchlicher und milieubedingter Faktoren. Es ist nicht zu erkennen, daß die römisch-katholische Kirche grundsätzlich von ihren überlieferten Organisationsprinzipien abweicht (vgl. § 5), auch wenn sie die Gläubigen stärker an ihrer Pastoral beteiligt und nach zeitgemäßen Formen sucht.

Lit.: K. Rahner: Strukturwandel der Kirche als Aufgabe und Chance, Freiburg 1972; F. Klostermann: Gemeinde – Kirche der Zukunft. Thesen – Dienste – Modell, 2 Bde, Freiburg 1974 (umfass. Lit.).

2. Die Deutsche Bischofskonferenz

a) Die *Deutsche Bischofskonferenz* (seit 1966) ist ein Zusammenschluß der Bischöfe der Diözesen in der BRD und DDR und des Bistums Berlin, obgleich sie faktisch nur die Bischöfe in der BRD und den ständigen Beauftragten des Berliner Bischofs in West-Berlin vereinigt. Innerhalb dieses Zusammenschlusses gibt es *Regionalkonferenzen:* Freisinger Bischofskonferenz, Westdeutsche Bischofskonferenz, Südwestdeutsche Bischofskonferenz, Berliner Ordinarienkonferenz (für die Bistümer in der DDR). Ihre Aufgabe besteht in der gegenseitigen Beratung und in der Förderung, Koordinierung und einheitlichen Regelung der gemeinsamen kirchlichen Arbeit auf nationaler Ebene.

Bischofskonferenzen sind seit der Mitte des 19. Jahrhunderts in Deutschland üblich geworden. Bereits von 1867 an trafen sich die deutschen Bischöfe (zunächst ohne, später mit den bayrischen Bischöfen) alljährlich zu Erfahrungsaustausch, Meinungsbildung und Absprachen. Nach dem Tagungsort wurde dieses Treffen »*Fuldaer Bischofskonferenz*« genannt. Der Name wird auch heute noch gelegentlich gebraucht, weil die Deutsche Bischofskonferenz Fulda als Tagungsort ihrer Herbst-Vollversammlung beibehalten hat. Anlaß und *Rechtsgrundlage* für den verbindlichen Zusammenschluß lieferte das II. Vatikanum mit seinem Dekret über die Hirtenaufgabe der Bischöfe (vgl. CD 37 u. 38). – *Lit.:* HPTh IV, 672–685 (Lit.); R. LILL: Die ersten deutschen Bischofskonferenzen, Freiburg 1964; Statut und Geschäftsordnung der deutschen Bischofskonferenz, hg. v. Sekretariat, Bonn 1977.

b) Oberstes Organ der Bischofskonferenz ist die *Vollversammlung* mit etwa 70 Mitgliedern (Diözesanbischöfe mit ihren Koadjutoren und die Weih- und Titularbischöfe), die alle gleiche Rechte haben. Sie tritt im Frühjahr und Herbst eines jeden Jahres zusammen. Beschlüsse bedürfen einer Zwei-Drittel-Mehrheit; sofern sie die Angelegenheiten der einzelnen Bistümer betreffen, müssen zwei Drittel der anwesenden Diözesanbischöfe zustimmen. Die laufenden Geschäfte obliegen dem *Ständigen Rat,* in dem jede Diözese durch einen Bischof vertreten ist und der von dem auf sechs Jahre gewählten Vorsitzenden der Vollversammlung geleitet wird. Der *Vorsitzende* (z. Z. Kardinal Joseph Höffner, Erzbischof von Köln) vertritt die Bischofskonferenz nach außen. Die Bearbeitung verschiedener Gebiete kirchlicher Arbeit sowie die Vorbereitung und Durchführung von Beschlüssen der Konferenz sind zehn *Bischöflichen Kommissionen* übertragen (u. a. für Glaubensfragen, Ökumene, Liturgie, Pastoral, Erziehung, Publizistik usw.); die Mitglieder werden von der Vollversammlung aus den eigenen Reihen gewählt.

c) Zur Wahrnehmung ihrer Aufgaben bedient sich die Bischofskonferenz verschiedener Dienststellen und Einrichtungen. Das *Sekretariat* steht dem Vorsitzenden zur Verfügung und bereitet die Sitzungen vor. Das *Kommissariat* bzw. das *Katholische Büro* in Bonn pflegt die Kontakte zur Bundesregierung, zum Bundestag und zu den politischen Parteien (entsprechende Einrichtungen bestehen auf der Ebene der Bundesländer, so in Düsseldorf, Wiesbaden, Hannover, Mainz, Saarbrücken, Stuttgart). Aufgaben aus dem Pastoralbereich (z. B. Medien, Bildung) werden von *Kirchlichen Zentralstellen* wahrgenommen; nachdem die Gemeinsame Synode die Gründung eines »Deutschen Pastoralinstituts« angeregt hat, dürfte der »Kirchlichen Zentralstelle für pastorale Grundfragen« künftig eine besondere Bedeutung zukommen (vgl. Synode II, 247–257). Den Zentralstellen zugeordnet sind *Kirchliche Arbeitsstellen;* ihre Tätigkeiten werden von Arbeitskonferenzen koordiniert.

d) Seit 1968 besteht ein »*Verband der Diözesen Deutschlands*« in der Rechtsform einer Körperschaft des öffentlichen Rechtes. Er erledigt die rechtlichen und wirtschaftlichen Aufgaben der Bistümer, soweit es sich um gemeinsame Angelegenheiten aller Diözesen handelt. Seine Organe sind Vollversammlung, Verbandsausschuß, Verwaltungsrat, Arbeitsausschuß und Geschäftsführer. Der Verband und die Bischofskonferenz sind rechtlich und personell miteinander verzahnt; Geschäftsstelle und Geschäftsführer sind identisch mit Sekretariat und Sekretär der Bischofskonferenz. Eine überarbeitete Satzung (vgl. Synode I, 675) ist seit 1. 1. 1977 in Kraft.

Text der Satzung und Geschäftsordnung in: Statut und Geschäftsordnung der Deutschen Bischofskonferenz, hg. v. Sekretariat, Bonn 1977, 19 ff.

e) Als ein Organ wechselseitiger Beratung und Information zwischen »Leitungsamt« (d. i. die Bischofskonferenz) und »freier Initiative« (d. i. das Zentralkomitee der deutschen Katholiken; s. u. Nr. 3) fungiert eine *Gemeinsame Konferenz* (konstituiert am 22. 11. 1976), die sich aus je 12 Mitgliedern beider Gremien zusammensetzt und deren

Leitung gemeinsam bei dem Vorsitzenden der Bischofskonferenz und dem Präsidenten des Zentralkomitees liegt.

Text der Geschäftsordnung der »Gemeinsamen Konferenz« in: Statut und Geschäftsordnung der Deutschen Bischofskonferenz, hg. v. Sekretariat, Bonn 1977, 45–48; vgl. die diesbezügl. »Anordnung« der Gemeinsamen Synode in: Synode I, 673–675.

f) Seit 1975 liegt eine auf alle deutschen Bistümer in der Bundesrepublik Deutschland bezogene (im Sinne eines partikularen Kirchenrechtes), wenngleich noch nicht in Kraft gesetzte *Kirchliche Verwaltungsgerichtsordnung* (KVGO) vor, die dem Schutz der Persönlichkeitsrechte in der Kirche dienen und in Streitfällen »aufgrund der Ausübung außergerichtlicher kirchlicher Funktionen« (§ 27 Abs. 1) eine »gütliche und gerechte Einigung aller Beteiligten« (§ 2) ermöglichen soll. Der Verwaltungsrechtsweg bleibt ausgeschlossen für »Lehrstreitigkeiten, Gottesdienst, Verkündigung und Spendung der Sakramente« und soweit ein anderer Rechtsweg gewiesen ist (§ 27 Abs. 2).

Text m. Einleitung u. Lit. in: Synode I, 727–763.

Lit. zu 2: HPTh IV, 603–617. 686–694; V, 382; F. Klostermann: Gemeinde – Kirche der Zukunft, Freiburg 1974, Bd. II, 162–221; E. Berning: Kirche und Planung, Frankfurt/M. 1976.

3. Das Zentralkomitee der deutschen Katholiken

Das »Zentralkomitee«, wie es heute besteht, wurde 1952 als Zusammenschluß aller Kräfte des Laienapostolats im Bereich der deutschen Bistümer in der Bundesrepublik Deutschland gegründet (vgl. § 4, 4 Exkurs: Das katholische Vereins- und Verbandswesen). Sein oberstes Organ ist die *Vollversammlung,* die sich aus den Vertretern der Diözesanräten und der »Arbeitsgemeinschaft Katholischer Verbände« zusammensetzt (ca. 170 Mitglieder) und von dem aus ihrer Mitte gewählten *Präsidenten* geleitet wird. Das *Präsidium* (Präsident und vier Vizepräsidenten) bestimmt die Arbeit der Kommissionen der Vollversammlung, während der *Geschäftsführende Ausschuß* (30 Mitglieder) Leitungsaufgaben wahrnimmt. In derzeit neun *Kommissionen* werden Stellungnahmen zu anstehenden aktuellen Fragen aus allen Bereichen pastoralen Handelns (vgl. § 7, 2) erarbeitet. Daneben bestehen *Ständige Arbeitskreise,* die dem Erfahrungs- und Informationsaustausch dienen. Die laufenden Geschäfte obliegen dem *Generalsekretariat,* dem der *Generalsekretär* vorsteht und das von einem *Geistlichen Rektor,* bestellt von der Bischofskonferenz, kirchlich und theologisch beraten wird (mit dem gleichen Auftrag fungiert der *Geistliche Assistent* gegenüber dem Zentralkomitee). Das Zentralkomitee veranstaltet im zweijährigen Turnus den *Deutschen Katholikentag* sowie Kongresse und Tagungen zu aktuellen politischen Fragen (u. a. Entwicklungspolitik 1970, Familienpolitik 1974); für 1978 ist ein Katholikentag in Freiburg, für 1980 in Berlin vorgesehen. Die Vollversammlungen des Zentralkomitees finden alljährlich im Frühjahr und Herbst statt; ihr Präsident ist z. Z. Kultusminister Prof. Hans Maier (München).

Lit.: Vgl. § 4, 4 Exkurs-Lit.; ferner den Beschluß der Gemeinsamen Synode über die »Verantwortung des ganzen Gottesvolkes«, Teil II: »Ort und Funktion der katholischen Verbände«, in: Synode I, 657 f – Veröffentlichungen d. Zentralkomitees: Berichte d. Arbeitstagungen, 1958 ff; Berichte u. Dokumente, 1969 ff; Berichtsbände d. Katholikentage, 1849 ff bzw. 1949 ff.

4. Die Gemeinsame Synode

a) Die »Gemeinsame Synode der Bistümer in der Bundesrepublik« ist keine ständige Einrichtung der römisch-katholischen Kirche in diesem Land; doch wurde ein Votum an den Papst beschlossen, er möge das Recht geben, »in jedem Jahrzehnt eine gemeinsame Synode durchzuführen« (Synode I, 674). Ebensowenig besitzt sie gesetzgeberische Befugnisse, die allein den Bischöfen bzw. dem Apostolischen Stuhl zustehen; gleichwohl stellt sie einen bemerkenswerten Vorgang dar, der die pastoralen Ziele der römisch-katholischen Kirche (vgl. § 7) wie ihre Situation in der Bundesrepublik Deutschland verdeutlicht.
Die konstituierende Sitzung der Gemeinsamen Synode fand vom 3. bis 5. 1. 1971 in Würzburg statt; sie endete an diesem ständigen Tagungsort mit der 8. Vollversammlung vom 18. bis 23. 11. 1975 (sog. »Würzburger Synode«). Gemäß dem vom Apostolischen Stuhl gebilligten *Statut* (Synode I, 856–862) setzte sie sich zusammen aus den Mitgliedern der Bischofskonferenz (s. o. Nr. 2), je sieben gewählten Synodalen aus jedem Bistum (davon mindestens drei Priester), 40 vom Zentralkomitee (s. o. Nr. 3) gewählten Männern und Frauen, 22 Ordensangehörigen und weiteren 40 von der Bischofskonferenz berufenen Personen (Art. 2); hinzu kamen Berater und Sachverständige und Beobachter und Gäste nicht-katholischer Kirchen (Art. 3 u. 4). Knapp die Hälfte ihrer Mitglieder waren Laien. Die *Organe* der Synode (Art. 5–9) waren die Vollversammlung, das Präsidium (Präsident: der Vorsitzende der Bischofskonferenz), das Sekretariat, die Zentralkommission und eine Reihe von Sachkommissionen zur Vorbereitung der Synodalvorlagen. Das Verfahren war durch eine *Geschäftsordnung* geregelt (Synode I, 863–875).

b) In ihrem Statut (Art. 1) hatte sich die Gemeinsame Synode die *Aufgabe* gestellt, »in ihrem Bereich die Verwirklichung der Beschlüsse des Zweiten Vatikanischen Konzils zu fördern und zur Gestaltung des christlichen Lebens gemäß dem Glauben der Kirche beizutragen« (Synode I, 856). Absicht und Kriterium waren damit ausgesagt, das Ziel pastoral bestimmt. Ihre *Themen* und Beratungsgegenstände betrafen alle Handlungsfelder der Pastoral, angefangen von »Glaubenssituation und Verkündigung« über »Sakramentenpastoral«, »Gesellschaftliche Aufgaben der Kirchen« bis hin zu »Ehe und Familie« (vgl. § 7, 2), dazu die Problematik pastoraler Strukturen und Fragen ökumenischer Beziehungen. Die Beratungsergebnisse wurden in 18 *Beschlüssen* und 6 *Arbeitspapieren* vorgelegt. Nach der »Rekognition« (Gutheißung) durch den Apostolischen Stuhl, der prüfte, ob die Beschlüsse im Kompetenzbereich der Bischofskonferenz bzw. der Bischöfe geblieben sind (vgl. CD 38, 4), erhielten alle Beschlüsse, soweit sie »Anordnungen« enthielten, durch Veröffentlichung in den bischöflichen Amtsblättern verpflichtende *Rechtskraft*. Besondere Beachtung fand nach Inhalt und Sprache der in der letzten Vollversammlung gefaßte Beschluß »Unsere Hoffnung. Ein Bekenntnis zum Glauben in dieser Zeit« (Synode I, 84–111).

c) In den Synodalbeschlüssen kommt zum Ausdruck, (1) daß die *Pfarrgemeinde* als ein entscheidend wichtiger Ort für den »Selbstvollzug der Kirche« angesehen wird, (2) daß die *personale Glaubensentscheidung* wie die *tätige Verantwortung* der Gläubigen als wesentliche Momente des kirchlichen Lebens gelten und (3) daß *gottesdienstliches* und *weltliches Leben* »ungetrennt« und »unvermischt« als zusammengehörig betrachtet werden. In dieser Akzentuierung nahm die Gemeinsame Synode auf, was das II. Vatikanum pastoral-programmatisch für die Existenz der Kirche in den zeitgenössischen Wandlungsprozessen intendiert hatte (vgl. § 7).

Neben Programm, Theorie und Ziel kommt in den Synodalbeschlüssen, vor allem in den Voten an den Papst (Synode I, 274. 453–454. 633 f. 667. 673. 735 u. 803) und in den Arbeitspapieren (vgl. Synode II), aber auch das Faktum zum Ausdruck, daß *Differenzen* bestehen zwischen individuellem Glauben und kollektivem Glaubensbewußtsein der Kirche, zwischen personalem Glaubensvollzug und kirchlicher Ordnung, zwischen ethischem Verhalten der Einzelnen und objektiver sittlicher Norm. Die vielen ausgleichenden Formulierungen lassen das Bemühen erkennen, die Differenzen durch *Kommunikation* und *Integration* aufzufangen ohne Preisgabe lehramtlicher Normen und mit dem Ziel, die *Geschlossenheit* der römisch-katholischen Kirche nach innen und außen zu bewahren (vgl. § 1, 2).

Das Interesse an solcher Geschlossenheit entspricht dem Selbstverständnis wie dem Sendungsbewußtsein der römisch-katholischen Kirche (vgl. § 2, 3 ff) und erscheint ihr zudem im Blick auf die gesellschaftlichen Entwicklungen in der Bundesrepublik Deutschland geboten. Es dokumentiert sich in einer abwägenden und zögernden, zurückhaltenden und einschränkenden *Rezeption* der Synodalbeschlüsse durch die Bischöfe. Deutlich zeichnet sich die Tendenz ab, daß die Bischöfe synodale Impulse aufnehmend die Pastoral der Kirche optimieren wollen, zugleich auf Sicherung und Stabilität bedacht sind, um zu verhindern, daß aus einem Wandel im System ein Systemwandel wird. Die Ergebnisse der Gemeinsamen Synode wie ihre bisherige Rezeption sind ein Spiegelbild der römisch-katholischen Kirche in der Bundesrepublik Deutschland.

Offizielle Gesamtausgabe der synodalen Beschlüsse und der Arbeitspapiere (m. Darstellung des Verlaufs, kommentierenden Einleitungen und Lit.): Gemeinsame Synode der Bistümer in der BRD, 2 Bde., Freiburg 1976–77 (zit. m. Synode I u. II) – Vgl. d. lfd. *Berichterstattung* und Kommentierung in d. Zschr. HK u. MdKI; *ferner:* D. EMEIS/B. SAUERMOST (Hg.): Synode – Ende oder Anfang, Düsseldorf 1976 (Lit.); M. PLATE: Das deutsche Konzil, Freiburg 1975; H. G. KOCH: Die verdrängte Synode, in: HK 31, 1977, 537–540; Katholische Synode – Evangelisch gesehen, Göttingen 1977 (Gutachten für den Rat der EKiD); A. NEES: Die erste gemeinsame Synode der Bistümer in der Bundesrepublik Deutschland (1971–1975). Ihre innere Rechtsordnung und ihre Stellung in der Verfassung der katholischen Kirche, Paderborn 1978.

5. Katholiken zwischen Kirche und Gesellschaft

a) Im Blick auf eine Gemeinsame Synode der Bistümer veranlaßte die Deutsche Bischofskonferenz 1970 eine soziologische und sozialpsychologische *Erhebung über die gegenwärtige Situation* der römisch-katholischen Kirche in der Bundesrepublik Deutschland und über wesentliche Problemkomplexe zwischen Kirche und Gesellschaft in diesem Land. Sie hatte die Form einer schriftlichen Umfrage (21 Mill. Fragebogen; Rücklauf: 4,4 Mill.) verbunden mit einer repräsentativen Kontrollerhebung und einer mündlichen Repräsentativumfrage. Im Zusammenhang mit dieser großangelegten Aktion fand 1971 auch noch eine Totalerhebung unter den Welt- und Ordenspriestern statt (26 200 Fragebogen; Rücklauf 20 000). Die in dieser Form quantitativ wie qualitativ bisher einmaligen Umfrage suchte zu erkunden, wie das in die gesellschaftliche Wirklichkeit der Bundesrepublik Deutschland eingebundene katholische Kirchenmitglied seine Kirche wahrnimmt, was ihn mit ihr verbindet, wo er enttäuscht ist und sie kritisiert.

Die *Ergebnisse* liegen vor in: G. SCHMIDTCHEN: Zwischen Kirche und Gesellschaft. Forschungsbericht über die Umfragen zur Gemeinsamen Synode der Bistümer in der Bundesrepublik Deutschland, Freiburg 1972 – Zur *Auswertung:* K. FORSTER (Hg.): Befragte Katholiken – Zur Zukunft von Glaube und Kirche. Auswertungen und Kommentare zu den Umfragen für die Gemeinsame Synode der Bistümer in der Bundesrepublik Deutschland, Freiburg 1973; K. FORSTER (Hg.): Priester zwischen Anpassung und Unterscheidung. Auswertungen und Kommentare zu den im Auftrag der Deutschen Bischofskonferenz durchgeführten Umfragen unter allen Welt- und Ordenspriestern in der Bundesrepublik Deutschland, Freiburg 1974 – Vgl. dazu: G. SCHMIDTCHEN: Protestanten und Katholiken. Soziologische Analyse konfessioneller Kultur, Bern 1973; E. FAHLBUSCH: Katholiken und Protestanten. Empirische Daten und soziologische Analysen als Materialien einer künftigen Konfessionskunde, in: MdKI 26, 1975, 66–74.

b) Die Umfrageergebnisse geben zu erkennen, daß viele Menschen in der hochtechnisierten pluralistischen Gesellschaft der Bundesrepublik Deutschland sich in einer Bewußtseinslage befinden, in der nach Sinnorientierung für menschliches Leben und nach Hilfe bei der konkreten Daseinsgestaltung verlangt wird. Solchem Bedürfnis kommt die römisch-katholische Kirche entgegen, entspricht ihm und sucht es bei ihren Mitgliedern zu befriedigen. Sie weist sich theoretisch und praktisch, wie die Umfrage zeigt, als *Weltdeutungs- und Handlungssystem* aus. Es ist institutionell gefaßt, konkretisiert und aktualisiert sich im gottesdienstlichen Leben, in vielfältigen Frömmigkeitsformen, im Verhalten zur politischen, gesellschaftlichen und kulturellen Umwelt, in Lehrveranstaltungen, in seelsorgerlichen, karitativen und missionarischen Aktivitäten, in der Gliederung und Funktionsweise der Organisation und in den Beziehungen zu anderen Kirchen und Gemeinschaften, die ein vergleichbares System anbieten. Es wirkt sich aus in dem Alltagsverhalten des Kirchenvolkes, im Lebensgefühl der Gläubigen, in ihrer Geisteshaltung, in ihrem Urteil über andere und die Umwelt, in ihrer Beteiligung am kirchlichen Leben und im Miteinander wie in der Auseinandersetzung mit den Zeitgenossen und konkurrierenden Systemen. Dabei ist freilich die Distanz zwischen Anspruch und Wirklichkeit nicht zu übersehen. Aus ihr resultieren Belastungen, Dissonanzen, Widerspruch und Krisen.

c) Von der römisch-katholischen Kirche wird erwartet, daß sie sowohl ihren Sendungs- und Missionsauftrag erfüllt als auch gesellschaftlich sich engagiert. Das heißt: das römisch-katholische Weltdeutungs- und Handlungssystem fungiert nur dann als Orientierung bei Sinnfindung und Daseinsgestaltung, wenn der von der Kirche vermittelte Glaube auch in Gesellschaft und Politik zur Wirkung kommt. Doch umgekehrt gilt: gesellschaftliche Präsenz und Engagement der Kirche wären ohne die sie charakterisierende Spiritualität für das Orientierungsbedürfnis bedeutungslos. Die Umfrageergebnisse belegen, daß die römisch-katholische Kirche überwiegend in der Perspektive spiritueller Orientierung, weniger in der gesellschaftlicher Aktion gesehen und unter diesen Gesichtspunkten beurteilt wird. Für das *Verhältnis zur Kirche* sind die religiösen Fragen ausschlaggebend, obgleich sie sich in gesellschaftlichen Relationen artikulieren, wie so und nicht anders richtig zu leben und was so und nicht anders sinnvoll zu gestalten ist. Der Mensch lebt in Gesellschaft; im Zusammenleben mit anderen will er sich verwirklichen; hier müssen sich die Orientierungsdaten, die Konsistenz des Systems und sein Glaube bewähren. So wird die Leistungsfähigkeit des Systems daran gemessen, ob der übernommene Glaube mit den Erfahrungen des Alltags in den verschiedenen Lebensbereichen in Einklang gebracht werden kann.

d) Die *negativen Repräsentanzen* der Umfrage weisen aus, daß der Katholik mit seiner Kirche in Konflikt gerät oder sogar aus ihr auswandert, wenn er Unterschiede zwischen dem gesellschaftlich vorherrschenden und dem kirchlich repräsentierten Wert- und Deutungssystem und Disharmonien zwischen den entsprechenden Verhaltensmustern nicht ausbalancieren kann. Der Katholik in der Bundesrepublik Deutschland erlebt solche Spannungen vornehmlich in Fragen der Sexualität, der Empfängnisverhütung und der Unauflöslichkeit der Ehe, aber auch in doktrinären Fragen (z. B. Fortleben nach dem

Tode, Absolutheitsanspruch des Christentums, alleinseligmachende Kirche, geistige Freiheit). Die Bewältigung der Probleme gelingt umso weniger, als sie abseits der religiösen Praxis, des gemeindlichen und liturgischen Schutzbereiches in der Vereinzelung und in intensiver Teilnahme am gesellschaftlichen Kommunikationsprozeß mehr intellektualistisch und verbal versucht wird. Indessen verringern sich die Belastungen oder werden Widersprüche leichter ertragen, wenn religiöse Motive und Spiritualität nicht gänzlich verlorengehen, konkrete Beziehungen zur Pfarrgemeinde wenigstens partiell beibehalten werden und soziale Strukturen affektiv besetzt bleiben.

e) Die *positiven Repräsentanzen* der Umfrage zeigen, daß sich das römisch-katholische Weltdeutungs- und Handlungssystem in mehrfacher Weise auszeichnet, nämlich

- durch seine Geschlossenheit, die Heimat und Geborgenheit, Sicherheit und Wohlbefinden vermittelt und eine Identitätsfindung des Menschen im Wechsel aller Veränderungen und in den eigenen kommenden und gehenden Zuständen und Verhaltensweisen gewährleistet, indem es letzte Fragen des Menschseins und der Daseinsgestaltung endgültig und verbindlich beantwortet
- durch seine Fülle, die eine mehrdimensionale Entfaltung menschlichen Selbstseins ermöglicht, indem es prinzipiell das ganze Spektrum menschlicher Existenz und Erfahrung in allen denkbaren Bezügen einbezieht und einen umfassenden Grund für das gegenständliche und das personale Sein anbietet
- durch seine Weite, die Sehnsucht und Hoffnung zu stillen vermag und selbst über die Todesgrenze hinausreicht, indem es erhoffte Zukunft in die Gegenwart holt, Jenseits ins Diesseits transponiert und Unsichtbares und Geheimnisvolles sichtbar und verstehbar macht
- durch seine Dehnbarkeit, die den Aktivitäten des Menschen auf den verschiedenen Feldern seiner geschichtlichen Existenz hinreichend Spielraum gibt, indem es sich unter wandelnden Bedingungen in hohem Maß als elastisch und anpassungsfähig darstellt
- durch seine Dauer und Beständigkeit, die Selbstzweifel und nachdenkliches Zögern, Anfechtungen und Ängste angesichts von Widerwärtigkeiten, Schuldverstrickungen, Bedrohungen oder Ausweglosigkeiten im Alltag wie in den wechselnden Zeitläufen letztlich unbegründet bzw. aufgehoben sein läßt, indem es sich auf den erkannten absoluten Grund beruft, der stabil bleibt, und auf das rettende ewige Ziel, das unveränderlich besteht und immer schon greifbar ist
- durch seine Unmittelbarkeit, die Umwege und selbständiges Suchen nach Haltepunkten in der Daseinsorientierung ausschließt, indem es die Anonymität und Verborgenheit letzter Instanzen wie Gott, Schicksal, Vorsehung aufhebt und durch bevollmächtigte Agenturen und Agenten direkt zugänglich macht.

»›Katholisch‹ ist eine Qualität. Es ist Allheit, Universalität, und setzt, um verstanden zu werden, eine bestimmte menschliche Geisteshaltung voraus... Die Catholica erhebt einen bestimmten Anspruch: nämlich als bestimmte historisch-soziologische Gestalt universale Relevanz zu besitzen. Dem modernen Menschen erscheint das als Torheit, Anmaßung, Intoleranz« (H. U. v. Balthasar). So hängt die Wirkung des Systems notwendig an seiner Kommunikationsfähigkeit innerhalb der Gesellschaft.

Lit. zu § 8: N. GREINACHER/H. T. RISSE (Hg.): Bilanz des deutschen Katholizismus, Mainz 1966; G. GORSCHENEK (Hg.): Katholiken und ihre Kirche in der BRD, München 1976 (Lit.: 351–364); T. NELLESSEN-SCHUMACHER: Sozialprofil der deutschen Katholiken, Mainz 1978; H. U. v. BALTHASAR: Katholisch. Aspekte des Mysteriums, Einsiedeln 1975.

II. Hauptteil

Christliche Kirchen in der Bundesrepublik

Allg. Literatur: Vgl. die Lehrbücher der Konfessionskunde (Algermissen, Heyer) und die Nachschlagewerke (EKL, RGG, TRT); ferner: H.-B. MOTEL (Hg.): Glieder an einem Leib. Die Freikirchen in Selbstdarstellung, Konstanz 1975 – K. EBERHARDT (Hg.): Was glauben die anderen? 27 Selbstdarstellungen, Gütersloh 1977 – H. RELLER (Hg.): Handbuch Religiöse Gemeinschaften, Gütersloh 1978.

§ 1 Die evangelischen Kirchen

Das gegenwärtige evangelische Kirchentum in der Bundesrepublik (BRD) läßt sich kirchenkundlich sichten und einordnen im Blick auf die geschichtlich gewordene Eigentümlichkeit der territorialen und konfessionellen Struktur, den zeitgenössischen Vorgang der Anpassung zur bürokratisierten Großorganisation und die prinzipiell wie konkret bedingte Komplexität der Interessengegensätze und -konflikte. – Zum Selbstverständnis und Vollzug vgl. die exegetischen, dogmatischen und praktologischen Bände dieser Reihe »Theologische Wissenschaft«.

1. Kirche in der Zeit

Im Gefolge der Reformation des 16. Jahrhunderts entstanden – seit dem Augsburger Religionsfrieden (1555) auf der Rechtsbasis des Ius reformandi, das die deutschen Reichsstände ermächtigte, das religiöse Bekenntnis ihrer Untertanen zu bestimmen und eine kirchliche Ordnung innerhalb ihrer Territorien gemäß ihrer eigenen Konfession einzuführen – eine Vielzahl unterschiedlich geprägter reformatorischer Kirchentümer. Obgleich das landesherrliche Kirchenregiment 1918 zu Ende ging und der politische Zusammenbruch des Jahres 1945 nochmals eine Neuordnung des evangelischen Kirchenwesens notwendig erscheinen ließ, blieb das territoriale Nebeneinander selbständiger Landeskirchen auf der Grundlage der überlieferten reformatorischen Bekenntnisschriften erhalten. Indem die kirchliche Restauration der Nachkriegszeit das *territoriale und konfessionelle Erbe* aufnahm und an der volkskirchlichen Gestalt wie an dem verfassungsrechtlichen Status dieser Kirchentümer festhielt, bekräftigte sie eine die deutsche evangelische Christenheit in ihrem äußeren Erscheinungsbild charakterisierende Eigentümlichkeit, der hinsichtlich der inneren Struktur individuell eigenständige Daseinsgestaltung und Vielfalt theologischen Denkens und Meinens korrelieren. Die auf Bestandssicherung wie auf Koordination und Partnerschaft mit dem neu entstandenen demokratischen Staatswesen bedachte kirchliche Restauration ermöglichte es aber auch, noch eine weitere Eigentümlichkeit der deutschen Kirchentümer zu erhalten, daß sie nämlich stets die politischen Strukturen und Verhältnisse ihrer jeweiligen Umwelt spiegelten und für zeitgenössische Ideen und Tendenzen offen standen. Stärker als die gänzlich anders strukturierte, national nicht begrenzte und in ihrem Verhältnis zur Umwelt universalistisch bestimmte römisch-katholische Kirche gerieten die evangelischen Landeskirchen in den Sog der gesellschaftlichen Entwicklung in der Bundesrepublik Deutschland, die in den Nachkriegsjahren einsetzte und zu politischen und sozialen Strukturveränderungen führte.

Im Zuge des Auf- und Ausbaues eines demokratischen pluralitären Gemeinwesens ab 1945 in der Gestalt einer rational durchgeformten Institution wuchs die Neigung, den staatlichen Handlungsbereich auszuweiten, die Staatsaufgaben zu vermehren und den Verwaltungsapparat entsprechend anwachsen zu lassen. Dabei verfiel das Programm eines Sozial- und Wohlfahrtsstaates zunehmend der Tendenz, Wirtschaftswachstum, Konsum und Wohlstand mit Hilfe staatlicher Bürokratie zu steuern, die soziale Sicherung lediglich fiskalisch und administrativ zu betreiben und die Opfer der Wirtschaftsstruktur wie die nicht ökonomisch bedingten Leidensfälle der Obhut spezialisierter bürokratischer Apparaturen zu überlassen (Sozialhilfe, Wohlfahrtseinrichtungen). – Das Wort »Bürokratie« ist hier wie im folgenden nicht in einem abschätzigen Sinn gebraucht, sondern meint eine bestimmte Struktur organisierter Sozialbeziehungen.

Von dem Trend fortschreitender Bürokratisierung aller Lebensbereiche, der das formale Gleichgewicht zwischen Parlament, Verwaltung und Rechtssprechung zugunsten der Exekutive verschiebt, auf das Lebensgefühl der Bürger einwirkt und sie in die Rolle von Konsumenten bürokratischer Entscheidungen drängt, damit ihr Verhalten zu den anonymen, sie verwaltenden Instanzen bestimmt, sind die Landeskirchen samt ihren vielfältigen Einrichtungen und Tätigkeiten in dem Maße erfaßt, als sie sich unter der Devise ihres Öffentlichkeitsauftrages als *gesellschaftliche Großorganisationen* neben anderen etabliert haben. Die Differenz zwischen Kirche und Gesellschaft, die aus deren Eigenart resultiert (hier geistliche Kommunikation, dort soziale Kommunikation), hat diesen Anpassungsprozeß nicht behindert, weil und solange gilt, daß die Kirche als »Volkskirche« existieren will. Vielmehr nötigt der volkskirchliche Anspruch dazu, sich auf dem gesellschaftlichen Markt zu betätigen, seinen Gesetzen zu folgen und somit einer Fremdnormierung sich zu unterstellen. Um Volkskirche bleiben zu können, muß die Kirche in der Gesellschaft »ankommen«, d. h. sie muß unter den Bedingungen des gesamtgesellschaftlichen Systems handeln, in den Wettbewerb mit konkurrierenden Organisationen eintreten, Wünsche und Erwartungen befriedigen, Leistungen erbringen, Effektivität nachweisen.

Zu den *Folgen* dieses Anpassungsprozesses gehören:

(1) in der auf Funktion und Leistung in der Gesellschaft hin organisierten evangelischen Kirche gerät ihr spezifischer Zweck (communio sanctorum) in den Hintergrund, werden die persönlichen Neigungen im religiösen Haushalt der Kirchenmitglieder vernachlässigt, degeneriert das Vereinswesen als Sammelbecken für freie und eigenwillige Initiativen und Aktivitäten, vermindert sich die Relevanz theo-logischer Besinnung;

(2) die intendierte Funktionalisierung der evangelischen Kirchen im gesamtgesellschaftlichen System der Bundesrepublik Deutschland tangiert die Äquivalenz von geistlicher Kommunikation, Diakonie und Theologie und bewirkt: (a) die geistliche Kommunikation unter den Kirchenmitgliedern wird zunehmend defizitär, die Identitäts- und Erkennbarkeitsproblematik verschärft sich (was ist das Proprium der evangelischen Kirche, der Glaube, aus dem sie lebt ?); – (b) die theologische Reflexion verflacht und wird inflationär (Genetiv-Theologien!); als einer die Organisation betreuenden Wissenschaft fällt der Theologie die begrenzte Aufgabe zu, die erforderlichen Arbeitskräfte auszubilden und die notwendigen Experten bereitzuhalten; – (c) den Beweis des Geistes und der Kraft erbringt die kirchliche Organisation weniger in Frömmigkeit und Theologie, mehr mit dem nach außen gerichteten Engagement, den gesellschaftsbezogenen Diensten, und mit ihrem Behördenapparat;

(3) es wächst die Neigung, die personal als Depravation und Instabilität erfahrene Interdependenz von Kirche und Umwelt (Gesellschaft) zu unterbrechen oder zumindest aufzulockern und sich einer regressiven Tendenz zur Konfessionalisierung zu öffnen; dies kann auf verschiedene Weise (aber oft akkumulierend) geschehen, u. a. indem der Glaube fundamentalistisch reproduziert und mystisch verinnerlicht, die Rechtgläubigkeit (Bekenntnis, Orthodoxie) erinnert und verfestigt und die Gesellschaft als ein Nicht-Wir deklariert wird.

Als *Indiz* dieser Entwicklung kann neben dem organisatorischen Ausbau und den gesellschaftspolitischen Verflechtungen der evangelischen Kirchen die erfolgte Konzentration ihrer diakonischen, missionarischen und publizistischen Tätigkeiten gelten (s. u. Nr. 5–7); sie fügen sich in das gesamtgesellschaftliche System ein, nehmen sich der vorhandenen »Marktlücken« an und werden als »Leistung« für gesellschaftlich nicht gelöste »Restprobleme« angeboten, in Anspruch genommen und anerkannt. An der verwalteten Nächstenliebe zugunsten der in Not geratenen einzelnen und Gruppen (Diakonie), dem entwicklungsfördernden Dienst für die überseeische Christenheit im Horizont der Weltgesellschaft (Mission) und der strukturierten Beteiligung an der gesellschaftlichen Kommunikation in den öffentlichen Medien (Publizistik) ist abzulesen, in welchem Umfang und mit welcher Intensität sich die Balance innerhalb einer genuin evangelischen Orientierung (Hinwendung zu Gott und zu den Menschen und die beides begründende und abstützende theologische Reflexion) nach der Seite sozialer Aktivität und gesellschaftlicher Relevanz verschoben hat. Aber nicht weniger indizieren das angedeutete Gefälle – wenngleich das gesellschaftliche Engagement negativ korrelierend – der Protest und Widerstand der Evangelikalen, die Kritik emanzipatorischer Gruppen ungleichartiger Provenienz, der mahnende Ruf nach der »Sache der Theologie« und die Praxis »kirchendistanzierter Religiosität«. Solche Reaktionen, die von ganz unterschiedlicher Art und Weise sind, die teils von Berührungsangst und teils von Akkomodationssehnsucht herrühren und in denen Traditionelles wie modern Fortschrittliches, Emotionales wie Rationales nebeneinanderstehen und oft auch seltsam sich mischen, zeigen an:

(1) die von einer gesellschaftlich funktionalisierten Kirche gesetzte Präferenz, mit der die Kirche den Bezug zu ihrer Umwelt dominieren läßt, kompromittiert die geistliche Kommunikation und die theologische Reflexion und stört damit das binnenkirchliche (systemimmanente) Beziehungsverhältnis;

(2) die Interessenlage der Kirchenmitglieder ist nicht abgedeckt, »Innerlichkeit« (Glaube) und »Organisation« (Kirche) kollidieren, die Identität der Kirche, ihr Zweck und Ziel sind problematisiert, die strukturellen Fragen herrschen vor;

(3) die gesteigerte Komplexität bringt das Kirchengefüge in Bewegung, aktualisiert latente Spannungen (die verdrängten, unerledigten theologischen, sozialethischen und verfassungsrechtlichen Fragen) und führt zu Differenzierungen, die personal und kollektiv Eigenständigkeit beanspruchen und der Kirche den Charakter einer organisierten Anarchie verleihen.

Der angezeigte, ambivalent erscheinende Prozeß ist nicht bloß durch die Determinanten des geschichtlichen Wandels provoziert und allein als Folge gesellschaftlicher Veränderungen zu betrachten, auch wenn er manche Parallelen zur Situation anderer Großorganisationen (Gewerkschaften, Parteien) und zu Entwicklungstendenzen in der BRD aufweist. Er ist ermöglicht und legitimiert durch die vorausliegende und das protestantische Selbstverständnis konstituierende Einsicht, daß ein jeglicher für sich selbst vor Gott steht und Rechenschaft geben muß, und der damit verbundenen Nötigung, in dem Geflecht der Fremdbestimmungen die persönliche wie kirchliche Existenz nach eigenem Wissen und Gewissen gestalten zu müssen. In der lutherischen Rechtfertigungs- und Zwei-Regimenten-(Zwei-Reiche-)Lehre hat diese protestantische Frömmigkeit einen klassisch gewordenen *theologischen* Ausdruck gefunden.

Exkurs: Zur Rechtfertigungs- und zur Zwei-Regimenten-(Zwei-Reiche-)Lehre

1. Den christlichen Kirchen ist die Überzeugung gemeinsam, daß die geschichtlich einmalige Offenbarung Gottes in Jesus Christus die menschliche Existenz in umfassender Weise betrifft, nicht bloß den einzelnen Menschen, sondern ebenso die Welt, in der er mit anderen lebt, und daß an der

Annahme oder Ablehnung des Offenbarers und seinem Wort das Heil oder Unheil des Menschen wie der Menschheit mit ihrer Umwelt sich entscheidet. So entwickelt sich der individuelle wie der gemeinschaftliche Glaubensvollzug nicht aus der Idee eines göttlichen An-und-für-sich-Seins, sondern aus der im Glauben erlebten Realität einer Beziehung zwischen dem Heiligen und der menschlichen Existenz, die des Menschen Heil angeht. Aus der existentiellen Betroffenheit ergeben sich schwerwiegende Konsequenzen:

Das Bezugsproblem, die *Relation von Gott und Welt,* beantworten konfessorisch formelhaft die altkirchlichen Glaubensbekenntnisse (Schöpfer – Erlöser – Heiliger Geist – Gemeinschaft der Heiligen/Kirche). Indessen, der universale Charakter (Weltbezug) und der Anspruch der im Glauben erkannten Offenbarung (Erlösung/Heil) nötigen nicht bloß zu einer inneren Entscheidung, die ihren Ausdruck im Lobpreis findet (Kult), sondern ebenso zu einer äußerern, weltlichen Stellungnahme, d. i. die Vergegenwärtigung der göttlichen Heilstat in Christus in dem alltäglichen Leben und seinen mannigfachen Beziehungen (Arbeit, Ehe, Familie, Gesellschaft usw.). Denn: dem Glauben an Gott, sofern ihm die genannte Relation zugrunde liegt, korreliert ein Verhalten zur Welt. Dabei wird es zur Regel: was innerhalb der Lebenswelt dem Heilsinteresse des Gläubigen dienlich erscheint, kann und wird aufgenommen, was ihm entgegensteht und was ablenkt, muß vernachlässigt und ausgegrenzt oder auch umgestaltet und verbessert werden. Das aber heißt: der Glaubensvollzug wird mitkonstituiert durch die Erfahrung von Welt (die nicht überall und jederzeit ein und dieselbe ist) und ihre Deutung (die wegen der unterschiedlichen Erfahrung divergiert; z. B. göttliche Ordnung, menschliche Herrschaft, dämonische Mächte). Daraus ergibt sich unvermeidbar: mit der Antwort auf die Fragen des Heilsweges sowie des Ortes und der Wirklichkeit des Reiches Gottes (der Erlösung und des Heils, der neuen Welt) und mit der personalen und kollektiven Praxis der Heilsaneignung und -verwirklichung entstehen Antinomien, die nach Auskunft der Christentumsgeschichte zu geschichtswirksamen Separationen, zu einer Vielzahl christlicher Kirchen und Gemeinschaften geführt haben. Aus der widersprüchlichen Ratifizierung und Aktualisierung der geoffenbarten Relation von Gott und Welt im Horizont der Erfahrung von Welt resultieren auch die typischen Unterschiede zwischen der römisch-katholischen und den reformatorischen Kirchen.

2. Das Bezugsproblem, die Relation von Gott und Welt, verarbeitet die *römisch-katholische* Theologie in der Lehre von der *Inkarnation,* welche die Einheit der real verschiedenen Wirklichkeiten von Gott und Welt aussagt und die Anwesenheit des Heils in der Welt zu erkennen gibt, und in der *Soziallehre,* welche die Seins- und Sollensprinzipien des Weltverhaltens gemäß der inkarnatorischen Ordnung vorlegt. Die Menschwerdung Gottes in Jesus Christus, unter den Bedingungen menschlicher Gesellschaft vollzogen und durch Kreuz und Auferstehung des Jesus von Nazareth bestätigt und endgültig gemacht, ist die Selbstobjektivation des göttlichen Heilswillens in der Geschichte, – oder anders (weil die Inkarnation des Logos nicht als ein, auf einen konkreten Menschen begrenzter Sonderfall angesehen wird): die gnadenhafte und bleibend wirksame Selbstmitteilung Gottes an den Menschen (Welt) in den Dimensionen des Sichtbaren und Greifbaren (Sakrament) und des Sozialen und Gesellschaftlichen (Kirche). Indem der Logos menschliche Gestalt annimmt, der Absolute im endlich Seienden eine Entsprechung findet (analogia entis), ist eine reale Beziehung von Gott zur Welt gegeben. Sie qualifiziert den Menschen und seine Welt und bestimmt damit den Ort des Heils, das Verhalten in und zu der Welt sowie Richtung und Ziel der Wahrheitserkenntnis (in anderer Terminologie: geistliche Kommunikation/Kirche, pastorales Handeln/Heiligung, theologische Reflexion/Dogma). Vgl. I § 4, 2 und Exkurs: Zur Gnaden- und Sündenlehre (Analogia-entis-Lehre); I § 4, 3 c Exkurs: Theologie der Inkarnation; I § 7, 2 c und Exkurs: Soziallehre (Prinzipien und Imperative).

3. Die *reformatorische* Theologie betrachtet die Relation von Gott und Welt nicht als einen inkarnatorisch gegebenen und sakramental vermittelten Sachverhalt, sondern als ein andauerndes personales (Wort-, Verkündigungs-)Geschehen zwischen Gott und Mensch, in dem sich die Welt verkörpert.

a) *Gott* gibt sich durch sein Wort als der gerechte und gerechtmachende Gott kund (Gottes Sein ist Schaffen); der richtend-strafende und der gnädig-vergebende Gott ist ein und derselbe (Gottes Gerechtigkeit und Gnade sind identisch). Diese Kundgebung Gottes (Offenbarung) geschieht in doppelter Weise: (1) Im *Gesetz,* das die Gottes- und Nächstenliebe verlangt und das menschliche Unvermögen anklagt (der Mensch kann seiner Natur nach nicht wollen, daß Gott Gott sei, vielmehr muß er wollen, daß Gott nicht sei und er selbst der Herr sei; vgl. Luther: WA 1, 225,1), widerfährt dem Menschen das eine Wort Gottes als Anspruch und Macht, als Forderung und Urteil. (2) Im *Evangelium* begegnet ihm das eine Wort Gottes als »frohe Botschaft«, als Verheißung und Gnadenwort, daß der gekreuzigte und auferstandene Christus anstelle des Menschen erfüllt hat, was das Gesetz fordert, und daß damit Gott zu seinem Recht gekommen und der Mensch gerechtfertigt ist. In beidem, Gesetz *und* Evangelium, offenbart sich Gott, bleibt er gegenwärtig und schafft er die Beziehung zu dem Menschen und seiner Welt.

b) Indem der *Mensch* das Wort Gottes als Gesetz und Evangelium hört und glaubt (d. h. Gottes Forderung und Urteil anerkennt und sich der Verheißung und Gnade anheimgibt), erkennt er in diesem *Glauben,* daß er mitsamt seiner Welt allemal Sünder ist und Gott ihm um Christi willen das Gerecht-sein schenkt (simul iustus et peccator). Dieser Glaube ist eine Stellungnahme des Menschen für Gott und gegen sich selbst; er ist Sündenerkenntnis (Selbsterkenntnis im Licht von Gesetz und Evangelium) und zugleich Gotteserkenntnis, wobei nicht der Akt, sondern der Inhalt des Glaubens für die Erkenntnis konstitutiv ist. Mit diesem Glauben gewinnt der Mensch auch die *Individualität* (Selbstbewußtsein), die vor Gott Sinn hat und die persönliche Gottesbeziehung erlaubt, indem er nämlich erkennt, daß das Mensch-sein Sünder-sein bedeutet (homo sum und peccator sum gehören zusammen) und daß sein Leben nur auf Vergebung beruht (promissio Dei). Im Glauben, der Gottes Wort aufnimmt und ihm recht gibt (d. h. so denkt, wie Gott über den Menschen denkt), wird der Mensch mit Gott gleichen Sinnes (d. i. *Rechtfertigung allein aus Glauben*): Gott und Mensch sind von der im Wort ausgesagten Wahrheit (Gerechtigkeit und Gnade) erfüllt. In Gott (extra nos) hat diese Wahrheit ihr Sein. Der Mensch erfaßt sie im Werden als sein zukünftiges Sein und besitzt sie in der Hoffnung; er lebt in einer durch ständiges Hören auf Gott gegebenen Gegenwart, in der er dem Tatbestand nach als Sünder und gemäß der Verheißung als Gerechter qualifiziert ist (peccator in re, iustus in spe; vgl. Luther: Vorlesung über den Römerbrief ed. J. Ficker, II 108, 14). Nur im Glauben (also nicht im Sinne eines objektiven, naturhaften Sachverhaltes, der allgemein menschlicher Erfahrung zugänglich ist) fallen das Verloren-sein des Menschen und sein Gerecht-sein in eine Zeit (Gegenwart), ist beides Wirklichkeit (sola fide). Der Glaubende, der seine Sünde erträgt und ihr nicht entfliehen kann, weil er Mensch ist, steht beständig in dem *Prozeß der Vergebung,* die göttliche Handlung ist und sich am Menschen vollzieht.

c) Das persönliche Gottesverhältnis, das sola fide und entgegen aller menschlichen Erfahrung zustande kommt, gibt es nur und unaufhörlich vermittelt durch *Christus* (per Christum, solus Christus), der allein vor Gott als Person gilt. Ohne Christus kann der von Gott gerechtgemachte Mensch nicht sagen, er sei gerecht und er stehe in einer Beziehung zu Gott (persona extra se i. e. in Christo); das sola fide und die fides Jesu Christi korrelieren.
(1) Die unabdingbare Mittlerschaft Jesu Christi setzt voraus die *Menschwerdung des Logos* (Inkarnation), d. i. die Konkretion des Geistes in dem Menschen, der Jesus heißt. In der Inkarnation verhüllt sich der Allmächtige in den Ohnmächtigen, der Heilige in den Verfluchten (Selbstverhüllung statt Selbstmitteilung), wird der Sohn Gottes zur Sünde gemacht, die nicht seine Sünde ist. Die Menschwerdung des Logos bedeutet somit nicht eine heiligende Qualifizierung der menschlichen Natur, sondern sie ermöglicht es, daß Christus als der Sohn Gottes an die Stelle des sündigen Menschen treten (*pro me, pro nobis*), stellvertretend das Urteil Gottes annehmen und die Gnade erfahren kann.
(2) In *Kreuz und Auferstehung* wird der menschgewordene Sohn Gottes zum Mittler (*extra me, extra nobis*). Hier begründet Gott die neue Schöpfung, hier ereignet sich das Heil (die Erlösung) des Menschen (der Welt) in der Zeit, das zugleich als das göttliche Endgericht sich zu erkennen gibt: Gott behaftet seinen Sohn mit der Sünde des Menschen, fällt mit dem *Kreuz Christi* den Schuldspruch über den sündigen Menschen und läßt ihn dahinsterben (der zur Sünde gemachte Gottessohn und sein Kreuz sind zeitlich und anschaubar); mit der *Auferstehung Christi* schafft Gott aus dem Nichts (Tod) ein Neues, schenkt er dem Menschen das Gerecht-sein seines Sohnes und führt damit den neuen, gerechtfertigten Menschen herauf (der gerechtgemachte Gottessohn und seine Auferstehung sind endzeitlich-endgültig und nur dem Glauben erkennbar). Die Kontinuität zwischen dem »alten« (der Sünde gestorbenen) und dem »neuen« (zum Leben bestimmten) Menschen schafft Gott (ohne menschliches Mitwirken; sola gratia) durch die *Vergebung der Sünde* um Christi willen (propter Christum).

(3) Was die Menschwerdung ermöglicht (pro me; Erfahrung der Gnade) und in Kreuz und Auferstehung sich ereignet (extra me; Rechtfertigung) wird dem Menschen zu eigen im Glauben, in dem Christus nicht das anschaubare Objekt des Glaubens darstellt, sondern dessen Subjekt ist (Christus vivit in me; der neue Geist, das neue Selbst des Menschen): *Einheit mit Christus im Glauben.* Damit kommt die Mittlerschaft Christi an ihr Ziel. Das »Opfer Christi« und der »neue Mensch« stehen nicht in einer kausalen Beziehung wie Ursache und Wirkung, vielmehr hat durch Kreuz und Auferstehung ein Tausch stattgefunden (Wechsel, Neuschöpfung), in dem vor Gott das Sein Christi zum Sein des Menschen geworden ist (»... ut in ipso simus, et suum esse nostrum esse sit«; Luther: WA 5, 144, 17ff u. ö.; Rm II 44, 3ff). Diese neue, durch Freiheit von der Sünde und Gerecht-sein ausgezeichnete Existenz (das neue Leben; deiformitas) gewinnt der Mensch allein in solchem Glauben (d. i. fides justificans), wenn sich Christus und Mensch nicht wie Du und Ich gegenüberstehen (ein Gegenüber gibt es im historischen »Glauben«), sondern so zusammengeschweißt sind (conglutinatio), daß beide quasi eine Person werden (Luther: WA 40, 1, 285, 24ff).

d) Der aus dem Hören auf Gottes Wort lebende und durch Christus vermittelte Glaube des Menschen betrifft seine persönliche Beziehung zu Gott; er bestimmt aber auch sein *Verhältnis zur Welt,* in welcher der Mensch lebt und handelt. Aus der Glaubenserkenntnis folgt hinsichtlich des Weltverhältnisses und des Handelns in den weltlichen Bezügen:
(1) Im Glauben erkennt der Mensch die *Welt* als eine ihrem Schöpfer widersprechende, gottlose, dem Gesetz unterstellte, dem Gericht verfallene und vergängliche Welt (auch die Sünde der Welt wird geglaubt). Dieser Weltlichkeit kann die Welt nicht entkommen.
(2) Mit seinem *weltlichen Handeln* kommt der Mensch nicht über sich hinaus. Er bleibt, was er von Natur aus ist, ein Sünder (peccator in re; homo sum = peccator sum). So kann er die Welt aus eigenem Vermögen nicht ändern (neu gestalten); sie bleibt gottlose Welt (was nicht aus Glauben kommt, ist Sünde). Mit seinem Tun und Lassen in und an der Welt steht der Mensch unter dem *Gesetz,* das sich auf das richtet, was der Mensch nicht ist, aber von ihm gefordert wird, und unter der *Gerechtigkeit,* die jedem das Seine gibt und somit nicht die Gerechtigkeit Gottes ist.
(3) Das *gottgemäße Handeln* des Menschen hat sein Gerecht-sein, das Gott schenkt, zur Voraus-Setzung. Das Gerecht-sein ermöglicht es, Gottes Gebot zu erfüllen (d. h. das zu tun, was der Mensch vor Gott durch Christus schon ist) und in der Welt dem Willen Gottes entsprechend zu handeln. Hier steht der Mensch unter dem *Evangelium,* das sich auf das richtet, was er und seine Welt noch nicht sind (in re), aber sein werden (iustus in spe).
(4) Das Gerecht-sein, das von der Sünde ledig und von der gottlosen Welt frei macht, ergreift der Mensch im *Glauben.* Als der im Glauben Gerechtfertigte kann der Mensch das Rechte tun (iusti essendo iusta operamur; Luther: Rm II 91,26). Der Wert des *Handelns* (der Werke) bemißt sich nach dem Sein des Menschen coram Deo. Das Sollen folgt aus dem Sein (personale Ethik, keine Wertethik).
(5) In dem Weltverhältnis des Menschen und seinem Handeln in den weltlichen Bezügen geht es nicht um das eigene und der Welt *Heil* (Erlösung). Das Heil des Menschen (das neue Leben, die neue Welt/Schöpfung) hängt von dem ab, was Gott in Christus getan hat und ob der Mensch glaubt, nicht von dem, was der Mensch tut. So bleibt das Heil eine verborgene (endzeitliche) Wirklichkeit; allein die Sünde und das Kreuz sind zeitlich und anschaubar (s. o.).
(6) *Rechtfertigung* (Gerecht-sein) *und Heiligung* (das Rechte tun) sind unlöslich verbunden; keines ohne das andere (Einheit von Person und Werk, von Gabe und Aufgabe). Beides ist auf das Gottesverhältnis bezogen, in dem der Einzelne vor Gott steht und die Welt hinter sich gelassen hat (also nicht Heiligung der Welt, Streben nach einer zu erwerbenden Heiligkeit). Für das Leben und Handeln des Menschen unter den konkreten weltlichen Bedingungen (unter dem Gegensatz von Gott und Welt; keine inkarnatorische Ordnung/Einheit) bedeuten Rechtfertigung und Heiligung *Freiheit von der Welt* (herausgerufen aus den gottlosen Bindungen) und zugleich *Freiheit für die Welt* (gesandt zum Dienst an der verfallenen Welt). – Die doppelte Freiheit ist zum Dauerproblem der protestantischen Christenheit geworden, indem sie bei unterschiedlicher Lebenserfahrung und unter ungleichen Umweltbedingungen verschiedenartig gestaltet wurde und permanent auf vielfältige, gemäß ihrer Eigenart auf individuelle Weise zu verwirklichen versucht wird (Pluralität im Glaubensvollzug). Die Problematik ist dadurch mitbestimmt, daß das reformatorische Verständnis des rechtfertigenden Glaubens (samt seiner Implikate) mit seinen antithetischen und dialektischen Aussagen hohe intellektuelle und noetische Anforderungen stellt, die Verantwortung der Wirklichkeit Gottes

in der Wirklichkeit der Welt ein ständig kritisches Bewußtsein verlangt und der Mensch nie ganz Glaube ist, ein Werdender und so oft ein Suchender bleibt (Offenheit des Systems). Haupttendenzen im Glaubensvollzug: Flucht in die Innerlichkeit (private Frömmigkeit; sozialer Kommunikationsverlust), Distanz zum Welthaften (Realitätsverlust); Flucht in den sozialen Aktivismus (Verklärung der eigenen Profanität; politische Theologie), Distanz zu gottesdienstlichem Leben (geistlicher Kommunikationsverlust); Flucht in das Jenseits-Zukünftige (Spiritualisierung; Gegenwartsverlust des Reiches Gottes), modus vivendi mit den vorhandenen Ordnungen der Welt (Selbstgenügsamkeit).

e) Die Rechtfertigungslehre, welche die Existenz des Menschen coram Deo angeht, zieht die *Zwei-Regimenten-* bzw. *Zwei-Reiche-Lehre* nach, welche die Situation des Menschen in der Welt betrifft, indem sie zum einen Gottes Handeln (Regiment) an der Welt und zum andern den Ort und das Verhalten des Menschen in den Blick nimmt. Hier wie dort soll das Bezugsproblem (die Relation von Gott und Welt/Mensch) beantwortet werden, d. h. der Unterschied, der Gegensatz und die Beziehung zwischen der Wirklichkeit Gottes und der Wirklichkeit des Menschen. Desgleichen ist hier wie dort jenes andauernde personale Geschehen gemeint, in dem sich Gott offenbart, gegenwärtig bleibt und die Beziehung zu dem Menschen und seiner Welt schafft: Gesetz und Evangelium.
(1) Das *weltliche Reich* und *Regiment* Gottes (zur »linken Hand«) dient der Erhaltung des zeitlichen, geschichtlichen Lebens, in das der Mensch hineingeboren wird und das er mit Vernunft, Wille und Leidenschaft gestaltet und prägt. Gottes Ordnungen, die Ehe/Familie, Beruf/Stand, Volk/Staat, Kultur, Wirtschaft usf. umfassen, ermöglichen menschliche Existenz, Handeln und Zusammenleben und geben dem Menschen Spielraum für freies Gestalten und für eigene Verantwortung. Dem Erhaltungs- und Ordnungswillen Gottes verdanken Mensch und Welt als seine Schöpfung ihren Bestand. Seinen Willen gibt Gott durch das *Gesetz* als Gebot und Forderung an den Menschen kund; das ist seine Regierungsweise. Ohne Gesetz, in dem das Sein-sollen zum Ausdruck kommt, wären Mensch und Welt allein gelassen, auf sich selbst gestellt und damit der Gefahr ihrer Selbstzerstörung ausgesetzt. Indem der Mensch aber gar nicht sein will, was er ist und sein darf (Geschöpf Gottes), sondern stets und immerzu sich selbst will, sein eigener Herr (d. i. seine Sünde), von seinem Seinsgrund sich löst, Gottes Ordnung mißbraucht und korrumpiert, die gute Schöpfung (Natur) zur Sünde macht (nicht mehr urständliche Ordnung), Gerechtigkeit vor und in der Welt (sein Recht in seinen Werken) und damit Selbstgerechtigkeit sucht, offenbart ihm das Gesetz Gottes sein Verderben und Unheil, seine Ungerechtigkeit vor Gott, der ihn geschaffen hat. So ist das eine Gesetz, das der Geduld Gottes mit seiner Schöpfung entspringt und sie bewahren will, zugleich das anklagende und verurteilende Gesetz, das den Zorn Gottes und Urteil über das Selbst-sein-wollende Geschöpf ausspricht. Diese doppelte Funktion des einen Gesetzes läßt erkennen, daß die Erhaltungsordnung (das weltliche Reich) – gerade weil sie göttliches Regiment ist und Gott seine Schöpfung ernstnimmt – eine Verderbens- und Gerichtsordnung darstellt und die Menschheits- und Weltgeschichte eine Unheilsgeschichte ist.
(2) Das *geistliche Reich* und *Regiment* Gottes (zur »rechten Hand«) dient der Erlösung von Mensch und Welt aus der durch die Sünde gegebenen tödlichen Bedrohung ihrer Existenz und der Versöhnung mit Gott, damit dem Heil, d. h. der Menschwerdung des Menschen und insofern der Vollendung der Schöpfung. Das geistliche Regiment bedeutet das Ende, die Negation des weltlichen. In seinem geistlichen Reich regiert Gott durch das *Evangelium*, das auf Christus verweist, den Menschen zu seiner ursprünglichen Bestimmung beruft und ihm im Glauben das neue Leben schenkt. Die Glaubenden, die von sich selbst absehen, das verheißende Wort annehmen und Gott an sich handeln lassen, finden ihre neue Lebensgemeinschaft in der Kirche Jesu Christi (s. u.). Nicht die zeitliche Erhaltungsordnung, sondern allein das im Glauben erkannte und angenommene geistliche Regiment ist die endzeitlich/endgültige Erlösungs- und Heilsordnung.
(3) Das weltliche Regiment ist als Gottes vorläufiges Handeln seinem geistlichen Regiment zugeordnet. Die *Zuordnung* besagt aber nicht, (a) daß die beiden Reiche in einem Nacheinander sich folgen (beide sind Gegenwart gleich Gesetz und Evangelium als Zuspruch und Anspruch) oder wie Diesseits und Jenseits auseinander zu halten sind (beide umgreifen den Menschen in der einen Welt), und (b) daß die beiden Regimente sich ergänzen oder in einem positiven Verhältnis zueinander stehen (z. B. wie Natur und Übernatur, Natur und Gnade; vgl. I § 4, 2 Exkurs). Indessen: das geistliche Regiment schließt das weltliche aus (Negation), weil Gott nicht bei dem Urteil über den Sünder stehen bleibt, vielmehr das Gerecht-sein des Gottessohnes ihm zuspricht (imputatio; Sünde: nonimputatio) und gegen die Teufelsherrschaft die Königsherrschaft Christi aufrichtet. Der Gegensatz

und Unterschied der beiden Reiche/Regimente bedeuten insofern keine Trennung (oder Dualismus), als in beiden das Subjekt (Gott) und das Objekt (Mensch/Welt) jeweils ein und dieselben sind, und ebensowenig ein zeitliches Auseinandertreten, als sie beide immerzu auf das Hier und Heute des Menschen bezogen sind.

(4) Indem die Zwei-Reiche-/Regimenten-Lehre die Relation von Gott und Welt, implizite das Gottesverhältnis des Menschen meint, kann sie nicht als Anweisungsregel für das konkrete soziale und politische Verhalten des Christen in der Welt gelten. Gleichwohl sind ihr *Hinweise* zu entnehmen: daß ein Christ die Eigenart der beiden Reiche/Regimente beachten muß, sie nicht vermischen darf; – daß er im Wissen um den Willen Gottes sich der Welt zuwenden, sie mitgestalten kann und nicht zu resignieren braucht (die Welt nehmen, wie sie ist, und sich ihrer annehmen); – daß er sich dem »Nächsten«, dem wie ihm Gottes Gerechtigkeit und Gnade gilt, fürsorgend (erhaltend) und liebend (vergebend) nähern soll (Christus in mir handeln lassen); – daß er mit allem Tun und Lassen in einem prozessualen Geschehen steht (Prozeß der Vergebung), um dessen Anfang und Ende er im Glauben weiß und das Kreuz und Auferstehung, Tod und neues Leben beinhaltet. Dabei mag sich seine konkrete Verhaltensweise von der eines Nicht-Christen vielleicht nicht unterscheiden. Der Unterschied muß auch nicht in den Motiven liegen. Er besteht allein im Glauben (Person-sein), den ein Christ freilich nicht für sich behalten darf.

(5) Die *Interpretation und Anwendung* der Zwei-Reiche-/Regimenten-Lehre, die als Korrelat der Rechtfertigungslehre über das Woher und Wo menschlicher Existenz aussagen will, ist – als Deutungsmuster für Kirche und Welt verwendet – zu einem »Irrgarten« geworden. In ihm wird vornehmlich nach dem Wie christlichen Existierens unter den Bedingungen der neuzeitlichen Welt gesucht (Sozialethik, Verhältnis von Kirche und Staat usf.). Theologische und zeitgeschichtliche Interessen verschränken sich. Vgl. unten die Literatur.

f) Nach reformatorischer Überzeugung entscheidet das rechte Verständnis der Rechtfertigung über die Angemessenheit christlicher Lehre und christlichen Lebens. Sie stellt die »Mitte und Grenze reformatorischer Theologie« dar (EKL III, 482) und bestimmt darum auch das Nachdenken über die *Kirche* als Gemeinschaft derer, die als einzelne durch Gottes Heilstat in Christus aus der sündigen Welt ausgesondert und in die neue christliche Existenz versetzt sind. Wie das Versöhnungsgeschehen nur im Glauben ergriffen werden kann, so ist auch die Gemeinschaft der Heiligen zu glauben. Diese läßt sich nicht mit der Kirche identifizieren, wie sie sich geschichtlich nach Ort und Zeit als Institution ergeben hat. Die institutionalisierte Gemeinschaft von Menschen, die sich zu Christus bekennen und um Wort und Sakrament sammeln, ist eine Konsequenz der Verkündigung des Evangeliums (der Rechtfertigungsbotschaft), aber kein sichtbares, das Heil vermittelnde (sakramentales) Zeichen. Es ist und bleibt immer der freie, souveräne Gott, der sein Urteil spricht, Menschen herausruft, sammelt, Gemeinschaft schenkt. Der Auftrag der Kirche besteht darin, im Dienst Jesu Christi das Urteil Gottes in der Verkündigung des richtenden Gesetzes und des versöhnenden Evangeliums an jedermann weiterzusagen. Der Botschaft von der Gerechtigkeit und Gnade Gottes hat sie ihre Ordnungen und Aktivitäten anzupassen. Es steht ihr nicht zu, die Gnade in dem Sinne vermitteln, darzustellen oder präsent machen zu wollen, daß die Kirche selbst vermöge einer gott-menschlichen Struktur eine heiligende Funktion übernimmt. Kirche bleibt gemäß der Rechtfertigung ein Sammeln und Versammelt-werden von Gott her.

Lit.: W. Lück: Das Ende der Nachkriegszeit. Eine Untersuchung zur Funktion des Begriffs der Säkularisierung in der »Kirchentheorie« Westdeutschlands 1945–1965, Bern/Frankfurt/M. 1976 (m. Lit.) – H.-W. Hessler (Hg.): Protestanten und ihre Kirche in der Bundesrepublik Deutschland, München 1976 – *Zur Rechtfertigungslehre:* H. J. Iwand: Rechtfertigungslehre und Christusglaube, Leipzig 1930; Ndr. Darmstadt 1961 – Ders.: Glaubensgerechtigkeit nach Luthers Lehre, München ²1951 – E. Kinder/K. Händler (Hg.): Gesetz und Evangelium. Beiträge zur gegenwärtigen theol. Diskussion, Darmstadt 1968 (Bibliographie) – G. Müller: Die Rechtfertigungslehre. Geschichte u. Probleme, Gütersloh 1977 – O. H. Pesch, in: MySal IV/2, 831–920 (kath. Position; umfass. Lit.) – *Zur Zwei-Reiche-/Regimenten-Lehre:* H.-H. Schrey (Hg.): Reich Gottes und Welt. Die Lehre Luthers von den zwei Reichen, Darmstadt 1969 (Bibliographie) – R. Ohlig: Die Zwei-Reiche-Lehre Luthers in der Auslegung der dt. luth. Theologie der Gegenwart seit 1945, Bern/Frankfurt/M. 1974 (Lit). – U. Duchrow (Hg.): Zwei Reiche und Regimente. Ideologie oder evangelische Orientierung? Gütersloh 1977 (Fallstudien) – G. Sauter (Hg.): Zur Zwei-Reiche-Lehre Luthers, München 1973 (Bibliographie).

2. Die evangelischen Landeskirchen

a) Im Bereich der Bundesrepublik Deutschland (ohne West-Berlin) bestehen *16 Landeskirchen* (Amtsbezeichnung des Leiters und Sitz der Kirchenleitung in Klammer): Evangelische Kirche von Westfalen (Präses; Bielefeld), Evangelische Kirche im Rheinland (Präses; Düsseldorf), Evangelische Kirche in Hessen und Nassau (Kirchenpräsident; Darmstadt), Evangelische Landeskirche von Kurhessen-Waldeck (Bischof; Kassel), Evangelische Landeskirche in Baden (Bischof; Karlsruhe), Evangelische Kirche der Pfalz (Protestantische Landeskirche) (Name seit 1978; Kirchenpräsident; Speyer), Bremische Evangelische Kirche (Schriftführer; Bremen), Evangelisch-Lutherische Landeskirche Hannovers (Bischof; Hannover), Evangelisch-Lutherische Kirche in Bayern (Bischof; München), Braunschweigische evangelisch-lutherische Landeskirche (Bischof; Wolfenbüttel), Evangelisch-lutherische Landeskirche von Schaumburg-Lippe (Bischof; Bückeburg), Nordelbische Evangelisch-Lutherische Kirche (mit drei Bischöfen für die Sprengel Hamburg, Schleswig und Holstein-Lübeck; Nordelbisches Kirchenamt in Kiel; ein am 1. 1. 1977 wirksam gewordener Zusammenschluß der evangelisch-lutherischen Landeskirchen von Hamburg, Schleswig-Holstein, Lübeck und Eutin und dem hannoverschen Kirchenkreis Hamburg-Harburg), Evangelische Landeskirche in Württemberg (Bischof; Stuttgart), Evangelisch-lutherische Kirche in Oldenburg (Bischof; Oldenburg), Lippische Landeskirche (Landessuperintendent; Detmold), Evangelisch-reformierte Kirche in Nordwest-Deutschland (Kirchenpräsident; Leer). Die evangelischen Christen in *West-Berlin* gehören zur Evangelischen Kirche in Berlin-Brandenburg-Region West (Bischof; West-Berlin; die größere Region Ost und sieben weitere Landeskirchen im Bereich der DDR bilden seit 1969 den »Bund Evangelischer Kirchen in der DDR«). Sieben Landeskirchen sind *uniert* (Westfalen, Rheinland, Hessen-Nassau, Kurhessen-Waldeck, Baden, Pfalz und Bremen), von denen die beiden erstgenannten zur Evangelischen Kirche der Union gehören; von den sieben *lutherischen* Kirchen (Hannover, Bayern, Braunschweig, Schaumburg-Lippe, Nordelbien, Württemberg und Oldenburg) sind die fünf erstgenannten in der Vereinigten Evangelisch-Lutherischen Kirche zusammengeschlossen; die beiden *reformierten* Kirchen (Lippe und Nordwest-Deutschland) gehören zum Reformierten Bund (vgl. unten Nr. 3). Alle genannten Landeskirchen sind »Gliedkirchen« der Evangelischen Kirche in Deutschland (vgl. unten Nr. 4).

b) Nach reformatorischem Verständnis ist die Kirche im Sinne des Apostolischen Glaubensbekenntnisses die Gemeinschaft der Gläubigen, die durch das Evangelium Jesu Christi gesammelt und zusammengehalten wird. Sie begegnet in der um Gottes Wort (Predigt) und Sakrament (Taufe und Abendmahl) versammelten *Ortsgemeinde* (Parochialprinzip), kann aber auch gelegentlich Gemeindegrenzen überschreitende und auf bestimmte kirchliche Aufgaben bezogene Formen annehmen (sog. Funktionsgemeinden; z. B. Studenten- und Militärgemeinden; auch in der Jugend-, Männer-, Frauenarbeit u. ä.). Die Organe der Ortsgemeinde sind der *Kirchenvorstand* (Presbyterium, Gemeindekirchenrat), gegebenenfalls noch die Gemeindeversammlung und der Gemeindebeirat, und der (die) *Pfarrer* (Pfarramt), wobei in der rechtlichen Zuordnung von Gemeinde und Amt unter den einzelnen Landeskirchen aufgrund der jeweiligen Bekenntnis- und Verfassungstradition Unterschiede bestehen. Die Ortsgemeinden stellen sich dar in Gottesdienst, Seelsorge, Unterricht und Diakonie und tragen die volle Verantwortung für ihre Glieder. Da sie jedoch nicht in der Vereinzelung leben und ihre Aufgaben nicht allein erfüllen können, sind sie auf Nachbargemeinden und übergemeindliche Einrichtungen angewiesen. Mehrere Ortsgemeinden in räumlich näherer Umgebung bilden (oft kirchengeschichtlich und nicht immer durch kommunale Grenzen bedingt) einen *Kirchenkreis*

(Dekanat, Bezirksgemeinden). Seine Organe sind die aus den Kirchenvorständen und von der Pfarrerschaft des betreffenden Gebietes gebildete *Kreissynode* (Dekanatssynode, Kreiskirchentag), der *Superintendent* (Dekan) und der *Kreissynodalvorstand* (Dekanatsausschuß, Bezirkskirchenrat). Der Kirchenkreis erfüllt gemeinschaftliche Aufgaben der in ihm verbundenen Ortsgemeinden, sorgt für gegenseitige Hilfe und ist regionale Mittelinstanz in dem landeskirchlichen Zusammenschluß. Vielfach sind mehrere Kirchenkreise (Dekanate) verbunden zu einem *Sprengel,* einer *Prälatur* oder *Propstei,* die aber in der Regel keine Verwaltungseinheiten darstellen. An ihrer Spitze steht ein *Landessuperintendent, Prälat, Propst* oder *Kreisdekan,* dem die geistliche Leitung seines Amtsbezirkes obliegt (in Hannover bilden die Landessuperintendenten den Bischofsrat; in Hessen und Nassau fungieren die Pröpste zusammen mit dem Kirchenpräsidenten als Leitendes Geistliches Amt).

c) Die lutherischen Landeskirchen haben eine mehr bischöflich-konsistorial bestimmte Verfassungsstruktur, während die reformierten und unierten Landeskirchen stärker presbyterial-synodal strukturiert sind. Die konfessionell und geschichtlich bedingten Unterschiede zeigen sich in Zahl, Zusammensetzung und Kompetenz der kirchenleitenden Instanzen. In der Regel bestehen in jeder Landeskirche als der Zusammenschluß aller Ortsgemeinden in einem bestimmten Territorium, dessen Grenzen nicht mit solchen der Bundesländer in der BRD übereinstimmt, folgende Organe: (1) *Landessynode.* Ihre Mitglieder (Synodale) werden z. T. von den Kirchenvorständen, z. T. von den Gremien der Mittelinstanzen oder auch in einer Urwahl (Württemberg) auf Zeit gewählt (Amtsdauer der Synode); hinzu kommen die von der Kirchenleitung (Bischof) ernannten bzw. berufenen Mitglieder (in den presbyterial-synodal bestimmten Landeskirchen gehören zur Synode auch die Mitglieder der Kirchenleitung, während in den lutherischen Landeskirchen das synodale Gegenüber zur Kirchenregierung gewahrt bleibt). Die Landessynode, die überall mehrheitlich aus Laien besteht, besitzt das Gesetzgebungs-, Haushalts- und Wahlrecht (mancherorts wählt sie nicht nur den Bischof, sondern auch die übrigen Mitglieder der Kirchenleitung). (2) Die *Kirchenleitung* tritt zwischen den Tagungen der Synode (ein- oder zweimal im Jahr) an deren Stelle. Sie wird von der Synode auf Zeit gewählt oder aus gewählten Synodalen und hauptamtlich tätigen Amtsträgern (Bischof, Konsistorialpräsident, Oberkirchenrat) gebildet (Senat). (3) Der *Bischof* wird (in lutherischen Landeskirchen) lebenszeitlich, die *Präsides* und *Kirchenpräsidenten* werden für eine begrenzte Amtszeit von der Synode gewählt. Sie führen den Vorsitz in den Leitungsgremien; doch in lutherischen Landeskirchen leitet die Synode ein Synodalpräsident, damit das Gegenüber zur Kirchenregierung bzw. Bischof erhalten bleibt. (4) Die laufenden Verwaltungsgeschäfte erledigt das *Landeskirchenamt* (Konsistorium, Kirchenverwaltung), das von Theologen und Juristen gebildet wird (Landeskirchenrat, Oberkirchenrat) und kollegial verfaßt ist. In presbyterial-synodal geprägten Landeskirchen ist das Landeskirchenamt z. T. mit der Kirchenleitung identisch.

Lit.: F. MERZYN: Das Verfassungsrecht d. Evang. Kirche in Deutschland und ihrer Gliedkirchen, 3 Tle, Hannover 1957ff (fortlfd. Loseblattausg.; Texte d. Kirchenverfassungen) – H. FROST: Strukturprobleme evang. Kirchenverfassung. Rechtsvergleichende Untersuchungen d. Verfassungsrechtes der dt. evang. Landeskirchen, Göttingen 1972.

3. Zusammenschlüsse

Wie die Konservierung der geschichtlich gewachsenen Territorien in den Landeskirchen, so gehört in gleicher Weise die Pflege des historisch bedingten Bekenntnisstandes zum Profil des deutschen

Protestantismus. Dabei sind die herkömmlichen Konfessionen »lutherisch« und »reformiert« wie die spätere Verknüpfung in »uniert« von vergleichbarer Qualität, auch wenn den unierten Landeskirchen eine klare Bekenntnisgrundlage gelegentlich bestritten wurde. Das Bemühen um das Erbe der Reformation insgesamt wie um seine spezifische Gestalt und Überlieferung verdeutlichen die drei bekenntnisgebundenen, wenngleich unterschiedlich gearteten Zusammenschlüsse, zu denen sich die Mehrzahl der Landeskirchen bereit gefunden haben: Evangelische Kirche der Union, Vereinigte Evangelisch-Lutherische Kirche Deutschlands und Reformierter Bund. Daneben existieren weitere überregionale Zusammenschlüsse in der Form von Arbeitsgemeinschaften, die ebenfalls den deutschen Protestantismus charakterisieren, wie z. B. Arnoldshainer Konferenz und Konferenz bekennender Gemeinschaften.

a) Die *Evangelische Kirche der Union* (EKU) trägt diesen Namen seit 1. 4. 1954 aufgrund eines verfassungsändernden Gesetzes vom 12. 12. 1953 der vormaligen »Evangelischen Kirche der altpreußischen Union« (APU). Nach dem Ende des landesherrlichen Kirchenregimentes und dem Verlust von Gebietsteilen an Polen hatte sich mit einer Verfassung von 1922 die APU als Zusammenschluß der Landeskirchen in den acht älteren Provinzen der preußischen Monarchie konstituiert. Infolge des Kirchenkampfes und des politischen Zusammenbruchs des Deutschen Reiches 1945 bedurfte sie wiederum einer Neuordnung. Am 1. 8. 1951 trat eine Verfassung in Kraft, in der sich die APU eine »Gemeinschaft der in ihr zusammengeschlossenen Gliedkirchen im Dienst am Evangelium« nennt (Art. 1, 1). Anlaß für die nachfolgende Namensänderung war der Einspruch der DDR-Regierung gegen das Wort »preußisch« und die darin anklingende Rechtsnachfolge.
Das theologische *Selbstverständnis* der EKU formuliert ein Grundartikel, der ihrer Verfassung (»Ordnung«) vorangestellt ist. Die EKU versteht sich als Kirche, indem sie zu Jesus Christus sich bekennt, auf das Zeugnis der Heiligen Schrift als alleiniger Quelle und Richtschnur sich gründet, ihren Glauben in der Gemeinschaft mit der alten Kirche bezeugt und »in der einen allgemeinen christlichen Kirche steht, in der das Wort Gottes lauter und rein verkündigt wird und die Sakramente recht verwaltet werden«. In diese die altkirchlichen Symbole und die Bekenntnisse der Reformation einschließenden Aussage wird gleichfalls aufgenommen »die Theologische Erklärung von Barmen als ein Glaubenszeugnis in seiner wegweisenden Bedeutung für die versuchte und angefochtene Kirche« (Satz 7). Ihr Proprium erkennt die EKU darin, daß sie unbeschadet der verschiedenen Bekenntnistraditionen »die Gemeinschaft kirchlichen Lebens der in ihr verbundenen lutherischen, reformierten und unierten Gemeinden« pflegt, in allen Gliedkirchen die volle Kanzel- und Abendmahlsgemeinschaft übt und »ihre Glieder ruft, auf das Glaubenszeugnis der Brüder zu hören, die Last bestehender Lehrunterschiede zu tragen und im gemeinsamen Bekennen des Evangeliums zu beharren und zu wachsen« (Art. 1, 2–4).
Die *Organe* der EKU sind: (1) *Synode* als oberstes Leitungsgremium. Mindestens drei Fünftel der Synodalen werden von den Gliedkirchen gewählt (höchstens ein Drittel dürfen Theologen sein), die übrigen berufen. Die Bischöfe und Präsides der Gliedkirchen und ihrer Synoden haben Sitz und Stimme. Der Synode fällt die Aufgabe zu, durch Besuch, Austausch von Kräften, Opfer und Finanzausgleich wie durch Gesetze und Ordnungen (z. B. gemeinsame Agende, Lebensordnung, Pfarrerdienstgesetz usw.) »die brüderliche Gemeinschaft zu verwirklichen und lebendig zu erhalten« (Art. 10, 1). Allerdings sind ihre Befugnisse insofern eingeschränkt, als die Gesetzgebung an einige Vorbedingungen geknüpft ist (vgl. Art. 7). Alle gemeinsamen Gesetze bedürfen der Zustimmung durch die Gliedkirchen, die in Leitung und Gesetzgebung selbständig bleiben (Art. 2), die Verbindlichkeit von Gesetzen für ihren Bereich ablehnen und auch Änderungen vornehmen können. Gegen Vorlagen, die einem in der Kirche geltenden Bekenntnis widersprechen, können Bedenken angemeldet werden, denen Rechnung zu tragen ist, »wenn sie von der Mehrheit der diesem Bekenntnis angehörenden Mitglieder der Synode

oder des Rates bestätigt werden und dann auch in nochmaliger Beratung unter Gottes Wort nicht behoben werden können« (Art. 17). (2) Der *Rat* leitet die Kirche zwischen den Synoden, die in der Regel im zweijährigen Turnus tagt. Ihm gehören die Bischöfe und Präsides der Gliedkirchen, der Präses der Synode, der Präsident der Kirchenkanzlei und ein von der Synode gewähltes Mitglied reformierten Bekenntnisses an. (3) Die *Kirchenkanzlei* erledigt die laufenden Geschäfte der Synode und des Rates, fungiert als ein Kollegium von theologischen und juristischen Mitgliedern und wird von einem Präsidenten geleitet.

In der EKU haben sich sieben Landeskirchen zusammengeschlossen: Berlin-Brandenburg, Pommern, Schlesien, Kirchenprovinz Sachsen, Anhalt, Westfalen, Rheinland, von denen die beiden letztgenannten im Bereich der Bundesrepublik Deutschland liegen, der kleinere Teil von Berlin-Brandenburg im Stadtgebiet von West-Berlin, die übrigen im Bereich der DDR. Bedingt durch die politischen Verhältnisse, die seit 1961 gemeinsame Synodaltagungen unmöglich machten, wurde mit Wirkung vom 1. 10. 1968 eine Regionalisierung der kirchlichen Organe vorgenommen: die Synode besteht in zwei Regionalsynoden (Ost und West), der Rat in zwei Sektionen und die Kirchenkanzlei in zwei Geschäftsstellen. »Sollen Angelegenheiten mit Wirkung für alle Gliedkirchen geregelt werden, sind dafür übereinstimmende Beschlüsse der Regionalsynoden erforderlich«, während die Sektionen des Rates und die beiden Geschäftsstellen jeweils für ihren Bereich volle Handlungsfreiheit besitzen, wobei die brüderliche Gemeinschaft der ganzen Kirche nicht verletzt werden darf (vgl. §§ 2–4 der Sektionsverordnung vom 1. 10. 1968).

Lit.: F.-R. HILDEBRANDT: Die Evangelische Kirche der Union, in: J. W. GRANT (Hg.): Die unierten Kirchen, Stuttgart 1973, 29–105 (umfass. Lit.).

b) Die *Vereinigte Evangelisch-Lutherische Kirche Deutschlands* (VELKD) wurde am 8. 7. 1948 mit der Annahme einer Verfassung durch eine in Eisenach tagende Generalsynode lutherischer Kirchen gegründet; die Verfassung trat nach der Ratifizierung durch die Gliedkirchen am 31. 12. 1948 in Kraft. Der VELKD gehörten zunächst die lutherischen Landeskirchen von Bayern, Hannover, Braunschweig, Schaumburg-Lippe, Hamburg, Schleswig-Holstein, Sachsen, Thüringen und Mecklenburg an; später folgten Lübeck (1949) und Eutin (1967). Die lutherischen Landeskirchen von Württemberg und Oldenburg traten der Vereinigung nicht bei; sie beschränken sich bis heute auf freundschaftliche Beziehungen. Die im Bereich der DDR liegenden Landeskirchen von Sachsen, Thüringen und Mecklenburg mußten sich unter dem Druck der DDR-Regierung von der VELKD trennen; sie gründeten auf einer Regionalsynode vom 28. bis 30. 11. 1968 eine selbständige »Vereinigte Evangelisch-Lutherische Kirche in der DDR«, in der das bisher gemeinsame Kirchenrecht weitergilt. Dem Zusammenschluß der lutherischen Landeskirchen waren – nach ergebnislosen, nur zur lockeren Zusammenarbeit führenden Einigungsversuchen im 19. Jahrhundert – in den 30er Jahren Bemühungen vorausgegangen, die eine einheitliche lutherische Kirche unter Überwindung des Territorialprinzips anstrebten. Am 18. 3. 1936 konstituierte sich ein »Rat der Evangelisch-lutherischen Kirche Deutschlands« (Lutherrat), doch erst nach 1945 konnte die Neuorganisation eingeleitet werden. Indessen gelang es nicht, das gesamte deutsche Luthertum in der VELKD zu vereinigen und die territoriale Gliederung wie den Bestand selbständiger Landeskirchen aufzulösen.

Das theologische *Selbstverständnis* der VELKD drückt sich in dem Anspruch aus, daß sie nicht bloß Kirchen in einem Bund zusammenführen, sondern – »geeint in dem gleichen Bekenntnis und gerufen zum gemeinsamen Bekennen und einheitlichen Handeln« (Vorspruch der Verfassung vom 8. 7. 1948) – selbst Kirche sein will. Sie besitzt ihre Bekenntnisgrundlage in dem »Evangelium von Jesus Christus, wie es in der Heiligen Schrift Alten

und Neuen Testaments gegeben und in den Bekenntnisschriften der Evangelisch-Lutherischen Kirche, vornehmlich in der ungeänderten Augsburgischen Konfession von 1530 und im Kleinen Katechismus Martin Luthers bezeugt ist« (Art. 1,1). Die Gliedkirchen, die sich zur VELKD zusammengeschlossen haben, wissen »sich in ihrer Verkündigung und Sakramentsverwaltung wie auch in ihrer Ordnung, Leitung und Verwaltung sowie im gesamten Handeln der Kirche an das Bekenntnis gebunden« (Art. 1,2). Darum besteht innerhalb der vereinigten Kirche »volle Kanzel- und Abendmahlsgemeinschaft« (Art. 1,5). Für andere lutherische Kirchen und Gemeinden will die VELKD offen sein; sie können ihr beitreten, »falls sie nicht einem anderen Kirchenregiment unterstehen« (Art. 1,4). Im Unterschied zur EKU wird die Barmer Theologische Erklärung von 1934 nicht der Bekenntnisgrundlage zugerechnet, jedoch insoweit aufgenommen, als »die dort ausgesprochenen Verwerfungen in der Auslegung durch das lutherische Bekenntnis für ihr kirchliches Handeln maßgebend« bleiben (Art. 2). Dem Selbstverständnis der VELKD als Kirche entspricht es, daß ihre Gesetze und Rechtsverordnungen solchen ihrer Gliedkirchen vorangehen (Art. 6,1) und sie auf diese Weise »Einheitlichkeit ihrer Ordnungen« (Art. 4, 2) und »Rechtsgleichheit« erreichen will (Art. 6, 2). Zugleich aber wird den Gliedkirchen zugestanden, daß sie »ihre Selbständigkeit in Kultus und Verfassung, Gesetzgebung und Verwaltung« behalten, soweit die Verfassung nichts anderes bestimmt (Art. 4, 1), und daß sie ihre eigene kirchliche Überlieferung pflegen dürfen, »sofern sie vor Schrift und Bekenntnis« bestehen (Art. 5, 1).
Die *Organe* der VELKD sind: (1) Die *Bischofskonferenz,* die aus den Bischöfen der Gliedkirchen besteht, und der *Leitende Bischof,* der auf Vorschlag der Bischofskonferenz aus ihrer Mitte von der Generalsynode auf Zeit gewählt wird und den Vorsitz in der Kirchenleitung wie in der Bischofskonferenz führt. (2) Die *Generalsynode,* deren geistliche und weltliche Mitglieder im Verhältnis eins zu zwei zu etwa drei Viertel von den synodalen Organen der Gliedkirchen entsandt und zu einem Viertel von dem Leitenden Bischof auf Vorschlag seiner Bischofskollegen berufen werden, besitzt das Gesetzgebungs- und Haushaltsrecht. Doch kommen Kirchengesetze nur »durch übereinstimmenden Beschluß der Generalsynode und der Bischofskonferenz« zustande (Art. 16, 1); allerdings kann die Generalsynode auch gegen die Bischofskonferenz »in einer mindestens sechs Monate später stattfindenden Sitzung ihren Beschluß mit verfassungsändernden Mehrheit« durchsetzen (Art. 16, 3). (3) Die *Kirchenleitung,* die sich aus dem Leitenden Bischof und seinem Stellvertreter, dem Präsidenten der Generalsynode und je einem geistlichen und weltlichen, von der Generalsynode aus ihrer Mitte gewählten Mitglied zusammensetzt, leitet die vereinigte Kirche. Diesen drei Organen ist das *Lutherische Kirchenamt* zugeordnet, das geistliche und juristische Räte und Hilfskräfte beschäftigt, von einem Präsidenten geleitet wird und die laufenden Verwaltungsgeschäfte der vereinigten Kirche erledigt.

Lit.: J. FRANK/E. WILKENS (Hg.): Ordnungen und Kundgebungen der Vereinigten Evangelisch-Lutherischen Kirche Deutschlands, Hamburg [2]1966 – V. VAJTA (Hg.): Die Evangelisch-Lutherische Kirche. Vergangenheit und Gegenwart, Stuttgart 1977 (umfass. Lit.) – TH. BACHMANN: Luth. Kirchen in der Welt 1977, in: LuthRs 27, 1977, Heft 2 und 3.

c) Der *Reformierte Bund* wurde am 20. 8. 1884 in Marburg/Lahn von der »Conferenz reformierter Prediger, Ältester und Gemeindeglieder« gegründet, die sich bereits 1850 angesichts einer als bedrohlich empfundenen Bekenntnisnivellierung einerseits und einer weitergehenden Lutheranisierung andererseits konstituiert hatte. Als »ein freier, brüderlicher Bund« vereinigte der »Reformierte Bund für Deutschland« Einzelpersonen und Gemeinden in der Rechtsform eines Vereins »zur Wahrung und Pflege der Güter der reformierten Kirche, welcher in einer periodisch wiederkehrenden Conferenz und deren ständigem, geschäftsführenden Moderamen seinen Mittelpunkt hat«. Seine Aufgaben er-

füllte der Bund teils durch literarische Tätigkeiten (u. a. Reformierte Kirchenzeitung, seit 1851), teils durch Förderung des theologischen Nachwuchses (Studienkonvikte in Göttingen, Halle und Erlangen; Kandidatenstift in Elberfeld 1904, seit 1928 Predigerseminar der APU; daselbst 1927 theologische Schule Elberfeld), teils durch intensive theologisch-praktische Arbeit (Theologische Wochen, Coetus reformierter Prediger). Im Kirchenkampf stand der Bund auf Seiten der Bekennenden Kirche (Freie reformierte Synoden). Aufgrund der im Kirchenkampf gewonnenen Erkenntnisse und dem reformierten Kirchenverständnis folgend fand sich der Reformierte Bund nach 1945 nicht dazu bereit, neben und gegenüber der 1948 entstandenen VELKD eine vergleichbare vereinigte reformierte Kirche zu gründen. Die 1946 erfolgte, die Vereinsform beibehaltende Neuordnung versammelte Kirchen, Gemeinden und Einzelpersonen, »die vom reformierten Bekenntnis und Gottesdienst ihr Gepräge erhielten«. Mitglieder des Reformierten Bundes sind – neben einer Anzahl reformierter Gemeinden – die Evangelisch-reformierte Kirche in Nordwest-Deutschland und die Lippische Landeskirche.
Sein theologisches *Selbstverständnis* spricht der Reformierte Bund in seiner »Ordnung« aus: »Der Reformierte Bund bekennt sich zu Jesus Christus als dem einen Wort Gottes, wie es in der Heiligen Schrift des Alten und Neuen Testaments gegeben und wie es bezeugt ist in den altkirchlichen Glaubensbekenntnissen, in den reformierten Bekenntnisschriften, insbesondere im Heidelberger Katechismus, und wie es bekannt ist in der Barmer Theologischen Erklärung von 1934.«
Die *Organe* des Reformierten Bundes, der keine institutionalisierte kirchenleitende Funktion ausübt, gleichwohl sich als Kirche versteht, sind die im zweijährigen Turnus tagende *Hauptversammlung* und das *Moderamen,* das aus gewählten und berufenen Mitgliedern sowie je einem Vertreter der dem Bund angeschlossenen Landeskirchen besteht. Den Vorsitz führt der *Moderator,* der von der Hauptversammlung auf Zeit gewählt wird. Die laufenden Geschäfte werden von einem *Generalsekretär* erledigt.

Lit.: K. HALASKI (Hg.): Die reformierten Kirchen, Stuttgart 1977, 118–149 (Lit.).

d) Die *Arnoldshainer Konferenz* ist eine 1967 gegründete, nach ihrem Tagungsort (Evangelische Akademie Arnoldshain/Taunus) benannte, lose organisierte Arbeitsgemeinschaft von Vertretern der Kirchenleitungen der *unierten* Landeskirchen von Rheinland, Westfalen, Bremen, Kurhessen-Waldeck, Hessen und Nassau, Pfalz, Baden und Berlin-Brandenburg-Region West, der *reformierten* Landeskirchen von Nordwest-Deutschland und Lippe sowie der *lutherischen* Landeskirche von Oldenburg; die Vertreter der lutherischen Landeskirche von Württemberg und des Reformierten Bundes arbeiten gastweise mit. Die Arnoldshainer Konferenz entstand als Folge der theologischen Bemühungen um die Abendmahlsgemeinschaft zwischen den lutherischen und reformierten Kirchen (Arnoldshainer Thesen, s. u.) und und als Gegengewicht zu dem bekenntnisgebundenen Zusammenschluß der VELKD (s. o.). Ausgangspunkt und *Grundlage* ihrer Arbeit, die sich auf gegenseitige Unterrichtung, gemeinsame Beratung wichtiger Fragen des kirchlichen Lebens und kirchlicher Ordnung und die Ausarbeitung entsprechender Empfehlungen erstreckt, ist die Überzeugung, daß die Bekenntnisse der Reformationszeit unbeschadet ihrer Verbindlichkeit in den einzelnen Landeskirchen im Zuge der allgemeinen theologischen und gesamtkirchlichen Entwicklung ihre kirchentrennende Bedeutung verloren haben. Ihr Ziel ist die volle Kirchengemeinschaft unter den Gliedkirchen der EKD und eine entsprechende Reform der Struktur und Verfassung der EKD (s. u. Nr. 4).

Das Lehrgespräch über die historische innerprotestantische Kontroverse bezüglich des Abendmahls hatte 1947 begonnen und wurde 1957 mit der Vorlage von acht Thesen (*Arnoldshainer Thesen*) abgeschlossen, in denen lutherische, reformierte und unierte Theologen aussprachen, was sie »als Glieder

der einen apostolischen Kirche als entscheidenden Inhalt des biblischen Zeugnisses vom Abendmahl« hören. Auf der Basis dieser Thesen schlug 1966 eine 2. Abendmahlskommission vor, die in der Grundordnung der EKD getroffene Feststellung, über die Zulassung zum Abendmahl bestehe »innerhalb der EKD keine volle Übereinstimmung« (Art. 4,4), dahingehend abzuändern, daß »in allen Gliedkirchen der EKD der Zugang zum Abendmahl auch den Angehörigen eines anderen in der EKD geltenden Bekenntnisses offen« steht. Dieser Vorschlag wie auch eine am 8. 11. 1968 von der Arnoldshainer Konferenz vorgelegte »Vereinbarung über Kanzel- und Abendmahlsgemeinschaft« konnte nicht verwirklicht werden. Doch der 1969 entstandene »Bund Evangelischer Kirchen in der DDR«, der sich aufgrund der politischen Verhältnisse eine neue Ordnung geben mußte, nahm eine Änderung vor und bestimmte für seinen Bereich: »Die berufenen Diener am Wort sind in allen Gliedkirchen zum Dienst der Verkündigung zugelassen«, und: »Es ist in allen Gliedkirchen festgelegt, daß evangelischen Christen ... der Zugang zum Heiligen Abendmahl offensteht« (Art. 2,2 u. 4). Zugleich begannen Lehrgespräche »mit dem Ziel, eine Kirchengemeinschaft zu erlangen, die über den bisher unter den Kirchen in der DDR erreichten Grad der Gemeinschaft hinausgeht«. Auch im Bereich der BRD hatten 1967 offizielle Lehrgespräche zwischen den lutherischen, reformierten und unierten Kirchen begonnen. Das Ergebnis waren »Thesen zur Kirchengemeinschaft« vom 4. 5. 1970, in denen die »Übereinstimmung in der rechten Lehre des Evangeliums und in der rechten Verwaltung der Sakramente«, aber nicht »eine organisatorische Gleichheit bzw. Vereinigung« als notwendig für eine Kirchengemeinschaft erachtet wird. Eine Gesprächsrunde auf europäischer Ebene, die seit 1955 in mehreren Phasen ablief, endete 1971 mit dem Entwurf einer »Konkordie reformatorischer Kirchen in Europa« (*Leuenberger Konkordie*; genannt nach dem Tagungsort Leuenberg bei Basel/Schweiz) und mit der Erkenntnis, daß die Kontroversen der Reformationszeit kein Hindernis für die Kirchengemeinschaft darstellen. Dem 1973 verabschiedeten Text stimmten inzwischen vier Fünftel der an dem Gespräch beteiligten Kirchen zu. Die jahrelangen Bemühungen führten in der durch die Gründung des DDR-Kirchenbundes notwendig gewordenen Neufassung der EKD-Grundordnung vom 7. 11. 1974 zu der Feststellung, daß die Verschiedenheit der Bekenntnisse für die Gliedkirchen der EKD keine kirchentrennende Bedeutung mehr haben und zwischen ihnen Abendmahlsgemeinschaft besteht.

Texte: O. LINGNER (Hg.): EKD Struktur- und Verfassungsreform. Dokumente und Materialien, Witten 1972 – *Lit.:* G. NIEMEIER (Hg.): Lehrgespräch über das Hl. Abendmahl. Stimmen u. Studien zu den Arnoldshainer Thesen, München 1961 – W. BOELENS: Die Arnoldshainer Abendmahlsthesen, Assen 1964 – M. LIENHARD: Lutherisch-reformierte Kirchengemeinschaft heute, Frankfurt/M. [2]1973.

e) Die *Konferenz Bekennender Gemeinschaften in den evangelischen Kirchen Deutschlands* (KBG) ist ein, angesichts einer pluralistisch gewordenen Theologie und Kirche 1970 erfolgter Zusammenschluß verschiedenartiger Gemeinschaften und Gruppen, die in ihrem Selbstverständnis wie in ihrer Zielsetzung gewisse Gemeinsamkeiten aufweisen.

(1) *Bekenntnisbewegung »Kein anderes Evangelium«*, gegründet am 12. 1. 1966 für Westfalen, am 21. 3. 1966 für den Bereich der BRD. Nach immer wieder vorgebrachten Protesten aus Gemeinschaftskreisen konstituierte sich 1960 ein »Bethelkreis«, der sich nachdrücklich gegen die Verleugnung des christlichen Glaubens durch die moderne Theologie wandte (insbes. gegen das Entmythologisierungsprogramm der Bultmann-Schule). Vorträge von Vertretern dieser Theologie auf dem Kirchentag in Köln 1965 gaben den Anstoß, eine Bekenntnisbewegung gegen die »moderne Irrlehre« ins Leben zu rufen. Eine Abfolge von Großkundgebungen 1966 (Dortmund, Kassel, Siegen, Hannover) fand ihren Höhepunkt in der »Düsseldorfer Erklärung« vom 22. 11. 1967, in der sich die Bewegung »zu der biblischen Wahrheit des Evangeliums bekennt und zugleich die Irrlehren der heutigen Zeitgeisttheologie verwirft«. In den Landeskirchen konstituierten sich Landesgruppen. (2) *Kirchliche Sammlung um Bibel und Bekenntnis,* zunächst in Braunschweig 1966 entstanden, 1968 mit ähnlichen Gruppen in Hannover und Schleswig-Holstein vereinigt. Auf einem deutsch-skandinavischen Theologentag am 26. 2. 1968 wurde die Verbindung zu Bekenntniskreisen aus den nordischen Ländern aufgenommen und die gemeinsame Position in dem »Wort von Sittensen« formuliert. (3) *Kirchliche Sammlung um Bibel und Bekenntnis in Bayern,* im Frühjahr 1966 gegründet mit dem Ziel, in strenger Bindung an das lutherische Bekenntnis zur Erneuerung der christlichen Kirche beizutragen. (4) *Evangelische Sammlung Berlin,* im September 1967 gegründet, wobei neben evangelikalen und konfessionellen Motiven auch politische Gründe eine Rolle spielten. (5) *Ludwig-Hof-*

acker-Vereinigung in Württemberg, ein Zusammenschluß pietistisch gesinnter Christen (genannt nach einer der führenden Gestalten der württembergische Erweckungsbewegung), die sich um den Aufbau von Bibelkreisen bemühen, Evangelisationen durchführen und kirchenpolitische Aktivitäten mit evangelikaler Zielrichtung entfalten. (6) *Deutscher Verband für Gemeinschaftspflege und Evangelisation* (Gnadauer Verband), ein 1897 gegründeter Zusammenschluß fast aller aus Erwekkung und Pietismus des 19. Jahrhunderts hervorgegangener Gemeinschaftsverbände und -werke, der im Bereich aller Landeskirchen tätig ist. (7) *Evangelische Notgemeinschaft in Deutschland,* eine in der Opposition zur sog. Ost-Denkschrift der EKD 1965 entstandene Organisation, die sich gegen die Politisierung der Kirche wendet, von politisch konservativen Kreisen getragen wird und sich 1975 der KBG angeschlossen hat. – Auf einer Kundgebung der KBG am 22./23. 5. 1974 in Berlin, die in ihrer »Berliner Ökumene-Erklärung« die »schwärmerischen sozialreformerischen Ideen« der »Genfer Ökumene« anklagten, wurde die Ausweitung der KBG auf andere europäische Länder beschlossen.

Das theologische *Selbstverständnis* dieser Gruppen wird in der Ordnung der KBG formuliert: Die bekennenden Gemeinschaften »wissen sich von Jesus Christus gerufen, als einzelne und miteinander in ihren Kirchen für die schrift- und bekenntnisgebundene Verkündigung des Evangeliums zu beten und zu arbeiten, sich mit dem Evangelium zu ihrem Heiland und Herrn zu bekennen und nach ihren Möglichkeiten der Entstellung der Botschaft zu widerstehen mit dem Ziel der inneren Erweckung und Erneuerung ihrer Kirchen«. Ihre *Organe* besitzt die KBG in dem *Theologischen Konvent,* der sich aus den Vorsitzenden der in der KBG vereinigten Gemeinschaften und einigen Theologieprofessoren und -dozenten zusammensetzt, und in dem *Missionskonvent,* der u. a. von evangelikalen Missionsgesellschaften beschickt wird; die laufenden Geschäfte erledigt ein vierköpfiger *Vorstand.* Die von der KBG veranstalteten *»Gemeindetage unter dem Wort«* wollen als Alternative zum Evangelischen Kirchentag verstanden sein.

Lit.: H. STRATMANN: Kein anderes Evangelium. Geist und Geschichte der neuen Bekenntnisbewegung, Hamburg 1970 – U. BETZ: Evangelikale in Deutschland. Skizze einer neuen geistlichen Bewegung im deutschen Protestantismus, in: ÖkumRs 22, 1973, 309–319 – Neue transkonfessionelle Bewegungen, Frankfurt/M. 1967, 45–102 (Texte; Lit.; Zusammenhang mit der weltweiten evangelikalen Bewegung).

4. Evangelische Kirche in Deutschland

a) Die nach dem Zweiten Weltkrieg notwendig gewordene Neuordnung der Deutschen Evangelischen Kirche (DEK) erfolgte nach zwei voraufgegangenen Kirchenversammlungen in Treysa (27.–31. 8. 1945 und 5.–6. 6. 1947) auf einer verfassungsgebenden Kirchenversammlung vom 9. bis 13. 7. 1948 in Eisenach. Vertreter von 28 Landeskirchen verabschiedeten einstimmig die »Grundordnung der Evangelischen Kirche in Deutschland«, in der die »bestehende Gemeinschaft der deutschen evangelischen Christenheit« zum Ausdruck kommt. Gleichwohl handelt es sich um eine spannungsvolle Gemeinschaft, in der die konfessionell und territorial geprägten Unterschiede nicht überwunden sind. Zwar nennt die Präambel der Grundordnung als die allen gemeinsame »Grundlage« das Evangelium von Jesus Christus und die altkirchlichen Bekenntnisse, weist aber zugleich darauf hin, daß für das Verständnis dieser Grundlage die in den Gliedkirchen der EKD geltenden Bekenntnisse maßgebend sind. Rückblickend auf die Barmer Bekenntnissynode von 1934 wird die EKD als »bekennende Kirche« angesprochen, die sich dazu verpflichtet weiß, »die Erkenntnisse des Kirchenkampfes über Wesen, Auftrag und Ordnung der Kirche zur Auswirkung zu bringen« (Art. 1, 2). Doch als *Selbstverständnis* der

EKD wird formuliert, daß sie theologisch und kirchenrechtlich lediglich einen »Bund lutherischer, reformierter und unierter Kirchen« darstellt (Art. 1, 1). Als eine Föderation von Kirchen, die auf Grund ihrer konfessionellen Bindung in Wortverkündigung und Sakramentsverwaltung autonom sind, besitzt die EKD nur eine begrenzte Kompetenz. Bei der Erfüllung gemeinsamer Aufgaben ist sie an das Einverständnis und die Mitwirkung ihrer Gliedkirchen gebunden. Die Eigenart wie die Grenze der kirchlichen Gemeinschaft der EKD wird deutlich, wenn die Grundordnung einerseits zur »Festigung und Vertiefung der Gemeinschaft unter den Gliedkirchen« aufruft« (Art. 6, 1), andererseits aber lapidar feststellt, daß über die Zulassung zum Abendmahl ein Dissens besteht (Art. 4, 4; vgl. oben Nr. 3 d), und damit den Gegensatz markiert, der die tiefere Gemeinschaft behindert. Die in solchen Aussagen anklingende *Spannung* im Verhältnis der Gliedkirchen kann geradezu als konstitutives Merkmal des Kirchenbundes angesehen werden; sie ist »für die in der EKD bestehende Gemeinschaft wesentlich« (so der Beschluß des Rates vom 18. 1. 1950 im Auslegungsstreit um Art. 1 der Grundordnung). Als charakteristisch mag aber auch der von den Gliedkirchen niemals angefochtene Rechtsgrundsatz der Grundordnung (Art. 5) gelten, der festhält, daß das Verhältnis der Gliedkirchen zueinander und zur EKD durch »eine Ordnung der *Brüderlichkeit«* bestimmt ist und alle »Verhandlungen und Auseinandersetzungen sowie Geltendmachung von Rechten und Pflichten in diesem Geist stattfinden« sollen. In allen nachfolgenden Auseinandersetzungen, in denen die theologischen Unterschiede und die kirchenpolitischen Gegensätze hervortraten und die gelegentlich die EKD in eine Zerreißprobe stellten (West-Ost-Konflikt, Wiederbewaffnung, Militärseelsorge, Atombewaffnung, Notstandsgesetze u. ä. m.), wurde immer wieder der Geist der Brüderlichkeit beschworen und der Wille bekundet, daß man trotz allem die Gemeinschaft der EKD nicht preisgeben möchte. Die in der Grundordnung enthaltene Spannung wie der von ihr formulierte Grundsatz der Brüderlichkeit kennzeichnen nicht nur verfassungsrechtlich die EKD, sie sind auch das Signum für die Wirklichkeit dieser Gemeinschaft.

Nach vierjährigen Verhandlungen über eine Verfassungsreform, in der die in der EKD seit 1948 praktizierte ekklesiale Gemeinschaft verfassungsrechtlich neu bestimmt und beschrieben werden sollte, verabschiedete die EKD-Synode am 7. 11. 1974 in Berlin-Spandau fast einstimmig eine neue Grundordnung. Sie konstatiert eine Kirchengemeinschaft zwischen den Gliedkirchen der EKD im Sinne der Leuenberger Konkordie (s. o. Nr. 3 d), die Kanzel- und Abendmahlsgemeinschaft einschließt und damit die 1948 getroffene Feststellung eines Dissens aufhebt. Indessen bleibt die Bekenntnisbindung der Gliedkirchen für den Dienst am Wort und die Verwaltung der Sakramente unangetastet. Desgleichen wird der föderative Charakter der EKD beibehalten, so daß die Gliedkirchen in Verwaltung und Gesetzgebung selbständig bleiben. Gesamtkirchliches Recht darf Bekenntnis und Verfassungsgrundsätze der Gliedkirchen nicht verletzen, wobei den Gliedkirchen das Recht eingeräumt ist, selbst darüber zu befinden, wann eine solche Verletzung vorliegt, und ihnen zugestanden wird, EKD-Recht partiell für ihren Bereich außer Kraft zu setzen. Nach wie vor sind die historisch gewachsenen Gegebenheiten und die landeskirchlichen Interessen stärker als die Einsicht, daß es an der Zeit sei, die überlieferte territoriale und konfessionelle Gliederung zugunsten einer größeren Kircheneinheit aufzugeben. Obgleich die neue Grundordnung nur an wenigen Stellen über den Stand von 1948 hinauskommt und viele Kompromißformeln aufweist, in denen sich die konfessionellen und kirchenpolitischen Spannungen innerhalb der EKD spiegeln, scheiterte sie am 17. 2. 1976 an dem Widerstand der vom süddeutschen Pietismus geprägten württembergischen Landessynode, nachdem zuvor bereits 13 Gliedkirchen ihre Zustimmung gegeben hatten. Die Grundordnung von 1948 steht somit weiterhin in Geltung.

b) Der EKD gehören an (vgl. Nr. 2 a) die im Bereich der Bundesrepublik Deutschland bestehenden 16 *Landeskirchen* und die *Evangelische Kirche in Berlin-Brandenburg Region-West.* Als weitere Gliedkirche kommt die *EKU* hinzu (vgl. Nr. 3 a), die bei der Konstituierung der EKD den Status einer Landeskirche hatte, doch deren Gliedschaft insofern von besonderer Art ist, als sie nur in der Kirchenkonferenz vertreten ist, aber keine Mitglieder in die EKD-Synode entsendet und am EKD-Haushalt sich nicht finanziell beteiligt. Der EKD sind gemäß vertraglicher, jederzeit kündbarer Vereinbarungen angegliedert: (1) die *Evangelische Brüder-Unität in Deutschland* mit dem Sitz in Bad Boll (Herrnhut) und (2) der *Bund evangelisch-reformierter Kirchen Deutschlands.* Die Brüder-Unität gehörte bereits dem Deutschen evangelischen Kirchenbund und auch seinem Rechtsnachfolger (DEK) an; der 1924 abgeschlossene Vertrag wurde durch eine neue Vereinbarung mit der EKD vom 22./28. 12. 1948 ersetzt. Der Bund evangelisch-reformierter Kirchen, der einzelne, keiner Landeskirche angehörenden reformierten Kirchengemeinden vereinigt, hatte sich 1930 der DEK angeschlossen; der Vertrag besteht fort. Beide Kirchengemeinschaften entsenden je ein Mitglied (ohne Stimmrecht) in die EKD-Synode; die EKD übernimmt die Vertretung in gesamtkirchlichen Angelegenheiten und Aufgaben.

c) Die *Organe* der EKD sind *Synode, Kirchenkonferenz* und *Rat.* Den leitenden Organen stehen *Kammern* (für öffentliche Verantwortung, soziale Ordnung, publizistische Arbeit, Entwicklungsdienst, Jugend) und *Kommissionen* als Beratungsgremien zur Seite. Die Verwaltungsarbeit erledigen die *Kirchenkanzlei* (Hannover) und das *Kirchliche Außenamt* (Frankfurt/M.). Die Entscheidung innerkirchlicher Rechtsfragen obliegt einem *Schiedsgerichtshof.* Am Sitz der Bundesregierung wird der Rat durch einen *Bevollmächtigten* vertreten. Für die Wahrnehmung bestimmter kirchlicher und politischer Aufgaben sind besondere *Beauftragte* eingesetzt (z. B. Fernsehen, Rundfunk, Film, Umweltschutz, Zivildienst usw.). Für bestimmte Zwecke unterhält die EKD eigene *Institute* (Kirchenrecht, Weltanschauungsfragen, Kirchenbau), an weiteren Einrichtungen ist sie finanziell beteiligt.

(1) In die *Synode* entsenden die Gliedkirchen je nach Größe insgesamt 100 Mitglieder, von denen nicht mehr als die Hälfte Theologen sein dürfen. Weitere 20 Mitglieder werden vom Rat berufen. Die Amtsdauer der Synode beträgt sechs Jahre. Den Vorsitz führt ein aus ihrer Mitte gewählter Präses, der zugleich kraft seines Amtes Mitglied des Rates ist. Die Synode beschließt Kirchengesetze, erläßt Kundgebungen, erörtert Fragen des kirchlichen Lebens und gibt dem Rat Richtlinien für seine Arbeit. Sie kann Einsprüche des Rates gegen Kirchengesetze mit Zwei-Drittel-Mehrheit zurückweisen. Bedenken gegen Synodalvorlagen, die mit dem lutherischen, reformierten oder unierten Bekenntnis begründet und in mehrmaliger Beratung nicht entkräftet werden können, müssen respektiert und dürfen nicht durch Mehrheitsbeschlüsse übergangen werden. (2) In die *Kirchenkonferenz* entsendet jede Gliedkirche je einen Vertreter. Sie berät die Anliegen der Gliedkirchen in der Föderation und gibt der Synode und dem Rat Anregungen. Änderungen der Grundordnung bedürfen ihrer Zustimmung. (Zur Erhaltung des föderativen Gleichgewichts sah die neue Grundordnung einen Kompetenzzuwachs für die Kirchenkonferenz in dem Maße vor, wie die Gliedkirchen Zuständigkeiten an die EKD abgegeben hätten.) (3) Der *Rat* besteht aus 15 Mitgliedern, die unter Berücksichtigung der konfessionellen und territorialen Gliederung der EKD von der Synode und der Kirchenkonferenz für sechs Jahre gewählt werden. Beide Gremien wählen aus der Mitte des Rates den Vorsitzenden und seinen Stellvertreter. Alle Wahlen bedürfen einer Zwei-Drittel-Mehrheit. Der Rat fungiert als Kollegium; er leitet und verwaltet den Kirchenbund und muß der Synode Rechenschaft über seine Tätigkeit geben.

d) Der *Aufgabenbereich* der EKD umfaßt die Förderung der Theologie, des Kirchenrechts, der Kirchenmusik, der kirchlichen Kunst, der Publizistik und der kirchlichen Werke und Verbände (Männer-, Frauen- und Jugendarbeit; Diakonie, Diaspora, Mission), die Betreuung der im Ausland bestehenden Kirchen und Gemeinden deutscher Sprache und die Vertretung gesamtkirchlicher Anliegen in Erklärungen und Stellungnahmen gegenüber dem Staat und der Gesellschaft. Die EKD besitzt Richtlinienkompetenz. Ihr Gesetzgebungsrecht ist insofern eingeschränkt, als gesetzliche Bestimmungen an die Zustimmung der Gliedkirchen gebunden sind.

Lit.: H. BRUNOTTE: Die Grundordnung der EKD. Ihre Entstehung und Probleme, Berlin 1954 – DERS.: Die Evangelische Kirche in Deutschland. Geschichte, Organisation, Gestalt, Gütersloh 1964 – D. DAHRMANN (Hg.): Das Recht der EKD, Hannover [4]1978 – O. LINGNER (Hg.): EKD Struktur- und Verfassungsreform. Dokumente und Materialien, Witten 1972 – DERS.: Grundordnung der EKD vom 7. 11. 1974, in: ZevKR 20, 1975, 348–378.

5. Diakonisches Werk

a) Die diakonischen und volksmissionarischen Tätigkeiten der deutschen evangelischen Christenheit in freien Vereinen und Verbänden, Anstalten und Gesellschaften hatten bis 1957 ihren organisatorischen Rahmen in der *Inneren Mission,* geleitet von einem Centralausschuß und regional in Landes- und Provinzialverbänden und sachlich in Fachgruppen gegliedert. Durch Beschluß der Kirchenversammlung in Treysa vom 27.–31. Aug. 1945 war neben die Innere Mission das *Hilfswerk* als eine unmittelbare Einrichtung der EKD und ihrer Gliedkirchen getreten, das dem »kirchlichen Wiederaufbau sowie der Linderung und Behebung der Notstände der Zeit« dienen sollte. Nachdem bereits die Grundordnung der EKD (Art. 15) die nach Alter, Geschichte, Aufgabenkreis und Rechtsform unterschiedlichen Organisationen Innere Mission und Hilfswerk als »diakonisch-missionarische Werke« zusammengesehen und beide eine »Wesens- und Lebensäußerung der Kirche« genannt hatte und in fast allen Landeskirchen eine weitgehende Kooperation zustande gekommen war, legte sich der Zusammenschluß der beiden Arbeitszweige zu dem einen »Diakonat der Kirche« nahe. Mit einer »Ordnung« vom 8. 3. 1957 beschloß die EKD-Synode die Fusion von Innerer Mission und Hilfswerk mit der Auflage, die durch Strukturunterschiede bedingte schwierige Vereinigung im Laufe von spätestens 20 Jahren rechtlich, inhaltlich und finanziell abzuschließen. Am 6. 6. 1975 erfolgte in Berlin die Gründung des *Diakonischen Werkes der EKD,* das in Fortsetzung der »Tätigkeit des Centralausschusses der Inneren Mission und des Hilfswerkes« die diakonischen und volksmissionarischen Aufgaben des Kirchenbundes wahrnimmt.

Der Vorgang verdient besondere Beachtung. Mit der Konstituierung des Diakonsichen Werkes kommt eine Entwicklung an ihr Ende, die vor mehr als 100 Jahren mit der freien Arbeit engagierter Christen als eine Bewegung der »rettenden und erbarmenden Liebe« (Wichern) begann, in organisierte Liebestätigkeit einmündete und zu einem recht eindrücklichen Kennzeichen des deutschen Protestantismus wurde. Nun ist die Vorstellung einer *»diakonischen Kirche«* in den Vordergrund getreten, in der die Verkündigung des Wortes die Form eines »ganzheitlichen Dienstes am Menschen« annimmt. »Die Kirche hat den Auftrag, Gottes Liebe zur Welt in Jesus Christus allen Menschen zu bezeugen. Diakonie ist eine Gestalt dieses Zeugnisses und nimmt sich besonders der Menschen in leiblicher Not, in seelischer Bedrängnis und in sozial ungerechten Verhältnissen an. Sie sucht auch die Ursachen dieser Nöte zu beheben. Sie richtet sich in ökumenischer Weite an einzelne und Gruppen, an Nahe und Ferne, an Christen und Nichtchristen. Da die Entfremdung von Gott die tiefste Not des Menschen ist und sein Heil und Wohl untrennbar zusammengehören, vollzieht sich Diakonie in Wort und Tat als ganzheitlicher Dienst am Menschen« (Satzung des Diakonischen Werkes vom 6. 6. 1975 in der Fassung vom 26. 3. 1976, Präambel).

b) Das Diakonische Werk (DW) hat die Rechtsform eines eingetragenen Vereins. Seine *Mitglieder* sind die EKD, die Diakonischen Werke ihrer Gliedkirchen und die Freikirchen in der BRD. Dem DW sind über 100 Fachverbände angeschlossen (freie Werke, Verbände und Einrichtungen, die diakonisch und volksmissionarisch tätig sind). Das DW stellt sich die *Aufgabe,* auf allen Ebenen der Kirche die diakonische Arbeit anzuregen und zu fördern, für Zusammenarbeit und gemeinsame Planung zu sorgen, überregionale Not- und Katastrophenhilfe zu leisten, sich um die Fort- und Weiterbildung der Mitarbeiter zu kümmern, Grundlagenforschung zu betreiben und bei der staatlichen Gesetzgebung in Sozialfragen mitzuwirken. Die *Organe* des DW sind die Diakonische Konferenz, der Diakonische Rat und die Hauptgeschäftsstelle. In die *Diakonische Konferenz* entsenden die EKD 10 Vertreter und die Gliedkirchen sowie Freikirchen je einen Vertreter; 25 Mitglieder werden von den Fachverbänden gewählt, weitere 15 Mitglieder vom Diakonischen Rat berufen. Die Diakonische Konferenz hat die Kompetenzen und Aufgaben, wie sie einer Synode zufallen. Ihre Amtszeit beträgt fünf Jahre. Dem *Diakonischen Rat* gehören an der Vorsitzende der Diakonischen Konferenz, ein vom Rat der EKD entsandtes Mitglied, der Präsident des DW und weitere 15 Mitglieder, die von der Konferenz gewählt werden. Der Rat leitet das DW; seine Amtsdauer beträgt ebenfalls fünf Jahre. Die *Hauptgeschäftsstelle* (Stuttgart) erledigt die laufenden Geschäfte im Rahmen der von der Konferenz beschlossenen Grundsätze und nach Weisung des Rates. Sie wird von einem Kollegium geleitet, an dessen Spitze der *Präsident* des DW steht. Die *finanziellen Mittel* für seine Arbeit erhält das DW als Zuschüsse von der EKD und durch Kollekten und Umlagen, die von den Diakonischen Werken der Gliedkirchen sowie der Freikirchen und Fachverbände aufgebracht werden.

c) Das *Arbeitsfeld* des DW und seiner ihm angeschlossenen Fachverbände ist außerordentlich vielfältig. Als sehr dringend und notwendig wird die eigene *theologische Arbeit* an den Problemen der Diakonie in Kooperation mit den Human- und Sozialwissenschaften und die Entwicklung praxisbezogener Konzepte empfunden (Diakoniewissenschaftliches Institut Heidelberg, seit 1954; Diakonische Akademie Stuttgart). Im *volksmissionarischen Bereich* kommt dem Dienst in der Großstadt zunehmende Bedeutung zu (Evangelisation, Plakatmission, Schrifttum, Bibelwochen, Gemeindeaufbau, Ausbildung ehrenamtlicher Mitarbeiter, Freizeit und Erholung einschließlich Campingseelsorge, Telefonseelsorge, Bahnhofsmission). Besondere Beachtung wird einer zureichenden *Ausbildung* von Erziehern, Sozialpädagogen, Sozialarbeitern und Heilpädagogen geschenkt, für die ein weit gefächertes Angebot an Ausbildungsstätten bereit steht. Der Dienst im Bereich der *Sozial- und Jugendhilfe* umfaßt die herkömmliche Anstaltsdiakonie (4500 Anstalten mit ca. 250 000 Betten; u. a. noch über 30 000 Schwestern in 100 Mutterhäusern) und die traditionellen Arbeitsgebiete (Kindergärten, Heimerziehung, Familien-/Hauspflege, Krankenpflege, Kur- und Erholungseinrichtungen, Behindertensorge, Nichtseßhaften- und Straffälligenhilfe, Mitternachtsmission usw.), greift aktuelle Notstände auf (z. B. Schwangerschaftsberatung, Adoptionsvermittlung, Suchtkrankenhilfe) und bildet Schwerpunktprogramme z. B. in der Sorge für Sinnesbehinderte und in der Altenhilfe. Im *sozial- und gesellschaftspolitischen Bereich* engagiert sich das DW bei der Sozialgesetzgebung, Reform des Eherechtes, in Krankenhausfragen und bei der Betreuung ausländischer Arbeitnehmer und der Umsiedler. Der Dienst im *ökumenischen Bereich* ist seit dem Beginn der Aktion »Brot für die Welt« (1959; Spendenaufkommen bis 1976 fast 490 Millionen DM) von Jahr zu Jahr umfangreicher und intensiver geworden. Zu den Aufgaben gehören Katastrophenhilfe (Erdbeben, Dürre, Überschwemmungen, Bürgerkrieg usw.), Förderung langfristiger Entwicklungsmaßnahmen (Wirtschafts- und Sozialeinrichtungen, Gesundheitswesen, Bildungsprogramme, Hilfe zur Selbsthilfe), das Programm »Kirchen helfen Kirchen« (Unterstützung des pastoralen Auftrages schwächerer Partnerkirchen in Europa und Übersee), Ausbildungsbeihilfen (vornehmlich für Studenten in der Dritten Welt) und Auswandererberatung.

Mit seiner Aktion »Brot für die Welt« ist das DW zusammen mit anderen Organisationen (Arbeitsgemeinschaft »Dienste in Übersee«, Evangelische Zentralstelle für Entwicklungshilfe, Evangelische Arbeitsgemeinschaft für Welmission) an der *Arbeitsgemeinschaft Kirchlicher Entwicklungsdienst*

(KED) beteiligt. Der KED, eine Gemeinschaftsaufgabe der EKD, finanziell gespeist aus Haushaltsmitteln der Gliedkirchen und der angeschlossenen Organisationen, wurde 1970 nach vorangegangenen Empfehlungen der EKD-Synode gegründet. Er fördert finanziell und personell Entwicklungsprojekte und -programme in über 90 Ländern in Afrika, Asien und Lateinamerika. – *Vgl.*: Der Entwicklungsdienst der Kirche – ein Beitrag für Frieden und Gerechtigkeit in der Welt, Gütersloh 1973 (EKD-Denkschrift); EKD und Kirchlicher Entwicklungsdienst, Witten 1973 (epd-Dokumentation Bd. 9).

Lit. zu DW: Vgl. die jährl. Rechenschaftsberichte in: Diakonie, Jahrbuch des DW, Stuttgart (Lit.; Statistik; Programme) – *Ferner:* M. GERHARDT: Ein Jahrhundert Innere Mission, 2 Bde, Gütersloh 1948 – E. BEYREUTHER: Geschichte der Diakonie und der Inneren Mission in der Neuzeit, Berlin ²1962 – H. KRIMM (Hg.): Quellen zur Geschichte der Diakonie, 3 Bde, Stuttgart 1960–67 – DERS.: Das Diakonische Amt der Kirche, Stuttgart ²1965 – H. CH. V. HASE (Hg.): Diakonie der Gemeinde, 2 Bde, Stuttgart 1961–64. – J. DEGEN: Diakonie und Restauration. Kritik am sozialen Protestantismus, Neuwied 1975.

6. Evangelisches Missionswerk

a) Im 19. Jahrhundert sind – provoziert durch die beginnende Industrialisierung und soziale Notstände und getragen von erweckten Kreisen in biblischer Besinnung – nicht nur eine große Zahl freier Vereine und Verbände zum Zwecke der christlichen Liebestätigkeit entstanden. Die Erweckungsbewegung entfachte auch einen ungestümen Missionseifer, dem sich im Zuge der europäischen Kolonialpolitik ein weites Betätigungsfeld auftat und der seinen Ausdruck fand in einer Vielzahl freier Missionsvereine und -gesellschaften von z. T. recht unterschiedlichem Charakter (pietistisch, konfessionell, interkonfessionell). Konkurrenz zwischen den verschiedenen Vereinen und Gesellschaften und ein ungeklärtes Verhältnis zwischen freier Mission und verfaßter Kirche führten neben den sonstigen Missionsproblemen zu mancherlei Schwierigkeiten. Das Ende der Pioniermission, das Entstehen sog. Junger Kirchen auf dem Missionsfeld, der Zusammenbruch der Kolonialreiche und das Aufkommen unabhängiger afro-asiatischer Staaten ließen die Mission selbst zum Problem werden. Ein neues Bemühen um Begründung und Ziel der Mission distanzierte sich von den Missionsmotiven des 19. Jahrhunderts. Man bestimmte das Missionsziel jetzt ekklesiologisch und reflektierte über eine Theologie der Mission unter Aspekten wie Teilhabe der Mission der Kirche an der Mission Gottes, Aktualisierung des eschatologischen Christusgeschehens in seinem wesenhaften Weltbezug, Apostolat der Kirche als missionarische Bewegung (J. C. Hoekendijk, K. Hartenstein, W. Freytag, J. Hermelink, G. Vicedom, W. Holsten).

b) Bereits 1846 trat erstmals ein evangelischer *Missionstag* in Berlin zusammen, der sich mit der Frage einer »Vereinigung der deutschen Missionsgesellschaften zu mehr übereinstimmendem Wirken« beschäftigte. Seit 1855 entstanden in verschiedenen Missionsgebieten vereinzelt *Missionskonferenzen*, die eine Kooperation anstrebten. Von 1866 an trafen sich Delegierte von Missionsgesellschaften zu einer regelmäßig stattfindenden *Kontinentalen Missionskonferenz* in Bremen. In den meisten deutschen Landes- und Provinzialkirchen bildeten sich seit 1879 *regionale Missionskonferenzen*, freie Zusammenschlüsse von Pfarrern und anderen kirchlichen Mitarbeitern, die um die Weckung und Stärkung der Missionsverantwortung der Kirche bemüht waren. Ein nationaler *Missionsrat*, in den die Missionsgesellschaften ihre Vertreter entsandten, entstand 1885 in der Form eines Ausschusses. Ab 1933 vereinigte der *Deutsche Evangelische Missionstag* (sein Vorläufer war der 1922 gegründete Deutsche Evangelische Missionsbund) alle deutschen Missionsgesellschaften. Nach 1945 wurde theologisch begründet und sehr nachdrücklich die Forderung erhoben, daß Kirche und Mission zusammengehören und Kirche nur missionarisch existieren könne. Im ökumenischen Bereich schlossen sich 1961 gegen mancherlei Widerstände und Bedenken der Internationale Missionsrat und der Ökumenische Rat der Kirchen zusammen. Der Trend zur Integration von Kirche und Mission verstärkte sich auch in der BRD. Eine *Evangelische Arbeitsgemeinschaft für Weltmission,* in welcher sich der Deutsche Evangelische Missionstag und die EKD zur Kooperation und zur gemeinsamen Förderung missionarischer und ökumenischer Aufgaben zusammenfanden, wurde 1963 gegründet. Seit 1970 entstanden regionale Missionswerke bzw. Missionszentren (Südwestdeutschland, Bayern, Nordelbien, Nordwestdeutschland, Niedersachsen), die mehr und mehr in Zusammenarbeit mit den alten Missionsgesellschaften die missionarische Verantwortung der Kirche übernahmen und mit den überseeischen Kirchen in Partnerschaft traten.

c) Die völlige Veränderung des herkömmlichen Bildes der deutschen evangelischen Mission findet ihren Ausdruck in dem *Evangelischen Missionswerk e. V.* (EMW), das am 19. 9. 1975 in Berlin gegründet wurde. Es schließt die EKD, die Freikirchen, die regionalen Missionswerke und andere missionarisch engagierte kirchliche Verbände (u. a. Bibelwerk, CVJM) organisatorisch zusammen. Die Kirchen, Werke und Verbände entsenden insgesamt 48 Vertreter in eine *Mitgliederversammlung,* die aus ihrer Mitte einen *Vorstand* wählt, der von je einem Vertreter der Mitgliedskirchen ergänzt und von einem *Vorsitzenden* geleitet wird; eine *Geschäftsstelle* (Hamburg) erledigt die anfallende Verwaltungsarbeit. Das EMW löst die bisherige Evangelische Arbeitsgemeinschaft für Weltmission und den deutschen Evangelischen Missionstag ab. Die *Aufgaben* des EMW werden in der Satzung wie folgt umschrieben: das Missionswerk soll »der Zusammenarbeit seiner Mitglieder, besonders auf den Gebieten der missionarischen Verkündigung, der Missionstheologie und der Missionswissenschaft, der Aus- und Weiterbildung zu missionarischen Diensten sowie im Blick auf die Beziehungen zu Kirchen und regionalen bzw. kontinentalen kirchlichen Zusammenschlüssen in Übersee« dienen. Es soll die Aufgaben der Weltmission und Evangelisation unterstützen, »besonders auf den Gebieten der ärztlichen Mission, der Weltbibelhilfe, der theologischen Ausbildung in Übersee, der christlichen Literaturentwicklung sowie des kirchlichen Gebrauchs der Massenmedien in Übersee, der gesellschaftsbezogenen Dienste von Kirchen und kirchlichen Gruppen (Großstadt- und Industriemission, ländliche Mission, kirchliche Erwachsenen- und Laienbildung) in Übersee, des entwicklungsfördernden Handelns der Kirchen, zwischenkirchlicher Hilfe und der missionarischen Öffentlichkeitsarbeit«. Zu den Gemeinschaftsaufgaben zählt auch die 1954 gegründete *Missionsakademie* in Hamburg. Das EMW steht allen Missionsgesellschaften und missionarischen Werken und Verbänden offen, die seine Zielsetzung und Aufgabenstellung bejahen. Problematisch ist das Verhältnis zu den sog. *evangelikalen Missionen,* die 1969 eine eigene Arbeitsgemeinschaft gebildet haben, z. T. in dem bisherigen Deutschen Evangelischen Missionstag ebenfalls vertreten waren, aber jetzt dem EMW nicht mehr angehören.

Lit.: Vgl. die Artikel s. v. »Mission« u. ä. in RGG und EKL (umfangreiche Lit.); *ferner:* H. W. GENSICHEN: Missionsgeschichte der neueren Zeit, Göttingen ³1976 – P. BEYERHAUS: Grundlagenkrise der Mission, Wuppertal 1970 (Kirche u. evangelikale Missionen) – L. NEWBIGIN: Missionarische Kirche in weltlicher Welt, Frankfurt 1970 – H. MARGULL u. a. (Hg.): Keine Einbahnstraße. Von der Westmission zur Weltmission, Hamburg ²1973 – G. VICEDOM: Actio Dei. Mission und Reich Gottes, München 1975 – G. W. PETERS: Missionarisches Handeln und biblischer Auftrag, Liebenzell 1977.

7. Gemeinschaftswerk der Evangelischen Publizistik

a) Mit der im 19. Jahrhundert aufblühenden Mission und Liebestätigkeit war zugleich die »Mission durch das Wort« entstanden. Neben theologische Fachzeitschriften und konfessionell geprägte, kirchenpolitisch agierende Kirchenzeitungen traten eine kaum übersehbare Fülle von Sonntagszeitungen, Mitteilungs- und Korrespondenzblättern, Standesblättern, Kalendern, erbaulichem Kleinschrifttum, Kinder- und Verteilblättern usf., die missionarisch werbend sich an breite Volkskreise wandten und insgesamt die Aktivitäten und Interessen des vielfältigen evangelischen Vereinswesens spiegelten. Eine organisierte evangelische Pressearbeit im Sinne »öffentlicher Mission« entwickelte sich etwa seit der Jahrhundertwende mit der Tätigkeit von *Presseverbänden,* die sich die Aufgabe stellten, Fragen des öffentlichen Lebens in der Tagespresse »im Lichte der christlich-sittlichen Weltanschauung« zu beleuchten. Als Dachorganisation solcher regionalen Verbände wurde 1910 der *Evangelische Preßverband für Deutschland* gegründet mit dem Zweck, »die Pressearbeit treibenden Körperschaften zur Vertretung und Verteidigung evangelischer Weltanschauung sowie zur Betätigung der öffentlichen Mission der evangelischen Kirche durch die Presse und in der Presse zusammenzufassen und einen umfassenden, durchaus unabhängigen journalistischen Tagesdienst bei der deutschen Presse zu organisieren«. Das Programm und die Arbeitsbereiche dieser Verbände konnten nach 1918 stark ausgeweitet werden (einschl. Film und Rundfunk), obgleich die von Anfang an bestehende Kritik an einer »öffentlichen Mission«, evangelischem Öffentlichkeitsanspruch und -willen als notwendige Aufgabe der Kirche neben Predigt, Seelsorge und Wohltätigkeit keineswegs verstummte. Nach dem politisch erzwungenen Niedergang entwickelte sich in den Nachkriegsjahren ab 1945 wiederum ein vielfältiges, von freien Assoziationen getragenes evangelisches Pressewesen und eine rege Tätigkeit regionaler Presseverbände. Zu einem Schwerpunkt publizistischer Arbeit bildete sich der *Evangelische Pressedienst* (epd, seit 1948) heraus. 1951 kam es im *Gemeinschaftswerk der evangelischen Presse* zu einem berufsständischen Zusammenschluß, der sich auch um den journalistischen Nachwuchs kümmerte.

b) Neben dem Diakonischen Werk (DW) und dem Evangelischen Missionswerk (EMW) besteht seit 1973 das *Gemeinschaftswerk der Evangelischen Publizistik* (GEP) als eine gesamtkirchliche Einrichtung, mit der die Kirche an der gesellschaftlichen Kommunikation sich beteiligt und im öffentlichen Bewußtsein präsent gehalten wird. Während das DW sich den Nöten der Einzelnen zuwendet und auch einen weitergehenden entwicklungsdiakonischen Dienst leistet und das EMW den Auftrag der weltweiten Evangelisation wahrnimmt und die Verbindung zu den Kirchen in Übersee pflegt, stellt das GEP die nunmehr »publizistische Dimension der Kirche« genannte »öffentliche Mission« dar, die einen Wandel im Selbstverständnis evangelischer Kirchen ausdrückt und das Instrumentarium ihrer gesellschaftsbezogenen Dienste ergänzt und verbessert. Unter den Bedingungen der gesellschaftlichen Entwicklungstendenzen und ihrem Einfluß auf Struktur und Arbeitsweise der Kirchenorganisation wird mit dem GEP die lange kritisierte Forderung (s. o.) erfüllt, evangelische Öffentlichkeitsarbeit als »eine Funktion der Kirche« neben Diakonie und Mission anzuerkennen. Der evangelischen Publizistik fällt die Aufgabe zu, mit allen ihren Arbeitszweigen (Presse, Hörfunk, Fernsehen, Film, Bild, Ton, Buch, Werbung, Public Relations, Aus- und Fortbildung von Publizisten) »das Zeugnis und den Dienst der Kirche in der Öffentlichkeit geltend zu machen« (Vorspruch zur Satzung vom 5. 7. 1973). Zugleich erfolgt im Rahmen des GEP (analog zu DW und EMW) eine Konzentration der publizistischen Aktivitäten und Einzelinitiativen im Bereich der EKD und ein Verbund der verschiedenen Medien unter organisatorischen und inhaltlichen Gesichtspunkten.

c) Dem GEP gehören an die EKD mit ihren Gliedkirchen, die konfessionellen Zusammenschlüsse VELKD und EKU, die gesamtkirchlichen Werke DW und EMW, die bisherigen Einrichtungen evangelischer Publizistik (Evangelischer Preßverband für Deutschland, Gemeinschaftswerk der Evangelischen Presse und Christliche Presse Akademie) und weitere publizistisch tätige evangelische Organisationen. Das GEP ist entsprechend seinen verschiedenen Arbeitszweigen in mehrere *Fachbereiche* gegliedert (u. a. Evangelischer Pressedienst – epd), deren Aufgaben, Kompetenzen und Organisation jeweils in einer »Ordnung« geregelt sind. Als *Organe* des GEP fungieren die Mitgliederversammlung und der Vorstand. Die *Mitgliederversammlung,* in welche die EKD mit ihren Gliedkirchen und Zusammenschlüssen und die weiteren angeschlossenen Organisationen nach einem bestimmten Schlüssel Vertreter entsenden, entscheidet die grundsätzlichen Fragen der publizistischen Arbeit, legt die Schwerpunkte fest und beschließt den Haushaltsplan. Der *Vorstand,* der von 12 von der Mitgliederversammlung gewählten und von drei von der EKD bestimmten Personen gebildet wird, leitet das GEP im Rahmen der von der Mitgliederversammlung gesetzten Ziele; seine Amtszeit beträgt fünf Jahre. Die Planung, Koordinierung und Durchführung der fachlichen, redaktionellen und verwaltenden Arbeit obliegen einem *Arbeitszentrum,* an dessen Spitze ein Direktor steht.

Lit.: G. KAUFFMANN/A. HINDERER: Handbuch der evangelischen Presse, Berlin 1929 – G. HEIDTMANN/E. STAMMLER (Hg.): Evangelische Presse heute. Berichte und Dokumente 1951–1966, München 1966 – E. A. ORTMANN: Motive evangelischer Publizistik, Brackwede 1969 – Handbuch Gemeinschaftswerk der Evangelischen Publizistik, Frankfurt/M. 1975.

8. Akademien und Kirchentage

a) Zum Profil der gegenwärtigen evangelischen Christenheit in der Bundesrepublik Deutschland gehören die *Evangelischen Akademien* und der *Deutsche Evangelische Kirchentag,* die in den ersten Nachkriegsjahren als neue Formen der Auseinandersetzung mit Problemen und Strömungen der Zeit und der Sammlung von Kirchengliedern zur Mitverantwortung und christlichem Zeugnis entstanden. Beide Einrichtungen entstammen personell und sachlich den Kreisen der Deutschen Christlichen Studentenvereinigung und der evangelischen Akademikerschaft, besitzen ihre Vorläufer in den »Evangelischen Wochen«, die während des Kirchenkampfes mehrmals eine große Zahl evangelischer Christen zu Vorträgen und Diskussionen über Gegenwartsfragen zusammenführten, und verdanken sich dem Bedürfnis nach weltanschaulicher und kirchlicher Neuorientierung, das der politische Zusammenbruch 1945 hat entstehen lassen. In beiden Einrichtungen meldete evangelische Laienschaft sich zu Wort (»mündige Laien«), suchte unter der Devise »Christ in der Welt« den Anschluß an die Moderne (in Wissenschaft, Kunst, Literatur, Politik, Wirtschaft), bekundete nachdrücklich ihren Willen zu einer Kirchenreform und artikulierte in alledem ein Gegenüber zur Restauration der traditionellen territorialen und konfessionellen Bestände wie zu der sich anbahnenden institutionellen und soziotaktischen Anpassung der verfaßten Kirchen. Mit beiden Einrichtungen entstanden im Vorfeld von Kirche und in der Kurzfristigkeit von Tagungen und Großveranstaltungen Stätten des Gesprächs und der Begegnung für Kerngemeinde und Randsiedler, Christen und Nichtchristen. In ihrer Offenheit für Menschen und Gruppen, für neue Formen christlicher Verkündigung und für gegensätzliche Anschauungen eröffneten beide, je auf ihre Weise, einen »Markt der Möglichkeiten«, dessen Angebot zwar manchen zu beschränkt, anderen zu mannigfaltig erscheint, der aber insgesamt ausweist, was evangelische Kirche und Theologie in der Bundesrepublik Deutschland zum Zwecke theologisch-kirchlicher und politisch-gesellschaftlicher Bewußtseins- und Willensbildung derzeit zu bieten haben. Kirchentag und Akademien, die anfangs Aufbruch, Bewegung, Neuland markierten, erfüllen – im Laufe der Zeit mit einem Kranz von weiteren Einrichtungen (Arbeitsgemeinschaften, Hauskreise, Studiengruppen usw.) umgeben und organisatorisch fest etabliert – im Rahmen funktionaler Betrachtung von Kirche, ihr zugeordnet ähnlich anderen gesamtkirchlichen Institutionen, einen auf die pluralistische Gesellschaft bezogenen Dienst, der im Unterschied zu den Funktionen Diakonie, Mission und Publizistik (vgl. Nr. 5–7) »geistige Diakonie« genannt werden mag.

b) Die erste *Evangelische Akademie* wurde am 29. 9. 1945 in Bad Boll (Wttbg) eingerichtet. In rascher Folge entstanden im Bereich fast aller Landeskirchen weitere Akademien. 1947 konstituierte sich ein »*Leiterkreis* der Evangelischen Akademien in Deutschland«, der in seiner Satzung der Akademiearbeit das Ziel setzte, »dem modernen Menschen in den Fragen seines Alltags zu begegnen, diese im Licht des Evangeliums einer Klärung näherzuführen und so die Einheit des Lebens in Freiheit des Evangeliums zu bezeugen«. Im gleichen Jahr wurde die »*Studiengemeinschaft* der evangelischen Akademien« gegründet, die auf wissenschaftlichen Tagungen und in Studienkommissionen zusammen mit der *Evangelischen Forschungsakademie* »Christophorus-Stift« in Hemer die »in den Evangelischen Akademien auftauchenden Fragen in ihrem wissenschaftlichen Zusammenhang« behandelte. Aus diesen Bemühungen erwuchs die von den Akademien, der EKD und einigen Gliedkirchen getragene *Forschungsstätte der Evangelischen Studiengemeinschaft* (FEST) in Heidelberg, die hauptamtliche und freie Mitarbeiter beschäftigt (Theologen, Philosophen, Naturwissenschaftler, Juristen, Sozialwissenschaftler). Sie bearbeiten interdisziplinär Studienprojekte, deren Ergebnisse publiziert und den Kirchen und ihren Einrichtungen als Entscheidungshilfen für ihre Öffentlichkeitsarbeit angeboten werden (zu den Forschungsaufgaben gehören u. a. das Verhältnis von Naturwissenschaft und Theologie, die Beziehungen von Kirche und Recht, Marxismusstudien, Fragen der Kernenergie und des Wachstums, Probleme des Umweltschutzes und die Friedensforschung). In der Folge von Vor- und Nacharbeit von Akademieveranstaltungen entstanden als ständige *Arbeitszweige* Aktionsgemeinschaften und Arbeitskreise u. a. für Arbeitnehmerfragen, Wirtschaftstechnik und Sozialgestaltung, Rundfunk und Fernsehen, Presse, Erwachsenenbildung. Die reguläre *Arbeitsform* sind ein- und mehrtägige Tagungen und Seminare, die immer biblische Besinnung und Gebet einschließen, teils zur Diskussion, teils zur Meditation einladen und Anregungen und Hilfen bieten wollen. Programm und Gestaltung werden auf Menschen aller Berufe und Stände zugeschnitten. Rechtlich und finanziell sind die Akademien, die von einem Direktor geleitet werden und meist mehrere Studienleiter (Theologen und Nichttheologen) beschäftigen, von den Landeskirchen abhängig.

c) Der erste *Deutsche Evangelische Kirchentag* (DEKT), durchgeführt als eine »Evangelische Woche«, fand vom 28. 7. bis 1. 8. 1949 in Hannover statt. Er endete mit einer Resolution, durch die der Kirchentag als »Einrichtung in Permanenz« konstituiert wurde mit dem Ziel: »Er soll der Zurüstung der evangelischen Laien für ihren Dienst in der Welt und in der christlichen Gemeinde dienen sowie die Gemeinschaft und den Austausch mit den Laien der im Weltrat der Kirchen zusammengeschlossenen Kirchen fördern.« An die Stelle eines jährlichen Veranstaltungsturnus trat ab 1959 eine zweijährige Folge, alternierend mit dem Deutschen Katholikentag (vgl. I § 8, 3); bislang insgesamt 17 Kirchentage, zuletzt 1977 in Berlin mit der Losung »Einer trage des andern Last«. Rechtsträger des DEKT ist der *Verein zur Förderung des Deutschen Evangelischen Kirchentages.* Als oberstes Organ fungiert die *Präsidialversammlung,* die den Vorstand (drei Personen) und ein 24köpfiges, für den Kirchentag verantwortliches *Präsidium* wählt; die Amtszeit beträgt sechs Jahre. Ein ständiges *Büro* (in Fulda) mit einem *Generalsekretär* und mehreren hauptamtlichen Referenten organisiert und koordiniert die Veranstaltungen, während die thematische Vorbereitung aufgrund von Ausschreibungen in Projektausschüssen und Arbeitsgruppen erfolgt. An dem jeweiligen Tagungsort werden zeitlich befristet (ca. für ein Jahr) Geschäftsstellen mit haupt- und ehrenamtlichen Mitarbeitern eingerichtet. Die *Arbeitsform* des DEKT ist eine in der Regel fünftägige Veranstaltung, die mit einem Gottesdienst beginnt, tägliche Bibelarbeit, Referate und Diskussion in Gruppen, Hearings, kulturelle Veranstaltungen, volksmissionarische Aktivitäten und einen von verschiedenen Gruppen gestalteten »Markt der Möglichkeiten« umfaßt und mit einer zentralen Hauptversammlung endet. Die Bekennenden Gemeinschaften (s. o. Nr. 3e), die dem DEKT »Anpassung an den Zeitgeist« und »Duldung eines theologischen Pluralismus« vorwerfen und sich deshalb der Mitarbeit an dem Kirchentag entziehen, veranstalten als Kontrastprogramm *»Gemeindetage unter dem Wort«*.

Lit. zu Akademien: E. MÜLLER: Evangelische Akademien, in: Kirchl. Jahrb. 1945–48, 368–388 – F. MARTINY: Die evangelischen Akademien. Kirche zwischen Anpassung und Parteilichkeit, Frankfurt/M. 1977 – Jahresberichte d. Akademien; Tagungsberichte; Schriften d. Studiengemeinschaft; Studien zur Friedensforschung, 1969ff. – *Kirchentag:* Berichts- und Dokumentarbände, Stuttgart 1949ff – C. WOLF (Hg.): Zwanzig Jahre Kirchentag, Stuttgart 1969 (demnächst ein Folgeband).

9. Vereine, Verbände, Werke, Gemeinschaften

a) Die öffentlich-rechtlich gewährte Assoziationsfreiheit ließ im 19. Jahrhundert in den deutschen Ländern zunehmend neben den Vereinigungen verschiedenster Art ein buntes *evangelisches und katholisches Vereinswesen* aufblühen, so daß man von der deutschen Neigung zur »Vereinsmeierei« als einer »bedenklichen socialen Erscheinung« gesprochen hat. Abgesehen von dieser, der deutschen Mentalität zugesprochenen Neigung kann man das evangelische Vereinswesen parallel zu dem katholischen Erscheinungsbild unter gleichen Gesichtspunkten betrachten (historisch, soziologisch, morphologisch usw.; vgl. I § 4, 4 Exkurs) und es ähnlich wie bei dem konfessionellen Gegenüber in Beziehung setzen zu evangelischem Glaubensvollzug und entsprechender Lebensgestaltung. Äußere Anlässe und Beweggründe für die Vereinigungen sind weithin gleich; sie erwachsen aus der religiösen Interessenlage in der jeweiligen politischen, sozialen, wirtschaftlichen, kulturellen und konfessionellen Situation, und sie spiegeln dabei die zeitgenössischen sozial- und kirchenpolitischen Entwicklungen. Indessen zeigen sich konfessionstypische Unterschiede. Wie das katholische Vereinswesen sich als Reflex und charakteristischer Ausdruck des Katholischen darbietet, so reflektieren nicht anders die evangelischen Vereinigungen das eigentümlich Protestantische in Bewußtsein und Frömmigkeit. Mehr als Dogmatik und Kirchenverfassung und nicht weniger als Sakramente und Gottesdienst läßt das vielfältige konfessionelle Vereinsleben des 19. Jahrhunderts zusammen mit seinem Wachsen und Absterben, in Entwicklung und gegenwärtigem Stand erkennen, was die tragenden Elemente und prägenden Kräfte der beiden Konfessionskirchen sind, wie sie in den konkreten politischen Verhältnissen funktionieren und was sie leisten, wo Überfluß und wo Mangel herrscht, was im Kirchenvolk das Selbstbewußtsein stärkt und was frustriert, was fraglos bleibt und was Unstimmigkeit weckt. Im evangelischen wie im katholischen Vereinswesen spielen, wenngleich in gänzlich unterschiedlicher Weise, die Beziehungen des einzelnen zu seiner Kirche, die Stellung der Kirche in der Öffentlichkeit und ihr Verhältnis zu den verschiedenen Lebensbereichen wie zu den darin lebenden Menschen die wesentliche Rolle. Hier wie dort sind die Vereinigungen diesbezüglich als christlich fromm gemeinte Reaktionen von einzelnen und Gruppen unter den konfessionell gegebenen Voraussetzungen und unter den jeweiligen Bedingungen im gesellschaftlichen Kontext anzusehen, angefangen von den Vereinen für Mission, Liebestätigkeit und Sittlichkeit über solche, die sich nach Alter, Geschlecht und Berufsstand zusammenfinden, bis hin zu den zweckorientierten Vereinigungen für politische, soziale, kulturelle und kirchliche Ziele. Dabei scheint die Tatsache, daß Katholiken keine Vereine zum Zweck der Bibelverbreitung gründeten und Protestanten sich nicht zum Zweck der Erringung religiöser Freiheit organisierten, für die beiden Konfessionen und die zeitgenössische Situation in deutschen Landen ebenso bezeichnend zu sein wie zwei andere Feststellungen, (1) daß weithin gleichartige Vereine und Verbände sich bildeten und (2) daß das »Jahrhundert der Kirche« für Katholiken einige Generationen früher begann als für Protestanten.

b) Das *evangelische Vereins- und Verbandswesen* tritt von Anfang an unter dem zweifachen Signum eines Defizits an kirchlicher Gemeinschaft und eines Gegensatzes zur verfaßten Kirche auf. Dabei handelt es sich insofern um ein konfessionsspezifisches Phänomen, als hinsichtlich des ersten Aspektes katholische Frömmigkeit gerade durch Überfluß ausgezeichnet ist und hinsichtlich des zweiten Aspektes katholische Vereinsbildung immer innerhalb der durch die Kirche markierten Grenzen erfolgt und nur mit der Hierarchie verbunden Dauer gewinnt (grenzüberschreitende Vereinigungen haben nur befristet Bestand, entweder sie trennen sich von der Kirche oder sie kehren zurück).
Das *Defizit an Gemeinschaft* zeigen Zusammenkünfte außerhalb des gewöhnlichen Gottesdienstes an, wie sie seit Pietismus und Erweckung zum Zwecke persönlicher und gemeinschaftlicher Erbauung der Gläubigen üblich wurden; mit gemeinsamer biblischer Lektüre und Gebet versuchte man, dem rein gepredigten objektiven und von selbst wirkenden Wort methodisch nachzuhelfen. In der persönlichen Gemeinschaft der erwachten Glaubensbrüder und -schwestern artikulierte sich das Bedürfnis sowohl nach religiöser Stärkung und Halt, sittlicher Kräftigung und Bewahrung als auch nach individuellem Wollen, selbstbewußter Tätigkeit und Bestätigung des christlichen Lebenssinnes. Diesem Grundmuster, das emotionalen Regungen dienlich ist, Begeisterung ermöglicht, persönliche Entfaltung erlaubt und zwischenmenschliche, am gemeinsamen Heilsinteresse orientierte Kommunikation fördert, folgen die freien evangelischen Vereinigungen, wobei sich die eigene Seelenpflege und der Austausch gläubiger Erfahrung in der Gemeinschaft der Gleichgesinnten – wie schon in den pietistischen Zirkeln – mit missionarischer Werbetätigkeit, diakonischen Aktivitäten und weiteren, kirchlich vernachlässigten Aufgaben verbindet und hierbei sich verstärkt oder erneut stabilisieren kann. Das sich so befriedigende Bedürfnis ist im Zuge kirchlicher Entwicklung und im Wandel der sozialen Verhältnisse keineswegs geschwunden. Bis in die Gegenwart – nicht bloß in den traditionellen evangelikalen Kreisen, auch in den neu entstandenen religiösen Gruppierungen – bedient man sich der angedeuteten Grundfigur, wenngleich äußere Gestalt und hinzukommende Zweckorientierung streckenweise andere geworden sein mögen.
Der Gegensatz von *Verein und verfaßter Kirche,* der wegen der innigen Verbindung von Thron und Altar auch das Verhältnis zum Staat einschloß, resultierte einerseits aus dem Wunsch der am persönlichen Heil interessierten wie durch religiöse und soziale Not erregten Kreise, »mit den leblosen Formen des Staatskirchentums unverworren (zu) bleiben«, andererseits aus der Furcht kirchlicher Organe, das Vereinswesen konkurriere mit der Kirche, untergrabe ihre Volkstümlichkeit und führe zu Zersplitterung. Das Ende des landesherrlichen Kirchenregimentes entkrampfte die Problematik insoweit, als die inzwischen eingetretenen sozialen und politischen Veränderungen es erleichterten oder die äußeren Umstände (u. a. finanzielle Schwierigkeiten) es als existenznotwendig erscheinen ließen, gemeinsame Interessen zu entdecken, zwischen vielen Vereinen und den ver-

faßten Kirchen die personellen und sachlichen Verbindungen sich vermehrten und durch theologische Denkanstöße (u. a. Dialektische Theologie) und liturgische Bemühungen (z. B. Hochkirchliche Bewegung) »Kirche« stärker ins Bewußtsein trat. Gelöst wurde indessen die Spannung nicht. Auch nach 1945, als einerseits die Kirchen und andererseits viele alte Vereine und Verbände sich wieder konstituierten und manche neue hinzutraten, blieb das Problem virulent. Doch die Konstellation ist jetzt eine andere: (1) im veränderten sozio-ökonomischen Klima und dem Zeittrend folgend haben sich die Kirchen als gesellschaftliche Großorganisationen etabliert; (2) das alte Vereins- und Verbandswesen wie die neu hinzugekommenen Vereinigungen und Arbeitsgemeinschaften sind weitgehend in die Großkirche integriert (vgl. Nr. 5–8) oder ihr als »Arbeitswerke« zugeordnet (s. u.) und werden kirchlich-funktional verrechnet; (3) die freien Aktivitäten und Vereinigungen nach überkommenen Vorbildern finden im volkskirchlichen Raum und im Milieu »kirchendistanzierter Religiosität« keinen zureichenden Nährboden; (4) der Gegensatz zur verfaßten Kirche, der wie ehedem das Verhältnis zum Staat mitbetroffen sein läßt, lebt weiter oder kehrt wieder in jenen Vereinigungen, die sich (vornehmlich, noch immer) aus Gemeinschaftskreisen rekrutieren, im Protest gegen den kirchlichen und theologischen Pluralismus und den gesellschaftsbezogenen Dienst der Kirche (anstelle des früheren staatsbezogenen Amtes) um »Schrift und Bekenntnis« sammeln und missionarisch wirken. In dieser Konstellation deutet sich an, daß das alte evangelische Vereins- und Verbandswesen an sein Ende kommt. Es schwindet in dem Maße, als der Gegensatz zur Kirche gegenstandlos wird, sei es vermöge Integration, sei es aufgrund von Desinteresse, und das mit diesem Gegensatz verbundene, durchaus noch vorhandene Defizit an Gemeinschaft anderweitig ausgeglichen wird, sei es durch Befriedigung in gemeinschaftsintensiven religiösen Gruppen, alten und neuen Sekten und Weltanschauungsgemeinschaften, sei es durch Kommunikation im säkularen Umfeld, d. h. in Sportvereinen, Gewerkschaften, Parteien, Hobbyvereinen, Kegel- und Automobilclubs usw. (56% der Bundesbürger sind Vereinsmitglieder, zwei von drei Vereinsmitgliedern geben eine doppelte Mitgliedschaft an). Wo indessen der Gegensatz zur verfaßten Kirche (abgesehen von den Evangelikalen) innerkirchlich sich weiter meldet, weil konkretes Verhalten kirchlicher Organe oder ihre Entscheidungen in aktuellen Fragen (Denkschriften, offizielle Verlautbarungen, Antirassismusprogramm, KPD-Pfarrer u. ä. m.), anstößig erscheinende Einrichtungen wie Militärseelsorge und kirchliches Unvermögen im gesellschaftlichen Kontext dazu Anlaß bieten, so wirkt er bei entsprechender Interessenlage gelegentlich motivierend auf Vereinigungen, doch nur kurzfristig und wegen des mangelnden Rekrutierungsreservoirs nicht in der Weise, daß sich abseits und im Gegenüber zur verfaßten Kirche solche Vereinigungen zu dem besonderen Zweck auf Dauer konstituieren.

c) Zu den »gemeindebildenden Werken« der evangelischen Kirchen zählen vornehmlich solche Vereinigungen und Verbände, welche die heranwachsende Generation, Männer und Frauen sammeln, auf deren spezifische Situation eingehen und bewußte christliche Lebensgestaltung zum Ziel haben. In der *Arbeitsgemeinschaft der Evangelischen Jugend in der Bundesrepublik Deutschland und West-Berlin* (Sitz: Stuttgart) sind die evangelische Jugendarbeit treibenden Formationen, angefangen von der auf landeskirchlicher Ebene organisierten Gemeindejugend bis hin zu den überregionalen Verbänden wie CVJM, Pfadfinder, Jugendbund für entschiedenes Christentum (EC) u. a., zusammengeschlossen. Die nach dem II. Weltkrieg entstandene evangelische Studentenarbeit, die in der Form von Personalgemeinden am Hochschulort erfolgt, besitzt eine überörtliche Organisationsform in der *Evangelischen Studentengemeinde in der Bundesrepublik Deutschland und West-Berlin* (Sitz: Stuttgart). Während die Männerarbeit, die bereits 1933 die Vereinsform aufgegeben hatte, nach 1945 landeskirchlich neu aktiviert wurde

und in der *Männerarbeit der Evangelischen Kirche in Deutschland* (Sitz: Offenbach/Main) ihr organisatorisches Band fand, weithin zu stagnieren scheint, blieb die Frauenarbeit – gemäß der stärkeren Beteiligung der Frauen am kirchlichen Leben – wesentliche Stütze und belebendes Moment der evangelischen Gemeinden. In dem vereinsmäßig organisierten Dachverband der *Evangelischen Frauenarbeit in Deutschland* (Sitz: Frankfurt/Main) sind 45 Frauenverbände zusammengefaßt (u. a. Deutscher Evangelischer Frauenbund, Evangelische Frauenhilfe in Deutschland, Evangelische Arbeitsgemeinschaft für Müttergenesung).
Besondere kirchliche Aufgabenfelder betreuen als »Arbeitswerke« das *Gustav-Adolf-Werk der EKD* (Sitz: Kassel) und der *Martin-Luther-Bund* (Sitz: Erlangen), die sich der Diaspora-Arbeit widmen und evangelische Gemeinden in einer überwiegend andersgläubigen Umwelt unterstützen, der *Evangelische Bund* (Sitz: Bensheim), der sich in der theologischen Auseinandersetzung mit dem Katholizismus engagiert und über die römisch-katholische Kirche als ökumenischen Gesprächspartner informieren will (Konfessionskundliches Institut Bensheim), und das *Evangelische Bibelwerk in der Bundesrepublik Deutschland und Berlin (West)* (Sitz: Stuttgart), das in Kooperation mit den Bibelgesellschaften der Bibelverbreitung dient. Die liturgische und kirchenmusikalische Arbeit pflegen u. a. die *Lutherische Liturgische Konferenz Deutschlands,* der *Verband der evangelischen Kirchenchöre Deutschlands,* das *Posaunenwerk der EKD.* Daneben bestehen Vereinigungen mit speziellen Interessen (z. B. Förderung des Evangeliums in Spanien, Esperanto-Liga, Buchhilfe usw.) und mehrere berufsständische Organisationen.

Überblick in: Taschenbuch der EKD, Stuttgart 1978 – G. WASSE: Die Werke und Einrichtungen der evangelischen Kirche, Göttingen 1954.

d) In die lange Reihe evangelischer Vereine und Verbände, die außerhalb der verfaßten Kirche entstanden, vernachlässigte oder neue kirchliche Aufgaben angingen und das kirchliche Leben in mannigfacher Weise bereicherten, lassen sich auch die zahlenmäßig kleinen, doch durch Ausstrahlungskraft und persönlichen Einsatz wirkenden *ordensähnlichen Gemeinschaften* einfügen, die sich in den letzten 50 Jahren gebildet haben, unabhängig von den bestehenden kirchlichen Strukturen geistliches liturgisch geformtes Leben und beispielhafte christliche Existenz nach franziskanischem Vorbild zu verwirklichen suchen und damit der evangelischen Kirche Impulse zur inneren Erneuerung geben wollen. Anstöße zur Gründung solcher Gemeinschaften, die teils bruderschaftlich, teils monastisch organisiert sind, kamen zunächst aus der liturgischen Bewegung, die ihre Anfänge im 19. Jahrhundert hat. (1) Der 1918 gegründeten, evangelische Katholizität anstrebenden Hochkirchlichen Vereinigung entstammt der 1921 ins Leben gerufene »Hochkirchenorden«, der sich 1925 den Namen *Evangelischer Humilaten-Orden* (EHO) gab. Der EHO will »diejenigen zusammenschließen, die bereit sind, in der Kraft Christi im Rahmen ihres irdischen Berufes zur Übung in der Gottseligkeit sowie zum Bau der Kirche in Bruderliebe, sittlicher Erneuerung und missionarischer Mehrung ihre ganze Kraft einzusetzen« (aus der Regel der EHO). Die Ordensmitglieder, ledige und verheiratete Christen, die im Arbeitsleben stehen, sind verpflichtet, »das tägliche Leben durch dreimalige Andachtsübung zu heiligen« (u. a. Stundengebet, Gewissensforschung). Die Ordensgemeinschaft leitet ein auf Lebenszeit gewählter Abt, dem ein Prior und ein Subprior als Helfer und Sellvertreter zur Seite stehen. (2) Aus der geistigen und seelischen Not der Nachkriegsjahre erwuchs 1922 die *Sydower Bruderschaft* (SB), genannt nach dem ersten Versammlungsort Sydow/Altmark. Die SB konstituierte sich als eine Bruderschaft von Pfarrern; im Laufe der Zeit kamen auch Laien, Männer und Frauen hinzu. »Sie sieht ihre Aufgabe in der Durchdringung des kirchlichen und völkischen Lebens mit dem Geist der Bibel in der Ausprägung Martin Luthers« (Ordnung der SB). Die SB gliedert sich in Ortsringe, versammelt sich in der Regel zweimal im Jahr zum Konvent, hat an ihrer Spitze einen Leiter und einen Bruderrat, dem die Leiter der einzelnen Ortsringe angehören. Die Glieder der SB verpflichten sich zum täglichen Gebet für die innere Erneuerung von Kirche und Volk und zum Bibelstudium. (3) In enger Verbindung mit der Hochkirchlichen Vereinigung entstand 1927 die *Evangelische Franziskaner-Bruderschaft der Nachfolge Christi* (Evangelische Franziskaner-Tertiaren; EFT) als Zusammenschluß vorwiegend evangelischer Christen, die danach streben, »die apostolisch-franziskanischen Ideale der Armut, Keuschheit und des Gehorsams, der Demut, vollkommenen Freude und allumfassenden Liebe zu verwirklichen, ohne die Welt und den Beruf, in dem sie stehen, zu verlassen« (Regel der EFT). Die Leitung der EFT obliegt einem »minister generalis« (nach Möglichkeit ein nach der Regel des Hl. Franziskus lebender Priester), der von den Brüdern und Schwestern gewählt wird und dem »zum besonderen Dienst an den weiblichen Tertiaren eine Frau zur Seite« steht. (4) Aus der Hochkirchlichen Vereinigung ging 1929 auch die *Evangelisch-ökumenische Johannesbruderschaft* hervor, die es sich zur Aufgabe macht, »die Fülle der Gestaltung, die der ganzen christlichen Kirche in ihrem ›katholischen Erbe‹ anvertraut ist, wieder selbst zu leben und ihr in der so weithin einseitig gewordenen evangelischen Kirche das Lebensrecht zurückzugewinnen«. (5) Aus der Jugendbewegung und der um kirchliche Erneuerung und Reform besorgten Berneuchener Konferenz kam der Anstoß zur *Evangelischen Michaelsbruderschaft* (EMB, 1931 gestiftet), ein »Zusammenschluß von Männern, der sich und seine Mitglieder zum Dienst an der Kirche und zur Brüderlichkeit verpflichtet« und sein Wirken auf Leiturgia, Diakonia und Martyria ausrichtet (d. h. Hinwendung zu Gott, zu den Brüdern und zur Welt). Die Leitung der EMB, gegliedert in regionale Konvente, liegt in den Händen eines siebenköpfigen Rates, der jeweils für zwei Jahre berufen wird und dem ein Ältester vorsteht.

Neben weiteren Bruder- und Schwesternschaften (Bruderschaft vom gemeinsamen Leben, Irenenring u. a. m.) entstanden nach dem II. Weltkrieg, geboren aus der Not und den Erfahrungen der Zeit, einige Gemeinschaften, die sich zu einem klösterlichen gemeinsamen Leben zusammenfanden: (6) Der als Gericht Gottes und als Ruf zur Buße erlebte Krieg und Begebenheiten, die als Eingreifen Gottes gedeutet wurden, führten in einem Darmstädter Jugendkreis zu einer Erweckung, aus der 1947 die *Evangelische Marienschwesternschaft* in Darmstadt-Eberstadt erwuchs. Die Schwestern (achtjährige Probezeit; kein Gelübde) leben unter der Leitung von zwei »Müttern« in einem Mutterhaus (mit Klausur), tragen eine Ordenstracht und haben es sich zur Pflicht gemacht, »aus dem Weg der Entäußerung, der Niedrigkeit und des Gehorsams« in Gebet und Verkündigung Menschen zur Umkehr zu Gott zu bewegen; Verkündigungs- und Mysterienspiele, Einkehrtage und ein umfangreiches Kleinschrifttum dienen dieser Absicht. (7) Ebenfalls aufgrund einer Erweckung entstand 1948 die *Christusbruderschaft* in Selbitz (Ofr). Sie vereinigt Brüder und Schwestern (überwiegend) in einer Ordensgemeinschaft, die sich zu Armut, Keuschheit und Gehorsam verpflichtet. Gebet, Stille und Beichtgespräch bilden die geistlichen Kräfte für Gottesdienst, Dienst am Nächsten und Verkündigung. – Weitere monastische Gemeinschaften sind u. a. die Communität Imshausen und die Communität Casteller Ring. Insgesamt bestehen im deutschsprachigen Raum 24 Kommunitäten und Bruderschaften.

Lit.: L. PRÄGER (Hg.): Frei für Gott und die Menschen, Stuttgart ^{2}1964 – G. HEINZ-MOHR: Christsein in Kommunitäten, Stuttgart 1968 – R. MUMM (Hg.): Ökumene im bruderschaftlichen Leben, Kassel 1971 – J. HALKENHÄUSER: Kirche und Kommunität, Paderborn 1978 (geschichtl. u. systemat. Untersuchung).

10. Deutsche Evangelische Allianz

a) Die deutsche evangelische Christenheit, die in den herkömmlichen Gliederungen, Werken und Gemeinschaften konfessionell und organisatorisch vielfältig sich darbietet, besitzt in der durch individuelle Frömmigkeit und brüderliche Zusammengehörigkeit geprägten *Allianzbewegung* ein personell verbindendes Moment. Die Allianz führt Christen aus Landes- und Freikirchen, Vereinen und Gruppen zusammen, die sich einem »unverkürzten« biblischen Glauben verpflichtet wissen und zu Jesus Christus getreu den Worten der Heiligen Schrift bekennen. Sie strebt keinen Kirchenbund oder irgendeine Art von Vereinigung der Kirchen an, wie sie in der ökumenischen Bewegung diskutiert wird. Vielmehr will sie eine »Bruderschaft von Christen« sein, die sich sammeln zu gemeinsamer Besinnung um Gottes Wort, gemeinschaftlichem Gebet (u. a. Allianzgebetswoche in jeder ersten vollen Januarwoche) und glaubenweckendem öffentlichen Zeugnis (u. a. Zeltmission, Allianzversammlungen bzw. -konferenzen). Indem hier der persönliche Glaube dominiert, bestehende konfessionelle Grenzen überschritten und institutionelle organisatorische Verfestigungen durchbrochen werden und allein der Glaubensvollzug die Gemeinschaft in Gebet und Zeugnis bewirkt und bestehen läßt, setzt die Allianzbewegung einen besonderen Akzent im Erscheinungsbild protestantischer Frömmigkeit, der zum einen reformatorische Spitzensätze erinnert (sola fide usw.; Priestertum aller Gläubigen) und zum andern den Eindruck ihres Gegenteils erweckt (Glaube als Werk). Indessen scheint auch die Allianzbewegung in den Sog zeitgenössischer Trends zu geraten. Dem Hauptvorstand der *Deutschen Evangelischen Allianz* (DEA), bestehend aus 25 Personen (den »losen Bund christlicher Persönlichkeiten« repräsentierend, mehrheitlich Glieder von Freikirchen, durch Berufung sich ergänzend), sind seit 1973 bürokratische Einrichtungen zur Seite getreten (u. a. bestallter Geschäftsführer, Verwaltungszentrale, Informationsdienst IDEA), die auf eine weitergehende organisatorische Strukturierung der Allianz und kirchenähnlichen Ausbau zielen.

b) Ihren Ausgang nahm die Allianzbewegung in der schottischen Freikirche mit einem Aufruf von Thomas Chalmers (1780–1847; Gründer dieser Kirche) an Kirchen und Denominationen in England, Wales und Irland. Zur Abwehr des Papsttums und der protestantischen Irrtümer sollten sich evangelische Christen brüderlich verbinden und ein biblisches Christentum fördern. Die konstituierende Versammlung des Brüderbundes, zu der fast 1000 Personen aus 50 kirchlichen Gemeinschaften in Europa und Amerika zusammentrafen, fand vom 19. August bis 2. September 1846 in London statt. Die Vereinigung, die den Namen *Evangelical Alliance* annahm, seit 1847 eine Zeitschrift herausgab (Evangelical Christendom), in Form von Zweigvereinen weltweit sehr schnell aktiv wurde und sich auch für religiös Verfolgte einsetzte, verbreitete sich in Deutschland zusammen mit der Gemeinschaftsbewegung, die seit 1875 aufblühte.

c) Auf der Londoner Gründungsversammlung wurden neun *Lehrpunkte* angenommen, die das Selbstverständnis der Allianz artikulieren und bis heute anerkannt geblieben sind: (1) Die göttliche Inspiration, Autorität und Suffizienz (ausreichend für die Heilslehre) der Heiligen Schrift; (2) Recht und Pflicht des einzelnen Gläubigen in der Erklärung der Heiligen Schrift; (3) Einheit und Dreieinigkeit der göttlichen Personen; (4) gänzliche Verderbtheit der menschlichen Natur infolge des Sündenfalls; (5) Menschwerdung des Gottessohnes, sein Versöhnungswerk für die sündige Menschheit und sein Mittleramt als Fürsprecher und König; (6) Rechtfertigung des Sünders allein durch Glauben; (7) Werk des Heiligen Geistes in der Bekehrung und Heiligung des Sünders; (8) Unsterblichkeit der Seele, Auferstehung des Leibes, Weltgericht über das Menschengeschlecht, ewige Seligkeit der Gerechten und Strafe der Gottlosen; (9) göttliche Einsetzung, Verbindlichkeit und Dauer des geistlichen Amtes der Christen, der Taufe und des Abendmahles.

Lit.: E. SCHICK/W. SENFT: Einheit in der Mannigfaltigkeit. Aus 100 Jahren Evang. Allianz, 1946 – P. FLEISCH: Die moderne Gemeinschaftsbewegung, 2 Bde, 1912/14, 1957 – U. KUNZ (Hg.): Viele Glieder – Ein Leib, Stuttgart ³1963, (S. 365) – E. BEYREUTHER: Der Weg der Evang. Allianz in Deutschland, Wuppertal 1969.

Lit. zu § 1 (außer der bereits genannten Lit.): E. G. MAHRENHOLZ: Die Kirchen in der Gesellschaft der Bundesrepublik, Hannover ²1972 – E. AMELUNG (Hg.): Strukturwandel der Frömmigkeit. Situation der Kirche. Eine Bestandsaufnahme, Stuttgart 1972 – A. FRHR. v. CAMPENHAUSEN: Staatskirchenrecht. Ein Leitfaden durch die Rechtsbeziehungen zwischen Staat u. Religionsgemeinschaften, München 1973 – G. SCHMIDTCHEN: Protestanten und Katholiken. Soziologische Analysen konfessioneller Kultur, Bern/München 1973 – G. SCHMIDTCHEN/M. SEITZ: Gottesdienst in einer rationalen Welt. Religionssoziologische Untersuchungen im Bereich der VELKD, Stuttgart/Freiburg/Brg. 1973 – H. HILD (Hg.): Wie stabil ist die Kirche? Bestand und Erneuerung, Gelnhausen 1974 – J. MATTHES (Hg.): Erneuerung der Kirche. Stabilität als Chance? Gelnhausen 1974 – Y. SPIEGEL (Hg.): Kirche und Klassenbindung. Studien zur Situation der Kirche in d. Bundesrepublik Deutschland, Frankfurt/M. 1974.

§ 2 Konfessionelle Freikirchen

Die Bezeichnung »konfessionelle Freikirchen« benennt Kirchen im Bereich des deutschen Protestantismus, die den evangelischen Landeskirchen (vgl. II § 1, 2) ähnlich konfessionell geprägt sind, aber deren territoriale Struktur aus theologischen Gründen und situationsbedingt nicht angenommen haben. Von anderen evangelischen Freikirchen (Methodisten, Baptisten usw.; vgl. II § 3 ff) unterscheiden sie sich hinsichtlich der geschichtlichen Herkunft und des Bekenntnisstandes, haben aber mit ihnen den freikirchlichen Status gemein. Mit dem Wort *Freikirche* kommt hier wie dort zum Ausdruck, daß es sich um Kirchen handelt, die aus gegebenem Anlaß (Unstimmigkeit in Lehre und Leben) von einer ihnen historisch jeweils vorausgegangenen Kirche sich frei gemacht und eine eigenständige Organisation begründet haben. Sie zeichnen sich dadurch aus, daß sie (1) im Vergleich mit dem bisherigen kirchlichen Organisationstypus (z. B. Landeskirche, Staatskirche, Groß-/Volkskirche) ein anderes Verhältnis zu Staat/Gesellschaft einnehmen und (2) dem bislang unbefriedigt gebliebenen Bedürfnis einer bestimmten individuellen Frömmigkeitsart die entsprechende Organisationsform bieten, es dabei zugleich reglementieren (Mitgliedschaftsbedingungen) und auf Dauer stellen. Das Gesamt der Freikirchen läßt sich differenzieren nach Eigenarten (Akzentuierungen) im Inhalt und Vollzug des christlichen Glaubens (z. B. konfessionalistisch, evangelistisch, baptistisch-kongregationalistisch, evangelisch-methodistisch) und nach den geschichtlich bedingten Separationsgründen (u. a. Entstehung von Unionskirchen, Erweckungsbewegungen), aber auch aufgrund gewisser theologischer Gemeinsamkeiten als eine charakteristische Verwirklichungsform christlichen Glaubens bestimmen (u. a. Alleingültigkeit der Heiligen Schrift gegen Verbindlichkeit der Tradition, Notwendigkeit persönlicher Entscheidung/Bekenntnis, Priestertum aller Gläubigen, missionarischer Aktivismus). – Vgl. II §§ 13, 2; 14.

1. Selbständige Evangelisch-Lutherische Kirche

a) In der *Selbständigen Evangelisch-Lutherischen Kirche* (SELK) haben sich mit Wirkung vom 25. 6. 1972 an drei lutherische Freikirchen vereinigt: (1) die *Evangelisch-lutherische (altlutherische) Kirche* (vormals Evangelisch-lutherische Kirche in Altpreußen), (2) die *Selbständige Evangelisch-Lutherische Kirche* (seit 1946/47 ein Zusammenschluß der Hannoverischen evangelisch-lutherischen Freikirche, der Hermannsburger-Hamburger Freikirche, der Selbständigen evangelisch-lutherischen Kirche in Hessen, der Badischen evangelisch-lutherischen Freikirche und seit 1950 der Renitenten Kirche ungeänderter Augsburgischen Konfession in Niederhessen), (3) die *Evangelisch-Lutherische Freikirche* (früher mit Zusatz: »in Sachsen u. a. Staaten«). Die SELK steht in Kirchengemeinschaft mit der Vereinigung Selbständiger Evangelisch-Lutherischer Kirchen in der DDR. Alle genannten Freikirchen entstanden im Zusammenhang der Unionsbestrebungen in Preußen (seit 1817; Agendenstreit 1822–29), Baden (1821), Hessen (1832; Symbolstreit 1839; Renitenz 1873) und der Auseinandersetzung um Rationalismus und Liberalismus in Kirche und Theologie.

b) Ihr *Selbstverständnis* formuliert die SELK in ihrer Grundordnung vom 9. 3. 1971. Sie will »in der Einheit der heiligen, christlichen und apostolischen Kirche« stehen, »die überall da ist, wo das Wort Gottes rein gepredigt und die Sakramente nach der Einsetzung Christi verwaltet werden« (Art. 1). Sie bindet sich an die Heilige Schrift »als an das unfehlbare Wort Gottes« und an die Bekenntnisschriften der evangelisch-lutherischen Kirche (»weil in ihnen die schriftgemäße Lehre bezeugt ist«) und nennt dabei außer den drei ökumenischen Symbolen: »die ungeänderte Augsburgische Konfession und ihre Apologie, die Schmalkaldischen Artikel, den Kleinen und Großen Katechismus Luthers und die Konkordienformel« (ebd.). Sie »pflegt Kirchengemeinschaft mit allen Kirchen, die Lehre und Handeln in gleicher Weise an die heilige Schrift und das lutherische Bekenntnis binden« (Art. 2, 1). Im »Interesse der Einheit und Klarheit der evangelischen Wahrheit« hält sie es für unumgänglich, »die der heiligen Schrift und den lutherischen Bekenntnissen widersprechenden Lehren und ihre Duldung sowie jede Union, die gegen Schrift und Bekenntnis verstößt«, zu verwerfen (Art. 2, 2). Dem Bischof fällt es zu, darauf zu achten, »daß das Wort Gottes schrift- und bekenntnisgemäß verkündigt und gelehrt wird und die Sakramente recht verwaltet werden« (Art. 19, 2); auch hat er »die von Schrift und Bekenntnis geforderte Stellungnahme der Kirche zu Fragen und Aufgaben der Zeit herbeizuführen« (Art. 19, 6). Über Fragen der Lehre, des Gottesdienstes und der kirchlichen Praxis kann der Allgemeine Pfarrkonvent (s. u.) beraten und beschließen (Art. 24), doch nur die Kirchensynode ist befugt, derartigen Beschlüssen bindende Wirkung zu geben (Art. 25). Damit bleibt in der Schwebe, wer oder welche Instanz (Amt, Synode) letztlich über Lehre und Bekenntnisverletzungen verbindlich zu entscheiden hat.

c) Das Zentrum ihres *kirchlichen Lebens* sieht die SELK im Gottesdienst (evangelische Messe): Predigt, Taufe, Absolution (einzeln unter Handauflegung), Abendmahl (Realpräsenz; geschlossene Kommunion, Anmeldung und vorherige Privat- oder allgemeine Beichte). Das geistliche Amt setzt Berufung und Ordination voraus und kann nur männlichen Personen übertragen werden (Art. 7). Die von der Kirche geforderten Lebensäußerungen (Dienste) erfüllt die SELK durch ihre missionarischen und diakonischen Werke (Alters- und Kinderheime; Diakonissenwerk in Korbach; Hilfswerk; Bleckmarer Mission, vor allem in Südafrika tätig; Rundfunkmission »Lutherische Stunde«, Bremen).

d) Die hauptamtliche *Leitung* der SELK obliegt dem *Bischof*, der von der Kirchensynode auf Vorschlag des Pfarrkonventes ohne zeitliche Befristung in sein Amt gewählt wird (Art. 19). Die Kirche gliedert sich in drei *Sprengel* (Nord: Niedersachsen; Mitte: Rheinland, Westfalen, Berlin-West; Süd: Hessen, Süddeutschland), die jeweils drei *Kirchenbezirke* mit mehreren Pfarrbezirken und Gemeinden umfassen (130 Gemeinden mit rund 40 000 Mitgliedern). Die Sprengel werden von *Pröpsten*, die Kirchenbezirke von *Superintendenten* und einem Bezirksbeirat geleitet. Der Bischof, die Pröpste und fünf Kirchenräte (vier Laien; ein Kirchenrat hauptamtlich zur Geschäftsführung bestellt) bilden die *Kirchenleitung* (Sitz: Wuppertal). Daneben besteht als weiteres gesamtkirchliches (geistliches) Organ das *Kollegium* der Superintendenten und Pröpste mit dem Bischof als Vorsitzendem. Die Pfarrerschaft (1975: 105 aktive Pastoren) ist im *Allgemeinen Pfarrkonvent* zusammengeschlossen. Die *Kirchensynode,* bestehend aus Theologen und Laien, die von den Bezirken und den kirchlichen Werken delegiert werden, tritt in vierjährigem Turnus zusammen und besitzt gesetzgebende Kompetenz (Änderungen der Grundordnung bedürfen einer Zwei-Drittel-Mehrheit; Beschlüsse, die dem Bekenntnis widersprechen, sind ungültig; Art. 25). Der theologische Nachwuchs wird in der kircheneigenen *Lutherischen Theologischen Hochschule* (Oberursel bei Frankfurt/M.; staatlich anerkannt) und dem Praktisch-theologischen Seminar (Hermannsburg) ausgebildet. Die SELK verwaltet ihre Angelegenheiten selbständig und deckt ihren finanziellen Bedarf aus freiwilligen Kirchenbeiträgen, Kollekten und Spenden.

Lit.: Grundordnung der SELK, Wuppertal 1972 – U. KUNZ (Hg.): Viele Glieder – ein Leib, Stuttgart ³1953 (14ff; Selbstdarstellung) – K. EBERHARDT (Hg.): Was glauben die andern? Gütersloh 1977 (179ff; Selbstdarstellung; Lit.).

2. Evangelisch-altreformierte Kirche

a) Zu Beginn des 19. Jahrhunderts setzte sich in den reformierten Kirchen der Niederlande eine von aufklärerischem Geist geprägte Theologie durch (»Groninger Schule«), die sich vom traditionellen Calvinismus abwandte. Als Reaktion gegen den liberalen Zeitgeist entstand eine Erweckungsbewegung (Réveil). Den Widerspruch gegen neue Katechismen, Gesang- und Lehrbüchern bekundete die Bewegung der *Afscheiding* (1834, »Abscheidung«; 1869 als Christliche Reformierte Kirche konstituiert), die unbeirrt am Heidelberger Katechismus und den Dordtrechter Artikeln als Bekenntnisschriften festhielten und sich von der Niederländisch-Reformierten Kirche lossagten (»solange sie nicht zu der Lehre und zum Dienst der Väter zurückgekehrt ist«; Acte van Afscheiding). Von diesen Vorgängen wurden die kirchlich und kulturell in enger Verbindung mit den Niederlanden lebenden reformierten Gemeinden im nordwestdeutschen Grenzland erfaßt. Ab 1838 entstanden in der Grafschaft Bentheim und in Ostfriesland mehrere freie »altreformierte Gemeinden«, die sich zu sog. »Katechisationen« versammelten und von den bestehenden reformierten Kirchen trennten. Sie gründeten einen eigenständigen Kirchenverband und schlossen sich 1923 in der Form einer Partikularsynode der Gereformeerde Kerken in Nederland an. Heute bestehen acht Gemeinden in der Grafschaft Bentheim und fünf in Ostfriesland, die insgesamt rund 6500 Mitglieder zählen, von 10 Pastoren betreut werden und seit 1950 als *Evangelisch-altreformierte Kirche* (EAK) die Rechte einer Körperschaft des öffentlichen Rechtes besitzen. Mit der Evangelisch-reformierten Kirche in Nordwestdeutschland und dem Reformierten Bund (vgl. II § 1, 3c), dessen Mitglied sie ist, lebt die EAK in einer freundschaftlich geregelten Beziehung.

b) Die EAK versteht sich als eine bekenntnisgebundene Kirche. Als Richtschnur für Lehre und Verkündigung dienen drei reformierte Bekenntnisschriften, auf die alle Kirchenratsmitglieder (s. u.) verpflichtet werden: Confessio Belgica 1559; Heidelberger Katechismus 1563; Dordtrechter Lehrsätze 1618/19. Ihre Pastoren läßt sie an bekenntnisgebundenen Fakultäten ausbilden (Freie Universität Amsterdam, Theologische Hochschule Kampen/Holland). Ihr *Selbstverständnis* kommt nicht weniger in ihrer Organisationsform zum Ausdruck. Die EAK will gemäß der presbyterial-synodalen Kirchenordnung der Synode vom Emden (1571) eine Gemeindekirche sein, die keine kirchlichen Vorgesetzten kennt (Bischöfe, Superintendenten o. ä.); Herr der Kirche ist allein der souveräne Christus, der seine Gemeinde mit Wort und Geist regiert. Die Ortsgemeinde (Kirche) wird kollegial geleitet durch einen *Kirchenrat:* Diener des Wortes (Pastor), Älteste (Presbyter) und Diakone (für 50–70 Gemeindeglieder wird je ein Kirchenratsmitglied – auch Frauen – gewählt). Jede Gemeinde entsendet die gleiche Anzahl von Kirchenratsmitgliedern in die *Synode* als übergemeindlichen Zusammenschluß (Sitz: Bentheim); die Synode kann für alle Gemeinden verbindliche Beschlüsse fassen. Die gottesdienstlichen Versammlungen finden in der Form eines schlichten Wortgottesdienstes statt; das Abendmahl wird unter Beteiligung fast aller erwachsenen Gemeindeglieder in der Regel viermal jährlich gefeiert; Kindertaufe ist üblich; die Konfirmation der Jugendlichen erfolgt erst im Alter zwischen 17 und 19 Jahren. Ihren finanziellen Bedarf deckt die EAK durch freiwillige Beiträge der Gemeindeglieder.

Lit.: Ekklesia III/9: Die evangelischen Kirchen der Niederlande, Gotha 1934 (45 ff; Lit.) – U. KUNZ (Hg.): Viele Glieder – ein Leib, Stuttgart ³1963 (44 ff; Selbstdarstellung).

§ 3 Die Evangelisch-methodistische Kirche

Der Name *Evangelisch-methodistische Kirche* (EmK) bezeichnet den deutschsprachigen Teil der *United Methodist Church,* zu der sich 1968 die beiden Freikirchen *Evangelical United Brethren Church* (Evangelische Gemeinschaft) und *Methodist Church* auf Weltebene vereinigt haben.

Das Wort *»methodistisch«* (methodist) kam Ende des 17. Jahrhunderts als Spottname für puritanische Eigenarten auf. In gleicher Weise galt es später der besonders geordneten Lebensweise (tägliche Bibel- und Erbauungslektüre, Gebet, Fasten, Wohltätigkeit) eines Studentenkreises an der Universität Oxford (1729), der John Wesley angehörte (s. u.). Die von Wesley ausgehende Erweckungsbewegung griff das Wort als Ehrenname auf (*Methodismus;* methodism). Im heutigen Verständnis meint »methodistisch« zunächst eine geschichtliche Herkunft (wie »lutherisch«, »reformiert«) und daneben (wie »protestantisch«) eine spezifische Ausprägung evangelischen Glaubens, die darauf zielt, »Menschen in die Gemeinschaft mit Christus zu rufen und ihnen zu einem Leben echter Nachfolge und des Dienstes zu verhelfen«.

1. Zur Geschichte

a) Von dem anglikanischen Geistlichen JOHN WESLEY (1703–91), der nach langem Bemühen um inneren Frieden durch den Einfluß von Herrnhuter Brüdern (Spangenberg, Böhler, Graf Zinsendorf; vgl. II § 6) zu der Gewißheit der Rechtfertigung des Sünders allein durch Glauben gefunden hatte (als Datum wird der 24. Mai 1738 genannt), ging seit 1739 eine *Erweckungsbewegung* aus, die zunächst England, Schottland und Irland erfaßte und durch Auswanderer auch nach Amerika getragen wurde. Im Mittelpunkt der Predigt Wesleys, der als Reiseprediger vornehmlich die entkirchlichte und sozial schwache Arbeiterbevölkerung auf Straßen, Plätzen, Wohnungen und offenem Feld ansprach, stand die Botschaft von der Gnade Gottes und der Aufruf zu einem geheiligten Leben in Liebe und Dienst an den Mitmenschen. Mit seiner Glaubensverkündigung verband Wesley ein soziales Engagement, das für den Methodismus bestimmend blieb (s. u.; »Soziales Bekenntnis«). Seine Anhänger sammelte er in Gruppen und kleinen Gemeinschaften (»Klassen«) und er fand Menschen, die als Laienprediger die Evangelisation an den jeweiligen Orten fortführten. Während der Methodismus in England zunächst eine Bewegung innerhalb der anglikanischen Kirche blieb, konstituierten sich die methodistischen Gemeinden in Nordamerika 1784 als Bischöfliche Methodistenkirche (*Methodist Episcopal Church*), die in ihre Kirchenordnung die 39 Glaubensartikel der anglikanischen Kirche, von Wesley auf 24 Artikel verkürzt, aufnahm. In den nachfolgenden Jahrzehnten erlebte sie ein stürmisches Wachstum. Auseinandersetzungen über die Form der Kirchenleitung (Beteiligung der Laien, starke Stellung der Bischöfe) führten dazu, daß sich 1828 eine größere Gruppe lossagte und die *Methodist Protestant Church* begründete, in welcher der Gedanke der Laienrepräsentation verwirklicht wurde. Die gleiche Frage und dazu ein Streit über das Sklavenproblem gaben den Anlaß zu zwei weiteren Abspaltungen: 1840 entstand die *Wesleyan Methodist Church,* die ebenfalls das Bischofsamt ablehnte; 1845 folgte die *Methodist Episcopal Church, South,* die in den nordamerikanischen Südstaaten verbreitet war. Auch in Großbritannien kam es im Laufe des 19. Jahrhunderts zu einigen Absplitterungen. Obgleich die Einheit im Glauben niemals ernstlich in Frage stand, gelang es erst 1939 (10. Mai) nach langjährigen Bemühungen, die getrennten Kirchen wieder zusammenzuführen: *The Methodist Church.*

b) Durch intensive Missionsarbeit breitete sich der Methodismus auch in anderen Kontinenten aus. Nach *Deutschland* gelangte er durch Rückwanderer aus den Vereinigten Staaten. In den Jahren 1831/32 begann Christoph Gottlieb Müller (1785–1858) in seiner Heimatstadt Winnenden (Wttbg.) mit der methodistischen Predigt, die zu einer Erwekkung führte. Die entstandene Laienbewegung verblieb zunächst innerhalb der Landeskirche; 1872 ermöglichte das sog. Dissidentengesetz in Württemberg die Gründung eigenständiger Gemeinden, die sich 1897 der Bischöflichen Methodistenkirche anschlossen. Im Jahre 1849 kam Ludwig Sigismund Jacoby (1813–74) nach Deutschland, den die nordamerikanische Methodistenkirche entsandt hatte aufgrund einer entsprechenden Bitte deutscher Brüder. Seine plan- und zielstrebig durchgeführte Missionsarbeit in Bremen verlief sehr erfolgreich und setzte sich bald in Süddeutschland fort (1851 Gemeinden in Heilbronn, 1857 in Ludwigsburg). In Sachsen begann 1850 Erhard Wunderlich (1830–95), von Nordamerika zurückgekehrt und untersützt von seinem Bruder Friedrich Wunderlich, mit der methodistischen Predigt, die auch Thüringen erreichte; 1865 entstand die erste selbständige Gemeinde. Von den Zentren in Württemberg und Sachsen aus verbreitete sich der Methodismus über Deutschland hinaus in die Nachbarländer (Schweiz, Österreich, Ungarn, Polen). Ihre staatliche Anerkennung fand die Methodistenkirche 1921 (Körperschaftsrechte). Deutschland bildete einen eigenen Sprengel; 1936 wurde mit F. H. Otto Melle der erste deutsche Bischof gewählt. Wie nach dem I. Weltkrieg erlebte die Methodistenkirche auch nach 1945 einen starken Zuwachs.

c) Von 1796 an entfaltete Jacob Albrecht (1759–1808) eine freie Predigttätigkeit unter nicht englischsprechenden deutschen Einwanderern vor allem in Pennsylvanien (USA), nachdem er zuvor in einer Gebetsversammlung seine Bekehrung erlebt (31. Juli 1791) und sich einer Methodistengemeinde angeschlossen hatte. Aus seiner evangelistischen Arbeit erwuchsen 1800 die ersten Gemeinden (»Albrechtsleute«), die sich 1807 zur »neuformierten Methodistenkonferenz« zusammenschlossen und Albrecht zu ihrem Bischof beriefen. Diese deutschsprachige Kirche gab sich 1816 den Namen *Evangelische Gemeinschaft* (ab 1922 Evangelical Church) und war nach methodistischem Vorbild organisiert. Im Geist des Methodismus wirkten zur gleichen Zeit Philipp Wilhelm Otterbein (1726–1816) zusammen mit dem Mennoniten Martin Boehm. Ihre wachsende Anhängerschaft sammelten sie seit 1800 in der *Kirche der vereinigten Brüder in Christo* (Church of the United Brethren in Christ), die Otterbein und Boehm zu Bischöfen wählten. Trotz der Nähe zur Evangelischen Gemeinschaft kam es erst 1946 nach einer wechselvollen Geschichte in beiden Kirchen zu einem Zusammenschluß: *The Evangelical United Brethren Church*. Diesen deutschsprachigen Kirchenbildungen ging seit 1835 eine von der Bischöflichen Methodistenkirche getragene Missionsarbeit unter den deutschen Einwanderern parallel (durch WILLIAM NAST, 1807–99), die bis zur Jahrhundertwende 760 Gemeinden gesammelt hatte.

d) In *Deutschland* entfaltete die Evangelische Gemeinschaft, ebenfalls durch Rückwanderer veranlaßt, durch JOHANN CONRAD LINK von 1850 an eine missionarische Arbeit, die wiederum von Württemberg ausging. Obgleich ein enger Kontakt zu den Methodisten bestand, bildeten sich selbständige Gemeinden, die sich ab 1865 in »Konferenzen« vereinigten. Am Ende des 19. Jahrhunderts hatte sich die Evangelische Gemeinschaft über das gesamte Reichsgebiet bis nach Ostpreußen und nach Polen und Rußland ausgebreitet.

e) Schon im 19. Jahrhundert hatten zwischen den verwandten Kirchen *Unionsgespräche* stattgefunden. Ein Vereinigungsvorschlag scheiterte 1871, weil die notwendige Drei-Viertel-Mehrheit nicht zustande kam. Von 1963 an wurden intensiv in beiden Kirchen Unionspläne erörtert, die nach fünf Jahren soweit ausgereift waren, daß eine Vereinigungskonferenz einberufen werden konnte (25.–30. April 1968 in Dallas, USA). Es entstand eine Kirche, die (1976) in der Bundesrepublik Deutschland rund 55 000 Mitglieder (ohne Kinder und Freunde) in 511 Gemeinden zählt (in der DDR 25 000 Mitglieder) und auf Weltebene mit 18,8 Millionen Mitgliedern zu den größten protestantischen Kirchen gehört (USA: 11,5 Millionen).

Lit.: M. SCHMIDT: John Wesley, 2 Bde, Zürich 1953/66 – J. NUELSEN: Kurzgefaßte Geschichte des Methodismus, Bremen [2]1929 – R. JÄCKEL: Geschichte der Evangelischen Gemeinschaft, 2 Bde, Cleveland/Ohio 1890/95 – R. KÜCKLICH: Hundert Jahre Evangelische Gemeinschaft in Europa, Stuttgart 1950 – Auf dem Weg zur Vereinigung, Stuttgart 1967.

2. Selbstverständnis

a) Die vereinigte Methodistenkirche versteht sich als »ein Teil der allgemeinen Kirche«. Sie stellt sich bewußt in die Tradition des apostolischen Glaubens, wie er in den altkirchlichen Bekenntnissen bezeugt ist, bewahrt das Erbe der Reformation und ihre anglikanische Herkunft, bezeichnet sich als Frucht der Erweckungsbewegung des 18. Jahrhunderts und ist sich dessen eingedenk, daß sie mit ihrem Zeugnis des im irdischen Leben zu entfaltenden christlichen Glaubens eine von Gott empfangene Sendung zu erfüllen hat. Das *Selbstverständnis* der Methodistenkirche, das sich an Wesleys »Predigten zu verschiedenen Gelegenheiten« (Sermons on several occasions) und an seinen »Erklärenden Notizen zum Neuen Testament« (Explanatory Notes upon the New Testament; eine Überarbeitung des Gnomon Novi Testamenti von J. A. Bengel, 1687–1752) als allgemeine Lehrnormen (standards of doctrine) orientiert, dokumentieren

- die *25 Glaubensartikel* (zit. GMK), eine von Wesley gekürzte und z. T. geänderte Fassung der 39 Articles of Religion von 1562, dem Lehrbekenntnis der anglikanischen Kirche, das auf der Confessio Augustana basiert und calvinisches, durch Martin Bucer vermitteltes Gedankengut aufnimmt (eigentlich 24 Artikel, aber um einen als Loyalitätserklärung gegenüber der amerikanischen Regierung gedachten Artikel – Nr. 23: Von der Obrigkeit – erweitert);
- die *16 Glaubensartikel* (GEG), die auf den Gründer der Evangelischen Gemeinschaft, Jacob Albrecht, zurückgehen, in der methodistischen Lehrtradition stehen und seit

1952 das gemeinsame Bekenntnis der Evangelical United Brethren Church (s. o. 1c) darstellen;

- die *Allgemeinen Regeln* (AR) (standards of society), von Wesley aufgestellt (1738 bzw. 1743) und im wesentlichen unverändert geblieben, beziehen sich auf die Ordnung der methodistischen Gemeinden und den Lebenswandel ihrer Mitglieder und gelten als Ratschläge bzw. »Richtschnur für Glauben und Leben«;
- das *Soziale Bekenntnis* der Methodistenkirche (SBMK), eine 1939 angenommene, seitdem gemäß den veränderten Verhältnissen überarbeitete Stellungnahme »zu den sozialen Anliegen der Gegenwart«, die auf eine frühere, mehrfach erweiterte und veränderte Erklärung zurückgeht (The social creed, 1908);
- die *Grundsätze moralischen und sozialen Handelns* der Evangelischen Gemeinschaft (SBEG), eine 1946 angenommene, seitdem ebenfalls zeitgerecht überarbeitete Aussage über soziale Grundeinstellungen (Anweisung über »Kirche und öffentliche Moral«, Kirchenordnung von 1952), in der frühere Erklärungen zur Besserung der menschlichen Verhältnisse in allen Lebensbereichen berücksichtigt sind.

b) Die *Lehrtradition* der Methodistenkirche, die in den vorgenannten Glaubensartikeln, Regeln und Bekenntnissen zum Ausdruck kommt und sich auch in dem methodistischen »Leitfaden für den Katechismusunterricht« und in der »Christenlehre« der Evangelischen Gemeinschaft spiegelt, ist insoweit verbindlich, als sie zum einen die Grenzen markiert, innerhalb deren ohne weitere dogmatische Spekulation das Verständnis christlichen Glaubens gefunden werden kann, und zum andern die Grundzüge zu erkennen gibt, die für ein christliches Leben wegweisend sind. Die doppelte (Hilfs-)Funktion, die der »Lehre« zukommt, ihr einen gewissen Spielraum gibt und Akzentuierungen innerhalb des Konsenses erlaubt, zeigt den Stellenwert von Lehraussagen an: sie dienen weniger der Kontroverse, der Apologie oder dem Ausbau eines Lehrsystems, vielmehr dem Interesse einer wirkungsvollen Mission durch Glauben weckendes Zeugnis, dem eigentlichen Anliegen des Methodismus. Dementsprechend können Lehraussagen (desgleichen Kirchenordnungen) dem Bedürfnis der konkreten Situation und den Notwendigkeiten der missionarischen Praxis angepaßt und weiterentwickelt werden, sofern sie in dem weitgespannten Rahmen der »standards of doctrine« bleiben (sog. Einschränkungsbestimmung; erstmals in der Verfassung von 1808, jetzt Art. 16 u. 19 der Verfassung von 1968). Als *Maßstab* und *Kriterium* für die Interpretation der allgemeinen Lehrnormen und für das theologische Urteil gelten insgesamt

- die *Heilige Schrift* (Altes und Neues Testament, ohne Apokryphen) als »die einzige und allgenügsame Richtschnur sowohl für unseren Glauben als auch für unser Leben« (AR; GMK Art. 5; GEG Art. 4)
- die *Tradition* der allgemeinen christlichen Kirche, die das Verständnis des biblischen Zeugnisses zu befördern und zu vertiefen vermag
- die *Vernunft* als ein kritisches Instrument für die logische Darlegung der in der Schrift geoffenbarten Wahrheit und für die überzeugende Argumentation in der Verkündigung
- die *persönliche Glaubenserfahrung*, in der die göttliche Wahrheit durch das Wirken des Heiligen Geistes ergriffen und zum eigenen Bekenntnis wird.

c) Das *Leitmotiv* des Methodismus heißt *Heiligung*, d. h. die Entfaltung (Verwirklichung, Bewährung) des durch Gottes Gnade geschenkten und in der persönlichen Entscheidung angenommenen rechtfertigenden Glaubens an Jesus Christus (des Menschen Erlösung) im weltlichen Leben des Gläubigen mit dem Ziel der Vollkommenheit, indem der Gläubige sein stetes Verlangen nach Erlösung bis zur Vollendung hin durch ein dem Willen Gottes gemäßes Handeln beweist (vgl. AR; GMK Art. 7–10; GEG Art. 7–11). In diesem Leitmotiv kommen die für den Methodismus geltenden Kriterien und sein missionarisches Interesse zum Zug (s. o.). Es bestimmt das theologische Nachdenken über die Relation von Gott und Mensch (Welt), gibt Auskunft über Qualität und Möglichkeit menschlicher Existenz und strukturiert Disziplin und Gestalt der kirchlichen Gemeinschaft:

(1) Gott und Mensch stehen in einem Verhältnis zueinander, in dem beide aktiv wirken (Gottes Herrschaft und des Menschen Freiheit) und das den Menschen innerlich und äußerlich erfaßt (Glaube und Werk). Bei der Bestimmung dieses Verhältnisses sind

- die zentrale reformatorische Aussage von der *Rechtfertigung* allein durch den Glauben (sola fide, solus Christus, sola gratia; vgl. II § 1, 1 Exkurs 3a) und
- das römisch-katholische Verständnis der *Heiligung* (implizit der Sünde und der Gnade; vgl. I § 4, 2 u. 3; § 7, 1)
- vermittelt durch die Überzeugung, daß der in Christus gerechtfertigte und geheiligte Mensch durch ein *Zusammenwirken* (interaction) mit Gott in seinem Lebensvollzug (persönliche Existenz, Lebensstil) Jesus Christus und seinen Geist gegenwärtig und sichtbar kundzugeben und zu repräsentieren vermag.

Gegenüber der reformatorischen Lehre akzentuiert der Methodismus (unter Abschwächung des reformatorischen Sündenverständnisses), daß im Rahmen des göttlichen Heilshandelns der Mensch durch eigenes Bemühen an seiner Erlösung aktiv beteiligt ist (Buße, Bekehrung, Glaube) und auf dem Wege fortschreitender Erkenntnis beteiligt bleibt (heiliges Leben, Wachstum, Früchte des Glaubens). – Gegenüber der römisch-katholischen Lehre akzentuiert der Methodismus (unter Abschwächung des römisch-katholischen Sakraments- und Kirchenverständnisses), daß das Heil (die Versöhnung Gottes mit dem Menschen in Christus) durch das persönliche Glaubenszeugnis und seine überzeugende Realisierung in der individuellen Praxis dargestellt wird, auf diese Weise Christus sein Heilshandeln durch die verschiedenartigen Glieder seines Leibes auf Erden fortsetzt und die Kirche als eine geistliche Bewegung eine dynamische Offenheit besitzt.

(2) Der methodistische Gedanke der Heiligung und der Interaktion von Gott und Mensch im Heiligungsgeschehen setzt ein bestimmtes Verständnis von Sünde und Gnade voraus, das theologisch-anthropologische Aussagen beinhaltet:

- die *Sünde* – »die Verderbtheit der menschlichen Natur, wodurch der Mensch von der ursprünglichen Gerechtigkeit sehr weit entfernt und von Natur fortwährend zum Bösen geneigt ist« (GMK Art. 7) – wirkt zwar verhängnisvoll und tödlich, aber sie zerstört nicht gänzlich die menschliche Existenz und hebt das Verhältnis des Menschen zu Gott nicht auf; auch in seiner Entfremdung bleibt dem Menschen ein ursprünglicher Rest, erinnert er eine göttliche Ahnung, ein Empfinden für das Heilige, behält er seine unveräußerlichen Eigenschaften wie Gewissen, Vernunft und Freiheit, die ihm die verantwortliche Gestaltung der Welt (kulturell, politisch, wirtschaftlich, wissenschaftlich, technisch) und sein Überleben ermöglichen;
- die *Gnade*, die in der Verwirklichung des Glaubens ihr Ziel erreicht, wird als das zuvorkommende und reale, »vorauslaufende Handeln Gottes« erkannt (Prävenienz), das in allen seinen Werken (Schöpfung, Inkarnation, Kreuz und Auferstehung, Heiligung) gründend, vorwärtsstrebend, rettend, heiligend Gestalt gewinnt und sich sichtbar kreatürlicher Gegenstände, Mittel und Ereignisse bedient (Sakramentalität), so auch im Leben des gegen Gott rebellierenden Menschen wirkt, und in alledem die beständige Gegenwart und Wirksamkeit Gottes und seines Geistes im Herzen des Menschen und in der geschaffenen Schöpfung anzeigt; diese universal verstandene und Gottes Souveränität betonende Gnade, die allen Menschen gilt und die Zusammengehörigkeit von Gott und Mensch markiert, kann – insoweit sie personal ausgerichtet ist – vom Menschen auch zurückgewiesen werden (»von der erhaltenen Gnade abweichen und wieder in Sünde verfallen«; GMK Art. 12); sie bedarf der ständigen Aneignung im Leben des Menschen, wenn sie an ihr Ziel kommen soll.

(3) Die *Entfaltung* (Verwirklichung, Bewährung) des von Christus erwirkten und geschenkten und vom Menschen im Glauben angenommenen Heils wird stimuliert durch ein stetes »Verlangen nach Seligkeit« und offenkundig in einem entsprechenden persönlichen Verhalten (Früchte des Glaubens). Für die Lebensführung geheiligter Menschen gelten *Regeln,* die dazu dienen, das Verlangen nach vollkommener Erlösung, das Wachstum im Glauben und das Fortschreiten in der Heiligung »beweisen« zu können, und die zugleich an die Gemeinschaft der Gläubigen (Gemeinde, Kirche) binden, in welcher das Bekenntnis zu Christus und die entschiedene Nachfolge gestärkt, gefördert und bewahrt wird:

- »erstens: Nichts Böses tun, sondern Böses aller Art meiden, besonders solche Sünden, welche am meisten verübt werden, wie Mißbrauch des Namens Gottes, Entheiligung des Tages des Herrn...
- zweitens: Dadurch, daß sie Gutes tun; in jeder Hinsicht nach ihrem Vermögen sich barmherzig erweisen und bei jeder Gelegenheit Gutes aller Art, soweit die Kräfte reichen, allen Menschen erzeigen...
- drittens: Durch den Gebrauch aller von Gott verordneten Gnadenmittel...« (Gottesdienst, Wort Gottes, Abendmahl, Beten, Schriftforschung, Fasten und Enthaltsamkeit) (vgl. AR).

Diese Regeln strukturieren die *Gemeindebildung,* indem sie zum einen festlegen, was von denen erwartet wird, »welche Mitglieder der Gemeinschaft sein und bleiben wollen«, und zum andern bestimmen, auf welche Weise »zu erfahren« ist, ob ein Mitglied »in der Gottseligkeit fortschreitet«, und wie nach den Umständen »Rat zu erteilen, zu verweisen, zu trösten oder zu ermahnen« ist (vgl. AR). In der Verfassung und Ordnung der Methodistenkirche haben diese »Regeln«, die ursprünglich von Wesley (s. o.) aufgestellt wurden, einen zeitgemäßen und weiteren organisatorischen Ausdruck gefunden.

Texte der Glaubensartikel, Allgemeinen Regeln und Sozialbekenntnisse in: Verfassung und Ordnung der Evang.-methodist. Kirche, Stuttgart 1968ff (Loseblatt-Sammlg.) – *Lit.:* TH. SPÖRRI: Das Wesentliche methodist. Theologie, Zürich 1954 – WILH. THOMAS: Grund und Mitte christl. Glaubens, Zürich 1973.

3. Verfassung und Ordnung

Die Methodistenkirche ist eine in »Konferenzen« organisch gegliederte Kirche, die nur solche Personen aufnimmt, die sich zur Kirchengliedschaft bekennen (Freiwilligkeitsprinzip; vgl. Verfassung der EmK Art. 7–49, Ordnung der EmK §§ 101–138 u. §§ 201–379).

a) *Kirchengliedschaft.* Die Mitgliedschaft in der EmK setzt die *Taufe* voraus (Kindertaufe ist üblich, Erwachsenentaufe möglich), die freilich erst als erfüllt angesehen wird, wenn der Getaufte das ihm in der Taufe angebotene Heil im Glauben annimmt und bekennt. Die *Aufnahme* in die Gemeinde erfolgt nach entsprechender Vorbereitung und aufgrund einer Empfehlung, indem der Bewerber vor der versammelten Gemeinde seinen persönlichen Glauben an Christus bezeugt und das Gliedschaftsversprechen auf sich nimmt (Teilnahme am Gemeindeleben, Gottesdienst, Mitarbeit, Gaben; vgl. §§ 105ff). Vernachlässigt ein Kirchenglied die übernommenen Verpflichtungen und bleiben seelsorgerliche Bemühungen erfolglos, so ist ein *Ausschluß* nach einer Frist von fünf Jahren möglich (§ 115).

b) *Bezirkskonferenz* (Art. 48, 49). Den *Bezirk* bilden eine oder mehrere Gemeinden. Innerhalb einer *Gemeinde*, die von einem Pastor zusammen mit einem gewählten Laienvertreter (Laienführer) geleitet wird, bestehen *Gemeindegruppen* zur Pflege der Gemeinschaft und der Seelsorge (u. a. Hausbibelkreise, Gebetsgemeinschaften) und zur Erfüllung besonderer Aufgaben (Männerdienst, Frauendienst, Sonntagsschule, Evangelisation usw.; vgl. §§ 133 ff), deren Leiter von der Gemeindeversammlung gewählt werden (§ 126). Die *Gemeindeversammlung* vereinigt unter dem Vorsitz des Pastors die Kirchenglieder mit ihren Angehörigen, nimmt die Arbeitsberichte der Gemeindegruppen entgegen und spricht Empfehlungen aus für die Berufung von Predigern und für die Gemeindearbeit; stimmberechtigt sind Kirchenglieder über 18 Jahre (§ 126). Die Aufgaben einer Gemeindeversammlung können auch von einer jährlich einzuberufenden *Bezirksversammlung* erfüllt werden (und umgekehrt; § 125). In jedem Bezirk besteht unter dem Vorsitz des Pastors ein *Gemeindevorstand* (ggf. mehrere), dem es obliegt, die Verwaltung zu ordnen, Arbeitsprogramme zu fördern und für den finanziellen Bedarf zu sorgen (§ 127). Das Verwaltungsorgan ist indessen die *Bezirkskonferenz*, die alle Mitarbeiter des Bezirks (Pastoren, Laienprediger, Gemeindeschwestern, Laienführer usw.) zusammenfaßt und mindestens einmal jährlich unter dem Vorsitz des Superintendenten (ggf. Pastor) tagt (§§ 365–369). Zu den Rechten und Pflichten der Bezirkskonferenz gehören: Wahl von Mitarbeitern der Gemeinden (u. a. Verwalter für finanzielle Angelegenheiten, Laienführer, Mitglieder von Ausschüssen und Konferenzen), Empfehlung von Laienpredigern und Zustimmung zur Empfehlung eines Predigtamtsbewerbers (Pastor; beides nur mit Zwei-Drittel-Mehrheit), Erlaubnis für Predigthelfer, Ordnung der Seelsorge und Geschäftsordnung des Bezirks (§§ 370–379).

c) *Distriktkonferenz* (Art. 47). Mehrere Bezirke bilden einen *Distrikt*, dem ein Superintendent vorsteht (in der Bundesrepublik Deutschland acht). Unter dessen Vorsitz tagt mindestens einmal im Jahr die *Distriktversammlung*, die alle Pastoren, Laienprediger, Predigtamtskandidaten und -bewerber der betreffenden Bezirke vereinigt, theologisch-kirchliche Fragen behandelt und der beruflichen Weiterbildung dient. In entsprechender Weise ruft der Distriktlaienführer die Laienmitglieder der Jährlichen Konferenz zusammen (§§ 363, 364).

d) *Jährliche Konferenz* (Art. 36–41). Die Jährliche Konferenz, gebildet durch mehrere Distrikte, gilt als »die grundlegende Körperschaft in der Kirche« (Art. 10, 37); gemäß den jeweiligen Landesgesetzen kann sie Rechtsfähigkeit erwerben (§ 337). Im Gebiet der Bundesrepublik Deutschland bestehen eine Nordwestdeutsche, eine Süddeutsche und eine Südwestdeutsche Konferenz, die zusammen unter der Aufsicht eines Bischofs einen *Sprengel* der Gesamtkirche darstellen. Die Jährliche Konferenz umfaßt alle Pastoren des betreffenden Gebietes und eine gleiche Anzahl von Laienabgeordneten aus den Bezirken, wobei die Befugnisse der letztgenannten insoweit eingeschränkt sind, als sie an Abstimmungen über Fragen der Amts- und Lebensführung der Pastoren nicht teilnehmen dürfen (§ 334). Die Teilnahme an der Konferenz, die unter Vorsitz des zuständigen Bischofs zusammentritt und auch zu außerordentlichen Sitzungen einberufen werden kann, ist für alle Mitglieder verpflichtend. Zu den Rechten und Pflichten der Jährlichen Konferenz gehören: Wahl der Abgeordneten zu den Zentral- und Generalkonferenzen, Abstimmung über Verfassungsänderungen, Erlaß von Ordnungen für ihren Bereich, Entscheidung über Aufnahme von Predigtamtskandidaten, Anstellung und Ordination der Pastoren sowie deren Aufsicht und Versetzung (Anstellungskörperschaft), Überwachung der finanziellen Angelegenheiten (§§ 343–350). Zur Erledigung ihrer Aufgaben wählt die Konferenz für die Dauer von vier Jahren ordentliche, außerordentliche und ständige *Aus-*

schüsse, dazu *Behörden* (für Predigtamt, Finanzen, Bauangelegenheiten) und einen *Verwaltungsrat* (§§ 358–362).

e) *Zentralkonferenz* (in USA und Kanada: Jurisdiktionalkonferenz; Art. 27–30 bzw. 22–26). Die in einem *Sprengel* vereinigten Jährlichen Konferenzen bilden eine Zentralkonferenz, an deren Spitze ein Bischof steht (seit 1970 je eine Konferenz für das Gebiet der Bundesrepublik Deutschland und der DDR). Sie wird mit einer jeweils gleichen Anzahl von gewählten Pastoren und Laienabgeordneten aus den Jährlichen Konferenzen beschickt und konstituiert (wie die Jährliche Konferenz auf die Dauer von vier Jahren; §§ 306–308) *Ausschüsse* und *Behörden* zur Durchführung ihrer laufenden Geschäfte. Die Zentralkonferenz beruft die ihr angehörenden Superintendenten und eine gleiche Anzahl Laienabgeordnete in einen *Kirchenvorstand*, dem der Bischof vorsitzt und dem die Verwaltungsangelegenheiten und die juristische Vertretung obliegen. Zu den Rechten und Pflichten der Zentralkonferenz gehören: Wahl des Bischofs, Aufsicht und Förderung der kirchlichen Aufgaben, Erlaß und Revision der Kirchenordnung und der liturgischen Ordnungen für ihr Gebiet im Rahmen der Verfassung und der Allgemeinen Regeln, Ordnungen für die Ausbildung und Prüfung der Pastoren und für die Kirchenzucht (§§ 309–320). Die Zentralkonferenz wählt einen *Rechtsrat* von vier Pastoren und drei Laien (bis 1980 vier), die nicht zugleich Mitglieder der Zentralkonferenz oder des Kirchenvorstandes sein dürfen; der Rechtsrat, dessen Vorsitzender die Befähigung zum Richteramt besitzen soll, befindet über alle entstehenden Rechtsfragen der Verfassung und der Ordnung der EmK (§§ 321–330).

f) *Generalkonferenz* (Art. 12–21). Das oberste Organ der EmK auf Weltebene ist die Generalkonferenz, die im vierjährigen Turnus zusammentritt, mindestens 600 und nicht mehr als 1000 Mitglieder umfaßt und von den Jährlichen Konferenzen paritätisch mit gewählten Pastoren und Laienabgeordneten beschickt wird. Die Generalkonferenz, die ihren Vorsitzenden aus den Reihen der Bischöfe wählt, besitzt die gesetzgebende Vollmacht über alle gemeinsamen Anliegen der Kirche, ist dabei an die Glaubensartikel und die Allgemeinen Regeln gebunden (Art. 16 u. 19, Einschränkungsbestimmungen, s. o. 2b) und darf die Kirchenverfassung nur nach vorheriger Zustimmung einer Zwei-Drittel-Mehrheit aller Jährlichen Konferenzen verändern (vgl. Art. 64–66). Die Durchführung der von der Generalkonferenz beschlossenen Ordnung sowie die Aufsicht und die Förderung der gesamtkirchlichen Angelegenheiten fällt in die Zuständigkeit eines *Bischofsrates*, dem alle Bischöfe der Kirche angehören (etwa 100) und der jährlich mindestens einmal zusammentritt (Art. 52). Über entstehende Rechtsfragen (Verfassungsgemäßheit und Rechtsgültigkeit von Beschlüssen der General-, Zentral- und Jährlichen Konferenzen, Disziplinarordnung) wird von einem *Rechtshof* endgültig entschieden (Art. 60–63).

g) Das *Predigtamt* (Verkündigungsdienst). Die Verkündigung der biblischen Botschaft in der Glaubensüberzeugung von dem Heilshandeln Gottes an den Menschen gilt als die zentrale Aufgabe der Methodistenkirche. Sie wird von Pastoren, Laienpredigern und Predigthelfern wahrgenommen; auch Frauen können zu dem Predigtamt berufen werden.
(1) *Pastoren* sind Kirchenglieder, die nach entsprechender Ausbildung in eine Jährliche Konferenz aufgenommen worden sind und die Ordination empfangen haben (§ 202); ihr Arbeitsfeld weist ihnen der Bischof zu (§ 205; Sendeprinzip). Die *Bewerber* für das Predigtamt bedürfen der Empfehlung einer Gemeindeversammlung und der Zustimmung der Bezirkskonferenz, werden danach für ein Jahr als *Praktikanten* angestellt und bei Bewährung als *Predigtamtskandidaten* zum Studium an dem theologischen Seminar zu-

gelassen (in Reutlingen; Predigerseminar in Frankfurt/Main; Studium an Fakultäten kann erlaubt werden). Dem Studium (acht Semester) folgt das *Kandidatenjahr* in einem Bezirk (Probeverhältnis). Nach erfolgten Prüfungen, Glaubenszeugnis und Versprechen zuchtvollen Lebenswandels kann der Kandidat zum *Mitglied* einer Jährlichen Konferenz gewählt werden. Es schließt sich die *Ordination* an mit der Verpflichtung, Gottes Wort zu predigen, die Sakramente zu verwalten und den missionarischen Dienst der Kirche auszurichten (§§ 205–214, 241–246).
(2) *Laienprediger* sind Kirchenglieder, denen der zuständige Distriktausschuß auf Empfehlung einer Gemeindeversammlung und mit Zustimmung der Bezirkskonferenz die Predigterlaubnis erteilt hat (§ 203). Diese Erlaubnis, die jährlich erneuert werden muß, setzt voraus: entsprechende Fähigkeiten des Bewerbers, Nachweis der vorgeschriebenen und abgeschlossenen Studienkurse, Glaubenszeugnis und entsprechende Lebensführung, Dienstbereitschaft. Der Laienprediger kann ordiniert, angestellt und einem bestimmten Bezirk zugewiesen werden (§§ 231 bis 237).
(3) *Predigthelfer* sind Kirchenglieder, denen die Bezirkskonferenz auf Empfehlung einer Gemeindeversammlung die Predigterlaubnis erteilt hat (§ 204). Die Erlaubnis muß ebenfalls jährlich erneuert werden. Der Dienst des Predigthelfers erfolgt nach Anweisung des zuständigen Pastors (§ 238).
(4) *Superintendenten* sind Pastoren, die einen Distrikt verantwortlich leiten und den Vorsitz in der Bezirkskonferenz führen. Sie werden aufgrund von Wahlvorschlägen der Jährlichen Konferenz für eine Dienstzeit von acht Jahren vom Bischof berufen; eine erneute Berufung ist frühstens nach vier Jahren möglich. Die Superintendenten einer Jährlichen Konferenz bilden unter dem Vorsitz des Bischofs das *Kabinett der Jährlichen Konferenz,* im Bereich einer Zentralkonferenz das *Kabinett der Zentralkonferenz* (§§ 225–229).

h) Dem *Bischof* obliegt die Leitung der kirchlichen Arbeit im Gebiet einer Zentralkonferenz; er ordiniert und erteilt die Dienstzuweisungen. Die Zentralkonferenz wählt den Bischof geheim mit Zwei-Drittel-Mehrheit zunächst für vier Jahre und bei Wiederwahl ohne Terminbeschränkung. Seine Amtszeit endet spätestens mit dem 72. Lebensjahr. Mehrere Bischöfe in einer Zentralkonferenz bilden ein *Bischofkollegium,* alle Bischöfe der Kirche den *Bischofsrat* (s. o.) (vgl. Art. 31–35, 50–59; §§ 251 bis 257).

4. Kirchliches Leben und Einrichtungen

Wie in der Verfassung und den Ordnungen spiegelt sich das methodistische Selbstverständnis auch im kirchlichen Leben, seinen Organisationen und Einrichtungen. Die Verkündigung der frohen Botschaft von der Gnade Gottes (Gottesdienst, Evangelisation) und das Zeugnis der Tat (Laientätigkeit, Diakonie) bilden die Schwerpunkte für eine durch Heiligung motivierte Gestaltung des persönlichen und kirchlichen Lebens.

a) Am *Gottesdienst* beteiligt sich die versammelte Gemeinde mit Beten (freies *Gebet*) und Singen (Chöre; Erweckungs- und Heiligungslieder; *Lied* als gesungenes, den Glauben stärkendes und den Sünder rufendes Gottes Wort). Sie hört die *Predigt,* die im Zentrum des Gottesdienstes steht und zur existentiellen Erfahrung der Wahrheit und Wirklichkeit Gottes hinführen soll. Der Gottesdienst als Bezeugung des Evangeliums will zugleich »Anleitung zur Tat« sein. Im *Abendmahl* – als verdeutlichende Evangeliumsverkündigung verstanden, als Gedächtnismahl und Danksagung für das vollbrachte Heil (»so häufig, wie es die Gelegenheiten der Gemeinde zulassen«; § 410) gefeiert – wird dem Einzelnen Vergebung und Erlösung zugesprochen und die Gemeinschaft der Gläubigen erfahren. Wer sich dieser Bedeutung des Abendmahls bewußt ist, wird zur Teilnahme eingeladen (insofern ist *Interkommunion* möglich; vgl. § 409). In der *Taufe* – ebenfalls als anschauliche Evangeliumsverkündigung verstanden, sowohl als Kinder- als auch als Erwachsenen-(Glaubens-)taufe geübt – nimmt die Gemeinde den Täufling in ihre geistliche Obhut und erwartet von ihm (bei Kindern nach erfolgter Unterweisung), daß er zur persönlichen Hingabe an Christus findet und ein bewußtes Glied der Kirche wird.

Der Methodismus anerkennt neben Taufe und Abendmahl keine weiteren Sakramente. Sein *Sakramentsverständnis* ist im wesentlichen calvinisch geprägt. Taufe und Abendmahl vermitteln inhaltlich nichts anderes als die Verkündigung des Wortes; sie sind »Zeichen der Gnade und des Wohlwollens Gottes«, stärken und bewahren den Glauben (vgl. GMK Art. 16; GEG Art. 6). In beiden Sakramenten wirkt der Heilige Geist, indem er den Glauben belebt und befestigt; doch der Mensch muß sich diesem Wirken erschließen (s. o. 2c).

Kirchliche Handlungen sind (wie in anderen evangelischen Kirchen) die *Einsegnung* (Entlassungsfeier nach Prüfung und Abschluß des kirchlichen Unterrichts; ein Glaubensbekenntnis wird dabei nicht verlangt; §§ 412f), die *Trauung* (Gelöbnis ehelicher Liebe und Treue vor Gott und der Gemeinde und Segenszuspruch unter Fürbitte der Gemeinde; Trauung geschiedener Ehepartner ist als Ausnahme möglich, sofern Würde der Ehe und Ansehen der Trauung nicht verletzt werden und kein Anstoß in der Gemeinde besteht; §§ 414–416) und die *Bestattung* (als öffentliches Bekenntnis der Macht des Todes und der Sünde, der Gnade und Vergebung Gottes und der Hoffnung auf ewiges Leben; §§ 417–420).

b) Die *Evangelisation* gehört zu dem umfassenden Missionsauftrag, dem das besondere Interesse der Methodistenkirche gilt und der sie dazu verpflichtet, sich »sowohl dem einzelnen Menschen als auch den Verhältnissen, unter denen er zu leben hat«, zuzuwenden. Die Evangelisation ist »der Dienst der Christen an denen, die Jesus Christus nicht als ihren Herrn bekennen und die nicht in seiner Nachfolge leben«. Es ist ihr Ziel, »Menschen in eine lebendige, tätige Gemeinschaft mit Gott zu bringen«, die »christliche Jüngerschaft in jedem Bereich menschlichen Lebens Ausdruck finden« zu lassen und »dadurch das Reich Gottes auf Erden erkennbar« zu machen (§ 530). Auf den Ebenen der verschiedenen Konferenzen bestehen jeweils ein *Ständiger Ausschuß für Evangelisation,* dazu ein geschäftsführender Ausschuß für die Arbeit der Zeltmission. Der Ständige Ausschuß hat die Aufgabe, für sein Konferenzgebiet Programme für Evangelisationen zu planen und zu fördern, Pastoren und Laien für diesen Dienst zuzurüsten und entsprechende Literatur vorzulegen (§§ 531–535). Die Evangelisationsarbeit erfolgt auf vielfältige Weise. Neben der *Zeltmission* werden Verkündigungs- oder *Bibelwochen* und *Gemeindeseminare* durchgeführt, *Rundfunksendungen* über Radio Luxemburg und den »Evangeliums-Rundfunk Wetzlar« ausgestrahlt, *Telefon-Seelsorge* angeboten (Telefon-Dienste in Hannover, Heilbronn und Lübeck) und *Schriftenmission* betrieben (eigenes Verlagshaus in Stuttgart).
Die Aufgabe der *Weltmission* erfüllt die dafür zuständige *Missionsbehörde* mit ihrer weiteren Organisation. Sie steht unter dem viel zitierten, den Methodismus charakterisierenden Leitsatz von Wesley: »Die ganze Welt ist mein Kirchspiel«.

Die ersten methodistischen »Hilfsgesellschaften für die äußere Mission« entstanden seit 1786. Sie wurden 1816 zur »Wesleyan Methodist Missionary Society« zusammengefaßt; 1820 anerkannte eine Generalkonferenz die »Methodist Missionary Society« in New York, die auch für Bibelverbreitung sorgte. Während des 19. Jahrhunderts entfalteten die methodistischen Missionsgesellschaften eine recht intensive und erfolgreiche Tätigkeit in Westindien (schon seit 1786), Westafrika (1811), Ceylon (1814), Südafrika (1815), Indien (1817), Australien (1822), China (1851). Sie ging einher mit der

Gründung von zahlreichen Universitäten, Schulen, Krankenhäusern, Heimen, Aussätzigenkolonien und Verlagshäusern, in denen sich das »Christentum im Ernst« manifestierte. Gegenwärtig arbeiten rund 1200 Missionare auf verschiedenen Tätigkeitsfeldern in mehr als 40 Ländern der Dritten Welt. Aus dem Bereich der deutschen Methodistenkirche sind derzeit 30 Missionare (z. T. mit Familien) im Einsatz.

Das *Missionswerk* der EmK in der Bundesrepublik Deutschland arbeitet mit den Behörden für Weltmission in anderen Zentralkonferenz-Gebieten eng zusammen, bemüht sich um geeignete Personen für die Missionsarbeit, sorgt für Ausbildung und Unterhalt und entscheidet über die Verwendung der Missionskollekten (vgl. §§ 541–557). Es ist Mitglied im Evangelischen Missionswerk (II § 1, 6c).

c) Der verantwortliche *Dienst der Laien,* der im methodistischen Verständnis der Heiligung begründet liegt (s. o. 2c) und dem in der kirchlichen Organisation wie in allen ihren Aktivitäten eine elementare Bedeutung zukommt, gilt mit seiner ihm eignenden Dignität – er ist »geistliches Amt« – als Kennzeichen und Ausweis des Methodismus. Gemäß dem Grundsatz des »allgemeinen Priestertums« der Gläubigen wird von den Kirchengliedern erwartet, daß sie im alltäglichen Leben ihren Glauben bezeugen und die Mitarbeit in der Gemeinde als unerläßlich ansehen (Wesley: »Alle an der Arbeit und immer an der Arbeit«). So nimmt die Laientätigkeit einen breiten Raum in der Methodistenkirche ein.

»Es ist das Ziel der in der Kirche organisierten Laientätigkeit, daß alle Menschen Gott erkennen und in der Erkenntnis seiner erlösenden Liebe, wie sie in Jesus Christus offenbart ist, wachsen, ferner daß sie in Glaube und Liebe darauf antworten, damit sie auch erkennen, wer sie sind und was ihre menschliche Augabe ist, und damit sie sich als Glieder der Gemeinde und als Glieder der menschlichen Gesellschaft erkennen, im Geiste Gottes leben und ihren gemeinsamen Jüngerberuf in der Welt erfüllen« (§ 500).

Neben dem Dienst der Laien im Predigtamt (Laienprediger, Predigthelfer; s. o. 3g) und in den verschiedenen Organen auf allen Konferenzebenen (Laienabgeordnete, Laienführer, Verwalter usw.; s. o. 3b ff) bestehen als besondere »Abteilungen« der Laientätigkeit, die ebenfalls konferenz-gemäß organisiert sind (Ausschüsse für Laientätigkeit; Konferenzlaienführer; vgl. §§ 508–514):
(1) der *Frauendienst,* der »die Verantwortung der Frau für die Gesamtaufgaben der Kirche zu verwirklichen« sucht (Förderung des geistlichen Lebens, soziale und diakonische Aufgaben; vgl. §§ 501–505), und
(2) der *Männerdienst,* der die geistliche Gemeinschaft christlicher Männer vertiefen und ihre Leistungsfähigkeit im gemeindlichen Dienst, im Beruf und in der Gesellschaft fördern will, damit sie »in besonderer Weise Diener Christi in dieser Welt« sein können (§§ 506–507).
Außer im Frauen- und Männerdienst finden die Laien ein weites Betätigungsfeld in zahlreichen Werken ihrer Kirche:
(3) Im *Ständigen Ausschuß für Christliche Erziehung* sind verschiedene Arbeitsgebiete zusammengefaßt, die allesamt aus dem seit Wesley immer wieder vorgebrachten Anliegen des Methodismus resultieren, aller Erziehung und Bildung ein christliches Fundament zu geben und die Menschen anzuleiten, daß »ihr Leben im Alltag ein wertvoller Dienst für andere werde« (§ 520).
Diese Erziehungsabsicht ist der gesamten Gemeinde aufgetragen. Ihr dient vor allem die *Sonntagsschule* (Wesley: »Pflanzstätten für wahrhafte Christen«; zu seiner Zeit auch mit der Aufgabe betraut, »die Kinder der Armen in Lesen, Schreiben und Rechnen zu unterrichten«). Sie ist in jeder Gemeinde eingerichtet und arbeitet nach Stufenlehrplänen für die verschiedenen Altersgruppen. Die Mitarbeiter werden in Rüstzeiten und Kursen für ihre Tätigkeit geschult. Die Arbeit ist im Sonntagsschulwerk auf allen Konferenzebenen

organisiert. Für den Dienst an der Jugend sind ferner eingerichtet das *Jungscharwerk* (mit der Aufgabe, Jungen und Mädchen vom 10. Lebensjahr an »eine Entscheidung für Christus zu ermöglichen« und »die Erziehung zur Gemeinschaft, Persönlichkeitsbildung, die Bereicherung des Wissens und Könnens sowie die körperliche Ertüchtigung« zu fördern), das *Jugendwerk* (mit den gleichen Aufgaben vom 14. Lebensjahr an) und das *Studentenwerk,* das sich auch an Schüler in höheren Klassen, Akademiker und interessierte Gemeindeglieder wendet. Das Interesse am Lied in seiner Bedeutung für die Verkündigung und den missionarischen Auftrag (s. o. 4a) findet seinen organisatorischen Ausdruck in dem *Chor- und Bläserwerk* (Christlicher Sängerbund e. V., Bund Christlicher Posaunenchöre e.V.).

d) Die *Diakonie* gehört zur »Wesens- und Lebensäußerung der Kirche«, weil Christus ihr es zur Aufgabe gemacht hat, »die Liebe Gottes in Wort und Tat zu verkündigen« (§ 560); sie ist ein wesentlicher Teil der Evangelisation. Mit ihrem diakonischen Dienst will die Methodistenkirche ihre soziale Verantwortung und Verpflichtung wahrnehmen, die in dem Glauben an Christus und in der Heilserfahrung gründet (d. i. die Erfahrung des Menschen unter Gott, zwischen Mensch und Mensch und des Menschen in der Welt als eine Erfahrung der fortgesetzten Offenbarung Gottes und der Erlösung sowie der Jüngerschaft und der christlichen Gemeinschaft). Die diakonischen Aktivitäten werden im Gebiet jeder Zentralkonferenz von einer *Behörde für Sozialarbeit* organisiert und betreut; in ihr ist die Mutterhausdiakonie (Verband Evangelisch-methodistischer Diakonissen-Mutterhäuser) und das Sozialwerk der EmK mit seinen Einrichtungen zusammengefaßt (§§ 561–572).

(1) Im Bereich der Bundesrepublik Deutschland bestehen vier *Diakonissen-Mutterhäuser* (»Bethanien« Frankfurt/M., Hamburg, Wuppertal, Nürnberg) mit 14 eigenen Krankenhäusern (dazu weitere vier in der DDR), in denen ca. 2500 Mitarbeiter tätig sind (davon etwa 1300 Diakonissen) und rund 2700 Betten zur Verfügung stehen (jährlich ca. 50000 Patienten). Den Mutterhäusern sind sechs staatlich anerkannte Schulen für Sozialberufe angegliedert.

Die Mutterhausdiakonie der Methodistenkirche entwickelte sich – nach Vorläufern in der Gemeindediakonie (Krankenpflegerinnen) – seit 1877 parallel zu der in den evangelischen Kirchen. Anreger und Modell war Fliedners Mutterhausform Kaiserswerth. – *Vgl.* E. BEYREUTHER: Geschichte der Inneren Mission in der Neuzeit, Berlin 1962; K.-H. VOIGT: Der diakonische Auftrag der evang.-methodist. Kirche, Zürich 1968 (auch zum Folgenden).

(2) Das *Sozialwerk* der EmK umfaßt eine große Zahl sozialer Einrichtungen wie *Altenheime* (18, mit rund 700 Plätzen und 100 Mitarbeitern), *Erholungsheime* (12, mit über 700 Plätzen und 130 Mitarbeitern), *Jugendschulungs- und Erholungsheime* (10, über 400 Plätze und 30 Mitarbeiter), *Arbeitnehmer-Wohnheime* (4, 240 Betten und 20 Mitarbeiter) und *Kindergärten* (11, rund 560 Plätze und 20 Mitarbeiter). Daneben bemüht sich das Sozialwerk um ausländische Arbeitnehmer und Studenten, berät in sozialen Angelegenheiten, beteiligt sich an der Aktion »Brot für die Welt« und an dem »Dienst in Übersee« und ist Mitglied im Diakonischen Werk der EKD (vgl. II § 1, 5).

5. Soziales Bekenntnis

Neben den straff organisierten und reglementierten *Kirchenkörper* (vgl. Nr. 3), der die Kirchenglieder funktionalisiert (jeder erfüllt die ihm zukommende Aufgabe; Kirche als

Funktionsgemeinschaft), damit zum einen den entschlossenen missionarischen Einsatz ermöglichen hilft und zum andern Fortschritt wie Stillstand, Erfolg wie Niederlage in der Reich-Gottes-Arbeit zu kontrollieren vermag (vgl. 2c 3), und neben die *konkrete Gestaltung* des persönlichen und kirchlichen Lebens in Gottesdienst, Evangelisation, Laientätigkeit und Diakonie (vgl. Nr. 4), in der die bruderschaftliche Struktur der methodistisch verstandenen Heiligung ihren Ausdruck findet (Kirche als *Heiligungsgemeinschaft*), tritt als drittes Element des Methodismus der persönliche und korporative *Dienst an der Gesellschaft,* um »das Leben mit all seinen Bereichen in Einklang mit dem Willen Gottes ... und unter die Herrschaft Christi zu bringen« (SBEG Vorspruch; SBMK I) (Kirche als *Aktionsgemeinschaft*).

a) Die *Sozialen Bekenntnisse* des Methodismus (s. o. 2a) als *Programm* gesellschaftlichen Engagements und als *Richtlinien* für das moralische und soziale Handeln der Kirchenglieder in der Gesellschaft wurzeln in dem *Glauben,* »daß die Sünde des einzelnen und der Gesellschaft gleichermaßen unter dem Gericht Gottes steht und daß die Gnade Gottes in Christus auf allen Gebieten des Lebens zur Erlösung dient, sofern wir in Buße und Gehorsam danach trachten, seinen Willen zu tun« (SBMK II). Sie setzen voraus, daß in dem von Gott durch Christus ausgehenden Heilsgeschehen der Mensch aktiv beteiligt ist (*Zusammenwirken* von Gott und Mensch; s. o. 2c 1), und sie haben zum Ziel, durch überzeugendes, dem göttlichen Willen gemäßes Handeln in jedem Bereich menschlichen Lebens »das Reich Gottes auf Erden erkennbar« zu machen (§ 530; *Heiligung* als konkrete Entfaltung des Glaubens; s. o. 2c 3). Sie sind getragen von der Überzeugung, »daß in Jesus Christus allein Abhilfe für die Nöte der industriellen Gesellschaft, der wirtschaftlichen Verhältnisse und des menschlichen Zusammenlebens zu finden ist« und die menschlichen Verhältnisse sich verbessern lassen (SBEG Vorspruch).

Mit ihren sozialen Bekenntnissen nimmt die Methodistenkirche ein Erbe WESLEYS auf, der den Dienst an den Nächsten das »Christ-sein selber« nannte, zu dem die Buße der Vorhof und der Glaube die Tür sei. Seine evangelistische Predigt (»Seelen retten«) war begleitet von zahlreichen *sozialpolitischen Aktivitäten* (»die Armen lieben«): Versorgung von Bedürftigen mit Lebensmitteln und Kleidung, Werkstätten für Arbeitslose, Selbsthilfe-Darlehenskassen, Sterbekassen, Polykliniken mit kostenloser Ausgabe von Medikamenten und ärztlicher Versorgung, Krankenbesuchsdienst, Einrichtung von Schulen und Waisenhäusern, billige Buchreihen. Durch seinen persönlichen Einsatz gab Wesley den Anstoß zu einer Reform des Gefängniswesens und der Straffälligenfürsorge (Einfluß auf Elisabeth Fry und Theodor Fliedner; Auswirkungen auch in Deutschland). Desgleichen bekämpfte Wesley mit seinen Helfern Sklavenhandel und Trunksucht. Unter dem Einfluß der sozial engagierten und in der Arbeiterschaft tätigen methodistischen Laienprediger entstand in England die *Gewerkschaftsbewegung.* Auch in der 1900 gegründeten Labour Party standen Methodisten an der Spitze und profilierten das soziale Programm dieser Partei. – *Lit.:* E. SOMMER: John Wesley und die soziale Frage, Bremen 1930 – M. SCHMIDT: John Wesley, 2 Bde, Zürich 1953/66 (vgl. bes. Bd. II).

Der *Unterschied* zu einem säkularen sozialen Handeln, das in gleicher Weise auf die Verbesserung menschlicher Lebensbedingungen und -verhältnisse zielt und oftmals identisch erscheint mit dem gesellschaftlichen Engagement der Methodisten, gerade wenn sie in nichtkirchlichen Organisationen, Einrichtungen und Bereichen tätig sind, liegt nicht bloß in der Motivation christlicher Nächstenliebe. Es kommt ein *Menschen- und Weltverständnis* hinzu, das zwar artikuliert, wenngleich kaum theoretisiert wird, aber mehr im Verhalten eines spezifisch methodistischen Bewußtseins sich äußert:

– dem *Menschen* ist die Herrschaft über Gottes Schöpfung anvertraut (Selbstbewußtsein), er steht aufgrund und gemäß der erlösenden Liebe Christi in einer verpflichtenden Beziehung zu den anderen Menschen seiner Umwelt (Sozialbewußtsein) und ist kraft des in ihm wirkenden Heiligen Geistes ein Mitarbeiter Gottes in der fortschreitenden Schöpfung und Erlösung (Partner-Gottes-Bewußtsein);

- die *Welt* ist durch Gottes vorauslaufende Gnade als gute Ordnung geschaffen, menschlicher Nutzung wie Mißbrauch ausgeliefert, durch die erlösende Gnade auf den Weg zur Vollendung gebracht und soll aus Irrungen und Ungerechtigkeit durch die heiligende Gnade zurückgerufen und umgewandelt werden, damit Christus in der Welt Gestalt gewinnt (Heilsbewußtsein[-gewißheit] in der Spannung zwischen den Anfechtungen der Realitäten und dem Vertrauen auf Gottes Wirken in der geschichtlichen Gegenwart, zwischen dem Wagnis der christlichen Entscheidung und der Hoffnung auf den verheißenen Sieg).

Beim *Vergleich* zwischen dem Menschen- und Weltverständnis in Katholizismus (I § 4), Protestantismus (II § 1, 1 Exkurs 3), Orthodoxie (II § 12) und Methodismus ist der betreffende geschichtliche Kontext und das Interdependenz-Verhältnis zu bedenken, weil dies jeweils zu einer anderen Lösung des Bezugsproblems von Gott und Welt (Mensch) geführt hat (vgl. zur Relation von Gott und Welt: II § 1, 1 Exkurs 1). Als *Hinweis*: Der Methodismus ist in England aus einer Erweckungsbewegung erwachsen angesichts einer steril gewordenen Kirche und einer durch zunehmende soziale Gegensätze geprägten Gesellschaft, hat in Nordamerika seine Anhänger unter Einwanderern gesammelt, die eine neue Lebensexistenz begründen wollten, und etablierte sich als eine Kirchenorganisation unter den komplexen Bedingungen eines aufstrebenden Staatswesens. Es ist nicht zu übersehen, daß der Methodismus im 19. Jahrhundert auf das anders strukturierte europäische Festland bloß in geringem Ausmaß wirken und nur im Rahmen des Defizits evangelischen Kirchentums (vgl. II § 1, 9 a) Fuß fassen konnte. – Vgl. als *Parallele* das Entstehen der Böhmischen Brüder (Joh. Hus) und in deren säkularisierten Tradition stehenden tschechischen »Marxismus mit menschlichem Angesichts« (1968).

b) Die sozialen Bekenntnisse der Methodistenkirche programmieren:
- zum *Familienleben:* gleiche Rechte und volle Gerechtigkeit für den einzelnen und die Familie; gesunde Wohnverhältnisse; angemessene Ehegesetzgebung, »keine Ehescheidung außer aufgrund von Ehebruch«; verantwortliche Elternschaft; günstige Arbeitsbedingungen für Frauen; Bildungsmöglichkeiten, geistliche Förderung und ausreichende Erholung für jedes Kind; keine Kinderarbeit (SBMK III, 1; SBEG V).
- zum *Wirtschaftsleben:* freie, demokratische Lebensordnung nach christlichen Grundsätzen (Freiheit, Gerechtigkeit und Brüderlichkeit); Recht auf privaten Besitz; verantwortungsbewußte Anwendung von Macht; Bekämpfung und Verhütung von Armut; Möglichkeiten für angemessenen und ausreichenden Lebensunterhalt; Schutz gegen Arbeitslosigkeit; Schutz des Arbeiters (annehmbare und gesunde Arbeitsbedingungen, geregelte Freizeit, gerechte Gewinnverteilung, soziale Sicherheit, Sozialversicherung, Interessenvertretung); christliche Berufsauffassung; Wohlstand nach Maßstäben christlicher Ethik; verantwortliche Nutzung des Bodens und der natürlichen Hilfsquellen; gerechter Ertragsausgleich der landwirtschaftlichen und industriellen Produktion (SBMK III, 2; SBEG IV).
- zum *gesellschaftlichen Leben:* Gleichheit vor dem Gesetz und Gerechtigkeit für alle Gesellschaftsschichten und für alle rassischen, kulturellen und religiösen Gruppen; Selbstbestimmung des Wohnortes, des Schulbesuchs, des Arbeitsplatzes und der Religion; Anerkennung der rechtmäßigen Obrigkeit (»soweit ihre Gesetze und Anordnungen mit dem Willen Gottes vereinbar sind«); Rede-, Versammlungs- und Pressefreiheit; Recht jedes einzelnen und jeder Gruppe, auf friedlichem und verfassungsmäßigem Weg die Lösung gesellschaftlicher Probleme herbeizuführen; nutzbringender Gebrauch der Freizeit (Gottesdienst, Kunst, Bildung, Geselligkeit, Erholung und Dienst am Nächsten); selbstkritische Verantwortung gegenüber den Massenmedien; Hilfe und Heilung bei Trunk-, Nikotin- und Rauschgiftsucht; Enthaltsamkeit im Glückspiel; Reform des Strafvollzuges und des Strafrechtes (gegen Todesstrafe), soziale Eingliederung der Straffälligen; Beseitigung familiärer und gesellschaftlicher Mißstände, die zum Verbrechertum führen (SBMK III, 3. 4. 5. 7; SBEG I, II, VI).

- zu den *internationalen Beziehungen:* Beseitigung von Kriegsursachen durch gegenseitiges Verstehen und Bereitschaft zur Versöhnung; Linderung der Not, Hebung des Lebensstandards, Beseitigung rassischer Spannungen und internationaler Ungerechtigkeiten, Sorge für Freiheit und Wohlstand unterdrückter Völker; Anerkennung der Gewissensentscheidung in der Frage des Kriegsdienstes, gewaltloser Widerstand als gültige Form christlichen Zeugnisses (SBMK III, 6; SBEG III).

Die methodistischen Gemeinden werden angehalten, Wege zur Verwirklichung dieser Grundsätze zu suchen und dabei mit anderen Bewegungen zusammenzuarbeiten (SMK IV; SBEG Vorspruch).

6. Zusammenarbeit und Offenheit

Gemäß ihrem Selbstverständnis, das keinen dogmatischen Anspruch erhebt (Hilfsfunktion der Lehre) und ihrem Interesse an Glauben weckender Verkündigung wie an der Entfaltung des Glaubens im weltlichen Leben (Heiligung) sucht die Methodistenkirche auf der Basis des überlieferten christlichen Bekenntnisses die Zusammenarbeit mit anderen Kirchen mit dem erklärten Ziel des gemeinsamen Zeugnisses und Dienstes. In der BRD gehört die EmK sowohl zur Deutschen Evangelischen Allianz (II § 1, 10) als auch zur Arbeitsgemeinschaft christlicher Kirchen (II § 14), auf dem europäischen Kontinent zur »Konferenz Europäischer Kirchen« und auf Weltebene zum Ökumenischen Rat der Kirchen (III § 1). Alle Kirchen mit methodistischer Tradition sind im *Methodistischen Weltrat* (The World Methodist Council) zusammengeschlossen (III § 3, 1).

Verfassung der EmK Art. 5: »Als Teil der allgemeinen Kirche glaubt die Evangelisch-methodistische Kirche, daß der Herr der Kirche alle Christen zum Einssein ruft, darum wird sie nach Einheit auf allen Gebieten kirchlichen Lebens streben: durch weltweite Beziehungen zu anderen methodistischen Kirchen, zu solchen vereinigten Kirchen, die der Methodistenkirche oder der Evangelischen Gemeinschaft angegliedert sind, durch Arbeitsgemeinschaften und Räte christlicher Kirchen, durch Bestrebungen zur Vereinigung von Kirchen methodistischer und anderer Tradition.«

Wie in ihren ökumenischen Beziehungen zu anderen Kirchen so will die EmK auch hinsichtlich ihrer Glaubensartikel und sozialen Bekenntnisse offen bleiben für neue Einsichten in die Liebe und Wahrheit Gottes und für neue Entwicklungen in Kultur und Gesellschaft. Aufgeschlossensein für Gottes Initiative und Offensein zur Zukunft gelten als Tugenden des Methodismus.

Texte der Verfassung (zit. nach Art.) und der Ordnung der EmK (zit. nach §§) in: Verfassung und Ordnung der Evang.-methodistischen Kirche, Stuttgart 1968 ff (Loseblatt-Sammlung) – *Weitere Lit. zu Wesley:* H. LINDSTRÖM: Wesley und die Heiligung, Frankfurt/M. 1961 – C. W. WILLIAMS: Die Theologie John Wesleys, Frankfurt/M. 1967 – *Zum angelsächsischen Methodismus:* E. S. BUCKE: The history of American Methodism, 3 Bde, Nashville 1964 – Doctrine and Discipline of the Methodist Church, Nashville 1964 – The social and political influence of Methodism in the twentieth century, London 1957 (interess. Sammelwerk) – *Deutscher Methodismus:* L. ROTT: Die englischen Beziehungen der Erweckungsbewegung und die Anfänge des wesleyanischen Methodismus in Deutschland, Frankfurt/M.- Stuttgart 1968 – *Theologie:* TH. SPÖRRI: Der Mensch und die frohe Botschaft. Christl. Glaubenslehre, 3 Bde, Zürich 1939 ff – G. F. MOEDE: The Office of Bishop in Methodism. Its History and Development, Zürich 1964 – *Ferner:* C. E. SOMMER (Hg.): Der Methodismus, Stuttgart 1968 (instruktiv zu Geschichte, Theologie, Organisation usw.; Statistik, Lit.) – H. RELLER (Hg.): Handbuch Religiöse Gemeinschaften, Gütersloh 1978 (67–83; Lit.).

§ 4 Der Bund Evangelisch-Freikirchlicher Gemeinden

Der *Bund Evangelisch-Freikirchlicher Gemeinden* (BEFG) vereinigt seit 1941 den *Bund der Baptistengemeinden,* der 1849 als »Bund der Gemeinden gläubig getaufter Christen« gegründet wurde, und den *Bund freikirchlicher Christen,* der 1937 aus einem Zusammenschluß der »Christlichen Versammlung« und der »Offenen Brüder« entstanden war. Der BEFG gehört dem 1905 gegründeten Baptistischen Weltbund (Baptist World Alliance) an.

Der Name *Baptisten* (engl. baptists, dt. Täufer), der üblicherweise verwendet wird, weist auf die in den Evangelisch-Freikirchlichen Gemeinden geübte Praxis der »Mündigentaufe« als Bekenntnisakt hin. Doch damit bezeichnet er nur ein, besonders auffallendes Merkmal dieser Glaubensgemeinschaft, deren Eigenart vornehmlich in der Absicht liegt, lebendige und freie Gemeinden glaubensbewußter Christen zu sein.

1. Zur Geschichte

a) In England hatte die Reformbewegung der *Puritaner* in der Mitte des 16. Jahrhunderts die vom Festland her übermittelten reformatorischen Gedanken aufgegriffen. Sie propagierten die Heilige Schrift als Fundament des Glaubens und aller Ordnung in der Kirche, betonten den Glauben als eigenständige persönliche Überzeugung und forderten die Trennung von Staat und Kirche. Einer starken Gruppe unter ihnen, für welche die rechte Ordnung der Kirche im Mittelpunkt ihres Interesses stand, genügte indessen die Reform der englischen Kirche unter Elisabeth I. (1558–1603) nicht. Die wahre Kirche erblickten sie in der örtlichen Gemeinde *(congregation),* in der sich die zu einem persönlichen Glauben gekommenen Jünger Jesu versammeln (»Gemeinde der Heiligen«) und die in völliger Unabhängigkeit von staatlichen und sonstigen (kirchlichen) Instanzen ihre Angelegenheiten (Lehre, Kultus, Zucht, Pfarrerwahl usw.) regelt *(independency).* Im Protest gegen die englische Staatskirche und unter Verfolgung durch die Behörden entstanden seit 1580 die ersten Gemeinden nach kongregationalistischem bzw. independistischem Muster. Teilweise entwichen die Kongregationalisten auf das Festland (Niederlande) oder sie wanderten nach Nordamerika aus (Pilgerväter, 1620).

b) Der ehemals anglikanische Geistliche, dann Prediger einer independenten Gemeinde, John Smyth (1554–1612) kam 1608 mit anderen Flüchtlingen nach Amsterdam. In der Einsicht, die Taufe sei auf die nachweislich wahrhaft Gläubigen zu beschränken, taufte er sich selbst und andere und gründete so die erste Baptistengemeinde. Sie nahm Verbindung zu Mennoniten (II § 5) und Anhängern des Arminius (1560–1609) auf, der u. a. die allgemeine *(general)* Versöhnung lehrte (niemand ist zum Unglauben bestimmt). Einige Gemeindeglieder kehrten 1611/12 nach England zurück; wegen ihrer arminianischen Ansicht nannte man sie später *General Baptists*. Wenige Jahre danach entstand in London eine Gemeinde, weil die Taufe eines anglikanischen Geistlichen als ungültig angesehen und die Überzeugung vertreten wurde, der Täufling müsse ein Gläubiger sein. In dieser Gemeinde, die an der calvinischen Lehre von der teilweisen Versöhnung festhielt (darum *Particular Baptists* genannt), praktizierte man von 1641 an die Taufe durch Eintauchen des Körpers in das Wasser (Abbild für das Begrabenwerden und das Auferstehen); durch die Vermittlung eines Gemeindegliedes, Richard Blunt, wurde diese Praxis von den 1621 entstandenen, arminianisch und mennonitisch gesinnten Rijnsburger Kollegianten (in der Nähe von Leiden/Niederlande) übernommen.

c) In *England* breiteten sich die Baptistengemeinden im 17. Jahrhundert bedingt durch die politischen Verhältnisse und das religiöse Klima nur in einem relativ geringen Maße aus. Indessen förderte die methodistische Erweckung im 18. Jahrhundert ihr Wachstum; 1792 entstand die erste baptistische Missionsgesellschaft. Das 19. Jahrhundert brachte dann nicht bloß die Vereinigung der General und Particular Baptists mit sich, auch die Mitgliederzahl stieg in diesem Zeitraum auf rund 350 000 Personen an (1895) und in C. H. SPURGEON (1834–1892) und JOHN CLIFFORD (1836–1923) fanden die Baptisten bedeutende und einflußreiche Prediger, die mehrere Tausend Zuhörer zu fesseln vermochten. Für die Mitte unseres Jahrhunderts werden rund 3300 Gemeinden mit 310 000 Mitgliedern genannt, für Europa insgesamt 11 500 Gemeinden mit 1,16 Mill. Mitgliedern (1975). Die erste Baptistengemeinde in *Nordamerika* rief 1639 ROGER WILLIAMS (1603–83) zusammen, nachdem er drei Jahre zuvor als Vorkämpfer unbedingter Glaubensfreiheit mit der Kolonie Rhode Island eine Zufluchtstätte für die Verfolgten gegründet hatte. Im Zuge von drei großen Erweckungsbewegungen (1726 ff, 1800 ff, 1870 ff) wuchs die Zahl der Baptisten, die in vielen größeren und kleineren Gemeinschaften und Vereinigungen lebten, insgesamt auf mehr als 5 Mill. am Ende des 19. Jahrhunderts an; sie entfalteten eine rege Missionstätigkeit in allen Kontinenten. Gegenwärtig (1975) zählen die Baptisten in den Vereinigten Staaten, aufgeteilt in mehrere Körperschaften, in insgesamt 81 000 Gemeinden ca. 24,1 Mill. Mitglieder. Im Baptistischen Weltbund sind rund 33,7 Mill. Baptisten aus 122 Ländern vertreten.

d) Während der angelsächsische und nach Nordamerika ausgewanderte Baptismus, herausgewachsen aus der puritanischen Opposition, stark von politischen Motiven neben der Taufgesinnung geprägt wurde, verdankt sich der Baptismus auf dem europäischen Festland vornehmlich der evangelistischen Predigt, wie sie der Methodismus (II § 3) pflegte. In *Deutschand* war es JOHANN GERHARD ONCKEN (1800–1884), der – 1820 in einer Methodistengemeinde bekehrt – 1823 den Dienst »zur Verbreitung religiöser Erkenntnisse« aufnahm, zunächst in Hamburg, dort 1825 eine Sonntagsschule einrichtete, auf Taufgesinnte traf und 1834 die erste Baptistengemeinde gründete. Finanziell unterstützt von amerikanischen Baptisten und mit organisatorischer Hilfe durch GOTTFRIED WILHELM LEHMANN (1799–1882), der sich 1837 in Berlin taufen ließ, entfaltete Oncken eine intensive und ausgedehnte Missionsarbeit, die sich bis nach Rußland erstreckte (dort leben heute etwa 500 000 Baptisten). Als der »Bund der Baptistengemeinden in Deutschland« 1888 rechtliche Anerkennung fand, umfaßte er rund 32 000 Mitglieder in 165 Gemeinden. In der Bundesrepublik Deutschland zählen sich (1976) 67 200 Personen zu 341 Gemeinden; in der DDR sind 224 Gemeinden in dem »Bund Evangelisch-Freikirchlicher Gemeinden in der DDR« zusammengeschlossen, der sich 1969 konstituiert hat.

e) Nach Verzicht auf sein geistliches Amt in der anglikanischen Kirche wurde JOHN NELSON DARBY (1800–1882) ab 1826 zum Führer der sog. »Brüder« (Brethren, oder oft auch *Plymouth-Brüder*), einem Kreis von Menschen, die sich an verschiedenen Orten Englands (u. a. Plymouth) zu Bibel- und Gebetsstunden in der Überzeugung zusammenfanden, daß die organisierte und lehramtlich reglementierte, auch Nicht-Bekehrte einschließende Kirche ihrer Zeit vom ursprünglichen Christuszeugnis abgefallen sei. Deshalb versammelte man sich außerhalb der Kirche und unterstellte sich der Leitung des Heiligen Geistes, darum *»Christliche Versammlung«* genannt. Meinungsverschiedenheit unter den Brüdern führte zu zahlreichen Abspaltungen, u. a. zu den *Exclusiv Brethren,* denen Darby angehörte, und den *»Offenen Brüdern«* (Open oder Loose Brethren), die auch in Deutschland wirkten, wenngleich nicht so zahlreich wie in England. Infolge der lebhaften Reisetätigkeit Darbys entstanden Brüderkreise in verschiedenen europäischen Ländern, vor allem jedoch in Nordamerika, später auch in anderen Kontinenten. Die Brüderbewegung in *Deutschland* (u. a. »Evangelischer Brüderverein« in Elberfeld, 1850), die relativ geschlossen blieb, fand in CARL BROCKHAUS (1822–1899) einen engagierten Vertreter. Durch den von ihm aufgebauten Verlag (heute *Rudolf Brockhaus Verlag*, Wuppertal) verbreitete er evangelistische Literatur. Mit anderen übersetzte er »urtextgetreu« die Bibel *(Elberfelder Bibel)*. Der größere Zweig der Brüderbewegung, die exklusive »Christliche Versammlung«, schloß sich 1937 mit den »Offenen Brüdern« zusammen zum *Bund freikirchlicher Christen* (BfG), der sich wiederum 1941 mit den Baptistengemeinden vereinigte. Nach 1945 entstand erneut die alte »Christliche Versammlung«, doch wanderten einige Gemeinden wieder ab und konstituierten 1949 den »Freien Brüderkreis«.

Lit.: R. G. TORBET: A History of the Baptists, Philadelphia [7]1969 – J. LEHMANN: Geschichte der deutschen Baptisten, 2 Bde, Kassel [3]1922/23 – H. LUCKEY: J. G. Oncken und die Anfänge des deutschen Baptismus, Kassel [3]1958 – R. DONAT: Das wachsende Werk. Ausbreitung der deutschen Baptistengemeinden durch 60 Jahre, Kassel 1960 – G. WESTIN: Geschichte des Freikirchentums. Der Weg der freien christlichen Gemeinden durch die Jahrhunderte, Kassel [2]1958 – G. ISCHEBECK: J. H. Darby, seine Zeit und Werk, 1929.

2. Selbstverständnis

a) Der Baptismus, in Distanz zur etablierten Kirche entstanden, doch in der christlichen Tradition geblieben, ohne im üblichen Wortsinn Kirche sein zu wollen, hat es immer als eine seiner Hauptaufgaben angesehen, für unbedingte *Glaubensfreiheit* einzutreten, sowohl für die eigene als auch für die anderer Gemeinschaften. So konnte er sich auf den Boden der altkirchlichen Bekenntnisse stellen, den konfessionellen Bekenntnissen sich öffnen (bes. dem Calvinismus und Arminianismus), sich unterschiedlich von nationalen und kulturellen Eigenarten bestimmen lassen (Neger-Gemeinden), aber niemals ein für alle verbindliches Glaubensbekenntnis anerkennen. Die *persönliche* und *freiwillige* Entscheidung für den Glauben und die Nachfolge Jesu nach der Heiligen Schrift als alleiniger Richtschnur charakterisiert den Baptismus.

Im Laufe der geschichtlichen Entwicklung des Baptismus sind, bedingt durch äußere Umstände (Verteidigungsschriften, öffentliche Erklärung) oder als Ausweis gegenüber Taufbewerbern (Gemeindeordnung, Verfassung), eine Anzahl von *Glaubensbekenntnissen* entstanden, die aber nur ihrem jeweils beschränkten Zweck dienten: u. a. 1610 (von J. Smyth, s. o.), 1612/14 (ein mennonitisches Bekenntnis aufnehmend), 1644 und 1677 (Particular Baptists), 1651 und 1678 (»An Orthodox Creed«; General Baptists), 1689 (»Philadelphia Confession«); auf deutschem Boden ein 1847 vorgelegtes, 1849 von einer Bundeskonferenz angenommenes »Glaubensbekenntnis« (nebst Verfassung). – Die Verfassung des BEFG vom 25. 5. 1974 formuliert, was als ein, die Bekenntnisfreiheit allerdings nicht aufhebender »Glaubensartikel« angesehen werden kann:
»Die im Bund Evangelisch-Freikirchlicher Gemeinden in Deutschland vereinigten Gemeinden bekennen sich zu Jesus Christus, dem Sohn des lebendigen Gottes, dem Herrn und Erlöser der Welt und Haupt seiner Gemeinde gemäß der Heiligen Schrift als der Grundlage ihres Glaubens, Denkens und Handelns. Entsprechend diesem Bekenntnis sind sie Gemeinden, die aufgrund des persönlichen Glaubens ihrer Glieder an Jesus Christus gebildet werden; sie vollziehen die Gläubigentaufe. Ihre Aufgaben sind, das Evangelium von Gottes Liebe zur Welt in Jesus Christus allen Menschen durch Wort und Dienst zu bezeugen und die Glieder der Gemeinden zu einem Leben in der Nachfolge Christi anzuleiten.«
In den Jahren 1974–1977 hat eine internationale Kommission ein deutschsprachiges Glaubensbekenntnis »Rechenschaft vom Glauben« erarbeitet, das am 21. 5. 1977 vom Bundesrat des BEFG und 1978 vom Bund Evangelisch-Freikirchlicher Gemeinden in der DDR (hier mit einer eigenformulierten Fassung des Abschnittes über »Glaube und Taufe«) entgegengenommen und den Gemeinden zum Gebrauch empfohlen wurde. »Als lebendige Antwort der Gemeinde auf Gottes wirksames

Wort« und als »Lob der großen Taten Gottes« soll es »der gemeindlichen Unterweisung, der theologischen Besinnung und der Verantwortung des Glaubens nach außen dienen« (Vorspruch).

b) Als Grundsätze, die bei aller Mannigfaltigkeit selbständiger Baptistengemeinden in den verschiedenen Ländern durchweg akzeptiert werden, gelten *»sechs Prinzipien«:*
(1) die *Heilige Schrift* als »allein wahre göttliche Offenbarung«, »alleinige Quelle der Gotteserkenntnis« und »alleinige Regel und Richtschnur des Glaubens und Lebenswandels« (Bekenntnis von 1847, Art. 1);
(2) die *Gemeinde* als die Gemeinschaft derer, die sich bewußt und freiwillig für Christus als ihren Herrn entscheiden, sich auf dieses Bekenntnis taufen lassen und in Wort und Wandel ihren Glauben bezeugen; Praxis der Gemeindezucht als »Mauer der Gemeinde«;
(3) die *Taufe* als »feierliche Erklärung und Versicherung Gottes« an den zum Glauben an Christus Bekehrten (notwendiger Zusammenhang von Glaube und Taufe) nach seinem öffentlichen Bekenntnis vor der Gemeinde (Zugehörigkeit zu Christus bedeutet Gliedschaft in seiner Gemeinde) durch einmaliges Untertauchen (Deutung des Taufgeschehens als Sterben und Auferstehen mit Christus; Röm. 6) und Handauflegung;
(4) das *allgemeine Priestertum aller Gläubigen,* in dem sich die Lebendigkeit und Aktivität des Gemeindegliedes, sein Charisma, äußert;
(5) die *Ortsgemeinde,* welche die Sichtbarkeit, Beständigkeit, Einheit und Leibhaftigkeit des Leibes Christi darstellt und alle Vollmachten ihres Herrn besitzt;
(6) die *Glaubens-, Gewissens- und Versammlungsfreiheit* sowie die *Trennung von Staat und Kirche,* welche die Unabhängigkeit der Gemeinde gewährleisten soll (Independentismus).

Lit.: J. D. HUGHEY: Die Baptisten. Einführung in Lehre, Praxis und Geschichte, Kassel 1959 – G. BEASLEY-MURRAY: Die christliche Taufe. Eine Untersuchung über ihr Verständnis in Geschichte und Gegenwart, Kassel 1968.

3. Verfassung und Ordnung

a) Jede *örtliche Baptistengemeinde* ist in ihren Gliedern, Gaben und Tätigkeiten eine ganze und vollständige Körperschaft, die keiner anderen Kirchenleitung unterworfen ist (Independentismus). Als *Mitglied* wird nur aufgenommen, wer vor der Gemeinde in der Form eines Gelübdes das erfahrene Heil in Christus, seine Heilsgewißheit wie seine Bereitschaft zur Nachfolge Jesu bejaht und sich danach taufen läßt. Ist der Glaube in einem Gemeindeglied »erloschen und die Liebe zu Gott und dem Nächsten erkaltet« und verharrt es in »Verfehlung und Sünde gegen Gottes offenbaren Willen« trotz allem seelsorgerlichen Bemühen, so vollzieht die Gemeinde seinen *Ausschluß* (Gemeindezucht). Das oberste Organ der Gemeinde, in dem jedes Gemeindeglied Sitz und Stimme besitzt, ist die *Gemeindeversammlung.* Sie ordnet die Angelegenheiten der Gemeinde, beruft die Gemeindeältesten und Prediger und beschließt über Aufnahme und Gemeindezucht (jeweils mit Zwei-Drittel-Mehrheit). Der mit der Gemeindeleitung beauftragte Älteste führt den Vorsitz. Die Gemeindeversammlung berät mit dem Ziel, unter der Führung des Heiligen Geistes Einmütigkeit zu finden.

b) *Dienstträger* sind die von der Gemeinde gewählten Ältesten (Gemeindeleiter), Diakone und Prediger (Pastoren); gelegentlich auch Evangelisten und Missionare. Die *Ältesten,* zusammen mit den Diakonen und dem Pastor, bilden die *Gemeindeleitung,* welche die Gemeinde im juristischen Sinn vertritt, die Gemeindeglieder zur Mitarbeit beauftragt, verschiedene Arbeitsgruppen einrichtet, den Haushaltsplan aufstellt und durchführt; über ihre Tätigkeit berichtet sie der Gemeindeversammlung. Die *Pastoren,* die in der Regel in einem fünfjährigen Studium an dem Theologischen Seminar des BEFG (Hamburg) ausgebildet werden und eine dreijährige Vikarszeit durchlaufen, können die Gemeinden frei berufen; sie werden von der Gemeinde unmittelbar nach gemeinsamen Richtlinien besoldet. Ihren finanziellen Bedarf decken die Gemeinden durch Beiträge und Spenden ihrer Mitglieder.

c) Gemeinden in regionaler Nähe schließen sich zur Wahrnehmung gemeinsamer Aufgaben zu *Vereinigungen* zusammen (z. Z. bestehen neun Vereinigungen). Diese ordnen ihre Angelegenheiten durch einen *Vereinigungsrat,* der von je zwei Vertretern aus den betreffenden Gemeinden gebildet wird und jährlich mindestens einmal zusammentritt. Er soll die Gemeinschaft der Gemeinden untereinander, ihre diakonischen und missionarischen Tätigkeiten fördern. In Verbindung mit den Tagungen des Vereinigungsrates werden auch *Vereinigungsversammlungen* einberufen. Der Vereinigungsrat wählt den *Vereinigungsleiter,* seinen Stellvertreter und ggf. weitere Mitarbeiter. Die Mitglieder der Vereinigungsleitung sollen zur Hälfte Nichtprediger sein.

d) Die Gemeinden und ihre Vereinigungen bilden auf dem Gebiet der BRD einen *Bund,* dessen oberstes Organ der Bundesrat ist. Je nach Mitgliederzahl entsenden die Gemeinden einen oder mehrere Vertreter in den *Bundesrat,* der jährlich einmal sich versammelt und in allen Bundesangelegenheiten entscheidet: Haushalt (durch Beiträge der Gemeinden und Spenden finanziert), Arbeitspläne, Aufnahme und Ausschluß von Gemeinden, Verfassungsänderungen (Zwei-Drittel-Mehrheit erforderlich) u. ä. Daneben besteht eine *Bundeskonferenz,* die in dreijährigem Turnus mit unbegrenzter Teilnehmerzahl einberufen wird und das Gemeinschafts-, Glaubens- und Missionsleben der Gemeinden und des Bundes formen und fördern soll. Als ausführendes Organ des Bundesrates wählen die Vereinigungsräte und der Bundesrat je zur Hälfte die *Bundesleitung,* deren Mitglieder (zur Hälfte Nichtprediger) ihre Aufgaben nebenamtlich jeweils für eine Zeit von sechs Jahren erfüllen und aus ihrer Mitte den *Präsidenten* des Bundes als Vorsitzenden berufen. Der Bundesleitung obliegt die rechtliche Vertretung, die Organisation und Unterhaltung der diakonischen und missionarischen Bundeseinrichtungen, Durchführung des Haushalts und die Vermögensverwaltung; sie führt die Predigerliste, vermittelt bei Unstimmigkeiten in den Gemeinden und Vereinigungen und unterstützt die Gemeinden bei der Erfüllung ihres christlichen Auftrages. Die laufenden Geschäfte erledigen (hauptamtlich) ein *Generalsekretär* und ein *Bundesdirektor;* die Geschäftsstelle ist das *Bundesmissionshaus* (Bad Homburg v. d. H.).

4. Gemeindeleben und Einrichtungen

a) Die persönliche Heilserfahrung, in Familie und Hauskreis in verschiedenen Andachtsformen gepflegt, drängt zu Verkündigung und Dienst. Die Gemeinde versammelt sich zum sonntäglichen *Gottesdienst,* für den keine bestimmte Form vorgeschrieben ist. In seinem Zentrum steht die *Predigt.* Die Gemeindeglieder beteiligen sich mit Beten (freies *Gebet)* und Singen; wie in der Methodistenkirche dient das *Lied* der geistlichen Erbauung (Heilsverlangen, Buße, Glaube, Jesuslieder u. ä.). Die *Abendmahlsfeier,* gelegentlich mit einem nachfolgenden Predigtgottesdienst verbunden, findet in der Regel monatlich einmal statt und stellt nach der Tradition der Brüder den Mittelpunkt des Gemeindelebens dar. Brot und Wein werden von den Diakonen durch die Reihen gereicht (in den Brüdergemeinden bricht jeder selbst das Brot). Im Abendmahl, bei dem der Gläubig-getaufte sein »Hausrecht« am Tisch des Herrn wahrnimmt, anderen ein »Gastrecht« gewährt wird (»offenes Abendmahl«), kommt die Gemeinschaft mit Christus und der Gemeindeglieder untereinander sichtbar zum Ausdruck (eine »göttlich verordnete Handlung zur Darstellung unserer Verbindung mit dem Herrn Jesus und der Zusammengehörigkeit seines Volkes«; Katechismus-Frage 66). Für den *Taufgottesdienst* (Taufe durch Untertauchen) stehen Baptisterien (Taufbrunnen) zur Verfügung. Die Praxis der *Trauung* und der *Bestattung* ist ähnlich wie in den evangelischen Landeskirchen.

b) Innerhalb der Gemeinden bestehen meist zahlreiche Dienst- oder Arbeitsgruppen, die evangelistische, missionarische und diakonische Aufgaben übernehmen. Dazu gehören die *Sonntagsschulen* (für die Kinder vom Vorschulalter an), der *Religionsunterricht* (zwei Jahre, vom 12. Lebensjahr an; keine Konfirmation), *Jungschar- und Jugendgruppen* (1922: »Jugendbund der deutschen Baptistengemeinden«), *Bibelstunden* und -wochen (Gemeindeseminare, Evangelisationswochen), *Frauenkreise* (seit 1927 Bundesfrauendienst), *Chöre*, Dienstgruppen für *Altenarbeit* (Seniorentreffen). Übergemeindlich arbeiten die »Rufer« (für evangelistische Gemeindearbeit) und der »Missionarische Berufstätigen-Ring«, der Hilfe für Probleme in der Arbeitswelt anbietet (»Haus der Begegnung« – »Bewegliche Akademie«, Rotenberg bei Fulda).

c) Neben den Aktivitäten in der Gemeinde bestehen »freie Körperschaften«, die ihre Tätigkeit »im Auftrag des Bundes und unter seiner fördernden Obhut« ausüben. Dazu gehören *diakonische Einrichtungen:* vier Diakonissenverbände bzw. Diakoniewerke (Berlin, gegr. 1887, mit Zweigstelle in Stuttgart; zwei in Hamburg, gegr. 1899 bzw. 1907; Wuppertal-Elberfeld) mit Krankenhäusern in Berlin und Hamburg; 15 Alten- und Pflegeheime, 12 Erholungs- und Freizeitheime, 9 Sozialwohnheime (für weibliche und männliche Jugendliche), 4 Studentenwohnheime (Bonn, Marburg, Bochum, Karlsruhe), 3 Kinderheime, 14 Kindergärten und -tagesstätten; ferner eine Sterbekasse (Berlin) und eine Spar- und Darlehenskasse (Bad Homburg). Für *Ausbildung und Jugendarbeit* stehen zur Verfügung das Theologische Seminar des BEFG (Predigerseminar, gegr. 1880), das Jugendseminar (gegr. 1949), das Gemeindejugendwerk und der »Soziale Friedensdienst e. V.« zur Betreuung von Zivildienstleistenden (alle in Hamburg), das Institut für Diakonie und Gemeindearbeit (Berlin) und die Bibelschule Wiedenest (vornehmlich von den BfG-Gemeinden getragen, mit zweijährigen Lehrgängen). Die *Heimatmission* (Bundeszeltmission seit 1920) wird mit mehreren Missionszelten und -wagen durchgeführt; seit 1977 läuft ein Programm zur Vertiefung des Glaubens und der Bibelkenntnis (Gemeinde-Bibelschule), an dem sich gut ein Drittel der Mitglieder beteiligen. Die 1954 gegründete *Europäische Baptistische Missionsgesellschaft* (Hamburg), die personell und finanziell überwiegend von den deutschen Baptistengemeinden getragen wird, arbeitet in Kamerun, Sierra Leone und Südamerika. *Zeitschriften und Literatur* werden von dem Oncken-Verlag Kassel (gegr. 1828 in Hamburg) und dem Oncken-Verlag Wuppertal (gegr. 1971) hergestellt und vertrieben.

5. Zusammenarbeit

Der BEFG hat sich 1949 mit anderen europäischen Baptistengemeinden zur *European Baptist Federation* zusammengeschlossen, wobei die Eigenständigkeit der lokalen Gemeinden und der Landesorganisationen voll respektiert bleibt. Das gleiche gilt von der *Baptist World Alliance* (gegr. 1905), der sich der BEFG ebenfalls angeschlossen hat. Die

Bedingungen ihrer Kirchengliedschaft hindern die Baptistengemeinden bislang, Mitglieder des Ökumenischen Rates der Kirchen zu werden (ein großer Teil der weltweiten Baptistenfamilie hat sich ihm aber bereits angeschlossen). Doch nimmt der BEFG an der »Konferenz europäischer Kirchen« teil und beteiligt sich aktiv an der Arbeitsgemeinschaft christlicher Kirchen (II § 14) sowie am Diakonischen Werk der EKD (II § 1, 5) und dem Evangelischen Missionswerk (II § 1, 6c), desgleichen an der Deutschen Evangelischen Allianz (II § 1, 10).

Lit.: W. L. LUMPKIN: Baptist confessions of Faith, Philadelphia 1959 (Sammlung von baptist. Bekenntnisschriften) – J. D. HUGHEY (Hg.): Die Baptisten, Stuttgart 1964 (instruktiv zur Geschichte, Prinzipien und Praxis; Statistik; Bibliographie) – G. LORENZ (Hg.): Unser Gottesdienst. Wesen, Gestalt, Gestaltung, Berlin 1967 – O. SCHULZ: Modell für die Kirche von morgen? Eine kritische Darstellung evangelischer Freikirchen, Frankfurt/M. 1970 – J. L. GARETT (Hg.): Baptist Relations with other Christians, 1974 – H. B. MOTEL (Hg.): Glieder an einem Leib. Freikirchen in Selbstdarstellung, Konstanz 1975 (Aufs. von R. Thaut, 9ff, und G. Balders, 95ff) – H. RELLER (Hg.): Handbuch Religiöse Gemeinschaften, Gütersloh 1978 (27–45; Lit.). – *Bibliographie:* A. GILL (Hg.): Baptist Writings on Baptism 1900–1968, Zürich 1969.

§ 5 Die Mennoniten-Gemeinden

Die in der Bundesrepublik Deutschland lebenden Mennoniten-Gemeinden haben sich in drei Zweckverbänden zusammengeschlossen: die *Vereinigung der Deutschen Mennonitengemeinden* (zit.: Vereinigung), der *Verband deutscher Mennonitengemeinden* (zit.: Verband) und die *Arbeitsgemeinschaft der Mennonitischen Brüdergemeinden in der Bundesrepublik Deutschland e. V.* (zit.: Brüdergemeinden). Die versprengt in der DDR lebenden Mennonitenfamilien bilden die »Mennonitengemeinde in der DDR« (Berlin).

Der *Name* Mennoniten ist von Menno Simons (1496–1561, s. u.) hergeleitet, zunächst von anderen Täufern verwendet (etwa seit 1545), die sich von ihm und seinen so genannten Anhängern unterscheiden wollten. In einer Verfügung vom 20. 4. 1572 bezeugte Wilhelm von Oranien (1533–1584; Statthalter in den Niederlanden) den Taufgesinnten sein Wohlwollen und verfügte 1577 ihre Befreiung vom Eid und Waffendienst; Wilhelm III. (1650–1702) bestätigte in einem Erlaß vom 15. 5. 1672 dieses Privileg. Die Bezeichnung »Mennonit« wurde deshalb auch von nordwestdeutschen Täufergemeinden als Schutzname angenommen; ein vom Reichstag in Speyer am 23. 4. 1529 erlassenes Reichsgesetz (1544 und 1551 erneuert) bedrohte die »Wiedertäufer« mit der Todesstrafe. Dem nordwestdeutschen Brauch folgten später die süddeutschen Täufergemeinden. In Holland galt der Name im 17. Jahrhundert als Parteiname im Unterschied zu der Gruppe der freisinnigen Täufer; seit Beginn des 19. Jahrhunderts ist *Doopsgezinden* (Taufgesinnte) üblich geworden. In anderen Ländern (auch in Amerika) hat sich der Name »Mennoniten« eingebürgert. – *Lit.:* A. BRONS: Ursprung, Entwicklung und Schicksale der alt-evangelischen Taufgesinnten oder Mennoniten, Amsterdam 1912.

1. Zur Geschichte

a) Bei der Durchführung der Reformation in *Zürich* entstanden seit 1523 Meinungsverschiedenheiten unter den Schülern Zwinglis (1484–1531) u. a. über das Verhältnis zur Obrigkeit, das Gemeindeprinzip und zugespitzt in der Frage über die Taufpraxis. Als nach einer Disputation am 17. 1. 1525 der Rat der Stadt die Kindertaufe gesetzlich anordnete, versammelten sich die Kindertaufgegner unter Führung von KONRAD GREBEL

(1489–1526) und FELIX MANZ (1480–1527), vollzogen am 25. (18., 21.?) Januar in einem Privathaus an 15 Gleichgesinnten eine Glaubenstaufe, feierten das Abendmahl und gründeten damit die erste Täufergemeinde. Die schnell und unerbittlich einsetzende Verfolgung (Manz wurde 1527 in Zürich ertränkt) vertrieb die Täufer, die auch anderenorts Anhänger gefunden hatten (u. a. in Tirol unter JAKOB HUTER, der 1536 verbrannt wurde), in die angrenzenden Territorien bis hin nach Mähren und Österreich, Polen und Ungarn. Aber nicht nur die radikalen Maßnahmen (Hinrichtungen in großer Zahl) und Verluste im Bauernkrieg, auch der Streit untereinander schwächte die Taufbewegung, z. B. der Zwist zwischen BALTHASAR HUBMAIER (um 1485–1528) und dem chiliastisch gestimmten HANS HUT (um 1490–1527) um Gewaltanwendung, Zehntabgaben, Abendmahl, Gottesgericht u. a. Von Straßburg aus zog 1530 MELCHIOR HOFMANN (um 1495–1543) nach Ostfriesland (Emden) und in die Niederlande (Amsterdam); durch sein Wirken entstanden auf einem durch den Ruf nach Reformen vorbereiteten Boden zahlreiche Täufergemeinden. Seine apokalyptischen Gedanken von dem hereinbrechenden Reich Gottes suchten die Täufer in *Münster* (»Münster'sche Rotte«) 1534–35 mit Gewalt durchzusetzen. Andere Gruppen hingegen unter der Führung von OBBE PHILIPS (um 1500–1568; die sog. Obbeniten) blieben bei einer stillen Täufergesinnung. Zu ihnen stieß 1536 der ehemals katholische Priester MENNO SIMONS (1496–1561), der zum Führer und Organisator der Taufbewegung im niederdeutschen-holländischen Raum wurde, aber auch bis nach West- und Ostpreußen wirkte. Damit formierte sich neben dem oberdeutschen Täufertum (Schweizer Brüder; *Schleitheimer Bekenntnis* 1527: Glaubenstaufe, ein Hirtenamt, Gemeindeausschluß, Absonderung von der Welt, Wehrlosigkeit, Eidesverweigerung) und den *Hutterischen Brüdern* in Mähren (Brüderhöfe mit Gütergemeinschaft und gemeinsamer Kindererziehung; zunächst unter JAKOB WIEDEMANN, später unter Jakob Huter, s. o.) eine dritte Gruppe, die sich freilich in der Folgezeit in den Niederlanden in rigorose und weniger strenge Richtungen spaltete.

b) Durch Vertreibung, Wanderprediger und Auswanderer entstanden vom 17./18. Jahrhundert an in vielen Ländern Europas und in Amerika Täufergemeinden; sie ließen sich nieder, wo sie geduldet wurden (größere Ansiedlungen im Raum Danzig und Elbing sowie in der Ukraine, von dort nach 1918 bis nach China vertrieben). Gewisse Eigentümlichkeiten und soziologische Strukturen ihrer Entstehungszeit und -orte haben sich durchgehalten. Die aus Mähren abgewanderten *Hutterischen Brüder* verpflanzten ihre isolierten bäuerlichen Siedlungen nach Nordamerika. Das *oberdeutsche* Mennonitentum, in die schweizer Hochtäler abgedrängt (»Altevangelische Taufgesinnte«) und im Elsaß, in der Pfalz, in Baden-Württemberg und Bayern seßhaft geworden, blieb seiner bäuerlichen Herkunft und Frömmigkeit (mit dem Pietismus sich verbindend) treu und öffnete sich nur im linksrheinischen Gebiet manchen Zeiteinflüssen, stellte dort auch Prediger an, während die rechtsrheinischen Gemeinden den Prediger aus ihrem Kreis bestimmten. Das *niederländisch-norddeutsche* Mennonitentum, von Anfang an stärker bürgerlich-städtisch geprägt (Handwerker, Kaufleute), entwickelte sich nach seiner Duldung zu wirtschaftlich und kulturell aufgeschlossenen Stadtgemeinden, indessen die nach dem Osten geflüchteten (z. T. auch gerufenen) Mennoniten landwirtschaftliche Pionierarbeit leisteten und in Rußland blühende Siedlungen gründeten. Dort entstanden unter dem Einfluß einer baptistischen Erweckung im 19. Jahrhundert (und teilweise auch sozial bedingt) die sog. *Mennoniten-Brüdergemeinden* (Taufe durch Untertauchen); durch Auswanderer wurden sie zur drittgrößten Mennonitenkirche in den USA (Mennonite Brethren), die nach 1945 durch Missionsarbeit einige Gemeinden in der BRD gründeten (s. o. Brüdergemeinden).

c) Bemühungen um einen Zusammenschluß aller selbständigen Mennonitengemeinden im deutschen Reichsgebiet führten zu verschiedenen regionalen »Konferenzen«, konnten aber Nord und Süd nicht zusammenbringen. – (Anmerkung: Nicht bloß hinsichtlich des Mennonitentums, sondern auch sonst erweist sich die sog. »Main-Linie« als eine konfessionssoziologisch interessante Grenze.) – Insgesamt 18 Gemeinden (alle norddeutschen Stadtgemeinden und einige links-rheinisch-pfälzische) konstituierten am 28./29. 4. 1886 die *Vereinigung der Mennoniten-Gemeinden im Deutschen Reich* (Korporationsrechte 1897). Um die Jahrhundertwende schlossen sich weitere Gemeinden an. Die Vereinigung erhielt 1922 Körperschaftsrechte, suchte Fühlung mit den Quäkern (II § 8), öffnete sich ökumenischen Bemühungen und gab sich am 11. 6. 1934 eine Verfassung, die von zahlreichen Gemeinden durch das Apostolikum ergänzt wurde. Anläßlich der 75-Jahr-Feier wurde die Verfassung von 1934, die dem damaligen Zeitgeist nachgegeben hatte, durch eine Satzung vom 26. 5. 1961 ersetzt und der Name geändert. Der Vereinigung, verstanden als ein Bindeglied zwischen den verschiedenen mennonitischen Gemeinden und Organisationen (u. a. ein 1946 gegründetes Hilfswerk), traten weitere Gemeinden bei. Schon vor der Gründung dieser norddeutschen Vereinigung hatten sich Mennonitengemeinden in Baden, Württemberg und Bayern in einem *Badisch-württembergisch-bayrischen Gemeindeverband* zusammengefunden (seit 1840 durch Protokolle nachweisbar), der durch einen Ältestenrat als Leitungsorgan die Angelegenheiten seiner Gemeinden regelte und für Gemeindezucht sorgte. Dieser Ältestenrat, eine viermal jährlich zusammentretende und die Autorität der Einzelgemeinde einschränkende Versammlung der Ältesten, Prediger und Almosenpfleger (Diakone), blieb als eine, den Verband charakterisierende Insitution erhalten, als am 24. 3. 1949 der Verband sich eine neue Verfassung gab; heute: *Verband deutscher Mennonitengemeinden.* Vom württembergischen Pietismus geprägt und der Evangelischen Allianz (II § 1, 10) sehr verbunden, konnte sich der Verband bislang nicht zu einem Beitritt zur Vereinigung entschließen. Die jahrzehntelangen Anstrengungen um eine größere Gemeinsamkeit scheiterten meist an den verschiedenen Auffassungen über Taufe, Abendmahl und Gemeindezucht, führten aber schließlich nach mehreren »Konferenzen« (erstmals 1887) wenigstens zu einer praktischen Zusammenarbeit in der am 19. 2. 1912 konstituierten *Konferenz der süddeutschen Mennonitengemeinden e. V.* In ihr arbeiten heute die verschiedenen Gemeinden bei überregionalen Aufgaben zusammen (Mission, Jugendarbeit, Diakonie, Gesangbuch u. ä.).

Lit. zu Einzelpersonen u. Geschichte in: EKL III, 1815 – *Ferner:* F. BLANKE: Brüder in Christo. Geschichte der ältesten Täufergemeinde, Zürich 1955 – B. H. UNRUH: Die niederländisch-niederdeutschen Hintergründe der mennonitischen Ostwanderung im 16., 18. und 19. Jahrh., 1955 – H. FAST (Hg.): Der linke Flügel der Reformation, Bremen 1962 – CHR. BORNHÄUSER: Leben und Lehre Menno Simons, Neunkirchen 1973.

2. Selbstverständnis

Die aus der Täuferbewegung des 16. Jahrhunderts herausgewachsenen Mennonitengemeinden – durch Zeit und Orte ihrer geschichtlichen Erfahrung wie durch die undogmatische, die individuelle Freiheit im Glauben und Gewissen hochschätzende und ihr zutiefst verpflichtete Lebensart ihrer Mitglieder unterschiedlich geprägt – weisen charakteristische Gemeinsamkeiten auf, die zu einer gewissen Konfessionalisierung geführt haben.

Im Laufe ihrer Geschichte legten die Mennoniten eine Reihe von *Glaubensbekenntnissen* vor, in denen sie jeweils gegenüber Angriffen von Andersgläubigen, zur Rechtfertigung vor politischen Instanzen, zum Zwecke der Selbstvergewisserung oder zur Unterrichtung der Jugend »Artikel des Glaubens«, die »vornehmsten Lehrstücke«, »schriftgemäße Anweisungen« u. ä. formulierten. Einige solcher Bekenntnisse waren weit verbreitet und anerkannt, doch kam ihnen keine, den Glauben bindende oder die Lehre reglementierende Bedeutung zu, wenngleich es gelegentlich nicht an Bestrebungen fehlte, Prediger und Gemeindeglieder der Autorität solcher Bekenntnisse zu unterwerfen. – Eine Aufstellung von mennonitischen Bekenntnisschriften in: Menn. Lexikon I, 157–161.

(1) Die *Heilige Schrift* gilt (wie bei allen reformatorischen Kirchen) als die alleinige Norm christlichen Glaubens und Lebens; sie ist »die einzige Quelle wahrer, christlicher Erkenntnis und göttlicher Offenbarung«. Dem Neuen Testament, dem die Mennoniten die Begründung für Lehre, Gemeindeprinzip und Gemeindezucht entnehmen (insbesondere der Bergpredigt), wird oft ein höherer Rang eingeräumt als dem Alten Testament, dem Buch der Verheißung.
(2) *Christus* ist der alleinige Herr und Mittler, um dessetwillen aus freier Gnade der Mensch von Sünde und Schuld freigesprochen und ihm Christi Verdienst und Gerechtigkeit zugesprochen ist.
(3) Der rechtfertigende *Glaube,* in freier persönlicher Entscheidung angenommen, bedarf der nachfolgenden *Bewährung* im alltäglichen Leben. »Das Mittel ist Christus, welchen niemand mag wahrlich zu erkennen, es sei denn, daß er ihm nachfolge mit dem Leben«; der Mensch muß wollen, sich selbst zu verlieren (Hans Denck, um 1495–1527; Schriften II, 45).
(4) Die *Taufe* ist der Aufnahmeakt des Gläubiggewordenen in die Gemeinde Jesu Christi, der Eintritt in das Bündnis mit Gott und mit der Gemeinschaft der Glaubensbrüder. Als Unterpfand der Zugehörigkeit zur Gemeinde Jesu und als Bekenntnis zu einem Leben nach Gottes Willen in der Zucht des Heiligen Geistes ist die Taufe unabdingbar mit der Buße und dem Glauben des Täuflings verknüpft; damit ist die Taufe eines Säuglings ausgeschlossen.
(5) Die *Gemeinde,* von jeder anderen Gesellschaft unterschieden, besteht aus den wahrhaft Gläubigen, die im Gehorsam Jesu Christi leben und »von der sündigen Welt abgetreten« sind. In der Gemeinde, dem »Brennpunkt der Herrschaft Christi«, ist Christus gegenwärtig, in der Kraft des Heiligen Geistes in seinen Jüngern wirkend. Die Gemeinde ist unabhängig von jedem anderen Regiment, besitzt »Macht und Gewalt« (höchste menschliche Autorität), »Lehre zu erteilen und Lehrer ein- und abzusetzen«, und übt Gemeindezucht durch Ermutigung, Vergebung, Zurechtweisung und Bann (Mt. 18, 15–20).
(6) Die *Trennung von Kirche und Staat* ist notwendig, weil die Gläubigen in der Nachfolge Jesu ein anderes Lebensziel haben als die staatlich organisierte Gesellschaft und Gott mehr gehorchen müssen als staatlichen Instanzen (ggf. für ihren Widerspruch leiden).
(7) Die *Verweigerung jeglicher Gewaltanwendung* (Waffendienst, Kriegsdienst) folgt aus dem Gebot Christi, das zur Nächstenliebe und zur Versöhnung zwischen den Menschen verpflichtet.
(8) Die *Verweigerung des Eides* entspricht Christi Gebot in der Bergpredigt (Mt. 5, 33–37; Jak 5, 12). In seinem Gewissen ist der Gläubige allein an Gott gebunden, spricht er die Wahrheit und kann er sich auf nichts anderes durch einen Eid verpflichten lassen.

3. Gemeindeleben

a) Jede Mennonitengemeinde ist ein *freiwilliger Zusammenschluß* im gemeinsamen Glauben und gemäß mennonitischem Selbstverständnis unabhängig (independent) und autonom in der Ordnung ihres Lebens. Beschlüsse von »Konferenzen« sind nicht verbindlich; sie können angenommen und abgelehnt werden. Die Gemeinden decken ihren finanziellen Bedarf durch Beiträge und Spenden ihrer Glieder, mancherorts nach bestimmten Richtlinien.

b) Die Gemeinden, die weithin einen familiären Charakter haben, rekrutieren sich aus den nachwachsenden Kindern, die nach entsprechendem Unterricht (in der Regel zwei Jahre), erfolgter Prüfung, Verpflichtung zu Gehorsam und Glauben gegenüber Gott und der Gemeinde und Bekenntnis (nicht vor dem 14. Lebensjahr) von dem Gemeinde-Ältesten in einem besonderen Gottesdienst getauft werden (Tauffeste einmal jährlich als ein Höhepunkt des Gemeindelebens). Wird die *Mitgliedschaft* von bereits getauften Christen begehrt, so genügt meist ein Aufnahmeantrag und die mehrheitliche Zustimmung der Gemeinde; Wiedertaufe ist nicht üblich.

c) Zum *Gottesdienst,* der »im Dienst des Lebens« steht, versammelt sich die Gemeinde um Gottes Wort in einfachen Versammlungsräumen (nur wenige Gemeinden besitzen eigene, schlicht gestaltete Kirchen). Er beschränkt sich auf Bibellesung, Predigt, Gebet und Lied. Die Prediger sind oft Gemeindeglieder (Laienprediger), an einigen Orten auch fest angestellte Prediger (Pastoren) mit recht unterschiedlicher Ausbildung (Bibelschule, Seminar und akademisch ausgebildete Theologen). Das *Abendmahl,* meist verstanden als Gedächtnis-, Bundes- und Liebesmahl (Gedenken an die Versöhnungstat Jesu, Gemeinschaft mit Christus und untereinander; teilweise wird auch eine sakramentale Bedeutung vertreten), feiert die Gemeinde in der Regel in der Osterzeit und im Herbst. Zuvor werden die Gemeindeglieder aufgefordert, Streitigkeiten zu beenden und im Gebet ihre Sünden zu bekennen. Die Form des Abendmahls ist in den einzelnen Gemeinden unterschiedlich (Austeilung von Brot und Wein, gemeinsames Essen des Brotes oder einzeln nach dem Empfang, Wein in mehreren Bechern, Kelch von Hand zu Hand u. ä.). Die *Taufe* (gebräuchliche Formel: »Ich taufe dich in den Tod Jesu im Namen Gottes, des Vaters, des Sohnes und des heiligen Geistes. Der Herr Jesu taufe und weihe dich von oben herab mit seinem heiligen Geist«) wird durch Besprengen oder Begießen vollzogen (in den Brüdergemeinden durch Untertauchen). *Trauung* und *Bestattung* entsprechen landeskirchlicher Praxis. Sofern es die örtlichen Verhältnisse zulassen (die Gemeindeglieder wohnen oft weit verstreut), trifft sich die Gemeinde in Bibelstunden, Gemeindeabenden, Frauenstunden; die Kinder werden in der Sonntagsschule gesammelt.

d) Die *Gemeindeversammlung* wählt den *Gemeindevorstand,* der sich aus den Ältesten, Predigern und Diakonen zusammensetzt und sein Amt ehrenamtlich verwaltet. Das Amt des *Ältesten* und des *Predigers* wird in größeren Gemeinden von einem besoldeten Pastor zusammen wahrgenommen (in der Bundesrepublik Deutschland ca. 30 hauptamtliche Pastoren und rund 80 Laienprediger). Den Predigtdienst können auch Frauen übernehmen. An die Stelle einer Lehrverpflichtung tritt das in der Wahl ausgesprochene Vertrauen der Gemeinde. Der *Diakon* (gelegentlich auch »Vorsteher« genannt) sorgt für die äußeren Bedürfnisse der Gemeinde. Die *Gemeindezucht* als Konsequenz der engen Verbindung von Glaube und Lebenswandel soll angewandt werden »bei falscher Lehre«, »bösen Worten und Werken« und »Ungehorsam gegen die Gemeinde«. Sie wird heute nur noch selten oder in abgeschwächter Form praktiziert. Doch nach wie vor gilt, daß die Botschaft Jesu ernstgenommen sein will und im Leben der Gemeinde wie in dem des einzelnen ihren Ausdruck finden muß.

4. Übergemeindliche Einrichtungen und Aufgaben

Die *Vereinigung* (Sitz: Hamburg) umfaßt 34 Gemeinden mit rund 7200 Mitgliedern vornehmlich in Norddeutschland, dazu Gemeinden in der Pfalz, Regensburg und München. Der *Verband* (Sitz: Heilbronn) vereinigt 24 Gemeinden in Süddeutschland mit etwa 1700 Mitgliedern. Er unterhält im Bibelheim »Thomashof« (bei Karlsruhe), das als Tagungsstätte, Erholungs- und Altenheim dient, ein kleines Mutterhaus für eine mennonitische Schwesternschaft, dazu das Hilfswerk »Christenpflicht« (gegr. 1920) und ein weiteres Altersheim bei Regensburg. *Brüdergemeinden* bestehen in Lage/Detmold, Neuwied, Neustadt/Weinstr. und in Oberbayern. Die Vereinigung und der Verband tragen (mit Unterstützung der Brüdergemeinden) zusammen mit niederländischen Mennoniten die *Internationale Mennonitische Organisation für Hilfswerk und andere Aufgaben* (IMO) (Sitz: Weierhof b. Marnheim/Pfalz, eine seit dem 17. Jahrhundert bestehende Mennonitensiedlung); die IMO betreibt Entwicklungsprogramme in Südamerika und Afrika und arbeitet mit anderen kirchlichen Hilfswerken zusammen. Die *Konferenz* fördert gemeinsame Aufgaben der Jugendarbeit (Freizeiten, Jugendtage) und der Diakonie; sie veröffentlicht das »Mennonitische Jahrbuch«. Ein *Deutsches Mennonitisches Missionskomitee* unterstützt zusammen mit Mennonitengemeinden in den Niederlanden, der Schweiz und Frankreich Missionsstationen in Indonesien und Nordafrika. Der Verein *Mennonitische Heime* unterhält zwei Altersheime (Bad Oldesloe, Enkenbach/Pfalz). Der Täuferforschung und der eigenen Vergangenheit widmet sich der *Mennonitische Geschichtsverein* (»Mennonitische Geschichtsblätter«).

5. Zusammenarbeit

Die deutschen Mennonitengemeinden beteiligen sich an der *Mennonitischen Europäischen Regionalkonferenz* und an der *Mennonitischen Weltkonferenz*, die seit 1925 (400-Jahr-Feier) alle mennonitischen Gruppen in den verschiedenen Kontinenten zusammenführt (insgesamt etwa 550000 Mennoniten, von denen rund 250000 in USA und Kanada leben, ca. 40000 in den Niederlanden). Die Vereinigung ist (außer den Mennoniten in den Niederlanden die einzige) seit 1948 Mitglied des Ökumenischen Rates der Kirchen, desgleichen Mitglied der Arbeitsgemeinschaft christlicher Kirchen in Deutschland. Der Verband hingegen zeigt sich gegenüber der Ökumene reserviert, pflegt aber auf örtlicher Ebene Kontakte mit landeskirchlichen Gemeinden und arbeitet in der Evangelischen Allianz (II § 1, 10) mit.

Lit.: Mennonitisches Lexikon, 4 Bde, Karlsruhe 1913–67 – H. J. HILLERBRAND (Hg.): Bibliographie des Täufertums 1520–1630, Gütersloh 1962 – G. F. HERSCHBERGER (Hg.): Das Täufertum. Erbe und Verpflichtung, Stuttgart 1963 – H. PENNER: Weltweite Bruderschaft, Weierhof [3]1972 – H. J. GOERTZ (Hg.): Die Mennoniten, Stuttgart 1971 (Lit.) – DERS. (Hg.): Umstrittenes Täufertum 1525 bis 1975, Göttingen 1975.

§ 6 Die Europäisch-Festländische Brüder-Unität (Herrnhuter Brüdergemeine)

Die *Europäisch-Festländische Brüder-Unität* (EFBU) ist der älteste Zweig der in den verschiedenen Kontinenten insgesamt 17 Provinzen umfassenden *Evangelischen Brü-*

der-Unität (Unitas Fratrum, *Moravian Church*). Zum Bereich der EFBU gehören sieben Brüdergemeinden in der Bundesrepublik Deutschland, neun in der DDR (dazu eine Sozietät), fünf in den Niederlanden, je eine in Dänemark und der Schweiz (mit vier Sozietäten).

Der Name *Evangelische Brüder-Unität* ist nach der staatlichen Anerkennung in Preußen (1742) die im deutschen Sprachgebrauch üblich gewordene Bezeichnung, wobei für die einzelnen Gemeinden der Ausdruck *Brüdergemeine* verwendet wird. Im englischen Sprachraum ist *Moravian Church* gebräuchlich, im französischen Eglise Morave (tschech. Morava, dt. Mähren). Die tschechische Selbstbezeichnung *Jednota bratrská* (dt. Gemeinschaft [Unität, Einheit] der Brüder), die einen Teil der allgemeinen Kirche (tschech. Církev, lat. ecclesia) im Unterschied zu anderen »Unitäten« in der Kirche (römische, lutherische usw.) benennen will, übersetzten die Brüder in ihren lateinischen Schriften mit *Unitas Fratrum*.

1. Zur Geschichte

a) Aus der »Asche von Hus« (Johannes Hus, tschechischer Reformator, geb. nach 1370, verbrannt 1415) erwuchs um 1457/58 unter Führung von Gregor Krajči (»Bruder Gregor«, † 1474) in Kunwald (Ostböhmen) die Gemeinschaft der *Brüder des Gesetzes Christi* (Neues Testament tschech. »Neues Gesetz«; später auch Fratres legis Christi). Das hussitische Erbe (Heilige Schrift als höchste Autorität für Lehre und Leben; Christus der einzige Mittler) vermittelte ihnen Petr Chelčický (um 1380–1460). In ihrem Gemeindeleben orientierten sie sich an den Regeln der Bergpredigt und der Apostelgeschichte (Gemeindeordnung 1464, »Einwilligung aus den Reichenauer Bergen« genannt; z. T. nach dem Vorbild der Waldenser). Eine Synode wählte 1467 (in Lhotka b. Reichenau) durch Losentscheid drei Laienbrüder, die unter Beteiligung eines Waldenser-Ältesten zu Priestern geweiht wurden, und konstituierte damit die kirchliche Selbständigkeit. Auseinandersetzungen über die strengen Grundsätze (Gewaltlosigkeit, Eides- und Ämterverweigerung, freiwillige Armut) führten um 1490 zur Abspaltung einer rigorosen Gruppe (»Kleine Partei«). Unter Lukas von Prag (um 1460–1528) distanzierte sich die Brüdergemeinschaft von den Regeln Gregors und dem waldensischen Einfluß und fand zu einer in Lehre, Liturgie, Recht, sozialer Gestalt gefestigten Kirchenorganisation. Die Brüderkirche schloß sich der *Confessio Bohemica* von 1575 an, die hussitische Tradition mit lutherischen und reformierten Elementen vereinigte, entwickelte ein reiches Liedgut in der Volkssprache (erstes Brüdergesangbuch 1501 mit 89 Liedern, Ausgabe 1561 mit 744 Liedern), förderte mit ihren Katechismen das Schulwesen, legte eine bedeutsame Bibelübersetzung vor (1579–93, Kralitzer Bibel in 6 Bänden), beeinflußte durch ihr Schrifttum das geistige Leben Böhmens und kam mit ihrem letzten Senior (Bischof) Amos Comenius (1592–1670) bereits als »sterbende Kirche« wohl zu ihrem bedeutendsten Vertreter. Die nach dem böhmischen Aufstand (Schlacht am Weißen Berge 1620) einsetzende Verfolgung und die gewaltsame Rekatholisierung des Landes führten zu ihrem Untergang. Viele emigrierten und gründeten im Exil neue Gemeinden. Im 17. Jahrhundert keimte der »verborgene Same« der im Land verbliebenen Brüder wieder auf, aber die Nachfahren der Emigranten durften erst 1861 (nicht schon 1781) zurückkehren.

b) Emigrierte mährische Brüder fanden 1722 auf dem Gut Berthelsdorf (Oberlausitz) des Grafen Nikolaus Ludwig von Zinzendorf (1700–1760) eine neue Heimat. Anderenorts bedrängte Pietisten und separatistische Einzelgänger kamen hinzu. Konfessionelle Auseinandersetzungen beunruhigten die entstehende *Kolonie Herrnhut*. Unter organisatorischer Anleitung und seelsorgerlicher Führung Zinzendorfs entwickelte sich in wenigen Jahren ein wohlgeordnetes, kirchliches und bürgerliches Leben verbindendes Gemeinwesen (Statuten vom 12. 5. 1727), in dem das alte Brüdertum mit pietistischer Frömmigkeit und lutherischem Rechtfertigungsglauben zur *Erneuerten Brüder-Unität* sich vereinigte und dessen innere Einheit anläßlich einer Abendmahlsfeier am 13. 8. 1727 von den Brüdern als persönliche Erfahrung erlebt wurde. Das Gemeinschaftsbewußtsein der Herrnhuter fand seinen Ausdruck zum einen in neuen Formen des Gemeindelebens (Kleingruppen, sog. »Banden«, von wenigen Personen als intime Seelsorgegemeinschaften, später die nach Alter, Geschlecht und Familienstand gegliederten »Chöre«; Laienämter; brüderliche Gemeindezucht; Liebesmahl; Singstunden; Stundengebet; für jeden Tag ausgeloste Losungen, die seit 1731 bis heute gedruckt werden), zum andern in der gegenseitigen Hilfeleistung bei der Arbeit und im dörflichen Leben und nicht zuletzt in dem Missionsgedanken, der von 1732 an mit der Aussendung der ersten Missionare nach Westindien und Grönland verwirklicht wurde. Am 13. 3. 1735 weihte der Berliner Oberhofprediger Daniel Ernst Jablonsky, ein Enkel des letzten Brüderbischofs Comenius, DAVID NITSCHMANN zum Bischof der erneuerten Unität, die 1742 in Preußen und 1749 in England mit seinen Kolonien konzessioniert wurde.

c) Nach dem Tode Zinzendorfs, der als Ordinarius Fratrum (1737 zum Bischof geweiht) drei Jahrzehnte lang mit der ihm eigenen Frömmigkeit das Herrnhuter Gemeindeleben bestimmt, gegen Ende seiner Jahre aber auch in wirtschaftliche Schwierigkeiten geführt hatte, leitete AUGUST GOTTLIEB SPANGENBERG (1704–1792) einen neuen Abschnitt in der Geschichte der Brüdergemeine ein. Im Laufe von drei Synoden (1764, 1769, 1775) gab sich die Brüder-Unität eine synodale Verfassung mit einer Ältesten-Konferenz als Leitungsorgan; die heute gültige Kirchenordnung hat wesentliche Elemente dieser Verfassung aufgenommen (s. u.). Mit der eingeleiteten Konsolidierung gingen aber die geistig-geistliche Weite und die ursprüngliche Dynamik verloren. Eine 1841 einsetzende Erwekkung belebte und verlieh auch der brüderlichen Mission neuen Auftrieb; 1866 entstand ein eigenes Diakonissenwerk (»Emmaus« in Niesky/Oberlausitz). Gegenüber den zeitgenössischen theologischen Entwicklungen blieben die Herrnhuter indessen bei ihrer »Herzensreligion«. Obgleich die Brüder als die »Stillen im Lande« oft genug den Eindruck einer beschaulich vor sich hin lebenden Gemeinschaft erweckten, in welcher der Gedanke des »Pilgers« und »Streiters« zu verkümmern schien, so entwickelten sie doch mit ihrer *Missionsarbeit* weltweit eine Ausstrahlungskraft, die den von Zinzendorf propagierten Apostolat der Brüdergemeine unter Beweis stellte. Die über die verschiedenen Erdteile verbreitete, gegenwärtig rund 400 000 Mitglieder zählende Brüder-Unität ist in folgende *Provinzen* gegliedert (in Klammer die Anfangsjahre): eine europäisch-festländische (1722 bzw. 1889), eine tschechoslowakische (1457 bzw. 1862), eine britische (1742), zwei nordamerikanische (1741 u. 1753), zwei südafrikanische (1737 bzw. 1792 u. 1828), zwei in Tansania (1891 u. 1897), je eine in Jamaika (1754), westindische Inseln (1732), Nicaragua (1849), Guayana (1738 bzw. 1878), Honduras (1930), Labrador (1771), Alaska (1885) und Suriname (1735). Die EFBU zählt in ihren insgesamt 23 Gemeinden und Sozietäten rund 12 000 Mitglieder.

Lit.: J. TH. MÜLLER: Geschichte der böhmischen Brüder, 3 Bde, Herrnhut 1922–31 – R. ŘIČAN: Die böhmischen Brüder, ihr Ursprung und ihre Geschichte, Berlin 1961 – E. BEYREUTHER: Zinzendorf, 3 Bde, Marburg 1957–61 – H. CHR. HAHN/H. REICHEL: Zinzendorf und die Herrnhuter Brüder, Hamburg 1977 – G. REICHEL: A. G. Spangenberg, Tübingen 1906 – K. MÜLLER/A. SCHULZE: 200 Jahre Brüdermission, 2 Bde, Herrnhut 1931–32.

2. Selbstverständnis

a) Die Brüder-Unität kennt keine eigenen Bekenntnisschriften, durch die sie sich von anderen Kirchen abgrenzt. Vielmehr will sie gerade mit ihrem Namen »Unitas Fratrum«, wie sie im »Grund der Unität« erklärt, sich zur *Einheit der Kirche* bekennen, die »verheißen und aufgegeben« ist und durch die Gegenwart Christi in der Gemeinschaft des Abendmahls »schon heute sichtbar und gewiß« gemacht wird. Der Tradition des alten Brüdertums folgend gilt die *Heilige Schrift* als einzige Quelle und Richtschnur für Glaube, Lehre und Leben (»eine lebende Bibel sein«) und *Jesus Christus* als der alleinige Herr, der Bruder und »Seelenfreund« seiner Jünger und das Haupt der »Kreuzgemeine« ist, die sich dem gekreuzigten und erhöhten Heiland verdankt und »die lebendige Erfahrung des Ältestenamtes Jesu« bewahrt. Die altkirchlichen Bekenntnisse und die grundlegenden Bekenntnisschriften der Reformation dienen der Unität als »Wegleitung und Mahnung zu gehorsamem und unerschrockenem Zeugnis in der jeweiligen Gegenwart«.

Auf einer Generalsynode in Bethlehem (Pennsylvanien/USA) vom 13. 8. bis 10. 9. 1957 hat die Unitas Fratrum in einer für alle Unitätsprovinzen gültigen Erklärung den *»Grund der Unität«* formuliert, der freilich nicht den Charakter einer verbindlichen Lehrformel besitzt, sondern »den Grund ihres Daseins und die Quelle ihres Dienstes« benennen und im »Dank und Lobpreis« an ihre bisherige geschichtliche Erfahrung erinnern will. Die *Kirchenordnung der EFBU* zählt als »Wegleitung zu rechtem Bekennen« und als »Gnadengeschenke« auf (KO § 8): das Apostolische Glaubensbekenntnis, die 21 Lehrartikel der Augsburgischen Konfession, den Heidelberger Katechismus und die Barmer Theologische Erklärung von 1934. Die Kirchenordnungen anderer Provinzen nennen z. T. dieselben Bekenntnisschriften, z. T. auch andere oder fügen solche hinzu, die in ihrem Bereich ein gewisses Ansehen gewonnen haben: Nicänum, Athanasianum, Confessio Bohemica von 1575, Luthers Kleiner Katechismus, Berner Synodus von 1532 und die 39 Artikel der Kirche von England.

b) Selbstverständnis und Lebensvollzug der Brüder-Unität werden bestimmt von dem *»Gemeingeist«*, der aus der »persönlichen Konnexion mit dem Heiland« erwächst, in der lebendigen Bruderschaft der von Christus »unter dem Kreuz« begnadigten und zusammengeführten Sünder Gestalt gewinnt und sich im »selbstlosen Dienst« der Brüder äußert. Der »Gemeingeist«, in dem sich die Glaubens- und Lebensverbundenheit der einzelnen mit Christus und untereinander summiert, ist keine Weise von Selbstrechtfertigung, vielmehr eine Folge der unmittelbaren Leitung durch das »Lamm« und des direkten »Umgangs mit dem Heiland«; der »Gemeingeist« weist auf die christozentrische Mitte der Brüdergemeine hin. Die Unität erwartet darum »bei ihren Gliedern den persönlichen Glauben an Christus« (KO § 4), der sich in dem schlichten Bekenntnis aussagen läßt: »dein Schöpfer dein Heiland« (Zinzendorf). Diese Seele, Geist und Leib erfassende »Herzensreligion« gedeiht und wächst nicht ohne die Lebensgemeinschaft der Jesusjünger; hier ist der Geist Christi wirksam und sind »die Unterschiede zwischen Mann und Frau, Juden und Nichtjuden, Weißen und Andersrassigen, Reich und Arm überwunden« und »auch die Unterschiede in Frömmigkeit, Erkenntnissen und geistlichem Wachstum in Jesus Christus aufgehoben« (KO § 5). Das »Privileg« eines persönlichen Lebens mit Christus bleibt angewiesen auf die Brüder und Schwestern im Glauben wie umgekehrt die Gemeine der vielen einzelnen bedarf, von denen »ein jeder auf eine andere Art vom Heiland traktiert wird« (Zinzendorf). Die geschöpfliche und religiöse Individualität und die »völlig verpflichtete Gemeinschaft«, die geradezu als ein Gottesbeweis angesehen werden kann, sind vermittelt. Dieser Zuordnung von Individuum und Gemeine entspricht es, daß die im »Gemeingeist« verbundene Bruderschaft ihren »Beruf, mit ihrem Leben zu dienen«, in dreifacher Weise ausrichtet: (1) einmal durch den *Dienst der Mission,* »Seelen für das Lamm zu werben« (das ist ein Zeugnis für »den unschätzbaren Wert einer einzelnen Menschenseele, für deren Rettung sich jedes Opfer lohnt«; KO § 11), (2) zum andern durch das *Zeugnis des Lebens* in der Gemeine, ihren wirtschaftlichen Einrichtungen, Armen- und Krankenpflege, Erziehungshilfe, Gemeindezucht und Seelsorge (vgl. KO §§ 46ff) und (3) zum dritten durch den *Dienst der Diakonie,* die mit der »Tat helfender und dienender Liebe« am Nächsten ein Zeugnis von Christi Versöhnungstat ablegt (vgl. Grund der Unität; KO §§ 2, 48ff, 79).

c) Der »Gemeingeist«, der mit seiner dreifachen Ausdrucksform die Brüder-Unität charakterisiert, und das Programm: »ich statuiere kein Christentum ohne Gemeinschaft« (Zinzendorf), das eine gänzlich verpflichtete Dienst-Bruderschaft intendiert, besitzen eine *ökumenische Dimension.* Was von der Individualität eines persönlichen Glaubens und von der die Unterschiede aufhebenden und überwindenden Gemeinschaft gilt, wird im »Troporum« Zinzendorfs auf die Christenheit insgesamt übertragen. Wie der Heiland die vielen einzelnen auf verschiedene Weise »traktiert«, so läßt sich in jeder christlichen Gemeinschaft (Zinzendorf: »Religion« = Konfessionskirche), von der »mit Respect zu denken« ist, ein »tropos paideias«, eine Erziehungsweise der göttlichen Heilsökonomie erkennen. Die zeitlich und örtlich, national und kulturell angepaßten »Tropen« dienen dazu, daß Menschen aus vielen Völkern und zu allen Zeiten zum Evangelium geführt werden und eine Konfession von der »Gnade« der anderen lernen und »Gliedschaft« einüben kann; und sie haben zum Ziel, die Kinder Gottes unter dem einen »Herrn und Haupt« zu versammeln. Das konfessionelle Problem, der Tatbestand einer Vielzahl von Konfessionen, ist im »Troporum« Zinzendorfs zum positiven hin gewendet. Für das Selbstverständnis der Brüdergemeine folgt daraus: die christozentrisch und bruderschaftlich strukturierte Brüder-Unität – »entstanden aus Christen verschiedener Völker und Kirchen« – will bei aller selbst eingestandenen Schuld der Uneinigkeit und Getrenntheit (KO § 15) mit »ihrer übernationalen Einheit« ein Modell sein und ein Beispiel fortgehender Aktion geben. »Die Existenz der Brüder-Unität ist uns nicht Selbstzweck, sondern wir betrachten sie als Dienstauftrag an die Kirchen der Welt« (KO § 14).

3. Verfassung und Ordnung

Jede Unitätsprovinz ist im Rahmen der »Kirchenordnung der Unitas Fratrum« (zuletzt 1957) »befugt und verpflichtet, ihre Angelegenheiten durch ihre eigene Synode zu ordnen«. Die für den Bereich der EFBU z. Zt. gültige Provinzial-Kirchenordnung (zit. KO) wurde in einem ersten Teil 1959 und in einem zweiten Teil 1965 von der Synode der EFBU angenommen.

a) Die *Ortsgemeine* versammelt die am Ort wohnenden Mitglieder; sie ist auch Mittelpunkt für die verstreut wohnenden Familien (Gemeinbereich). Zu den *Sozietäten* und Diasporagemeinschaften zählen solche Christen, die »treu zu ihren eigenen Kirchen« stehen und zugleich die Arbeit der Brüdergemeine mittragen wollen. Daneben bestehen noch Freundeskreise. (Vgl. KO § 16) – Um die *Mitgliedschaft* können sich Erwachsene bewerben, die »nach brüderlicher Gemeinschaft und dem Heil in Christus« verlangen und sich dazu bekennen; getaufte Kinder von Mitgliedern werden durch die »Einsegnung« zunächst in die Abendmahlsgemeinschaft, später in einen der »Erwachsenenchöre« als vollberechtigte Mitglieder aufgenommen (KO § 18). Doppelmitgliedschaft in einer anderen evangelischen Kirche ist möglich (KO § 19).

b) Die Gemeinde gliedert sich in natürliche Gruppen; das sind die *»Chöre«* für Kinder, Jugendliche, ledige »Brüder«, ledige »Schwestern«, verheiratete »Geschwister«, verwitwete »Brüder« und verwitwete »Schwestern« (vgl. KO §§ 36–39). Die Chöre dienen der persönlichen Seelsorge und der Gemeinschaftspflege. Jeder Chor feiert alljährlich sein Chorfest. Zum Dienst der persönlichen Seelsorge gehört die *Gemeindezucht,* die geübt wird, wenn die Einheit der Gemeinde durch Worte oder Taten einzelner oder einer Gruppe »ernstlich gefährdet«, das »Evangelium verfälscht und der Herr verleugnet wird« (KO §§ 52–60). Allerdings ist zu bemerken, daß das System der Chöre wie die Gemeindezucht im Zuge der Zeittendenzen verflacht sind.

c) Die *Ämter* der Gemeinde, die zur Evangeliumsverkündigung, Sakramentsverwaltung und Seelsorge berechtigen, sind Diakon, Presbyter und Bischof (KO §§ 91–95). Die Verpflichtung erfolgt in einer Gemeindeversammlung durch Ordination, in der auch die Verbundenheit mit der alten Kirche zum Ausdruck kommt. Die Aufgabe des *Diakons* ist auf den Dienst durch Wort und Sakrament beschränkt, dem *Presbyter* fällt außerdem die Leitung einer Gemeinde zu (»Gemeindiener«, Ortspfarrer), während der *Bischof* als »geistlicher Vater« ein »priesterliches Amt« ohne Leitungsbefugnis ausübt und das Recht besitzt zu ordinieren.

Das *Bischofsamt* wird in der Brüder-Unität, die eine streng presbyterial-synodale Verfassung besitzt, als ein »wichtiges Depositum« angesehen. Es wurde von den böhmischen Brüdern übernommen (s. o. Nr. 1 a), die mit dem Bischofsamt die Verbindung mit der Urchristenheit und ihre apostolische Herkunft bekundeten. Der letzte Brüderbischof Comenius hatte das Amt »in spem contra spem« an seinen Enkel Jablonsky weitergegeben, der seinerseits die ersten Bischöfe der erneuerten Brüder-Unität Nitschmann und Zinzendorf ordinierte (s. o. Nr. 1 b). Zu Bischöfen werden Presbyter gewählt, die »in besonderer Weise« das Vertrauen der Gemeinde und Synode genießen. Kraft ihres Amtes sind sie Mitglieder der Synode, die ihrem Wort »ein besonderes Gewicht« beimißt (KO § 95). – *Lit.:* E. BENZ: Bischofsamt und apostolische Sukzession, Stuttgart 1953.

Mit Wortverkündigung, Seelsorge und Hilfe beim Abendmahl können auch nichtordinierte Gemeindeglieder beauftragt werden. Ihr Dienst (*Akoluthie,* Nachfolgedienst) bedarf der Annahme, Bestätigung und Fürbitte in einer Gemeindeversammlung.

d) Die Gemeinde wählt jeweils für sechs Jahre einen *Ältestenrat,* dem von amtswegen der »Gemeindiener« als Vorsitzender und der »Vorsteher« als Rechnungsführer angehören (KO §§ 96–101, 302–326). Zu den Aufgaben des Ältestenrates gehören die verantwortliche Vertretung der Gemeinde, die Förderung ihres inneren und äußeren Lebens nach den Grundsätzen der Unität und die Unterstützung der Amtsträger in ihrem Dienst. Daneben besteht ein *Gemeinrat,* der von den erwachsenen Vollmitgliedern der Gemeinde gebildet wird, wenigstens zweimal pro Jahr zusammentritt, keine Verwaltungsrechte besitzt, stattdessen den Ort darstellt, »wo alle geistlichen und materiellen Fragen der Gemeinde offen besprochen und vor den Herrn gebracht werden sollen« (KO §§ 102–104, 327–332).

e) Die Gemeinden wählen Abgeordnete in die (Provinzial-)*Synode,* die als »unmittelbare Vertretung« der EFBU und damit als oberstes Organ fungiert (KO §§ 105–112). Der Synode sind alle Amtsträger und Gemeindiener unmittelbar oder mittelbar verantwortlich. Zu ihren Aufgaben gehören die Entscheidung in allen geistlichen und praktischen Fragen des Gemeindelebens, die Förderung der Einzelgemeinden mit ihren Arbeitszweigen und die Kontaktpflege mit anderen Unitätsprovinzen. Die laufenden Verwaltungsgeschäfte und die öffentlich-rechtliche Vertretung nimmt die *Unitäts-Direktion* wahr, die vor der Synode Rechenschaft über ihre Amtsführung abzulegen hat (KO §§ 113–115); Sitz der Direktion der EFBU ist Bad Boll (Wttbg.) für den Westdistrikt, Herrnhut für den Ostdistrikt. Den finanziellen Bedarf ihrer Gemeinden und Werke deckt die Unität durch regelmäßige Beiträge (»Dankopfer«) ihrer Mitglieder nach Maßgabe einer Beitragsstaffel und in der »gewissenhaften Entscheidung vor dem Herrn« (KO §§ 116 bis 118). Die EFBU besitzt die *Rechtsform* einer Körperschaft des öffentlichen Rechtes. Sie ist aufgrund einer entsprechenden Vereinbarung kraft Kirchengesetz vom 12. 1. 1949 der EKD angegliedert (vgl. II § 1, 4b).

4. Gemeindeleben und Einrichtungen

a) Von dem einst in den geschlossenen Siedlungen vielfältigen und reich gestalteten Gemeindeleben, ausgezeichnet durch das gleichgewichtige Nebeneinander von Wortverkündigung, liturgischen Formen, Gemeindegesang, Meditation und Brauchtum, ist in neuerer Zeit manches verloren gegangen oder in den Hintergrund getreten, wenngleich wesentliches der Herrnhuter Eigenart bis heute erhalten geblieben ist. In den *Versammlungen* (Gottesdienste) läßt sich die Gemeinde »unter der Leitung des Heiligen Geistes von Gottes Wort lehren und erbauen« (KO § 61). Die *Predigt,* sei es als »gesprochene Auslegung«, sei es als »Liederpredigt« (Singstunde), steht im Mittelpunkt. Dem *Lied,* besonders in kurzen Gottesdiensten mit der Tageslosung ohne Ansprache, kommt eine hohe Bedeutung im Leben der Gemeinde zu (»eine singende Gemeinschaft«). Ein für die Brüdergemeine charakteristischer Gottesdienst ist das *Liebesmahl* (meist an einem Nachmittag, vornehmlich an Fest- und Gedenktagen). Einen gewissen Höhepunkt bildet die liturgisch reich gestaltete *Abendmahlsfeier,* in der die Anwesenheit des »Lammes« und die Bruderschaft zum Ausdruck gebracht wird (»eine bestimmte kirchliche Lehre vom Abendmahl ist nicht Voraussetzung für die Teilnahme«; KO § 66). In der *Taufe* feiert die Gemeinde die Aufnahme eines Säuglings oder Kindes (beides ist möglich) »in den Neuen Bund Gottes in Christus« (KO § 65); daneben gibt es auch die Erwachsenentaufe. Die Heranwachsenden werden nach entsprechender Unterweisung der Gemeinde vorgestellt; mit ihrer *Einsegnung* sind sie zum Abendmahl zugelassen. Die Liturgie der *Trauung* ist kurz. In der *Begräbnisversammlung* lobt die Gemeinde über dem mit einem weißen Tuch bedeckten Sarg mit Wort und Gesang den »Sieg der Gnade«. Bibelstunden, Gebetsversammlungen, Hausandachten, Kinder- und Jugendstunden, Gedenktage, dazu die durch das Kirchenjahr bedingten Versammlungen (mit musikalischen Darbietungen) füllen neben den geselligen Veranstaltungen das Gemeindeleben der Brüdergemeine.

b) Für ihre nach außen gerichteten Aktivitäten unterhält die Brüder-Unität außer ihrem *Missionswerk* (Missionsdirektion in Bad Boll), das vor allem der zwischenkirchlichen Hilfe dient, einige *diakonische Einrichtungen* und *Schulen,* wie dies ihrem Selbstverständnis und ihrer geschichtlichen Herkunft entspricht. Im Bereich der Bundesrepublik Deutschland bestehen drei Internatsschulen, vier Kindergärten und je drei Alten- und Erholungsheime. In den Kurorten Bad Boll und Königsfeld nimmt man sich besonders der Feriengäste an. Das eigene *Predigerseminar* in Bad Boll führt junge Theologen nach dem Abschluß ihres Universitätsstudiums zum zweiten theologischen Examen und bereitet sie für den Dienst in den Gemeinden vor.

5. Zusammenarbeit

Neben ihrer Zusammenarbeit mit anderen Unitätsprovinzen beweist die EFBU ihre ökumenische Offenheit und Bereitschaft durch die Mitgliedschaft im Ökumenischen Rat der Kirchen und in der Konferenz europäischer Kirchen. Sie beteiligt sich aktiv an der Arbeitsgemeinschaft christlicher Kirchen (II § 14) und an dem Evangelischen Missionswerk (II § 1, 6c), desgleichen an der Deutschen Evangelischen Allianz (II § 1, 10).

Lit.: Die Grundsätze der Evangelischen Brüder-Unität (Herrnhuter Brüdergemeine) vom Jahre 1959, Teil I, 1961; Teil II vom Jahre 1965, 1967 – H. Renkewitz (Hg.): Die Brüder-Unität, Stuttgart 1967 (instruktiv zu Geschichte, Selbstverständnis und Praxis; mit umfass. Bibliographie) – H.-Chr. Hahn, in: H.-B. Motel (Hg.): Glieder an einem Leib, Konstanz 1975, 134–173.

§ 7 Die Heilsarmee in Deutschland

Die *Heilsarmee in Deutschland* ist ein nationaler Zweig der überkonfessionellen Heiligungsbewegung *The Salvation Army*, die weltweit in insgesamt 82 Ländern verbreitet ist.

1. Zur Geschichte

Der ehemalige Methodistenprediger William Booth (1829–1912) gründete, nachdem ihm die auf die eigene Gemeinde begrenzte Evangelisation angesichts der Notstände in seinem Land nicht ausreichend erschien, 1865 die *Ost-Londoner Erweckungs-Gesellschaft* (Christian Revival Association). Mit Mut und Zähigkeit verkündigte Booth in einer recht aggressiven Art auf Straßen und Plätzen, in Kaschemmen und Elendsvierteln »den Gestrandeten das Evangelium der Liebe Jesu«. Es entsprach seiner methodistischen Herkunft, daß er seine Evangelisation mit sozialen Aktivitäten verband; der Glaube mußte sich im Leben beweisen (vgl. II § 3, 5). Als seine Arbeit über London hinaus sich ausweitete und eigenständig wurde, nannte er die in Gang gebrachte Bewegung *Christliche Mission* (seit 1869), gab ihr feste Satzungen, führte sie aber sehr eigenmächtig als »Generalsuperintendent« (»ein Mechanismus, durch welchen der Geist Christi wirken kann«). In seiner Ehefrau Catherine Mumford fand Booth eine sehr entschiedene und aktive Mitstreiterin. In der Absicht, die zu Christus Bekehrten besser zusammenzuhalten, sie der strengen Zucht eines heiligen Lebens zu unterwerfen und in den Elendsvierteln in größerem Umfang Hilfsmaßnahmen für sozial Gefährdete (Trinker, Kriminelle, Heimatlose usw.) zu organisieren, entwickelte Booth, wohl auch seinen persönlichen Neigungen folgend, einen militärischen Führungsstil und entsprechende Formen in der Missionsarbeit und beim Einsatz seiner Mitarbeiter. Von 1878 an nannte er seine Organisation »Heilsarmee« *(Salvation Army)* und sich selbst ihren General. Sie war aufgebaut nach militärischem Vorbild mit Offizieren, Soldaten, Uniformen, Fahnen, Musikkapellen usw., tätig in »Feldzügen«, dem »Kriegsruf« folgend und nach »Dienstinstruktionen« handelnd. Trotz vielfacher Widerstände und Mißtrauen auf staatlicher und kirchlicher Seite und Anfeindungen durch private Kreise breitete sich die Heilsarmee dank ihrer sozialtherapeutischen Erfolge (u. a. Fürsorgeeinrichtungen für Strafentlassene, Prostituierte, verwahrloste Jugendliche; Arbeitslosenasyle, Trinkerfürsorge, Suppenküchen, Krankenpflege) in ihrem ersten Jahrzehnt sehr schnell in vielen Ländern aus: USA, Irland, Australien (1880); Frankreich (1881); Kanada, Indien, Schweden, Schweiz (1882); Pakistan, Südafrika (1883); Neufundland, Deutschland (1886); Dänemark, Niederlande, Italien, Jamaika (1887); Norwegen (1888); Finnland und Belgien (1889); Argentinien (1890). Heute arbeitet die Heilsarmee in allen Kontinenten durch den Einsatz von rund 16 000 Offizieren (hauptamtlich), 41 000 Full-time-Mitarbeitern ohne Rang, 34 000 Korpskadetten, 108 000 Lokaloffizieren (nebenamtlich) und ca. 1 Million jugendlichen und erwachsenen, männlichen und weiblichen Heilssoldaten (Salutists) in Evangelisationsfeldzügen und über 3000 Sozialeinrichtungen, Krankenhäusern und Schulen mit einem eigenen jährlichen finanziellen Aufwand von rund 4 Mill. Pfund Sterling (Stand: 1976).

2. Selbstverständnis

a) Die 1878 von Booth vorgelegte *Doctrine of the Salvation Army* nennt elf »immergültige« Glaubensartikel: die Heilige Schrift als inspirierte und alleinige göttliche Richtschnur für Glauben und Leben; Gott als Schöpfer, Erhalter und Regierer aller Dinge; Dreieinigkeit; göttliche und menschliche Natur Jesu Christi; völlige Verderbtheit aller Menschen als Folge des Sündenfalls; Versöhnung für die ganze Welt durch das Leiden und Sterben Christi; Errettung der Menschen durch Buße, Glauben und Wiedergeburt durch den Heiligen Geist; der Mensch aus Gnaden gerechtfertigt durch den Glauben; Verbleiben im Heil abhängig vom anhaltenden gehorsamen Glauben; Vorrecht der Gläubigen »durch und durch« geheiligt und »ihr Geist samt Seele und Leib bewahrt« zu werden bis zum Kommen Christi; Unsterblichkeit der Seele, Auferstehung, Endgericht zur ewigen Seligkeit der Geretteten und endlose Verdammnis der Bösen. Diese Glaubensartikel bilden die Grundlage für die *Heilsarmee-Lehren* (Handbook of Doctrine) und müssen von jedem Heilssoldaten (salutist) unterschrieben werden zusammen mit den *Kriegsartikeln:*

1. Bekenntnis der persönlichen Erfahrung des Heils, 2. Gelübde der Trennung von der Welt und der Treue zu Jesus Christus, 3. Gelübde der Treue zur Heilsarmee, die unter anderem im Gehorsam den Offizieren gegenüber Ausdruck finden sollte, 4. Bekenntnis des Glaubens an die Möglichkeit eines heiligen Lebens, 5. Gelübde der gänzlichen Enthaltsamkeit von allen berauschenden Getränken und verderblichen Rauschgiften, 6. Versprechen, jede freie Zeit, alle verfügbaren Kräfte und Gelder der Förderung des Heilskrieges zu weihen.

b) Die *Bekehrung* zum erlösenden Glauben an Christus und die gehorsame *Bewährung* im alltäglichen Leben (Heiligung) sind die tragenden Elemente der Heilsarmee. Dabei verbindet sich der evangelistische Aktivismus mit dem sozialen (der »Kampf für das Gute«) in der Überzeugung, daß im Gehorsam des christlichen Wandelns »völlige Heiligung« erreicht wird (vgl. Verf. § 4, 2). Als *»vornehmstes Ziel«* wird bestimmt: »die sittliche Beeinflussung und Förderung aller Menschen durch Verbreitung der christlichen Religion und Lehre auf alleiniger Grundlage der Bibel mittels geeigneter Methoden der Evangelisation«, und die »praktische Anwendung des christlichen Gebotes der Nächstenliebe« in einer Vielzahl von Wohlfahrtseinrichtungen (vgl. Verf. § 2, 2).

3. Organisation

Ein »Kriegskongreß« im Juli 1878 legte ein erstes Reglement (Order and Regulations) für die Organisation der Heilsarmee fest, »um das Blut Jesu Christi und das Feuer des Heiligen Geistes in jeden Winkel der Welt zu tragen«. Es folgten »Regeln und Verordnungen« (um »die Heilsarmee zu einer dauernden Bewegung zu gestalten«) für Divisionsoffiziere (1885), Feldoffiziere (1886), Soldaten (1891) und Sozialoffiziere (1898); hinzu kamen Handbücher und Anordnungen für Lokaloffiziere, Kadettenschulen, Musikkapellen, Gesangsbrigaden usw. In Urkunden vom 26. 7. 1904 und 21. 11. 1930 wurde ein »Hoher Rat« (High Council) verfügt, der erstmals 1929 zusammentrat und ab 1931 das Recht zur Wahl des Generals erhielt. Für die Heilsarmee in Deutschland gilt die Verfassung vom 10. 10. 1967 (zit. Verf.), aufgrund deren die Rechte einer Körperschaft des öffentlichen Rechtes zuerkannt wurden.

a) Die Heilsarmee wird von einem *General* kommandiert (internationales Hauptquartier in London), der vom Kollegium (High Council) der Territorial-Kommandeure (Leiter der nationalen Hauptquartiere) gewählt wird (Ruhestandsalter: 70 Jahre). Der General ernennt und befördert die höheren Offiziere und gibt die Anweisungen für die »geistlichen Feldzüge«. Ihm steht ein *Stabschef* (Stellvertreter) und ein beratender Ausschuß *(Advisory Council)* zur Seite; hinzu kommen Abteilungen *(Departements)* zur Erledigung der verschiedenen Aufgaben. Das Vermögen verwaltet eine Treuhand-Gesellschaft (The Salvation Army Trustee Company).

b) Die nationalen Einheiten befehligt der *Kommandeur,* der vom General ernannt wird und seiner Aufsicht untersteht; in der Bundesrepublik Deutschland ist er ein Oberst (Colonel) mit Hauptquartier in Köln (Verf. § 3). Dem Kommandeur steht ein *Stab* von Offizieren zur Seite. Der Bereich der Bundesrepublik Deutschland ist in vier Regionalverwaltungen *(Divisionen)* gegliedert (Berlin, Nord, Süd, West), die von einem *Divisionsoffizier* (Major) geleitet werden und die örtlichen Gemeinden *(Korps)* mit ihren Nebengemeinden (Outpost, *Vorposten)* und sozialen Einrichtungen zusammenfassen. Das *Korps* rekrutiert sich aus den Heilssoldaten am Ort und wird von einem oder zwei *Korpsoffizieren* geführt (hauptamtlich, in der Kadettenschule ausgebildet, vom Divisionsoffizier ernannt, versetzbar). Die Korpsoffiziere werden durch ehrenamtlich tätige *Lokaloffiziere* für die verschiedenen Aufgaben der örtlichen Armee unterstützt.

c) Die *Mitgliedschaft* (Heilssoldat) kann nach einer Probezeit (Rekrutenzeit) unter Zustimmung eines Aufnahmeausschusses des jeweiligen Korps erwerben, »wer durch den Glauben an den Erlöser Jesus Christus eine Bekehrung erlebt hat und eine solche durch einen christlichen Wandel beweist«. Die Heilssoldaten werden auf die Kriegsartikel (s. o. Nr. 2a) verpflichtet. »Durch die Aufnahme der von der Heilsarmee verkündeten Lehren« kann der Heilssoldat »in den Zustand völliger Heiligung gelangen« (Verf. § 4, 2). Bei Verstößen gegen die Regeln und Verordnungen ist nach vorangegangenen Ermahnungen ein Ausschluß möglich, der vom örtlichen Prüfungsausschuß verfügt wird; der Betroffene kann Einspruch einlegen, über den der Kommandeur verbindlich entscheidet (Verf. § 6). Männer und Frauen sind in allen Ämtern und Offiziersstellen völlig gleichgestellt.

d) Ihren *finanziellen Bedarf* deckt die Heilsarmee durch freiwillige Beiträge ihrer Mitglieder, Spenden und Erträge ihrer Betriebe und Einrichtungen. Die Vermögensverwaltung und Haushaltsführung obliegt in der örtlichen Gemeinde dem Korpssekretär und dem Korpsschatzmeister, die vom Hauptquartier überwacht werden, das seinerseits der jährlichen Prüfung durch einen Fachrevisor des Internationalen Hauptquartiers unterliegt.

4. Aktivitäten und Einrichtungen

a) Die Heilsarmee kennt für ihre *Versammlungen* und Feldzüge keine festgelegten Formen. Neben Bibelauslegung, Gebeten und Liedern werden Zeugnisse von Bekehrungen und persönliche Glaubenserfahrungen vorgetragen. Auf der Bußbank betet der Soldat unter dem Beistand eines anderen Salutisten um Vergebung der Sünden (diese Einrichtung entspricht der Praxis Booths in seiner früheren Methodistengemeinde Spalding; der Bußfertige hatte am Geländer des Altars öffentlich seine Buße zu bezeugen). Die kirchlichen *Sakramente* Taufe und Abendmahl werden als »sichtbare Zeichen innerer und geistlicher Würde« geachtet, aber nicht als heilsnotwendig angesehen und darum nicht praktiziert. Anlässe wie Hochzeiten, Geburt eines Kindes (Kinderweihe), Einsegnung bieten Gelegenheiten für die evangelistische Verkündigung. Bei der *Bestattung* (keine Trauerkleidung) bezeugen die Salutisten den Aufstieg zur Herrlichkeit (promoted to Glory); alljährlich finden Gedächtnisversammlungen statt für alle, die »in die Ewigkeit vorausgegangen« sind. *Uniformen, Musikkapellen* und *Gesangsgruppen* sind geeignete Mittel für das öffentliche Christuszeugnis, das auf offener Straße, »an allen Stätten der sittlichen Gefährdung und jedem sonst geeigneten Ort (z. B. Wirtshäuser, Bordelle, Gefängnisse)« abgelegt wird (Verf. § 2, 4). Die Ausbildung der Offiziere erfolgt in *Kadettenschulen* (in der Bundesrepublik Deutschland in Bochum); z. Z. stehen 11 Kadetten in der Ausbildung. In der Bundesrepublik Deutschland bestehen (1976) 51 Korps mit 13 Vorposten; 126 Offiziere sind im aktiven Einsatz (115 im Ruhestand), dazu 279 weitere Amtsträger und rund 10000 Heilssoldaten.

b) Ihre *Sozialarbeit,* unterteilt in ein Männer- und ein Frauensozialwerk, das jeweils von einem Sozialsekretär geleitet wird, entfaltet die Heilsarmee in der Bundesrepublik Deutschland in insgesamt 33 verschiedenartigen Einrichtungen. Dazu gehören Kinder-, Jugend- und Altersheime, Männer- und Frauenwohnheime, Sozialstationen, sozial-therapeutische Heime (u. a. für Alkoholiker) und die Jugendkolonie in Plön (Holstein).

5. Zusammenarbeit

Die Heilsarmee arbeitet zusammen mit der Deutschen Evangelischen Allianz (II § 1, 10). Sie ist Mitglied der Arbeitsgemeinschaft christlicher Kirchen (II § 14) und beteiligt sich an der Arbeit des Ökumenischen Rates der Kirchen, doch ruht z. Z. (1978) ihre Mitgliedschaft wegen der Unterstützung von Befreiungsbewegungen in Südafrika durch den ÖRK.

Lit.: Handbook of Doctrine, Ausg. London 1969 – The Salvation Army Year Book, Ausg. London 1978 (jährlich) – Verfassung der Heilsarmee in Deutschland, Köln o. J. – Die Heilsarmee. Ihr Ursprung und ihre Entwicklung, Berlin o. J. – R. COLLIER: Der General Gottes William Booth, Zürich 1965 – R. SANDALL/A. R. WIGGINS: The History of the Salvation Army, 6 Bde, 1947–73 – H. RELLER (Hg.): Handbuch Religiöse Gemeinschaften, Gütersloh 1978, 106–115 (Lit.).

§ 8 Die Religiöse Gesellschaft der Freunde (Quäker)

Die *Religiöse Gesellschaft der Freunde in Deutschland* (RGdF) ist ein selbständiger Teil der weltweit verbreiteten *Quäkerbewegung.* Seit 1969 bestehen je eine »Jahresversammlung« für den Bereich der Bundesrepublik Deutschland samt Österreich und für den Bereich der DDR, die organisatorisch unabhängig sind.

Der *Name* der Bewegung war zunächst (etwa seit 1649) »Kinder des Lichts« *(Children of Light),* von 1652 an unter Hinweis auf Johannes 15, 15 »Gesellschaft der Freunde« *(Society of Friends,* im

19. Jahrhundert dann *Religious Society of Friends*). Indessen ist der Name *Quäker* (engl. quaker, dt. Zitterer; *Quakerism*) seit Ende des 17. Jahrhunderts angenommen und allgemein üblich geworden. Er war ursprünglich ein Spottname (engl. to quake, dt. zittern, beben), den der englische Richter Bennett geprägt haben soll, als er George Fox, den Begründer der Bewegung, wegen Gotteslästerung anklagte; Fox fühlte, wenn »der Geist über ihm war«, ein krampfhaftes Gliederzucken. Bereits ab 1654 taucht die Bezeichnung »Quaker« in englischen Parlamentsberichten auf.

1. Zur Geschichte

a) Das Quäkertum ist in dem religiös-gesellschaftlichen Gärungsprozeß des 17. Jahrhunderts in England entstanden, der bestimmt war von der Reformbewegung der Puritaner verschiedener Schattierung, dem Aufbegehren der Kongregationalisten gegen Kirche und Staat und einer Vielzahl, nach der Primitive Christianity suchender Gemeinschaften, von ihren Auseinandersetzungen mit den Obrigkeiten und ihrem Streit untereinander (vgl. II § 4, 1 a). Bei der leidenschaftlichen Suche nach der wahren Religion und Gottverbundenheit fand George Fox (1624–1691), einfacher Leute Kind und Schuhmacher von Beruf, die Antwort in sich selbst. Er entdeckte »unter Zittern« (1647), daß in jedem Menschen »etwas von Gott« sei (that of God in every Man), Gott mit einer inneren Stimme sich melde und offenbare, dieses »innere Licht« einen jeden erleuchte (*Textus Quakerorum:* Joh. 1, 9) und in ihm wirke. Er erkannte, daß der Mensch als ein Erleuchteter weder Priester und Kirche noch heiliger Handlungen und Dogmen bedürfe und alle Menschen kraft des einwohnenden Lichtes gleich sein müssen (Mann und Frau, Herr und Knecht, Arm und Reich, Schwarz und Weiß). Jeder stehe vor der Wahl, ob er den Geist unterdrücken oder in sich wirken lassen wolle; seine Bekehrung erlebe der Mensch, wenn er sich dem »inneren Licht« (oft »the lambs Authoritie« genannt) unterwerfe, und er kehre in den Zustand ursprünglicher Vollkommenheit zurück, sofern er – den Geboten des Lichtes folgend – die innere Kraft zur äußeren Gestalt in seinem Leben kommen lasse (Sakrament des Lebens). Fox fand unter anderen »Suchern« (Seekers) Gleichgesinnte. Sie nannten sich *Children of Light,* zogen predigend durchs Land, nahmen vor niemandem den Hut ab, verweigerten Eid und Kirchensteuern, zeichneten sich durch eine asketische Lebensführung aus, praktizierten Nächstenliebe (vgl. Eph. 5, 9) und lehnten gemäß der Bergpredigt den Gebrauch weltlicher Mittel ab (Gewaltlosigkeit). Indem sie sich auf diese Weise von der Gesellschaft absonderten und dadurch in Konflikt zu ihr gerieten, waren sie darauf angewiesen, selbst eine Gemeinschaft zu bilden, die *Society of Friends.* Die schonungslose Verfolgung (besonders zwischen 1660 und 1680) verstärkte ihre quietistische Grundhaltung. Sie suchten Halt in einer Organisation der Ruhe, versammelten sich in *Silent Meetings,* schweigend auf göttliche Offenbarung, auf die movings des Geistes wartend. Das Meeting (auf lokaler Ebene und überregional, dazu in bestimmten Zeitabständen: vierteljährlich und jährlich) strukturierte die entstehende Gemeindeorganisation. Auch nach dem Ende der Verfolgungen (ca. 1690) blieben die Quäker nach außen passiv; die Mitgliederzahl ihrer Gemeinden (Meetings) ging stark zurück.

b) Einen bemerkenswerten Vertreter ihres Gedankengutes gewannen die Quäker in William Penn (1644–1718), der 1668 zu ihnen gestoßen war und mit Wort und Schrift sich für sie einsetzte. Fromme Gesinnung und apologetischen Einsatz verknüpfte er mit politischen Theorien und staatsmännischem Handeln. Die Konzession für eine englische Kolonie in New Jersey und am Delaware nutze er 1681 für ein »heiliges Experiment«. Mit einer Verfassung, die Religionsfreiheit im Rahmen des göttlichen Gebotes, das Recht auf Eigentum und die Mitwirkung der Bürger bei Gesetzgebung und Rechtssprechung gewährte (Frame of the Government, 1682), gründete Penn das nach seinem Vater benannte Staatswesen *Pennsylvania.* Es wurde zum Zufluchtsort für die bedrängten Quäker und andere religiös verfolgte Gruppen. Die politische Verwirklichung quäkerischer Frömmigkeit löste die Quäker aus ihrer konventikelhaften Enge, führte aber auch unter dem Druck politischer Notwendigkeiten zu mancherlei Modifikationen der Gedanken von George Fox und zu einem Kontrast zwischen religiöser Haltung und tatsächlicher Lebensweise.

c) Noch während ihrer Verfolgungszeit in England hatte das Quäkertum in ROBERT BARCLAY (1648–1690) einen theologischen Lehrer gefunden, der die Gedankenwelt der Quäker in festere Formen zu gießen versuchte (Theologiae vere christianae Apologia, 1676; engl.: An Apology for the true Christian Divinity, 1678), sie in ihrer passiv-kontemplativen Haltung freilich noch bestärkte. Die missionarischen und sozial-karitativen Aktivitäten der Quäker lebten – wenigstens teilweise – erst in der zweiten Hälfte des 18. Jahrhunderts wieder auf, als sie sich bei der Bekämpfung der Sklaverei, der Reform des Gefängniswesen (Elisabeth Fry) und in der Sorge für Arme, Waisen und Witwen engagierten. Zugleich entstanden aber auch Spannungen zwischen liberalen und konservativen Tendenzen und zwischen quietistischer und evangelistischer Haltung. So kam es zu einigen Abspaltungen und Neugruppierungen. Eine kräftige Belebung des Quäkertums, die an alte Ideale erinnerte, ging von JOHN W. ROWNTREE (1868–1905) aus. Das 20. Jahrhundert zeigt die Quäker als tatkräftige Organisatoren von vielfältigen Sozial- und Friedensdiensten (u. a. Weltbund für Freundschaftsarbeit, Internationaler Versöhnungsbund, Hilfswerke, Quäkerspeisung). So entstanden nach dem Ersten Weltkrieg in *Deutschland* kleine Quäkergruppen, die am 23. 7. 1925 die *Deutsche Jahresversammlung* konstituierten. Den ersten Anfängen im 17. Jahrhundert und einem zweiten Erwachen um 1800 war damit ein dritter Anlauf der Quäkerbewegung gefolgt, die in Nordamerika und Großbritannien ihre stärkste Konzentration besitzt (122 000 bzw. 21 000 Mitglieder) und in Kenia zu ihrer erfolgreichsten Missionsarbeit gekommen ist (ca. 38 000 Mitglieder). Insgesamt zählen die Quäker rund 200 000 Mitglieder (1972).

Lit.: A. RUTH FRY: Die Weise der Quäker, Bad Pyrmont 1935 (aus der Geschichte d. Quäker) – HEINRICH OTTO: Werden und Wesen des Quäkertums und seine Entwicklung in Deutschland, Wien 1972 – H. WELLENREUTHER: Glaube und Politik in Pennsylvania 1681–1776, Wien 1972 (umfass. Lit.).

2. Selbstverständnis

a) Das Quäkertum zeichnet sich zunächst einmal durch eine doppelte *Negation* aus: es verwirft den Traditionszusammenhang mit der nachapostolischen Entwicklung der Christenheit, die umfassende Kirchentümer hervorgebracht hat, und es verschließt sich deren Reformierung, die lediglich zu einer anderen Art von Konfessionalisierung und Institutionalisierung des Gottesglaubens führt. Damit bestimmt das Quäkertum seine Eigenart auch gegenüber jenen christlichen Kirchen und Gemeinschaften, die vom 15./16. Jahrhundert an als Reformbewegungen entstanden und gegen die Autorität einer etablierten Kirche und ihres Hirten- und Lehramtes die Heilige Schrift als alleinige Richtschnur christlichen Glaubens und Lebens geltend machten. Die Negation gilt allem Bemühen, Glaubenserkenntnisse und ihnen gemäße Ausdrucksformen als verbindlich zu erklären und in irgendeiner Weise auf Dauer zu stellen, sei es durch Bekenntnisformeln und Lehrschriften, sei es durch kirchenorganisatorische Maßnahmen und Reglementierungen, sei es durch Kontrolle der persönlichen Glaubensentscheidung und die Verpflichtung zu beweiskräftigem Glaubensvollzug im Leben oder was sonst solchem Bemühen dienlich erscheint. In dieser Abgrenzung gewinnt und behält das Quäkertum einen weiten Spielraum für eine ganz und gar individuell zu gestaltende Religiosität, die allenfalls die Gruppen- und Gemeinschaftsbildung von *»Freunden«* ermöglicht und wegen des Verzichts auf einen erklärten Konsens als *»Religion ohne Dogma«* (so eine allgemein akzeptierte Selbstbezeichnung) die persönliche Gottsuche wie die Auseinandersetzung über Meinungen und Deutungen innerhalb der Gruppe perpetuiert (s. u.).

b) Der doppelten Negation korreliert eine doppelte *positive Bestimmung:* die Gotteskindschaft jedes Menschen, die er in eigener Erfahrung wahrnehmen und bei anderen bestätigt finden kann, und – in der Konsequenz solcher Erfahrung – die Sakramentalität seines Lebens, die in zwischenmenschlichen Beziehungen und sozialem Engagement zum Ausdruck kommt.
(1) Die *Gotteskindschaft* des Menschen gründet in der Unmittelbarkeit von Gott und Mensch vermöge des beide verbindenden »innewohnenden Geistes«, das *»innere Licht«*. Dieser in jedem Menschen lebende »göttliche Funke« – mag der Mensch noch so verdorben und der Sünde verfallen sein – kann erfahren und bewußt werden als »Mahner«, »Ratgeber«, »Heiliger Geist«, inwendiger Christus«, »göttliche Gegenwart«, »immanenter Gott«, »innere Offenbarung« usf. Aber wie auch immer, es gilt: das »Licht« erleuchtet, zeigt den Ausweg aus der Verderbtheit, läßt in sich selbst die Absichten Christi entdecken, erlöst vom Bösen und der Sünde, erlaubt die Identifizierung des eigenen mit dem göttlichen Willen und die des eigenen Lebens mit dem eines anderen Menschen und führt auf einen, dem »inneren Gott« gerecht werdenden Weg. Das »Licht« verleiht Individualität, ist ihr Maß, läßt den Menschen zu dem werden, was von Anfang an in ihm liegt, zum Bild des transzendenten Gottes, zu seinem Kind.
(2) Die im Menschen tätige »göttliche Gegenwart« wird in der *Sakramentalität des Lebens* äußerlich, indem die innere persönliche Erfahrung im Lebensvollzug Gestalt gewinnt, die Gabe des Geistes als »Anliegen« aufgenommen und in die Tat umgesetzt wird. Beispiele solcher Gestaltung sind: die Anerkennung des Mitmenschen, in dem ebenfalls der göttliche Funke lebt und der nicht weniger als andere durch den einwohnenden Geist qualifiziert ist, auch wenn er geistlich ungeformt erscheint und unter der Last des Bösen steht; – die Förderung des Schulwesens, damit die Gaben Gottes in jedem Menschen voll entwickelt werden können und Bildung nicht das Vorrecht von einzelnen bleibt; – die Solidarität (im Sinne stellvertretender Erfahrung) mit denen, die Hunger, Durst, Einsamkeit, Schutzlosigkeit, Krankheit, Gefangenschaft oder eine andere Not erfahren; – soziale Aktionen, die über bloße Fürsorge hinaus auf Reformen und Beseitigung von Ungerechtigkeit und ihrer Ursachen zielen in der Überzeugung, daß sich die Kraft des »Lichtes« durchsetzen wird; – der Friedensdienst, der die Versöhnung zwischen streitenden Völkern, Rassen, Gesellschaftsschichten und Parteien herbeiführen will in der Erkenntnis der Allgegenwart Gottes. Die Empfänglichkeit für die Führung des Geistes ist nicht bei jedem und überall ein und dieselbe und so mag die Sakramentalität des Lebens vielfältig erscheinen. Doch gemeinsam sind Richtung und Ziel im Befolgen des göttlichen Willens.

c) Die Negation fremder Autoritäten und ihrer Normsetzungen und die Bestimmung des Menschen als Träger des göttlichen Lichtes zeigen, daß der Mensch auf sich selbst verwiesen ist. Dem Geist, der in ihm wohnt, kommt der Rang unbedingter Autorität für Glauben und Leben zu. Die Achtung vor dem Licht Gottes in jedem einzelnen verbietet es, den Menschen einer anderen letzten Instanz zu unterwerfen als derjenigen, die in ihm selbst liegt, und sie gebietet es, die *Individualität* des Menschen als den höchsten Wert in allen weltlichen Bezügen anzusehen. Indem das Quäkertum die Individualität in solchem Maß hervorhebt und sie auch gegen die korporative Weisheit einer Versammlung von Gleichgesinnten (den »Freunden«) geschützt sehen will, setzt es sich zwar den Gefahren eines grenzenlosen Individualismus aus, aber es verschafft mit seiner Akzentuierung der *Pluralität* menschlichen Meinens, Wollens und Handelns einen positiven Sinn. So bleibt es für das Quäkertum prinzipiell (auch wenn oft genug problematisch) ohne Anstoß, daß in seinen Reihen verschiedene Standpunkte vertreten werden und Spannungen zwischen der Pflege der Innerlichkeit und der Leidenschaft zum sozialen Engagement bestehen, und daß man wie selbstverständlich von Graden der Verschiedenheit zwischen dem einzelnen und seiner Gruppe wie der Gruppen untereinander sprechen kann; das Meinungs- und Handlungsspektrum gehört zur Eigenart. Was anderswo als Mangel und Zerfallserscheinung gewertet werden könnte (vgl. die Pluralismusdebatte innerhalb der christlichen Kirchen), gilt im Selbstverständnis der »Freunde« als Ausweis des quäkerischen Genius. Der Ermöglichungsgrund für die Individualität und Pluralität, für die Selbständigkeit der einzelnen und die Vielfalt der Gruppen, für Kontemplation und Aktion ist das allen gemeinsame »innere Licht«. Im »Heiligen Geist«, dem »inwendigen Christus« finden Individualität und Pluralität ihre tiefere *Einheit,* können die Spannungen sich lösen und in eine schöpferische Beziehung treten. Das Quäkertum lebt in dem Vertrauen, daß der Heilige Geist die göttliche Synthese bewirkt.

3. Gottesdienstform

Die Eigentümlichkeit des Quäkertums zeigt sich in seinen *gottesdienstlichen Versammlungen.* Der Gottesdienst (Andacht) bedarf keiner festen kultischen Formen, auch nicht eines Predigers (Pfarrers); nur die großen Quäkergemeinden in USA und Kenia praktizieren einen geregelten Gottesdienstverlauf und haben teilweise festangestellte Prediger bzw. Gemeindeleiter. Die Quäker versammeln sich zu einer »Stillen Andacht« (Silent Meeting) in der Erwartung, daß der in jedem anwesende Geist Gottes sich melde und offenbare. Wer sich gedrängt fühlt, die Regungen des Geistes, seine innere Erfahrung mitzuteilen, sei es in einem Gebet, in der Deutung eines Bibeltextes oder in der freien Äußerung seiner Gedanken, spricht zu den anderen Freunden. Gemeinsam soll das »Licht« erkannt werden, das alle mit Gott (Christus) und untereinander verbindet und auf den Weg Gottes und zum Zeugnis in der sozialen Umwelt hinführt; das »Licht« leitet hin zu einer »heiligen Kommunion«. In der Andacht nötigt keiner den anderen; offen für die inwendige Stimme bleibt dem Wirken des Heiligen Geistes freier Raum. Als Hilfe beim Hören auf die innere Stimme, den »Regungen der Liebe und der Wahrheit«, dienen » Ratschläge und Fragen«, die gemeinsam gelesen werden und den Anstoß geben können, persönliche Erfahrungen bei der Lektüre der Bibel und anderer Schriften und aus dem alltäglichen Leben auszutauschen. Sakramentale Handlungen wie Taufe und Abendmahl praktizieren die Quäker nicht; das Leben selbst soll Sakrament sein (s. o.). Im Rahmen einer »Stillen Andacht« empfehlen Eltern ein neugeborenes Kind der Obhut der Gemeinde, geben Neuvermählte »in Verbundenheit und Verantwortung der Gruppe« ihr Treuegelöbnis den Freunden kund und gedenken die Hinterbliebenen zusammen mit der Gemeinde des Verstorbenen. (Der 1795 in Bad Pyrmont angelegte Quäkerfriedhof wird bis heute für Urnenbeisetzungen benutzt.)

4. Organisation

Wie für den Gottesdienst (»Andachts-Versammlung«) so ist das *Meeting* auch das Strukturmuster für die Organisation der Quäker (»Geschäfts-Versammlung«). Für den Bereich der in der Deutschen Jahresversammlung zusammengeschlossenen Quäker wurden in einer »Ordnung des Lebens der RGdF« (zit. Ordnung) Richtlinien vereinbart.

a) Für die *Mitgliedschaft* wird nicht unbedingte Übereinstimmung mit den Anschauungen des Quäkertums gefordert. »Entscheidend ist die religiöse Überzeugung und das Bemühen, diese Überzeugung im täglichen Leben wirksam werden zu lassen« (Ordnung, 8). Der Bewerber legt seine Gründe für den Beitritt zur Gesellschaft dar, die örtliche Gruppe berät und schlägt vor, die Bezirksversammlung vollzieht die Aufnahme, die Jahresversammlung nimmt zur Kenntnis, ihr Arbeitsausschuß bestätigt den Vorgang. Die Kinder der Mitglieder gelten, sofern die Eltern zustimmen, als »Jugendmitglieder«. Sie können nach Vollendung des 18. Lebensjahres die Mitgliedschaft erwerben.

b) Die Mitglieder an einem Ort bzw. in einem Nahbereich bilden einen *Andachtskreis,* wenn sie sich auf Andachts-Versammlungen beschränken, und eine *Gruppe,* wenn sie monatlich wenigstens zweimal sich versammeln zu »Stillen Andachten« und ein »Gemeinschaftsleben in Form von Arbeitsgemeinschaften, Vortrags- und Ausspracheabenden, gemeinsamer Hilfsarbeit usw. entwickeln« (Ordnung, 3). Sie wählen einen *Schreiber,* der von *Ältesten* unterstützt wird, die sich um die Pflege des religiösen Lebens der Gruppe bemühen und bei auftretenden Spannungen versöhnend eingreifen. Ein *Ordner* vermittelt zwischen den einzelnen und der Gruppe und bereitet den äußeren Ablauf der gemeinsamen Veranstaltungen vor. Der *Schatzmeister* verwaltet die freiwillig geleisteten Mitgliedsbeiträge. Die geschäftlichen Angelegenheiten werden in einer dafür eingerichteten *Monats-Versammlung* geregelt.

c) Mehrere Gruppen und ggf. Andachtskreise bilden eine *Bezirksversammlung,* die vierteljährlich (daher auch »Vierteljahresversammlung«) oder zumindest halbjährlich zusammentritt zu einer gemeinsamen Andacht und zur Beratung anstehender Fragen. Sie wählt jeweils für ein Jahr den *Bezirksschreiber,* der die Versammlung leitet. In der BRD bestehen sechs Bezirke (Norddeutschland, Rhein-Ruhr, Hessen, Südwestdeutschland, Bayern, Berlin-West) mit zusammen 29 Gruppen bzw. Andachtskreisen; hinzu kommt der Bezirk Österreich mit einer Gruppe in Wien. Die Quäker zählen in der BRD und Österreich rund 420 Mitglieder; in der DDR leben in fünf Gruppen bzw. Andachtskreisen ca. 50 Quäker.

d) Die Bezirksversammlungen sind vereinigt in der *Deutschen Jahresversammlung.* Sie tritt jährlich zusammen (daher auch der Name), soll Ausdruck für das »geistige Leben« der Freunde sein, »Kraft und Anregung für ihr Leben und Wirken« geben und als eine Instanz der Gesamtheit über wichtige Fragen beschließen (Ordnung, 6). Alle Mitglieder werden zu dieser Jahresversammlung eingeladen und haben gleiche Rechte und Pflichten. Nach Vorbereitung durch einen Benennungsausschuß wählen sie für die Dauer eines Jahres den *Schreiber* (Wiederwahl ist möglich, doch darf das Amt nicht länger als drei Jahre ununterbrochen geführt werden; die Amtsbezeichnung deutet auf seine Tätigkeit hin). Neben der rechtlichen Vertretung der RGdF hat der Schreiber »die Aufgabe, während der Jahresversammlung die Meinung der Freunde über die zur Aussprache gestellten Fragen zu ergründen, in Beschlüssen festzuhalten und der Mitgliederversammlung vorzulegen« (Ordnung, 6). Eine ausdrückliche Abstimmung findet (wie auch in den anderen Versammlungen) nicht statt. Ist eine Übereinstimmung nicht erkennbar, weil Bedenken aufrecht erhalten werden, tritt eine Zeit des Schweigens ein, die der Einigung dienen soll; kommt eine Einigung nicht zustande, so wird die Beschlußfassung vertagt. Dem Schreiber stehen zur Seite der *Schatzmeister* (Wiederwahl bis zu fünf Jahren ist möglich) und der *Engere Arbeitsausschuß*. Dem Ausschuß gehören außer dem Schreiber und dem Schatzmeister auch die Bezirksschreiber und eine Anzahl weiterer Personen an; er bereitet die Jahresversammlung vor und kann u. U. unaufschiebbare Entscheidungen fällen, die freilich von der Versammlung bestätigt werden müssen (vgl. Ordnung, 7). Die Verwaltung des Vermögens der RGdF obliegt einem »Treuhänderverein« (e. V.). Örtlicher Mittelpunkt der Gesellschaft der Freunde ist das *Quäkerhaus* in Bad Pyrmont, das ursprünglich 1800 als Andachtshaus errichtet und 1932 wieder aufgebaut wurde.

e) Im Kreis der *»Freunde der Freunde«* finden sich Menschen zusammen, die dem Quäkertum nahestehen, ihm verbunden sind oder es fördern wollen. Der Freundeskreis kann an den Quäkerandachten und sonstigen Veranstaltungen teilnehmen (vgl. Ordnung, 10).

5. Zusammenarbeit

Jede Jahresversammlung ist selbständig. Doch treffen sich die Quäker zu Weltkonferenzen, die in Abständen von etwa 15 Jahren stattfinden, um ihre Erfahrungen auszutauschen (die erste Weltkonferenz fand 1920 in London statt). Seit 1937 besteht zwischen den einzelnen Jahresversammlungen eine lose Zusammenarbeit in der Form eines beratenden Komitees (*Friends' World Committee for Consultation,* Sitz: Woodbrooke b. Birmingham/England). Das Komitee will das Gespräch unter den Quäkern und mit anderen Gruppen anregen und die gemeinsame Arbeit der Freunde in aller Welt fördern; es entsandte auch Beobachter zum II. Vatikanischen Konzil. Gegenüber der ökumenischen Bewegung verhält sich das Quäkertum – mit vereinzelten Ausnahmen in den USA – recht zurückhaltend. In den Vereinigten Staaten haben sich Kontakte zwischen Quäkern und Katholiken ergeben; mit den sog. historischen Friedenskirchen (vgl. Mennoniten, II § 5) besteht eine informelle Kooperation. In der BRD ist die RGdF Gastmitglied in der Arbeitsgemeinschaft christlicher Kirchen (II § 14).

Texte: Christliches Leben, Glauben und Denken in der Gesellschaft der Freunde, ²1952 (engl. Ausgabe: Book of Christian Discipline of London Yearly Meeting, London 1959) – Ratschläge und Fragen, gerichtet an die Gruppen und Mitglieder der RGdF, Pyrmont 1965 – Ordnung des Lebens in der RGdF, in: Der Quäker 32, 1958, 1–16 – *Lit.:* R. C. SCOTT (Hg.): Die Quäker, Stuttgart 1974 (zur Geschichte und Eigenart) – H. RELLER (Hg.): Handbuch Religiöse Gemeinschaften, Gütersloh 1978 (116–131; Lit.).

§ 9 Der Bund Freier evangelischer Gemeinden in Deutschland

Der *Bund Freier evangelischer Gemeinden in Deutschland* (BFeG) ist ein seit 1874 bestehender Zusammenschluß (seit 1928 unter dem heutigen Namen) von selbständigen evangelischen Gemeinden, die nach urchristlichem Vorbild bewußt christusgläubige Menschen zu einer priesterlichen Gemeinschaft zusammenführen wollen. Neben dem auf das Gebiet der BRD begrenzten Bund besteht mit einer gleichen Verfassung der »Bund Freier evangelischer Gemeinden in der DDR«.

1. Zur Geschichte

a) Im Verlauf einer Erweckungsbewegung zu Beginn des 19. Jahrhunderts in der Schweiz, die von dem zunächst in Genf evangelisierenden schottischen Baptistenprediger ROBERT HALDANE (1764–1842) ausging und auch in den angrenzenden französischen und italienischen Gebieten sich auswirkte, trennten sich eine Anzahl von Gemeinden von der reformierten Kirche, um unabhängig von staatlicher und kirchlicher Bindung ihres Glaubens leben zu können. Eine in dieser Tendenz von dem reformierten Theologen ADOLF MONOD (1802–1856) 1832 in Lyon gegründete Freikirche (Eglise évangélique libre) lernte 1841 der Kaufmann HERMANN HEINRICH GRAFE (1818–1869) kennen. Unter dem Eindruck, hier eine Christengemeinde im neutestamentlichen Sinne erlebt zu haben, betätigte sich Grafe zunächst in dem »Evangelischen Brüderverein« in Elberfeld (vgl. II § 4, 1 a), der durch Bibelstunden, Hausbesuche und Traktate die »toten« Gemeinden zu beleben suchte. Mit gleichgesinnten Brüdern trat Grafe aus seiner reformierten Heimatgemeinde Elberfeld aus und gründete am 30. 11. 1854 die *Freie evangelische Gemeinde Elberfeld-Barmen.* Er opponierte damit gegen die volkskirchliche Praxis, die nicht zwischen Gläubigen und Ungläubigen innerhalb der Kirche unterscheiden wollte. Anderenorts waren durch Evangelisation ähnliche Gruppierungen und sog. Abendmahlsgemeinschaften entstanden. Eine Konferenz am 30. 9./1. 10. 1874 in Elberfeld führte Abgeordnete von 21 freien Gemeinschaften zusammen; sie konstituierten die »Vereinigung der Freien evangelischen Gemeinden und Abendmahlsgemeinschaften«, die sich 1928 den heutigen Bundesnamen gab.

b) Durch evangelistische, literarische und diakonische Aktivitäten sammelte der Bund im Laufe von 50 Jahren rund 100 freie Gemeinden mit ca. 9500 Mitgliedern. Am Ende des Zweiten Weltkrieges vereinigte er 200 Gemeinden mit ca. 18000 Mitgliedern.

Bemerkenswerte Vertreter des Bundes in seiner 100jährigen Geschichte sind: FRIEDRICH FRIES (1856–1926), der 1887 mit einer Verlagsgründung die Voraussetzungen für das eigenständige Schrifttum schuf und 1896 in Wetter (Ruhr) das Diakonissenwerk »Bethanien« gründete (heute in Solingen); OTTO SCHOPF (1870–1913), der 1904 in Witten eine Inlandsmission ins Leben rief, die bis nach Schlesien und Ostpreußen wirkte, und der 1912 den Aufbau eines eigenen Predigerseminars in Wuppertal anregte (heute in Ewersbach/Dillkreis); KONRAD BUSSEMER (1874–1944), der durch seine Lehrtätigkeit an dem Predigerseminar zum maßgebenden Theologen des Bundes wurde. Einen erheblichen Zuwachs erfuhr der Bund durch den 1934 erfolgten Anschluß der ca. 3000 Mitglieder zählenden Hamburger Holstenwall-Gemeinde, die von dem aus der Landeskirche ausgetretenen Prediger FRIEDRICH HEITMÜLLER (1888–1965) angeführt wurde und über ein eigenes Diakonissen-Mutterhaus verfügte.

Im Jahre 1976 vereinigte der Bund 237 Gemeinden mit 250 Predigtstationen, die rund 20600 Vollmitglieder zählten und von 145 Predigern betreut wurden. In der DDR waren es 1960 24 Gemeinden und 30 Stationen mit rund 1500 Mitgliedern und 16 Predigern.

Lit.: W. HERMES: H. H. Grafe und seine Zeit, 1933 – G. ISCHEBEK: Aus der Geschichte der Freien evangelischen Gemeinden, Witten 1920.

c) Zusammenschlüsse von freien evangelischen Gemeinden entstanden zunächst in der Schweiz (Eglise évangélique libre de Genève, nach langjährigen Vorbereitungen definitiv erst 1848 gegründet; Eglise évangélique libre du Canton de Vaud, gegr. 1847) und in Frankreich (Union des églises évangéliques de France, gegr. 1849). Nach dem Zweiten Weltkrieg konstituierte sich der *Internationale Bund Freier evangelischer Gemeinden,* dem 16 Gemeindebünde in Europa und Nordamerika mit rund 3000 Gemeinden, 300000

Gemeindegliedern, 2700 Predigern und über 500 Missionare angehören (Sitz: Stockholm).

Lit.: H.-A. RITTER: Die Freien evangelischen Gemeinden in Europa und Übersee, Witten 1956 (Selbstdarstellungen).

2. Selbstverständnis

a) Mit ihrem Namen »Freie evangelische Gemeinde« (FeG) benennen sie zugleich ihr *Leitbild.* Das Evangelium Jesu Christi, wie es im Neuen Testament bezeugt ist, und die Gemeinde seiner Jünger, die frei von anderen Bindungen allein ihrem Herrn nachfolgen, sind Fundament und Strukturprinzip der FeG. Die Orientierung am *neutestamentlichen Vorbild* und der Rückbezug auf die *Heilige Schrift* als einzige Quelle der Erkenntnis und Richtschnur für Lehre und Leben der Gemeinde bedeuten Abgrenzung gegenüber allem organisierten Kirchentum, wie es sich von der nachapostolischen Zeit an zu Staats-, Landes- und Volkskirchen entwickelt hat. Die Abgrenzung betrifft auch die historischen Glaubensbekenntnisse, die in der kirchengeschichtlichen »Fehlentwicklung« entstanden sind, obgleich die FeG mit dem Apostolischen Glaubensbekenntnis übereinstimmen und mit ihrem Christuszeugnis sich nicht von den Christen in anderen Kirchen distanzieren wollen, sofern sie wahrhaft gläubig sind.

b) Das *Gemeindeprinzip,* wie es die FeG dem Neuen Testament entnehmen, begründet die Eigenständigkeit und Genügsamkeit der örtlichen Gemeinde. Ihr Herr und Priester ist *Christus,* der durch seinen Heiligen Geist die Gemeinde regiert, jedem Glied eine geistliche Gabe zukommen läßt und alle zum priesterlichen Dienst beruft (*allgemeines Priestertum* der Gläubigen). Verkündigung des Wortes und Sakramentsverwaltung stehen prinzipiell jedem Gemeindeglied offen; eine Unterscheidung von »Geistlichen« und »Laien« wird abgelehnt. Die *Gemeinde* ist vor Gott für ihre Glieder verantwortlich. Gemäß den »Richtlinien des Neuen Testamentes« werden deshalb Entscheidungen nicht von einzelnen, sondern von der *Gemeindeversammlung* gefällt. Das einzelne Glied ist immer auf die Gemeinde angewiesen, die es im gemeinsamen Bibelstudium und Gebet erzieht, trägt und hält und in Ermahnung und Fürbitte *Gemeindezucht* an ihm übt. Die Praxis der Gemeindezucht folgt konsequent aus dem Leitbild der FeG, »Gemeinde nur für die wirklich Glaubenden« zu sein, und ihrem Prinzip, »Gemeinden zu bilden, welche beständig bleiben in der Apostel Lehre, in der Gemeinschaft, im Brotbrechen und im Gebet«.

Lit.: K. BÜSSEMER (Hg.): Die Gemeinde Jesu Christi. Das Wesen der Gemeinde Jesu nach dem Neuen Testament besonders hinsichtlich ihrer Glieder und Ordnungen, Witten (1915) [6]1968 – W. ARNOLD/O. BAMBERGER: Volkskirche oder Christusgemeinde, Witten 1961.

3. Verfassung

a) Die *Mitgliedschaft* in einer freien evangelischen Gemeinde setzt ein persönliches Glaubens- und Lebensverhältnis zu Jesus Christus voraus, d. h. den gelebten Glauben an den gekreuzigten und auferstandenen Gottessohn und die Gewißheit der Sündenvergebung. Obgleich die Kindertaufe abgelehnt und nicht praktiziert wird, so ist doch die Erwachsenen-(Gläubigen-)taufe keine Bedingung für die Aufnahme in die Gemeinde; entscheidend ist die Bekehrung zu Christus, die in glaubwürdiger Weise bekannt werden muß. Über Aufnahme und Ausschluß entscheidet (möglichst einmütig, keine Mehrheitsbeschlüsse) die *Brüder-* oder *Gemeindeversammlung* (Gemeindeordnung Art. 4). Sie wählt einen oder auch mehrere *Gemeindeälteste* (der »Ältestendienst« gilt als »göttliche Einsetzung«), welche die Gemeinde leiten, und sie beruft im Einvernehmen mit der Bundesleitung den *Prediger* (hauptamtlich), der in seinem Dienst von »begabten Brüdern« (nebenberuflich) unterstützt wird (Art. 2 u. 3). Obgleich zum Predigtdienst jedes gläubige Gemeindeglied berufen werden kann, legen die Gemeinden jedoch darauf Wert, daß die hauptamtlichen Prediger theologisch und praktisch hinreichend ausgebildet sind (vierjähriges Studium auf dem Predigerseminar und einjähriger Probedienst; mehrmonatige Lehrgänge für nebenberufliche Mitarbeiter, Jugendleiter usw. auf der Bibelschule; beides in Ewersbach/Dillkreis). Die Gemeindeglieder leisten entsprechend ihrem Einkommen freiwillige Beiträge; die Gemeindekasse verwaltet ein *Kassenwart* (Art. 6 u. 7).

b) Geographisch benachbarte Gemeinden bilden einen *Kreis* (der BFeG umfaßt 17 Kreise) mit einem vom *Kreisrat* gewählten *Kreisvorsteher* an der Spitze. Der Zusammenschluß zu einem *Bund* stellt eine »geistliche Lebens- und Dienstgemeinschaft« dar (Bundesverfassung, Präambel). Dem Bund obliegt die Aufgabe, die Gemeinschaft der Gemeinden zu pflegen und die geistlichen, persönlichen und wirtschaftlichen Kräfte für den gemeinsamen Dienst zu vereinen (ebd.). Oberstes Organ ist der *Bundestag,* der von allen Gemeinden je nach Größe mit einem oder zwei Abgeordneten beschickt wird und mindestens jährlich einmal zusammentritt; hinzu kommen alle Prediger. Der Bundestag wählt für vier Jahre den *Vorsteher* des Bundes. Die laufende Arbeit erledigt der *Bundesrat,* der sich aus den Vertrauensleuten der Kreise, den Kreisvorstehern und den Mitgliedern der Bundesleitung zusammensetzt und jährlich zweimal tagt. Zwischen den Sitzungen des Bundestages und des Bundesrates werden die Bundesaufgaben von der *Bundesleitung* wahrgenommen (Bundespfleger, -geschäftsführer und -rechnungsführer), die vom Bundesrat berufen wird, den Bund rechtlich vertritt und jährlich vor dem Bundestag einen Rechenschaftsbericht ablegt. Sitz der Leitung ist das *Bundeshaus* in Witten. Eine bundeseigene *Spar- und Kreditbank eG* und die *Gemeinwohl-Immobiliengesellschaft* wickeln die finanziellen Geschäfte ab, ermöglichen den Bau von Gemeindehäusern und Wohnungen und verwalten das Vermögen. Der BFeG besitzt seit 1924 bzw. 1956 die Rechte einer Körperschaft des öffentlichen Rechtes.

4. Gemeindeleben und Einrichtungen

a) Gemäß dem Gemeindeprinzip der FeG steht im Mittelpunkt ihres gemeindlichen Lebens die *Gebetsstunde,* weil sie als besonderer »Ausdruck und Gradmesser des geistlichen Lebens« gilt, dazu der *Gottesdienst* mit Predigt, Gebet und Gesang (in seinem äußeren Ablauf nicht verbindlich festgelegt) und die *Bibelsprechstunde,* die der Erbauung der Gemeinde wie dem »Wachstum an Erkenntnis und sittlicher Kraft« dient. *Sonntagsschule* und *Jugendarbeit* werden intensiv betrieben. Das *Abendmahl* (»Herrenmahl« genannt) feiert die Gemeinde in der Regel monatlich einmal (ebenfalls ohne verbindliche Ordnung) als Gedächtnis- und Gemeinschaftsmahl. Die *Taufe* geschieht durch Untertauchen (Gläubigentaufe); die neugeborenen Kinder werden unter Handauflegung und Fürbitte in der Gemeinde »dargebracht«, später in Sonntagsschule, Wochenkinderstunden und zweijährigem Bibelunterricht auf den Weg zum Glauben geführt. Die Formen von *Trauung* und *Bestattung* stehen im Ermessen des Predigers, sind aber meist der landeskirchlichen Liturgie angeglichen.

b) Ihrer evangelistischen Aufgabe suchen die FeG durch die vom Bund getragene *Inlandsmission* (Evangelisationswerk) gerecht zu werden, die neben jugendlichen »Missionsstoßtrupps« 14 hauptamtliche Prediger einsetzt und mit drei Missionszelten Verkündigungswochen im gesamten Bundesgebiet durchführt. Das umfangreiche evangelistische *Schrifttum* vertreibt der Bundes-Verlag in Witten. Über die Allianz-Mission in Wuppertal-Barmen beteiligt sich der BFeG an der *Auslandsmission* vor allem in Japan und Brasilien, wo 40 Missionare des Bundes arbeiten.

c) Der BFeG verfügt neben einer eigenen Ausbildungsstätte (s. o. Nr. 3a) über zahlreiche *diakonische Einrichtungen:* zwei Krankenhäuser mit Diakonissen-Mutterhäusern (Diakonie-Verein »Bethanien« in Solingen-Aufderhöhe; Stiftung »Elim« in Hamburg), sechs Altersheime, drei Erholungs- und Freizeitheime, drei Schwesternheime, fünf Kindergärten und -heime und fünf Jugendheime.

5. Zusammenarbeit

Mit einer Erklärung vom 28. 9. 1974 hat der Bundestag der FeG seine »Zurückhaltung gegenüber dem Weltrat der Kirchen und dessen Genfer Zentrale« dokumentiert; sein Verständnis von »Christ-sein« und »Gemeinde-sein« hindert ihn an einer Zusammenarbeit. Gleichwohl schätzt der BFeG »zwischenkirchliche Beziehungen als Informationsplattform« und als Gelegenheit für »christliche Aktivitäten sozial-karitativer und gesellschaftlicher Art«. Der BFeG ist deshalb auch Gastmitglied der Arbeitsgemeinschaft christlicher Kirchen (II § 14). Mit der Deutschen Evangelischen Allianz (II § 1, 10) arbeitet der Bund eng zusammen.

Lit.: R. Hoenen: Die Freien evangelischen Gemeinden in Deutschland, Witten 1930 (Entstehung u. Entwicklung) – E. W. Erdlenbruch/H.-A. Ritter: Freie evangelische Gemeinden. Was wir glauben, wie wir entstanden sind, wie wir arbeiten und wohin wir gehen, Witten 1972 – H. Lenhard: Studien zur Entwicklung der Ekklesiologie in den Freien evangelischen Gemeinden in Deutschland, Bielefeld 1977 – H. Reller (Hg.): Handbuch Religiöse Gemeinschaften, Gütersloh 1978 (46–66; Lit.).

§ 10 Die Pfingstgemeinschaften

In der BRD bestehen zwei größere Pfingstgemeinschaften mit jeweils rund 15000 Mitgliedern (ohne Angehörige): (1) der *Christliche Gemeinschaftsverband GmbH Mülheim/Ruhr* und (2) die *Arbeitsgemeinschaft der Christengemeinden Deutschlands.*

Weitere Pfingstgemeinschaften in der Bundesrepublik Deutschland sind: die *Volksmission entschiedener Christen e. V.* (gegr. 1934, Zentrum in Stuttgart-Zuffenhausen, ca. 4000 Mitglieder), *Gemeinde Gottes e. V.* (abhängig von der amerikanischen Pfingstgemeinschaft »Church of God« mit der Zentrale in Cleveland/Ohio, seit Ende der 50er Jahre fester organisiert, Zentrum in Urbach b. Schorndorf/Wttbg., ca. 1200 Mitglieder), *Apostolische Kirche – Urchristliche Mission in Deutschland* (nach dem Zweiten Weltkrieg als Ableger der englischen »Apostolic Church« in Wales in der Bundesrepublik Deutschland entstanden, ca. 600 Mitglieder). Daneben gibt es kleine und kleinste Gruppen pfingstlerischen Ursprungs und Eigenart.

Die deutschen Pfingstgemeinschaften bilden nur einen kleinen Ausschnitt aus der weltweiten *Pfingstbewegung,* die um die Jahrhundertwende (namentlich mit der Los Angeles-Erweckung 1906) einsetzte und heute in USA und Europa (auch Osteuropa) und vor allem in Asien, Afrika und Lateinamerika schätzungsweise 35 Millionen Mitglieder zählt (s. u. Exkurs). Wegen des besonderen Heiligungsstrebens der Pfingstler, zum Teil als Voraussetzung für den Empfang der Geisttaufe, spricht man gelegentlich auch von *Heiligungsgemeinschaften.* Als Besonderheit gilt die *Geisttaufe,* das ist die Erfahrung einer seelischen Erschütterung, eines Erfaßtwerdens durch den Geist Gottes, das mit Zungenreden einhergeht (Apg 2, 10), dazu die *Geistesgaben:* beständiges Zungenreden, Prophetie und heilungskräftiges Gebet. Alle diese Geistwirkungen werden als Zeichen der nahenden Wiederkunft Christi gewertet.

Lit.: W. J. HOLLENWEGER: Enthusiastisches Christentum. Die Pfingstbewegung in Geschichte und Gegenwart, Wuppertal/Zürich 1969 (vgl. 216 ff 231 ff) – DERS. (Hg.): Die Pfingstkirchen, Stuttgart 1971 (vgl. bes. 149–261 zur pfingstlerischen Frömmigkeit; Bibliographie) – K. HUTTEN: Seher, Grübler, Enthusiasten, Stuttgart [11]1968 (502–558) – H. RELLER (Hg.): Handbuch Religiöse Gemeinschaften, Gütersloh 1978 (132–147. 273–284; Lit.).

1. Der Christliche Gemeinschaftsverband GmbH Mülheim/Ruhr

a) Der Ursprung liegt, wie bei der Mehrzahl der deutschen Pfingstgruppen, im Umkreis der *Gemeinschaftsbewegung* zu Beginn dieses Jahrhunderts. Hier erlebte man in kleinen Kreisen den pfingstlichen Aufbruch: zuerst das endzeitliche Warten auf eine Geistausgießung, dann (1905) die aufrüttelnde Blankenburger Gemeinschaftskonferenz, wo der amerikanische Heiligungsprediger TORREY die Herzen der Gemeinschaftler mitriß (»die Geisttaufe war da nicht nur gepredigt worden, sondern es war auch schon genügend warm hergegangen, sie zu empfangen«; H. Dallmeyer), schließlich den überbordenden Enthusiasmus, nachdem norwegische Pfingstlerinnen den Funken der Los Angeles-Erweckung in die deutschen Gemeinschaftskreise getragen hatten. Die Trennung in der Gemeinschaftsbewegung wurde unausweichlich. Die deutschen Gemeinschaftsführer, durch verschiedene Auswüchse alarmiert, hatten das Geisterlebnis der Pfingstler als »von unten« bezeichnet und die Fortsetzung der Bruderschaft verweigert. Die Berliner Erklärung von 1909 ist bis heute der unwiderrufliche Trennungsstrich.

b) Der 1909 gegründete *Mülheimer Verband* – eine GmbH, weil er zunächst als Provisorium gedacht war– hat heute eine weitgehend freikirchliche Struktur, vor allem in den Städten und den großen Ballungsgebieten, obgleich er diese Entwicklung nicht bewußt vorangetrieben hat. Nach wie vor heißt es: »Glaubensentscheidung, nicht Kirchenaustritt ist Vorbedingung für die Zugehörigkeit zu unseren Gemeinden«. So halten bis heute ländliche Gemeindekreise die Verbindung mit dem landeskirchlichen Leben. An landeskirchlichen Gegebenheiten orientiert sich auch manches in Lehre und Praxis, das Verbindende wird gesucht. Die Kindertaufe wird nicht ausgeschlossen, wenn besondere Umstände sie nahelegen, obschon man in der Regel die (durch Untertauchen vollzogene) Glaubenstaufe des Erwachsenen übt, die »die persönliche Entscheidung zu selbstverleugnender Christusnachfolge« voraussetzt. Der reformatorischen Rechtfertigungslehre weiß man sich verpflichtet, wenngleich man nicht auf die urchristlichen Gnadengaben, auf Zungenrede und Geisttaufe verzichten möchte. Daß allerdings die Geisttaufe keine besondere Heilsstufe sei, sondern dasselbe, was andere Christen Bekehrung und Wiedergeburt nennen, gilt als unumstößlicher Grundsatz, den die großen Führer der Mülheimer, JONATHAN PAUL (1853–1931) und CHRISTIAN KRUST (s. Lit.), immer wieder eingeschärft haben. Man will kein enthusiastisches Sonderchristentum, will nicht auf die Geisttaufe eine Kirche bauen, aber man möchte gegenüber dem Geistwirken gehorsam sein und dieses Zeugnis den landeskirchlichen Christen nicht vorenthalten.

c) Die *Organisation* des Verbandes ist auf das Notwendigste beschränkt. Den 200 *Ortsgemeinden* steht jeweils ein gewählter *Ortsältester* vor. Mehrere Gemeinden bilden einen *Bezirk* mit dem *Bezirksältesten;* die größeren Bezirke sind vielfach als öffentlich-rechtliche Vereine eingetragen. Die Bezirke sind zu *Bünden* zusammengeschlossen (z. Z. sechs), an deren Spitze jeweils ein gewählter *Bundesältester* steht. Als höchste geistliche Instanz fungiert der *Hauptbrüdertag* (alljährlich im Herbst), der die leitenden Brüder (Pastoren, Prediger, Diakone, leitende Älteste) vereinigt. Ein erweiterter Hauptbrüdertag (im Frühjahr) führt außerdem alle auf örtlicher Ebene verantwortlich mitarbeitenden Ältesten zusammen. Die Leiter der Bünde bilden den *Ältestenrat,* der über die anfallenden Leitungsaufgaben berät. Die Leitung des Hauptbrüdertages obliegt dem Vorsitzenden oder *Präses,* den dieses Gremium wählt. Der gesetzliche Vertreter des Verbandes ist der *Geschäftsführer,* der von den Gesellschaftern (zum Teil sind es Mitglieder des Ältestenrates) bestellt wird. Bei der Geschäftsführung liegt die Betreuung der inneren und äußeren Mission, die Jugendpflege, die Nachwuchs- und Ausbildungsförderung im Seminar Bruderhaus Darmstadt sowie die karitative Tätigkeit. Die gesamte Arbeit wird durch freiwillige Beiträge finanziert. Der Verband ist Gastmitglied in der Arbeitsgemeinschaft christlicher Kirchen (II § 14).

Lit.: CHR. KRUST: 50 Jahre Deutsche Pfingstbewegung, Altdorf/Nürnberg 1958 – DERS.: Was wir glauben, lehren und bekennen, Altdorf/Nürnberg 1963 – E. GIESE: Pastor Jonathan Paul. Ein Knecht Jesu Christi. Leben und Werk, Altdorf/Nürnberg 1965 – P. FLEISCH: Die Pfingstbewegung in Deutschland. Ihr Wesen und ihre Geschichte, Hannover 1957.

2. Die Arbeitsgemeinschaft der Christengemeinden Deutschlands (ACD)

a) Die Christengemeinden der ACD akzentuieren stärker als der Mülheimer Verband die pfingstlerische Spiritualität. Die *Geisttaufe* wird zum besonderen, von der Wiedergeburt unterschiedenen Vorgang, gleichsam ein zweiter Gnadenerweis und die eigentliche Ausrüstung zum Dienst. Das *Abendmahl* gilt als sichtbare Darstellung der Heilsgemeinde, die aus allen Wiedergeborenen besteht. Spezifisch ist die Vorstellung der *Enderwartung*, die sich auf Offb. 20, 1–7 gründet: Christus kommt, zunächst unsichtbar zur Entrückung der Gemeinde, dann sichtbar mit dem Heiligen Geist und den Engeln, und alle Menschen werden ihn erkennen beim Anbruch des Tausendjährigen Reiches. Mit den Mülheimern teilen die Christengemeinden den Glauben an die Unfehlbarkeit der Bibel, die Praxis der Gläubigentaufe (bei den Christengemeinden ausschließlich) und den Glauben an die Unsterblichkeit der Seele. Ausgeprägt, wie weithin in der Pfingstbewegung, ist die Krankenheilung durch das Gebet, was aber nicht bedeutet, daß man den Arzt und die medizinische Wissenschaft ablehnt, denn: Gott heilt durch menschliche Kunst und auf übernatürliche Weise. Nicht wenige unter den jungen Gemeindegliedern werden Ärzte, Ärztinnen und Krankenschwestern und sehen in dieser Arbeit am Menschen eine Erfüllung ihrer göttlichen Berufung. Wenn das Pfingstlertum der Mülheimer den »Versuch einer reformatorischen Pfingstbewegung« darstellt (so W. Hollenweger), so kann demgegenüber die ACD als »Normaltyp einer gemäßigten pfingstlichen Freikirche« bezeichnet werden, die den von den Mülheimern nicht integrierten, stärker enthusiastischen Flügel der deutschen Pfingstler zusammengeführt hat. Die ACD fühlt sich verwandt mit den skandinavischen Pfingstgemeinden, aber auch mit den *Assemblies of God* (s. Exkurs 1), zumal die letzteren durch personelle und finanzielle Hilfe maßgeblich zu der 1948 erfolgten Gründung der ACD beigetragen haben.

b) In der ACD sind heute (1978) 243 selbständige *Ortsgemeinden* zusammengeschlossen. Sie pflegen einen geistlichen Austausch auf derzeit neun *Regionalkonferenzen*, ohne feste organisatorische Form, mit abwechselndem Vorsitz eines der Pastoren, vor allem aber auf der zweimal im Jahr stattfindenden *Mitgliederversammlung* der ACD, auf der alle Gemeinden durch ihre hauptamtlichen Mitarbeiter (Pastoren, Hilfsprediger und Gemeindeschwestern) und durch Delegierte vertreten sind. Die Mitgliederversammlung garantiert den organisatorischen Zusammenhalt, obgleich ihre Beschlüsse nur empfehlenden Charakter haben. Sie hat einen auf vier Jahre gewählten neunköpfigen *Vorstand*, dazu einen »juristischen Vorstand«, dem der 1. und 2. Vorsitzende, sowie der Sekretär und der Schatzmeister angehören. Für übergemeindliche Aktionen stehen Komitees zur Verfügung, die teils durch die Regionalkonferenzen, teils durch die Mitgliederversammlung eingesetzt werden: *Pionier-Komitee* (für die Neugründung von Gemeinden), Komitee für die *Zeltmission*, Aktionskomitee für *verfolgte Christen*, *Kirchenbaukasse-Komitee*. Übergemeindliche *Einrichtungen* sind: Bibelschule Beröa (Erzhausen b. Darmstadt), Velberter Mission e.V. (1951 der ACD beigetreten), Sozialwerk der ACD e.V. (unterhält Altenheime, Rehabilationszentren und Teestuben), Teen-Challenge Deutschland e.V. (Arbeit an verwahrlosten Jugendlichen), Seelsorge- und Freizeitwerk Schloß Naumburg. Die ACD steht dem Ökumenischen Rat der Kirchen sehr reserviert gegenüber, ist aber Gastmitglied in der Arbeitsgemeinschaft christlicher Kirchen (II § 14).

Exkurs: Amerikanische Pfingstgemeinschaften, Pfingstbewegung in Brasilien – Beispiele aus der Weltpfingstbewegung

Die Weltpfingstbewegung, aus der heraus die deutschen Pfingstgruppen und -gemeinschaften zu verstehen und zu beurteilen sind, hat fast alle Länder und Kontinente erfaßt. Trotz staatlicher Verbote ist sie auch in den sozialistischen Ländern (besonders in der Sowjetunion) zu einer beachtlichen Größe angewachsen. In Asien und Afrika und vor allem in Lateinamerika hat sie viele Millionen Anhänger gefunden. Die vielfältige, in sich äußerst verschiedenartige Bewegung wird bis zu einem gewissen Grad in den *Weltpfingstkonferenzen* repräsentiert, die seit 1947 (erste Internationale Pfingstkonferenz in Zürich) alle drei Jahre stattfinden und die, wenn auch keinen organisatorisch-geistlichen Zusammenschluß, so doch einen weltweiten Austausch ermöglichen. – *Lit.:* Außer der bereits zu § 10 genannten Literatur vgl. H. MEYER: Die Pfingstbewegung in Brasilien, in: Die evang. Diaspora 39, 1968, 9–50.

1. Die amerikanischen Pfingstgemeinschaften

Die amerikanischen Pfingstgemeinschaften bieten bestimmte Beispiele und Typen pfingstlerischer Spiritualität, wenngleich sie die Vielfalt des Pfingstlertums nicht erschöpfen.

a) Die *Assemblies of God* sind mit rund 600000 eingeschriebenen Mitgliedern die größte amerikanische Pfingstgruppe, die einer Denomination gleichkommt und eindrucksvolle Arbeitszweige aufgebaut hat: Mittelschulen, eigene Verlagsarbeit, mehrere Zeitschriften, eine gut gestaltete Radiomission (»Revivaltime«), die ihre Programme über rund 400 Stationen ausstrahlt, und eine weltweite Missionsarbeit. Zu den besonderen Merkmalen der Assemblies gehört ihre große Organisationsfähigkeit, die sich bereits bei ihrer Gründung zeigte (1914), als die Bewegungen »Church of God« und »Apostolic Faith Movement« sich zu den Assemblies of God zusammenschlossen. Gestraffte Gemeindearbeit und eine einheitliche Ausbildung der Prediger waren damals das Ziel. Trotz der Freude an organisierter Arbeit ist das pfingstlerische Erbe nicht verlorengegangen; Geisttaufe, Zungenrede, Gebetsheilung haben ihren Platz behalten. Besonders ausgebaut ist die Sonntagsschularbeit, die für alle Pfingstler kennzeichnend ist. An den Mittelschulen der Assemblies findet fundamentalistisches Denken einen Schutzwall gegen »moderne naturwissenschaftliche Irrtümer«. Ihre theologische Schule, das Central Bible Institute in Springfield, steht unter dem Motto »Unsere Schule, unser Bollwerk«; der Lehrplan berücksichtigt neben den bibeltheologischen Fächern auch Soziologie, Sprachen und Naturwissenschaften. Unter den zukünftigen Pfingstpredigern gibt es freilich auch manche, die das Studium an einem nicht-pfingstlichen College bevorzugen. Trotz aller Organisation bricht die spontane Initiative pfingstlicher Einzelpersönlichkeiten immer wieder durch. Ihr verdanken die Assemblies eine, auch bei Nicht-Pfingstlern stark beachtete soziale Arbeit, die sog. Teen-Challenge-Centers in Brooklyn, Los Angeles und Chicago, eine Art Auffang- und Rehabilitationsstellen für verwahrloste Jugendliche, die von DAVID WILKERSON ins Leben gerufen wurden, beeindruckt von dem Bild eines wegen Mord zum Tod verurteilten jungen Menschen; seine Arbeit hat Wilkerson in dem Buch »Das Kreuz und die Messerhelden« beschrieben.

b) Die *perfektionistischen Pfingstkirchen* zählen zu jenen Gruppen des amerikanischen Pfingstlertums, die bestimmte Lehreigenheiten entwickelt oder aus den Anfangszeiten bewahrt haben. Zu ihnen gehören die *Church of God* (Cleveland), die *Pentecostal Holiness Church* (Franklin Springs) und die *Church of God in Christ* (eine schwarze Pfingstkirche). Die Forderung eines besonderen, die Geisttaufe vorbereitendes Heiligungserlebnisses unterscheidet die perfektionistischen Pfingstkirchen beispielsweise von den Assemblies. Hier wird die Heiligung als »zweites bestimmtes Werk der Gnade« erlebt und tritt zwischen Wiedergeburt und Geisttaufe, so daß aus Wiedergeburt, Heiligung und Geisttaufe ein dreistufiger Heilsweg entsteht. Diese Auffassung deutet den Zusammenhang mit der Heiligungsbewegung an, aus der die amerikanische Pfingstbewegung hervorgegangen ist.

c) Einen anderen Typus stellen die *Jesus-only-Gruppen* dar. Ihre Besonderheit liegt in der Taufpraxis; sie taufen allein auf den Namen Jesu (entsprechend Apg. 2, 38) und werden deshalb oft »Unitarier« genannt. Die Trinität lehren sie in modalistischer Weise, wonach sich Gott im Alten Testament als Vatergott, im Neuen Testament als Sohn und in der folgenden Kirchengeschichte als Heiliger Geist offenbart hat. Zu der Gruppe gehören die *United Pentecostal Church* und viele schwarze Pfingstkirchen in den USA, in Asien fast die gesamte indonesische Pfingstbewegung.

d) Im amerikanischen Pfingstlertum haben die *Heilungsevangelisten* einen festen Platz. Sie bilden weniger Kirchen, vielmehr stehen sie im Mittelpunkt großer Bewegungen, die verschiedene Pfingstgemeinschaften zugleich erfaßt. Diese heilungsbegabten Persönlichkeiten (Branham, † 1965; Allan; Osborn; Roberts) predigen Heilung, weil Krankheit die Folge der Sünde sei und mit dieser, durch Gottes Vergebung, ausgetilgt werden könne. Das pfingstlerische Moment, das hier zu starker Eigenwirkung gelangt, verflacht nicht selten zu einem oberflächlichen Heilungsoptimismus. ORAL ROBERTS allerdings, der in seinem riesigen Versammlungszelt »jährlich eine Million Amerikaner bekehrt«, sagt von sich selbst: »Niemand hat mit mehr Menschen gebetet, die nicht geheilt wurden, als ich«. Viele seiner Heilungen sind trotzdem unbezweifelt und von Ärzten nach einer dreimonatigen Beobachtung des Heilerfolges bestätigt worden. Roberts, der Typ des erfolgreichen Amerikaners, gründete 1962 in Tulsa (Oklahoma) eine der modernsten Universitäten; sie trägt seinen Namen und wurde von einer Vereinigung pfingstlicher Geschäftsleute (Full Gospel Businessmen Fellowship, International) finanziert.

2. *Die Pfingstkirchen in Brasilien*

Die Pfingstbewegung in Brasilien zeigt besonders eindrucksvoll die pfingstliche Fähigkeit, eigenständige und rasch wachsende Missionskirchen zu bilden, wie dies auch in anderen Ländern zu beobachten ist, z. B. in Korea und Indonesien oder in Afrika, wo sich neben pfingstlichen Kirchen die ihnen in manchen Punkten ähnlichen »unabhängigen Kirchen« gebildet haben. In Brasilien sind drei große Pfingstkirchen entstanden.

a) Die *Assembleias de Deus,* mit 1,4 Millionen Mitgliedern die größte protestantische Kirche des Landes, findet man in allen 22 Staaten Brasiliens – wie die Katholiken. Der Stahlgießer DANIEL BERG und der Baptistenpastor GUNNAR VINGREN, die 1911 in Belém die erste Gemeinde gründeten, konnten die Mission in Brasilien nur beginnen, weil eine Kollekte ihrer Heimatgemeinde ihnen die Fahrt nach New York ermöglicht und ein Kaufmann ihnen die Schiffspassage geschenkt hatte. Sie mußten Gemeinden sammeln, die mit ihrem Zehnten die Mission unterstützten, und als diese wuchs, mußten sie Pastoren ordinieren, die nicht viel mehr mitbrachten als die Geisttaufe, eine Art Self-support-System. Entscheidend für den Erfolg aber war, was mit der Geisttaufe und der Spontaneität pfingstlicher Gemeinden in die Elendsquartiere der brasilianischen Großstädte kam: eine Religiosität der Armen und Entwurzelten, denen zuvor der brasilianische Illuminismus das geistige Zuhause gewesen war. Die *Gemeinden* sind einfach aufgebaut: die wirtschaftlich unabhängige (autopropagatora) Ortsgemeinde bildet die »Mutterkirche« für eine Anzahl kleinerer Gemeinden und Gruppen in der Umgebung; sie kennt drei Ämter: das geistliche Amt (ministerio) der Pastoren, die Ältesten (die oft auch als Laienprediger fungieren) und die Diakonen für die materiellen Belange. Der geistliche Dienst bleibt freilich nicht die einzige Aufgabe; zum Ministerio von Epirange (Sao Paulo) gehören z. B. eine Ziegelei, eine Klinik und eine Schule, andere haben Spitäler und Altersheime eingerichtet. »Gott sorgt für die Seele, darum haben wir für die Leiber zu sorgen.«

b) Die ganz anders geartete *Congregaçao Crista do Brasil* hat nicht weniger als die Assembleias einen Zugang zur brasilianischen Bevölkerung und Mentalität gefunden. Persönliches Zeugnis, Tanz und Lied, ekstatische Begeisterung von Menschen, die zum großen Teil weder lesen noch schreiben können, sind die genuinen Ausdrucksmittel des Gottesdienstes. Jeder kann in der Versammlung prophezeien. Die 500 000 Mitglieder zählende Congregaçao kennt keine hauptamtlichen Prediger, Älteste oder Diakone. In dieser vorliterarischen Religiosität (die Bibel kann von der Mehrzahl nicht gelesen werden) entwickelt die Gemeinschaft selbst eine formende Kraft und eine Ethik des Lebens, der sich die Glieder wie selbstverständlich unterwerfen. Während die Assembleias von jedem Mitglied den Verzicht auf Alkohol, Tabak und kosmetische Mittel fordern, glaubt man in der Congregaçao: »Gott ist es, der wirkt. Es ist genug, daß man sein Denken Gott zuwendet. Er wird das Leben ändern«. Aus diesem Geist ist eine Gemeindediakonie erwachsen (»Obra de Piedada«), die auch Nichtmitgliedern zugute kommt. Um den Arbeitslosen zu helfen, wurden kleinere Betriebe aufgebaut, deren Belegschaft nur zu 6% aus Gemeindegliedern bestehen darf. Als der Gründer der Congregaçao, der Italo-Amerikaner LUIGI FRANCESCON, in Sao Paulo und Santa Antonio da Platina die ersten Gemeinden aufbaute, bildeten vorwiegend italienische Auswanderer die Congregaçao. Sie hat inzwischen ihren Charakter einer italienischen Volksbewegung abgelegt und ist eine brasilianische Kirche geworden.

c) Die *Iglesia Evangelica Pentecostal »Brasil para Cristo«* gehört zu jenen Pfingstgruppen, die seit 1950 im Zuge neuer pfingstlicher Erweckungen auftraten. Sie ist mehr Bewegung als Kirche oder »Kirche im Status der Mission« (H. Meyer) und interdenominationell. Ihr Führer MANUEL DE MELO, ehemals Prediger der Assembleias und eine der populärsten Gestalten Brasiliens, führt seine Evangelisationsfeldzüge mit einem einfachen technischen Apparat durch: ein transportierbares Lautsprechersystem, ein zusammengewürfeltes Orchester (mit Geigen, Flöten und Hörnern) und ein Chor, der mit seinen Liedern die Vorübergehenden aufmerksam macht. Zu den Freiversammlungen oder in das Zelt strömen Tausende von Menschen. De Melo erinnert an die Heilungsevangelisten (s. o. Nr. 1 d); die Krankenheilung ist ihm im unterentwickelten Brasilien bei seiner Verkündigung wichtiger als die ekstatischen Momente der pfingstlichen Frömmigkeit. Aber anders als die Heilungsprediger ist er lebhaft an sozialen Entwicklungen interessiert, an Landwirtschaftsschulen, Berufsschulen, Gewerkschaftsarbeit. Eine »soziale Orientierung« erwartet er vom Ökumenischen Rat der Kirchen, dem seine Bewegung 1969 beitrat.

3. Geheimnis und Grenze der Pfingstbewegung

a) Für den Aufbruch, das Umsichgreifen und die Vielfalt der pfingstlichen Erscheinungen wie für die Faszination und die Kraft, die sie ausüben, lassen sich einige Gründe nennen. (1) Der Pfingstler erlebt in den pfingstlichen Erscheinungen konkret das Heil Gottes und sieht in den Geistausgießungen Zeichen und Erweise für das nahe Gottesreich. So spürbar, so real kennt sonst keine Kirche die endzeitliche Erwartung. (2) Hinzu kommt das Spontane, das Unplanmäßige, das sonst kaum Raum in den verfaßten Großkirchen findet, und die zwingende Macht persönlicher Indienstnahme, das Mitreißende ungewöhnlicher Berufungen. Wo ein Analphabet zum mitreißenden Prediger wird, ein Fußballer zum pfingstlichen Radiostar und ein Schaffner der Transsibirischen Eisenbahn Mission zu treiben beginnt, werden Kräfte erschlossen, die sich im Rahmen kirchlicher Verfassung nicht entfalten können. (3) Zu den Voraussetzungen der großen Missionserfolge gehört auch die Affinität zu bestimmten religiösen Kulturen, die sich etablierte Kirchlichkeit nur mühsam zu erschließen vermag. (4) Die außerordentliche Flexibilität im kirchlichen Aufbau erlaubt eine große Vielfalt. Es gibt Pfingstler, die stolz das Bischofsamt beibehalten haben, wie die von den Methodisten abgespaltenen

Pfingstler in Chile. Es gibt die verschiedenen Apostolischen Kirchen mit dem Amt der Apostel. Andere verzichten radikal auf jegliche Organisation wie die brasilianische Congregaçao, wo nur der Buchhalter ein bezahlter Mitarbeiter ist. Die Pfingstler liefern Beispiele, wie mit Geisttaufe, Gebetsheilung und Zehntem Kirche gebaut wird. Der erste Enthusiasmus hat zwar nie länger als eine Generation vorgehalten, aber das Unplanmäßige, die Offenheit für ungewöhnliche Führungen des Geistes, läßt bei aller möglichen Erstarrung doch den Raum frei für neue Aufbrüche, für außerordentliche Aufgaben und Initiativen.

b) Die frühere großkirchliche Apologetik, die vom Sektenhaften, Spiritistisch-Angehauchten sprach, ist zurückhaltender geworden. »Die Irrlehre, daß das Herz in sich einen Zustand der Sündlosigkeit erreichen könne« (so die Berliner Erklärung von 1909), hält den Pfingstlern nur noch der Gnadauer Gemeinschaftsverband vor. Pfingstliche Theologenarbeit hat manches geklärt und Übersteigertes abgebaut; abstruse Weissagungen sind selten geworden, man zielt auf Mission, Seelsorge und soziale Diakonie. Die eindrucksvolle pfingstliche Missionsarbeit, dazu die Tatsache, daß die Großkirchen durch die charismatische Bewegung das Gefühlsmoment und die Realität geistlicher Gaben anders zu sehen gelernt haben, hat zu einem neuen Klima beigetragen. Als enthusiastische und charismatische Ausprägung des Christentums nehmen die pfingstlichen Kirchen und Gemeinschaften einen eigenen Platz unter den sonstigen christlichen Frömmigkeitsformen ein. Eine Grenze zieht ihnen ihr Fundamentalismus und Biblizismus. Sie anerkennen keine kritische Schriftauslegung und sehen (abgesehen von einigen Ausnahmen, u. a. Manuel de Melo) auch nicht die Notwendigkeit einer theologischen Auseinandersetzung mit gesellschaftspolitischen Analysen und Ideologien (»bekehre den Menschen, und du bekehrst die Gesellschaft«, so heißt ein Motto). Im Jahre 1961 traten die ersten Pfingstkirchen dem Ökumenischen Rat der Kirchen bei (die »Pfingstkirche von Chile« und die »Pfingstliche Mission, Chile«); seitdem hat sich die Zahl pfingstlicher Mitgliedskirchen weiter erhöht. Verschiedene Pfingstgemeinschaften arbeiten in den Nationalen Kirchenräten mit, so der Mülheimer Verband und die Arbeitsgemeinschaft der Christengemeinden in der BRD (s. o.). Zwischen dem Vatikanischen Einheitssekretariat und Vertretern der Pfingstbewegung wird ein lockerer Dialog geführt. Allerdings besteht bei den meisten Pfingstkirchen eine tiefverwurzelte Abwehrhaltung sowohl gegen Rom als auch gegen den Ökumenischen Rat, der ihnen als »scheinchristliche Weltkirche« erscheint, mit einer Kirchenpolitik, die trotz mancher gut biblischer Anliegen doch darauf abzielt, »die wahre Gemeinde außer Gefecht zu setzen« (Eisenlöffel).

§ 11 Das Katholische Bistum der Alt-Katholiken in Deutschland

Das *Katholische Bistum der Alt-Katholiken in Deutschland* ist ein selbständiger Teil der *Alt-Katholischen Kirchen der Utrechter Union,* die acht autonome katholische National- bzw. Regionalkirchen in den Niederlanden, Deutschland, der Schweiz, Österreich, der Tschechoslowakei, Polen, Jugoslawien und die Polnische Katholische Nationalkirche in den USA und Kanada (mit temporärer Jurisdiktion über die Slowakische und Litauische Katholische Nationalkirche in Amerika) sowie vier Missionsgebiete in Frankreich, Italien, Schweden und Brasilien umfaßt.

Der *Name* »alt-katholisch« weist darauf hin, daß die so benannten Kirchen entstanden sind im Widerstand gegen die Dogmen des I. Vatikanischen Konzils über die Universaljurisdiktion und Lehrunfehlbarkeit des Papstes (Text: I § 5, 2 a; vgl. auch I §§ 2, 1 b; 2, 2 a; 5, 3 a), die sie für unvereinbar halten mit der Überlieferung der alten ungeteilten christlichen Kirche. Die Alt-Katholiken lassen unter Hinweis auf den Grundsatz des Vinzenz von Lerin († vor 450) nur das als katholische Lehre gelten, »was immer, überall und von allen geglaubt worden ist«. Sie fühlen sich als Erben der konziliaren und episkopalen Bewegungen der vergangenen Jahrhunderte und sehen ihre Aufgabe und Berufung in der Rückkehr zu Lehren und Prinzipien der alten Kirche des 1. Jahrtausends.

1. Zur Geschichte

a) Zur Vorgeschichte, die zum Entstehen alt-katholischer Kirchen hinführte, zählt die Entwicklung, die nach dem Schisma von 1054 einsetzte und in der Auseinandersetzung mit Episkopalismus und Konziliarismus, den Reformtendenzen des Febronianismus, den nationalkirchlichen Bestrebungen des Gallikanismus und den staats- und kirchenpolitischen Interessen des Josephinismus (vgl. die kirchengeschichtlichen Darstellungen) schließlich im Ausbau und in der Befestigung einer römischen Zentralgewalt gipfelte. Für die latenten Spannungen gab es zu Beginn des 18. Jahrhunderts einen konkreten Anlaß. Als Folge des Streites um die Gnaden- und Prädestinationslehre des CORNELIUS JANSEN (1585–1638), Bischof von Ypern, des Konfliktes zwischen den in den Niederlanden die Gegenreformation betreibenden Jesuiten und dem einheimischen Klerus, in dessen Zusammenhang der Erzbischof PETER CODDE (1648–1710) 1702 suspendiert und 1704 abgesetzt wurde, und der hierbei praktizierten Lehrautorität und Jurisdiktionsvollmacht des Papstes entstand mit dem Erzbistum *Utrecht* eine autonome, Rom-freie Kirche. Nach 20 Jahren ohne Bischof entschloß sich das Kapitel von Utrecht, am 17. 4. 1723 CORNELIUS STEENHOVEN zum Bischof zu wählen. Mit Erlaubnis der Regierung, aber ohne die päpstliche Genehmigung wurde Steenhoven am 15. 10. 1724 von dem französischen Titularbischof DOMINIKUS MARUS VALET geweiht. Der Bann des Papstes besiegelte die Spaltung. Auch die jeweilige Anzeige der folgenden Bischofswahlen und -weihen in Rom (bis 1870 setzte man diese Übung fort) wurde jeweils mit der Exkommunikation des Gewählten beantwortet. Die Spaltung war nicht zu überwinden. Die Kirche von Utrecht wurde zur Mutterkirche aller alt-katholischen Kirchen.

b) In der Opposition gegen die Beschlüsse des I. Vatikanischen Konzils von 1870 (vgl. I § 5, 2a) fand die Kirche von Utrecht neue Bundesgenossen. Unter Führung des Theologen IGNAZ VON DÖLLINGER (1799–1890) richtete sich der Protest von Professoren aus München, Breslau, Bonn, Prag und Luzern sowie von Laien der verschiedenen Stände gegen die dogmatisierten Befugnisse des Papstes. Über 300 Delegierte der protestierenden Gruppen, unter ihnen Abgeordnete der Kirche von Utrecht, traten vom 22.–29. 9. 1871 zu einem Kongreß unter Vorsitz des Kirchenrechtlers JOHANN FRIEDRICH SCHULTE (1827–1914) in München zusammen und trafen die ersten Vorbereitungen für eine autonome alt-katholische Kirche. Ein zweiter Kongreß fand vom 20.–22. 9. 1872 in Köln statt. Am 4. 6. 1873 wählten 69 von 77 Priestern und Laien in Köln den Breslauer Theologieprofessor JOSEPH HUBERT REINKENS (1821–1896) zum Bischof; er erhielt am 11. 8. 1873 durch den Bischof von Deventer HERMANN HEYKAMP die gültige Weihe nach römischem Ritus, wurde aber noch im gleichen Jahr von Papst Pius IX. exkommuniziert. Ein dritter Kongreß (12.–15. 9. 1873 in Konstanz) legte den Entwurf einer Synodal- und Gemeindeordnung vor, die auf der ersten und konstituierenden Synode vom 27.–29. 5. 1874 unter Vorsitz des neuen Bischofs angenommen und zur Verfassung des »Katholischen Bistums der Alt-Katholiken in Deutschland« erklärt wurde.

c) Verwandte Bewegungen waren in Österreich (1871) und der Schweiz (1875, Christkatholische Nationalkirche) entstanden. Vom 23.–25. 9. 1889 versammelten sich in Utrecht die fünf alt-katholischen Bischöfe aus Holland, Deutschland und der Schweiz und konstituierten mit der »Utrechter Konvention« (Neufassung 1974) die *Utrechter Union der Alt-Katholischen Kirchen.* In der *Utrechter Erklärung* vom 24. 9. 1889 legten sie die Grundsätze dar, »nach welchen wir bisher unser bischöfliches Amt verwaltet haben und auch in Zukunft verwalten werden« (s. u. Nr. 2). Auf die Utrechter Erklärung verpflichteten sich als Bekenntnisgrundlage die später der Union beigetretenen Kirchen: (1) die

Polnisch-National-Katholische Kirche in den USA (1907), (2) die Alt-Katholische Kirche in Österreich (1920), (3) die Alt-Katholische Kirche in der Tschechoslowakei (1924), (4) die Kroatische National-Katholische Kirche (1923 bzw. 1934), (5) die Polnisch-Katholische Kirche in der Volksrepublik Polen (1959). Die insgesamt acht in der Utrechter Union vereinigten Kirchen zählen (1977) 406000 Gläubige in 15 Diözesen und 616 Gemeinden mit 20 Bischöfen und 431 Priester. Das *Katholische Bistum der Alt-Katholiken in Deutschland* (BRD und DDR) umfaßt (1977) 30000 Gläubige in 50 Pfarrgemeinden und 150 Filialgemeinden mit zwei Bischöfen und 63 Priestern; davon entfallen auf den »Gemeindeverband der Alt-Katholischen Kirche in der DDR« 3000 Gläubige in drei Pfarrgemeinden und 30 Filialgemeinden mit drei Priestern.

Lit.: Kirchliches Jahrbuch für die Alt-Katholiken in Deutschland, Bonn 1978, 53ff (Lit., Statistik u.a.).

2. Selbstverständnis

Das Selbstverständnis der Alt-Katholischen Kirchen dokumentiert die *Utrechter Erklärung* (s. o. Nr. 1c), die im Rang einer lehramtlichen Entscheidung steht. Die Alt-Katholischen Kirchen

- bekennen sich zum ursprünglichen, unveränderten, universalen Glauben und der Kirchenordnung der Alten Ungeteilten Kirche des ersten Jahrtausends und halten an dem altkirchlichen Grundsatz fest, welchen Vicentius von Lerinum ausgesprochen hat (s.o.) (Abs. 1),
- anerkennen »den historischen Primat, wie denselben mehrere Ökumenischen Konzilien und die Väter der Alten Kirche dem Bischof von Rom als dem primus inter pares zugesprochen haben mit der Zustimmung der ganzen Kirche des ersten Jahrtausends« (Abs. 2),
- verwerfen »als in der Heiligen Schrift und der Überlieferung der ersten Jahrhunderte nicht begründet die Erklärung Pius' IX. vom Jahre 1854 über die unbefleckte Empfängnis Mariä«, desgleichen »die anderen in den letzten Jahrhunderten von dem römischen Bischof erlassenen dogmatischen Dekrete, die Bullen Unigenitus, Auctorem fidei, den Syllabus von 1864 usw., soweit sie mit der Lehre der Alten Kirche im Widerspruch stehen« (Abs. 3 u. 4),
- nehmen nicht an die Entscheidungen des Konzils von Trient, »welche die Disziplin betreffen«, und »seine dogmatischen Entscheidungen nur insoweit, als sie mit der Lehre der Alten Kirche übereinstimmen« (Abs. 5),
- erklären, »daß wir den alten katholischen Glauben von dem heiligen Altarsakrament unversehrt in aller Treue festhalten«, d. h. die eucharistische Feier »ist nicht eine fortwährende Wiederholung oder Erneuerung des Sühneopfers«; ihr Opfercharakter besteht darin, daß sie die »Eine Darbringung Christi für das Heil« vergegenwärtigt, und sie ist Opfermahl, »in welchem die den Leib und das Blut des Herrn empfangenden Gläubigen Gemeinschaft miteinander haben«; die römisch-katholische Lehre von der Transsubstantiation (vgl. I § 3, 2) wird abgelehnt (Abs. 6),
- betonen ihre Bemühungen um eine Wiedervereinigung der Kirchen »unter Festhaltung an dem Glauben der ungeteilten Kirche«, wobei »jede Verletzung der Wahrheit und der Liebe sorgfältig zu vermeiden« ist (Abs. 7).

Zur Klarstellung der alt-katholischen Glaubenslehre gab die Internationale Alt-Katholische Bischofskonferenz einige weitere Erklärungen ab, die den Charakter von kirchenamtlichen Lehraussagen haben: (1) *Erklärung zum Dogma von der »leiblichen Aufnahme der Hl. Maria in den Himmel«* vom 26. 12. 1950 (betr. die alt-katholische Marienlehre; Dogma wird abgelehnt), (2) *Glaubensbrief* vom 15. 12. 1969, gerichtet an die Orthodoxen Kirchen (betr. die alt-katholische Lehre über Offenbarung, Überlieferung, Kirche, Sakramente und Einheit der Kirche), (3) *Erklärung zum Filioque* vom 15. 12. 1969 (betr. die Lehre von der Hl. Dreifaltigkeit und Verfassungsgrundsätze), (4) *Erklärung über den Primat der Kirche* vom 29. 6. 1970 (bekennt sich zur altkirchlichen Verfassung, lehnt erneut das Primatsdogma ab), (5) *Erklärung über die Frauenordination* vom 7. 12. 1976 (nimmt eine ablehnende Haltung ein).

Texte: W. KRAHL: Ökumenischer Katholizismus. Alt-Katholische Orientierungspunkte und Texte aus zwei Jahrtausenden, Bonn 1970 (m. umfass. Bibliographie).

3. Verfassung

a) Die *Utrechter Union* (vgl. »Utrechter Konvention«, Neufassung von 1974) ist eine Vereinigung von Bischöfen, deren Kirchen »miteinander in voller kirchlicher Gemeinschaft stehen« (Art. 1). Grundlage ist ihr Bekenntnis zur Utrechter Erklärung von 1889 (s. o. Nr. 2) »und die ihnen gemeinsame Katholizität des Amtes und des Kultus« (Art. 2). Aufgenommen werden nur Bischöfe, die von der Bischofskonferenz als kanonisch gewählt und geweiht anerkannt worden sind (Art. 3). Die Bischöfe treten regelmäßig zur *Internationalen Bischofskonferenz* (IBK) zusammen; ihr Präsident ist ex officio der Erzbischof von Utrecht. Die IBK ist zuständig für alle Fragen, »die die Aufrechterhaltung der Gemeinschaft der alt-katholischen Kirchen sowie die Beziehungen zu anderen Kirchen betreffen«. Sie ist berechtigt, im Namen der Kirchengemeinschaft lehramtliche Erklärungen in Glaubens- und Sittenfragen abzugeben und mit anderen Kirchen Abkommen zu schließen. Die IBK besitzt zwar keine unmittelbare Jurisdiktion, aber die Bischöfe sind verpflichtet, die Beschlüsse der IBK verfassungsgemäß in Kraft zu setzen (Art. 5). Zu den Aufgaben der IBK gehört auch die Sorge für die Einhaltung der Grundsätze der Union in den einzelnen Kirchen; sie kann entsprechende Maßnahmen treffen (Art. 14). Sitz der IBK ist Utrecht (Niederlande).

b) An der *hierarchischen Struktur* halten die alt-katholischen Kirchen fest; auf die apostolische Sukzession (vgl. I § 5, 1 b) der Bischöfe wie auf den überlieferten Weiheritus für Diakone, Priester und Bischöfe legen sie größten Wert. Indessen wird den *Laien* eine entscheidende Mitwirkung im kirchlichen Leben eingeräumt. Die selbständigen *Bistümer* besitzen eine bischöflich-synodale Verfassung (Synodal- und Gemeindeordnung; zit. Ordnung), die den *Bischöfen* das Lehr- und Hirtenamt weitgehend überläßt, sie jedoch in der kirchlichen Verwaltung an die Beschlüsse der Synode bindet (Ordnung §§ 5, 9, 12, 19). Die *Synode* (Ordnung §§ 20 ff) als oberste Instanz tritt in der Regel alle zwei Jahre zusammen und umfaßt alle Geistlichen und die von den Gemeinden gewählten Abgeordneten (die Laien verfügen in etwa über eine Zwei-Drittel-Mehrheit); den Vorsitz in der Synode wie auch in den anderen Körperschaften führt der Bischof. Als Organ der kirchlichen Verwaltung und Gesetzgebung genehmigt die Synode den Haushaltsplan, bildet die oberste Berufungsstelle in Dienst- und Strafverfahren, wählt die Schöffen zum Synodalgericht, den Synodalrat bzw. -vertretung, den Bischof auf Lebenszeit. Die aus vier Geistlichen und fünf Laien bestehende *Synodalvertretung* (anderenorts: Synodalrat, Synodal-Repräsentanz; Ordnung §§ 12 ff) bildet die »vorbereitende, vollziehende und verwaltende Behörde«; sie übernimmt bei einer Bischofsvakanz die Leitung der Kirche. Der Synode entspricht auf der Gemeindeebene die *Gemeindeversammlung* (Ordnung

§§ 77ff), die den Pfarrer und die Synodalabgeordneten wählt und den für die Verwaltungsaufgaben zuständigen *Kirchenvorstand* (Ordnung §§ 65ff). In den seelsorgerlichen Angelegenheiten ist der *Pfarrer* (Ordnung §§ 34ff) selbständig und nur dem Bischof verantwortlich, der ihn weiht und auf Lebenszeit bestellt. Das Bistum der Alt-Katholiken besitzt in der BRD die Rechte einer Körperschaft des öffentlichen Rechtes und erhebt von seinen Gemeindegliedern Kirchensteuern.

Lit.: Kirchliche Ordnungen und Satzungen für die deutschen Alt-Katholiken (Synodal- und Gemeindeordnung, Geschäftsordnungen, Dienstanweisungen u. a.), Bonn 1938.

4. Kirchliches Leben und Einrichtungen

a) Für das *kirchliche Leben* der Alt-Katholiken ist ein Wort des Kirchenvaters Augustin bedeutsam geworden, das Döllinger (s. o.) in der Auseinandersetzung um das I. Vatikanum oftmals erinnerte, in der Utrechter Erklärung (Abs. 7) sinngemäß geltend gemacht wurde und die Christkatholische Kirche ihrer Verfassung voranstellte: im Notwendigen Einheit, in Zweifelsfragen Freiheit, in allem die Liebe (in necessariis unitas, in dubiis libertas, in omnibus caritas). In diesem Wort verbinden sich zwei, Lehre, Gottesdienst und Disziplin der Alt-Katholiken bestimmende Prinzipien: *Katholische Gebundenheit* und *evangelische Freiheit,* die ihr Kriterium an der *Liebe* finden, »wie es dem Geiste Jesu Christi entspricht«. Die katholische Gebundenheit bezieht sich auf die Verpflichtung, an den Grundentscheidungen der Alten Kirche in Lehre und Disziplin in der »Substanz« festzuhalten, während das Prinzip der evangelischen Freiheit zum einen verhindern soll, daß das Erbe zum bloßen, nicht mehr frei nachvollziehbaren Gesetz erstarrt, und zum andern die Möglichkeit offen halten will, in der unmittelbaren Verantwortung vor dem Herrn der Kirche und seinem Wort theologisches Denken und kirchliches Handeln zu entfalten.

b) Das *gottesdienstliche Leben* der alt-katholischen Kirche gleicht weitgehend dem der römisch-katholischen Kirche (vgl. I § 3).

Die von der ersten Synode der Alt-Katholiken 1874 eingeleitete kirchenrechtliche und liturgische Reform (Beseitigung der Meßstipendien und Stolgebühren, der Mißbräuche und Auswüchse des Ablaßwesens und der Heiligenverehrung, die Aufhebung des Beichtzwanges und der Verpflichtung zu Fasten und Abstinenz, die Milderung des kirchlichen Eherechtes, die Aufhebung des Zölibatsgesetzes, die Einführung der Volkssprache im öffentlichen Gottesdienst, die Neubearbeitung der Rituale in deutscher Sprache und des Katechismus u. ä. m.) haben z. T. die Liturgiereform und nachkonziliare Entwicklungen in der römisch-katholischen Kirche vorweggenommen, so daß offizielle Kommissionen der Alt-Katholischen Kirche und der Deutschen Bischofskonferenz eine Reihe von Übereinstimmungen in bisher kontroversen Fragen feststellen konnten oder die Differenzen als gemildert ansehen.

Die alt-katholische *Liturgie* erscheint gegenüber dem römisch-katholischen Brauch vereinfacht, obgleich ohne wesentliche Unterschiede. Wichtig ist den Alt-Katholiken, daß die Versammlung der Gläubigen um Wort und Sakrament *Gemeindegottesdienst* ist, in dem das Heilsgeschehen vergegenwärtigt wird. Das Wort der Predigt und das sakramentale Handeln sind zusammengehörende Weisen der Verkündigung des Heilswerkes Christi. Die *Predigt* vergegenwärtigt es durch das Mittel der Sprache, die *Sakramente* durch ein sichtbares Handeln, das auf die unsichtbare Gnade verweist. Das gepredigte Wort Gottes schafft, stärkt und erbaut den Glauben; das Sakrament spricht durch sich selbst und wirkt (»erfüllt von der Mächtigkeit des bezeichneten Heilsgeschehens«; U. Küry), was das deutende Wort bezeichnet. *Taufe* und *Eucharistie* gelten als die vornehmsten Sakramente, wobei hinsichtlich der liturgischen Gestaltung (Kommunion unter den beiden Gestalten Brot und Wein, Selbstkommunion, bei den Konsekrationsworten: »für alle« statt »für viele«) nunmehr gegenüber der römisch-katholischen Liturgie ebenfalls die Verschiedenheiten entfallen sind. Der Ritus bei den fünf anderen Sakramenten (an der Siebenzahl der Sakramente hat die alt-katholische Kirche festgehalten) ist im wesentlichen derselbe wie in der römisch-katholischen Kirche. Das *Ehesakrament,* das sich die Brautleute gegenseitig spenden (wenngleich auch die Auffassung vertreten wird, der Priester spende das Sakrament), wird klar vom Ehebund unterschieden. Eine Ehegerichtsbarkeit kennen die Alt-Katholiken nicht; die Trauung Geschiedener kommt gelegentlich vor. Die Heiligenverehrung und die Marienfrömmigkeit, wie sie in der römisch-katholischen Kirche gepflegt wird, sind in der alt-katholischen Kirche kaum entwickelt; die Marienfeste werden allerdings beachtet.

c) Für die Ausbildung seines Priesternachwuchses hat das deutsche alt-katholische Bistum bereits 1887 ein eigenes *Priesterseminar* eingerichtet, das (seit 1902 als Universitätsinstitut sui generis) mit einem alt-katholischen Lehrstuhl an der Universität Bonn verbunden ist (heute: Alt-Katholisches Seminar und Studentenheim »Döllingerhaus«). Weitere *Ausbildungsstätten* sind: das Alt-Katholische Seminar an der Universität Utrecht, die Christkatholische Fakultät der Universität Bern (seit 1874), das Bischöfliche Seminar in Wien; an der Hus-Fakultät in Prag besteht ein Lektorat für alt-katholische Theologie, an der Christlich-Theologischen Akademie Warschau gibt es eine alt-katholische Sektion. Regelmäßig werden internationale *Theologenkonferenzen* und *Alt-Katholiken-Konferenzen* veranstaltet (Berichterstattung in dem wissenschaftlichen Organ der alt-katholischen Kirche: *Internationale Kirchliche Zeitschrift,* Bern, und in dem eigenen Pressedienst: *Alt-Katholischer Internationaler Informationsdienst AKID,* Mannheim). Eine alt-katholische Schwesternschaft, die in der ambulanten Krankenpflege tätig ist, besitzt ihr Mutterhaus in Bonn.

5. Gespräche und Zusammenarbeit

a) Seit dem Bestehen der Utrechter Union gab es Einigungsbestrebungen mit autonomen katholischen Kirchen, besonders den orthodoxen Kirchen und der Anglikanischen Kirchengemeinschaft (vgl. Exkurs 2). Die Verhandlungen zwischen den Alt-Katholiken und der *Anglikanischen Kirchengemeinschaft* führten 1931 zur »vollen kirchlichen Gemeinschaft aufgrund der Übereinstimmung in der alten katholischen Glaubenslehre und Kirchenordnung unter Wahrung der nationalen Autonomie«. Problematisch ist derzeit die Frage der Ordination von Frauen.

b) Nach dem Vorbild der Vereinbarung mit den Anglikanern wurde 1965 die volle Kirchengemeinschaft mit drei unabhängigen *Alt-Katholischen Kirchen* hergestellt, die bereits 1963 die kirchliche Gemeinschaft mit den Anglikanern aufgenommen hatten: die Spanische Reformierte Episkopalkirche, die Lusitanisch-Katholische Kirche Portugals und die Philippinische Unabhängige Katholische Kirche (vgl. Exkurs 1).

c) Die theologischen Gespräche der Alt-Katholiken mit der *griechisch-orthodoxen Kirche* sind seit 1961 wieder in Gang gekommen; schon 1931 war eine weitgehende Übereinstimmung festgestellt worden. Die 3. Pan-Orthodoxe Konferenz auf Rhodos beschloß

1964, mit der Utrechter Union einen offiziellen Dialog zu beginnen und die Folgekonferenz präzisierte die Absichten, nachdem die Alt-Katholische Bischofskonferenz 1967 das »Filoque« aus dem Glaubensbekenntnis gestrichen hatte (bekräftigt in der Erklärung vom 15. 12. 1969; s. o. Nr. 2). In einer offiziellen orthodox/alt-katholischen Kommission wird seit 1973 die volle kirchliche Gemeinschaft vorbereitet.

d) Mit der *römisch-katholischen Kirche* wurden seit 1968 stellenweise offizielle Kommissionsgespräche aufgenommen (u. a. auch in der Bundesrepublik Deutschland). Die Teilnahme alt-katholischer Beobachter am II. Vatikanischen Konzil und die nachkonziliare Entwicklung hatten dafür notwendige Voraussetzungen geschaffen.

e) Mit den *reformatorischen Kirchen* haben bislang keine theologischen Gespräche vergleichbarer Art stattgefunden. Doch sind die Alt-Katholischen Kirchen Mitgliedskirchen im Ökumenischen Rat der Kirchen und aktiv an seiner Arbeit beteiligt. Das alt-katholische Bistum in der Bundesrepublik Deutschland ist Mitglied der Arbeitsgemeinschaft christlicher Kirchen (vgl. II § 14).

Lit.: J. FRIEDR. v. SCHULTE: Der Altkatholizismus. Geschichte seiner Entwicklung, inneren Gestaltung und rechtlichen Stellung, Gießen 1887; Neudr. Aalen 1965 (grundlegend; Akten, Protokolle u. ä.; Lit.) – C. B. MOSS: The Old Catholic Movement, Its Origins and History, London ²1964 (anglikan.; mit Sukzessionslisten, 354–357) – V. CONZEMIUS: Katholizismus ohne Rom, Einsiedeln/Zürich 1969 (röm.-kath. Darstellung; Lit.) – A. FRANSEN: Die Kath.-Theol. Fakultät Bonn im Streit um das Erste Vatikanische Konzil, Bonn 1974 – W. KÜPPERS: Orthodox-altkatholischer Dialog, in: IKZ 66, 1976, 1–33 – U. KÜRY: Die Altkatholische Kirche. Ihre Geschichte, ihre Lehre, ihr Anliegen, Stuttgart ²1978 (grundlegend; Bibliographie, Dokumentation) – Christkatholisch. Die christkatholische Kirche der Schweiz in Geschichte und Gegenwart, Zürich 1978 – Alt-Katholisches Jahrbuch, Bonn.

Exkurs: Unabhängige Alt-Katholische Kirchen – Anglikanische Kirchengemeinschaft – Episcopi vagantes – Alt-Römisch-Katholische Kirche

Neben der Alt-Katholischen Kirchengemeinschaft der Utrechter Union bestehen noch andere *autonome katholische Kirchen,* die sich Ende des vergangenen oder zu Beginn dieses Jahrhunderts von der römisch-katholischen Kirche getrennt haben und inzwischen untereinander wie mit den Anglikanern in eine volle kirchliche Gemeinschaft eingetreten sind. Die Nähe zu der *Anglikanischen Kirchengemeinschaft* liegt in der beide verbindenden Überzeugung begründet, daß ihre Kirchen die altkirchlichen Prinzipien in Lehre, Liturgie und Disziplin bewahren und aufgrund der apostolischen Sukzession ihrer Bischöfe in einer historischen und sakramentalen Kontinuität mit der ungeteilten Kirche des 1. Jahrtausends stehen; aus dem gleichen Grund ergibt sich auch die Nähe zu den orthodoxen Kirchen (vgl. II § 14). Mit ihrer Eigentümlichkeit der beanspruchten altkirchlichen Katholizität bilden die alt-katholischen Kirchen und die Anglikanische Kirchengemeinschaft eine eigene Kirchengruppe neben der römisch-katholischen Kirche und den aus der Reformation hervorgegangenen protestantischen Kirchen. Das Ansehen und die Wertschätzung des Bischofsamtes in apostolischer Sukzession hat bei dafür prädisponierten Personen dazu geführt, die Bischofsweihe sich unrechtmäßig zu verschaffen oder nach einer Exkommunikation das Amt eigenmächtig auszuüben; z. T. haben diese sog. *episcopi vagantes* (»umherschweifende Bischöfe«) kleine Gemeinden gegründet.

1. Unabhängige Alt-Katholische Kirchen

a) *Iglésia Española Reformáda Episcopal* (IERE, Spanische Reformierte Episkopalkirche). Modernistisch gesinnte und anglikanisch-evangelikal beeinflußte Kreise gründeten nach 1867 (Religionsfreiheit in Spanien) einige Gemeinden, die 1880 die IERE konstituierten. Sie stand zunächst bis 1936, dann wieder ab 1956 unter dem Protektorat des Primas von Irland. In Lehre, Liturgie und Disziplin ist die IERE mit der Anglikanischen Kirchengemeinschaft verwandt; seit 1963 besteht die volle kirchliche Gemeinschaft, seit 1965 auch mit der Utrechter Union. Die IERE hat sich dem Ökumenischen Rat der Kirchen angeschlossen. Sie zählt 2500 Mitglieder in 7 Pfarr- und 6 Filialgemeinden mit einem Bischof und 6 Priestern.

b) *Igréja Lusitána Catolica-Apostólica-Evangélica* (ILC, Lusitanisch-Katholische Kirche Portugals). Als Folge der Auseinandersetzungen um das I. Vatikanum traten 1871 elf römisch-katholische Priester aus ihrer Kirche aus. Sie fanden Unterstützung bei Anglikanern und konstituierten auf einer Synode 1880 die ILC. Zeitweise pflegte die ILC einen engen Kontakt zu der 1935 entstandenen portugiesischen Evangelischen Allianz, in der sich einige Freikirchen zusammengefunden hatten. In Lehre, Liturgie und Disziplin ist die ILC anglikanisch geprägt; sie hat in ihren Ritus alte protugiesische (lusitanische) Elemente aufgenommen. Seit 1963 steht sie in der vollen kirchlichen Gemeinschaft mit der Anglikanischen Kirchengemeinschaft, seit 1965 auch mit der Utrechter Union. Sie hat sich dem Ökumenischen Rat der Kirchen angeschlossen und zählt 3500 Mitglieder in 10 Pfarr- und 8 Filialgemeinden mit einem Bischof und 10 Priestern.

c) *Iglésia Catolica Filipina Independiente* (ICFI, Philippinische Unabhängige Katholische Kirche). Nach dem Ende der spanischen Herrschaft auf den Philippinen 1898 forderten nationalistische Kreise die Ablösung des Spanischen Episkopats zugunsten des einheimischen Klerus. Als die Forderung von Rom abgelehnt wurde, konstituierte sich 1902 eine unabhängige Kirche, die zunächst großen Zulauf fand, dann in wirtschaftliche Schwierigkeiten geriet und über Jahrzehnte hin beunruhigt wurde durch Flügelkämpfe zwischen den Konservativen und einer starken liberalen, den Unitariern zuneigenden Gruppe. Nach dem Zweiten Weltkrieg setzten sich die anglikanischen Tendenzen durch. Seit 1961 besteht die volle kirchliche Gemeinschaft mit der Anglikanischen Kirchengemeinschaft, seit 1965 auch mit der Utrechter Union. Die ICFI ist Mitgliedskirche des Ökumenischen Rates der Kirchen. Sie zählt 2,5 Millionen Mitglieder in 28 Diözesen, 600 Pfarr- und 1000 Filialgemeinden mit 50 Bischöfen und 600 Priestern.

d) *Staro-Katolicki Kosciól Mariawitów* (Alt-Katholische Kirche der Mariaviten). Aufgrund einer inneren Erleuchtung gründete die Klarissen-Schwester Feliksa Maria-Franciszka Kozlowska (1862–1921) 1896 eine mönchisch-kirchliche Gemeinschaft, *Mariaviten* genannt (Mariae vitae cultores, Verehrer des Lebens Mariä), die das asketische Ordensleben mit einer intensiven sozial-fürsorgerischen Aktivität verband. Nach der Exkommunikation aller Mariaviten 1906 entwickelte sich aus der Kongregation eine unabhängige katholische Kirche unter dem Vorsteher der Mariaviten Jan Kowalski, der 1909 konsekriert und in die Gemeinschaft der alt-katholischen Bischöfe aufgenommen wurde. Die Utrechter Union brach 1924 die Beziehungen zu den Mariaviten ab, nachdem Schwärmertum und das uneingeschränkte Regiment des Bischofs Kowalski zum Unfrieden geführt hatten. Mit der Amtsenthebung von Kowalski 1935 spalteten sich die Mariaviten. Nach dem Zweiten Weltkrieg konsolidierte sich die Mariavitenkirche; seit 1972 steht sie in einer begrenzten kirchlichen Gemeinschaft mit der Utrechter Union. Die Mariaviten sind eine Mitgliedskirche des Ökumenischen Rates der Kirchen und zählen ca. 25 000 Mitglieder in 41 Pfarr- und 15 Filialgemeinden mit vier Bischöfen, 30 Priestern und 90 Ordensschwestern.

2. *Die Anglikanische Kirchengemeinschaft*

a) Die *Anglican Communion* (Anglikanische Kirchengemeinschaft, AK) hat ihren Ursprung in der Kirche von England, die sich im Zuge der wirtschaftlichen und kolonialen Expansion und ihrer missionarischen Aktivitäten im Bereich des britischen Commonwealth ausbreitete und in den verschiedenen Ländern selbständige Organisationsformen entstehen ließ. Eine 1867 durch den Erzbischof von Canterbury einberufene Vollversammlung führte erstmals mehr als die Hälfte der Bischöfe der anglikanischen Tochterkirchen zu einer Konferenz zusammen (*Lambethkonferenz*, benannt nach dem Amtssitz des Erzbischofs von Canterbury). Seitdem finden in etwa 10jährigem Turnus Lambethkonferenzen statt, deren Beschlüsse zwar keine rechtliche Verbindlichkeit haben, aber doch ein hohes Ansehen genießen und zur Einheit der Gemeinschaft beitragen; an der 11. Lambethkonferenz 1978 nahmen 407 Bischöfe teil. Eine 1930 von der 7. Lambethkonferenz verabschiedete Resolution umschreibt die Basis, auf der sich die Kirchen der AK sammeln:
Die AK ist »innerhalb der Einen Heiligen, Katholischen und Apostolischen Kirche eine Gemeinschaft jener rechtmäßig konstituierten Diözesen, Provinzen oder Regionalkirchen, die in Gemein-

schaft mit dem Erzbistum von Canterbury stehen und folgende gemeinsame Wesenszüge haben: (1) Sie bewahren und vertreten den katholischen und apostolischen Glauben und die katholische und apostolische Ordnung, wie sie in dem von ihren verschiedenen Kirchen autorisierten ‚Allgemeinen Gebetbuch' (Common Prayer Book) dargelegt sind. (2) Sie sind Partikular- oder Nationalkirchen und streben als solche in ihrem jeweiligen Bereich eine nationale Ausdrucksform des christlichen Glaubens, Lebens und Gottesdienstes an. (3) Sie werden nicht durch eine gesetzgebende und exekutive Zentralgewalt zusammengehalten, sondern durch gegenseitige Loyalität, die von den gemeinsamen Beratungen der versammelten Bischöfe getragen wird.« Der Katechismus der Church of England von 1967 nennt die AK »eine Familie von Kirchen innerhalb der universalen Kirche Christi, die an der apostolischen Lehre und Struktur festhält und in voller Sakramentsgemeinschaft miteinander und mit den Bischofssitzen von Canterbury und York steht«.

b) Das *theologische Selbstverständnis* des Anglikanismus kommt in den vier Grundsätzen des *Lambeth-Quadrilateral* zum Ausdruck, die auf der 3. Lambethkonferenz 1888 vorgelegt wurden und die Einigungsbemühungen zwischen den Kirchen bestimmen sollen. Sie lauten:
»Wir glauben, daß es sich herausstellen wird, daß die sichtbare Einheit der Kirche voraussetzt, daß man von ganzem Herzen bereit ist, anzunehmen
1. die Heilige Schrift als die Urkunde der Offenbarung Gottes an die Menschen und als Regel und höchste Richtschnur des Glaubens;
2. ferner das gemeinhin als Nicaenum bezeichnete Glaubensbekenntnis als hinreichende Darlegung des christlichen Glaubens und entweder dieses Bekenntnis oder das Apostolikum als Taufbekenntnis;
3. die göttlich gestifteten Sakramente der Taufe und des Heiligen Abendmahls als einen allgemeinen Ausdruck des korporativen Lebens der ganzen Gemeinschaft in und mit Christus;
4. ein Amt, von dem alle Teile der Kirche anerkennen, daß es nicht nur die innere Berufung des Geistes besitzt, sondern auch den Auftrag Christi und die Autorität der Gesamtkirche. Dürfen wir nicht mit guten Gründen behaupten, daß das Bischofsamt das eine Mittel zur Schaffung eines solchen Amtes ist?«

c) Die AK umfaßt gegenwärtig 25 autonome National- bzw. Regionalkirchen in folgenden Ländern: England, Wales, Irland, Schottland, Vereinigte Staaten (mit Auslandsjurisdiktionen auf den Philippinen, in Haiti und Mexiko, dazu eine Konvokation in Europa), Kanada, Australien, Neuseeland, Südafrika, Westindien, Japan, China (Diözesen Hongkong und Macau), Westafrika, Zentralafrika, Jerusalem und Mittlerer Osten, Kenia, Uganda-Rwanda-Burundi und Boga-Zaire, Brasilien, Kuba, Birma, Tansania, Indischer Ozean, Melanesien, Sudan, Papua-Neuguinea, Ceylon (Sri Lanka). Die Kirchen führen meist den Namen Episkopalkirche (Episcopal Church). Insgesamt zählt die AK rund 60 Millionen Mitglieder in 390 Diözesen und ca. 65 000 Gemeinden mit 550 amtierenden Bischöfen und mehr als 40 000 Priestern. Ständiger Präsident der AK ist der jeweilige Erzbischof von Canterbury (Ehrenprimat); die Gesamtvertretung der AK ist der Anglikanische Konsultativrat (*Anglican Consultativ Council*) mit dem Generalsekretariat in London. Alle Kirchen der AK sind Mitgliedskirchen des Ökumenischen Rates der Kirchen. Mit der Utrechter Union und einigen unabhängigen alt-katholischen Kirchen (s. o. 1) steht die AK in der vollen kirchlichen Gemeinschaft, mit den lutherischen Kirchen in Skandinavien in einer begrenzten. Eine mit den Methodisten (II § 3) angestrebte Union konnte bislang nicht verwirklicht werden, da die notwendige Mehrheit bei der Abstimmung über das Verhandlungsergebnis nicht zustande kam. Mit der römisch-katholischen, den lutherischen und reformierten Kirchen werden offizielle bilaterale Gespräche geführt, die einer Einigung dienen (vgl. III 3, 3).

Lit.: The Oxford Dictionary of the Christian Church, Oxford 1974 (anglik. Standardlexikon) – H. JEDIN u. a. (Hg.): Atlas zur Kirchengeschichte, Freiburg 1970 (112f, Verbreitungsgebiet, organisatorische Aufbau) – H. H. HARMS (Hg.): Die Kirche von England und die Anglikanische Kirchengemeinschaft, Stuttgart 1966 (m. Statistik, Lit.) – O. BAUMGARTEN: Religiöses u. kirchliches Leben in England, Leipzig 1922 (Übersicht d. herkömml. anglik. Typen) – K.-M. DIERKES: Anglikanische Frömmigkeit und Lehre im Kirchenlied, Trier 1969 – J. J. HUGHES: Absolut Null und Nichtig, Trier 1970 (zur Ablehnung d. anglik. Weihen) – G. GASSMANN: Das historische Bischofsamt und die Einheit der Kirche, Göttingen 1964 (anglik. Theol.) – M. KELLER-HÜSCHEMENGER: Die Lehre der Kirche im Urteil der Lambeth Konferenzen, Gütersloh 1976 (Lit.) – ST. NEILL: Anglikanisches Bewußtsein, Würzburg 1962 – W. H. van de POL: Anglicanism in Ecumenical Perspective, Pittsburgh, Pa. 1965 – G. W. BILL (Hg.): Anglican initiatives in Christian unity, London 1967 – G. GASSMANN: Das ökumenische Engagement der Anglikanischen Kirchengemeinschaft, in: ÖkumRs 28, 1979, 24–32.

3. *Episcopi Vagantes*

Mit *Episcopus vagans* (»umherschweifender Bischof«) ist der Träger einer wirklichen oder angeblichen Bischofsweihe in apostolischer Sukzession gemeint, der mit keiner historischen bischöflichen Kirche in Gemeinschaft steht, den Titel nur zu persönlichen Zwecken führt oder auch eine kleine Anhängerschaft gesammelt hat. Es gibt derzeit mehrere hundert solcher Bischöfe, die sich auf irgendeine Weise die Konsekration verschaffen konnten. Gelegentlich wird anstelle von »Episcopi vagantes« die Bezeichnung »Freie Bischöfe« für solche Träger einer Bischofsweihe benutzt, die kleine beständige Gemeinden gebildet haben und bemüht sind, das christliche Traditionsgut zu bewahren (Haack). Als Ahnherren fast aller freien Bischofsweihen in diesem Jahrhundert gelten JOSEPH RENÉ VILATTE (1854 bis 1929; konsekriert 1891 in Ceylon durch Mar Julius Alvarez, einem Bischof der syrisch-jakobitischen Kirche) und ARNOLD HARRIS MATHEWS (1853–1919; seine 1908 durch den Erzbischof von Utrecht vollzogene Weihe zum Bischof der Altkatholischen Kirche für Großbritannien und Irland wird seit 1910 als ungültig betrachtet, weil sie erschlichen sei; s. u. Nr. 4). Auch innerhalb der römisch-katholischen und der protestantischen Kirchen gibt es Geistliche, die sich eine Bischofsweihe in apostolischer Sukzession außerhalb ihrer Kirchengemeinschaft haben erteilen lassen. Der frühere Erzbischof von Hué (Vietnam), P. M. Ngo-Dinh-Thuc, hat im Interesse einer »korrektgläubigen Priesterschaft« in der römisch-katholischen Kirche (ähnlich wie Erzbischof Lefebvre; vgl. I § 1, 3 b) zahlreiche Bischofsweihen vollzogen; sie sind nach kanonischem Recht unerlaubt, doch gültig. In der BRD haben sich vier evangelische Geistliche (soweit bekannt) zu Bischöfen in apostolischer Sukzession konsekrieren lassen.

Lit.: E. PLAZINSKI: Mit Krummstab und Mitra. Die umherschweifenden Bischöfe und ihre Gemeinschaften, 1970 (m. Sukzessionslisten, Dokumentation) – P. F. ANSON: Bishop at Large, London 1964 (umfangreiche Lit.) – F.-W. HAACK: Gottes 5. Kolonne. Die freibischöflichen Kirchen im deutschsprachigen Raum, München 1976.

4. *Die Alt-Römisch-Katholische Kirche*

Im Zusammenhang mit dem Modernismusstreit versammelten sich im Februar 1908 in Chelsfield (England) eine Anzahl Priester und Laien, um in Übereinstimmung mit der Utrechter Erklärung von 1889 (s. o.) eine altkatholische Kirchenorganisation zu gründen. Noch im gleichen Jahr wurde der ehemals römisch-katholische Priester ARNOLD HARRIS MATHEWS (1853–1919) von dem Utrechter Erzbischof als alt-katholischer Regionalbischof für England konsekriert. Doch bereits zwei Jahre später löste die Utrechter Union die kirchliche Gemeinschaft mit Mathews, der 1916 resignierte. Sein Nachfolger, BERNARD MARIA (JAMES) WILLIAMS († 1952), wandte sich wieder der römisch-katholischen Tradition zu, verwarf die Utrechter Erklärung und bekannte sich 1925 mit einem Dekret vorbehaltlos zu den Beschlüssen des Tridentinums und des I. Vatikanums. Die damit konstituierte *Old Roman Catholic Church* (Veteris Romanae Catholicae Ecclesia) umfaßt neben dem englischen Bistum (Sitz: London) eine größere Kirchenprovinz mit sieben Diözesen in USA. Die deutsche Region, bestehend aus einer kleinen Gemeinde in Villingen/Schwarzwald (St. Gebhard), untersteht dem Londoner Metropoliten und wird von Pater Georg Schmitz (Titularbischof von Constantia, konkriert 1968) betreut; daneben sind drei Mönchsgeistliche u. a. in München und Bonn tätig. Von den römisch-katholischen Traditionalisten wird die St. Gebhards-Gemeinde beachtet, weil sie am Rituale Pius' V. festhält; das römisch-katholische Erzbistum Freiburg begegnet ihr mit Wohlwollen.

Lit.: G. SCHMITZ (Hg.): Die Alt-Römisch-Katholische Kirche. Auszug aus ihren Satzungen, Villingen 1971.

Die *Griechisch-Orthodoxe Metropolie von Deutschland* (Exarchat von Mitteleuropa) untersteht als Auslandskirche dem Ökumenischen Patriarchat von Konstantinopel und ist ein Teil der weltweit verbreiteten *orthodoxen Kirchengemeinschaft.* Die Metropolie umfaßt etwa 370 000 Gläubige in 43 Gemeinden mit drei Bischöfen und 48 Priestern. Amtssitz des Metropoliten ist Bonn.

Mit dem allgemeinen *Namen* »orthodoxe Kirchen« werden zwei verschiedene, im Charakter aber verwandte Kirchengruppen bezeichnet: (1) die im strengen Sinn orthodoxen oder auch *orthodoxen katholischen Kirchen,* die aus der alten byzantinischen Reichskirche herausgewachsen sind, und (2) die sogenannten *Orientalischen Nationalkirchen,* die sich im Zusammenhang mit dem Konzil von Chalcedon seit dem 5. Jahrhundert von der Reichskirche getrennt haben (nicht-chalzedonischen Kirchen; vgl. Exkurs 1).

1. Die Orthodoxe Katholische Kirche heute – Überblick

Die Gemeinschaft der Orthodoxen Katholischen Kirche umfaßt gegenwärtig 14 *»autokephale«* (voll selbständige), 7 *»autonome«* (verwaltungsmäßig selbständige, doch einem Patriarchat unterstehende) National- bzw. Regionalkirchen und einige *unabhängige* Kirchen (vorwiegend in Amerika) mit insgesamt etwa 120 Millionen Kirchengliedern in 350 Diözesen und 36 000 Gemeinden mit über 400 Bischöfen und mehr als 33 000 Priestern. Damit gehört etwa ein Zehntel der Weltchristenheit der orthodoxen Kirchengemeinschaft an, die sich in einer Art »orthodoxes Commenwealth« darstellt.

a) Als die vornehmste der autokephalen Kirchen gilt das *Ökumenische Patriarchat von Konstantinopel,* in der alten Kirche mit dem »gleichen Vorrecht« ausgestattet wie die Kirche von Rom. Es übt die Jurisdiktion über mehrere große Auslandsdiözesen (z. B. die griechischen Auslandskirchen in den USA, in Australien und in der BRD) wie auch über einige autonome, verwaltungsmäßig selbständige Kirchen (u. a. Kreta, Finnland) und über die Mönchsrepublik auf dem Athos mit etwa 1200 Mönchen; indessen ist die Kirche des Patriarchen in der Türkei nur eine kleine Kirche mit rund 12 000 Gläubigen in 68 Gemeinden. Neben dem Patriarchat von Konstantinopel stehen, ebenfalls durch die Ehrwürdigkeit des Alters herausgehoben: das *Patriarchat von Alexandrien* (Jurisdiktion u. a. über eine zentralafrikanische und eine ostafrikanische Metropolie und über Diözesen in Südafrika und Rhodesien) und das *Patriarchat von Antiochien* (Syrien, Libanon, Irak, Iran; ferner Amerika und Australien), dazu das *Patriarchat von Jerusalem* (Israel und Jordanien).

b) Einen besonderen Platz als mächtiges Einflußzentrum innerhalb der Orthodoxie nimmt das *Patriarchat von Moskau* ein, das mit 40 Millionen Gläubigen (Schätzung) die größte autokephale Kirche darstellt: autokephal seit 1448; 1589 Patriarchat, das aber 1721 von Peter dem Großen abgeschafft wurde; seit 1917 wieder mit einem Patriarchen. Von dem Patriarchat getrennt, seit 1971 aber nicht mehr unter dem Kirchenbann, leben etwa 3–5 Millionen *Altgläubige* oder Altritualisten, eine Abspaltung, entstanden aus der Ablehnung der gottesdienstlichen Reformen des Patriarchen Nikon (1652–1667); sie wurden von den Moskauer Synoden 1656 und 1666/67 verurteilt und waren heftigsten Verfolgungen ausgesetzt.

c) Eine zweite autokephale Kirche auf dem Gebiet der Sowjetunion, wenn auch kleiner als das Moskauer Patriarchat, ist die *Kirche von Georgien:* ein Katholikat/Patriarchat, bereits 643 autokephal geworden, 1811 von Zar Alexander I. in seiner Selbständigkeit aufgehoben. Das 1917 während der Revolution wieder erneuerte Katholikat umfaßt 15 Eparchien (Diözesen).

d) Die Georgische und die Russische Kirche sind tief im jeweiligen Volkstum verwurzelte Nationalkirchen von einer betonten Eigenständigkeit. Ein gleiches läßt sich von der Serbischen und der Bulgarischen Kirche sagen. Das *Patriarchat von Bulgarien* wurde im beginnenden 10. Jahrhundert eine selbständige nationale Kirche, geriet aber dann im Laufe seiner Geschichte in wechselnde Abhängigkeiten; 1870 als selbständige Kirche neu gegründet, wegen eines Schismas mit Konstantinopel dort aber erst 1945 anerkannt, seit 1951 wieder mit einem Patriarchen. Das *Patriarchat von Serbien* führt seine nationalkirchliche Tradition auf das frühe 13. Jahrhundert zurück. Das 1920 neu errichtete Patriarchat – ein erstes Patriarchat von Peč (1375) war 1459 wieder aufgelöst worden – übt seine Jurisdiktion im heutigen Jugoslawien aus. Es zählt 8,5 Millionen Gläubige mit Exarchaten im westlichen Ausland, während der Bulgarischen Kirche 6 Millionen orthodoxe Christen angehören. Neben der Serbischen Kirche hat sich 1958 im Rückgriff auf alte mazedonische Traditionen in Jugoslawien die *Mazedonisch Orthodoxe Kirche* konstituiert, doch ist ihre 1967 auch formell proklamierte Autokephalie von den anderen orthodoxen Kirchen nicht anerkannt worden; in drei Diözesen umfaßt sie etwa 500000 Gläubige; an der Spitze steht ein Erzbischof.

e) Mit 14 Millionen Gläubigen ist das *Patriarchat von Rumänien* (nach Moskau) die zweitgrößte Autokephalie. Sie ist 1925 durch Umgruppierung verschiedener Kirchengebilde entstanden; Vorläufer waren vor allem zwei kleine autokephale Kirchen auf dem Territorium des 1858 gebildeten unabhängigen Rumäniens gewesen. Sie ist die einzige orthodoxe Kirche mit einer modernen Liturgie-Sprache.

f) Weitere autokephale Kirchen sind: die *Orthodoxe Kirche in Polen* (1924 autokephal, 1948 vom Moskauer Patriarchat anerkannt), die *Orthodoxe Kirche in der Tschechoslowakei* (1951 von Moskau in die Autokephalie entlassen, aber von Konstantinopel nicht anerkannt), die *Orthodoxe Kirche von Albanien* (1937 von Konstantinopel für autokephal erklärt, allerdings unter den politischen Bedingungen nahezu erloschen).

g) Die meisten osteuropäischen orthodoxen Kirchen kommen aus dem Einflußbereich der slawischen Kultur; sie leben heute in sozialistischen Ländern. Den zahlenmäßig geringeren Anteil am »orthodoxen Commenwealth« stellt die *griechische Orthodoxie,* doch mit ihren 7 Millionen Gläubigen gehört sie zu den großen autokephalen Kirchen. Neben dem Ökumenischen Patriarchat, den beiden Patriarchaten Alexandrien und Jerusalem (das von Antiochien ist rein arabischer Nationalität) und der Orthodoxen Kirche von *Zypern* (seit 431 autokephal) repräsentiert vor allem die *Orthodoxe Kirche von Griechenland* das griechisch geprägte Traditionsgut. Sie wurde 1833 nach dem griechisch-türkischen Befreiungskampf gegründet und 1850 von Konstantinopel anerkannt; ihr Primas ist der Erzbischof von Athen. Allerdings erstreckt sich ihre Autokephalie nicht über das ganze Land; sie sog. Neuen Gebiete in Nordgriechenland (1913 und nach dem Ersten Weltkrieg angegliedert) unterstehen zwar verwaltungsmäßig und organisatorisch der Griechischen Kirche, sind aber kanonisch beim Ökumenischen Patriarchat verblieben. Unmittelbar zum Ökumenischen Patriarchat gehören die vier Metropolien des Dodekanes, eine Reihe von Klöstern (z. B. auf Patmos) und das halb-autonome Erzbistum Kreta.

h) Die Orthodoxie zeigt ein vielgestaltiges Gepräge, das von sehr unterschiedlichen geschichtlichen, politischen und kirchlichen Kräften geformt wurde. Die durch Migration oder Emigration, teilweise aber auch durch Mission entstandenen *orthodoxen Auslandsgemeinden,* die eine große Diaspora in der westlichen Welt bilden, machen die Vielgestaltigkeit der Orthodoxie besonders augenfällig. Ob in Westeuropa, in Nord- und Südamerika oder in Australien, meist stehen hier, je nach Herkunft der betreffenden Auslandsgemeinden, griechische, russische, serbische oder sonstige Exarchate (d. h. Auslandsbistümer, die ihrer heimatlichen Jurisdiktion unterstellt geblieben sind) nebeneinander. Einige autokephale *Emigrantenkirchen,* die aber von der übrigen Orthodoxie ziemlich isoliert sind, bereichern noch das Bild: die Russische Orthodoxe Kirche außer Landes, die Ukrainische Autokephale Orthodoxe Kirche im Exil, die Ukrainische Griechisch-Orthodoxe Kirche in Kanada. Die einzige autokephale Kirche im Westen, die auch bei einem Teil ihrer orthodoxen Schwesternkirchen im Osten einen Rückhalt hat, ist die 1970 durch das Moskauer Patriarchat in die Autokephalie entlassene *Orthodoxe Kirche von Amerika,* die aber von Konstantinopel nicht anerkannt wird.

Lit.: P. BRASIOTIS (Hg.): Die Orthodoxe Kirche in griechischer Sicht, 2 Bde, Stuttgart [2]1970 – F. HEILER: Die Ostkirchen, Basel 1971 (Neubearbeitung von »Urkirche und Ostkirche«, hg. v. H. HARTOG u. A. M. HEILER; Bibliographie) – E. v. IVÁNKA/J. TYCIAK/P. WIERTZ (Hg.): Handbuch der Ostkirchenkunde, Düsseldorf 1971 – JOH. MEYENDORFF: Die orthodoxe Kirche gestern und heute, Salzburg 1960 – K. ONASCH: Einführung in die Konfessionskunde der orthodoxen Kirchen, Berlin 1962 – B. SPULER: Gegenwartslage der Ostkirchen in ihrer nationalen und staatlichen Umwelt, Frankfurt/M. [2]1968 (Lit.) – A. PROC (Hg.): Jahrbuch der Orthodoxie. Schematismus, München 1977 (Ausg. 1978 engl.).

2. Der orthodoxe Glaube

a) Trotz der aus einer wechselvollen Geschichte erwachsenen Vielgestaltigkeit ist die Orthodoxie in ihrem geistlichen Leben wie in ihrem kirchlichen Aufbau die Kirche geblieben, die sich am Bild der alten Kirche der sieben ökumenischen Konzilien orientiert.

»Die Orthodoxe Katholische Kirche ist die Fortsetzung der Alten Kirche, genauer gesagt, sie ist mit ihr eins und identisch. Die Alte Kirche aber ist von dem menschgewordenen Logos Gottes gegründet, von den heiligen Aposteln in der Welt befestigt und ausgebreitet, durch die Sieben Ökumenischen und die Lokalen Synoden und durch die Väter organisiert und mit Ruhm umgeben worden« (Joh. N. Karmiris).

Der menschgewordene Logos, der die Kirche gegründet hat, ist anwesend. Die orthodoxe *Glaubenswelt* ist bestimmt von der mystisch-sakramentalen Gegenwart des Göttlichen. In der Liturgie, in den Mysterien, in den Bildern und den Heiligen, in vielfältigen Formen stellt diese Gegenwart des Göttlichen sich dar und formt das Leben der orthodoxen Christen. Aber so reich und mannigfaltig die Ausgestaltungen sind, alles scheint von einem einzigen Grundanliegen bestimmt: es geht um das Hineingenommen-sein in die Begegnung von Gott und Mensch, um die Vergöttlichung des Menschen, um das neue Leben in Christus. Was auch immer die Lehre im einzelnen entfaltet, orthodoxer Glaube will nichts anderes als der einen Wahrheit Ausdruck geben: Christus hat der todesverfallenen Welt das göttliche Leben gebracht.

b) Die Lehre von der *Erlösung* stellt das Grundanliegen orthodoxer Gläubigkeit wie auch die Unterschiedenheit vom westlichen Denken besonders stark heraus. Während das Abendland, den Gedanken Augustins folgend, das Gefühl für die Sündhaftigkeit und

Verderbnis des Menschen ausprägt und Christi Erlösungstat als Rechtfertigung, als Befreiung von der Sünde interpretiert, predigen die Kirchen des Ostens Christi Sieg über Tod und Vergänglichkeit. Der Tod, durch Adams Sündenfall in die Welt gekommen, war die letzte und schwerste Folge davon, daß Adam (»Gottes Bild und Gleichnis«) durch seine Übertretung die natürliche Ausstattung, die das göttliche Bild schmückenden Gaben der ursprünglichen Gerechtigkeit verlor. Tod und Verderbnis regierten nun die Welt, wenngleich das göttliche Bild im Menschen nicht völlig ausgelöscht war, sondern nur verhüllt und verdunkelt blieb (»umkleidet mit dem Purpur der Finsternis wie eine übermalte Ikone«). Der göttliche Logos aber, indem er die menschliche Natur annahm, stellte das ursprüngliche Ebenbild wieder her; Christus, der Gottmensch, hat durch seine Auferstehung den Tod besiegt und das Todesverhängnis überwunden. Er nimmt die Glaubenden hinein in sein göttliches Leben, in die Ostern neu erstandene Schöpfung. Vor allem im Gottesdienst, in der Eurcharistie, geschieht an den Gläubigen diese mystisch-sakramental verstandene Vereinigung mit dem göttlichen Erlöser, eine Verwandlung geheimnisvoller Art, die den Menschen, seine Natur wie seine Vernunft mit göttlichen Kräften durchdrungen sein läßt und ihn zum Leben nach Gottes Geboten befähigt. »Gott wurde Mensch, auf daß der Mensch vergottet würde« (Athanasius). Im Gottmenschen Jesus Christus ist die nach beiden Seiten hin vollkommene Vereinigung des ewigen Logos mit der menschlichen Natur Wirklichkeit geworden.

Menschwerdung und *Auferstehung* Christi sind die Bezugspunkte, von denen aus orthodoxer Glaube das Erlösungsgeschehen betrachtet. Jesu Kreuzestod hingegen steht nicht in gleichem Maß im Mittelpunkt des theologischen Denkens. Obgleich Jesu Sterben eindringlich beschrieben werden kann, so mag die Orthodoxie dem Kreuzestod nicht jenes theologische Gewicht zugestehen, das ihm die abendländische Theologie beigemessen hat. Die im Westen bestimmend gewordene Satisfaktionslehre des Anselm († 1109) erscheint orthodoxem Empfinden als eine Verflüchtigung des Heilsgeschehens ins Juristisch-Formale. Um Christi Tod zu deuten, greift man lieber zu alten Bildern vom Tod Christi als Lösegeld oder als Angelköder, der dem Satan hingeworfen wird. Mit dieser Eigenart im Heilsverständnis hängt es auch zusammen, daß das gepredigte Wort, bei aller neugewonnenen Wertschätzung der Predigt im Gottesdienst, für den orthodoxen Christen nicht die gleiche heilsvermittelnde Funktion besitzt wie für die reformatorischen Kirchen. Nicht auf Vergebung und Versöhnung liegt der Ton, sondern auf Verwandlung und Wiederherstellung des Seins, nicht auf Sünde und Wiedergutmachung, sondern auf Annullierung des Todes. Es ist das furchtbare und dunkle Geheimnis, daß der Mensch dem Tod anheimfallen mußte; es ist das selige Wunder, daß er wieder zum Leben gekommen ist. Die hohe Verehrung, die der Gottesmutter (Theotokos) in Liturgie, Gebet und Frömmigkeit zuteil wird, gilt diesem Wunder: Maria, die Gottesgebärerin, ist »die Brücke, die den Menschen zum Licht hinaufführt«.

c) Der Sieg über den Tod und die neue, österliche Schöpfung sind nicht nur die Grundmotive des Erlösungsverständnisses, sie beherrschen auch das orthodoxe Bild der *Kirche*. Ein juristisch geprägtes Kirchenverständnis, wie es die römische Kirche ausgebildet hat, erscheint dem Orthodoxen einseitig und anstößig. Die Kirche ist für ihn ein geistlicher Organismus, die Vereinigung der Christen mit ihrem gottmenschlichen Erlöser; auch Engel, Heilige und die geretteten Verstorbenen gehören dazu. Zwar hat die Kirche auch eine irdische, kirchenrechtlich geordnete Seite; desgleichen ist sie Hüterin der Wahrheit (es ist »dasselbe, ob du von der Schrift oder von der rechtgläubigen Kirche belehrt wirst«; Dositheos von Jerusalem, Bekenntnis 1672). Aber die Kirche bewahrt die Wahrheit nicht kraft äußerer Garantien, sondern weil sie als Ganze in der Wahrheit lebt. Die Entscheidung eines ökumenischen Konzils bedarf, um verbindlich für die ganze Kirche zu sein, der Rezeption, der Annahme durch das Pleroma der Kirche, der Hierarchie wie der Gläubigen.

Die Abgrenzung von römisch-katholischen Denkweisen greift gelegentlich noch weiter in die ekklesiologische Konzeption. Nicht von ungefähr steht in der heutigen orthodoxen Theologie die von dem russischen Emigrantentheologen Nikolaj Afanas'ev (1893–1966) entwickelte sog. »*eucharistische Ekklesiologie*« zur Debatte. Auf die eucharistische Gemeinde zurückgehend stellt sie dem römischen Universalismus die bischöfliche Ortskirche gegenüber, die nichts anderes ist als die mit ihrem Bischof zur Eucharistie versammelte Gemeinde. Weil in ihr der ganze Christus gegenwärtig ist, so ist sie auch im vollen Sinne Kirche; die Summe aller Ortskirchen kann nicht in einem höheren Maß Kirche sein als jede einzelne für sich allein. Obgleich nicht unumstritten, hat diese Auffassung vielfach Anklang gefunden, ähnlich wie die im 19. Jahrhundert durch Alesksej Chomjakov (1804–1860) entwickelte Theorie von der »*sobornost'*« (das bei der Übersetzung der französischen Werke Chomjakov's geprägte Wort könnte man etwa als »Gemeinschaftlichkeit« fassen), die das charismatische Miteinander des gesamten Kirchenvolkes als wesentliches Moment für das In-der-Wahrheit-sein der Kirche betonte.

d) Die irdische Kirche ist jedoch nicht ohne die himmlische denkbar. Wie sehr beide ineinandergreifen, das wird dem Orthodoxen immer wieder im *Gottesdienst* bewußt, wo sich über dem Kirchenraum die große Kuppel wölbt, von der das Bild des erhöhten Herrn, des Pantokrator auf die Gläubigen herabschaut, auf den sichtbaren Teil der Kirche, auf die Welt, in der die Gläubigen leben, über die aber der erhöhte Herr seine Leitung und Herrschaft ausübt. Auch die himmlische Welt ist präsent; von den Bildern der Ikonostase schauen sie auf die feiernde Gemeinde: Johannes der Täufer, die Gottesmutter, die Apostel, Propheten und Heilige – die Kirche als ganze und in diesem vollen Sinn katholisch.

e) Eine besondere Rolle im orthodoxen Glauben spielen die Bilder oder *Ikonen,* in denen sich dem Gläubigen ein Stück weit die himmlische Welt öffnet. Im Bilderstreit 726–843 hatte man hart darum gerungen, ob es theologisch zulässig sei, Christus und mit ihm die himmlischen Hierarchien im Bilde darzustellen und zu verehren. Den Sieg über die byzantinischen Bilderstürmer feiert die orthodoxe Kirche alljährlich am ersten Sonntag der vorösterlichen Fasten, dem Fest der Orthodoxie. »Deine göttliche Gestalt im Bilde darstellend verkündigen wir klar, o Christe, deine Geburt, deine unaussprechlichen Wunder, deine Kreuzigung«. Freilich, die himmlischen Geheimnisse selbst kann der Gläubige in den Bildern nicht greifen; sie bleiben unerreichbar. Aber die orthodoxe Ikone ist doch mehr, als der Abendländer in einer bildlichen Darstellung zu sehen gewohnt ist. Sie ist nicht nur Symbol, nicht einfach sinnenfällige Beschreibung des Dargestellten; das Urbild selbst wird transparent, und die Verehrung, die man dem Bilde darbringt, geht über auf die dargestellte Person (7. Ökumenisches Konzil).

f) Der orthodoxe Glaube verdichtet sich zu einer großen *Anschauung,* doch nicht in dem Sinne, als hätte sich hier die Frömmigkeit ein Weltbild aus christlichen und philosophischen Elementen zusammengesetzt. Die große Glaubensschau, die in der Kirche lebendig ist, will nichts anderes sein als dies, was die Bibel verkündet: die *Wahrheit der Apostel.* Schrift und apostolische Überlieferung – die apostolische Überlieferung als Interpretation und zugleich als Ergänzung der Schrift – sind die Quellen der Glaubensschau, während die Beschlüsse der sieben ökumenischen Konzilien die maßgebliche Fixierung der Lehre darstellen. Alle späteren Lehrtexte haben nur eine abgeleitete Bedeutung. Als Zusammenfassung der alten apostolischen Tradition gilt das *Nicäno-Konstantinopolitanum,* das deshalb auch auf die Gewänder der Bischöfe gestickt wird (anschaulich) und in dessen Formulierung sich Osten und Westen an einer Stelle unterscheiden. Der Osten kennt nicht das abendländische »*Filioque*«, d. h. die Lehre, daß der Heilige Geist vom Vater

»und dem Sohn« ausgeht. Die Orthodoxie lehnte die Einfügung des »Filioque« in das Glaubensbekenntnis im 11. Jahrhundert ab, weil sie Gott als den schlechthin transzendentalen Urgrund allen Seins versteht und nur eine zeitliche Sendung des Geistes durch den Sohn annimmt.

Lit.: JOH. KARMIRIS (Hg.): Dogmatica et Symbolica Monumenta Orthodoxae Catholicae Ecclesiae, 2 Bde, Graz ²1968 – JOH. KARMIRIS/E. v. IVÁNKA: Repetitorium der Symbole und Bekenntschriften der griech.-orthodoxen Kirche in lateinischen (bzw. dt. u. franz.) Übersetzungen, Düsseldorf 1969 – S. BULGAKOW: L'Orthodoxie, Paris 1930 – R. STUPPERICH: Die Russische Orthodoxe Kirche in Lehre und Leben, Witten 1966 – J. MEYENDORFF: Byzantine Theology. Historical trends and doctrinal themes, New York 1974 – JOH. KARMIRIS: Abriß der dogmatischen Lehre der Orthodoxen Katholischen Kirche, in: P. BRATSIOTIS (s. o. Nr. 1) I, 15–120 – W. NYSSEN: Das Zeugnis der Bilder im frühen Byzanz, Freiburg 1962 – K. ONASCH: Die Ikonenmalerei. Grundzüge einer systematischen Darstellung, Leipzig 1968 – DERS.: Ikonen, Berlin 1961.

3. Gottesdienstliches Leben

a) Im Gottesdienst, dem Mittelpunkt des geistlichen Lebens, wird der Glaube der Kirche erlebte Gegenwart und erhalten der einzelne wie die Gemeinschaft Orientierung und Impulse für das Leben. Der eucharistische Gottesdienst, die sog. *Göttliche Liturgie,* geht einher mit großer Prachtentfaltung, feierlicher Symbolik, klangvollen Responsorien und Chorgesängen. Der *Kirchenraum* verbreitet eine eigentümliche Atmosphäre. Die Bilderwand (*Ikonostase*) mit ihren Darstellungen heilsgeschichtlicher Ereignisse und Personen trennt Altarraum und Kirchenschiff. Durch ihre Türen – die mittlere ist die »Schöne« oder »Königliche Pforte« – erfolgen die beiden Einzüge während der Göttlichen Liturgie. Auf Pulten liegen Ikonen, vor denen sich die Gläubigen verneigen. Über dem Raum spannt sich die Kuppel mit dem Bild des Pantokrators wie das Abbild des Himmels. Der Gottesdienstraum will mit seiner symbolträchtigen Gestaltung den Gläubigen in das Heilswerk Christi hineinziehen und die Heilsgeschichte in allen ihren Stufen sinnenhaft greifbar machen: der Herr wird geboren, getauft, verklärt; er predigt, leidet, stirbt, aufersteht und vollendet alle Dinge.

b) Die *Form* des Gottesdienstes ist in einigen alten Liturgien vorgegeben. Vorherrschend ist heute die *Chrysostomos-Liturgie,* während die gleichartig strukturierte, umfangreichere und ursprünglich vornehmlich gebrauchte *Basilius-Liturgie* nur noch zehnmal im Jahr benutzt wird (u. a. am Basiliustag und an den Sonntagen der vorösterlichen Fastenzeit). Eine *Jakobus-Liturgie* wird an dem Tag dieses Heiligen gefeiert (23. Oktober). Die »Liturgie der vorgeweihten Gaben« ist eine Sonderform für bestimmte Fastentage, bei der am Sonntag zuvor konsekrierte Gaben für die Kommunion verwendet werden. Alle Liturgien sind im sog. *Liturgikon* zusammengefaßt und in allen autokephalen Kirchen gleich, nur unterschieden durch die verschiedenen Kirchensprachen.

c) Der Gottesdienst beginnt mit der *Proskomidie,* der Zubereitung der Gaben (»Opferung des Lammes«), die griechischer Brauch gewöhnlich mit dem *Orthros* (Morgengottesdienst; s. u.) verbindet und die sich hinter den geschlossenen Türen der Bilderwand abspielt: aus einem gesäuerten Brot (*Prosphora*) schneidet der Priester mit der sog. »Lanze« das quadratische Mittelstück heraus, das sog. »Lamm« oder »Siegel«, das später, in der *Anaphora,* konsekriert werden wird; um dieses Lamm herum legt er Partikel anderer Brote, Sinnbilder für die um das Lamm gescharte irdische und himmlische Kirche. Alle

Handlungen sind voll heilsgeschichtlicher Anspielungen und Deutungen; biblischer Sinngehalt gibt der kleinsten liturgischen Verrichtung Symbolkraft, z. B. wenn der Priester den sog. Asteriskos (ein sternförmiger Bügel) nimmt, über den das Aër oder Velum gelegt wird, und wenn er ihn über den Diskos mit den Gaben stellt und spricht: »Und der Stern kam und blieb über dem Ort, wo das Kind war«.
Im ersten Hauptteil des Gottesdienstes (die sog. *Katechumenenliturgie*)findet der »Kleine Einzug« mit dem Evangelienbuch statt. Geführt von Leuchterträgern treten der Diakon mit hocherhobenem Evangelienbuch und nach ihm der Priester aus der linken (der nördlichen) Tür der Ikonostase in das Mittelschiff. Wenn sie den Raum durchschreiten und durch die Königliche Pforte – die Meßdiener durch die südliche Tür – in den Altarraum zurückkehren, sieht der Gläubige in dieser Prozession den Weg Christi zu seiner irdischen Predigtwirksamkeit abgebildet. Es folgen Epistel- und Evangelienlesung (keine alttestamentlichen Texte), dann ein umfangreicher Gebetsteil mit der »Inständigen Ektenie« und der Katechumenen-Ektenie (Ektenie = Fürbitte mit anschließender Doxologieformel). Es schließen sich zwei Gläubigen-Ektenien an, mit der die *Gläubigen-Liturgie* beginnt, der zweite Hauptteil des Gottesdienstes, in dem der »Große Einzug« mit den eucharistischen Gaben stattfindet, der den Weg Jesu in das Leiden versinnbildlicht.
Wenn die feierliche Prozession zum Abschluß des Großen Einzuges zur Königlichen Pforte zurückgekehrt ist, wendet sich der Priester der Gemeinde zu, um die einzelnen Stände der Gemeinde mit den Gaben zu segnen. Während die Gaben zurückgetragen werden auf den Altar, schließt der Chor den Cherubinischen Hymnus ab: »...um den König des Alls zu empfangen, der von speertragenden Engelscharen unsichtbar geleitet wird. Halleluja, halleluja, halleluja«. Im Altarraum folgen die Darbringungs-Ektenie, der Friedenskuß, das Glaubensbekenntnis und schließlich die *Anaphora* (Darbringung) mit den Einsetzungsworten und der Epiklese (Bitte um den Heiligen Geist) als Höhepunkte.

Antiwestliche Polemik legte den Konsekrationsmoment auf die Epiklese fest. Doch hat die Orthodoxie der ganzen Anaphora konsekratorische Bedeutung beigemessen. Der Transsubstantiationsgedanke der lateinischen Kirche gibt nur unvollkommen das Geheimnisvoll-Umfassende des orthodoxen Wandlungsverständnisses wieder.

Nach dem Eucharistiegebet, einer Bitt-Ektenie und dem Vaterunser folgt die *Kommunion.* Heißes Wasser, das sog. Zeon, das in den Kelch gegossen wird, erwärmt den Abendmahlswein auf die Temperatur des lebensspendenden Blutes. Priester und Diakon kommunizieren im Altarraum unter beiderlei Gestalt. Die Laien treten vor die Königliche Pforte und empfangen aus dem Kelch die gemischten Gaben mit einem Löffel. Auch Kinder und Säuglinge empfangen die Eucharistie. Die Predigt steht meist am Ende des Gottesdienstes, danach folgt der Segen. Bevor die Gläubigen den Gottesdienstraum verlassen, küßt jeder die Hand des Priesters und empfängt das Antidoron, geweihtes aber nicht konsekriertes Brot, das auch Nichtorthodoxen gereicht werden darf.
Die Göttliche Liturgie wird nicht unter zwei Stunden gefeiert. Für den orthodoxen Christen ist sie die Mitte des Glaubenslebens. Er beteiligt sich an dem Gottesdienst durch Symbolhandlungen und Gebärden, durch das Küssen der Ikonen, Verneigung und Kniefall, Beräucherung, Kreuzschlagen, Mitbeten des Vater-unser und des Glaubensbekenntnisses, Einstimmen in das oft wiederkehrende »Kyrie eleison« und »Amen«.

d) Außer dem eucharistischen Gottesdienst gehören zum festen Bestand orthodoxer Gemeindefrömmigkeit: die Vesper (Hesperinos, besonders vor großen Festen), der Morgengottesdienst (Orthros) und die übrigen Stundengebete. Der *Morgengottesdienst* ist durch das Vorherrschen österlicher Freude ausgezeichnet, während zur *Vesper* die sieben Leuchtergebete gehören und der Einzug mit dem Evangelienbuch (an besonderen Festen) oder Weihrauchfaß. An besonderen Festtagen werden von den Gläubigen mitgebrachte Nahrungsmittel (Brot, Wein, Öl, Weizenkörner) bei der Vesper gesegnet. Die russische Tradition läßt bereits unmittelbar auf die Vesper den Morgengottesdienst folgen; die griechisch geprägten Kirchen feiern ihn vor der Göttlichen Liturgie und verbinden ihn mit der Proskomodie.

e) Das orthodoxe *Kirchenjahr* ist reich gestaltet. Die Festtage wechseln mit Fasttagen (u. a. jeder Mittwoch und Freitag) und Fastenzeiten (vorösterlich und vorweihnachtlich, vor dem Fest der Apostel Petrus und Paulus und vor Mariä Heimgang). Besondere Höhepunkte des Kirchenjahres bilden die zwölf *Hochfeste:* Mariä Geburt (8. 9.), Kreuzerhöhung (14. 9.), Weihnachten (25. 12.), Epiphanias (6. 1.), Einzug Jesu in den Tempel (2. 2.), Mariä Verkündigung (25. 3.), Verklärung Christi (6. 8.) und Mariä Heimgang (15. 8.; die Dogmatisierung der Assumpta durch die römisch-katholische Kirche lehnt die orthodoxe Kirche ab, nicht aber die Lehre selbst). Hinzu kommt der bewegliche *Festzyklus*: Palmsonntag, Christi Himmelfahrt, Pfingsten und das alle anderen Feste überragende Osterfest, das höchste Fest der Orthodoxie. Alle Feste dienen der kultischen Vergegenwärtigung des Heilsgeschehens und sind erlebte Heilsgegenwart.

f) Ein wichtiges Stück gottesdienstlichen Lebens bilden die verschiedenen *Weihehandlungen,* von denen sich die sieben *Mysterien* abheben. (1) *Taufe* mit vorausgehendem Katechumenenritus (dreimaliges Anhauchen, dreimalige Bekreuzigung, Exorzismus als Absage an den Satan und Zusage bzw. Übergabe an Christus, Glaubensbekenntnis), Herabrufen des Heiligen Geistes auf das Taufwasser und dreimaliges Untertauchen des Täuflings; (2) mit der Taufe verbunden ist die *Myron-Salbung,* die der lateinischen »Confirmatio« entspricht und die durch die Spendeformel als »Besiegelung der Gabe des Heiligen Geistes« ausgewiesen wird (Bitte um den Heiligen Geist; Salben des Täuflings an Stirn, Augen, Nase, Mund und Ohren, an Brust, Händen und Füßen mit dem Myron, einem Öl, dem über 50 aromatische Stoffe beigemischt sind und das jeweils vom Oberhaupt der betreffenden autokephalen Kirche geweiht wird); (3) *Eucharistie,* die auch Kindern gereicht wird; (4) *Beichte,* bei der Bußübungen auferlegt werden können (als pädagogische Hilfe, nicht zur Satisfactio); (5) *Ehe* mit Krönung der Brautleute; (6) *Krankenölung,* gespendet zur Heilung körperlicher und geistiger Gebrechen (sieben Salbungen mit Öl und Wein nach dem Beispiel des barmherzigen Samariters); (7) *Weihe* der Bischöfe, Priester und Diakone (erfolgt innerhalb der Liturgie). Die enge Verbindung zwischen dem Bischof und seiner Gemeinde bekundet sich bei der *Bischofsweihe* darin, daß die Gemeinde, wenn dem neugeweihten Bischof die Gewänder angelegt werden, in den Axios-Ruf ausbricht. Die Bischofsweihe wird in der Regel von drei Bischöfen vollzogen. Der Weihekandidat spricht das Glaubensbekenntnis. Die konsekrierenden Bischöfe legen ihm das aufgeschlagene Evangelienbuch und die Hände auf. Die Weihe wird mit den Worten angekündigt: »Die Gnade Gottes, die stets das Schwache heilt, und das, was fehlt, ergänzt, bestimmt den Knecht Gottes N. N. zum Bischof der von Gott erwählten und erretteten Eparchie N. N. Laßt uns darum für ihn beten, daß die Gnade des Heiligen Geistes auf ihn komme.«

g) Als Verwirklichung und Ausdruck des Geheimnisses der göttlichen Gegenwart in der Kirche ist das *liturgische Geschehen* zugleich die Verkündigung der dogmatischen Wahrheit. So bildet es das Zentrum orthodoxer Frömmigkeit und bestimmt in hohem Maß auch das sittliche Verhalten der Gläubigen. Es gibt dem Leben des Orthodoxen seinen Rhythmus, indem es den Gläubigen zu Buße und Fasten, zur Verherrlichung des Schöpfers und zur Freude des messianischen Gastmahls einlädt, ihn jeden Tag, zu jeder Jahreszeit und bei jedem persönlich entscheidenden Ereignis (Geburt, Hochzeit, Krankenlager, Sterbebett) in die großen Geschehnisse der Offenbarung hineinnimmt und ihm bei jedem Anlaß die Gnade der Erlösung mitteilt.

Texte: J. GOAR: Euchologion sive rituale Graecorum, Graz 1960 (unveränderter Nachdruck d. 1730 in Venedig erschienenen Ausgabe) – S. HEITZ (Hg.): Der Orthodoxe Gottesdienst, Bd. I: Göttliche Liturgie und Sakramente, Mainz 1965 – A. v. MALTZEW: Die göttlichen Liturgien unserer heiligen Väter Johannes Chrysostomus, Basilius des Großen und Gregorius Dialogos, Berlin 1890 (Nachdr. Darmstadt 1967) – *Darstellungen:* K. CH. FELMY: Kultsymbolik des orthodoxen Christentums, in: Symbolik des Orthodoxen Christentums und der kleineren christlichen Kirchen in Ost und West, Stuttgart 1968, 6–46 – N. GOGOL: Betrachtungen über die Göttliche Liturgie, Freiburg ^{2}1954 – F. HEILER: Der Gottesdienst in der Orthodoxen Kirche, in: R. STUPPERICH (Hg.): Die Russische Orthodoxe Kirche in Lehre und Leben, Witten 1966, 118–138 – H.-J. SCHULZ: Die byzantinische Liturgie. Vom Werden ihrer Symbolgestalt, Freiburg 1964 – DERS.: Liturgie, Tagzeiten und Kirchenjahr des byzantinischen Ritus, in: E. v. IVÁNKA (Hg.): Handbuch der Ostkirchenkunde, Düsseldorf 1971, 332–385.

4. Verfassung – Kirche und Staat

a) Die *Verfassung* der orthodoxen Kirchen ist hierarchisch aufgebaut.
(1) Der *Bischof* repräsentiert mit seiner Eparchie die Ortskirche. Alle orthodoxen Bischöfe sind nach göttlichem Recht gleich; keiner kann in die Eparchie eines anderen hineinregieren. Die Bischöfe einer autokephalen Kirche sind gemeinsam verantwortlich für das, was diese Kirche an grundsätzlichen Fragen zu entscheiden hat. Sie bilden die *Heilige Synode der Hierarchie,* auf welcher der Bischof der kleinsten Eparchie das gleiche Recht besitzt wie der Vorsteher der Synode. Die Synode der Hierarchie überträgt die Abwicklung der laufenden Geschäfte einem Bischofsrat, der sog. *Ständigen Synode* (in der russischen Kirche: Heiliger Sinod), deren Zusammensetzung die einzelnen autokephalen Kirchen unterschiedlich regeln. Den Vorsitz führt immer das jeweilige Oberhaupt, das im Kreis seiner Mitbischöfe allerdings nur »Erster unter Gleichen« sein soll, ebenso wie die verschiedenen bischöflichen Rangstufen (Bischof, Metropolit, Erzbischof; in der russischen Kirche ist die Reihenfolge: Bischof, Erzbischof, Metropolit) nur eine unterschiedliche Verwaltungskompetenz begründen. Eine Art Zentralgewalt üben Patriarch und Heiliger Sinod in der russischen Kirche aus, nicht ohne Wunsch und Willen des Staates; sie setzen die Bischöfe ein, sie können sie versetzen und absetzen.
(2) Die orthodoxen *Priester* dürfen verheiratet sein, die Bischöfe nicht. Die drei *Weihestufen* sind: Diakon, Priester, Bischof. Für größere Bezirke innerhalb einer Eparchie sind Bischöfliche Bevollmächtigte zuständig. Eigentümlich ist in der orthodoxen Kirche die Rolle der *Laien,* wenngleich nicht vergleichbar mit der Bedeutung, die protestantische Kirchen dem Laien geben. Die Laien sind meist an der Wahl der Bischöfe und Priester beteiligt; sie bilden die Beiräte für die Verwaltung der Kirchengüter; im *Kirchengemeinderat* oder Pfarreirat regeln sie die äußeren Belange der Gemeinde. Ohne Laien kann in der Orthodoxie kein Gottesdienst gefeiert werden; auf diesen Grundsatz legt die Orthodoxie besonderen Wert, um die Zusammengehörigkeit von Bischof (vertreten durch den Priester) und Gemeinde zu bekräftigen.
(3) Wie die Orthodoxie die Gleichheit der Bischöfe betont, so auch die Selbständigkeit und Unabhängigkeit der einzelnen *autokephalen Kirchen.* Keine Kirche darf sich in die Angelegenheiten einer anderen einmischen. Jede autokephale Kirche entscheidet für sich, welche Liturgiesprache zu benutzen ist, welche Verfassung das Leben der Kirche ordnet, wie das Verhältnis zum Staat zu bestimmen ist, wieviel Eparchien und Metropolitansitze einzurichten sind u. a. Auch die Kanonisierung ihrer Heiligen bleibt jeder autokephalen Kirche selbst überlassen.

(4) Jede orthodoxe Kirche ist an die Entscheidungen der *Sieben Ökumenischen Konzile* gebunden, sowohl an deren Glaubensdefinitionen als auch an ihre kirchenrechtlichen Bestimmungen. Die Kanones, die sie erlassen haben, dazu die von der Sechsten Ökumenischen Synode (Konstantinopel 680/81) bestätigten Kanones einiger Partikularsynoden, sind allgemein geltendes Recht; gleiches gilt für das Recht, das aufgrund der Übereinstimmung aller orthodoxen Teilkirchen inkraft ist (offizielle Sammlung des orthodoxen kanonischen Rechtes: »Syntagma der heiligen und göttlichen Kanones«). Abweichungen sind einer Kirche nur in Ausnahmesituationen erlaubt, der »Oikonomia wegen«, d. h. um des Wohls der Kirche willen in ausnahmsweiser Anpassung an bestimmte Situationen. Das Gebotene ist stets die »Akribie«, seine strenge Einhaltung.
(5) Die höchste Autorität innerhalb der Orthodoxie kommt der Versammlung aller Bischöfe zu, dem *Ökumenischen Konzil.* Seitdem das 2. Konzil von Nicäa (787) die klassische Periode der Sieben Ökumenischen Konzile abgeschlossen hat, ist kein weiteres Konzil im Sinne der Orthodoxie zustande gekommen. Die Nachteile dieser Situation sind offenkundig; sie haben den früheren Patriarchen von Konstantinopel, Athenagoras I. († 1972), zu einem energischen Vorstoß zu einer panorthodoxen Synode veranlaßt. So steht die Orthodoxie heute am Vorabend einer »Großen und Heiligen Synode«, die – obgleich nicht als Ökumenisches Konzil geplant – die gesamte Orthodoxie vereinen wird. Zu ihren Beratungspunkten gehören Themen der Diaspora, der Autokephalie, des Kalenders, der Fastenbestimmungen, der Ehehindernisse, der Beteiligung der Laien am Leben der Kirche und der Beziehungen zu anderen Kirchen.

Lit.: H. Kotsonis: Verfassung und Aufbau der Orthodoxen Kirche, in: P. Bratsiotis (s. o. Nr. 1), Teil 1, 169–174 – N. Milacz: Das Kirchenrecht der morgenländischen Kirche, Mostar ²1905 – I. Smolitsch: Das Kirchenrecht in der Russischen Kirche, in: R. Stupperich (Hg.): Die Russische Orthodoxe Kirche in Lehre und Leben, Witten 1966, 139–166.

b) Das *Verhältnis von Kirche und Staat* ist in allen sozialistischen Ländern durch gesetzliche Bestimmungen des Staates geregelt, die den Behörden eine Handhabe bieten, das kirchliche Leben zu kontrollieren und es im Rahmen des politischen Ermessens zu fördern oder zu behindern.
(1) In der *Sowjetunion* basiert das Verhältnis von Staat und Kirche auf folgender *Rechtsgrundlage:* Dekret über die Trennung der Kirche vom Staat (1918), das allen Kirchenbesitz in Staatseigentum überführte, inzwischen aber weitgehend überholt bzw. modifiziert ist; Verordnung über religiöse Vereinigungen (1929, Neufassung 1975); Verfassung der UdSSR (1977; frühere Verfassungen 1924, 1929 abgeändert, 1936), die den Bürgern eine freie Religionsausübung verbürgt; Statut des Moskauer Patriarchats (1945). Kontroll- und Anlaufstelle für die kirchlichen Belange ist der »Rat für die religiösen Angelegenheiten beim Ministerrat der UdSSR«, der in allen regionalen Verwaltungseinheiten Dienststellen unterhält. Der Rat entscheidet u. a. über die Unbedenklichkeit der Bischofskandidaten, aber auch der Gemeindegeistlichen, ggf. über einen zu wählenden Patriarchen, und er bestimmt, ob und mit welcher Maßgabe das Moskauer Patriarchat ein Bischofskonzil halten darf. Der Rat überwacht die kirchlichen Aktivitäten und Auslandskontakte; er veranlaßt Versetzungen und die Schließung von Kirchen, wenn es ihm geboten erscheint.
(2) Die *Situation in der UdSSR* ist dadurch gekennzeichnet, daß Staat und Partei die atheistische Propaganda fördern und ein Wiederaufleben von Religion und Kirche verhindern wollen. Kirchliches Leben bleibt auf die Gottesdienste in den wenigen geöffneten Kirchen beschränkt; karitative, missionarische und erzieherische Tätigkeiten sind der Kirche verboten (in anderen sozialistischen Ländern wird den Kirchen allerdings mehr Spielraum gelassen, z. B. eigene Schulen, Publikationen, Alters- und Erholungsheime). Seit 1945 darf die Kirche in begrenztem Umfang wieder über eigenen Besitz verfügen; das

sind gottesdienstliche Gebäude, klösterliche Landwirtschaft, Kerzenfabriken. Für bestimmte Rechtsakte wird der Kirche heute das Recht einer juristischen Person zugestanden, doch ergeben sich in der Praxis oftmals Schwierigkeiten. Wenn eine Gemeinde eine Gottesdienststätte einrichten will, muß sie eine Zwanzigergruppe bilden, die sog. Dvacatka (meist identisch mit dem Pfarreirat), und sich bei der zuständigen Behörde registrieren lassen; ihr Antrag auf Baugenehmigung oder Überlassen eines Kirchenraumes wird jedoch in den seltensten Fällen positiv entschieden. Unter den gegebenen Umständen kann die russische Kirche allenfalls einen Modus vivendi erreichen; das bedeutet eine möglichst reibungslose Kooperation mit dem Staat. Der größte Teil der Hierarchie, vor allem der Heilige Sinod, und die meisten Vertreter des Patriarchats lassen sich von dieser Überlegung mitbestimmen, wenn sie in den Konferenzen der Religionen für den Frieden, der Christlichen Friedenskonferenz, den sowjetischen Friedenskomitees und den Freundschaftsgesellschaften zwischen der Sowjetunion und anderen Ländern sich aktiv beteiligen. Allerdings sehen sie sich einer nicht unbeachtlichen innerkirchlichen Opposition gegenüber, die seit der Chrustschow'schen Verfolgungswelle (1959–64) immer stärker hervorgetreten ist. Sie kämpft nicht gegen das Staatskirchengesetz oder die sowjetische Staats- und Gesellschaftsform, aber sie protestiert gegen die behördliche Willkür. Sie beruft sich auf die verfassungsmäßig garantierte Religionsfreiheit und wirft der Hierarchie Willfährigkeit gegenüber den staatlichen Organen vor.

(3) Die Kirchenpolitik in den anderen *sozialistischen Staaten* ist prinzipiell an derjenigen der Sowjetunion orientiert; dies gilt nicht nur für das Verhältnis zu den orthodoxen Kirchen, sondern auch zu den anderen christlichen Kirchen. Zwischen den Staatssekretariaten für kirchliche Angelegenheiten in den einzelnen Ländern finden regelmäßig Konsultationen statt, die eine gemeinsame Strategie ermöglichen. Indessen wird das Verhältnis von Staat und Kirche jeweils von pragmatischen Entscheidungen bestimmt, welche die konkreten politischen Gegebenheiten, die örtlichen Zustände und die personellen Verhältnisse berücksichtigen, so daß sich von Land zu Land eine recht unterschiedliche Situation ergeben kann (gelegentlich sogar innerhalb eines Landes). Auch ist zu bemerken, daß in der wissenschaftlichen Diskussion marxistischer Philosophen und Soziologen gegenüber früheren Theorien eine differenziertere Bewertung der religiösen Phänomene (kirchliches Leben) vorgenommen wird, die sich im politischen Kalkül verwerten läßt.

(4) In einer prekären Lage gegenüber dem Staat befindet sich das *Patriarchat von Konstantinopel,* das in der Türkei einen auf den Frieden von Lausanne (1923) gestützten, äußerst bedrohten Status quo zu verteidigen hat, während die Lage der drei anderen altkirchlichen Patriarchate mehr oder weniger von ihrer Haltung im Nahostkonflikt abhängt.

(5) *Griechenland* ist, neben dem griechischen Teil der Insel Zypern, der einzige Staat, wo die Orthodoxie maßgeblich auch das politische Bewußtsein des Volkes mitbestimmt. Die Bevölkerung ist zu 98% orthodox, der Staatspräsident gehört (wie früher das Königshaus) selbstverständlich der griechischen Kirche an. Die Kirche versteht sich als die unentbehrliche geistige Überlebens- und Förderungskraft der Nation. Hier mag das alte byzantinische Staatskirchenbewußtsein noch eine Rolle spielen, jene »Symphonia« von Staat und Kirche, die beide, obgleich getrennte Organismen, doch zusammengehören wie Leib und Seele, um gemeinsam zum Wohl und Heil der Bürger zusammenzuwirken. Die Verfassung von 1975 hat diesem staatskirchlichen Bewußtsein allerdings einige Stützen genommen. Das Erziehungswesen ist jetzt Sache des Staates; es ist nicht mehr unbedingt gebunden an das sog. »griechisch-christliche Ideal«. Das Proselythismusverbot, ursprünglich zum Schutz der Staatskirche erlassen, kommt auch den kleinen Kirchen des Landes zugute. Eine Tendenz zum weltanschaulich neutralen Staat zeichnet sich ab. Doch der Grundzug ist geblieben: die Orthodoxie als die »herrschende Religion«. Man

spricht von der »Synallilia« von Staat und Kirche; das ist die Formel, mit der die Griechisch-Orthodoxe Kirche ihr Verhältnis zum Staat bezeichnet.

Lit.: A. BASDEKIS: Die Beziehungen zwischen Kirche und Staat in Griechenland, in: ÖkumRs 25, 1976, 381–393 – J. CHRYSOSTOMOS: Kirchengeschichte Rußlands in der neueren Zeit, 3 Bde, München 1965–68 – F.-W. FERNAU: Zwischen Konstantinopel und Moskau. Orthodoxe Kirchenpolitik im Nahen Osten 1967–1975, Opladen 1976 – O. LUCHTERHANDT: Der Sowjetstaat und die Russisch-Orthodoxe Kirche. Eine rechtshistorische und rechtssystematische Untersuchung, Köln 1976 – B. SPULER: Gegenwartslage der Ostkirchen in ihrer nationalen und staatlichen Umwelt, Frankfurt/M. ²1968 (laufende Berichterstattung in IKZ) – R. RÖSSLER: Kirche u. Revolution in Rußland. Patriarch Tichon und der Sowjetstaat, Köln 1969 – G. SIMON: Die Kirche in Rußland. Berichte und Dokumente, München 1970 – R. STUPPERICH (Hg.): Kirche und Staat in der Sowjetunion. Gesetze und Verordnungen, Witten 1962 – E. CHR. SUTTNER: 50 Jahre rumänisches Patriarchat. Seine Geschichte und die Entwicklung seines Kirchenrechts, in: Ostkirchl. Studien 24, 1975, 136–175; 25, 1976, 3–42. 104–137.

5. Das orthodoxe Mönchtum

a) Die *Spiritualität* der Orthodoxie findet im Mönchtum ihren reinsten Ausdruck; hier wird das innerliche Einswerden mit dem gottmenschlichen Erlöser und das Herauswachsen aus der Welt sichtbar und greifbar in der Gestalt eines Menschen. Der orthodoxe Mönch ist Asket, kein Apostel; er will die Leidenschaften überwinden und in Gebet und frommer Betrachtung zur Schau Gottes gelangen. Das Apostolat, auch wenn die Geschichte des Mönchtums von bedeutenden karitativen und missionarischen Taten der Klöster zu berichten weiß, ist nicht die ursprüngliche Triebkraft. Die Wege zur inneren Gottesschau können sehr individuell sein; das gibt dem orthodoxen Mönchtum eine gewisse charismatische Offenheit. Es kennt keine Orden wie in der römisch-katholischen Kirche, sondern nur verschiedene *Stufen der Askese* und entsprechende Organisationsformen: koinobitische Klöster (Coenobium, das geregelte Zusammenleben der Mönche in einem Kloster); idiorhythmische Klöster, in denen man die Form seiner Askese selbst bestimmt; ferner die als Skiten bezeichneten Mönchsniederlassungen und gelegentlich auch Einzelasketen, die nach dem Beispiel des heiligen Antonius als Einsiedler die Gegenwart Gottes suchen und erfahren. Jedes Kloster folgt seiner eigenen Lebensregel, dem *Typikon.* Es gibt Männer- und Frauenklöster; einheitliche Klosterverbände bestehen nicht.

b) Das orthodoxe Mönchtum geht – wie auch das katholische Ordenswesen – zahlenmäßig zurück. Doch sind neue religiöse Gemeinschaftsformen aufgelebt, z. B. in den bruderschaftlichen Vereinigungen in Griechenland. Ein starker Einfluß geht hier von der 1911 von Eusebios Matthopoulos gegründeten *Bruderschaft Zoi* aus, eine Art monastischer Gemeinschaft moderner Prägung, deren Mitglieder Armut, Keuschheit und Gehorsam üben, jedes Jahr einen Monat gemeinschaftlich in ihrem Mutterhaus zusammenleben und sonst als Prediger, Erzieher und Leiter missionarischer und pädagogischer Einrichtungen tätig sind. Doch sind Ansehen und Bedeutung des alten Mönchtums nicht verlorengegangen. Die Bischöfe kommen meist aus dem Mönchsstand; auch der Weltgeistliche, sofern er nicht heiratet, bleibt einem Kloster zugeordnet. In Rumänien hat die *Klosterreform* des Patriarchen Justinian († 1977), die Gebet und Kontemplation mit handwerklicher und wissenschaftlicher Arbeit verband, das Mönchtum zu einem wichtigen Faktor in der heutigen Kirche gemacht.

c) Das orthodoxe Mönchtum hat sich in seiner *Geschichte* unauflöslich mit dem Leben der Kirche verbunden: in den trinitarischen und christologischen Kämpfen der Alten Kirche wußten sich die Mönche zu Verteidigern der Orthodoxie berufen; in den späteren Jahrhunderten wurden oftmals die Klöster (z. B. Studionkloster in Konstantinopel, die Athos-Klöster, im späten Rußland Optina Pustyn bei Woronesch) zu Pflegestätten der Kunst und der asketischen Literatur; das gegen die Türkenherrschaft aufbegehrende Griechenland organisierte in seinen Klöstern die Zentren und Bollwerke des Widerstandes. Doch bestimmend für das orthodoxe Mönchtum blieb letztlich das asketisch-mystische Leben, wie es die großen Gestalten ostkirchlicher Mystik geprägt haben. Symeon der neue Theologe (ca. 949–1029), Gregor Palamas (1296–1358), Nikodemos Hagiorites (1748–1809) waren neben vielen anderen, wie etwa die russischen *Starzen,* nicht nur die Lehrmeister ganzer Mönchsgenerationen, sondern ebenso auch Seelenführer, Seelsorger und Beichtväter des Volkes. Ihr Vorbild, ihre Anweisungen prägen zum guten Teil noch heute die orthodoxe Spiritualität.

Lit.: Chr. Maczewski: Die Zoi-Bewegung Griechenlands, Göttingen 1970 – I. Smolitsch: Leben und Lehre der Starzen, Köln-Olten o. J. – Ders.: Russisches Mönchtum. Entstehung, Entwicklung und Wesen 988–1917, Würzburg 1953 ff – Th. Spidlik: Das östliche Mönchtum und das östliche Frömmigkeitsleben, in: E. v. Ivánka u. a. (Hg.): Handbuch der Ostkirchenkunde, Düsseldorf 1971, 543–568 – A. Theodorou: Das Mönchtum der orthodoxen Ostkirche, in: P. Bratsiotis (s. o. Nr. 1), Teil 2, 70–91.

6. Das Verhältnis zu Rom und zur Ökumene

a) Einen neuen Anfang im Verhältnis der Orthodoxie zur *römisch-katholischen Kirche* hat das Jahr 1964 gesetzt, als der damalige Ökumenische Patriarch *Athenagoras I.* mit dem inzwischen ebenfalls verstorbenen Papst *Paul VI.* in Jerusalem zusammentraf. Im folgenden Jahr (1965) hoben Rom und Konstantinopel die gegenseitigen Bannsprüche von 1054 auf und löschten sie für alle Zeiten aus dem Gedächtnis der Kirche. Beide Vorgänge waren bedeutungsvoll und ließen das im Sakramentalen begründete Bewußtsein der Gemeinsamkeit wieder stärker hervortreten. Es folgten weitere Gesten der Verbundenheit: die Rückgabe von Reliquien, die seit der Kreuzfahrerzeit in katholischem Besitz waren; gegenseitiger Austausch von Stipendiaten und Gespräche zwischen russischen und katholischen Theologen über die Soziallehre. Ein besonderes Zeichen aber, wenngleich von einigen orthodoxen Kirchen scharf kritisiert, war 1971 der Beschluß des Landeskonzils der Russischen Orthodoxen Kirche, in bestimmten Fällen Glieder der römisch-katholischen Kirche zur Kommunion zuzulassen. Indessen sind die entscheidenden Kontroverspunkte für die Orthodoxie geblieben. Sie betreffen nach wie vor den römischen Zentralismus, die Existenz der mit Rom unierten Kirchen (s. u. Exkurs 2) und vor allem den Universalepiskopat und den Unfehlbarkeitsanspruch des römischen Papstes. In den *panorthodoxen Dialog mit Rom* geht die Orthodoxie deshalb unter einer dreifachen Voraussetzung: (1) die höchste Autorität der Kirche ist das Ökumenische Konzil; (2) kein Bischof hat das Recht, die alleinige Jurisdiktion über die Kirche zu beanspruchen; (3) Katholizismus und Orthodoxie müssen sich als gleichberechtigte Partner gegenüberstehen. Diese Einstellung wird noch auf lange Sicht das Verhältnis zu Rom bestimmen.

b) Die römischen Kontakte sind weder die einzigen noch die am meisten ausgebauten ökumenischen Initiativen der Orthodoxie. Neben ihnen steht sehr betont die Mitarbeit im *Ökumenischen Rat der Kirchen.* Gelegentlich wird sogar darauf hingewiesen, daß bereits 1920 das Ökumenische Patriarchat von Konstantinopel alle Kirchen Christi zu einer Art Kirchenbund und zur Zusammenarbeit in praktischen Fragen eingeladen habe. Im Jahr 1948 gehörte das Ökumenische Patriarchat zu den Gründungsmitgliedern des Ökumenischen Rates der Kirchen, und nachdem 1961 in Neu-Delhi das Moskauer Patriarchat und mit ihm dann die übrigen orthodoxen Kirchen aus den sozialistischen Ländern Osteuropas dem Ökumenischen Rat der Kirchen beigetreten sind, ist die Orthodoxie in dieser Gemeinschaft fast vollzählig vertreten. In der trinitarischen Basisformel (1961; III § 1, 1a) sieht sie ein wichtiges Anliegen erfüllt, und die ursprünglich beargwöhnte Verschmelzung von Ökumenischem Rat und Internationalem Missionsrat hat dazu beigetragen, die der ökumenischen Missionsbewegung entgegengebrachte Proselythismusangst weitgehend auszuräumen. Wenn die Orthodoxie seit Neu-Delhi darauf verzichtet, abweichende Meinungen in Sondererklärungen kundzugeben, so bedeutet das freilich nicht die Preisgabe eines eigenen Standpunktes. Sie bleibt in vielen Fragen ein kritischer Partner, vor allem im Blick auf die sozialpolitische Programmatik der Genfer Ökumene. Orthodoxes Heilsverständnis wehrt sich gegen eine einseitige Interpretation des Heils als gesellschaftliche Veränderung (vgl. die Erklärung des Ökumenischen Patriarchats zum 25jährigen Bestehen des Ökumenischen Rates, 1973, und die Botschaft des Patriarchen Pimen von Moskau und Ganz-Rußland und des Heiligen Sinod der Russischen Orthodoxen Kirche an den Zentralausschuß des Ökumenischen Rates, 1973, in: ÖkumRs 22, 1973, 524ff. 530ff). Abweisend bleibt man auch gegenüber dem ökumenischen Drängen auf Interkommunion, wohingegen der Gedanke einer Konziliarität, die Kirchen- und Eucharistiegemeinschaft bereits vorausgesetzt (Nairobi 1975, Sektion II), die uneingeschränkte Zustimmung der orthodoxen Kirchen findet.

c) Besonders intensiv sucht die Orthodoxie das Gespräch auf der *bilateralen Ebene.* Mit Nicht-Chalzedonensern, Altkatholiken und Anglikanern ist ein panorthodoxer Dialog schon seit Jahren im Gange, zum Teil auch weit gediehen (vgl. II § 11, 5; III § 4). Mit dem Lutherischen Weltbund und mit Rom stehen offizielle Dialoge bevor, nachdem Gespräche auf nationaler Ebene den Boden bereitet haben (in Deutschland: die Regensburger Symposien und die Wiener Kanonistenkongresse mit der römisch-katholischen Kirche; die EKD-Gespräche mit Moskau und Konstantinopel). Die Koordinationsstelle für panorthodoxe Dialoge und Initiativen ist das »Orthodoxe Zentrum des Ökumenischen Patriarchats« in Chambésy bei Genf. Hier zeigt sich, daß die Ökumene eines der vordringlichsten Anliegen der Orthodoxie geworden ist. So sehr orthodoxes Bewußtsein sich die Einheit nur vorstellen kann als Rückkehr zur einen ungeteilten Kirche der Sieben Ökumenischen Konzilien, so sehr hält sich die Orthodoxie doch offen für eine Situation, wo die »charismatischen Grenzen der Kirche« möglicherweise nicht mehr mit den kanonischen zusammenfallen.

Lit.: K. DUCHATELEZ: Ökonomie – ein Weg zur Vereinigung der Kirchen. Zum ökumenischen Dialog mit der östlichen Orthodoxie, in: Una Sancta 29, 1974, 166–175 – V. T. ISTAVRIDIS: Die orthodoxen Kirchen in der ökumenischen Bewegung 1948–1968, in: H. E. FEY (Hg.): Geschichte der ökumenischen Bewegung 1948–1968, Göttingen 1974, 376–405 – TH. NIKOLAOU: Die Grenzen der Kirche in der orthodoxen katholischen Kirche, in: ÖkumRs 21, 1972, 316–332 – N. NISSIOTIS: Die Theologie der Ostkirche im ökumenischen Dialog, Stuttgart 1968 – R. SLENCZKA: Ostkirche und Ökumene. Die Einheit der Kirche als dogmatisches Problem in der neueren ostkirchlichen Theologie, Göttingen 1962 – C. G. PATELOS (Hg.): The Orthodox Church in the Ecumenical Movement. Documents and Statements 1902–1975, Geneva 1978.

Exkurs:
1. Orientalische Nationalkirchen (Nestorianer, Monophysiten)

Neben der Orthodoxen Katholischen Kirche stehen, kleiner an Mitgliederzahl und vielfach altertümlicher im kirchlichen und liturgischen Gepräge, die *orientalischen Nationalkirchen,* die sich im 5. und 6. Jahrhundert von der byzantinischen Reichskirche gelöst haben; es sind die *nestorianische Kirche* und die *monophysitische Kirche.* Ihre Lehre über das Verhältnis des göttlichen Logos zur menschlichen Natur in Christus unterscheidet sie vom Dogma der byzantinischen Orthodoxie. Die Reichskirche folgte dem Konzil von Chalcedon (451) mit seinen Formeln: »unvermischt« und »ungewandelt«, »ungetrennt« und »unzerteilt«, während die Nestorianer und Monophysiten die unversöhnlichen Parteien blieben, die Chalcedon als extreme Positionen ausscheiden wollte: (a) die *Nestorianer* (genannt nach dem 431 in Ephesus abgesetzten Konstantinopler Patriarchen *Nestorius*) mit der Lehre, daß Christus, der Erlöser, nur gesinnungsmäßig mit dem ewigen Logos eins wurde, während die (b) *Monophysiten* (eine Formel des *Kyrill von Alexandrien* aufnehmend) gerade umgekehrt von der »einen fleischgewordenen Natur des göttlichen Logos« sprachen – ein Satz, den sie gelegentlich steigern konnten bis hin zur Aussage, daß Christus in jeder Beziehung »unvergänglich« sei, »leidlos im Leiden und unsterblich im Tode, auch nach dem Fleisch« (Julian von Halikarnaß, † nach 527).

a) Die *Nestorianerkirche,* die sog. »Apostolische Kirche des Ostens«, heute auch oft *Assyrische Kirche* genannt, war für Jahrhunderte »die eifrigste Missionskirche, die die Welt je gesehen hat«. In den weiten Räumen zwischen Persien und China entstanden nicht wenige nestorianische Siedlungen und Kirchengebiete. In China bezeugt die Säule von Singan-fu aus dem Jahre 781, was Mönche, Priester und Kaufleute der Nestorianer als Missionare in diesem Land geleistet haben. Die Nestorianerkirche hatte, weil auf persischem Staatsgebiet lebend, schon früh den Kontakt mit der Reichskirche verloren, im 5. Jahrhundert ein eigenes Patriarchat konstituiert und 484–486 auf der Synode von Seleukia-Ktesiphon offiziell die nestorianische Christologie übernommen. Um 1400 kam der Niedergang, als Timur, ein zweiter Dschingis Khan, mit seinen mongolischen Horden Tausende und Abertausende von Nestorianern niedermetzelte. Um 1500 lebten die Nestorianer, zur geschlossenen Nationalkirche umgebildet, fast nur noch im Raum des alten Assyriens, am Urmia(= Besaijeh)-See und in Kurdistan, daneben eine Gruppe an der Malabarküste. Ein Großteil von ihnen suchte und fand (seit 1553) den Anschluß an Rom (s. u. Nr. 2, 1 u. 8). Nach den politischen Stürmen des Ersten Weltkrieges und der 30er Jahre besteht nur noch eine kleine Gemeinschaft, die eine durchaus bemerkenswerte Gestalt innerhalb der östlichen Christenheit darstellt. Zur Zeit ist sie zudem gespalten, und einem Patriarchen in San Francisco (USA) steht im Irak ein Gegenpatriarch gegenüber. Im Irak und in Nordpersien leben die meisten Glieder dieser Kirche. Dazu kommt eine kleine nestorianische Gruppe in Indien, die *Mellusianer* (ca. 2000 Gläubige), die, von einem Erzbischof geführt, mit der *»Apostolischen Kirche des Ostens«* in Verbindung stehen. Die Nestorianer folgen der ostsyrischen Liturgie. Eigentümlich ist ihre Frömmigkeit. Ihre Kirchen besitzen keine Bilderwand, wie die der Orthodoxen und Kopten, und unter den sakramentalen Handlungen pflegen sie seit alten Zeiten den Brauch, alljährlich am Gründonnerstag das »Fermentum« zu bereiten, einen gesäuerten (lat. fermentum) Hostienteig, in dem sie Fermente des wirklichen Blutes Christi vorhanden glauben.

b) Ähnlich wie die Nestorianer haben die *Monophysiten* (heute oft »Nicht-Chalzedonenser« genannt) eine Geschichte der Opfer und Verluste erlitten, aber vergleichsweise einen größeren kirchlichen Bestand in die Gegenwart hinübergerettet. Deutlich ausgeprägt ist ihr Bewußtsein, gegenüber der byzantinischen Kirche die eigentliche rechtgläubige Kirche darzustellen; betont bezeichnen sie sich gegenüber den anderen Kirchen als orthodox. Namentlich seit der Weltkonferenz der Orientalisch-Orthodoxen Kirchen (Addis Abeba 1965) treten sie auch stärker als eigene Gruppe hervor. Sie sind alle Mitglieder des Ökumenischen Rates der Kirchen und pflegen besonders das Gespräch mit der chalzedonensischen Orthodoxie. Eine Versöhnungserklärung zwischen ihnen und den anderen orthodoxen Kirchen scheint nicht ausgeschlossen; möglich ist auch die stillschweigende Aufhebung der Anathema gegen umstrittene Kirchenlehrer, welche die andere Kirche als Heilige verehrt. Zu der *christologischen Divergenz* erklärt die gemeinsame (inoffizielle) Theologenkommission: »Es ist die Lehre des seligen Kyrill (von Alexandrien) über die hypostatische Union der beiden Naturen in Christus, die wir beide bestätigen, obgleich wir eine unterschiedliche Terminologie gebrauchen können, diese Lehre zu erklären. Wir beide lehren, daß ER, der eines Wesens mit dem Vater ist der

Gottheit nach, auch wesenseins mit uns geworden ist der Menschheit nach in der Inkarnation, daß ER, der vom Vater gezeugt ist vor aller Zeit, in den letzten Tagen für uns und unser Heil von der seligen Jungfrau geboren wurde und daß in IHM die beiden Naturen in der einen Hypostase des Göttlichen Logos vereint sind – unvermischt, unverändert, ungetrennt und ungeteilt«. Die Theologen bezeichnen die vier chalzedonensischen Ausdrücke als gemeinsame Tradition.

Die monophysitischen Nationalkirchen sind:
(1) Die *Koptische Orthodoxe Kirche* ist die einzige afrikanische Kirche, die sich aus vornizänischer Zeit bis heute erhalten hat. Schon im 3. und 4. Jahrhundert war das kirchliche Selbstbewußtsein recht stark ausgeprägt. Als 451 Chalcedon den alexandrinischen Patriarchen *Dioskur* wegen seines Monophysitismus verurteilte, traf der Spruch eine Kirche, die innerhalb des byzantinischen Reiches bereits so etwas wie einen nationalägyptischen Faktor darstellte. Ihre Stellung beruhte auf der Erinnerung an die Märtyrer der Diokletianischen Verfolgung, auf dem Ansehen der alexandrinischen Theologenschule und auf dem Einfluß der ägyptischen Mönche. Die Mönche waren es, die den Kampf gegen die Reichskirche aufnahmen, die spätere Ausgleichsformel des Kaisers Zeno (sog. Henotikon) 482 ablehnten und der Strenge des Kaisers Justinian widerstanden. Ein Gegenepiskopat formierte sich, und als 640 die Araber das Land eroberten, begrüßten die Kopten sie als Befreier. Ihr Patriarch BENJAMIN (626–665) konnte seine oberägyptische Zuflucht verlassen und von der Kathedrale von Alexandrien Besitz ergreifen. Obgleich das islamische Recht die Kopten zu einer Kommunität mit eigener Zivilgerichtsbarkeit machte und sie um die Wende vom 10. zum 11. Jahrhundert die arabische Sprache übernahmen und eine Blütezeit arabisch-christlicher Literatur herbeiführen halfen (13. Jahrhundert), war die Araberherrschaft doch eine Zeit sozialer Diskriminierung, aufflakkernder Verfolgungen und der Dezimierung, besonders unter dem wahnsinnigen Kalifen el Hakim (1009–1020). Die Mameluckenzeit (1252–1517) brachte weitere Verluste, so daß die Kopten um 1500 nur noch ein Zehntel der Bevölkerung ausmachten. Weitere politische Veränderungen folgten, zum Besseren für die Kopten aber erst unter den Khediven und später. Auch wenn ihre Stellung in der heutigen Arabischen Republik nicht ganz unangefochten ist, so hat die Koptische Kirche doch einen festen Platz. Sie zählt etwa 1,3 Millionen Gläubige mit 40 Bischöfen und 600 Priestern. Ihre Kirchen sind ein Stück altägyptisch-christlicher Präsenz in einer muslimisch-arabischen Umwelt. Die kuppelverzierten koptischen Gotteshäuser schmücken Bilder und Lampen; ein Holzgitter trennt den Chorraum von den Laien; die Bilderwand verdeckt das Allerheiligste. Die koptische Kirche feiert die Liturgie in der alten koptischen Liturgiesprache oder auch auf Arabisch; die gottesdienstliche Gemeinde, Männer und Frauen getrennt, tritt durch die beiden seitlichen Türen der Ikonostase, um die eucharistischen Gaben in beiderlei Gestalt zu empfangen. Seit dem Mittelalter werden sieben Sakramente gezählt: Taufe, Firmung, Abendmahl, Beichte, Krankenölung, Ehe und Priesterweihe.
(2) Die *Äthiopische Orthodoxe Kirche* ist eng mit der koptischen Kirche verbunden und war bis zum Sturz Kaiser Haile Selassies Staatskirche mit etwa 10 Millionen Gläubigen in 14 Diözesen und 15 000 Gemeinden mit 18 Bischöfen und 16 000 Priestern. Wie sie einst durch Bischof ATHANASIUS von Alexandrien in *Frumentius* ihren ersten Bischof erhielt, so ist sie im geistlichen Leben die Empfangende geblieben, konnte aber, durch den politischen Einfluß des Kaiserhauses, nicht selten eine Stütze der bedrängten koptischen Mutterkirche sein. Seit 1959 hat die Äthiopische Kirche einen *Patriarchen,* der von der eigenen Kirche gewählt und vom koptischen Patriarchen geweiht wird. Gegenüber der Koptischen zeigt die Äthiopische Kirche eine stark alttestamentlich gefärbte Frömmigkeit, die Samson und andere Gestalten des Alten Testaments zu ihren Heiligen machte, neben der Taufe den Brauch der Beschneidung beibehielt und in ihren Bibelkanon spätjüdische Apokryphen aufnahm. Eine äthiopische Besonderheit ist der »Tabot«, der auf dem Altar steht, ein kleines Kästchen mit einer Altartafel (Tabot im engeren Sinn), auf der die Eucharistie gefeiert wird. Im Tabot mit der einliegenden Tafel erkennt der Äthiopier eine Nachahmung der alttestamentlichen Bundeslade, von der man behauptet, sie sei in der Zionskirche von Aksum aufbewahrt worden. Die Liturgiesprache ist das Alt-Äthiopische, das sog. Ge-ez.
(3) Die *Syrische Orthodoxe Kirche* zählt in 13 Diözesen zwischen 90 000 und 130 000 Gläubige, die zur Hälfte im heutigen Syrien leben, während die übrigen in die Länder verstreut sind, die einst das große Kirchengebiet darstellten: das nördliche Mesopotamien (Irak), Kurdistan (heute teils Türkei, teils Persien) und der Libanon; hinzu kommt in neuerer Zeit eine Emigrantendiözese in den USA mit ca. 5000 Gläubigen. Die gelegentlich gebrauchte Bezeichnung *Jakobiten* weist auf den großen Organisator dieser Kirche hin, JAKOB BARADAI (aus syrisch: Burde'an, der »Zerlumpte«; um 490–578). Diesem unermüdlichen Bischof und Visitator verdanken die syrischen Monophysiten, die dem

mächtigen Arm des byzantinischen Kaisers viel stärker ausgesetzt waren als die Glaubensgenossen in Ägypten, ihre kirchliche Bedeutung, die sie im Mittelalter hatten. 543 zum Bischof von Edessa geweiht, war Jakob Baradai von Ort zu Ort gereist, auch nach Ägypten, überall Bischöfe und Priester weihend. Um 640, als die Araber kamen, bestand eine nahezu vollständig durchorganisierte Kirche, welche die neuen Herrscher leicht gegen die Reste der byzantinischen ausspielen konnten. Diese Kirche, die sich zur Zeit ihrer Blüte (12. Jahrhundert) über Syrien und ganz Mesopotamien ausbreitete (20 Metropoliten und über 200 Bischöfe), wurde im Mongolensturm weitgehend vernichtet. Heute ist sie die kleinste der monophysitischen Kirchen. Ihre *Patriarchen* residieren in Hims; seit 1292 führen sie zur Erinnerung an Ignatius von Antiochien den Beinamen Ignatius. Die Liturgiesprache ist altsyrisch und arabisch.

(4) Die *Syrisch Orthodoxe Kirche in Indien* ist als autonomes Katholikat mit der Syrischen Orthodoxen Kirche eng verbunden und hat als eine der größeren Kirchen Asiens zunehmend Bedeutung gewonnen. Sie zählt etwa 1,5 Millionen Gläubige in 1100 Gemeinden mit 14 Bischöfen und rund 1000 Priestern und ist zumeist in Südindien, aber auch in Ceylon und Malaya verbreitet. Diese Kirche vereinigt einen Teil der alten indischen *Thomaschristen,* die ursprünglich Nestorianer waren. In der Blütezeit der portugiesischen Mission hatten sich die Thomaschristen auf der Synode von Diamper 1599 für den Anschluß an Rom entschieden, aber die Union bestand nur rund 50 Jahre und mußte nach 1653 auf veränderter Basis erneuert werden. Doch nicht alle Thomaschristen vollzogen den zweiten Unionsschluß; sie unterstellten sich einem vom jakobitischen Patriarchen entsandten Bischof, ohne sich des Glaubenswechsels zum Monophysitismus recht bewußt zu werden. Die syrisch-orthodoxen Inder bilden heute eine eigene Kirche, die nach jahrzehntelangem Kirchenstreit 1960 vom antiochenischen Patriarchen als autonom anerkannt wurde. An ihrer Spitze steht der *Katholikos,* in dessen Amt die alte, im 19. Jahrhundert erloschene persische Maphrianswürde (Maphrian = der Befruchter, weil er allein Bischöfe weihen konnte) in neuer Form wieder aufgelebt ist. Ihre Liturgie feiern die syrischen Inder in Altsyrisch und in Malayalam. Der Krista-Sishya-Ashram in Tadayam zeugt von dem indischen Frömmigkeitsempfinden, das in dieser Kirche lebendig ist.

(5) Die *Armenische Apostolische Kirche* ist die am weitesten verbreitete monophysitische Kirche. Von den insgesamt rund 5 Millionen Gläubigen leben etwa 1,7 Millionen in Sowjet-Armenien und 2,2 Millionen in anderen Sowjetrepubliken und die übrigen im Ausland. Ihre Diaspora umfaßt die USA, den Nahen Osten, die Türkei und Persien. Das Zentrum liegt im sowjetischen Armenien, wo im alten Kloster *Etschmiadzin* ihr oberster Katholikos und Patriarch residiert. Die weite Zerstreuung dieser viel geprüften Kirche vollzog sich im Laufe einer langen Geschichte. Das alte Armenien zwischen dem Kaukasus und Mesopotamien hatte schon vor Konstantin dem Großen das Christentum als Staatsreligion angenommen, das ihm von griechischen und syrischen Missionaren übermittelt worden war (vor allem GREGOR DER ERLEUCHTER in der 2. Hälfte des 3. Jahrhunderts; nach ihm werden die Armenier oft *»Gregorianer«* genannt). Vom 5. Jahrhundert an entwickelte sich eine national bestimmte Kirche, die ein eigenes armenisches Alphabet und bald auch eine eigene Bibelübersetzung besaß, auf der Synode zu Dvin (506, vielleicht auch etwas später) den Monophysitismus übernahm und die reichskirchliche Formel von Chalcedon verwarf und schließlich mit dem Jahr 552 auch eine eigene Zeitrechnung begann. Der Leidensweg des armenischen Volkes setzte mit dem Ende des alten Königreiches ein, als Perser, Araber und nach 1071 türkische Seldschucken das Land überrannten. Ein Großteil des Volkes floh in das benachbarte Kilikien und begründete dort ein Königreich Klein-Armenien (1080); die Kirche blieb die geistige Führerin. Als Klein-Armenien unter dem Mameluckensturm zusammenbrach und das klein-armenische Katholikat in Sis in seinen Funktionen eingeschränkt war, wurde das Katholikat *Etschmiadzin* (gegr. 1443) zum Mittelpunkt der armenischen Kirche. Im russisch-türkischen Krieg 1829 kam Etschmiadzin unter russische Herrschaft, war 1918 bis 1920 Zentrum einer kleinen unabhängigen Republik Armenien und ist jetzt der Sitz des Obersten Patriarchen und Katholikos aller Armenier. Die türkisch beherrschten Armenier wurden im Ersten Weltkrieg das Opfer schwerer Pogrome; was den Türken entkommen konnte, floh aus Klein-Armenien. Das Katholikat in Sis wurde 1921 nach Antelias (Libanon) verdrängt. Die Geschichte der Vertreibungen führte zu einem komplizierten, nicht ganz reibungslosen Jurisdiktionssystem. So bestehen neben den Katholikaten in Etschmiadzin und Sis je ein Patriarchat in Jerusalem und Konstantinopel, die den in Etschmiadzin residierenden Katholikos als »obersten Patriarchen« anerkennen. In ihre Liturgie haben die Armenier lateinisches Brauchtum aufgenommen; z. B. verwenden sie bei der Eucharistie ungesäuertes Brot. Da die Bildverehrung bei ihnen nie eine beson-

dere Rolle gespielt hat, ist die Bilderwand durch einen Vorhang ersetzt. Die Liturgiesprache ist Altarmenisch.
(6) Die *Indische Mar-Thoma-Kirche*, obgleich nicht monophysitisch, ist als Abspaltung von der Syrischen Orthodoxen Kirche zu erwähnen. Sie entstand gegen Ende des 19. Jahrhunderts aus einer von anglikanischen Missionaren beeinflußten Reformbewegung. Ihre Liturgie ist von allen monophysitischen Elementen gereinigt, ebenso die Epiklese von allen Formulierungen, die eine Substanzverwandlung der eucharistischen Gaben intendieren. Mit rund 500 000 Gläubigen in 500 Gemeinden mit 300 Priestern ist sie eine wachsende Kirche. Seit 1974 steht sie mit der Anglikanischen Kirchengemeinschaft (II § 11 Exkurs 2) in voller kirchlicher Gemeinschaft. Sie wird von einem Metropoliten zusammen mit vier Suffraganbischöfen geleitet (Sitz in Kerala/Südindien) und ist Mitgliedskirche im Ökumenischen Rat der Kirchen. Ihrem Bewußtsein als missionarische Kirche erwuchs unter anderem der Krista-Panthi-Ashram in Sihore (Andra Pradesh).

Lit.: E. HAMMERSCHMIDT: Nestorianische Kirchen am Urmia-See, Wiesbaden 1967 – B. SPULER: Die nestorianische Kirche, in: Handbuch der Orientalistik 1. Abt. Bd. 8/2, Leiden 1961, 120–169 – P. VERGHESE (Hg.): Koptisches Christentum. Die Orthodoxen Kirchen Ägyptens und Äthiopiens, Stuttgart 1973 – F. HEYER: Die Kirche Äthiopiens. Eine Bestandsaufnahme, Berlin 1971 – P. VERGHESE (Hg.): Die Syrischen Kirchen in Indien, Stuttgart 1974 – N. J. THOMAS: Die Syrisch-Orthodoxe Kirche der Südindischen Thomas-Christen. Geschichte, Kirchenverfassung, Lehre, Würzburg 1967 – F. HEYER (Hg.): Die Kirche Armeniens, Stuttgart 1978.

2. *Die unierten Kirchen*

Trotz der fehlgeschlagenen Union von Florenz (1439) hat die römische Kirche immer wieder versucht, die getrennten Kirchen des Ostens – Orthodoxe wie Nicht-Chalzedonenser – zum Anschluß an die Kirche von Rom zu bewegen. Erfolgreich war dieses Bemühen jedoch nur bei einzelnen, manchmal nicht unbedeutenden ostkirchlichen Gruppen. Sie bilden, von ihren früheren Glaubensgenossen als Abtrünnige betrachtet, die sog. *unierten orientalischen Kirchen.* Im römischen Papst erkennen sie ihren obersten Bischof und im lateinischen Glaubensbekenntnis den wahren Ausdruck des Glaubens. Sie bewahren aber ihre alte Liturgie und Kirchensprache, ihre alte kirchliche Disziplin (vielfach die Priesterehe) und Kirchenverfassung. Ihre Oberhäupter (meist Patriarchen, bei den Ukrainern der Großerzbischof) werden nach der jeweiligen kirchlichen Tradition gewählt und vom Römischen Stuhl bestätigt; sie üben eine eigene Jurisdiktion aus. Ein eigenständiges Mönchtum (u. a. der Orden der Basilianer) sowie »orientalische Provinzen« westlicher Orden pflegen die orthodoxe Spiritualität (u. a. die Benediktiner in Chevetogne/Belgien und in Niederaltaich/Nbay.) und dienen dem kirchlichen Apostolat. In Osteuropa handelt es sich um Unionen mit orthodoxen Gruppen, während die Unionen im Vorderen Orient (ebenso in Indien) mit nicht-chalzedonensischen Gruppen vollzogen wurden.
Im *Vorderen Orient* zählt man
(1) die *Marioniten* (Patriarch im Libanon), eine ehemals monothelitische Gemeinschaft mit syrischer Liturgie, die sich um 675 um das Kloster des Heiligen *Maro* in Hims gesammelt hatte und im 13. Jahrhundert die Union mit der römischen Kirche einging;
(2) die *»Chaldäische« Kirche* (Patriarchat in Bagdad), die einen Großteil der früheren Nestorianer aufgefangen hat (Unionsbewegung seit 1551);
(3) die *»Syrianische« Kirche* (Patriarchat in Beirut), seit 1760 für die unierten Jakobiten (westsyrischer Ritus) aufgebaut; frühere Annäherungsversuche reichen bis weit ins Mittelalter zurück;
(4) die *Unierte Armenische Kirche,* im 19. Jahrhundert zum Patriarchat erhoben (heutige Residenz im Libanon); schon 1740 bestand in Aleppo ein uniertes Bistum und bereits 1717 wurde der katholisch-armenische Orden der *Mechitaristen* gegründet (Name seit 1773);
(5) die *Unierte Koptische Kirche,* im 19. Jahrhundert entstanden, gilt als nicht unempfänglich für den Monophysitismus ihrer Glaubensbrüder; ihr erster Patriarch Kyrill (1895) war zeitweise zu seiner alten Kirche zurückgekehrt;
(6) die *Unierte Äthiopische Metropolie,* eine im 19. Jahrhundert vollzogene Union, nachdem die 1626 von den Jesuiten erreichte Union des äthiopischen Herrschers bereits 1632 wieder gescheitert war;

(7) als griechisch-unierte Gruppe die *Melkiten,* eine 1709 im orthodoxen Patriarchat von Antiochien entstandene Union (seit 1833 Patriarchat), deren Oberhaupt auch zuständig ist für die unierten Griechen aus den orthodoxen Patriarchaten Jerusalem und Alexandrien.
Dazu kommen zwei uniert-orientalische Kirchen in *Indien:*
(8) die *Syrisch-Malabarische Kirche* (seit 1661; s. o. Nr. 1 b 4), die den größten Teil der alten indischen Thomaschristen (nestorianisch) in die Gemeinschaft mit Rom führte, nachdem die 1599 beschlossene Union 1653 wieder zerbrochen war;
(9) die *Syrisch-Malankarische Kirche,* die sich 1930 konstituierte, als eine Gruppe der nicht-unierten, nach 1653 jakobitisch gewordenen Thomaschristen (s. o. Nr. 1 b 4) die Union mit Rom suchte; im Unterschied zum ostsyrischen Ritus der Malabarischen Kirche pflegt sie die westsyrische Liturgie.
Alle genannten Kirchen haben an ihrem Ort einen gewissen Einfluß erlangen können. Schwierig ist heute die Lage der unierten Kirchen in Osteuropa. Unter dem Druck kommunistischer Regierungen sind die unierten Kirchen der Ukraine 1946, in Rumänien 1948 und in der Tschechoslowakei 1946/49 in die jeweilige orthodoxe Kirche des Landes zurückgegliedert worden. So bestehen diese Kirchen (1596 aus der Union von Brest-Litowsk und einigen späteren Unionen erwachsen) heute nur noch als Exilkirchen, vor allem in den USA und in Kanada. Erhalten blieben lediglich die unierte Diözese Hajdudorog in Ungarn und die unierte Diözese Kreutz in Jugoslawien. Unbekannt ist das Schicksal der kleinen unierten Gemeinschaften in Bulgarien und in Georgien. Zu den unierten katholischen Kirchen gehörten noch ein kleines Erzbistum in Griechenland mit wenig mehr als 3000 Gläubigen, sowie die Italo-Griechen in Unter-Italien und auf Sizilien, die bis ins 20. Jahrhundert lateinischen Bischöfen unterstellt waren und heute unierte Diözesen unter dem Patriarchat von Rom bilden; ein Kloster dieses Ritus ist Grottaferrata bei Rom. Zuständig für alle mit Rom unierten Kirchen und Diözesen ist die vatikanische *Kongregation für die orientalischen Kirchen* (I § 5, 3 a/aa 1). Eine gewisse Aufwertung der unierten Orientalen hat das Zweite Vatikanische Konzil erbracht (Dekret über die katholischen Ostkirchen).

Lit.: M. LACKO: Unionsbewegungen im slawischen Raum und in Rumänien, in: E. v. IVÁNKA (Hg.): Handbuch der Ostkirchenkunde, Düsseldorf 1971, 218–235 – J. MADEY: Die katholischen Ostkirchen. Hindernisse oder Brücken auf dem Weg zur Einheit der Christen? Freiburg 1973 – W. DE VRIES: Die »nationalen Kirchen« des Nahen Ostens und das »Unitatenproblem«, in: E. v. IVÁNKA (Hg.): Handbuch der Ostkirchenkunde, Düsseldorf 1971, 198–217.

§ 13 Die Vereinigung evangelischer Freikirchen

1. Organisation

Im Jahr 1926 konstituierten in Leipzig der Bund der Baptistengemeinden, die Methodistenkirche, die Evangelische Gemeinschaft und der Bund Freier evangelischer Gemeinden eine Arbeitsgemeinschaft unter dem Namen *Vereinigung Evangelischer Freikirchen in Deutschland* (VEF). Bereits 1908 hatten sich freikirchliche Prediger in Arbeitsgemeinschaften zusammengefunden; 1916 hatte sich ein »Hauptausschuß der Evangelischen Freikirchen« gebildet. *Zweck* der Vereinigung ist heute wie damals »die Vertretung gemeinschaftlicher Belange nach außen, die Vertiefung zwischenkirchlicher Beziehungen und die Förderung gemeinsamer Aufgaben der Mitgliedskirchen und Ortsgemeinden im öffentlichen Leben« (Verfassung § 2). Die *Mitglieder* der Vereinigung sind: der Bund Evangelisch-Freikirchlicher Gemeinden (II § 4), der Bund Freier evangelischer Gemeinden (II § 9) und die Evangelisch-Methodistische Kirche (II § 3); als Gastmitglieder sind an der Vereinigung beteiligt die Europäisch-Festländische Brüder-Unität (II § 6) und der Verband deutscher Mennonitengemeinden (II § 5, 1 c). Die Vereinigung leitet ein *Präsidium* (Freikirchenrat), das sich aus je zwei Vertretern der drei angeschlossenen Freikirchen zusammensetzt, wobei die Präsidiumsämter (Präsident, Stellvertreter, Schriftführer) unter den Mitgliedern wechseln. Im etwa dreijährigem Turnus finden *Freikirchenkonferenzen* statt, die von jeder Mitgliedskirche mit je 20 Delegierten beschickt wird, die Rechenschaftsberichte des Präsidiums und der Arbeitsgruppen entgegennimmt, gemeinsame Anliegen berät und entsprechende empfehlende Beschlüsse faßt. Zur Förderung und Beratung gemeinsamer Aufgaben und Interessen sind mehrere *Arbeitsgruppen* eingerichtet, in die jede Mitgliedskirche ein oder zwei sachkundige Vertreter entsendet und die sich mit folgenden *Sachgebieten* beschäftigen: (1) Evangelisation und missionarischer Gemeindeaufbau, (2) Weltmission und zwischenkirchliche Beziehungen, (3) Diakonisch-missionarische Dienste (Sozialarbeit, Frauenarbeit), (4) Öffentlichkeitsarbeit (Verlagswesen, Presse, Rundfunk, Fernsehen), (5) Theologische Ausbildung, (6) Jugendarbeit (Schüler und Lehrer, Studenten, Soldaten, Kriegsdienstverweigerer), (7) Kinderarbeit (Sonntagsschulen, Jugendgruppen), (8) Chordienst und christliches Liedgut. In der *DDR* besteht eine gleichartige Vereinigung. In Großbritannien haben sich die Freikirchen 1896 zum *Free Church Federal Council* zusammengeschlossen.

2. Intentionen

a) Die in der Vereinigung zusammengeschlossenen Freikirchen sind ihrer geschichtlichen Herkunft, ihres Selbstverständnisses und ihrer Struktur nach unterschiedlich geprägt, doch in ihrer *Spiritualität* verwandt. Gemeinsam ist ihnen der Glaube, daß die Gnade Gottes eine bewußte Antwort des hörenden Menschen erfordert und erst die geistliche Neugeburt einen Menschen in die Gemeinde (Kirche) Jesu Christi eingliedert. Auf dieser Basis gründet ihr *Kirchen- und Weltverständnis* mit der Konsequenz, daß (1) Kirchengemeinde und Bürgergemeinde streng zu unterscheiden sind und nicht in der Gestalt von Staats- oder Volkskirchen in eins gesetzt werden können, und daß (2) die Welt immer und zu allen Zeiten ein säkulares und pluralistisches Gebilde darstellt und darum als Missionsfeld der Christengemeinde zu betrachten ist. Gemeinsam ist ihnen die Intention, als *Alternative zur Volkskirche* aufzutreten und christliche Gemeinde zu sein, die sich auszeichnet durch

- persönliche, aus Bekehrung und Wiedergeburt erwachsene Gemeinschaft mit Christus und der Gemeindeglieder untereinander,
- uneingeschränkte und opferwillige Bereitschaft zur gehorsamen Nachfolge Jesu im alltäglichen Leben,
- evangelisatorisches und missionarisches, der ganzen Welt geltendes Bemühen,
- charismatisch und funktional geordnete, alle Gemeindeglieder einschließende Dienstgemeinschaft.

b) Für das *Verhältnis zur Umwelt* folgt aus dem freikirchlichen, an einem neutestamentlichen Leitbild orientierten Gemeindeverständnis, daß sie sich als Freikirchen zwar abgrenzen müssen von der Welt, aber sich nicht in ein Getto bloßer Innerlichkeit zurückziehen dürfen. Wenn die Freikirchen in einer Vereinigung zur »Förderung gemeinsamer Aufgaben im öffentlichen Leben« (s. o. Nr. 1) sich zusammengeschlossen haben, so wollen sie neben der Pflege brüderlicher Gemeinschaft damit zum einen sich eine bessere Position eröffnen für die von ihnen beanspruchte *Mitverantwortung im gesellschaftlichen Leben* und zum andern ihre *Wirkungsmöglichkeiten* als Freikirchen verstärken. Sie sind überzeugt, daß es »weder ein weltloses Heil noch eine heillose Welt« gibt und die Gemeinde Jesu Christi die Inkarnation der Liebe sein soll, die sie zum Dienst am Menschen verpflichtet. Bei aller Einsicht in die Vorläufigkeit und Relativität menschlicher Ordnungen und im Risiko des Schuldigwerdens sind sie in der Gewißheit der Vergebung und im Wissen um die Vergänglichkeit dieser Welt und um das zukünftige Reich Gottes dazu entschlossen, die Welt nicht sich selbst zu überlassen, vielmehr eine Mitverantwortung für die Gestaltung der Gesellschaft und der zwischenmenschlichen Beziehungen zu übernehmen, zu der sie das Evangelium befähigt und der Ruf in die Nachfolge den Weg weist. – Vgl. II § 2 Vorbemerkung.

§ 14 Die Arbeitsgemeinschaft christlicher Kirchen in der Bundesrepublik Deutschland und Berlin (West)

1. Organisation

a) In der 1948 gegründeten und 1974 mit Beteiligung der römisch-katholischen Kirche neu konstituierten *Arbeitsgemeinschaft christlicher Kirchen in der Bundesrepublik Deutschland und Berlin (West) e. V.* haben sich als *Mitglieder* folgende Kirchen zusammengefunden (in Klammer die Zahl der Delegierten, dazu der Hinweis auf die Einzeldarstellung): die Evangelische Kirche in Deutschland (5; II § 1), die Römisch-Katholische Kirche (Verband der Diözesen Deutschlands) (5; I § 8), die Griechisch-Orthodoxe Metropolie von Deutschland (2; II § 12), der Bund Evangelisch-Freikirchlicher Gemeinden (2; II § 4), die Evangelisch-methodistische Kirche (2; II § 3), das Katholische Bistum der Alt-Katholiken in Deutschland (1; II § 11), die Vereinigung der Deutschen Mennonitengemeinden (1; II § 5), die Europäisch-Festländische Brüder-Unität (Herrnhuter Brüdergemeine) (1; II § 6), die Heilsarmee in Deutschland (1; II § 7), die Evangelisch-altreformierte Kirche in Niedersachsen (1; II § 2, 2). Als *Gastmitglieder* (mit beratender Stimme) kommen hinzu: der Bund Freier evangelischer Gemeinden in Deutschland (1; II § 9), die Religiöse Gesellschaft der Freunde (Quäker) (1; II § 8), die Selbständige Evangelisch-Lutherische Kirche (1; II § 2, 1), der Christliche Gemeinschaftsverband Mülheim/Ruhr (1; II § 10, 1) und die Arbeitsgemeinschaft der Christengemeinden in Deutschland (1; II § 10, 2). Diese Arbeitsgemeinschaft (ACK) gleicht einem Zusammenschluß, den man sonst in der Ökumene ein »National Council of Churches« nennt. Die Mitglieder behalten ihre »Unabhängigkeit in Bekenntnis und Lehre, in Leben und Ordnung sowie in der Wahrung eigener Anliegen« (Satzung der ACK § 4, 3). Sie wissen sich zusammengehörig aufgrund einer gemeinsamen theologischen Basis, die besagt: »Sie bekennen den Herrn Jesus Christus gemäß der Heiligen Schrift als Gott und Heiland und trachten darum, gemeinsam zu erfüllen, wozu sie berufen sind, zur Ehre Gottes, des Vaters, des Sohnes und des Heiligen Geistes« (Satzung § 1; vgl. die Basis des Ökumenischen Rates der Kirchen, III § 1).

b) Die ACK hat sich bestimmte *Aufgaben* gestellt und verfügt über *Organe und Einrichtungen,* um diese Aufgaben zu bewältigen.
(1) Die *Aufgabenbereiche* sind (Satzung § 2):
- gegenseitige Unterrichtung der Mitglieder und Zusammenarbeit im gemeinsamen Zeugnis und Dienst,
- Förderung des theologischen Gesprächs unter den Mitgliedern mit dem Ziel der Klärung und Verständigung,

- Behandlung besonderer Anliegen einzelner Mitglieder auf deren Antrag sowie Beratung und Vermittlung bei Meinungsverschiedenheiten zwischen einzelnen Mitgliedern,
- Vertretung und Wahrnehmung gemeinsamer Anliegen und Aufgaben nach außen und in der Öffentlichkeit,
- Behandlung gesamtökumenischer Fragen und Aufgaben unbeschadet der besonderen Zuständigkeit der Mitglieder.

Die Zielsetzung ist weit gefaßt; manches davon bezeichnet mehr die Möglichkeiten der Zusammenarbeit als das, was in der Tat realisiert wird.

(2) Als *Leitungsorgan* der ACK fungiert die *Mitgliederversammlung,* welche die Delegierten der Mitgliedskirchen vereinigt; das Delegiertenmandat (bzw. Stellvertreter) ist auf fünf Jahre befristet. Die Mitgliederversammlung tritt mindestens viermal jährlich zusammen, gibt Stellungnahmen ab, spricht Empfehlungen aus und faßt Beschlüsse. Ihre Beschlüsse, Empfehlungen und Stellungnahmen binden die Mitgliedskirchen nicht, doch wird jede Mitgliedskirche sie »mit besonderer Sorgfalt prüfen und darüber der Mitgliederversammlung Mitteilung zukommen lassen« (Satzung § 6, 4). Die Unabhängigkeit der Mitgliedskirchen bleibt damit gewahrt. Geht ein Beschluß über das Mandat der Delegierten hinaus, so bedarf er der besonderen Annahme durch die einzelnen Mitgliedskirchen. Zwischen den Sitzungen der Mitgliedsversammlung wird die ACK durch einen *Vorstand* vertreten (Satzung § 7), der aus dem Vorsitzenden und vier Stellvertretern besteht (die Kirchenzugehörigkeit soll in etwa die Zusammensetzung der Mitgliederversammlung widerspiegeln; Amtszeit drei Jahre, von der Mitgliederversammlung gewählt) dazu einem von der Mitgliederversammlung berufenen *Geschäftsführer* (mit beratender Stimme). Als Einrichtungen unterhält die ACK die *Ökumenische Centrale* als Geschäfts- und Arbeitsstelle sowie den *Deutschen Ökumenischen Studienausschuß* (DÖSTA) zur Durchführung ökumenischer Studienarbeiten.

2. Zum Stand der Zusammenarbeit

a) Einen wesentlichen Beitrag für das Miteinander der bundesdeutschen Kirchen und Gemeinschaften leistet die ACK durch ihre ständigen Einrichtungen, die Ökumenische Centrale und den Deutschen Ökumenischen Studienausschuß, weniger durch das, was sie an Empfehlungen, Stellungnahmen und Erklärungen beschließt. Solche Stellungnahmen (z. B. Pastorales Wort zur Ämterfrage, 1975; Stellungnahme zur Problematik ausländischer Arbeitnehmer, 1976; Wort zur Aufnahme deutscher Aussiedler aus dem Osten, 1976) sind jeweils so aktuell wie der konkrete Anlaß, der sie hervorrief. Die kontinuierliche Arbeit hingegen, wie sie von der Ökumenischen Centrale wahrgenommen wird oder sich in den Studien des DÖSTA niederschlägt, hinterläßt deutlichere Spuren, motiviert und stimuliert die Zusammenarbeit der Kirchen bis hin zur Gemeindebasis.

Aus der Arbeit des *Deutschen Ökumenischen Studienausschusses* wurden folgende Ergebnisse publiziert: Zum Thema: Eine Kirche – Eine Menschheit, hg. von J. SCHARBERT, Stuttgart 1971 – Interkommunion-Konziliarität. Zwei Studien im Auftrag des Dt. Ökum. Studienausschusses, Stuttgart 1974 (Beiheft z. ÖkumRs Nr. 25) – Religiöse Gruppen. Alternativen in Großkirchen und Gesellschaft, hg. von J. LELL u. F. W. MENNE, Düsseldorf/Göttingen 1976 – Verbindliches Zeugnis der Kirche als ökumenische Aufgabe, in: Verbindliches Lehren der Kirche heute, Frankfurt/M. 1978 (Beiheft z. ÖkumRs Nr. 33).

b) Noch wirkungsvoller ist die Tätigkeit der *Ökumenischen Centrale,* die 1947 gegründet und ein Jahr später der ACK unterstellt wurde. Sie übt durch Information, Koordination und Organisation Einfluß auf die ökumenische Entwicklung aus. Mit einem Leiter und vier hauptamtlichen Referenten ist sie in allen diesen Bereichen tätig, hält ständige Verbindung zu den verschiedenen örtlichen und regionalen ökumenischen Arbeitsgemeinschaften und Zusammenschlüssen, fördert deren Aktivitäten, initiiert selbst neue ökumenische Modelle und bewältigt eine ausgedehnte ökumenische Presse- und Schrifttumsarbeit (s. u. Publikationen). Einmal jährlich führt sie regionale Arbeitstagungen durch, die der gegenseitigen Information, dem Erfahrungsaustausch und dem theologischen Gespräch dienen. Alle zwei Jahre organisiert sie eine Konsultationstagung der ACK auf Bundes- und Regionalebene; hier wird die Reflexion bisheriger Ergebnisse und die Koordination neuer Arbeitsvorhaben ermöglicht. Ein besonderes Arbeitsfeld der Ökumenischen Centrale ist die Vorbereitung der *Gebetswoche für die Einheit der Christen* alljährlich in der Woche vor Pfingsten. Dafür verwendet sie Themen, Texte und Gebete, die von einem Arbeitskreis aus Vertretern des Einheitssekretariats der römisch-katholischen Kirche und des Ökumenischen Rates der Kirchen (mit Beteiligung eines Vertreters der Ökumenischen Centrale) erarbeitet werden. Sie gibt diesen Materialien den Zuschnitt für die Ansprüche und Bedürfnisse der deutschsprachigen Ökumene. So entstehen regelmäßig eine Handreichung zur Gebetswoche mit einer Gottesdienstvorlage, Bibeltexten, Meditationen und Gebeten, eine Arbeitsmappe mit Medienmaterial (Dias, Schallplatte) und weitere Informationsmaterialien (Plakate, Literaturhinweisen usw.).

Publikationen der *Ökumenischen Centrale* sind (in Verbindung mit der ACK): Ökumenische Rundschau (vierteljährlich mit wissenschaftlichen Beiträgen, aktuellen Berichten und Dokumenten, fortlaufende Literaturbesprechung) – Beihefte zur Ökumenischen Rundschau (Dokumentationen zur ökumenischen Bewegung, Protokolle und offizielle Berichte der Vollversammlungen und des Zentralausschusses des Ökumenischen Rates der Kirchen sowie der Kommission für Glauben und Kirchenverfassung und der offiziellen theologischen Gespräche zwischen den Kirchen) – Materialdienst der Ökumenischen Centrale (jährlich 15–20 Nummern in vier Lieferungen mit Texten aus der deutschen und ausländischen Arbeit, z. B. Tagungsberichte, Modelle, Verlautbarungen und Vorträge; speziell als Hilfe für die Zusammenarbeit am Ort gedacht) – Ökumenisches Arbeitsmaterial (ein alle ein bis zwei Jahre erscheinendes Verzeichnis ökumenischer Literatur) – Arbeitshilfen aus der Ökumenischen Centrale (Arbeitsmodelle, Werkstattberichte u. ä.), bisher Heft 1: Gemeinden lernen einander kennen. Beispiel: Taufgottesdienst; Heft 2: Zusammenarbeit benachbarter Gemeinden. Beispiel: Ökumenische Gemeindezentren.

Ökumenischer Kontext – Ökumenische Kommunikationen

Vgl. zur Geschichte der *ökumenischen Bewegung* und des *Ökumenischen Rates der Kirchen:* R. ROUSE/ST. C. NEILL: Geschichte der ökumenischen Bewegung 1517–1948, 2 Bde, Göttingen 1957–58 – H. E. FEY (Hg.): Die ökumenische Bewegung 1948–1968, Göttingen 1974 – H. KRÜGER (Hg.): Ökumenische Bewegung 1969–1972, Frankfurt/M. 1974 (Beih. z. ÖkumRs 28) – DERS. (Hg.): Ökumenische Bewegung 1973–74, Frankfurt/M. 1975 (Beih. z. ÖkumRs 29) – R. FRIELING: Die Bewegung für Glaube und Kirchenverfassung 1910–1937, Göttingen 1970 – K. CHR. EPTING: Das Gespräch beginnt. Die Anfänge der Bewegung für Glauben und Kirchenverfassung in den Jahren 1910–1920, Zürich 1972 – W. MÜLLER-RÖMHELD: Zueinander-Miteinander. Kirchliche Zusammenarbeit im 20. Jahrhundert, Frankfurt/M. 1971 – L. VISCHER: Ökumenische Skizzen. Beiträge und Aufsätze, Frankfurt/M. 1972 – DERS.: Veränderung der Welt-Bekehrung der Kirchen, Frankfurt/M. 1976 – *Texte:* H. L. ALTHAUS (Hg.): Ökumenische Dokumente. Quellenstücke über die Einheit der Kirche, Göttingen 1962 – H. J. MARGULL (Hg.): Zur Sendung der Kirche. Material der ökumenischen Bewegung, München 1963 – L. VISCHER (Hg.): Die Einheit der Kirche. Material der ökumenischen Bewegung, München 1965.

§ 1 Der Ökumenische Rat der Kirchen

1. Aufgabe und Ziel

a) Der Ökumenische Rat der Kirchen (ÖRK) ist dem Streben der christlichen Kirchen nach ihrer Einheit verpflichtet. Er versteht sich als »eine Gemeinschaft von Kirchen, die den Herrn Jesus Christus gemäß der Heiligen Schrift als Gott und Heiland bekennen und darum gemeinsam zu erfüllen trachten, wozu sie berufen sind, zur Ehre Gottes, des Vaters, des Sohnes und des Heiligen Geistes«. Diese Formulierung (die *»Basis«* des ÖRK), die Wesen, Orientierungspunkt und Reichweite des ÖRK kennzeichnen will, bezeichnet das Grundverständnis, aus dem heraus der ÖRK das Streben der Kirchen nach Einheit weckt, fördert und zusammenfaßt. Der 1948 in Amsterdam (1. Vollversammlung) gegründete ÖRK umfaßt heute mit seinen annähernd 300 Mitgliedskirchen den größten Teil der nicht-römisch-katholischen Christenheit (Anglikaner, Reformierte, Lutheraner, Orthodoxe, Baptisten, Kongregationalisten, Quäker, Herrnhuter Brüder, Pfingstler). Die Bemühungen um eine Mitgliedschaft der römisch-katholischen Kirchen sind bisher erfolglos geblieben und scheinen vorerst aussichtslos zu sein, obgleich in vielen Bereichen eine enge Zusammenarbeit besteht, die durch eine Gemeinsame Arbeitsgruppe Rom-Genf (seit 1965) koordiniert wird.

b) Der ÖRK sieht es als seine erste *Aufgabe* an, »die Kirchen aufzurufen zu dem Ziel der sichtbaren Einheit im einen Glauben und der einen eucharistischen Gemeinschaft, die ihren Ausdruck im Gottesdienst und im gemeinsamen Leben in Christus findet, und auf diese Einheit zuzugehen, damit die Welt glaube« (Verfassung des ÖRK von 1975). Es bleibt allerdings weitgehend offen, wie diese *»sichtbare Einheit«* zu verstehen und konkret vorzustellen ist. Es könnte eine *»konziliare Gemeinschaft«* sein, von der die Vollversammlung in Nairobi (1975) gesagt hat, daß sich in ihr die sichtbare Einheit der Ortskirchen darstellt. Eine solche Gemeinschaft wäre umfassend; sie setzt voraus die tatsächliche Vereinigung der Gemeinden und Kirchen, die gegenseitige Verpflichtung an jedem Ort und auf allen Ebenen, die eucharistische Gemeinschaft und die gegenseitige Anerkennung der geistlichen Ämter. Indessen ist diese Vorstellung umstritten; sie greift dem gegenwärtigen Zustand der ökumenischen Gemeinschaft weit voraus, sie ist Wunsch und Hoffnung, die Vision einer ökumenischen Identität. Vom gegenwärtigen ÖRK gilt, was sein Zentralausschuß 1950 in *Toronto* (Kanada) feststellte: der ÖRK »ist keine ›Überkirche‹ und darf niemals eine werden«; keine Kirche ist wegen ihrer Mitgliedschaft im Ökumenischen Rat der Kirchen dazu genötigt, ihr volles Wahrheitsbekenntnis, mit dem sie in ihrem Sein und Auftrag als Kirche steht und fällt, zu unterdrücken, zu verkürzen oder zu verändern – auch nicht dazu genötigt, jede andere Mitgliedskirche »als Kirche im wahren und vollen Sinne des Wortes anzusehen«. Dies bedeutet, daß eine Kirche benennen darf und soll, was sie aufgrund ihres Bekenntnisses bei anderen als Irrtum oder Mißbrauch ansehen muß, und schließt nicht aus, daß in allen Kirchen Elemente der wahren Kirche vorhanden sind.

c) Neben das eine große Ziel der »sichtbaren Einheit« sind andere Aufgaben getreten, die zunehmend die Verbindung und Gemeinschaft unter den Mitgliedskirchen gestärkt und gefestigt haben; das sind die *gemeinsame Erneuerung*, das *gemeinsame Zeugnis* und der *gemeinsame Dienst*. Mit diesen umfassenden Aufgaben erhält der ÖRK eine Funktion, wie sie sonst keiner anderen ökumenischen Institution zugewiesen ist. Der ÖRK soll das gemeinsame *Zeugnis* der Kirchen erleichtern, die Kirchen in ihrer weltweiten missionarischen und evangelistischen Aufgabe unterstützen; den *Dienst* an den Menschen in Not wahrnehmen, trennende Schranken zwischen den Menschen niederreißen und das menschliche Zusammenleben in Gerechtigkeit und Frieden fördern; zur *Erneuerung* der Kirchen in Einheit, Gottesdienst, Mission und Dienst ermutigen. Im Rahmen dieser Aufgaben, die sich auf die Kirchen richten, vor allem aber auf die Welt, pflegt der ÖRK intensive Beziehungen zu nationalen Kirchenkonferenzen, konfessionellen Weltbünden und anderen ökumenischen Organisationen.

2. Vorläufer

Das 20. Jahrhundert ist das Jahrhundert der ökumenischen Bemühungen genannt worden. Vorausgegangen waren regionale Unionsbestrebungen konfessionell unterschiedlich geprägter Kirchen (vgl. III § 4, 1) und übernationale Zusammenschlüsse von konfessionell gleichartigen Kirchen (vgl. III § 3, 1). Als Vorläufer des ÖRK gelten:

a) Der *Weltbund für Freundschaftsarbeit der Kirchen*, der in Parallele zu politischen Friedensbemühungen aus der Überzeugung entstand, es sei als »eine wesentliche christliche Aufgabe geboten, daß die Kirchen in allen Ländern ihren Einfluß auf die Völker, Volksvertretungen und Regierungen benutzen, um gute und freundschaftliche Beziehungen zwischen den Nationen herzustellen, so daß sie auf dem Wege friedlicher Durchdringung den Zustand allgemeinen gegenseitigen Vertrauens erreichen, den zu erstreben das Christentum die Menschheit gelehrt hat« (aus den Grundsätzen des Bundes). Trotz des Kriegsausbruches konstituierte sich der Bund am 1. 8. 1914 in Konstanz, wobei FRIEDRICH SIEGMUND-SCHULTZE (1885–1969) führend mitwirkte, »um die Kirchen zu gemeinsamen Bemühungen für die Förderung internationaler Freundschaft und die Vermeidung von Kriegen zu gewinnen«. Der Bund, der eine fruchtbare Arbeit geleistet hat, löste sich 1948 auf, als der ÖRK und der Internationale Missionsrat mit einer gemeinsamen *»Kommission der Kirchen für internationale Angelegenheiten«* (1946) seine Aufgabe übernahmen.

b) Der *Internationale Missionsrat,* der 1921 gegründet wurde, geht auf das bis tief in das 19. Jahrhundert hineinreichende Bestreben verschiedener Missionsgesellschaften zurück, zu einer Koordination ihrer Arbeit zu kommen, weil sie das konfessionelle Gegeneinander auf dem Missionsfeld als dem Evangelium abträglich empfanden. Die ersten Weltmissionskonferenzen traten 1879 und 1888 in London und 1890 in New York zusammen; kontinentale Konferenzen für Europa und Amerika waren vorausgegangen. Die Konferenz von *Edinburgh* (1910), die unter Vorsitz von John R. Mott (1865–1955) zu einer eindrucksvollen Versammlung des Weltprotestantismus wurde, vermittelte den Eindruck einer starken Glaubensverbundenheit und gab dem ökumenischen Gedanken einen nachhaltigen Anstoß. Anstelle einer Diskussion über kontroverse Fragen der Kirchenlehre und -verfassung beschäftigte man sich mit den missionarischen Problemen, bevorzugte das gemeinsame Handeln und suchte nach gerechten Beziehungen zwischen den Nationen und Rassen. Nach der Konstituierung des Internationalen Missionsrates als ein Ergebnis von Edinburgh folgten weitere Weltmissionskonferenzen in Jerusalem (1928), Tambaram (1938), Whitby (1947) und Willingen (1952). Trotz mancher Widerstände setzte sich die Überzeugung durch, daß »Mission in Einheit« und »Einheit der Kirche« korrelieren. Die Weltmissionskonferenz in Achimota (Ghana) faßte 1958 den (1961 verwirklichten) Beschluß, den Missionsrat mit dem ÖRK zu vereinigen.

c) Die *Weltkonferenz für Praktisches Christentum* (Life and Work) besitzt ihren Ursprung in den Friedensbemühungen amerikanischer und englischer Christen und skandinavischer Bischöfe (vor allem Nathan Söderblom, 1866–1931) während des Ersten Weltkrieges. Der Plan einer Kundgebung für soziale und internationale Friedensarbeit der Kirchen konnte 1925 mit einer Konferenz in *Stockholm* verwirklicht werden. Zwar zeigten sich konfessionelle und nationale Gegensätze in der Behandlung der sozialen Probleme, auch blieb der Konferenz ein unmittelbarer Erfolg versagt. Aber der Grundgedanke, daß die Kirchen bei allem Unterschied in der Lehre doch in praktischen Aufgaben zusammenarbeiten könnten (»Lehre trennt, Dienst eint«), ist zu einem die ökumenische Bewegung antreibenden Motiv geworden. Die Konferenz von Stockholm fand 1937 in Oxford eine Fortsetzung. In Amsterdam 1948 wurde auf der gemeinsamen Konferenz mit der Bewegung für Glauben und Kirchenverfassung der Zusammenschluß im ÖRK vollzogen.

d) Die *Weltkonferenz für Glauben und Kirchenverfassung* (Faith and Order) gründet in der Überzeugung, daß die Vereinigung von Kirchen eine Einigung in Glauben und Kirchenverfassung (on faith and order) voraussetzt und Lehr- und Strukturfragen auf die Dauer nicht ausgeklammert bleiben können (wie 1910 in Edinburgh); praktische Zusammenarbeit kann das Bemühen um die »wahre christliche Verkündigung« und um einen dem Willen Christi entsprechenden Aufbau der Kirche nicht ersetzen. Nach langjährigen Vorbereitungen trat 1927 die erste Konferenz in *Lausanne* zusammen, der 1937 eine weitere in Edinburgh folgte. Beide Konferenzen führten zumindest zu einem besseren Kennenlernen der vorhandenen Unterschiede zwischen den Kirchen und bereiteten damit die Gespräche vor, die später in der Kommission für Glauben und Kirchenverfassung des ÖRK gewisse Annäherungen konfessioneller Positionen erbrachten (vgl. III § 2, 5).

3. Der bisherige Weg

Seit seiner Gründung haben sich die Mitgliedskirchen des ÖRK, deren Zahl seit 1948 ständig angewachsen ist, zu mehreren Konferenzen zusammengefunden. *Vollversammlungen* fanden statt in Amsterdam (1948), Evanston (1954), Neu-Delhi (1961), Uppsala (1968) und Nairobi (1975). Sozialpolitisch und sozialethisch bedeutungsvoll wurde die *Weltkonferenz für Kirche und Gesellschaft* 1966 in Genf, die sich der Frage des »raschen sozialen Wandels« (damit dem Thema »Revolution«) stellte und die zum Ausgangspunkt wurde für das gegenwärtige gesellschaftspolitische Engagement des ÖRK. Als besondere Daten und Schritte bei den Bemühungen um die Einheit der Kirche sind zu nennen: 1950 die vom Zentralausschuß verabschiedete *Toronto-Erklärung*, die den ekklesiologischen Neutralitätsstandpunkt des ÖRK festlegte (s. o. Nr. 1 b) und orthodoxen und anderen Befürchtungen vor einer ökumenischen »Superkirche« Rechnung trug; 1961 in *Neu-Delhi* die Integration des Internationalen Missionsrates in den ÖRK (s. o. Nr. 2 b) und – bezüglich der Einheitsfrage – die bedeutungsvolle Formel von der Einheit, die »sichtbar gemacht wird, indem alle an einem Ort, die in Jesus Christus getauft sind und ihn als Herrn und Heiland bekennen, durch den Heiligen Geist in eine völlig verpflichtete Gemeinschaft geführt werden«; 1965 die Bildung der *Gemeinsamen Arbeitsgruppe Rom-Genf*, die zur Koordinationsstelle wurde für eine vielfältige, wenn auch teils nur tastende Zusammenarbeit mit der römisch-katholischen Kirche; 1975 in *Nairobi* die Zielbestimmung von der »sichtbaren Einheit« und das Konzept der »konziliaren Gemeinschaft« (s. o. Nr. 1 b; vgl. III § 6). – Die *heutige Situation* des ÖRK ist durch deutliche Anzeichen der Spannung und Polarisierung gekennzeichnet, die sich ergeben aus der Konkurrenz zwischen Weltengagement und Einheitsstreben, zwischen weltlich-sozialem Heil und dem ewigen diese Zeit und Welt übergreifenden Heil, zwischen Dienst an der Welt und Dienst an der Einheit. Es bleibt vorerst eine offene Frage, ob und inwieweit diese Spannungen die Zukunft des ÖRK bestimmen werden.

4. Aufbau und Arbeitsstrukturen

Die Arbeit des ÖRK geschieht in verschiedenen Gremien und Bereichen:

a) Die *Organe* des ÖRK sind (1) die *Vollversammlung*, die in der Regel alle sieben Jahre zusammentritt und zu der die Mitgliedskirchen nach einem festgelegten Schlüssel ihre Delegierten entsenden; (2) der *Zentralausschuß*, der die Verantwortung für die Zeit zwischen den Vollversammlungen wahrnimmt und der einmal im Jahr zusammentritt; (3) der *Exekutivausschuß* als Vollzugsorgan des Zentralausschusses (jährlich zwei Sitzungen). Daneben bestehen eine Reihe weiterer Kommissionen und Ausschüsse, denen jeweils einzelne Arbeitsbereiche zugewiesen sind, wie z. B. die *Kommission der Kirchen für Internationale Angelegenheiten* (s. o. Nr. 2 a), die *Kommission für Glauben und Kirchenverfassung* (s. o. Nr. 2 d) und die *Konferenz für Weltmission und Evangelisation*, die innerhalb des ÖRK die Stelle einnimmt, die vor 1961 der Internationale Missionsrat besaß (s. o. Nr. 2 b). Die laufenden Geschäfte obliegen der Verwaltungszentrale in Genf, die von dem *Generalsekretär* geleitet wird und in der etwa 300 Mitarbeiter tätig sind; daneben besteht noch ein Büro in New York. Das *Präsidium* des ÖRK mit sechs Mitgliedern wird jeweils von der Vollversammlung gewählt.

b) In der Genfer Verwaltungszentrale gliedert sich die Arbeit nach *Programmeinheiten:*
(1) *Glauben und Zeugnis* mit den Untereinheiten: Glauben und Kirchenverfassung, Weltmission und Evangelisation, Kirche und Gesellschaft, Dialog mit Vertretern der Religionen und Ideologien unserer Zeit, Theologische Ausbildung.
(2) *Gerechtigkeit und Dienst* mit den Untereinheiten: Kirchlicher Entwicklungsdienst, Internationale Angelegenheiten, Programm zur Bekämpfung des Rassismus, Zwischenkirchliche Hilfe, Flüchtlings- und Weltdienst, Christlicher Gesundheitsdienst, Gemeinsamer Ausschuß (mit dem Vatikan) für Gesellschaft, Entwicklung und Frieden (SODEPAX).
(3) *Bildung und Erneuerung* mit den Untereinheiten: Bildung (allgemeine Bildung und christliche Erziehung), Erneuerung und Gemeindeleben, Frauen, Jugend.
Dem *Generalsekretariat* sind zugeordnet die Abteilung Finanzen und Zentralverwaltung, die Kommunikationsabteilung, das Ökumenische Institut Bossey bei Genf, die Bibliothek des ÖRK und das New Yorker Büro.

Bibliographie, außer IOB vgl. H. DELFS: Ökumenische Literaturkunde, Soest 1966 – Zur *Basis:* W. THEURER: Die trinitarische Basis des Ökumenischen Rates, Frankfurt/M. 1968 – *Weltmissionskonferenzen:* W. GÜNTHER: Von Edinburgh (1910) nach Mexico City (1963). Die ekklesiologischen Bemühungen der Weltkirchenkonferenzen, Stuttgart 1970 – *Weltkonferenzen für Praktisches Christentum:* A. DEISSMANN (Hg.): Die Stockholmer Weltkirchenkonferenz, Berlin 1926 – Kirche und Welt in ökumenischer Sicht, Genf 1938 (Oxford 1937) – *für Glauben und Kirchenverfassung:* H. SASSE (Hg.): Die Weltkirchenkonferenz für Glauben und Kirchenverfassung, Berlin 1927 – M. PRIBILLA: Um kirchliche Einheit. Stockholm-Lausanne-Rom, Freiburg 1929 (röm-kath. Würdigung) – L. HODGSON (Hg.): Das Glaubensgespräch der Kirchen, Zürich 1940 (Edinburgh 1937) – Lund. Dritte Weltkonferenz der Kirchen für Glauben und Kirchenverfassung, Witten 1954 – P. C. RODGER/L. VISCHER (Hg.): Montreal 1963, Zürich 1963 (Vierte Weltkonferenz) – *Vollversammlungen des ÖRK:* Die Unordnung der Welt und Gottes Heilsplan, 5 Bde, Genf 1948 (Vorbereitung f. Amsterdam) – W. A. VISSER'T HOOFT (Hg.): Die erste Vollversammlung des ÖRK in Amsterdam, Genf (1948) – F. LÜPSEN (Hg.): Amsterdamer Dokumente, Bethel ²1949 – DERS. (Hg.): Evanston Dokumente, Witten ³1954 – W. A. VISSER'T HOOFT (Hg.): Neu-Delhi 1961, Stuttgart ²1962 – N. GOODALL (Hg.): Bericht aus Uppsala 1968, Genf 1968 – H. KRÜGER/W. MÜLLER-RÖMHELD (Hg.): Bericht aus Nairobi 1975, Frankfurt/M. 1976 – H. KRÜGER (Hg.): Jesus befreit und eint. Vorträge aus Nairobi, Frankfurt/M. 1976 (Beih. z. ÖkumRs Nr. 30) – P. BEYERHAUS/U. BETZ (Hg.): Ökumene im Spiegel von Nairobi '75, Bad Liebenzell 1976 – P. W. SCHEELE: Nairobi-Genf-Rom. Die Weltchristenheit vor und nach der Fünften Vollversammlung des ÖRK, Paderborn 1976 (röm.-kath. Würdigung) – *Weltkonferenz für Kirche und Gesellschaft:* Die Kirche als Faktor einer kommenden Weltgemeinschaft, Stuttgart 1966 (Studienmaterial des ÖRK) – H. KRÜGER (Hg.): Appell an die Kirchen, Stuttgart ³1968 (Dokumente) – *Weitere Lit.:* W. A. VISSER'T HOOFT/J. H. OLDHAM: Die Kirche und ihr Dienst in der Welt, Berlin 1937 (für d. Ausgangssituation) – E. LANGE: Die ökumenische Utopie oder Was bewegt die ökumenische Bewegung? Stuttgart 1972 – G. GASSMANN (Hg.): Die Zukunft des Ökumenismus. Ökumenische Perspektiven, Frankfurt/M. 1972 – PH. POTTER (Hg.): Das Heil der Welt heute. Ende oder Beginn der Weltmission? Stuttgart 1973 – L. VISCHER (Hg.): Theologie im Entstehen. Beiträge zum ökumenischen Gespräch im Spannungsfeld kirchlicher Situationen, München 1976 – R. BOECKLER (Hg.): Welche Ökumene meinen wir? Eine Bilanz der Ökumene seit Nairobi, Frankfurt/M. 1978 (Beih. z. ÖkumRs Nr. 32) – *Verfassung und Satzungen des ÖRK,* in: Bericht aus Nairobi 1975, Frankfurt/M. 1976, 327–350 – *Studien und Berichte des ÖRK:* Vgl. die laufende Berichterstattung und Dokumentation in: ÖkumRs u. Beihefte – Zur *Einführung:* A. J. VAN DER BENT: Die Kirchen und die Eine Welt. Was will und wie wirkt der Ökumenische Rat der Kirchen, Erlangen 1974 – Einen *Überblick* bietet: Der Ökumenische Rat der Kirchen 1948–1978, in: ÖkumRs 27, 1978, 289–407 (H. 3).

Exkurs:

1. Nationale Kirchen- und Christenräte. Regionale Konferenzen

Dem Ökumenischen Rat der Kirchen sind folgende Arten ökumenischer Zusammenschlüsse verwandt:

a) Die *Nationalen Kirchenräte* (National Councils of Churches) bilden das Pendant zum ÖRK auf nationaler Ebene und sind in vielen Ländern ein unentbehrliches Forum des multilateralen Dialogs und der zwischenkirchlichen Zusammenarbeit. In diesen Räten arbeitet die römisch-katholische Kirche teilweise offiziell mit. Besonders bekannte nationale Kirchenräte sind das National Council of the Churches of Christ in the USA (1950 aus dem 1908 gegründeten amerikanischen Kirchenbund hervorgegangen), das British Council of Churches (gegr. 1942), der Rat der Kirchen in den Niederlanden (gegr. 1945); ferner: die Arbeitsgemeinschaft christlicher Kirchen in der BRD und Berlin (West) (vgl. II § 14), die Arbeitsgemeinschaft christlicher Kirchen in der DDR, die Arbeitsgemeinschaft christlicher Kirchen in der Schweiz, der Ökumenische Rat der Kirchen in Österreich, der Ökumenische Rat der Kirchen in Ungarn, der Ökumenische Rat von Dänemark, der Ökumenische Rat von Finnland, der Polnische Ökumenische Rat, der Schwedische Ökumenische Rat, der Südafrikanische Rat der Kirchen, der Rat der Kirchen in Indonesien. In 19 Ländern ist die *römisch-katholische Kirche* Vollmitglied der nationalen Kirchenräte: Dänemark, Schweden, Niederlanden, Swaziland, Belize (Britisch-Honduras), Samoa, Fidschi-Inseln, Neuhebriden, Salomon-Inseln, Papua-Neuguinea, Tonga, Bundesrepublik Deutschland, Botswana, St. Vincent (Britische Antillen), Sudan, Finnland, Guayana, Trinidad und Tobago. In der Regel haben die nationalen Kirchenräte die ÖRK-Basis als Grundlage der eigenen Zusammenarbeit übernommen. Dem ÖRK sind 28 Nationale Kirchenräte gegenwärtig als assoziierte Mitglieder angeschlossen.

b) Die *Nationalen Christenräte* (National Christian Councils) stellen in den ehemaligen Missionsgebieten die interdenominationelle Vereinigung von Mission und einheimischen Kirchen dar. Die ersten Christenräte haben sich aus den nationalen Fortsetzungsausschüssen der Weltmissionskonferenz von Edinburgh (1910) entwickelt. Nach der Gründung des Internationalen Missionsrates (1921) wurden viele Christenräte Mitglied dieser Organisation, nach dem Zusammenschluß von Missionsrat und ÖRK (1961) schlossen sie sich meist der »Konferenz für Weltmission und Evangelisation« an.
Ein Pendant zu den nationalen Christenräten bilden in den westlichen Ländern die *Missionsräte* als interdenominationelle Zusammenschlüsse selbständiger Missionsgesellschaften bzw. kirchlicher missionarischer Körperschaften. In der BRD bestand bis 1975 der Deutsche Evangelische Missionsrat, aus dem das heutige Evangelische Missionswerk hervorgegangen ist (vgl. II § 1, 6). Auch die Missionsräte sind in der Regel Mitglieder der »Konferenz für Weltmission und Evangelisation« (vgl. III § 1, 4).

c) Als *Regionale Konferenzen,* fast alle mit Unterstützung des ÖRK gegründet, bestehen z. Z. die Konferenz Europäischer Kirchen (1959), die Christliche Konferenz Asiens (1959 als Ostasiatische Christliche Konferenz gegründet, unter dem jetzigen Namen seit 1973), die Gesamtafrikanische Kirchenkonferenz (1963), der Nahöstliche Rat der Kirchen (1974; vorher Nahöstlicher Christenrat, gegr. 1924), die Pazifische (1966) und die Karibische Kirchenkonferenz (1973) sowie der noch in Bildung befindliche Lateinamerikanische Rat der Kirchen (Consejo Latinoamericano de Iglesias). Die römisch-katholische Kirche beteiligt sich nur an der Karibischen Kirchenkonferenz. Alle diese Konferenzen haben es sich zur Aufgabe gemacht, die kirchliche Zusammenarbeit unter regionalen bzw. kontinentalen Aspekten zu fördern, wobei teilweise auch kulturelle Gesichtspunkte eine Rolle spielen. Es könnte sein, daß sich in diesen Konferenzen ein regionales Element in der Ökumene entwickelt, das – etwa in der Dritten Welt – in Konkurrenz zu den konfessionellen Gesichtspunkten tritt. Regionalspezifische Probleme haben jedenfalls ein besonderes Gewicht; in den Dritte-Welt-Kirchen sind es vornehmlich Fragen des Rassismus, der interreligiöse Dialog und die Entwicklung einer einheimischen Theologie. In der *Konferenz Europäischer Kirchen,* der 113 Kirchen aus 26 west- und osteuropäischen Ländern angehören (1978), spielt das Gespräch und die Gemeinschaft zwischen Ost und West eine wichtige Rolle.

Lit.: F. SHORT: Nationale Christenräte, in: H. E. FEY (Hg.): Die Ökumenische Bewegung 1948–1969, Göttingen 1974, 131–154 – H.-R. WEBER: Aus allen Kontinenten und Völkern, in:

H. E. Fey, a.a.O. 92–130 – Sekretariat zur Förderung der Einheit der Christen: Die ökumenische Zusammenarbeit auf regionaler, nationaler und örtlicher Ebene, Trier 1976, 111–137.

2. *Die Christliche Friedenskonferenz*

a) Die Christliche Friedenskonferenz (CFK) erwuchs 1958 aus der Überzeugung, daß in der Vergangenheit die Christen ihre Verantwortung für den Frieden in der Welt vernachlässigt und eine historische Schuld auf sich geladen haben. Ihre Initiatoren (vor allem J. Hromádka, † 1969; H. J. Iwand, † 1960; B. Pospíšil, † 1959) waren von dem Willen beseelt, über die Grenzen der verschiedenen Konfessionen, Ideologien und Gesellschaftssysteme hinweg zum Aufbau einer gerechteren und friedlicheren Welt beizutragen. Auf der ersten Tagung der CFK formulierte H. J. Iwand: »Wir brauchen die Bruderschaft, die Freundschaft der Menschen und der Kirchen, die in anderen Staaten, anderen Lebenswirklichkeiten leben und wohnen ... Ich weiß, daß es nicht leicht ist, in einer solchen Welt zusammenzuleben mit Menschen, die ganz anderer Meinung sind als ich, aber ich weiß auch das andere: Daß es die große Verheißung Gottes ist, wenn es zu einer solchen Begegnung von Christus her kommt, dazu, daß wir wieder an die eine Menschheit glauben werden. Ich meine, daß wir um Jesu willen den Glauben an die eine Menschheit nicht eine Minute aufgeben dürfen.«

b) Nach vorbereitenden Tagungen (1958, 1959, 1960) wurde für 1961 die *I. Allchristliche Friedensversammlung* einberufen. In den Jahren 1964, 1968 und 1971 fanden weitere Versammlungen statt, die von starken offiziellen Delegationen der Kirchen in den sozialistischen Ländern und von Einzelteilnehmern und Vertretern von kleinen CFK-Regionalausschüssen aus den westlichen Ländern besucht wurden. Im Gesamtbild der CFK als einem Ort der Begegnung von Christen aus Ost und West in der gemeinsamen Sorge um den Frieden in der Welt mischten sich ernstes christliches Engagement der Versöhnung, religiös-soziale Überzeugungen, ideologisch-propagandistische Absichten und das Existenzinteresse der Kirchen in einer sozialistischen und atheistischen Umwelt. Die politischen Ereignisse des Jahres 1968 in der CSSR bedeuteten eine außerordentliche Belastungsprobe für die CFK, die damals viele ihrer Freunde verlor. Inzwischen ist eine gewisse Konsolidierung eingetreten. Die V. Allchristliche Friedensversammlung 1978 in Prag vereinigte rund 600 Mitarbeiter und Freunde aus 84 Ländern. In einem Appell an die Regierungen sprach die CFK ihr *heutiges Selbstverständnis* aus:
»Die CFK ist eine weltweite christliche Friedensbewegung, die vor genau 20 Jahren in Europa, hier in Prag entstand, als es galt, das christliche Gewissen gegen die Gefahren der atomaren Rüstung zu schärfen. In den 20 Jahren ihres Wirkens ist unsere Bewegung zum Ort der Sammlung von Christen verschiedener Konfessionen geworden, die für den Aufbau einer dauerhaften Friedensordnung und für Gerechtigkeit eintreten. In den letzten Jahren haben sich – durch die Bildung von Regionalkonferenzen – neue Schwerpunkte der Arbeit der CFK in Asien, Afrika sowie in Lateinamerika und der Karibik ergeben. Unsere Bewegung ist bemüht, in ihrem Wirken grundlegende historische Erfahrungen der Kirchen und der Völker zu berücksichtigen. Diese Erfahrungen sind in den verschiedenen Kontinenten, in den unterschiedlichen sozialen Systemen jeweils andere. Aber eine Erfahrung haben alle, die in unserer Bewegung ihren Platz gefunden haben: Unsere Welt ist eine; wo ein Glied leidet, leiden alle mit. Der Friede ist unteilbar; wo er in einem Krisenherd bedroht wird, weckt er Gefahren auch in anderen. Die Solidarität ist aufs Ganze bezogen – auf die Unteilbarkeit des Friedens, auf die Fülle der Gerechtigkeit. Daher sind Sicherheit und Abrüstung für die CFK Leitlinien ihres Handelns ebenso wie Gerechtigkeit und Solidarität.«

Lit.: G. Casalis u. a. (Hg.): Christliche Friedenskonferenz 1968–1971. Dokumente und Berichte, Wuppertal 1971 – CFK (Hg.): Die Stimme der Christen für den Frieden. Aus der Arbeit der CFK zwischen der IV. und V. Allchristlichen Friedensversammlung, Prag 1978.

§ 2 Programme und Aktivitäten des Ökumenischen Rates

Folgende Programme und Initiativen können veranschaulichen, in welche Richtung die Bestrebungen und Aktivitäten des Ökumenischen Rates der Kirchen (ÖRK) zielen.

1. Das Anti-Rassismus-Programm

a) Das ÖRK-Programm zur Bekämpfung des Rassismus geht davon aus, daß jede Form der Trennung, die durch Rasse, Hautfarbe und ethnische Herkunft gerechtfertigt wird, einen Widerspruch gegen das Evangelium darstellt. So ist es das *Ziel* des Antirassismus-Programms, die Kirchen auf die Seite der Unterdrückten zu ziehen und die rassistischen Strukturen zu bekämpfen, die in weiten Teilen der Welt das gesellschaftliche, politische und wirtschaftliche Leben bestimmen. Symbolkräftiger Ausdruck dieser Parteinahme für rassisch Unterdrückte ist ein *Solidaritätsfonds,* aus dem jährlich mindestens 300000 Dollar vergeben werden; sie sind für Organisationen bestimmt, die den Rassismus direkt bekämpfen (z. B. afrikanische Befreiungsbewegungen), aber auch für solche Gruppen und Bewegungen, die sich (wie beispielsweise die Anti-Apartheid-Bewegung in der Bundesrepublik Deutschland) mit den Opfern der Rassendiskriminierung solidarisch erklären und identische Zielsetzungen verfolgen. Die Zuwendungen dienen nicht-militärischen Zwecken; die Empfängerorganisationen sollen unterstützt werden bei der Bewußtseinsbildung und bei der Stärkung der organisatorischen Fähigkeiten der aus rassischen Gründen unterdrückten Menschen. Man will die Solidarität betonen und verlangt deshalb bewußt keine Verwendungsnachweise.

b) Das Antirassismus-Programm ist in den zehn Jahren seines Bestehens nicht ohne *Wirkung* geblieben. Die ÖRK-Mitgliedskirchen haben eine nachhaltige Vorstellung von den Gefahren des strukturellen Rassismus gewonnen. Die vom Antirassismus-Programm erarbeiteten Studienberichte, Darstellungen von Befreiungsbewegungen im Südlichen Afrika, Informationen über die Lage der Indios in Lateinamerika und über die Situation der Ureinwohner Australiens und weitere vorgelegte Informationsmaterialien haben dazu wesentlich beigetragen.

Eine Art *theologischer Grundlegung* des Antirassismus-Programms stellt der 1975 unter dem Titel »Rassismus in der Theologie – Theologie gegen den Rassismus« vorgelegte Konferenzbericht dar (abgedruckt in: epd-Dokumentation Nr. 45 a, 1975). Der Bericht legt besonderen Wert auf die theologisch-soziologische Analyse des *strukturellen Rassismus:* »Der ›institutionelle Rassismus‹ ist der strukturelle Aspekt unserer kollektiven Sünde; denn Rassismus ist nicht allein die Frage der persönlichen Beziehungen, er ist ebenso Bestandteil der gesellschaftlichen Strukturen. In dem Maße, wie jede gesellschaftliche Institution einen gewissen Zwangscharakter hat, haben auch die Strukturen rassistischer Gesellschaften die Tendenz, rassistische Einstellungen und Verhaltensweisen ihrer Mitglieder zu verstärken. Diese Strukturen prägen sowohl Unterdrücker wie Unterdrückte – teilweise mit gegensätzlichen, teilweise auch mit ähnlichen Auswirkungen.« – »Eine sehr wichtige Möglichkeit, wirklich neue Strukturen zu entwickeln, bestünde darin, die heute Machtlosen an der Macht zu beteiligen, damit sie den für die herrschende Ungerechtigkeit Verantwortlichen nicht mehr völlig ausgeliefert sind.« – Zur Frage von *Gewalt und Gewaltfreiheit* heißt es in dem Bericht: »Wir müssen erkennen, daß gerade durch den Rassismus in vielen Teilen der Welt ein hohes Maß an Gewalt erzeugt wird ... Als Christen lehnen wir grundsätzlich jede Form von Gewalt ab und vertreten das Prinzip der direkten, gewaltfreien Aktion zur Überwindung starrer rassistischer Strukturen. Nichtdestoweniger sind wir dazu berufen, fest an der Seite der Unterdrückten zu stehen – selbst wenn es zeitweise zu Gewaltanwendungen kommt –, denn es ist unser Ziel, zur Verwirklichung einer gerechten Gesellschaft beizutragen, einer Gesellschaft, in der die Anwendung von Gewalt als einziger Ausweg aus einer verzweifelten Lage nicht mehr nötig sein wird.«

c) Trotz einer breiten bewußtseinsbildenden Wirkung begegnet das Antirassismus-Programm nach wie vor einer eindringlichen *Kritik,* die vor allem aus den evangelischen Kirchen in der Bundesrepublik Deutschland kommt, aber auch aus anderen westeuropäischen Kirchen. Es wird u. a. die Meinung vertreten, daß die undifferenzierte Art und

Weise der Zuwendungen an Befreiungsbewegungen eine politische Option bedeutet und daß die praktizierte Solidarität und Identifikation Zielen und Programmen gilt, die möglicherweise nicht im Sinne des ÖRK sind. Sachlieferungen und projektgebundene Spenden könnten eher den humanitären Intentionen der Geber entsprechen. Auch besteht der Eindruck, daß Investitionsstop und wirtschaftliche Sanktionen gegenüber rassistischen Regimen, wie das Antirassismus-Programm sie verlangt, die zugespitzte Situation noch verschärfen. Die Auswirkungen würden die Opfer des Rassismus selbst treffen. Hingegen könnten wirtschaftliche Beziehungen gerade zur allmählichen Veränderung rassistischer Strukturen genutzt werden. Bei dem politischen Engagement bestehe die Gefahr, daß Glaube und Politik sich vermischen und politische Befreiung und Erlösung durch Christus deckungsgleiche Größen werden.

Lit.: K. M. Beckmann: Rasse, Entwicklung und Revolution. Der Notting-Hill-Report, Stuttgart 1970 (Beih. z. ÖkumRs 14/15) – Ders.: Anti-Rassismus-Programm der Ökumene. Dokumentation einer Auseinandersetzung, Witten 1971 – K. Kremkau (Hg.): EKD und Kirchen im südlichen Afrika. Das Problem der kirchlichen Einheit im Rassen-Konflikt, Frankfurt/M. 1974 (Dokumente) – E. Adler (Hg.): Ökumene im Kampf gegen den Rassismus. Ein erster Anfang. Bericht über die ersten fünf Jahre, Bielefeld 1975 – Rassismus in der Theologie – Theologie gegen Rassismus, epd-Dokumentation Nr. 48 a, Frankfurt/M. 1975 (Bericht einer Konsultation zum Programm zur Bekämpfung des Rassismus, Sept. 1975) – H. Krüger/W. Müller-Römheld (Hg.): Bericht aus Nairobi 1975, Frankfurt/M. 1976, 84–88 – Für ökumenische Solidarität. Überwindung des Rassismus, Wuppertal 1976 – W. Weisse: Südafrika und das Antirassismusprogramm, Frankfurt/M. 1975 – N. Richardson: The World Council of Churches and Race Relations 1960–1969, Frankfurt/M. 1977 – Christel Meyers-Herwartz: Die Rezeption des Antirassismus-Programms in der EKD, Stuttgart/Berlin/Köln/Mainz 1979.

2. Menschenrechte, Chancengleichheit der Frau

a) Mit der *Menschenrechtsproblematik* hat der ÖRK die »Kommission der Kirchen für Internationale Angelegenheiten« (CCIA) betraut, der alljährlich ein Situationsbericht »Menschenrechte in der Welt« vorgelegt wird. Dieser Bericht dokumentiert jeweils die verschiedenen Fälle von Menschenrechtsverletzungen und dient als Ausgangspunkt für konkrete ÖRK-Initiativen. Verletzungen der Menschenrechte, Folter, Zwangseinweisungen in psychiatrische Kliniken, Verstöße gegen die Religionsfreiheit, aber auch Vorenthaltung von Grundrechten durch ungerechte Wirtschafts- und Sozialstrukturen, sind Vorgänge, denen der ÖRK zunehmend seine Aufmerksamkeit zuwendet. Dabei ist bedeutsam, daß der ÖRK die Menschenrechte nicht im Sinne einer vom Ganzen der Gesellschaft losgelösten Freiheit des einzelnen versteht (Freiheiten, die nur zu oft auf Kosten anderer, ganzer Gruppen zumeist, gingen); das wohlbegründete Recht des einzelnen ist immer auf die Gesamtheit bezogen. Das bedeutet: Recht auf persönliches Eigentum, aber auch das Recht der Ausgebeuteten auf Wohnung, Arbeit und Unterhalt; freie Entfaltung der Persönlichkeit, aber auch für diejenigen, denen ungerechte Wirtschaftsstrukturen die einfachsten Ausbildungswege versperren. Desgleichen treten die Rechte der nachkommenden Generationen ins Blickfeld, d. i. das Recht auf eine Lebenswelt, die nicht durch Rohstoffverschwendung und Verseuchung der Umwelt unbewohnbar geworden ist. Im Einsatz für die individuellen wie sozialen Grundrechte sieht der ÖRK »eine grundlegende Antwort auf Christus«, durch dessen Leben, Tod und Auferstehung alle in gleicher Weise erlöst und zur Gemeinschaft verbunden wurden, jeder unendlich wertvoll in den Augen Gottes und der Menschen (Nairobi Sektion V, Nr. 11). Zu den Menschenrechten zählt ebenso die *Religionsfreiheit,* die aber »nicht als ausschließliches Recht der Kirche angesehen werden sollte«. »Keine Religionsgemeinschaft darf für sich Religionsfreiheit beanspruchen, ohne selbst die Glaubensüberzeugungen und die grundlegenden Menschenrechte anderer zu respektieren und zu wahren«. Nur diese Einstellung macht es dem ÖRK möglich, immer wieder darauf hinzuweisen, »daß viele Christen in verschiedenen Teilen der Welt aus politischen oder aus Gewissensgründen eingekerkert sind, weil sie sich bemüht haben, die Gebote des Evangeliums in vollem Umfang zu erfüllen« (Nairobi Sektion V, Nr. 34 u. 36).

b) Die Frage nach der *Chancengleichheit der Frau* hat der ÖRK zu einem besonderen Studienthema gemacht: »Die Rolle der Frau in Kirche und Gesellschaft«. Hier geht es um das Problem, daß die Rolle der Frau in der Gesellschaft – und in der Kirche – bewußt oder unbewußt nicht partnerschaftlich gesehen, sondern unter dem Zwang von Geschlechtsstereotypen definiert wird. Die Genfer Ökumeniker sprechen von »Sexismus« und verbinden damit bestimmte *Problemfelder*: Frauen im Doppelberuf (Arbeitswelt und Mutterrolle); Erwartung bestimmter Verhaltensweisen der Frauen, die immer eine Einschränkung ihrer Entfaltungsmöglichkeiten und ihrer gesellschaftlichen Position bedeuten; gesellschaftliche Isolierung lediger Mütter; beschränkte Berufsmöglichkeit der Frauen. Hinzu kommen Fragen nach der Rolle der Frau in der Dritten Welt unter dem Zwang und der Unsicherheit benachteiligender Gesellschafts- und Rechtsstrukturen, und schließlich Anfragen an die Kirchen, ob sie nicht selbst Traditionen entwickelt, sanktioniert und gepflegt haben, die für die Frau immer nur die Unterordnung, den zweiten Platz übrigließen.

Die ÖRK-Vollversammlung von *Nairobi* (Sektion V) hat einige Thesen und Forderungen zur Sexismusfrage formuliert:

- »Frauen und Männer in der Kirche brauchen heute eine Erklärung zu den Bibeltexten über die Rolle der Frau in der Schöpfung und Erlösung« (Nr. 43).
- »Unerläßliche Voraussetzung für die Einheit von Kirche und Gesellschaft ist es, daß der gleichberechtigten Beteiligung von Frauen höchste Priorität eingeräumt und dieses Recht umgehend verwirklicht wird ... Es ist für den ÖRK und seine Mitgliedskirchen unerläßlich, den Frauen alle Arbeitsplätze zugänglich zu machen und anzuregen, daß sich Frauen und Männer gemeinsam bemühen, den Frauen eine verantwortlichere und vollständigere Mitwirkung am kirchlichen Leben zu ermöglichen. Der Frage der Ordination und der Anstellung von Frauen in der Kirche muß dabei besondere Aufmerksamkeit geschenkt werden« (Nr. 56).
- »Weil die Mutter Jesu, Maria, besondere Bedeutung für christliche Frauen und Männer verkörpert, verkündet ihre Bereitschaft und ihr Wille, auf den Ruf Gottes in ganz unerwarteter Weise zu antworten, allen Menschen ihre Verantwortung, von vorgefertigten Meinungen darüber frei zu sein, wie Gott in uns durch Menschen wirkt« (Nr. 44).

Lit. zu Menschenrechte: H. Krüger/W. Müller-Römheld (Hg.): Bericht aus Nairobi 1975, Frankfurt/M. 1976, 76–81 – P. Pulte (Hg.): Menschenrechte. Texte internationaler Abkommen, Pakte und Konventionen, Opladen 1975 – J. M Lochman/J. Moltmann (Hg.): Gottes Recht und Menschenrecht, Neukirchen 1976 – W. Huber/H. E. Tödt: Menschenrechte, Stuttgart/Berlin 1977 – D. Hudson: The World Council of Churches in International Affairs, Faith Press 1977 – *Chancengleichheit der Frau:* H. Krüger/W. Müller-Römheld (Hg.): Bericht aus Nairobi 1975, Frankfurt/M. 1976, 81–84 – I. Maier (Hg.): Gleichberechtigung der Frau in Recht und Politik der Vereinten Nationen, Opladen 1975 – E. Moltmann-Wendel (Hg.): Menschenrechte für die Frau. Christliche Initiativen zur Frauenbefreiung, München 1974 – Dies.: Freiheit, Gleichheit, Schwesterlichkeit. Zur Emanzipation der Frau in Kirche und Gesellschaft, München 1977.

3. Programm gegen Militarismus und Wettrüsten

a) Das Engagement des ÖRK kommt aus der Einsicht, daß *Militarismus und Wettrüsten* heute »eine akute Gefahr für das Überleben der Menschheit« darstellen. Längst ist eine einzelne Großmacht mit ihrem Atombomben-Arsenal in der Lage, die Welt gänzlich auszulöschen. Die Großmächte wetteifern um immer perfektere, immer treffsichere und immer vollkommenere Waffen und Waffensysteme. Aber nicht nur die atomare Gefahr droht. Die Experten des ÖRK-Programms weisen darauf hin, daß auch die konventionellen Waffen eine bisher so nicht gekannte Vernichtungskraft besitzen; hinzu kommen die Möglichkeiten chemischer und ökologischer Kriegsführung. Schockierend sind die Auswirkungen von Militarismus und Wettrüsten auf die Dritte Welt, wo die Militärausgaben seit 1960 doppelt so schnell gestiegen sind wie das Sozialprodukt. Fast die Hälfte aller Entwicklungsländer werden von Militärregimen geführt; Militär und Wirtschaft dieser Länder sind meist eng verflochten.

b) Der ÖRK macht darauf aufmerksam, daß Wettrüsten und Militarismus ein »qualitativ neues Stadium« erreicht haben. Dabei versteht man unter *Militarismus* »die Tendenz des militärischen Apparats, mehr und mehr gesellschaftliche Bereiche unter seine Kontrolle zu bringen und hierdurch schließlich eine dominierende Stellung in der Ausübung staatlicher Funktionen einzunehmen« (Studienprogramm über Militarismus. ÖRK-Exekutivausschuß Genf, 14.–18.2.1977, Dokument Nr. 13, S. 1). Diese »fortschreitende und sich selbst perpetuierende Militarisierung aller Lebensbereiche« soll untersucht werden; es gilt, die Mechanismen aufzuspüren, die die Automatik der Rüstungsdynamik in Gang halten, und die Interdependenzen aufzuweisen, die zum einen zwischen Militarismus und Industrie und zum anderen zwischen der Militarisierung der Entwicklungsländer und der Stabilisierung ihrer verschiedenen Abhängigkeiten bestehen. Eine Hauptrolle in dem ÖRK-Programm spielt der Begriff und das Konzept der »nationalen Sicherheit« bzw. der »nationalen Interessen«, über dessen Anwendung gesagt wird: »Die Bedrohung der äußeren und der inneren Stabilität, die Bedrohung eines Systems etc. werden so dargestellt, daß es gerechtfertigt erscheint, Sicherheitserwägungen absolute Priorität zu geben und damit die nationale Sicherheitspolitik so auszudehnen, daß ihr praktisch alle nationalen Aktivitäten unter- bzw. zugeordnet werden« (a.a.O. S. 2). Es sind verschiedene Fallstudien geplant (für Asien: über die Philippinen; für Afrika: über Uganda; für Lateinamerika: über Peru; für Europa: über ein NATO-Land und über ein Land des Warschauer Paktes). Die Studien zielen auf übergreifende wie auf regionalspezifische Probleme und Aspekte. So soll untersucht werden, was sich hinter den Begriffen wie Militarismus, Militarisierung und Abrüstung verbirgt, was mit »nationaler Sicherheit« und »nationalen Interessen« konkret gemeint ist, wo Militarismus und Wettrüsten die gesellschaftliche und wirtschaftliche Entwicklung der betroffenen Länder gehemmt haben, welche Rolle die multinationalen Konzerne in den Militarisierungsprozessen spielen, wie sich das Verhältnis von Militarismus und Dritter Welt darstellt und nicht zuletzt, welche Standpunkte Christen im Einzelfall zu den Fragen von Krieg und Frieden vertreten. Die Konkretisierungen und Fragen zeigen, daß es mit dem bloßen Postulat einer weltweiten Abrüstung nicht getan ist. Dem ÖRK-Programm geht es um den Abbau der Konfliktpotentiale, um die friedliche Beilegung oder wenigstens die Beherrschung von Konflikten. Hier sieht der ÖRK den Ansatzpunkt für die christliche Friedensaufgabe.

Lit.: G. SCHARFFENORTH/W. HUBER (Hg.): Neue Bibliographie zur Friedensforschung, Stuttgart 1973 – W. HUBER/G. LIEDKE (Hg.): Christentum und Militarismus, Stuttgart 1974 – F.-M. SCHMÖLZ (Hg.): Christlicher Friedensbegriff und europäische Friedensordnung, München 1977.

4. Der Dialog mit Menschen verschiedener Religionen und Ideologien

a) Das ÖRK-Programm, das dem *Dialog mit Menschen verschiedener Religionen und Ideologien* gilt, betrifft – anders als die vorgenannten ÖRK-Initiativen – einen kirchlichdogmatisch vorgeprägten Bereich. Seine Kernfrage lautet: Ob wir davon ausgehen können, daß Jesus Christus auch unter Menschen aus anderen Religionen am Werk ist und wie aus einer solchen Perspektive heraus die konkrete Beziehung zwischen Christen und Menschen aus anderen Religionen zu gestalten wäre. Ausgangspunkt für die *Fragestellung* sind konkrete Situationen des Dialogs, situative Herausforderungen, denen sich die christlichen Kirchen in einer andersreligiösen Umwelt stellen müssen. So sehen sich z. B. christliche Minderheitskirchen in Asien einem neuerwachenden Hinduismus bzw. Buddhismus gegenübergestellt und fragen, ob sie sich auf ein Ghetto-Christentum zurückziehen sollen, um ihren Glauben vor möglichen Gefahren abzuschirmen. Andererseits bedrängt sie das Problem, ob sie sich bei dem Aufbau der Staaten, in denen sie leben, mit einem christlichen Beitrag beteiligen sollen und ob sie sich mühen dürfen um eine »neue Spiritualität, die sie in die Lage versetzt, umfassender am Leben der Gesellschaft teilzunehmen« (Bischof Yap Kim Hao). Christen in muslimischer Umwelt werden von ihren Volksgenossen aufgefordert, zum gemeinsamen Kampf gegen Atheismus und säkulare Ideologien anzutreten, und müssen sich entscheiden, ob sie diesem Ansinnen folgen wollen und dürfen.

b) Das *Dialogprogramm* meint nicht ein Spezialproblem abstrakter Theologie. Es hat seinen Ort in bestimmten sozialen, geographischen wie politischen Kontexten, zielt auf Gemeinschaft und nimmt dabei verschiedenes in den Blick:
(1) Die Welt ist enger geworden, auf Wechselbeziehung angelegt. Keine Religion lebt in ihren angestammten geographischen Räumen abgeschirmt von äußeren Einflüssen. Die Glaubensvorstellungen werden von außen in Frage gestellt, ebenso wie sich die Gaben einer Religion und ihre kulturellen Werte anderen mitteilen, auch denen, die nicht zu ihren Anhängern zählen. Angesichts der Bedrohungen der enger gewordenen Welt stellt sich die Frage, ob neben dem Christentum nicht andere Religionen, Glaubensweisen und vielleicht auch Ideologien ebenfalls einen Beitrag im »weltweiten Kampf um Überleben und Befreiung der Menschen« leisten können.
(2) In dem Dialogbemühen geht es nicht um *Synkretismus,* um eine religiös gleichgestimmte Weltgemeinschaft. Der ÖRK hat sich in Nairobi 1975 scharf abgegrenzt: »Wir wenden uns gemeinsam gegen jede Form von Synkretismus, sei er gerade entstehend, schon gewachsen oder voll verwirklicht, sofern wir unter Synkretismus den bewußten oder unbewußten Versuch des Menschen verstehen, aus Elementen verschiedener Religionen eine neue Religion zu machen« (Sektion II, Nr. 4). Doch liegt ein Geben und Nehmen hinüber und herüber in der Perspektive des ÖRK-Programms. Sein Leitgedanke ist eine »Gemeinschaft der Gemeinschaften«.

c) Die konkreten *Empfehlungen* des Programms zielen auf die kleinen Schritte: den Andersgläubigen nehmen, wie er ist; seine religiöse Sprache und Vorstellungswelt, seine religiösen Symbole und Frömmigkeitsformen verstehen lernen; den Glaubensinhalt hinter den religiösen Ausdrucksformen erkennen. Gemeinsames Gebet und gemeinsame Andachten bleiben Sonderfälle. Der Hauptbereich des Dialogs ist das *sozialpolitische Feld,* wo es um Gesundheitsfürsorge, Erziehung und Behebung wirtschaftlicher und sozialer Nöte geht; es sollte nicht getrennt geschehen, was gemeinsam getan werden kann (Chiang Mai 1977; s. Lit.). Dabei verfolgt das ÖRK-Programm den *Grundsatz:* Dialog ist keine Alternative, kein Ersatz für Mission, auch keine Spezialmethode der Bekehrung, vielmehr ein spezifisches Zeugnis. »Als ein Ausdruck unserer Liebe bezeugt unser Dialog-Engagement die Liebe, die wir in Christus erfahren haben« (Chiang Mai; s. Lit.).

Lit.: Dialogue in community. Statement adopted by the Theological Consultation on Dialogue in Community held at Chiang Mai, Thailand, April 18–27, 1977, zusammen mit weiteren Dokumenten in: STANLEY J. SAMARTHA (Hg.): Faith in the midst of faiths. Reflections on Dialogue in Community, World Council of Churches, Genf 1977 – M. MILDENBERGER (Hg.): Denkpause im Dialog. Perspektien der Begegnung mit anderen Religionen und Ideologien, Frankfurt/M. 1978. – H. KRÜGER/W. MÜLLER-RÖMHELD (Hg.): Bericht aus Nairobi 1975, Frankfurt/M. 1976, 38–56 – H. J. MARGULL/ST. J. SAMARTHA (Hg.): Dialog mit anderen Religionen. Material aus der ökumenischen Bewegung, Frankfurt/M. 1972 – F. v. HAMMERSTEIN (Hg.): Von Vorurteilen zum Verständnis, Frankfurt/M. 1976 (Dokumente zum jüdisch-christl. Dialog).

5. Die Konsensbemühungen um Taufe, Eucharistie und Amt

Nachdem die *Kommission für Glauben und Kirchenverfassung* in Accra (1974) die sog. Konsensus-Texte »Eine Taufe, eine Eucharistie, ein Amt« verabschiedet hat, sind die Konsensbemühungen darauf angelegt, unter Berücksichtigung der zahlreichen Stellungnahmen aus den Mitgliedskirchen einen Konsensus-Text zu erstellen, der es der nächsten Vollversammlung möglicherweise erlaubt, den Kirchen Vorschläge zu machen, wie sie auf Eucharistiegemeinschaft und gegenseitige Anerkennung der Ämter zugehen können. Bei Taufe und Eucharistie herrscht schon jetzt eine weithin gemeinsame Sprache und ein weithin gemeinsames Problembewußtsein.

Texte: G. MÜLLER-FAHRENHOLZ (Hg.): Eine Taufe, eine Eucharistie, ein Amt. Drei Erklärungen, erarbeitet und autorisiert von der Kommission für Glauben und Kirchenverfassung, Frankfurt/M. [2]1976 (zit.: Müller-Fahrenholz). – Auf dem Weg zu einem Konsens über Taufe, Eucharistie und Amt. Bericht des Ständigen Ausschusses der Kommission für Glauben und Kirchenverfassung für die Stellungnahmen der Kirchen zu den Konsenserklärungen über »Eine Taufe«, »Eine Eucharistie« und »Ein Amt«, in: ÖRK-Zentralausschußsitzung Genf 1977, epd-Dokumentation Nr. 37, Frankfurt/M. 1977 – L. VISCHER: Taufe, Abendmahl und Amt. Wo stehen wir auf dem Weg zum Konsensus?, in: ÖkumRs 26, 1977, 405–416.

a) Das *gemeinsame Taufverständnis*: »In der Taufe, die mit Wasser vollzogen wird im Namen des Vaters und des Sohnes und des Heiligen Geistes zur Vergebung der Sünden, sind wir durch einen Geist in einen Leib getauft... Durch ihre eigene Taufe werden Christen in die Gemeinschaft mit Christus und untereinander und in das Leben der universalen Kirche wie auch der Gemeinschaft der Ortskirche gebracht... Unsere Taufgemeinschaft in Jesus Christus ist daher ein Ruf an die Kirchen, ihre Trennungen zu überwinden und volle, sichtbare Einheit zu erlangen« (Die Taufe Nr. 3 u. 5; Müller-Fahrenholz 6 u. 7). Kindertaufe und Gläubigentaufe, verschiedene Taufpraxis und Liturgie brauchen sich nicht auszuschließen: keine *Kindertaufe,* bei der nicht »die eine Antwort im Gehorsam gegeben werden muß..., wenn die Früchte der Taufe erkennbar werden und sich im Leben des Täuflings entfalten sollen«; und keine *Gläubigentaufe* und Glaubensentscheidung, die davon absehen könnte, »daß diese ausdrückliche Entscheidung ihren Grund in der Treue Christi bis zum Tode, in der Entscheidung des dreieinigen Gottes für den Menschen hat und diese verkündigt« (Die Taufe Nr. 12; a.a.O. 9). Klärungsbedürftig ist noch die Praxis von *Salbung und Konfirmation,* denn wozu bedarf es eines besonderen Aktes der Salbung und Handauflegung, wenn die Taufe mit Wasser im Namen des dreieinigen Gottes schon für sich »eine abgeschlossene sakramentale Initiation« darstellt. »Solange Taufe und Salbung bzw. Konfirmation in einer einzigen Handlung verbunden werden, bringen beide Formen sakramentaler Lehre und Praxis das eine grundlegende Prinzip zum Ausdruck, daß Einverleibung in Christus und Teilhabe an seinem Geist untrennbar sind« (Die Taufe Nr. 16; a.a.O. 10). Wo Konfirmation sakramental verstanden, aber von der Taufe zeitlich getrennt wird, legt es sich nahe, wieder zurückzukehren zu dem alten, in der Orthodoxie bis heute geübten Brauch, der die Salbung mit der Taufe verbindet. Wo die Konfirmation nicht sakramental verstanden wird, wäre es sinngemäß, »die Konfirmation ganz aus der Grundstruktur des Zugangs zur christlichen Gemeinschaft herauszunehmen und sie z. B. als ein Sakrament der Stärkung durch den Geist für verantwortliches christliches Leben zu interpretieren und zu praktizieren« (Die Taufe Nr. 17; a.a.O. 10f). Wo die nicht sakramental verstandene Konfirmation die Voraussetzung für die Zulassung zum Abendmahl ist, müßten diese Kirchen »darüber nachdenken, ob sie die Folgerungen der Kindertaufe voll anerkannt und akzeptiert haben« (Die Taufe Nr. 18; a.a.O. 11).

b) Die *Grundübereinstimmung im Abendmahlverständnis*: »Christus hat die Eucharistie, das Sakrament seines Leibes und Blutes mit seiner Konzentration auf das Kreuz und die Auferstehung eingesetzt als die Anamnese des ganzen Versöhnungshandelns Gottes in seiner Person. Mit allem, was Christus für uns und für die gesamte Schöpfung getan hat (in seiner Menschwerdung, seiner Knechtschaft, seinem Dienst, seiner Lehre, seinem Leiden, seinem Opfer, seiner Auferstehung, Himmelfahrt und zu Pfingsten), ist er in dieser Anamnese gegenwärtig, wie zugleich der Vorgeschmack seiner Parusie und der Vollendung der Gottesherrschaft gegenwärtig ist« (Die Eucharistie Nr. 8; a.a.O. 14f). Die historischen Kontroversen verlieren von dem so formulierten Grundkonsens her ihre Schärfe. Der Begriff des *Opfers* deckt hier die mit dem Opfer Christi sich verbindende Fürbitte ab und zugleich die Hingabe eines Lebens, das sich der Erlösung durch Christus verdankt. Die »wahre Gegenwart Christi« meint seine *Gegenwart in den Gaben*, die durch das Herabrufen des Geistes auf die feiernde Gemeinde Wirklichkeit wird. Der Streit um den *Konsekrationsmoment* verliert an Bedeutung, wenn man erinnert, daß die ältesten Liturgien den gesamten Gebetsteil als Vergegenwärtigung der in Christus verheißenen Wirklichkeit verstehen. Indessen wird es als neue *Herausforderung und Gefahr* empfunden, daß wir »die Eucharistie zum Gespött machen, wenn die von Christus zerstörten Mauern der Trennung im Leben der Kirche wieder auftauchen, Mauern wie die zwischen Rassen, Nationalitäten, Sprachen und Klassen« (Die Eucharistie Nr. 20; a.a.O. 17), und daß »die Katholizität der Eucharistie verdunkelt wird, wenn das Recht von getauften Gläubigen und ihren Pfarrern, in einer Kirche am eucharistischen Mahl teilzunehmen und es auszuteilen, von denen infrage gestellt wird, die zu anderen eucharistischen Gemeinden gehören und diese leiten« (Die Eucharistie Nr. 27; a.a.O. 18). Dieser Gefahr könne begegnet werden durch »die Erneuerung der Eucharistie selbst in den verschiedenen Kirchen in Lehre und Liturgie«, durch allsonntägliche Eucharistie-Feiern und den würdigen Umgang mit den eucharistischen Gaben. »Indem sich die Kirchen in ihrer eucharistischen Erfahrung auf die Fülle in Christus zubewegen, wird sich das Problem der Interkommunion seiner Lösung nähern« (Die Eucharistie Nr. 31, 33f, 36; a.a.O. 19f).

c) Das *Amt*. In der Amtsfrage ist der Konsens eher Desiderat als Wirklichkeit. Der historische Episkopat, die bischöfliche Sukzession, gilt für Anglikaner, Katholiken und Orthodoxe mehr oder weniger als Garantie für die Kontinuität im apostolischen Glauben. Den protestantischen Kirchen genügt eine Kontinuität im Glauben und in der apostolischen Sendung, die sich nicht notwendig an die Fortdauer des historischen Bischofsamtes gebunden weiß. Hinzu kommt das für Orthodoxe wie für Katholiken gleich große Hindernis der Frauenordination. Doch eine gewisse Übereinstimmung besteht im *Grundverständnis des Amtes:* »Die wesentliche und spezifische Funktion des besonderen Amtes ist: die christliche Gemeinschaft durch die Verkündigung und Unterweisung des Wortes Gottes zu sammeln und aufzuerbauen und das liturgische und sakramentale Leben der eucharistischen Gemeinschaft zu leiten... Das ordinierte Amt kann nicht in Absonderung vom allgemeinen Amt des ganzen Volkes verstanden oder ausgeübt werden« (Das Amt Nr. 15, 12; a.a.O. 24, 23). Was die *Apostolizität der Kirche* betrifft, so gibt es wenigstens diesen gemeinsamen Bezug: »ihre Apostolizität wird in erster Linie durch Christi bleibende Gegenwart in ihr durch die Wirksamkeit des Heiligen Geistes bewahrt« (Das Amt Nr. 6; a.a.O. 22). Und von der *Ordination* heißt es: »Der Akt der Ordination bekundet die Bindung der Kirche an Jesus Christus und das apostolische Zeugnis und erinnert zugleich daran, daß es der auferstandene Herr ist, der wahre Ordinator, der die Gabe verleiht... Die Handauflegung kann als das Zeichen der Gabe des Geistes verstanden werden, das die Ordnung dieses Amtes in der in Christus vollbrachten Offenbarung sichtbar bezeugt und die Kirche daran erinnert, auf ihn als die Quelle ihrer Beauftragung zu schauen« (Das Amt Nr. 38; a.a.O. 30).

d) Der Erfolg der Konsensbemühungen ist abhängig von *Methode und Thematik* des Dialogs wie von der *Rezeption* seiner Ergebnisse:
(1) Die *Arbeitsweise* der Kommission für Glaube und Kirchenverfassung wie auch anderer Arbeitsgruppen im theologischen Gespräch zwischen den Kirchen ist methodisch darauf angelegt, jeweils den historischen Bestand der kontroversen Aussagen zu erheben, nach der ursprünglichen Intention zu fragen, das tradierte Verständnis hinsichtlich seiner formalen und kontextualen Abhängigkeiten zu überprüfen, gegebenenfalls den Fortbestand der historischen Trennungsgründe zu negieren und eine gemeinsame Basis zu entdecken, die dann konvergierende Aussagen oder gar einen Konsens erlaubt. Dabei wollen die erreichten Konsenserklärungen nicht mit unerfüllbaren Wünschen und Forderungen belastet werden. Sie begnügen sich mit Formulierungen, die sich mehr durch Offenheit auszeichnen als durch Präzision (vgl. oben a–c). Sie zielen auf eine Gemeinsamkeit, deren Realität sich im konkreten kirchlichen Leben manifestieren soll.

Die Kommission für Glaube und Kirchenverfassung sagt zu ihrer Intention: »Was die Taufe, das Abendmahl und das Amt anbelangt, so bedarf es keines Lehrsatzes, der eine vollständige theologische Erklärung enthält, sondern vielmehr eines gemeinsamen Verständnisses und einer Übereinkunft in der Lehre, die ausreicht, um alles, was der eucharistischen Gemeinschaft im Wege steht, zu überwinden« (Auf dem Wege zu einem ökumenischen Konsens über Taufe, Eucharistie und Amt, epd-Dokumentation Nr. 37, 1977, 54).

Weitgehend unbeachtet bleibt in dem theologischen Dialog, daß das Glaubensbewußtsein der heute lebenden Kirchenglieder nur noch in geringem Maße – wenn überhaupt – von den traditionellen Bekenntnisformeln und Dogmen geprägt wird. So steht das überlieferte konfessionelle Wissen der angezielten Gemeinsamkeit allenfalls partiell im Wege. Indessen bestehen Hinderungsgründe für eine Annäherung der Kirchen, die aus nichttheologischen Sachverhalten erwachsen, wie z. B. die unterschiedliche Interessenlage der Kirchen in den zeitgenössischen sozialen, politischen und kulturellen Konstellationen, die Differenzen zwischen dem individuellen Glauben eines Christen und dem kollektiven Glaubensbewußtsein seiner Kirche, die im jeweiligen Milieu geprägten und stabilisierten, den kirchlichen Normen nicht folgenden Verhaltensweisen der Kirchenglieder wie das konfessionsspezifische Sozialverhalten, das in kirchlichen Veranstaltungen internalisiert wird und kaum veränderbar erscheint. Sofern solche Tatbestände in den Konsensbemühungen vernachlässigt werden, bleibt der erreichte theologische Konsens ein Erfolgserlebnis der daran beteiligten Kirchenvertreter trotz allem respektablen Vermittlungsbemühen.
(2) Der Mangel des theologischen Dialogs tangiert die *Rezeption* der neu gewonnenen ökumenischen Erkenntnisse. Solange die Konsensbemühungen auf die Aufarbeitung von Kontroverslehren der Vergangenheit beschränkt bleiben und die unterschiedlichen zeitgenössischen Interessenlagen, Denk- und Sprachgewohnheiten und Umweltbedingun-

gen der verschiedenen Konfessionskirchen wie der ihr zugehörigen Kirchenvölker nicht miteinbeziehen, bestehen nur geringe Chancen, daß die auf einer gewissen Abstraktionsebene erreichten Übereinstimmungen in den kirchlichen Alltag Eingang finden und angenommen werden. Bislang ist zu registrieren, wie oft genug betont wird, daß die erstrebte Gemeinsamkeit im konkreten kirchlichen Leben nicht die gewünschte Resonanz findet oder sich neben den etablierten Kirchen in Randgruppen, Arbeits- und Aktionsgemeinschaften ansiedelt (vgl. dazu die »Ökumene am Ort«, III § 5).

Lit.: R. BOECKLER (Hg.): Welche Ökumene meinen wir? Eine Bilanz der Ökumene seit Nairobi, Frankfurt/M. 1978 (beachte die Aufsätze von Boeckler, Schulz u. Frieling) – Die sehr umfangreiche Literatur ist detailliert nachgewiesen in: Internationale Ökumenische Bibliographie, bisher 11 Bde, München 1967ff.

§ 3 Kirchenfamilien, konfessionelle Weltbünde, bilaterale Dialoge

1. Kirchenfamilien und konfessionelle Weltbünde

Die Mehrzahl der im Laufe der Christentumsgeschichte entstandenen und bis heute bestehenden christlichen Kirchen und Gemeinschaften haben sich in Kirchenfamilien bzw. konfessionellen Weltbünden zusammengefunden. Als Zusammenschlüsse von miteinander verwandten und gleichartigen Kirchen, die ihre konfessionelle Eigentümlichkeiten betonen, sind sie nur in einem quantitativen Sinn als ökumenisch anzusehen. Doch führen sie meist untereinander einen theologischen Dialog, der in gewisser Weise das interkonfessionelle bzw. interdenominationelle Gespräch im Ökumenischen Rat der Kirchen aufnimmt oder ergänzt und das ökumenische Bemühen um die Einheit der Kirche zu fördern sucht. – *Lit.:* HAROLD E. FEY: Konfessionelle Weltbünde und ökumenische Bewegung, in: DERS. (Hg.): Geschichte der ökumenischen Bewegung 1948–1968, Göttingen 1974, 155–190. bes. 179ff – Zur *geographischen Ausbreitung* und *Statistik* vgl. H. JEDIN u. a. (Hg.): Atlas zur Kirchengeschichte. Die christlichen Kirchen in Geschichte und Gegenwart, Freiburg/Br. 1970.

a) Die Gemeinschaft der *Katholischen Orthodoxen Kirche* betrachtet sich als Fortsetzung der Alten Kirche auf der Basis der Sieben Ökumenischen Konzile; in ihren *panorthodoxen Konferenzen* (seit 1961) besitzt sie ein Instrument des Austausches und der Beratung. Mitglieder: 120 Millionen. – Vgl. II § 12.

b) Die *Römisch-katholische Kirche* versteht sich als die »konkrete Existenzform« der »einen, heiligen, katholischen und apostolischen Kirche« (II. Vatikan. Konzil, LG 8); trotz dieses Anspruchs ist sie kirchenkundlich wie andere Konfessionskirchen einzuordnen. Mitglieder: 654 Millionen. – Vgl. I § 1–8.

c) Die *Anglikanische Kirchengemeinschaft* (Anglican Communion) ist die Gemeinschaft der mit dem Erzbischof von Canterbury in Verbindung stehenden anglikanischen Kirchen in der Welt; ihr Konsultativorgan sind die seit 1867 in der Regel alle zehn Jahre stattfindenden *Lambeth-Konferenzen* der anglikanischen Bischöfe. Mitglieder: 60 Millionen. – Vgl. II § 11 Exkurs 2.

d) Die *Alt-Katholischen Kirchen der Utrechter Union* ist ein 1889 erfolgter Zusammenschluß von alt-katholischen Kirchen, die aufgrund ihrer Gemeinsamkeit in Lehre,

Verfassung und Liturgie in voller kirchlicher Gemeinschaft stehen; sie wird durch eine *Internationale Bischofskonferenz* repräsentiert. Mitglieder: 406000. – Vgl. II § 11.

e) Der *Baptistische Weltbund* (Baptist World Alliance), gegründet 1905, ist ein brüderlicher, auf Freiwilligkeit beruhender Zusammenschluß baptistischer Gemeinden in aller Welt. Vollmitglieder: 26,5 Millionen, in der Gesamtgemeinschaft 33,7 Millionen. – Vgl. II § 4.

f) Die *Heilsarmee* (The Salvation Army) ist eine internationale christliche Organisation für Evangelisation und Sozialarbeit, die von einem »General« geführt wird und deren »Hauptquartier« sich in London befindet; sie begann 1865 ihre Arbeit. Mitglieder: 1,2 Millionen. – Vgl. II § 7.

g) Der *Internationale Konvent der Kirchen Christi* (International Convention of Disciples of Christ) ist eine 1930 gegründete Vereinigung der aus den Disciples of Christ bestehenden Gemeinden; der Zusammenschluß will die brüderliche Verbundenheit der unabhängigen Einzelgemeinden bezeugen und ökumenischen Zielsetzungen dienen. Mitglieder: über 2 Millionen.

Lit.: W. E. GARRISON/A. T. DE GROOT: The Disciples of Christ. A History, St. Louis ²1958 – G. G. BEAZLEY D. J. (Hg.): Die Kirche der Jünger Christi (Disciples), Stuttgart 1977.

h) Der *Lutherische Weltbund* (Lutheran World Federation), gegründet 1947, um »die Einigkeit des Glaubens und Bekennens« unter den lutherischen Kirchen in der Welt zu fördern; Vorläufer war der *Lutherische Weltkonvent* (Lutheran World Convention, 1923), der aus der 1868 entstandenen (zunächst nur deutschen) *Allgemeinen Evangelisch-Lutherischen Konferenz* hervorgegangen ist. Mitglieder: 56 Millionen.

Lit.: E. THEODOR BACHMANN: Die Funktion des Lutherischen Weltbundes, in: V. VAJTA (Hg.): Die Evangelisch-Lutherische Kirche, Stuttgart 1977, 384–400 – K. SCHMIDT-CLAUSEN: Vom Lutherischen Weltkonvent zum Lutherischen Weltbund, Gütersloh 1976.

i) Die *Mennonitische Weltkonferenz* (Mennonite World Conference) führt seit 1925 alle mennonitischen Gruppen in den verschiedenen Kontinenten zusammen. Mitglieder: 550000. – Vgl. II § 5.

j) Der *Methodistische Weltrat* (World Methodist Council) vereinigt seit 1951 Kirchen methodistischer Tradition, ohne die Autonomie der Mitgliedskirchen einzuschränken; dem Zusammenschluß sind eine Reihe von *Ökumenischen Methodistenkonferenzen* (Methodist Ecumenical Conferences, seit 1881) vorausgegangen; er will die brüderliche Gemeinschaft unter den Methodisten vertiefen und durch Zeugnis und Dienst zur ökumenischen Bewegung beitragen. Vollmitglieder: 18,8 Millionen, in der Gesamtgemeinschaft 43 Millionen. – Vgl. II § 3.

k) Das *Weltkomitee der Quäker für gegenseitige Beratung* (Friends' World Committee for Consultation), das 1937 gegründet wurde und in größeren Zeitabständen zusammentritt, will die gemeinsame Arbeit der »Freunde« in aller Welt fördern. Mitglieder: 200000. – Vgl. II § 8.

l) Der *Reformierte Weltbund* (Alliance of Reformed Churches throughout the World holding the Presbyterian Order), gegründet 1875, ist eine Vereinigung reformierter und presbyterianischer Kirchen; sie hat sich 1970 mit dem 1891 entstandenen *Internationalen*

Kongregationalistischen Rat (International Congregational Council) verbunden zu einer Union reformierter, presbyterianischer und kongregationalistischer Kirchen. Mitglieder: 52,6 Millionen.

Lit.: MARCEL PRADERVAND: Der Reformierte Weltbund, in: K. HALASKI (Hg.): Die Reformierten Kirchen, Stuttgart 1977, 15–36 – N. GOODALL (Hg.): Der Kongregationalismus, Stuttgart 1973 (Lit.).

m) Der *Internationale Bund Freier Evangelischer Gemeinden* (International Federation of Free Evangelical Churches), gegründet 1948, vereinigt die Gemeindebünde Freier evangelischer Gemeinden. Mitglieder: 300 000. – Vgl. II § 9.

n) Die *Weltpfingstkonferenzen* (World Conferences of Pentecostal Churches, erstmals 1947), die in der Regel in dreijährigem Turnus stattfinden, repräsentieren die Weltpfingstbewegung, obgleich sie nicht von allen Pfingstgemeinschaften beschickt werden. Mitglieder: 35 Millionen. – Vgl. II § 10 Exkurs.

2. Dialoge der Konfessionsfamilien. Bibliographische Übersicht (Stand: 1978)

a) Dialoge auf Weltebene

(1) *Lutherisch/römisch-katholisch.* Das Evangelium und die Kirche. Gemeinsamer lutherisch/römisch-katholischer Studienbericht (1971), in: H. MEYER (Hg.): Luthertum und Katholizismus im Gespräch, Frankfurt/M. 1973, 143–174 – Das Herrenmahl. Gemeinsame römisch-katholische/evangelisch-lutherische Kommission, Frankfurt/M. 1978.
(2) *Lutherisch/anglikanisch.* Bericht der von der Lambethkonferenz und dem Lutherischen Weltbund autorisierten Gespräche 1970–72, in: G. GASSMANN/M. LIENHARD/H. MEYER (Hg.): Vom Dialog zur Gemeinschaft, Frankfurt/M. 1975, 43–81.
(3) *Anglikanisch/römisch-katholisch.* Die Lehre von der Eucharistie (1971), Amt und Ordination (1973), Gemeinsame anglikanisch/römisch-katholische Erklärungen, in: G. GASSMANN u. a. (Hg.): Vom Dialog zur Gemeinschaft, Frankfurt/M. 1975, 129–135. 136–148. – Die Autorität in der Kirche. Gemeinsame anglikanisch/römisch-katholische Erklärung (1976), in: epd-Dokumentation Nr. 9/1977, 12–21.
(4) *Orientalisch-orthodox/orthodox-katholisch.* Gemeinsame Erklärungen der inoffiziellen Konferenzen zwischen Theologen der orientalischen Orthodoxie und der orthodoxen katholischen Kirchen von 1964, 1967, 1970 und 1971, in: Informationen aus der Orthodoxie, hg. vom Außenamt der EKD, NF Nr. 4, 1975/I, 30–46.
(5) *Orthodox/alt-katholisch.* Gemeinsame Texte über: Die göttliche Offenbarung und ihre Überlieferung, Der Kanon der Heiligen Schrift, Die Heilige Dreifaltigkeit, Die Menschwerdung des Wortes Gottes, Die hypostatische Union (alle 1975), in: Internationale Kirchliche Zeitschrift 66, 1976, 23–33.
(6) *Baptistisch/reformiert.* Bericht über die theologischen Gespräche zwischen dem Baptistischen Weltbund und dem Reformierten Weltbund, Genf/Washington o. J. (1977).
(7) *Lutherisch/reformiert/römisch-katholisch.* Theologie der Ehe und die Probleme der Mischehen. Gespräche zwischen dem Lutherischen Weltbund, dem Reformierten Weltbund und dem Sekretariat für die Einheit der Christen 1971–77, Genf/Vatikan 1977.
(8) *Reformiert/römisch-katholisch.* Die Gegenwart Christi in Kirche und Welt. Bericht über die reformiert/römisch-katholischen Gespräche 1970–77, Genf/Vatikan 1977.
(9) *Methodistisch/römisch-katholisch.* Report of the Joint Commission between the Roman Catholic Church and the World Methodist Council, 1972–75, in: The Secretariat For Promoting Christian Unity, Information Service Nr. 34, 1977/II, 8–20.

(10) *Pfingstlerisch/römisch-katholisch.* A. BITTLINGER: Papst und Pfingstler. Der römisch-katholisch/pfingstliche Dialog und seine ökumenische Relevanz, Frankfurt/M. 1978 (Schlußbericht 1976).
(11) *Innerprotestantisch.* Konkordie reformatorischer Kirchen in Europa (Leuenberger Konkordie), in: M. LIENHARD (Hg.): Zeugnis und Dienst reformatorischer Kirchen im Europa der Gegenwart, Frankfurt/M. 1977, 13–22.
(12) *Ohne Abschlußberichte* blieben bisher (1978) die Anglikanisch/Alt-Katholischen Konferenzen (seit 1972), die Gemeinsamen Anglikanisch/Orthodoxen Gespräche (seit 1973), das Lutherisch/Reformierte Gespräch (seit 1970) und der Dialog zwischen Lutheranern und Methodisten (seit 1979).
(13) *Vorbereitet* werden ein offizieller orthodox/römisch-katholischer Dialog und ein Gespräch zwischen Orthodoxie und Lutherischem Weltbund.

b) Dialoge auf nationaler Ebene (Auswahl)

(1) *Konstantinopel/Evangelische Kirche in Deutschland:* Dialog des Glaubens und der Liebe. Theologisches Gespräch zwischen dem Ökumenischen Patriarchat von Konstantinopel und der EKD 1969, Stuttgart 1970 (Beiheft z. ÖkumRs 11) – Christus das Heil der Welt. Zweites theologisches Gespräch zwischen dem Ökumenischen Patriarchat und der EKD, Stuttgart 1972 (Beiheft z. ÖkumRs 22) – Das Bild vom Menschen in Orthodoxie und Protestantismus. Drittes theologisches Gespräch..., Stuttgart 1974 (Beiheft z. ÖkumRs 26) – Die Anrufung des Heiligen Geistes im Abendmahl. Viertes theologisches Gespräch..., Frankfurt/M. 1977 (Beiheft z. ÖkumRs 31).
(2) *Moskau/Evangelische Kirche in Deutschland* (Arnoldshainer Gespräche): Tradition und Glaubensgerechtigkeit (Arnoldshain I), Witten 1961 – Vom Wirken des Heiligen Geistes (Arnoldshain II), Witten 1964 – Versöhnung (Arnoldshain III), Witten 1967 – Taufe und neues Leben (Arnoldshain IV), Witten 1970 – Der auferstandene Christus und das Heil der Welt (Arnoldshain V), Witten 1972 – Die Eucharistie (Arnoldshain VI), Bielefeld 1974 – Das Opfer Christi und das Opfer der Christen (Arnoldshain VII), Frankfurt/M. 1978 (Beiheft z. ÖkumRs 34).
(3) *Orthodoxie/Römisch-katholische Kirche* (Regensburger Symposion): E. CHR. SUTTNER (Hg.): Eucharistie, Zeichen der Einheit. Erstes Ökumenisches Symposion, Regensburg 1970 – DERS.: Taufe und Firmung. Zweites Ökumenisches Symposion, Regensburg 1971 – DERS.: Buße und Beichte. Drittes Ökumenisches Symposion, Regensburg 1972 – Drei weitere Symposien über die Sakramente sind bisher unveröffentlicht.
(4) *Lutherisch/römisch-katholischer Dialog in den USA:* Die Eucharistie. Schlußbericht der katholisch/lutherischen Gespräche in den USA, in: H. MEYER (Hg.): Luthertum und Katholizismus im Gespräch, Frankfurt/M. 1973, 97–110 – Eucharistie und Amt. Schlußbericht der katholisch/lutherischen Gespräche in den USA, in: a.a.O. 111–142 – Amt und universale Kirche. Unterschiedliche Einstellungen zum päpstlichen Primat. Bericht der offiziellen lutherisch/römisch-katholischen Dialoggruppe in den USA, in: H. STIRNIMANN/L. VISCHER (Hg.): Papsttum und Petrusdienst, Frankfurt/M. 1975, 91–140 – P. C. EMPIE/T. A. MURPHY (Hg.): Lutherans and Catholics in Dialogue, bisher 6 Bde, Minneapolis/Minn. 1965–78.

c) Darstellungen

Die verschiedenen Dialoge sind u. a. in folgenden *Sammelbänden* dargestellt: H. MEYER (Hg.): Luthertum und Katholizismus im Gespräch, Frankfurt/M. 1973 – G. GASSMANN u. a. (Hg.): Um Amt und Herrenmahl, Frankfurt/M. 1974 – G. GASSMANN u. a. (Hg.): Vom Dialog zur Gemeinschaft, Frankfurt/M. 1975 – H. STIRNIMANN/L. VISCHER (Hg.): Papsttum und Petrusdienst, Frankfurt/M. 1975 – M. LIENHARD (Hg.): Zeugnis und Dienst reformatorischer Kirchen im Europa der Gegenwart, Frankfurt/M. 1977 – N. EHRENSTRÖM/G. GASSMANN (Hg.): Confessions in dialogue. A Survey of bilateral Conversations among World Confessional Families 1959–1974, Genf [3]1975 – H. MEYER/H. SCHÜTTE/H. J. MUND (Hg.): Katholische Anerkennung des Augsburgischen Bekenntnisses? Ein Vorstoß zur Einheit zwischen katholischen und lutherischen Kirchen, Frankfurt/M. 1977 – A. BASDEKIS: Die Theologischen Gespräche zwischen der Evangelischen Kirche in Deutschland und der Orthodoxie, in: ÖkumRs 27, 1978, 223–253. – *Weitere Literatur* in: Internationale Ökumenische Bibliographie, bisher 11 Bde, München 1967 ff – Unentbehrlich ist die *Übersicht* (Kirchen, Themen, Daten, Orte, Lit.) von J. F. PUGLISI: A Workbook of Bibliographies for the Study of Interchurch Dialogues, Centro Pro Unio/Rom 1978.

3. Themen des Dialogs – Beispiele

An zwei *Beispielen,* den lutherisch/römisch-katholischen und den anglikanisch/römisch-katholischen Gesprächen, läßt sich – neben der vorherrschenden Thematik – zeigen, welche Annäherungen im bilateralen Dialog zwischen bisher strikt getrennten Kirchen möglich erscheinen; gleichwohl muß darauf hingewiesen werden, daß die kirchliche Rezeption der vorliegenden Gesprächsergebnisse noch aussteht.

a) *Schrift, Rechtfertigung, Amt* – lutherisch/römisch-katholische Konvergenzen. Das Arbeitsergebnis einer vom vatikanischen Einheitssekretariat und vom Lutherischen Weltbund eingesetzten Studienkommission, das in dem Bericht »Das Evangelium und die Kirche« vorliegt (s. o. Nr. 2 a-1), gibt eine weitgehende Annäherung in traditionellen Kontroversfragen zu erkennen. Sie veranlaßte Mitglieder der Studienkommission zu der Überlegung, ob die Differenzpunkte noch so gravierend sind, daß sie die Aufnahme der Kirchengemeinschaft ausschließen. Beide Kirchen sollten prüfen, ob eine gegenseitige Anerkennung der Ämter und – wenigstens für besondere Fälle – eine Kommunionsgemeinschaft möglich sei. Allerdings weisen vier Sondervoten von katholischer und eines von lutherischer Seite darauf hin, daß nicht alle Bedenken in der Studienkommission ausgeräumt werden konnten. Indessen lassen sich gewisse *Konvergenzen* registrieren:
(1) Das Verhältnis von *Schrift und Tradition* erscheint den Gesprächspartnern in neuem Licht. »Es kann nicht mehr die Schrift exklusiv der Tradition gegenübergestellt werden, weil das Neue Testament selbst Ergebnis urchristlicher Tradition ist. Doch kommt der Schrift als Zeugnis der grundlegenden Überlieferung eine normative Funktion für die gesamte spätere Tradition der Kirche zu« (Nr. 16). Und: »Beide Gesprächspartner waren sich einig, daß die Autorität der Kirche nur Dienst am Wort sein kann und daß sie über das Wort des Herrn nicht verfügen kann« (Nr. 21). Ein gemeinsamer Bezugsrahmen für das Verhältnis von Evangelium und Kirche kommt so zustande.
(2) In der *Lehre von der Rechtfertigung* haben sich die Auffassungen ebenfalls angenähert. »Als Begründung christlicher Freiheit gegenüber gesetzlichen Bedingungen für den Heilsempfang muß die Rechtfertigungsbotschaft als gewichtige Explikation der Mitte des Evangeliums immer wieder neu zur Sprache gebracht werden« (Nr. 27). Sie kann als »Gesamtausdruck des Heilsgeschehens« verstanden werden, wenngleich »das im Evangelium bezeugte Heilsgeschehen auch in anderen dem NT entnommenen Vorstellungen wie Versöhnung, Freiheit, Erlösung, neues Leben, neue Schöpfung, zusammenfassend zum Ausdruck gebracht werden kann« (ebd.). Mißdeutungen lutherischer wie katholischer Polemik, u. a. im Verhältnis von Natur und Gnade, geistlichem und weltlichem Reich werden korrigiert.
(3) In der Frage des *Amtes* sind die Gesprächspartner weiter voneinander entfernt, doch sie bewegen sich aufeinander zu. »Wir sehen klarer als früher, daß die Frage, ob die Ordination ein Sakrament ist, hauptsächlich terminologischer Art ist. Die Katholiken verstehen unter Ordination ein Sakrament, das den Amtsträger gnadenhaft für den Dienst an anderen ausrüstet. Die Lutheraner begrenzen üblicherweise den Gebrauch des Wortes ›Sakrament‹ auf Taufe und Abendmahl (bisweilen auch Absolution). Faktisch geschieht aber die Übertragung des Amtes in beiden Kirchen auf ähnliche Weise: durch Handauflegung und Anrufung des Heiligen Geistes um seine Gaben für die rechte Ausübung des Dienstes« (Nr. 59). In der *Sukzessionsfrage* wird das »inhaltliche Verständnis der Sukzession in der apostolischen Lehre« zur »apostolischen Sukzession des Amtes« in Beziehung gesetzt und so der Weg für eine Annäherung gewiesen (Nr. 57). Hinsichtlich des *Papstprimates* blieb die Frage offen, ob er »für die Kirche notwendig« ist oder »nur eine grundsätzlich mögliche Funktion« darstellt. »Man stimmte jedoch darin überein, daß die Frage

einer Abendmahlsgemeinschaft und die Frage einer gegenseitigen Anerkennung des Amtes nicht unbedingt von einem Konsens in der Frage des Primates abhängig gemacht werden kann« (Nr. 67).

(4) Im Verständnis des *Abendmahls* ist eine Gemeinsame römisch-katholische/evangelisch-lutherische Kommission jüngst zu einem »*Gemeinsamen Zeugnis*« gekommen (»Das Herrenmahl«; s. o. Lit.). Sie stellt fest, daß katholische und lutherische Christen übereinstimmend bekennen: im Herrenmahl ist allein Gott der Gebende; allein durch, mit und in Christus »gibt es die Eucharistie« (Nr. 13 ff); nur in der Einheit des Heiligen Geistes und im Glauben sind Gemeinschaft mit Gott, Vergebung der Sünden und die Gemeinschaft untereinander möglich (Nr. 21 ff); die »Verkündigung« (Sündenbekenntnis, Lesung und Auslegung der Heiligen Schrift, Beten der frühchristlichen Glaubensbekenntnisse und Bezeugen der Liebe Gottes) und die »Danksagung« gehören zusammen und sind mit »Lobpreis«, »Fürbitte« und »Hingabe« wesentliche Bestandteile der Feier (Nr. 29–34); in der Gedächtnisfeier des Gottesvolkes werden die Gläubigen »in das versöhnende Opfer Christi hineingenommen, das sie zur Hingabe ihrer selbst ausrüstet« (Nr. 36); das »Opfer des Lobes« ist eng verknüpft mit dem Weltbezug der Eucharistie-Feier (Nr. 37 ff); die Eucharistie »enthüllt der Welt, was sie ist und was sie werden soll« (Nr. 39); in ihr wird die künftige Herrlichkeit verheißen und zugleich anfanghaft erschlossen und vermittelt (Nr. 42 ff). – Die »*verbleibenden Differenzen*« (Nr. 47 ff) betreffen die *Art der Gegenwart* Christi sowie ihre *Dauer*, nicht das Bekenntnis zur »wahren und wirklichen Gegenwart des Herrn in der Eucharistie« (Nr. 48). Die Kommission aber erklärt, »daß diese beiden Positionen nicht mehr als trennende Gegensätze betrachtet werden müssen« (Nr. 51). Bezüglich der *Meßopferlehre* wird gesagt: »Zunehmend erkennen wir die Auffassung des andern als eine Anfrage an unsere eigene Position und als eine Hilfe, diese zu verbessern, zu vertiefen und zu verlebendigen« (Nr. 61).

Weiterhin *offene Fragen* in dem römisch-katholischen/evangelisch-lutherischen Dialog beziehen sich auf das Verständnis der Sakramente und auf das Verhältnis von Natur und Gnade sowie von Gesetz und Evangelium; umstrittene Themen bleiben ebenfalls »Lehramt« und »Mariologie«. Eine Studie über das kirchliche Amt unter besonderer Berücksichtigung des Bischofsamtes wird vorbereitet. In der *Papstfrage* hat sich ein Ansatzpunkt für die künftige Diskussion ergeben: ein Papstamt als sichtbares Zeichen der Gemeinschaft unter den Kirchen wäre für die Lutheraner nicht eo ipso indiskutabel; es sollte aber dem Primat des Evangeliums untergeordnet werden und bedarf in dieser Hinsicht einer theologischen Neuinterpretation und praktischer Reformen (Nr. 66). Einen neuen Konzentrationspunkt bekäme der Dialog, wenn die Debatte um eine katholische Anerkennung der lutherischen *Confessio Augustana* erfolgreich sein sollte.

b) *Eucharistie, Amt, Primat* – der anglikanisch/römisch-katholische Konsens. In drei Erklärungen einer gemeinsamen Kommission, berufen vom vatikanischen Einheitssekretariat und vom Erzbischof von Canterbury (nach Konsultation mit anglikanischen Primaten und Metropoliten), werden weitgehende *Übereinstimmungen* zwischen den beiden Kirchen in den Fragen über Eucharistie, Amt und Ordination sowie über die Autorität in der Kirche festgestellt.

(1) Ein Konsens besteht im Verständnis der *Eucharistie*. Er bekräftigt die wirkliche Gegenwart Christi in Brot und Wein und verzichtet bewußt darauf, diese Realpräsenz mit Hilfe der traditionellen Substanzkategorien zu beschreiben. Er unterstreicht das Ein-für-alle-Mal des Opfers Christi. Für die Gegenwart wird dieses Opfer durch die Anamnese wirksam, und indem es sich gegenwärtig setzt, wird es Ermutigung des Christen zur Selbsthingabe im Glauben.

(2) In der Frage des *Amtes* besteht ebenfalls ein Konsens. Er umschließt das Ja zur Einheit und Vielheit der Dienstämter in der Kirche des Neuen Testaments, zur besonderen

Rolle und Aufgabe des ordinierten Amtes gegenüber dem Priestertum aller Gläubigen, zum göttlichen Ursprung des dreifach gegliederten Amtes, zur Ordination und zur apostolischen Sukzession. Die Null- und-Nichtig-Erklärung der anglikanischen Weihen durch Leo XIII. (1896) und damit die Frage einer Anerkennung der Ämter sind ausgeklammert. »Die Einigung über das Wesen des Amtes ist wichtiger als Überlegungen zur gegenseitigen Ämteranerkennung.«

(3) Das bedeutendste Ergebnis des anglikanisch/römisch-katholischen Dialogs ist die Annäherung in der Frage des *Papstamtes.* Bei einer gemeinsamen Anerkennung des Primates müßten sich sowohl für die anglikanische Kirchengemeinschaft als auch für die römisch-katholische Kirche Änderungen ergeben. Die Papst- und Primatsfrage ist jetzt in den größeren Zusammenhang der *Autorität in der Kirche* gerückt, die in der Herrschaft Christi begründet ist. Die Herrschaft Christi, »Ausdruck der höchsten Autorität im Himmel und auf Erden«, durchdringt die Kirche als »geistliche Autorität«, die sich auf das Wort der Schrift und das Werk des Heiligen Geistes stützt, durch den die Vollmacht Christi in der Kirche wirksam wird. Die ganze Gemeinde, die Koinonia wird Christus zum Instrument, auch wenn die ordinierten Amtsträger in besonderer Weise Träger seiner Vollmacht sind. Die Koinonia bleibt nicht auf die einzelne Ortskirche beschränkt; sie umfaßt viele Ortskirchen und gewinnt Gestalt in der Gemeinschaft von Kirchen, in ihrem konziliaren Miteinander ebenso wie in der besonderen pastoralen Episkopie einzelner Bischöfe über die Mitbrüder im Leitungsamt. »Wenn der Primat ein echter Ausdruck der Episkopé sein soll, wird er die Koinonia stärken, indem er die Bischöfe bei ihrer Führungsaufgabe unterstützt, in ihren Aktivitäten wie in der universalen Kirche, ihre Aufgabe der apostolischen Leitung wahrzunehmen. Der Primat erfüllt seinen Sinn, wenn er den Kirchen hilft, aufeinander zu hören, in der Liebe und Einheit zu wachsen und gemeinsam nach der Fülle christlichen Lebens und Zeugnisses zu streben; er wird die christliche Freiheit und Spontanität achten und fördern; er wird keine Uniformität anstreben, wo sich Vielfalt legitim entfaltet, noch die Organisationsformen auf Kosten der Ortskirche zentralisieren« (Nr. 21). Entscheidend scheint der Satz: »Wenn Gottes Wille für die Einheit in Liebe und Wahrheit der gesamten christlichen Gemeinschaft erfüllt werden soll, bedarf diese allgemeine Struktur der komplementären primatialen und konziliaren Aspekte der der ›Koinonia‹ der Kirche dienenden ›Episkopé‹ der Realisierung auf universaler Ebene. Der einzige Stuhl, der einen Anspruch auf einen universalen Primat erhebt und der eine solche ›Episkopé‹ ausgeübt hat und noch ausübt, ist der Stuhl von Rom, der Stadt, in der Petrus und Paulus starben. Es scheint angemessen zu sein, daß in einer zukünftigen Einigung (der Kirchen) ein universaler Primat, wie er beschrieben wurde, diesem Stuhl zukommen soll« (Nr. 23).

Die Kommission weiß, daß sie ein Idealbild entwirft. »Keine Theorie oder Praxis hat dieses Ideal voll aufgenommen« (Nr. 12). Die *Schwierigkeiten,* die noch bestehen, werden nicht verschwiegen:

- die Ausdrucksweise des I. Vatikanischen Konzils vom »*göttlichen Recht*« der Nachfolger Petri, sofern damit impliziert ist, »daß eine Kirche, solange sie nicht in Gemeinschaft mit dem Bischof von Rom steht, von der römisch-katholischen Kirche nicht in vollem Sinne als Kirche betrachtet wird«;
- »der Anspruch, daß der Papst unmittelbare und universale *Jurisdiktion* besitzt, deren Formen nicht klar umschrieben sind«, wobei allerdings beachtet sein will, »daß nach der Absicht des I. Vatikanischen Konzils die päpstliche Autorität nur zur Aufrechterhaltung und niemals zur Schwächung der ortskirchlichen Strukturen eingesetzt werden soll«;
- die »Aussage, daß der Papst *unfehlbar* sein kann in seiner Lehre«, was trotz der Begrenzung dieser Unfehlbarkeit Schwierigkeiten im Blick auf die neuen marianischen

Dogmen ergibt, weil die »Anglikaner bezweifeln, daß es angemessen oder überhaupt möglich ist, sie als wesentlich für den Glauben der Christen zu erklären« (Nr. 24). Von der *Unfehlbarkeit* selbst redet das Dokument nicht; es rechnet mit der Möglichkeit des Irrtums bei denen, die für die Glaubensunterweisung verantwortlich sind. Doch bekräftigt es die »christliche Hoffnung, daß solches Versagen die Fähigkeit der Kirche, das Evangelium zu verkündigen und das christliche Leben zu verwirklichen, nicht zerstören kann; denn wir glauben, daß Christus seine Kirche nicht im Stich läßt und daß der Heilige Geist sie in alle Wahrheit einführt. Darum kann die Kirche – trotz ihrem Versagen – als indefektibel beschrieben werden« (Nr. 18).
Trotz der gebliebenen Differenzen will die Kommission die erreichte Übereinstimmung als »fundamental« gewertet wissen, als »solide Basis«, von der aus die noch bestehenden Schwierigkeiten gemeinsam gelöst werden können (Nr. 24).

4. Die Wahrheit im Dialog

a) Die Bekenntnisformeln, Lehraussagen und Regeln für das christliche Leben, mit denen einst eine Kirche gegen eine andere sich stellte, ihre Rechtgläubigkeit aussprach und ihre Eigenständigkeit behauptete, waren jeweils mit dem Anspruch verbunden, daß in ihnen die Wahrheit bezeugt werde. Indessen scheint es den theologischen Gesprächspartnern in dem zeitgenössischen Dialog zwischen getrennten Kirchen zu gelingen, die divergierenden Positionen anzunähern oder gar in Einklang zu bringen. Dieser Vorgang nötigt zu der Frage, wie es sich mit dem einst geltend gemachten Wahrheitsanspruch verhält, wenn eine die vorhandenen Mauern überspringende Konvergenz oder noch mehr ein die früheren Gegensätze aufhebender Konsens ebenfalls Zeugnis der Wahrheit sein will. Die Frage nach der *Wahrheit im Dialog* stellt sich aber nicht allein im Blick auf die Gespräche der theologischen Experten ein, die sich mit gutem Willen bemühen um ein wechselseitiges Verstehen, in der gemeinsamen Studienarbeit über eine längere Zeit hinweg untereinander persönlich näher kommen, Freundschaften schließen und dabei oft eine neue Dimension in ihrer christlichen Existenz entdecken. Die Frage gilt gleichfalls den Gesprächen offizieller Kirchenvertreter, die zwar auch von dem Motiv zur Einheit der Kirche bewegt sind, zugleich aber von praktischen Erwägungen sich leiten lassen, die sich aus der Existenz ihrer Kirchen ergeben, und die aus einer möglichen gemeinsamen Interessenlage heraus die bisherigen Trennungsgründe ihrer Kirchen abmildern oder als nicht mehr gegeben betrachten. Und nicht zuletzt muß nach der Wahrheit im Dialog gefragt werden, wenn zum einen die Konsensbemühungen in den Gesprächskommissionen erfolgreich verlaufen, die offizielle kirchliche Rezeption aber ausbleibt und in der Praxis des kirchlichen Alltags, in Organisation, Disziplin und Lehre das konfessionelle Selbstbewußtsein weiterhin dominiert, und wenn zum andern die konfessionell getrennten Kirchenvölker die früher gegen andere beanspruchte Rechtgläubigkeit gar nicht mehr hinreichend kennen, vielleicht vergessen oder auch verdrängt haben und stattdessen ihren Glauben an zeitgenössischen Normen und Kriterien messen und auf Selbstverwirklichung unter heute gegebenen Bedingungen hin orientieren. (Vgl. III § 2, 5 d; dazu die Thesen des »Schlußwortes«).

b) In den bisherigen bilateralen theologischen Gesprächen haben sich hinsichtlich der Wahrheitsfrage im Dialog einige bemerkenswerte *Einsichten und Aspekte* ergeben.
(1) Der *geschichtliche Charakter* der Lehraussagen. Die Kirche ist mit ihrem Wahrheitszeugnis offensichtlich nicht an Sprach- und Denkformen einer bestimmten Vergangen-

heit unwiderruflich gebunden. Spätere Generationen besitzen eigene Ausdrucks- und Verstehensweisen. Es erscheint legitim, den alten Glauben – auch in den verschiedenen konfessionellen Positionen – in neuen zeitgemäßen und gemeinsamen Formen auszusprechen und zu verkündigen. »In einer vierhundertjährigen Geschichte haben die theologischen Auseinandersetzungen mit den Fragen der Neuzeit, die Entwicklung der Schriftforschung, die kirchlichen Erneuerungsbewegungen und der wiederentdeckte ökumenische Horizont die Kirchen der Reformation zu neuen, einander ähnlichen Formen des Denkens und Lebens geführt... All dies veranlaßte die Kirchen in neuer Weise, das biblische Zeugnis wie die reformatorischen Bekenntnisse, vor allem seit den Erwekkungsbewegungen, für die Gegenwart zu aktualisieren. Auf diese Weise haben sie gelernt, das grundlegende Zeugnis der reformatorischen Bekenntnisse von ihren geschichtlichen Denkformen zu unterscheiden« (Leuenberger Konkordie Nr. 5). Ähnlich argumentierte die anglikanisch-römisch-katholische Gesprächskommission; sie erreichte u. a. in der Amtsfrage einen Konsens, weil sie den Streitpunkt »im Licht der biblischen Botschaft und der Tradition unseres Erbes« und zugleich im »Licht der Entwicklung des Denkens in unserer Kirche« überprüfte. Geschichtliche Relativität könnte die unausweichliche Konsequenz der Inkarnation sein, eine Einsicht, die Relevanz hätte für das Selbstverständnis einer Kirche, die sich von der Inkarnation her begründet (vgl. I § 4, 3 Exkurs).

(2) Die *soziale und kulturelle Umwelt.* Der soziale und kulturelle Kontext (äußere Lebensbedingungen, geographische Umwelt, politische und wirtschaftliche Strukturen, Rechtsformen, Sprache und Literatur, Kunst, Wissenschaft usw.), in dem Kirchen verschiedener konfessioneller Provenienz leben, kann verbinden (vgl. III § 4, 4 – Südindien) und im gemeinsamen Bemühen zueinander gelegentlich sich als stärker erweisen als die kirchliche Überlieferung. Und im Gegenteil, der Kontext kann auch trennen, weil nicht alles, was sich als Glaube und Theologie aus gemeinsamer Wurzel ausgibt, ein genuin christliches Gewächs ist, mehr ein Produkt seiner Umwelt darstellt und darum sich nicht mit anderem verbinden kann, das einer anders geprägten Lebenswelt entstammt. Die Christentumsgeschichte weist aus, daß politische und kulturelle Gegebenheiten auf das Dogma einer Kirche eingewirkt und es bestimmt haben. Divergierende Lehraussagen geraten in ein anderes Licht, wenn die umstrittenen Formeln allein auf ihre theologische Intention hin befragt werden. Der Dialog der orthodox-katholischen und der nicht-chalzedonensischen Theologen liefert ein Beispiel. Nach 1500 Jahren der Trennung erkannten sie, wie sehr politische Konflikte und sprachliche Mißverständnisse zu den christologischen Kontroversen von damals beigetragen haben. Im »Dogma« hatte sich die Situation einer vergangenen Epoche niedergeschlagen und hier eine Dignität gewonnen, die jetzt schwer abzubauen ist, durch eine Revision des »Dogmas«.

(3) Die *Vielfalt in der Einheit.* Das Neue Testament selbst kennt eine Vielfalt im Bekenntnis zu dem einen Herrn und eine große Bandbreite im Vollzug des christlichen Glaubens. Dieser Sachverhalt könnte bedeutsam sein für die noch ungelöste Frage, inwieweit der »christliche Pluralismus« der Gegenwart legitim ist, wo er seine Grenzen hat und was als Kriterium gelten soll, wenn die einen meinen, die Trennung vollziehen (oder aufrechterhalten) zu müssen, und die anderen glauben, in aller Vielfalt die Einheit entdecken zu können. Protestantische, katholische, orthodoxe u. a. Dialogpartner weisen darauf hin, daß sie in ihren Gesprächen zunehmend gelernt haben, Jesus Christus zu allererst in seiner rettenden Gegenwart und in der jeweils anderen Kirche am Werke zu sehen, selbst wenn Glaubenssätze und Kirchenstrukturen dem entgegenstehen und als unannehmbar erscheinen.

(4) Die *Wahrheit in der Gemeinschaft.* Gottes Offenbarung ist dem ganzen Gottesvolk anvertraut; sie wird in allen Funktionen der Gemeinschaft transparent. Die Gesprächs-

partner haben zu sehen gelernt, daß die ergriffene Heilswahrheit im Zeugnis und Dienst, in der Liturgie und im Gebet einer Kirche sich oftmals deutlicher kundgibt als in den tradierten Lehrformeln. Unerwartete Affinitäten im Glaubensvollzug in den verschiedenen Kirchen kommen ins Blickfeld. Unterscheidungen zwischen fundamentalen und nichtfundamentalen, zwischen zentralen und peripheren Glaubenswahrheiten werden unter diesem Aspekt belangvoll. Was vordergründig einen Gegensatz markierte, tritt angesichts gemeinsamer Erfahrungen des Glaubens in den Hintergrund oder wird im Erleben und Entdecken von Neuem vergessen. Diese Erfahrung lehrt erkennen, daß der formelle Konsens dem Wachsen echter Kirchengemeinschaft weder vorausgeht, noch dessen Voraussetzung sein muß. Die Wahrheit ist ein Geschehen. Wachstum in der Wahrheit erweist sich als dialogischer Prozeß.

§ 4 Unionskirchen

Die Mehrzahl der im Laufe der Christentumsgeschichte entstandenen christlichen Kirchen und Gemeinschaften bildeten sich im Widerspruch gegen Lehre, Ordnung oder Verhalten einer bestehenden Kirche. Sie entwickelten ihre konfessionelle Eigenart gegenüber dem bisherigen, fragwürdig gewordenen Träger der christlichen Tradition. Viele von ihnen haben sich seit dem 19. Jahrhundert in Konfessionsfamilien bzw. konfessionellen Weltbünden zusammengefunden (vgl. III § 3), ohne damit ihre Selbständigkeit aufzugeben. Im gleichen Zeitraum bildeten sich kirchliche Einheiten mit umgekehrter Tendenz, die sog. *Unionskirchen,* die darin ein gemeinsames Merkmal besitzen, daß mehrere Kirchen, Gemeinschaften oder Denominationen ihr konfessionell bestimmtes Kirchentum zumindest teilweise zugunsten eines neuen Kirchenkörpers aufgegeben haben. Solche interkonfessionellen oder interdenominationellen Zusammenschlüsse nennen sich in der Regel *»Vereinigte Kirchen«* (United Churches). Sie dürfen nicht verwechselt werden mit Vereinigungen auf derselben konfessionellen Basis (wie z. B. die Vereinigte Evangelisch-Lutherische Kirche Deutschlands; vgl. II § 1, 3b) oder mit Kirchen, die sich unter Beibehaltung ihrer Eigenart in Liturgie und Frömmigkeit einer bestehenden Kirchenorganisation angeschlossen bzw. jurisdiktionell unterstellt haben (wie z. B. die unierten orientalischen Kirchen; vgl. II § 12 Exkurs 2).

1. Die Unionsbewegung im 19. und 20. Jahrhundert

a) Die Unionsbewegung setzte zu Beginn des *19. Jahrhunderts* ein, als in mehreren deutschen Territorien (Preußen, Nassau, Pfalz, Baden, Kurhessen-Waldeck, Rheinhessen und Anhalt-Dessau) Lutheraner und Reformierte sich zusammenschlossen. Es herrschte das Gefühl vor, daß die bisherigen, oft heftig umstrittenen Lehrunterschiede im Zuge der Zeit ihre Bedeutung verloren hätten, während in dem Hauptstück reformatorischen Glaubens, in der Rechtfertigung allein aus Glauben um Christi willen, Lutheraner und Reformierte verbunden seien. Die Geschichte der deutschen Unionskirchen zeigt, daß hier eine reichlich optimistische Einschätzung den Zusammenschluß bestimmte. Dieser ersten Phase der Unionsbewegung folgte im *20. Jahrhundert* eine zweite, die sich in mehrfacher Hinsicht von den Anfängen im 19. Jahrhundert unterscheidet. Jetzt sind es nicht deutsche oder europäische Kirchen, sondern vorwiegend Kirchen auf dem amerikanischen Kontinent oder sog. Junge Kirchen in Asien und Afrika, die sich vereinigen. Auch die Unionspartner sind andere. Lutheraner sind nur in zwei Fällen beteiligt (in der

Church of South Arabia und in der Church of Pakistan); vor allem handelt es sich um Kirchen, die sich der Theologie Calvins und Wesleys verpflichtet wissen. Später kommen Anglikaner dazu, gelegentlich auch Baptisten. Auffällig ist in der zweiten Phase die große Zahl der Unionskirchen. Zwischen 1925 und 1970 entstanden zwanzig (interkonfessionelle) Kirchenunionen mit insgesamt rund 6,7 Millionen Mitgliedern.

Als erste der modernen Unionskirchen konstituierte sich 1925 die *United Church of Canada*. Es folgten die *Church of Christ in China* (1927), die *Iglesia Evangélica de Puerto Rico* (1931), die *Church of Christ in Thailand* (1934), die *Evangelical Church in Guatemala* (1936), die *Église Réformée de France* (1938), die *Church of Christ in Japan* (Kyodan) (1941), die *Church of South India* (1947), die *United Church of Christ in the Philippines* (1948), die *United Church of Christ in the USA* (1957), die *Church of South Arabia* (1961), die *United Church of Zambia* (1965), die *United Evangelical Church of Ecuador* (1965), die *United Church of Jamaica and Grand Cayman* (1965), die *United Church of Papua, New Guinea and the Solomon Islands* (1968), die *Evangelisch-methodistische Kirche in Deutschland* (1968; vgl. II § 3), die *United Church of Madagascar* (1968), die *Protestantische Kirche von Belgien* (1969), die *Church of North India* (1970), die *Church of Pakistan* (1970) und die *Uniting Church in Australia* (1977).

b) Obgleich die im 19. Jahrhundert wie die in den letzten 50 Jahren entstandenen unierten Kirchen in dem Gedanken der Union ein gemeinsames Merkmal besitzen, so gibt es doch auch charakteristische Unterschiede. Eine Konsultation unierter Kirchen in Limuru (1970) stellte fest, diese Kirchen seien je nach dem Land, der Situation und den beteiligten Denominationen so grundverschieden, daß sie sich einer für alle gültigen Definition oder Beschreibung entziehen. Gemeinsam ist ihnen die Intention, daß jede von ihnen eine Gestalt der Einheit darstellen will, wie sie zuvor in den Kirchen nicht vorhanden war. Fast allen Unionskirchen sind auch bestimmte Erfahrungen gemeinsam wie z. B., daß außertheologische Faktoren (Zusammenlegung von Verwaltungsorganen, Pfarrergehälter u. ä.) oft ein unerwartetes Gewicht bekommen, die äußere Einflußnahme staatlicher Organe bisher noch jedesmal der Union geschadet hat und eine Union mehr als Prozeß statt als kirchenrechtlicher Akt verstanden werden muß; auch können sich nur wenige Unionskirchen rühmen, daß es bei ihrer Vereinigung nicht gleichzeitig zur Abspaltung irgendeiner Gruppe, Fraktion oder Diözese gekommen ist. Unterschiedlich geprägt werden die Unionskirchen durch die Art und Weise, wie die anstehenden theologischen Probleme gelöst werden. Wo Lutheraner an einer Union beteiligt sind, wird unweigerlich die Bekenntnisfrage zum Schibboleth. Anglikaner drängen auf eine irgendwie geartete Übernahme des historischen Episkopats, während Baptisten immer nach der Praxis von Kinder- und Erwachsenentaufe fragen. Verfassung, Ämter und Frauenordination spielen in den Unionsverhandlungen eine maßgebliche Rolle. Jede Union setzt andere Akzente und trägt in das Bild der Unionsbewegung einen neuen Zug ein. Das zeigt sich auch bei den z. Z. umfassendsten Unionsverhandlungen, der *»Consultation of Church Union«* in den Vereinigten Staaten. Die hier beteiligten neun Kirchen werden die größte Unionskirche der Welt bilden, das anglikanische Bischofsamt integrieren, die Ordination der Frau einführen und über die Grenzen des Rassenkonfliktes hinweg Schwarze und Weiße in einer Kirche vereinigen.

c) Zur *ersten Phase* der Unionsbewegung vgl.: JUL. MÜLLER: Die evangelische Union, ihr Wesen und göttliches Recht, Bremen 1854 – E. FÖRSTER: Die Entstehung der preußischen Landeskirche, 2 Bde, Tübingen 1905–06 – JOH. BAUER: Die Union 1821, Heidelberg 1921 (betr. Baden) – A. ADAM: Die nassauische Union, Darmstadt 1949 – G. RUHBACH (Hg.): Kirchenunionen im 19. Jahrh. Gütersloh ²1968 (Textsammlg.) – Eine *Übersicht* über die Unionsbewegungen bietet R. ROUSE/ST. C. NEILL: Geschichte der ökumenischen Bewegung, Bd. II, Göttingen 1958, 52–132 – Zur *zweiten Phase* vgl.: R. GROSCURTH (Hg.): Kirchenunionen und Kirchengemeinschaften, Frankfurt/M. 1971 – J. W. GRANT (Hg.): Die unierten Kirchen, Stuttgart 1973 – Das Bild der Unionskirchen ist äußerst reich an Formen und Typen. Als Beispiel für die Unionsbemühungen des

19. Jahrhunderts kann die, heute *Evangelische Kirche der Union* (EKU) genannte Kirche dienen, die in ihrer 150jährigen Geschichte eine bedeutsame Entwicklung genommen hat, beginnend mit einer landesherrlichen Initiative über eine Verwaltungsunion bekenntnisverschiedener Gemeinden zu einer sich auf ein gemeinsames christliches Zeugnis berufenden Kirche (vgl. II § 1, 3a). Als bemerkenswerte Beispiele für die im 20. Jahrhundert entstandenen Unionskirchen können genannt werden (s. u. Nr. 2–4) die *United Church of Canada,* die *Church of Christ in Japan* (Kyodan) und die *Church of South India.*

2. Die United Church of Canada

a) Die *United Church of Canada* bietet das Beispiel für eine unkomplizierte Unionskirche. Die hier vereinigten Denominationen (Methodisten, Presbyterianer und Kongregationalisten) passen zueinander. Als 1925 die Union geschlossen wurde, kamen eine Reihe sog. »Local Union Churches« hinzu, die auf Ortsebene aus pastoralen Gründen den geplanten Zusammenschluß bereits verwirklicht hatten; seit 1968 gehört auch die *Canada Conferenz of the Evangelical United Brethren* (Evangelische Gemeinschaft) zur Union. Aber nicht nur die weitgehende Gleichartigkeit der Partner begünstigte den Zusammenschluß; die kanadische Kirchenunion bildet gleichsam das kirchliche Gegenstück zur nationalen Integration mit dem Ziel einer die ganze Nation umfassenden Kirche. Jedoch war es ein langer Weg, bis aus einer Vielzahl isolierter kleiner Siedlerkirchen (1850 gab es u. a. sieben methodistische, zwei kongregationalistische und elf presbyterianische Kirchen) eine vereinigte Kirche zustande kam. Mehrere gleichkonfessionelle Zusammenschlüsse waren schon vorausgegangen, als 1902 ein Presbyterianer als Gastredner auf der Generalkonferenz der Methodisten eine interdenominationelle Union vorschlug und hier wie auch bei den Kongregationalisten breite Zustimmung fand. Unüberbrückbare Schwierigkeiten schien es nicht zu geben. Die Dokumente der Unionsverhandlungen von 1904 bis 1908 zeigen, wie rasch man sich vor allem in Lehrfragen einigen konnte. Schwieriger war es, Unterschiede der Praxis aufeinander abzustimmen; so bevorzugten die Methodisten das gemeindeungebundene Pfarramt, während Presbyterianer und Kongregationalisten das Pfarramt an die Gemeinde binden wollten; auch die Wahlperiode der Ämter war recht unterschiedlich. Indessen brachten die Abstimmungen eine große Enttäuschung. Ein Drittel der Presbyterianer sprach sich gegen die Union aus, ließ sich durch nichts umstimmen und gründete 1925 mit 700 Gemeinden eine eigene Presbyterianische Kirche. Die Bedenken richteten sich gegen die Lehrgrundlage, gründeten aber auch in der Abneigung gegen den gefühlsbetonten Gottesdienst der Methodisten. Obgleich die United Church dadurch eine empfindliche Einbuße erlitt (der Riß ging damals quer durch manche Familien der Presbyterianer), so bekannte sie sich doch nachdrücklich zu ihrer Idee, daß die Union verschiedener Traditionen eine Bereicherung bedeute. Dies stellte der Gründungsgottesdienst am 10. 6. 1925 in der Arena von Toronto symbolisch dar, als jede Kirche durch einen Vertreter bekräftigte, welche Gabe sie in die vereinigte Kirche mitbringe. Der *presbyterianische* Vertreter: »Wir bringen das Wächteramt der Kirche mit, das dem Bundesvolk Gottes das Recht auf Unterweisung in der Heiligen Schrift gewährleistet«. Der Vertreter der *Methodisten:* »Wir bringen mit das missionarische Zeugnis von des Menschen Erlösung, die persönliche Erfahrung vom Heiligen Geist in uns und den Dienst zu seiner Ehre in Worten und heiligen Gesängen«. Die *Kongregationalisten:* »Wir bringen mit die freie Ausübung des prophetischen Amtes und im öffentlichen Leben den Einsatz für Gerechtigkeit und Freiheit des Menschen«. Die *örtlichen Unionen:* »Wir bringen als unser Geschenk an die Kirche vertrauensvoll das Anliegen mit, daß im Reich Gottes immer auch Platz sein möge für eine intensive Pflege des Gemeindelebens auf örtlicher Ebene.«

b) Die United Church of Canada hat die Vorstellung vom harmonischen Miteinander der verschiedenen Tradition verwirklicht. Die *Verfassung* verbindet kongregationalistische und synodale Strukturen: weitgehend selbständige Gemeinden oder Pfarrbezirke, darüber das Presbyterium eines begrenzten Gebietes, dann die Konferenz, die etwa zehn Presbyterien umfaßt, und schließlich die Generalsynode der Kirche, die von einem Moderator geleitet wird. Ebenso offen ist die *Lehrgrundlage* der Kirche, die sog. Zwanzig Artikel der Unionsbasis. Sie verpflichten die Kirche auf das apostolische Zeugnis, auf die Schriften des Alten und Neuen Testaments, auf die »großen Glaubensbekenntnisse der Alten Kirche und die evangelischen Lehren der Reformation, wie sie in den Bekenntnisschriften der Reformierten, der Kongregationalisten und der Methodisten dargelegt sind«. Die Zwanzig Artikel wollen aber nicht mehr als ein Rahmen sein; neue Formen des Bekenntnisses sind möglich.

c) Das ursprüngliche Ziel einer Kirche, welche die ganze Nation umfaßt, ist nicht vergessen. Der Anschluß der *Evangelischen Gemeinschaft* 1968 war ein erster Schritt. Ein 1973 erstellter Plan sieht die Union mit der *Anglican Church of Canada* und der *Christian Church (Disciples of Christ)* vor, erwies sich jedoch noch nicht als tragfähig genug. Schwierig war es auch, den Kontakt zur abgespalteten presbyterianischen Kirche wiederzufinden; erst nach 50 Jahren gaben die selbständig gebliebenen Presbyterianer ein erstes Zeichen der Gesprächsbereitschaft zu erkennen. Zur Zeit ist die United Church of Canada mit rund 2,4 Millionen Mitgliedern die größte nicht-römische Kirche des Landes.

Lit.: C. E. SILCOX: Church union in Canada, its causes and consequences, New York 1933 – G. C. PIDGEON: The United Church of Canada, Toronto 1950 – J. W. GRANT: The Canadian experience of church union, London 1967 – J. DOW: This is our faith: an exposition of the Statement of Faith of the United Church of Canada, Toronto 1944.

3. Die Church of Christ in Japan (Nippon Kirisuto Kyodan)

a) Ende der 30er Jahre lebten als Erfolg missionarischer Arbeit in Japan rund 200000 Protestanten bzw. Anglikaner, die von 68 Organisationen betreut wurden. Unter dem Druck eines staatlichen Gesetzes von 1940, das nur religiöse Organisationen mit mehr als 50 Gemeinden und über 5000 Mitgliedern als unabhängige Körperschaften anerkannte, schlossen sich 42 denominationelle Gruppen 1941 zur *Nippon Kirisuto Kyodan* (Church of Christ in Japan) zusammen. An der Vereinigung beteiligten sich Presbyterianer, Methodisten, Kongregationalisten, Baptisten, Lutheraner, Jünger Christi (Disciples), dazu eine anglikanische Gruppe und einige Pfingstgemeinschaften. Die *theologische Grundlage* des Zusammenschlusses sollte das Zeugnis sein, »daß der dreieinige Gott, Vater, Sohn und Heiliger Geist, wie ihn die Bibel offenbart, denen die glauben, ihre Sünde vergibt, sie rechtfertigt, heiligt und ihnen das ewige Leben schenkt durch die Versöhnungstat Christi, der für die Sünden der Welt starb und wieder auferstand«. Aber die erhoffte Unabhängigkeit blieb eine Illusion. Die japanische Regierung – inzwischen im Krieg für ein japanisches Großreich – wollte den sog. »japanischen Christen«, der »den Weg der traditionellen japanischen Ethik genau befolgt und so einen Beitrag für die Zukunft des japanischen Reiches leistet«. Die erste Verfassung der Kyodan mußte dieses staatliche Ansinnen aufnehmen und in der kirchlichen Praxis mußte es verwirklicht werden. Nationale japanische Riten leiteten die Gottesdienste ein. Der Kirchenpräsident besuchte offiziell das Nationalheiligtum der Japaner, den Iseschrein. Teams junger Pfarrer wurden als »Boten der Versöhnung« in die besetzten Gebiete entsandt. Als Prediger der pfingstlichen Holiness Church es wagten, anstelle des Kaisers von Japan Jesus Christus als den kommenden König zu verkündigen, mußten sie bitter dafür büßen. Der Präsident, von der Generalversammlung der Kirche gewählt, vom Erziehungsministerium bestätigt, führte ein zentralistisches Kirchenregiment, besteuerte die zusammengeschlossenen Kirchen zum Zwecke der Finanzierung seiner Geschäfte, konnte Pfarrer einsetzen, maßregeln, entlassen und war strikt an die Weisungen gebunden, welche die behördliche Aufsicht erteilte.

b) Für die heutige Kyodan ist diese unglückselige Periode wie ein böser Traum, von dem man sich frei gemacht hat. Als 1945 durch die amerikanischen Sieger die Religionsfreiheit ermöglicht wurde, verließ ein Großteil der in der Kyodan zusammengeschlossenen Denominationen das Zweckbündnis: die reformierte Gruppe der alten Japan Christian Church, die Anglikaner, die Lutheraner, die Heilsarmee, die Holiness Groups und andere Pfingstgemeinden. Von den 200118 Kirchengliedern der Kyodan im Jahre 1942 blieben 1948 nur 115365 Mitglieder übrig. Die Union mußte umgestaltet werden und dies bedeutete Eingeständnis des falschen Weges, Neuordnung der Kirchenstruktur, Aufstellung eines Bekenntnisses. Als 1950 die Generalsynode der Kyodan die *Reform der Organisation* abschließen konnte, war aus der autokratischen Struktur des Anfangs eine Kirchenverfassung nach demokratischem Muster geworden. Die siebzehn Kirchendistrikte erhielten weitgehende Kompetenzen. Vier Jahre später folgte eine *Glaubenserklärung*. Die neugeordnete Kyodan bekennt sich zur Heiligen Schrift, die durch den Heiligen Geist das Wort Gottes und Quelle und Norm der Verkündigung ist, und zu Jesus Christus, in dem sich der dreieinige Gott offenbart hat, zu dem Mensch gewordenen Gottessohn, der gekreuzigt wurde, sich Gott als vollkommenes Opfer für alles darbot und damit die Erlösung bewirkte. Sie bekennt die Gnade, durch die Gott erwählt, im Glauben rechtfertigt und durch die der Heilige Geist sein Werk der Heiligung treibt, damit die Glaubenden Früchte der Gerechtigkeit erbringen. Die Kirche ist der Leib Christi, die Gemeinde der durch die Gnade Berufenen. Sie hält öffentliche Gottesdienste, predigt das Evangelium in der rechten Weise, ist fleißig in Werken der Liebe und wartet in Hoffnung auf die Wiederkunft Christi. Mit den Heiligen aller Zeiten bekennt die Kyodan den Glauben, wie er im apostolischen Glaubensbekenntnis bezeugt ist.

c) Obgleich die Kyodan in den Jahren nach 1945 eine neue Gestalt gefunden hat, scheint ein *Problem* noch ungelöst. Ihr Bekenntnis ist ausgesprochen westlich konzipiert; es fehlt der Bezug zur einheimischen Situation, wenn man nicht die betonte Erwartung der Wiederkunft Christi als deutliche Absage an den Shintoismus mit seinem Ahnenkult deuten will. Die Kirche, die ihre Mitglieder vornehmlich unter den gebildeten Städtern gewonnen hat, lebt weitgehend von europäischer und neuerdings auch von amerikanischer Theologie. Das außerordentliche Wachstum der Kyodan nach dem Krieg scheint dieser theologischen Ausrichtung recht zu geben. Viele junge Japaner drängten in den 50er und 60er Jahren in die Kirchen der Kyodan; 1968 zählte sie wieder über 200000 getaufte Mitglieder. Zudem trat 1970 die Vereinigte Kirche von Okinawa der Union bei. Aber als Aufgabe der Zukunft bleibt der Schritt zur einheimischen Kirche, der nicht ohne Erschütterung gelingen wird. Der erste Entwurf einer *japanischen Theologie* von KAZOH KITAMORI (s. u. Lit.) will eine Brücke schlagen in dem Versuch, Luthers Kreuzestheologie in japanische Denkgewohnheiten zu übersetzen. Doch am Tokyo Union Seminary und auf den Synoden der Kirche meldet sich die drängende Stimme einer kompromißlos gesellschaftsbezogenen Kritik. Sie beklagt das Bündnis mit westlichen Denkweisen, fordert die theologischen Führer auf, die »geborgten Kleider« abendländischer Theologien und Denksysteme abzulegen und sich »befreit von Dogmatismus, mit der japanischen, weltgeschichtlichen und eigenen Wirklichkeit auseinanderzusetzen«. Es ist verständlich, wenn mancher Kirchenführer den Bruch der so schmerzlich gewonnenen Einheit befürchtet. Die Unruhe der neuen Theologengeneration rührt an der Existenz der Kyodan. Die Kirche erkennt, daß ihre Einheit nicht durch äußere Konsolidierung gewährleistet ist, sondern weitergeführt werden muß zu einer christlichen Antwort auf die gesellschaftliche Wirklichkeit in Japan, zur Auseinandersetzung mit Shintoismus und Buddhismus, zur Konfrontation des Christuszeugnisses mit den japanischen Realitäten.

Lit.: C. W. IGLEHART: A Century of Protestant Christianity in Japan, Tokyo 1959 – R. LEE: Stranger in the Land. A Study of the Church in Japan, 1967 – K. KITAMORI: Die Theologie des Schmerzes Gottes, Göttingen 1972.

4. Die Church of South India

a) Auf einer Missionarskonferenz in *Tranquebar* 1919 legten 26 Pastoren der Südindischen Vereinigten Kirche und 7 Vertreter der anglikanischen Kirche von Indien, Pakistan, Burma und Ceylon (fast alle Inder) eine Art Memorandum vor, das in den protestantischen Kirchen Südindiens ein lebhaftes Echo fand. Seine Verfasser meinten, die Zeit sei reif für ein organisatorisches Zusammengehen: »Gemeinsam stehen wir vor der gewaltigen Aufgabe, Indien, d. h. ein Fünftel der Menschheit für Christus zu gewinnen. Indessen sehen wir uns angesichts dieser Verantwortung geschwächt und verhältnismäßig kraftlos infolge unserer unseligen Spaltungen – Spaltungen, für die wir nicht verantwortlich waren und die uns gleichsam von außen auferlegt worden sind, Spaltungen, die wir nicht verursacht haben und die wir nicht fortzusetzen wünschen«. Sie nannten als Fakten, die eine neue Situation vermuten ließen, daß die Pastoren der Südindischen Vereinigten Kirche (eine Union aus presbyterianischen kongregationalistischen und Basler Missionsgemeinden) das von den Anglikanern verteidigte Bischofsamt auch für ihre Kirche als notwendig betrachteten und daß andererseits die Anglikaner sich eine größere Selbständigkeit des einzelnen und der Gemeinden wünschten. Sie schlugen eine Vereinigung auf der Basis des sog. *Lambeth Quadrilaterals* vor (die Heilige Schrift als ausreichende Quelle des Glaubens; Apostolisches und Nizänisches Glaubensbekenntnis; die beiden von Christus eingesetzten Sakramente Taufe und Abendmahl; das historische Bischofsamt, angepaßt an die örtlichen Gegebenheiten; vgl. II § 11 Exkurs 2b). Hinsichtlich des historischen Episkopats schränkten sie ein, »daß die Annahme des Bischofsamtes als eines Faktums nicht die Annahme irgendeiner Theorie über seinen Ursprung oder irgendeine lehrmäßige Deutung des Faktums einschließt«.

b) Die *Church of South India,* auf die das sog. Tranquebar-Manifest hinzielte und die 28 Jahre nach dem bedeutungsvollen Treffen Wirklichkeit wurde (1947), gilt heute als eine der bemerkenswertesten Kirchen. Sie will »unter indischen Bedingungen und in indischen Formen Geist, Denken und Leben der universalen Kirche zum Ausdruck bringen« und zugleich das Musterbeispiel einer Union zwischen bischöflichen und nicht-bischöflichen Kirchen bieten. Sie vereinigt die Südindische Vereinigte Kirche, vier Diözesen der Kirche von Indien, Pakistan, Burma und Ceylon und die Methodistenkirche. Ihre *Verfassung* ist – gerade in der Frage des Bischofsamtes – von dem Tranquebar-Manifest geprägt.

»Die Church of South India nimmt das historische Bischofsamt in einer konstitutionellen Form an und wird es beibehalten. Damit legt sie sich jedoch nicht auf irgendeine besondere Interpretation des Bischofsamtes oder auf eine besondere Überzeugung hinsichtlich der Ordnungen des geistlichen

Amtes fest ... Unbeschadet der verschiedenen Interpretationen jedoch erklärt die Church of South India einmütig, daß das Bischofsamt, da es in der Kirche seit früher Zeit angenommen war, in diesem Sinn sachgemäß als historisch bezeichnet werden kann und daß es für die rechte Leitung und Ausbreitung der Kirche in Südindien notwendig ist.«

Bei der praktischen Durchführung der Union ergaben sich zwar manche Schwierigkeiten. Wie bei anderen Kirchenunionen, die gelegentlich einem offenen Markt für kirchliche Traditionen gleichen, entstand der Eindruck, daß einzelne Kirchenelemente besser gehandelt wurden als andere und daß man die anglikanische Kirchenstruktur bevorzugte. Aber der kirchliche Aufbau der Church of South India zeigt deutlich, daß auch synodale Elemente fest in der Kirchenverfassung verankert sind. Als Gegengewicht gegen die Bischöfe (z. Z. 14) wirken die Gemeinden mit Gemeindekirchenräten, die Diözesen mit Diözesanräten aus Bischof, Pfarrern und Laien und schließlich die Synode der Kirche, die sich einen der Bischöfe als Moderator wählt und die oberste Instanz der Kirche darstellt.

c) Für die Church of South India ist es charakteristisch, wie sie das Problem der *Ordination* gelöst hat. Es sollte nur die Ordination durch einen Bischof geben, doch stellte sich die Frage, wie man es mit den Missionaren aus den nicht-bischöflichen Kirchen halten sollte und mit den Geistlichen, die vor der Vereinigung nicht bischöflich ordiniert worden waren. Die Antwort ist bemerkenswert. Die Church of South India war eher bereit, auf Jahre hinaus eine Spannung zu ertragen, als eine der beteiligten Kirchen in ihrem Identitätsgefühl zu verletzen. So galt für eine Übergangszeit von dreißig Jahren, daß alle nicht-bischöflich Ordinierten die volle Amtsbefugnis besitzen. Ob es jetzt die Ausnahme des nicht-bischöflich ordinierten Amtes weiterhin geben wird und wie der Dienst der Missionare aus nicht-bischöflichen Kirchen anzusehen ist, muß eine Generation entscheiden, die schon in der vereinigten Kirche aufgewachsen ist. Mit ihrer Entscheidung blieb die Church of South India offen für weitere Entwicklungen; sie war überzeugt, daß sie nur auf diese Weise eine wirkliche indische Gestalt der universalen Kirchen werden konnte. Als am 27. 9. 1947 ein schlichter Gottesdienst in der St. Georgs-Kathedrale in Madras die Kirchenunion besiegelte, die teilnehmenden anglikanischen Bischöfe niederknieten und von den Vertretern der Methodistenkirche und der Südindischen Vereinigten Kirche zur Ausübung des bischöflichen Amtes auch in diesen beiden Kirchen autorisiert wurden und als in einem späteren Gottesdienst Vertreter der drei Partnerkirchen die ersten Bischöfe der Church of South India konsekrierten, empfanden viele diese Union als abenteuerlich. Das Wagnis erschien so groß, daß im Nandyal-Bezirk in der Diözese Dornakal etwa 20 anglikanische Geistliche zusammen mit 25 000 Kirchengliedern in letzter Minute vor der Kirchenvereinigung zurückschreckten. Für die heutige Kirche sind die Anfangsschwierigkeiten bereits Geschichte. Die dreißigjährige Übergangszeit ist nunmehr zu Ende.

d) Die Church of South India hat sich wie keine andere Kirche der *Mission* verpflichtet, obgleich sie es erst lernen mußte, die von den Missionaren der früheren Denominationen gesteuerten Projekte durch eigene Initiativen zu ersetzen. Ein Jugendmissionsbund evangelisiert in allen Diözesen der Kirche, eigene Missionare arbeiten in Neu-Guinea und Thailand. Noch wichtiger ist das Bemühen um ein Einheimischwerden der Kirche. Zwar findet man noch die früheren kongregationalistischen, methodistischen und anglikanischen Gottesdienstformen, aber immer häufiger wird in den Kathedralkirchen wie in den kleinen dörflichen Lehmkirchen die *neue Liturgie* des Hauptgottesdienstes mit Abendmahl in den vier indischen Sprachen (Tamil, Telugu, Kanaresisch, Malayalam) und in Englisch gefeiert, die Elemente der ältesten christlichen Gottesdiensttradition mit neuen, dem indischen Denken angepaßten Formen verschmilzt. Ihren *Theologennachwuchs* bildet die Kirche in vier Seminaren aus, jedes in einer der vier Landessprachen; als weitere

Ausbildungsstätten kommen die verschiedenen theologischen Schulen der Missionsgesellschaften hinzu (United Theological College in Bangalore; Madras Christian College in Tambaram). Eine Schwesterngemeinschaft – *Ordo of Sisters in the Church of South India* – stellt Lehrerinnen, Katechetinnen, Ärztinnen und Schwestern für die Missionsarbeit der Kirche.

e) Nicht alle Schwesterkirchen der Church of South India konnten der Union sogleich voll zustimmen. Schwierigkeiten hatte die anglikanische Kirchengemeinschaft, die eine völlig integrierte Pfarrerschaft, bischöflich ordiniert, für notwendig erachtete. Die anglokatholischen Gruppen in England lehnten die Union ab und sperrten ihre finanzielle Unterstützung für einzelne Gebiete der vereinigten Kirche, in denen vorher die *Society for the Propagation of the Gospel* missioniert hatte. Eine freundliche, doch nur bedingte Anerkennung sprach 1950 die Kirche von Indien, Pakistan, Burma und Ceylon aus, ebenso 1955 die Kirche von England. Der Bund Evangelisch-Lutherischer Kirchen in Indien (er vereinigt fünf der zehn lutherischen Kirchen des Landes) und der reformierte Zweig der alten Syrischen Mar-Thoma-Kirche (vgl. II § 12 Exkurs 1b–6) konnten sich trotz mancher positiver Gesprächsergebnisse noch nicht für einen Anschluß entscheiden. Doch ist die Church of South India zum Vorbild für zwei weitere Unionen mit Beteiligung der Anglikaner geworden. Im Jahre 1970 entstanden auf ähnlicher Basis, ebenfalls synodal strukturiert, die *Church of North India* und die *Church of Pakistan,* beide nach gleichlautenden Unionsplänen und untereinander in voller Abendmahlsgemeinschaft. Aufgrund der guten Erfahrungen in der südindischen Kirchenunion vereinigten beide Kirchen die kirchlichen Ämter schon in ihren Gründungsgottesdiensten. In *Nordindien* schlossen sich zusammen der Rat der Baptistenkirchen in Nordindien, die Church of the Brethren in India, die Disciples of Christ, die nordindischen Diözesen der Church of India, Pakistan, Burma and Ceylon, die Methodistenkirche (britischer und australischer Zweig) und die United Church of North India (eine Vereinigung presbyterianischer und kongregationalistischer Kirchen). In *Pakistan* gehören zur Union die Church of India, Pakistan, Burma and Ceylon, die Methodist Church in Southern Asia, die pakistanische lutherische Kirche und die United Church of North India. So hat die Church of South India wie keine andere Unionskirche das Bild der Unionsbewegung verändert und geprägt und das ökumenische Suchen nach Einheit außerordentlich gefördert.

Lit.: Scheme of Union, London 1947 (Verfassung) – J. L. NEWBIGIN: The Reunion of the Church, N. Y. 1948 (theol. Begründung) – A. M. WARD: The Pilgrim Church. An Account of the First Five Years in the Life of the Church of South India, London 1953 – T. S. GARETT: Worship in the Church of South India, London 1958 – B. SUNDKLER: Church of South India. The Movement towards Union 1900–47, London 1954 (gesch. Darstellg.; umfass. Lit.) – H. H. HARMS: Bekenntnis und Kircheneinheit bei den jungen Kirchen, 1952. – A. H. LEGG: Die Kirche von Südindien, in: N. GOODALL (Hg.): Der Kongregationalismus, Stuttgart 1973, 83–96 (238–248: Satzungen der Church of South India).

§ 5 Ökumene am Ort

Ökumene am Ort ist der Versuch, die Gemeinschaft der Christen, Gemeinden und kirchlicher Gruppen einer Stadt oder einer kleinen überschaubaren Region zum Ausdruck zu bringen, damit Einheit in Christus darzustellen, auch wenn die Kirchen selbst noch getrennt sind. Ökumene am Ort geschieht, wenn

– Gemeinden verschiedener Konfession gemeinsame Gottesdienste feiern (besonders Gottesdienste zur Gebetswoche für die Einheit der Christen),

- Glaubensfragen der Christen heute nicht mehr getrennt, sondern gemeinsam besprochen werden,
- die Gemeindearbeit in einzelnen Bereichen gemeinsam wahrgenommen wird (z. B. Elternseminare, Bibelwochen, Kreise für konfessionsverschiedene Ehepaare, Kindergarten, Gemeindeblatt)
- der katholische Pfarrgemeinderat und der evangelische Kirchenvorstand neben den regulären auch regelmäßig zu gemeinsamen Sitzungen zusammentreten.

Die Ökumene am Ort, die sich in dieser und anderer Weise darstellt, zeichnet sich aus durch Offenheit und die Bereitschaft zu gemeinsamen Initiativen, zu Experimenten und zu konfessioneller Grenzüberschreitung. In der BRD hat sie seit dem II. Vatikanischen Konzil in den verschiedensten Formen ihren Ausdruck gefunden. Doch sind in der örtlichen Zusammenarbeit von evangelischen, katholischen, freikirchlichen und anderen Gemeinden auch Spannungen aufgetreten, besonders nachdem die letzten Jahre einen unverkennbaren ökumenischen Rückgang gebracht haben.

Lit.: R. FRIELING: Ökumene in Deutschland. Ein Handbuch der interkonfessionellen Zusammenarbeit in der BRD, Göttingen 1970 – F. HASSELHOFF/H. KRÜGER (Hg.): Ökumene in Schule und Gemeinde, Frankfurt/M.²1975 – R. J. KLEINER: Basisgemeinden in der Kirche. Was sie arbeiten, wie sie wirken. Graz 1976 – J. LELL/F. W. MENNE (Hg.): Religiöse Gruppen, Göttingen 1976 – Ökumenische Kontakte in der BRD. Eine Übersicht, hg. von der Kirchenkanzlei der EKD und dem Sekretariat der Deutschen Bischofskonferenz, Bergisch-Gladbach 1974 – Pastorale Zusammenarbeit der Kirchen im Dienst an der christlichen Einheit. Beschluß der Gemeinsamen Synode der Bistümer in der BRD, in: Gemeinsame Synode I, Freiburg 1976, 774–806 – O. SCHULZ: Basisökumene auf der Kriechspur, in: ÖkumRs 23, 1974, 33–51 – DERS.: Kirche und Gruppen in der Ökumene am Ort, in: R. BOECKLER (Hg.): Welche Ökumene meinen wir?, Frankfurt/M. 1978, 62–76.

1. Modelle ökumenischer Zusammenarbeit

Die Möglichkeiten ökumenischer Zusammenarbeit auf der Ortsebene sind vielfältig; sie reichen vom gemeinsamen Gottesdienst über gemeinsame Evangelisation bis hin zur gemeinsamen Telefonseelsorge. Viele ökumenische Aktivitäten betreffen allerdings den sozial-diakonischen Bereich (z. B. Clubarbeit mit Behinderten, Hilfe für Obdachlose, Kinder-Ferienspiele, Essensdienste für Alte und Kranke, Altenclubs, soziale Beratungsdienste, Elternseminare, Büchereien, Tage für ausländische Arbeitnehmer, Dritte-Welt-Wochen usw.). Modelle, die besondere Beachtung fanden, sind u. a. die gemeinsamen Gemeindezentren, die ökumenischen Sozialstationen und die »Aktion Unfallhilfe«.

a) *Gemeinsame Gemeindezentren.* An einigen Orten in der BRD sind gemeinsame Gemeindezentren entstanden, indem eine evangelische und eine katholische Gemeinde ihre Kirchenräume zusammengelegt haben (mit freikirchlichen Gemeinden ist das Modell bisher noch nicht versucht worden). Gemeindezentren dieser Art bestehen in Lüneburg-Kaltenmoor (eines der ältesten), wo die katholische und evangelische Gemeinde den gemeinsamen Namen »St. Stephanus« tragen, in Frankenthal/Pfalz, Baunatal, Marburg-Richtsberg, Wachenbuchen, Bruchköbel u. a. Orten. Manche der beteiligten Pfarrer meinen, hier werde »vor Ort erprobt und experimentiert, wie Gemeinde der Zukunft aussehen soll«; sie betonen, daß sich nun evangelische und katholische Christen nicht nur im Beruf und in der Freizeit begegnen, sondern auch vor und in der Kirche. Wenn »zwei Kirchen unter einem Dach« leben, erfährt man die Gemeinsamkeiten und die Unterschiede. Die konfessionelle Identität geht nicht verloren – vielleicht gewinnt man sie ge-

rade –, aber es lassen sich die Vorurteile abbauen und die Kenntnis des anderen vermehren und – die Gemeinden werden »durchlässiger« für die jeweils andere Mitgliedschaft. Auffällig und zugleich kennzeichnend ist in einigen Fällen die Regelung der Eigentumsverhältnisse. In solchen Gemeindezentren, wo nur ein »Sakral«-Raum vorhanden ist, wurde er von der katholischen Kirchengemeinde finanziert und gestaltet, während die evangelische Kirchengemeinde die übrigen Kommunikationsräume erwarb. Hier wirkt sich die unterschiedliche Spiritualität aus; die einen sehen im Gottesdienst das Zentrum all ihres Lebens und Handelns, die anderen betonen die Gruppenarbeit und die Begegnung in den kleinen Kreisen. Das kann zu Spannungen führen: »Wir von der evangelischen Gemeinde möchten Ökumene stärker auch unter dem Gesichtspunkt der ›bewohnten Erde‹ sehen und in unserer Arbeit nicht nur innerkirchliche Probleme behandeln. Hier stoßen unterschiedliche politische Standpunkte aufeinander, die auch die Gemeindearbeit nicht unberührt lassen.«
Eine Empfehlung zum Bau gemeinsamer Kirchenzentren hat der Ökumenische Rat Berlin ausgesprochen: »Wir erwarten, daß die Planungen zur Errichtung neuer Pfarrgemeinden, Pfarrzentren und Kirchbauten in Fühlungnahme mit den am Ort vertretenen Kirchen und kirchlichen Gemeinschaften erfolgen. Es sollte in jedem Fall überlegt werden, ob Kirchen oder Gemeindezentren nicht von Gemeinden verschiedener Konfession gemeinsam erbaut oder schon vorhandene Gebäude gemeinsam benutzt werden könnten.«

b) *Ökumenische Sozialstationen.* Als Beispiel für eine Reihe ähnlicher Einrichtungen kann die Ökumenische Sozialstation in Betzdorf (Rheinland-Pfalz) dienen, die von elf katholischen und vier evangelischen Kirchengemeinden eingerichtet wurde. Sie beschäftigte 1976 sechs Krankenschwestern, zwei Krankenpfleger, drei Altenpfleger(innen) und eine Pflegehelferin. Es wurden in einem Jahr 2253 Patienten mit 29572 Hilfsleistungen betreut. Eine Umfrage ergab, daß die Station bei 80% der Einwohner bekannt war. Die Station ist sowohl der Caritas als auch dem Diakonischen Werk angeschlossen.

c) Die *»Aktion Unfallhilfe«* e.V. Baden-Baden ist eine Initiative des »Ökumenischen Kirchlichen Unfalldienstes«, der von der Arbeitsgemeinschaft christlicher Kirchen in Baden-Baden getragen wird. Es wurde eine neutrale Bezeichnung gewählt, um auch Nichtchristen die Mitarbeit zu ermöglichen. Die »Aktion« hat es sich zur Aufgabe gemacht, nach der ärztlichen und polizeilichen »Erledigung« von Unfällen die Verletzten in den Krankenhäusern zu besuchen, sich um die unverletzt gebliebenen Angehörigen zu kümmern (z. B. Kinder, deren Eltern im Krankenhaus liegen), in Versicherungsfragen zu beraten, die Vertretung gegenüber den lokalen Behörden wahrzunehmen (z. B. bei durchreisenden Ausländern) u. ä. Bereits im ersten Jahr nach ihrer Gründung konnte sich die »Aktion Unfallhilfe« auf die Mithilfe von 66 Mitarbeitern stützen.

2. Ökumenische Arbeitsgemeinschaften. Gemeinsame Kommissionen

Die ökumenische Zusammenarbeit in Kommissionen und Arbeitsgemeinschaften geht über den örtlichen Bereich hinaus. Sie betrifft nicht nur benachbarte Kirchengemeinden, sondern umfaßt auch einzelne Landeskirchen und Diözesen.

a) Die *Arbeitsgemeinschaften bzw. Räte christlicher Kirchen und Gemeinden* sind ein Abbild der ökumenischen Räte, wie sie auf nationaler Ebene bestehen (vgl. III § 1 Exkurs). Sie vereinigen die verschiedenen (evangelischen, katholischen, freikirchlichen, auch alt-katholischen und orthodoxen) Gemeinden einer Stadt (oder eines Stadtteils) und bieten den beteiligten Gemeinden zum einen die Möglichkeit, gemeinsam bestimmte ökumenische Aktivitäten zu entwickeln und zu koordinieren (Gebetswoche, Gottesdienste, Informationswochen usw.), und zum andern, öffentliche Anliegen z. B. gegenüber Behörden, Parteien oder Schulen gemeinsam zu vertreten. Darüber hinaus aber sollen sie einem ekklesiologischen Konzept dienen, indem sie – als »Institutionen des Übergangs« (L. Vischer) – die künftige Einheit der Christen schon jetzt an ihrem Ort zu verwirklichen suchen. Das *Leitbild* ist mit der Einheitsformel von Neu-Delhi (1961) angezeigt, daß nämlich »die Einheit, die zugleich Gottes Wille und seine Gabe an seine Kirche ist, sichtbar gemacht wird, indem alle an jedem Ort, die in Jesus Christus getauft sind und ihn als Herrn und Heiland bekennen, durch den Heiligen Geist in eine völlig verpflichtete Gemeinschaft geführt werden, die sich zu dem einen apostolischen Glauben bekennt, das eine Evangelium verkündet, das eine Brot bricht, sich im gemeinsamen Gebet vereint und ein gemeinsames Leben führt, das sich in Zeugnis und Dienst an alle wendet«. Indessen bleiben die örtlichen Räte und Arbeitsgemeinschaften, wie sie gegenwärtig bestehen, hinter dem Ziel einer »völlig verpflichteten Gemeinschaft« weit zurück. Zum einen stößt das ekklesiologische Konzept auf Vorbehalte, zum andern ist die Kompetenz der Gemeindevertreter in solchen Arbeitsgemeinschaften sehr begrenzt. Den örtlichen Arbeitsgemeinschaften und Räten kommt eine *praktische Bedeutung* zu:

- sie garantieren Kontinuität (z. B. wenn ökumenisch engagierte Theologen und Nichttheologen versetzt werden oder wegziehen);
- sie versachlichen persönliche Beziehungen und machen sie damit effektiv;
- sie bestimmen die zwischenkirchliche Zusammenarbeit nach Basis, Inhalt, Ziel und Methode;
- sie ermöglichen eine partnerschaftliche Beteiligung von Minderheiten;
- sie bieten eine Plattform für den Meinungsaustausch und für das theologische Gespräch zwischen *allen* Kirchen einer Stadt bzw. eines bestimmten Wohngebietes.

b) Die *Regionalen Arbeitsgemeinschaften bzw. Räte christlicher Kirchen* schließen Landeskirchen, Diözesen und freikirchliche Vereinigungen überörtlicher Art zusammen zu gemeinsamem Zeugnis und Dienst in ihrer Region. In der BRD bestehen zehn regionale Arbeitsgemeinschaften bzw. Räte: Baden-Württemberg, Bayern, Berlin (West), Hamburg, Niedersachsen, Nordhessen, Nordrhein-Westfalen, Rhein-Main, Schleswig-Holstein, Region Südwest.

c) *Gemeinsame Kommissionen.* Die »Ratschläge der EKD für evangelisch-katholische Begegnung« haben 1968 empfohlen: Gemeinsame Kommissionen der Kirchen sollten auf allen Ebenen angestrebt werden: in den Gemeinden, in den Städten oder Landkreisen (Kirchenkreise oder Dekanate), in den Ländern (Landeskirchen oder Diözesen). Diese Empfehlung entsprach einem Vorschlag, der im gleichen Jahr von der Deutschen Bischofskonferenz in den Ausführungsbestimmungen zum »Ökumenischen Direktorium« gemacht worden war. Inzwischen sind zahlreiche offizielle gemeinsame Gesprächsgruppen entstanden. Besonderes Gewicht für die ökumenische Zusammenarbeit und das theologische Gespräch in der Bundesrepublik Deutschland besitzt der Kontaktausschuß des Rates der EKD und der Deutschen Bischofskonferenz.

Auf *landeskirchlicher* Ebene bestehen folgende gemeinsame Kommissionen bzw. Kontaktausschüsse: Landeskommission Nordrhein-Westfalen, Evangelische Kirche im Rheinland und Diözese Trier, Lippische Landeskirche und katholisches Dekanat Detmold, Evangelische Kirche in Berlin-Brandenburg (Berlin-West) und Diözese Berlin, Evangelische Kirche von Kurhessen-Waldeck und Diözese Fulda, Kontaktkommission der Evangelischen Kirchen von Hessen und Nassau und Kurhessen-Waldeck und der Diözesen Mainz, Limburg und Paderborn, Evangelisch-Lutherische Kirche in Oldenburg und Diözese Münster/Offizialat Vechta, Evangelische Kirche in der Pfalz und Diözese Speyer, Evangelisch-Lutherische Kirche in Bayern und die Diözesen München-Freising, Würzburg, Bamberg, Eichstädt, Regensburg, Passau und Augsburg, Evangelischer Oberkirchenrat Baden und Erzdiözese Freiburg, Evangelische Kirche in Württemberg und Diözese Rottenburg und die Evangelisch-katholische Gebietskommission in Norddeutschland mit den norddeutschen Landeskirchen und den Diözesen Osnabrück, Hildesheim und Münster.

3. Basisgemeinden. Ökumenische Gruppen und Kreise

Nicht wenige – und vielfach die intensivsten – ökumenischen Initiativen am Ort gehen von der freien, spontanen »Basisökumene« aus, von Dritte-Welt-Gruppen, Lebensstil-Gruppen, auch von Mischehen-Kreisen und bisweilen von sog. Basisgemeinden.

a) Die *Basisgemeinden* verstehen sich als die der säkularen Welt mit ihren vielfältigen Herausforderungen und Problemen am besten angepaßte Gemeindestruktur. Sie sind überschaubar (in der Regel 30–40, höchstens 100 Mitglieder), mobil, besonders im sozialen Bereich engagiert und strikt gemeinschaftsbezogen. Ihr *Prinzip* heißt: »Die ›Gemeinde‹ besitzt einen Ort, aber braucht kein Territorium zu haben; sie besitzt ein Lokal, doch kein Gotteshaus; sie besitzt Mitglieder, die aktiv teilnehmen, doch kein passives Volk; sie besitzt ein Haupt, einen führenden Kopf, einen Verantwortlichen, braucht jedoch nicht einen Pfarrer oder einen Priester zu haben«. Diese Beschreibung, die nicht in den Rahmen traditionell kirchlichen Denkens paßt, verrät deutlich den sozialen, politischen und theologischen Kontext solcher Gruppen. Die lateinamerikanische Theologie der Befreiung mit ihren europäischen Varianten gab den Anstoß. Basisgemeinden entstanden zunächst in Lateinamerika, dann in Italien, Spanien, Frankreich und anderen Ländern. Ökumenische Offenheit ist für sie grundsätzliche Voraussetzung und gehört gerade auch in der Bundesrepublik Deutschland zum beherrschenden Merkmal.

Lit.: E. DUSSEL: Die Basis in der Theologie der Befreiung, in: Concilium 11, 1975, 258.

Für die freie »Basisökumene« in der BRD können beispielhaft zwei Gruppierungen genannt werden:

b) *Action 365.* Die rund 500 Basisgruppen oder »Teams« der action 365 sind nicht nur dem ökumenischen, sondern zugleich auch einem entwicklungspolitischen Anliegen verpflichtet (Dritte-Welt-Aktionen). Sie wollen Basisgemeinden im deutschen kirchlichen Umfeld sein mit Mitgliedern, die ihre Mitgliedschaft durch freies persönliches Engagement bekunden und deren jedes – es sind für gewöhnlich katholische und evangelische Christen – zugleich »seine persönliche Zugehörigkeit und Heimat in seiner Kirche behält und sich ihr verantwortlich weiß«. Die Teams wählen einen Sprecher, mehrere einen Regionalsprecher; ein Zentralteam koordiniert und plant. Eine Geschäftsstelle in Frankfurt/M dient zugleich als »Kontaktstelle für ökumenische Gemeindearbeit«. Mit ihrer Arbeit strebt die action 365 keine Ökumene neben den Kirchen an. In ihrer Zielsetzung weiß sie sich zum einen gegenüber den verfaßten Kirchen verpflichtet, zum andern aber auch den Menschen, welche die konfessionellen Unterschiede nicht mehr verstehen. Ihnen will sie einen Raum schaffen für die geistliche Begegnung und für vorbildliche Glaubensnachfolge im christlichen Engagement. Damit wird sie bisweilen zu einer Art ökumenischer Vorhut. Auch ihr Name ist Programm: alltäglich, 365 Tage im Jahr, wollen die Mitarbeiter ihr Denken und Tun mit dem Wort der Heiligen Schrift konfrontieren.

c) Die *Arbeitsgemeinschaft ökumenischer Kreise in der Bundesrepublik Deutschland und Westberlin* ist ein relativ lockerer, 1969 gegründeter Zusammenschluß, der für etwa 30 bis 50 Basisgruppen, Mischehen-Kreise und sonstige ökumenische Gruppen zum Sammelpunkt geworden ist. In der Regel finden in zweijährigem Turnus Bundestagungen statt, die dem ökumenischen Erfahrungsaustausch dienen und zu Gottesdienst und gemeinsamem Abendmahl zusammenführen. Die Arbeitsgemeinschaft ist in fünf Regionen gegliedert. Ihre Ziele sind der Gedanken- und Erfahrungsaustausch, die Förderung ökumenischer Initiativen auf pastoralem, sozialem und publizistischem Gebiet. Die Geschäftsführung nimmt die Ökumenische Centrale in Frankfurt/M wahr (vgl. II § 14).

4. Probleme der Ökumene am Ort

Trotz der Vielfalt kirchlich-konfessioneller Beteiligung ist die Ortsökumene in der BRD weitestgehend durch das evangelisch-katholische Verhältnis bestimmt. Die hier anstehenden Fragen und Themen sind auch in der örtlichen ökumenischen Zusammenarbeit virulent.

a) Das *Ehehindernis der Konfessionsverschiedenheit* gehört nach wie vor zu den schwierigen und ungelösten Problemen, obgleich ein päpstliches Motuproprio seit 1970 die Dispenspraxis erleichtert hat (vgl. I § 3, 3 c–dd). Das von der Gemeinsamen Synode der Bistümer in der Bundesrepublik Deutschland an den Apostolischen Stuhl gerichtete Votum, »das Ehehindernis der Konfessionsverschiedenheit für den Bereich der Deutschen Bischofskonferenz aufzuheben«, ist 1978 negativ beschieden worden. Als zunehmend belastend wird es empfunden, daß evangelische Christen als Zeugen vor katholische Ehegerichte geladen werden, um in Ehenichtigkeitsprozessen bezüglich einer früheren, inzwischen geschiedenen Ehe Auskunft über den eigenen Ehewillen oder den des einstigen Ehepartners zu geben.

b) *Ökumenischer Gottesdienst und Sonntagspflicht.* Katholische Christen, die sonntags einen ökumenischen Gottesdienst besuchen, dürfen nicht davon ausgehen, daß sie damit die vom kanonischen Recht geforderte Sonntagspflicht (Teilnahme an einer katholischen Eucharistiefeier) erfüllt haben. Diese Vorschrift steht einem verstärkten geistlichen Miteinander von katholischen und evangelischen Christen entgegen. Vereinzelte katholische Bestrebungen gehen dahin, den ökumenischen Gottesdienst den priesterlosen Gottesdiensten gleichzustellen, die – aufgrund des Priestermangels – vielfach die gewohnte Meßfeier am Sonntag ersetzen. Doch sind die priesterlosen Gottesdienste insofern von bloßen Wortgottesdiensten (ökumenischen Gottesdiensten) zu unterscheiden, als in ihnen vorgeweihte eucharistische Gaben ausgeteilt werden und sie damit an die Dignität der Meßfeier in gewisser Weise heranreichen. Vgl. I § 3, 1 b.

c) *Interkommunion* (bzw. eucharistische Gastfreundschaft). Obgleich nicht selten stillschweigend geübt, bildet die Interkommunion ein Hauptproblem für die Ökumene am Ort. Die römisch-katholische Kirche verlangt für die Kommunionsgemeinschaft nicht nur die Übereinstimmung im Eucharistieverständnis, sie fordert vor allem auch die volle Übereinstimmung in der Lehre vom Amt sowie die Anerkennung des päpstlichen Primates und Lehramtes. Nur bei Todesgefahr oder in schwerer Not könnte ein Nichtkatholik zur Eucharistie zugelassen werden, aber auch dies nur, wenn er einen Geistlichen seiner eigenen Kirche nicht aufsuchen kann und wenn er im Hinblick auf die Sakramente seinen

Glauben im Einklang mit dem Glauben der katholischen Kirche zum Ausdruck bringt. Ein Katholik hingegen darf auch in Not und Todesgefahr die Eucharistie nur von einem Amtsträger erbitten, der die Priesterweihe gültig empfangen hat. Von dieser offiziellen katholischen Lehre weicht Bischof Elchinger von Straßburg insofern ab, als er in seinen »Weisungen für die Gläubigen der Diözese Straßburg über die eucharistische Gastfreundschaft für die konfessionsverschiedenen Ehen« die Zulassungsbeschränkung in diesen Fällen gelockert hat. Auf evangelischer Seite haben bisher die VELKD sowie die rheinische und badische Landeskirche vorsichtige Empfehlungen für die gastweise Interkommunion in Ausnahmefällen gegeben. – Zum bilateralen Diskussionsstand vgl. III § 3, 3 a–4.

d) Die *Anerkennung der Ämter* ist die bisher am wenigsten geklärte Frage, obgleich für das einfache Gemeindeglied in vielen Fällen Pfarrer gleich Pfarrer ist. Einer gegenseitigen Anerkennung der Ämter stehen entgegen die kontroversen Auffassungen (1) über die Ordination, die auf katholischer Seite als Sakrament verstanden wird (vgl. I § 3, 3 c–cc), (2) über das dreigestufte Amt (Bischof, Priester, Diakon; vgl. I §§ 3, 1 c; 5, 2), das eine auf evangelischer Seite nicht akzeptierte Aufgliederung der geistlichen Vollmacht impliziert, und (3) über die apostolische Sukzession, die auf katholischer Seite als Amtsübertragung durch den Bischof in sakramentaler Handauflegung verstanden wird (vgl. I § 5, 1 b), während auf evangelischer Seite davon die Rede ist, daß die apostolische Sukzession sich in der unverfälschten Weitergabe der Botschaft des Evangeliums bewährt. Der Dialog über diese theologischen Differenzen hat folgende Einsichten erbracht: »Wo Christus als das Haupt seines Leibes, seiner Kirche, bekannt wird, können wichtige Aussagen über das Amt gemacht werden«; und: »Wo die von Christus gestiftete Einheit der Kirche geglaubt und die ihr aufgegebene Einheit erhofft wird, müssen die Unterschiede in geduldigem Bemühen aller Verantwortlichen durch Gottes Gnade überwunden werden, damit eine gemeinsame Feier der Eucharistie, wie sie allein der Einheit der Kirche entspricht, möglich wird« (so im Gespräch zwischen der Evangelisch-Lutherischen Kirche in Oldenburg und dem Bistum Münster, s. Lit.). – Zum bilateralen Diskussionsstand vgl. III § 3, 3 a–3.

Lit. zur konfessionsverschiedenen Ehe: Information über die konfessionsverschiedene Ehe. Ein Faltblatt, hg. vom Konfessionskundl. Institut Bensheim und Johann-Adam-Möhler-Institut Paderborn – R. FRIELING: »Mischehe« – Aber wie? Kommentare und Dokumente, Göttingen 1971 (Lit.) – Gemeinsame kirchliche Empfehlungen für die Ehevorbereitung konfessionsverschiedener Partner, hg. vom Sekretariat der Deutschen Bischofskonferenz und der Kirchenkanzlei der EKD, Gütersloh 1974 – U. MOSIEK: Kirchliches Eherecht unter Berücksichtigung der nachkonziliaren Rechtslage, Freiburg ^{2}1972 – G. KIEFEL/O. KNOCH: Brennpunkt Mischehe. Anregungen und Modelle für ökumenische Zusammenarbeit, Stuttgart 1973 – J. KLEEMANN/H. NITSCHKE (Hg.): Ökumenische Trauungen. Predigten, Texte, Dokumente, Gütersloh 1973 – J. FEINER/P. FREHNER: Das Traugespräch. Eine ökumenische Handreichung, Einsiedeln 1975.
Zur Interkommunion: Christen wollen das eine Abendmahl. Mit Beiträgen von H. BACHT, P. BRUNNER, W. KASPER, A. KIRCHGÄSSNER, K. LEHMANN u. W. PANNENBERG, Mainz 1971 – Evangelisch-Katholische Abendmahlsgemeinschaft? Beiträge von J. HÖFER, K. LEHMANN, W. PANNENBERG u. E. SCHLINK, Regensburg 1971 – Interkommunion. Eine Studie und Stellungnahme, hg. von der Arbeitsgemeinschaft christlicher Kirchen in der BRD, in: Materialdienst d. Ökumenischen Centrale, Frankfurt/M. ^{2}1976 – R. MUMM (Hg.): Eucharistische Gastfreundschaft. Ökumenische Dokumente, Kassel 1974 – J. PRUISKEN: Interkommunion im Prozeß, Essen 1974 – W. LOTZ: Das Mahl der Gemeinschaft. Zur ökumenischen Praxis der Eucharistie, Kassel 1977.
Zur Anerkennung der Ämter: Amt und Eucharistie. Mit Beiträgen von P. BLÄSER, S. FRANK, P. MANNS, G. FAHRNBERGER, H.-J. SCHULZ, Paderborn 1973 – Fragen des Amtes als Voraussetzung zur Kirchen- und Eucharistiegemeinschaft (Theol. Gespräch zwischen d. Evang.-luth. Kirche in Oldenburg und dem Bistum Münster), Münster/Oldenburg 1978 – R. MUMM/G. KREMS (Hg.): Ordination und Amt, Paderborn 1976 – V. PFNÜR (Hg): Kirche und Amt. Neuere Literatur zur ökumenischen Diskussion um die Amtsfrage, Paderborn 1975 (Beih. z. Catholica 1/1975) – Reform und

Anerkennung kirchlicher Ämter. Ein Memorandum der Arbeitsgemeinschaft ökumenischer Universitätsinstitute, Mainz 1973 – H. VORGRIMLER (Hg.): Amt und Ordination in ökumenischer Sicht, Freiburg 1973.

§ 6 Vorstellungen und Modelle der Einheit der Kirche

In allen Einheitsbemühungen der Kirchen, Gemeinden und ökumenischen Zusammenschlüssen ist bis jetzt noch immer die Frage offen geblieben, wie die erstrebte Einheit der Kirche aussehen soll, praktisch und konkret. Gleichwohl lebt das ökumenische Engagement von dem großen Ziel der Gemeinschaft und der ökumenisch-theologische Dialog drängt zur Verwirklichung. Drei *Modelle* sind im Gespräch: korporative Wiedervereinigung, konziliare Gemeinschaft und versöhnte Verschiedenheit. Diese Modelle unterliegen zwar noch dem Meinungsstreit, aber sie markieren eine Phase, in die das Suchen der Kirchen nach Einheit inzwischen eingetreten ist. Namentlich die deutsche ökumenische Diskussion ist von diesen drei Einheitsvorstellungen bestimmt.

Texte: Vorstellungen der Einheit und Modelle der Einigung. Ein vorläufiges Studiendokument der Kommission für Glauben und Kirchenverfassung (1972), in: Materialdienst der Ökumenischen Centrale Nr. 17, (Nov.) 1973 – Die nächsten Schritte auf dem Weg zur Einheit der Kirche (Salamanca-Bericht der Kommission für Glauben und Kirchenverfassung, 1973), in: R. GROSCURTH (Hg.): Wandernde Horizonte auf dem Weg zur kirchlichen Einheit, Frankfurt/M. 1974, 159–186 – Nairobi Sektion II: Die Einheit der Kirche. Voraussetzungen und Forderungen, in: H. KRÜGER/ W. MÜLLER-RÖMHELD (Hg.): Bericht aus Nairobi 1975, Frankfurt/M. 1976, 23–37 – The ecumenical role of the World Confessional Families in the ecumenical movement (Bericht der Sekretäre der Konfessionellen Weltbünde und Konfessionsfamilien, 1974), in: WCC exchange Nr. 3/2, Genf 1977 (zur »versöhnten Verschiedenheit«).

1. Die korporative Wiedervereinigung

a) Die korporative Wiedervereinigung (nicht zu verwechseln mit der Kirchenunion nach dem vornehmlich protestantischen Muster der Unionsbewegung; vgl. III § 4) ist ein *römisch-katholisches Konzept*, das – von dem Münsteraner Bischof HEINRICH TENHUMBERG in die Diskussion eingeführt – auf eine Kirchengemeinschaft zwischen den evangelischen Landeskirchen und den römisch-katholischen Diözesen zielt (vgl. H. TENHUMBERG: Kirchliche Union, Utopie oder Möglichkeit?, in: KNA – Ökumenische Information Nr. 24 v. 12. 6. 1974, S. 6ff). Der Vorschlag versteht sich als offenes Modell: keine »Rekatholisierung im Sinne der Konversion«, keine »Einebnung der Besonderheiten«, sondern Anerkennung der Tatsache, »daß Formen kirchlichen Lebens, die über Jahrhunderte hin gewachsen sind und sich als fruchtbar erwiesen haben, von Gott gesegnet sind« (a.a.O. 6). Das intendierte Zusammenwachsen der Kirchen will mehr sein als bloße gegenseitige Anerkennung und Selbstbestätigung. Korporative Wiedervereinigung meint »organische Einheit«, erfordert volle Eucharistie- bzw. Abendmahlsgemeinschaft und damit eine gemeinsame Antwort auf die Frage nach dem apostolischen Amt und der apostolischen Vollmacht.

b) Gewisse *Voraussetzungen* sieht man schon heute als gegeben. Auf der katholischen Seite werde »deutlich gesehen und anerkannt, daß es sich beim Dienstamt in den Kirchen der Reformation um eine geistliche Wirklichkeit handelt«, und »umgekehrt sieht man auf evangelischer Seite wieder deutlicher, daß der sichtbare Zusammenhang der Träger des kirchlichen Dienstamtes keine bloße Äußerlichkeit und die Handauflegung keine Magie ist, sondern ein wirkkräftiges Zeichen, das den apostolischen Glauben der Amtsträger voraussetzt, seine apostolische Gesinnung erfordert und die apostolische Einheit der Kirche in Raum und Zeit wirksam bezeichnet und sichert« (a.a.O. 7). So ist eine gegenseitige Anerkennung der Ämter »auf die Dauer nicht mehr unmöglich«. Sie setzt aber eine Verständigung voraus über das, was beide Seiten als apostolischen Glauben anerkennen, und über die Aussagen der altkirchlichen Konzilien. Die späteren Entfaltungen des Dogmas in der römisch-katholischen Kirche betreffen nach diesem Konzept Aussagen (wenigstens zum Teil), die in ihrer konkreten Ausfaltung nicht unbedingt für alle verbindlich gemacht werden müßten. Vor allem braucht die Primatsfrage nicht unüberwindlich zu sein. »Ich sehe eine Lösungsmöglichkeit darin – so Tenhumberg –, daß die evangelische Seite den Fortbestand des Petrus-Amtes anerkennt, wobei bestimmte Formen der konkreten Ausübung des unbeschränkten Jurisdiktionsprimates aber auf den Bereich der römisch-katholischen Kirche beschränkt bleiben« (a.a.O. 8).

c) Tenhumberg sieht in seinem Konzept nicht schon einen fertigen Plan, wohl aber eine »wünschenswerte Möglichkeit«. Indessen beflügelt ihn die Vorstellung und so beschreibt er einen *Versöhnungsgottesdienst,* der die organische Union besiegelt und die gegenseitige Anerkennung, Annahme und Integration der Ämter vollzieht: »Nach einem gemeinsamen Schuldbekenntnis und einem Akt gegenseitiger Vergebung legen sich katholische und evangelische Bischöfe bzw. Präsides der Landeskirchen unter Gebet gegenseitig die Hände auf, zum Zeichen, daß sie sich ihre Schuld an der Spaltung vergeben, daß sie sich die Vollmacht des Amtes zusprechen und sich als Mitglieder des Leitungskollegiums der einen Kirche annehmen und anerkennen und damit die zerbrochene Einheit wiederherstellen« (a.a.O. 8). Eine entsprechende Vollmachtsübertragung müßte dann von jedem Bischof für die Pfarrer und Gemeindeleiter seiner Teilkirche erfolgen.

2. Die konziliare Gemeinschaft

a) Mit dem Begriff »konziliare Gemeinschaft« hat 1975 die ÖRK-Vollversammlung in *Nairobi* das Ziel der »sichtbaren Einheit« zu präzisieren versucht. Sie hatte dabei die konkrete Situation der verschiedenen Mitgliedskirchen des ÖRK im Blick, die nicht nur durch unterschiedliche theologische Traditionen, sondern mehr noch durch Geschichte, Kultur, geographischen Kontext und politische Verhältnisse getrennt sind. Und sie fragte, wie die Einheit dieser Kirchen in ihrer Vielfalt aussehen könnte und wie sie sich ekklesiologisch interpretieren ließe. Als Ziel stand ihr das Bild einer Kirche vor Augen, die »als konziliare Gemeinschaft von Gemeinden (local churches)« diese Gemeinden »tatsächlich vereinigt«. »In dieser konziliaren Gemeinschaft hat jede der Gemeinden zusammen mit den andern volle Katholizität, sie bekennt denselben apostolischen Glauben und erkennt daher die anderen als Glieder derselben Kirche Christi an, die von demselben Geist geleitet werden« (s. o. Texte: Nairobi, S. 26 Nr. 3). Das bedeutet: Einheit in demselben Christus, aber Offenheit und Raum für die Unterschiedenheiten der Kulturen, Rassen, geographischen Räume, politischen Optionen. Die Kirche ist gewissermaßen »der Ort, an dem sich Menschen, die sich für ganz entgegengesetzte Zielvorstellungen einsetzen, unter dem Kreuz in der göttlichen Barmherzigkeit treffen können, die sie alle hält« (a.a.O. 30 Nr. 11); oder in anderer Formulierung: »Obwohl die verschiedenen Glieder jeder Ortskirche und die verschiedenen Ortskirchen selbst eine reiche Vielfalt manifestieren und ihre je eigene Individualität entfalten können und sollen, können kulturelle, soziologische, psychologische, politische oder historische Unterschiede die Integrität des einen apostolischen Glaubens nicht antasten« (a.a.O. 27 Nr. 5).

b) In dieser Vorstellung einer »konziliaren Gemeinschaft« ist die *dogmatische Einheit* nicht ausgeklammert. Es werden die bekannten Grunddaten kirchlicher Einheit und Gemeinschaft vorausgesetzt, wie sie die ÖRK-Vollversammlung in Neu-Delhi (1961) in der damaligen Einheitsformel benannt hat: das gemeinsame Verständnis des apostolischen Glaubens, das gemeinsame Amt, die eine gemeinsame Eucharistiefeier. Der Begriff »konziliare Gemeinschaft« will aber darüber hinaus einen bestimmten Aspekt der so geeinten Kirche hervorheben: »... in erster Linie die Einheit von Kirchen, die durch Raum, Kultur und Zeit voneinander getrennt sind, eine Einheit, die öffentlich dargestellt wird, wenn die Vertreter dieser Einzelkirchen zu einer gemeinsamen Versammlung zusammenkommen. Er bezeichnet ferner eine Qualität des Lebens innerhalb jeder Einzelkirche. Und er unterstreicht die Tatsache, daß wahre Einheit nicht monolitisch ist, sich nicht über die besonderen Gaben, die jedem Gemeindeglied und jeder Gemeinde gegeben sind, hinwegsetzt, sondern diese vielmehr hegt und pflegt« (a.a.O. 27 Nr. 4).

c) Der aktuelle Kontext für dieses Einheitskonzept ist jene Gemeinschaft von Kirchen, wie sie mit dem *Ökumenischen Rat* repräsentiert wird. Allerdings stellt der ÖRK selbst noch keine konziliare Gemeinschaft dar; seine Versammlungen sind »keine Konzile in diesem vollen Sinne, weil sie nicht durch ein gemeinsames Verständnis des apostolischen Glaubens, durch ein gemeinsames Amt und eine gemeinsame Eucharistiefeier geeint sind« (a.a.O. 27 Nr. 6). Der ÖRK ist somit vorkonziliarer Natur; doch die Zielvorstellung von der »konziliaren Gemeinschaft« läßt ihn in neuem Licht erscheinen: er ist »ein vorlaufendes Zeichen voller konziliarer Gemeinschaft«, »ein wahrer Vorgeschmack« ihrer Verwirklichung (a.a.O. 28 Nr. 6). Das Konzept gewinnt hier eine konkrete Bedeutung; es eröffnet die Chance, »unserer derzeitigen Gemeinschaft im ÖRK die zukunftsweisende Bedeutung eines Meilensteins auf dem Weg zur Einheit zu geben« (Bischof Lesslie Newbigin).

3. Die versöhnte Verschiedenheit

a) In einem Diskussionspapier haben 1974 Vertreter konfessioneller Weltbünde das Konzept von der »versöhnten Verschiedenheit« vorgestellt, das aus der Erfahrung bilateraler Dialoge erwachsen ist. In ihren Gesprächen entdeckten die Dialogpartner, daß konfessionelle Standpunkte durchaus legitim bleiben und bewahrt werden können, wenn es gelingt, sie angemessen in neue geschichtliche Situationen zu übertragen. Hier öffnet sich der Weg für eine Einheit, die weder ein bloßes Abschleifen konfessioneller Unterschiede, noch die Aufgabe und wechselseitige Interpretation der konfessionellen Identität bedeutet. Den Gedanken der »versöhnten Verschiedenheit« formulierte die Vollversammlung des *Lutherischen Weltbundes* in Daressalam: »Es ist ein Weg lebendiger Begegnung, geistlicher Erfahrung miteinander, theologischen Dialogs und gegenseitiger Korrektur, auf dem sich die jeweilige Besonderheit des Partners nicht verliert, sondern sich läutert, wandelt und erneuert und so für den andern als legitime Ausprägung des Christseins und des christlichen Glaubens sichtbar und bejahbar wird. Die Verschiedenheiten werden nicht ausgelöscht. Sie werden auch nicht einfach konserviert und unverändert beibehalten. Sie verlieren vielmehr ihren trennenden Charakter und werden miteinander versöhnt« (Daressalam 1977. Offizieller Bericht, Genf 1977, 205). – »Redefinition der Konfessionen im Gespräch«, so möchte man den Vorgang nennen, der nicht denkbar ist ohne Erneuerung und Wandlung der verschiedenen konfessionellen Identitäten selbst, der sie aber in ihrer Legitimität bewahrt, auch dem Gegenüber erkennbar als echte Ausformung christlichen Glaubens, Zeugnisses und Lebens.

b) Die Einheit in der Form »versöhnter Verschiedenheit« verlangt wie die anderen Einheitsvorstellungen nach bestimmter Darstellung und Konkretion. »*Versöhnungsakte*« sind unumgänglich. Taufanerkennung, eucharistische Gemeinschaft, Anerkennung der kirchlichen Ämter, Verpflichtung zu gemeinsamem Zeugnis und Dienst sind solche Akte. Doch es müßten weitere hinzukommen, die noch spezifischer auf eine Gemeinschaft versöhnter Verschiedenheit ausgerichtet sind bzw. sie ermöglichen und schützen.
(1) »Eine Feststellung, die die Gemeinsamkeit im grundlegenden Verständnis des Evangeliums zum Ausdruck bringt und damit deutlich macht, daß die noch bleibenden Verschiedenheiten auf einer gemeinsamen und tragfähigen Basis aufruhen;
(2) eine theologische Rechenschaft darüber, weshalb die noch bleibenden Verschiedenheiten legitime Ausprägungen christlichen Glaubens und kirchlicher Ordnung darstellen und inwiefern sie füreinander eine wichtige kritische und konstruktive Funktion haben und deshalb dankbar begrüßt und in Gemeinschaft zusammengehalten werden müssen;
(3) eine Erklärung, daß und warum die in der Vergangenheit ausgesprochenen Verurteilungen den Partner in seiner ›redefinierten‹ Gestalt nicht mehr treffen;
(4) die Schaffung oder Übernahme eines recht gestalteten ›Amtes‹ oder ›Dienstes der Einheit‹, dem in besonderer Weise aufgetragen ist, für die Bewahrung dieser Gemeinschaft in der Verschiedenheit zu sorgen, wobei das Element konziliarer Vorgänge, Ereignisse oder Einrichtungen eins der primären Instrumente dieses ›Dienstes‹ oder ›Amtes der Einheit‹ sein müßte« (H. Meyer: »Versöhnte Verschiedenheit«. Fragen und Vorstellungen zur Wiedervereinigung, in: KNA-Ökumenische Information Nr. 12/13 v. 22. 3. 1978, S. 11f).
Dieses Programm gibt zu erkennen: versöhnte Verschiedenheit und in ihr die Bewahrung konfessioneller Besonderheiten und Traditionen bedeutet nach Möglichkeit ein Minimum an struktureller und organisatorischer Vereinheitlichung. Dieses Modell will das ÖRK-Konzept der konziliaren Gemeinschaft nicht ausschließen, aber doch ergänzen und korrigieren.

4. Einheitskonzept und theologischer Wandel

a) Die drei vorgestellten Konzeptionen und Modelle vermitteln die Einischt, daß das Ziel der Einheit heute neu gedacht und neu umschrieben werden muß. Dies ist durch die Entwicklung der ökumenischen Bewegung und durch die Art und Weise, wie die Kirchen aufeinanderzugehen, unausweichlich geworden. Dabei mögen die Einheitsmodelle differieren oder konkurrieren, ja sich teilweise auch ausschließen je nach dem Ansatz und Kontext, der ihnen zugrunde liegt. Aber die Notwendigkeit neuer Zielbestimmungen bleibt. Und das heißt: »Die Einheit, die sich heute als erforderlich darstellt, ist nicht in jeder Hinsicht dieselbe Einheit, die manche Väter der ökumenischen Bewegung als erforderlich ansahen« (s. o. Texte: Vorstellungen der Einheit..., S. 3). Und noch weitergehend: »Einheit ist nicht das Ende der Spannungen. Einheit besteht vielmehr darin, daß wir einander in unserer Verschiedenheit in Christus anzuerkennen vermögen. Einheit ist nie ein für alle Mal erreicht. Sie muß ständig wieder neu hergestellt werden« (a.a.O.). Die »Einheit« ist ein *bewegliches Ziel.*

b) Allen neuen Modellen ist gemeinsam, daß Einheit nicht mit Einheitlichkeit gleichgesetzt werden darf, daß es legitime Verschiedenheiten geben muß, die in der Gemeinschaft getragen und bejaht werden können. Unterschiedliche dogmatische Akzentuierungen mögen hier ein Mehr oder Weniger bedingen. Ansonsten aber gilt, was das Studiendokument der Kommission für Glauben und Kirchenverfassung ausführt: »Alle Kirchen gehen von der Annahme aus, daß die Einheit in Christus gegeben sei. Alle sind sich darüber im klaren, daß Einheit nicht dasselbe wie Uniformität sei, sondern eine große Vielfalt nicht nur zulasse, sondern verlange« (a.a.O. 5). Und dazu ein römisch-katholisches Votum: »Nur wo die Einheit des Glaubens zusammen mit seiner Vielgestaltigkeit gesehen und bejaht wird, ergibt sich die Möglichkeit für eine sachgemäße Vorstellung von der Einheit der Kirche« (Gemeinsame Synode. Offizielle Gesamtausgabe I, Freiburg 1976, 783). Die »Einheit« ist ein *Begriff im Wandel.*

Lit.: R. GROSCURTH (Hg.): Wandernde Horizonte auf dem Weg zur kirchlichen Einheit, Frankfurt/M. 1974 – Konziliarität und Konzil. Bericht einer Studiengruppe des Deutschen Ökumenischen Studienausschusses, in: R. BOECKLER (Hg.): Interkommunion-Konziliarität. Zwei Studien, Stuttgart 1974, 128–165; ausführl. Bibliographie: 166–179 (Beih. z. ÖkumRs 25) – P. LENGSFELD: Konziliarität, Illusion oder Ziel für eine universale Christengemeinschaft?, in: R. BOECKLER (Hg.): Welche Ökumene meinen wir? Eine Bilanz der Ökumene nach Nairobi, Frankfurt/M. 1978, 99–120 (Beih. z. ÖkumRs 32) – H. MEYER: »Einheit in versöhnter Verschiedenheit« – »konziliare Gemeinschaft« – »organische Union«. Gemeinsamkeit und Differenz gegenwärtig diskutierter Einheitskonzeptionen, in: ÖkumRs 27, 1978, 377–400 – H. MÜHLEN: Morgen wird Einheit sein. Das kommende Konzil aller Christen: Ziel der getrennten Kirchen, Paderborn 1974 – J. R. NELSON: Konziliarität – Konziliare Gemeinschaft, in: ÖkumRs 27, 1978, 358–377 – H. TENHUMBERG: Kirchliche Union bzw. korporative Wiedervereinigung, in: W. DANIELSMEYER/K. H. RATSCHOW (Hg.): Kirche und Gemeinde. Festschrift für H. Thimme, Witten 1974, 22–33 – L. VISCHER: Konziliare Gemeinschaft, in: DERS., Veränderung der Welt, Frankfurt/M. 1976, 83–106 – G. NAGY (Hg.): Die konziliare Gemeinschaft. Eine theologische Diskussion über den Weg und das Endziel der ökumenischen Bewegung, Frankfurt/M. 1978 (KEK-Studienheft 10).

Anstatt eines Schlußwortes

Am Ende dieser »Kirchenkunde der Gegenwart«, die dem Leser einen orientierenden Überblick vermitteln wollte, kann kein Schlußwort stehen. Wenn zuletzt von der »Einheit der Kirche« als einem »beweglichen Ziel« und einem »Begriff im Wandel« die Rede war, dann mag damit angezeigt sein, daß die christlichen Kirchen wie auch alles ökumenische Bemühen eine offene Zukunft vor sich haben, von der niemand weiß, was sie der Christenheit bringen wird. So ist weder ein abschließendes Fazit noch eine Prognose für die weitere Entwicklung erlaubt; doch ein Rückblick ist möglich. Das Studium der verschiedenen Kirchen und der in ihr lebenden Menschen, der Umgang mit Dokumenten der Selbstdarstellung und das Gespräch mit den Interpreten solcher Texte, und nicht zuletzt die Beobachtung des Alltags unserer Gesellschaft wie das aufmerksame Hören auf diejenigen, denen das Evangelium Jesu Christi in der einen oder anderen Weise bezeugt wird und die darauf recht verschieden reagieren – dies alles hat Erfahrungen und Einsichten mit sich gebracht, die in einem Rückblick resümiert werden können. Indessen erscheint ein solches rückblickendes Resümee, sofern es nicht zu einem Schlußwort ausarten soll, nur dann nützlich zu sein, wenn es mit seinen Thesen anzuregen vermag, sei es zum eigenen Studium oder sei es – was ein wenig mehr wäre – zum Überdenken des eigenen Standortes. In diesem Sinn ist nachfolgend die Rede von:

Grunddaten und Typen christlicher Gemeinschaften

1. Zur Analyse der Christentumsgeschichte

a) Die christlichen Gemeinschaften (Kirchen), die wir vorfinden, besitzen eine *gemeinsame Basis* (Ursprung) in dem Glauben, daß sich Gott, der Schöpfer der Welt, in seinem Sohn Jesus Christus historisch in einmaliger Weise offenbart hat. Sie beziehen sich auf das geschichtliche Geschehen, das an die Person des Jesus von Nazareth geknüpft und in den Schriften des Neuen Testaments bezeugt ist. Gemeinsam ist ihnen auch die Überzeugung, daß an der Annahme oder Ablehnung des Offenbarers und seinem Wort das Heil oder Unheil des Menschen wie der Menschen insgesamt mit ihrer Umwelt sich entscheidet. Darum sind alle christliche Gemeinschaften auf Heilsaneignung und Heilsverwirklichung fixiert. Der universale Charakter und Anspruch der im Glauben erkannten Offenbarung nötigt aber nicht bloß zu einer inneren Entscheidung, sondern ebenso zu einer äußeren, weltlichen Stellungnahme. Trotz ihrer gemeinsamen Ausgangslage differieren die christlichen Gemeinschaften. (Vgl. § 1, 1 Exkurs 1.)

b) Die *Ursachen und Antriebe*, die eine *plurale Christenheit* haben entstehen und wachsen lassen, sind innerer und äußerer, inhaltlicher und formaler, theologischer und historischer, anthropologischer und psychologischer Art. *Theologisch-dogmatisch* stehen der Offenbarungsträger selbst, das Verhältnis von Göttlichem und Menschlichem in der Person Christi wie das von Gott, Christus und Heiliger Geist in Frage, damit auch der Inhalt der Verkündigung Jesu und sein Erlösungswerk, die Zuwendung und die konkrete Verwirklichung des Heils. Das Pathos und die Dynamik der Auseinandersetzung in diesen Fragen werden durch das *Interesse an der eigenen Existenz* gesteuert, die hier betroffen ist, weil es um Heil oder Unheil des Menschen geht. So entstehen die Antinomien, die zu bleibenden und geschichtswirksamen Separationen, zu einer Vielzahl christlicher Gemeinschaften führen, vornehmlich an den Fragen des menschlichen Heilsweges sowie des Ortes und der Wirklichkeit des Reiches Gottes, der neuen Welt, der neuen Schöpfung. Diese Fragen werden – idealtypisch verkürzt – beantwortet

(1) mit der *Schau des ewigen Geheimnisses* (der allerheiligsten Trias), in der sich die Begegnung Gottes mit dem Gläubigen vollzieht und die eigene Heilssorge aufgehoben wird, in der die Vergottung der menschlichen Natur wie die Wiederherstellung des Kosmos zu erfahren ist und die darum Wahrheit und Leben, Glauben und Gehorsam allein an den anbetenden Lobpreis des Gott-Menschen Jesus Christus und der gottmenschlichen Struktur aller Dinge gebunden sein läßt;

(2) mit der *Bergpredigt,* die den Christgläubigen zu einem heiligen Leben in Gehorsam unter dem Gesetz Christi verpflichtet, die Gemeinschaft mit Gott wie des Menschen Heil in allen Lebensbezügen von der getreuen Gefolgschaft Jesu abhängig macht und die endzeitliche Vollendung der Gottesherrschaft auf dieser Welt ansagt;

(3) mit der *Rechtfertigung allein im Glauben,* die zugleich mit der eigenen Gottferne (Sündenerkenntnis) die gnädige Nähe Gottes und die Vergebung der Sünden erkennen läßt, die Erlösung des Menschen nicht an eigenes Wollen und Bemühen, sondern einzig an Tod und Auferstehung, an die einmalige Heilstat Christi knüpft und die den Anbruch der neuen Schöpfung personal einengt, an den »neuen Menschen« bindet;

(4) mit der *Eucharistie,* die das Sein und das Wirken Christi zusammenfaßt und zur sichtbaren wie genießbaren Heilsgabe verdichtet, die den totus Christus vergegenwärtigt, objektiviert und in Kraft setzt, die damit sakramental die Erneuerung der Welt in dieser Zeit in gewisser Weise vorausnimmt und in der die Christgläubigen zum mystischen Leib Christi gestaltet die Erlösungstat Christi, ihr Heil, aktualisierend und ratifizierend sich zu eigen machen.

Diese, den Heilsweg, den Ort und die Wirklichkeit des Reiches Gottes betreffenden theologischen Entscheidungen, in denen die unterschiedlichen Interpretationen der Verkündigung Jesu kulminieren und die sachlich die Trennung der Christenheit in mehrere Gemeinschaften bewirken, sind prinzipieller Natur. Sie wollen jeweils die Mitte des Evangeliums und das Zentrum des christlichen Glaubens ausdrücken, und sie beanspruchen je für sich Rechtgläubigkeit.

c) Die getroffene Entscheidung wird dadurch verfestigt, daß der Konsens der Glaubensgenossen in einer entsprechenden *Gemeinschaftsform* gelebt werden will, um seiner bleibenden Identität willen einem Reglement (bzw. Kontrollorganen) unterworfen wird und über Generationen hinweg nur mit Hilfe äußerer Organisation tradiert werden kann. In der Regel bedient man sich der schon bestehenden profanen und religiösen Institutionen, die sich aufgrund anthropologischer Notwendigkeiten im Zuge von Welt- und Transzendenzerfahrungen gebildet haben. Dabei beeinflußt einerseits der Erfahrungszusammenhang, dem solche Institutionen ihre Existenz verdanken, das Bekenntnis der Glaubensgenossen, andererseits wirkt die Glaubensentscheidung auf die übernommene Organisationsgestalt zurück. Die Interdependenz, die sich bei der frühen christlichen Gemeindebildung im Bereich der jüdischen Synagogenverbände, der hellenistischen Mysterienvereine und der römischen Institutionen beispielhaft zeigt, verstärkt die konfessionelle Partikularität der entstandenen christlichen Gemeinschaften. Hinsichtlich ihrer Organisationsform lassen sich (unbeschadet weiterer Spezifizierung und gewisser Misch-

formen) die verschiedenen Gemeinschaften bzw. Kirchentümer – parallel zu den vorgenannten Idealtypen theologischer Grundentscheidungen – nach folgenden Grundmustern und Strukturelementen differenzieren:
(1) *ästhetische Mysteriengemeinschaften* mit mystagogischer Struktur;
(2) *sozial- und kirchenkritische (reformerische) Aktionsgemeinschaften* mit bruderschaftlicher (-demokratischer) Struktur;
(3) *individualistische Glaubensgemeinschaften* mit synodaler Struktur;
(4) *sakramentale Kultgemeinschaften* mit hierarchischer Struktur.
Für alle diese Organisationsformen gilt: Mit der Ausrichtung von Lehre, Ordnung und Praxis beeinflußt, deklariert und steuert die Institution nun ihrerseits im Rahmen der ihr gegebenen Befugnisse die von ihr umschlossene Gesamtheit. Die Institute gewinnen ihr eigenes Recht, beseitigen die Unsicherheit der Heilswege und -möglichkeiten und kanalisieren die Fortentwicklung des Denkens und Handelns. Die Stabilität der Gemeinschaft ist abhängig von dem Ausmaß der Institutionalisierung und der inhärenten Autorität und Vollmacht, weniger von dem Gewicht der ursprünglichen Glaubensentscheidung, die für Erosionen im geschichtlichen Prozeß und im sozialen Wandel sich als anfälliger erweist.

d) Neben den theologischen Antinomien, aber im Zusammenhang mit ihnen, erwachsen Separationsgründe unter den Bedingungen der historischen Situation aus dem unterschiedlichen *Weltverhältnis* der Christgläubigen. Die Konfrontation mit der Welt, mit den Bedingungen, die menschliches Leben determinieren, nötigt dazu, sich mit dieser Welt auseinanderzusetzen und sie zu deuten: sei es als Dämonie, die die gläubige Gemeinde bedroht, sei es als positive göttliche Ordnung, die christliche Existenz wie überhaupt menschliches Leben ermöglicht, sei es als eine Herrschaftskonstellation, die einer Neugestaltung bedarf, wenn das Reich Gottes keine Illusion bleiben soll. Der Protest gegen diese Welt, der sich auf das Evangelium beruft, Negation weltlicher Omnipotenz, Widerstand gegen staatlichen Gewissenszwang und Behauptung der Eigenständigkeit und des Sendungsauftrages gegenüber einer überlegenen Herrschaft, werden gegebenenfalls mit Märtyrertum und Verfolgungen bezahlt. Sobald zunehmende Toleranz, die Konsolidierung eines Kirchenwesens mit Hilfe staatlicher Macht, die Verflechtung von weltlicher und geistlicher Herrschaft oder die Funktionen von Kirche im Rahmen und zum Nutzen des gesellschaftlichen Verbandes es als inopportun erscheinen lassen, den Protest des Evangeliums durchzuhalten, formiert sich gegenüber einer solchen Art von »Verweltlichung« ein christlich-ethischer Rigorismus. Das Verhältnis von Staat und Kirche und die politischen und sozialen Zustände wie ihre Herrschaftsstrukturen bieten den Anlaß für gegensätzliche Positionen. Zur Separation kommt es, wenn der eine Teil um seiner Existenz willen der Gewalt weicht, sich assimiliert oder aufgrund einer entsprechenden Weltdeutung Kompromisse eingeht, ein anderer Teil hingegen um seines Heiles willen unnachgiebig bleibt, auf die Gestaltung weltlicher Beziehungen und Ordnung nach dem Gesetz Christi nachdrücklich besteht oder gemäß einer anderen Weltvorstellung Reform bzw. Revolution intendiert.

e) Die in diesen Auseinandersetzungen wirkenden Kräfte – die aus dem »Glauben« oder den »Gnadengaben« kommenden Antriebe eingeschlossen – speisen sich aus einer gemeinsamen, psychologisch erkennbaren *Wurzel*. Das Weltverhältnis der Gläubigen tangiert nicht bloß ihre religiöse Innenwelt, die Aussagen über Heil oder Unheil und das adäquate ethische Verhalten. Es umfaßt die Realität menschlicher Existenz in *allen* ihren Bezügen. Es wird von einem Interesse gesteuert, das ein allgemeines ist, dem auch die umwelt-unspezifische Dynamik des Glaubens subsumiert ist und das eine außerordentliche Intensität besitzt. Dieses *Existenzinteresse* gründet in dem Willen zum Leben (s. u. Nr. 2), und es kann sich in recht unterschiedlicher Weise darstellen

- einmal in der Askese, in der innerlichen Genügsamkeit, im Martyrium und in der Preisgabe eigenen Lebens, wenn darin letzte Werte und die eigentliche Lebenserfüllung, das erstrebte Heil gesehen werden;
- zum andern in der Institutionalisierung von Verhaltensweisen und in Regelsystemen, welche die Widrigkeiten, Spannungen und Polaritäten der Wirklichkeit wenigstens mindern, die Komplexität der Welt reduzieren und die Lebensmöglichkeiten wie den Lebensraum sichern helfen;
- zum dritten in der Umwandlung und Neugestaltung der zwischenmenschlichen Beziehungen und der Umweltbedingungen, um damit Belastungen aufzuheben, vorhandene Hemmnisse zu beseitigen und Fortschritt zu ermöglichen.

Die Figuren, in denen sich das menschliche Existenzinteresse gestaltet, sind individuell verschieden und so vielfältig wie die Eigenschaften und die Möglichkeiten der Menschen. Sie sind unlöslich mit einer ihnen adäquaten Weltvorstellung und -deutung verbunden, die das jeweilige Verhalten rechtfertigen und abstützen. Die verschiedenen Weltbilder konkurrieren. Sie sind instabil und darum variabel, determiniert von den Bedingungen, die sie deuten. Sie lassen sich aufgrund von Erfahrung und neu gewonnenen Einsichten wie durch die Überzeugungskraft der Konkurrenz und einsetzbare Machtmittel verändern. Mit den Weltbildern wandeln sich dann auch die Verhaltensweisen. In diesem Wirkzusammenhang stehen die theologischen Antinomien, die unterschiedlichen Gemeinschaftsformen und das divergierende Weltverhältnis, welche die Christenheit trennen und ihre Pluralität begründen.

Wenn der Auftritt Jesu in der Geschichte als das historische und seine Botschaft als das theologische Grunddatum christlicher Gemeinschaften bezeichnet werden kann, so ist mit dem angedeuteten menschlichen Existenzinteresse das anthropologische Grunddatum markiert. Meine These ist, daß dieses anthropologische Grunddatum den beiden anderen faktisch vorausliegt, diese ermöglicht und stimuliert.

2. Zur anthropologischen Grundlage religiöser Gemeinschaften

a) Anthropologische Strukturanalysen weisen eine Reihe von *Konstanten im menschlichen Lebensvollzug* aus, die mit der biologischen Beschaffenheit des Menschen im Zusammenhang stehen. Der Mensch unterliegt einem Drang zur *Selbstrealisierung*; er sucht seine eigenen Möglichkeiten zu verwirklichen; er will sich seine Welt bauen. Zur Bewältigung des Daseins und um eines konsistenten Weltbildes willen nimmt er Regulierungen vor und institutionalisiert die stabilisierenden Verhaltensweisen. Dabei wirkt das Produkt auf den Produzenten zurück, indem es dessen Sozialisation bestimmt. Der Selbstvollzug gelingt dem Menschen nur als *Verhalten* zu einer ihm gegenüber stehenden, eigenständig gegliederten, Personen und Sachen einschließenden Gegenstandswelt. Jede seiner Erfahrungen ist auf ein Nicht-Ich, auf ein anderes bezogen. Um in der personalen Entfaltung und in der Gestaltung seines Daseins das Bewußtsein seiner selbst, seine Identität finden, verwirklichen und behaupten zu können, muß sich der Mensch mit einem Nicht-Ich vergleichen, sich mit anderem identifizieren, seine Beziehungen zur Umwelt handelnd herstellen und kognitiv eine Einheit von Ich und Welt gewinnen. Dieser Vorgang vollzieht sich in mannigfachen *Wahrnehmungsakten,* in denen sich der Mensch auf einer Ebene mit anderen Personen und mit einer ihm eigenständig erscheinenden naturalen Wirklichkeit wahrnimmt. Interne und externe Reize treffen hier aufeinander und müssen vermittelt werden. Der Prozeß läuft in kommunikativen, auf Dinge und Personen bezogenen *Handlungen* ab und gewinnt damit den Charakter naturaler und sozialer

Beziehungen. Grundfiguren, in denen der anthropologische Organisationsplan realisiert wird und mit denen der Mensch seine Wirklichkeit konstituiert, sind Arbeit und Gemeinschaft. In der *Arbeit* wird der Umgang mit den Dingen erlernt und werden Möglichkeiten der Selbstverwirklichung und Selbstdarstellung gefunden; in der *Gemeinschaft* kommt die Gleichsetzung des Menschen mit Seinesgleichen, mit »Ebenfalls-Subjekten« zum Ausdruck. Ein Grenzfall wird in jenem Zustand erreicht, wenn die Chance vertan ist, die Umwelt in offener Erwartung anzugehen, die Grenze von Ich und Umwelt verwischt wird, wenn interne und externe Reize nicht mehr bewußt wahrgenommen werden und das Ich-Bewußtsein darum nicht mehr gelingt, z. B. im Zustand der Ekstase, des buddhistischen Nirwana oder des Drogenrausches.

Um die Identitätssuche, das Selbstsein ans Ziel zu bringen, und ferner: um die Unsicherheitsfelder zu überwinden, die mit Erfahrung und erworbenem Wissen nicht zu beherrschen sind, und um dem Handlungsdruck zu entgehen oder ihn wenigstens zu mindern, der von den Unsicherheitsfaktoren ausgeht, und nicht zuletzt: um die Einheit von Subjekt- und Objektwelt zu erkennen, die für die Selbstrealisierung nötig scheint, bedarf der Mensch *transzendenter Bezüge,* mögen es diesseitige oder jenseitige sein: eine regulative Idee, ein transzendentales Ideal oder eine transzendente und in die Absolutheit gerückte Person (bis hin zu einem monotheistisch gedachten Gott) oder was sonst eine solche Funktion erfüllt. In dem Bezug zu dem, was ihn selbst überschreitet, sucht der Mensch eine hilfreiche Normierung seines Alltagshandelns und den Sinn und Zweck seines Lebens, ohne den er sich verloren glaubt. Damit findet er die Sinntotalität der Subjekt und Objekt umschließenden Wirklichkeit, die er gestalten und deuten will und muß.

b) Im Zusammenhang solcher Einsichten, in denen es um die Subjektivität des Menschen und seine korrelativen Funktionen geht (Arbeit, Gemeinschaft, Transzendentalität), beschreiben sozialpsychologische und religionssoziologische Untersuchungen die Funktion und den Stellenwert von *Religion und Glaube.* Es wird konstatiert, daß die Religion eines Menschen (der Glaube) seine Antriebslage, seine Lebensenergien und den Modus seiner Daseinsbewältigung beeinflußt und daß zwischen der religiösen Innenwelt eines Menschen und seinem kommunikativen Verhalten vielfache Beziehungen bestehen. Damit ist ein Stichwort gegeben, das hier insofern interessiert, als die christlichen Gemeinschaften unter dem Begriff »Religion« als deren Ausdrucksform subsumiert werden können.

Mit dem Wort »*Religion*« (die Begriffsdefinition scheint ein ungelöstes Problem) werden Entscheidungen, Gestaltungen, Gewohnheiten und Institutionen benannt, die aus dem Umgang mit »Wirklichkeiten« (bzw. Transzendenzen) erwachsen, die der Mensch als nicht-beherrschbare Mächte zu verspüren meint (z. B. Götter), mit denen er nicht identisch ist (dazu gehört auch die ihn umgebende Personen- und Gegenstandswelt), die seine ganze Existenz betreffen (biologisch, praktisch, theoretisch) und die er nicht in den Griff bekommt (z. B. Leben und Tod). Religiöse Regulierungen erfüllen die Funktion, menschliches Dasein in Anbetracht solcher transzendenter Wirklichkeiten (jenseitiger und diesseitiger Art) zu stabilisieren und ihm Sinn und Zweck zu vermitteln. In ihnen drückt sich die Sehnsucht nach dem aus, was der Mensch nicht ist, aber sein möchte, sowie das Existenzinteresse, das von dem Selbstrealisierungs- und Selbstwertstreben des Menschen gelenkt wird und das auf die maximale Erfüllung des menschlichen Daseins zielt. Religion unterliegt der Tendenz auf Sinngebung und Realisierung menschlichen Selbstseins. Die Subjektivität des Menschen ist ihr Thema.

Mit seiner Sehnsucht nach vollkommener personaler Entfaltung und seinem Interesse an der Selbstgestaltung befindet sich der Mensch innerhalb eines ihm vorgegebenen *Weltzusammenhanges.* Er bewegt sich zwischen den Polaritäten von Leben und Tod, Haß und Liebe, Gut und Böse, Herrschaft und Ohnmacht usf. Er trifft auf eine Subjekt- und Ob-

jektwelt, auf ihm vorausliegende, in Normen und Werten fixierten Entscheidungen und auf sachhafte Determinationen. Er erfährt Gegenkräfte, die seiner Selbstverwirklichung widerstreiten und die seine Möglichkeiten verringern und begrenzen. Religion ist der Ausdruck menschlichen Verhaltens, das die realen Bedingungen mit dem menschlichen Selbstvollzug, d. i. Vorbestimmung und Freiheit, zu einer Einheit zu fügen sucht und diese als Sinngebung konstituiert. Sie zielt damit auf Überwindung und Aufhebung der Determinanten, gemäß ihrer Thematik und Funktion auf ein vor aller Erfahrung liegendes, transzendentales Ideal der Subjektivität des Menschen (z. B. ein »Gott-Mensch«, sei es ein Mensch mit göttlichen, sei es ein Gott mit menschlichen Fähigkeiten) und auf einen umfassenden Grund, der gegenständliches und subjektives Sein in sich einschließt und aus sich entläßt (z. B. Weltschöpfer). Wie immer Religion sonst definiert, als Transzendenzgefüge und Weltdeutungssystem näher beschrieben und religiöser Glaube inhaltlich bestimmt wird, sie beantwortet die »Sinnfrage«, die Frage nach der die Determination und die Freiheit des Menschen übergreifenden Einheit – eine Frage, die konstant bleibt, auch wenn sie sich im menschlichen Lebensvollzug unter verschiedenen Bedingungen verschieden stellen mag. Dabei wirkt Religion aber nicht bloß entlastend und stabilisierend, sondern sie ermöglicht in dem religiösen Erleben bisher nicht gekannte Erfahrungen.
Innerhalb der religiösen Sinnantwort sind umschreibbare *Alternativen* möglich und legitim. Sie resultieren aus dem Sachverhalt, daß einmal die ständig erfahrbare grundsätzliche Differenz von Subjekt und Objekt wie von Deutung und gedeuteter Welt sich nicht aufheben läßt, daß zum andern das Dasein in seiner Ganzheit wegen der nicht ausgeschöpften Möglichkeiten von Dasein nicht ausgesagt werden kann, und daß zum dritten die Subjektivität des Menschen im Umgang mit der ihn umgebenden Wirklichkeit sich ausbildet, die aber nicht für jeden nach Ort, Raum und Zeit ein und dieselbe ist. Die Pluralität der vergangenen und gegenwärtigen Religionen, und d. h. die Pluralität der christlichen Gemeinschaften, die in Lehre, Ordnung und Praxis solche Alternativen darstellen, finden hiermit ihre Erklärung. Die christlichen Gemeinschaften stehen wie jede andere Religion in dem angezeigten anthropologischen Horizont. Inhalt und Form ihrer Lehre, ihre Verhaltensmuster, ihre Organisation und ihre kontextuelle Einbindung haben an den anthropologischen Konstanten ihren Anhalt. Sie lassen sich als intervenierende Variablen der konstanten Konstellation menschlichen Lebens charakterisieren.

c) Die subjektive Intentionalität von Religion findet in der bewußten, rechtschaffenen und nützlichen Verhaltensweise ihren Ausdruck, die als die *»Frömmigkeit«* des Menschen bezeichnet wird. Frömmigkeit lebt einerseits aus der persönlichen Erfahrung von Transzendenzen; sie gibt solchen Erfahrungen nach dem Maß des Betroffenseins einen eigenen, bekenntnishaften Ausdruck und charakterisiert mit ihren Modalitäten die Gemeinschaft der Glaubens-(Gesinnungs-)genossen. Andererseits unterliegt sie den Mechanismen des in einem Regelsystem verobjektivierten Glaubens und wird von daher geprägt und eingeengt. Die unterschiedlichen Transzendenzerfahrungen und religiösen Regulierungen und das Wechselspiel zwischen beidem ermöglichen eine Vielzahl von Frömmigkeitsformen und -typen. Gemeinsam ist ihnen die Intentionalität von Religion, doch in concreto erweisen sie sich als alternative Angebote religiösen Verhaltens. Einige werden im Laufe der Geschichte abgedrängt, andere dominieren, oder sie vermischen sich auch untereinander. Das ist abhängig von den Umweltbedingungen, unter denen sie sich bewähren müssen, und von den Möglichkeiten, die der Mensch dabei erkennt. So können im geschichtlichen Prozeß neue Formen und Typen aufgrund neuer Erfahrungen entstehen.
In den christlichen Gemeinschaften, wie sie uns in Geschichte und Gegenwart vor Augen stehen, haben einige charakteristische Frömmigkeitstypen infolge ihrer Institutionalisie-

rung und vermöge ihrer erfolgreichen Sozialisation sich in den *Grundstrukturen* durchgehalten. Sie haben zunächst alle einen gemeinsamen Bezugspunkt in dem Evangelium Jesu Christi, das die Gotteskindschaft und neues Menschsein ansagt, damit erfüllt, was Religion intendiert, und auf das sich jedes christliche Verhalten, also Frömmigkeit beruft. Doch ob die Predigt vom Reich Gottes und die Botschaft von der Auferstehung Jesu einen Menschen zu Innovationen aktivieren, ob sie ihn das Diesseits bloß aushalten lassen oder ob sie ihn zu Lobpreis und Anbetung einer heilen Welt stimulieren, die anderes versinken lassen, was hier zum primären Interesse wird, das entscheidet sich aufgrund der subjektiven Gegebenheiten und der objektiven Umstände. Die christliche Frömmigkeitsgeschichte weist diesen Sachverhalt aus.

d) Von den in der Christentumsgeschichte entstandenen »Frömmigkeiten«, die alternativ und partikular wurden, lassen sich drei Grundhaltungen als idealtypisch herausheben:

(1) Der *nomadisierende Frömmigkeitstypus* besitzt sein Vorbild an der Lebenshaltung des Jesus von Nazareth, an der »Bettlermentalität« umherschweifender Wanderprediger, Propheten und Apostel. Die Bedingungen des Reiches Gottes, d. h. Heimatlosigkeit, Preisgabe familiärer Bindungen und gesellschaftlicher Konventionen, Armut und Risiko, werden als eigene Möglichkeiten, als Freiheit übernommen. Die sachhaften Determinationen können genutzt, als Selbstbestimmung gelebt und so überholt werden. Dieser individualistische Typus zeichnet sich durch Radikalismus, Diesseits-Orientierung, Emotionalität, Mobilität und Offenheit aus. Er kann sich nicht zur Ruhe setzen; er muß gestalten, verändern, auch improvisieren, wandern, Grenzen überschreiten. In seiner Gemeinschaftsform kommt er mit einem Minimum von Steuerungselementen aus; sie kann variabel und vielfältig sein. Historisch dominiert er in den Bewegungen zur Heiligkeit und Askese, in den Reformbestrebungen gegen verfestigte kirchliche Strukturen und Machtansprüche, in den nach dem Gesetz Christi ausgerichteten sozial-revolutionären Strömungen, in den Reformationen des 15. und 16. Jahrhunderts, in Freikirchen und oppositionellen Gruppen. Er ist jener Typus, der seine Modellfigur in dem sog. »protestantischen« Menschen besitzt.

(2) Der *urbanisierende Frömmigkeitstypus* richtet sich hinter den schützenden Wällen und in dem Gehäuse eines fest umgrenzten Kultverbandes ein. Hier wird die Sehnsucht nach Heil, Sicherheit und Heimat sakramental gestillt und Seligkeit wie Freiheit von einer Autorität abgestützt, die nicht erst auf ihre Legitimität hin befragt werden muß. Nicht die Wanderschaft, sondern die Seßhaftigkeit, nicht Offenheit, sondern Geschlossenheit, nicht das Risiko, sondern die Gewohnheit – sind die Merkmale dieses gesellschaftlichen Typus. In ihm verbindet sich der Geist der Observanz mit dem geschickten Umgang mit Personen und Sachen. Er zeichnet sich aus durch ein starkes Integrationsvermögen, das verschiedene Standorte und Auffassungen zu verschmelzen vermag, durch einen Liebespatriarchalismus, der in seiner ausgleichenden Art die Unterschiede in Herkunft, Bildung, Stand und Fähigkeit additiv aufhebt und fruchtbar macht, sowie durch Wertschätzung von übergreifenden Institutionen und vertrauenweckenden Ordnungen, die mit ihren Mechanismen Geborgenheit und ein transzendentales Ideal verheißen, veranschaulichen und garantieren. Überlieferung, Hierarchie, Dogmen, Rationalität, unveränderliche Sittengesetze und Kollektivbewußtsein spielen eine bedeutende Rolle und sind konstitutiv für die Abgeschlossenheit des Systems, das dem urbanisierenden Typ eigen ist. Er hat sich in der Christentumsgeschichte durch Erfolge ausgewiesen, durch ein imposantes Kirchengebilde, das er hervorgebracht hat.

(3) Der *spiritualisierende Frömmigkeitstypus* lebt aus der ästhetischen Anschauung des Geheimnisvollen und der mystischen Einheit mit dem Göttlichen unter Aufnahme mate-

rieller Werte. Er meidet den Kampf gegen politische Mächte und soziale Herrschaftsstrukturen; er ist passiv-asketisch gesinnt. Der Mensch kann sich erneuern, verklären oder gar vollenden, den Weg der Vergottung einschlagen und auf die Stufen der Vollkommenheit gelangen, indem er sich ganz dem anbetenden Lobpreis und dem Leben im Geist hingibt. Hier gewinnt er die Freiheit von den Dingen der Welt, die ihm die Kraft gibt und es ihm dann erlaubt, den Witwen ein Beschützer, den Waisen ein Vater, den Armen ein Freund, dem Fremden ein Bruder, dem Kranken ein Arzt, den Unmündigen ein Führer zu sein. Ein starrer Dogmatismus ist einer solchen Haltung ebenso fremd wie eine wandelbare Offenheit. Von dem individualistischen und von dem gesellschaftlichen Typus unterscheidet sich dieser introvertierte Typus auch durch seine Gemeinschaftsform, deren vornehmliche Aufgabe es ist, die Tradition zu bewahren und das mystische Schauspiel zu ermöglichen. Seine tragenden Elemente sind Kontemplation und Meditation, Kult und Bild, Vision und Mystik, Nicht-Rationalität und Negation einer vergehenden Welt. Das östliche Christentum wurde von ihm geprägt.

3. Zur gegenwärtigen Situation

Bei der Überlegung, was die dargelegten Einsichten für die Beurteilung der gegenwärtigen Situation der christlichen Kirchen und für ihr Tun und Lassen austragen können, beschränke ich mich auf zwei Aspekte, die eine gewisse Aktualität besitzen. Der erste betrifft die in den großen christlichen Gemeinschaften feststellbare Spannung zwischen sog. »charismatischer Christlichkeit« und Institution, der zweite die Problematik der ökumenischen Bewegung.

a) Die Beobachtungen, daß in den Kirchentümern ein »neuer Wille zu Gemeinschaft« aufbricht, der mit dem vorhandenen institutionalisierten Instrumentarium nicht aufgefangen und nicht befriedigt werden kann, oft sogar auf Widerstand stößt, und daß darum zwischen der Institution »Kirche« in welcher Gestalt auch immer und ihren Mitgliedern bzw. Gruppen von Mitgliedern *Spannungen* vorhanden sind, die sich vielleicht noch verstärken und ggf. zu einem Desinteresse oder zu einer Umorientierung unzufriedener Mitglieder auswachsen – solche Beobachtungen deuten darauf hin, daß die Institutionen in ihrer etablierten Form bei der Identitäts- und Sinnfindung ihrer Mitglieder nicht hinreichend funktionieren. Die Kontinuität des Selbst-Erlebens, die der interaktive Prozeß der religiösen Gemeinschaft zustande bringen und aufrechterhalten soll, scheint unterbrochen, zumindest gestört zu sein. Das Regelsystem der Gemeinschaft und die von ihr ausgehenden Gebote und Verbote, welche die Verhaltensweisen ihrer Glieder in deren eigenem Heilsinteresse zu stabilisieren die Aufgabe haben, werden nicht mehr in der nötigen Weise internalisiert und so kann das System auch nicht mehr den erwünschten Sinn vermitteln. Das muß notwendig zu Dissonanzen führen, wenngleich deren Intensität auch abhängig ist einmal von dem Ausmaß der Differenz zwischen dem überlieferten Normen- und Wertebestand der Gemeinschaft und solchen Wertvorstellungen, die sich daneben in einer Gesellschaft durchgesetzt haben, zum andern abhängig von dem Einfluß und dem Druck, die von konkurrierenden Systemen ausgehen, zum dritten von den Bedingungen der Umwelt, in der die Betroffenen leben, und zum vierten (aber nicht zuletzt) auch abhängig von der Art der systemimmanenten Störungen, die bei der Bildung innerkirchlicher Gruppen den Anlaß geben. Denn: innerkirchliche Gemeinschaften verdanken ihr Entstehen ja nicht nur dem Umstand, daß der bestehenden Gemeinschaft die Le-

gitimation im Rahmen des gesellschaftlichen Kontextes nur noch mangelhaft oder überhaupt nicht mehr gelingt; nicht weniger bedeutsam scheint mir der Tatbestand zu sein, daß mit der Institutionalisierung das originäre religiöse Erleben formalisiert und unter Kontrolle gebracht ist und unter dem Strukturierungszwang, der mit der Institutionalisierung einhergeht, zu verkümmern droht, so daß damit die vorgegebene Gemeinschaft in dem individuellen Bezugssystem und in dem Selbst- und Sinnfindungsprozeß ihrer Glieder ihren Funktionswert einbüßt. (Aus der 2000jährigen Christentumsgeschichte wissen wir, daß Frömmigkeit mit Lehre und Ordnung selten übereinstimmen.)
Diese zu beobachtenden *Dissonanzphänomene,* die noch weiter beschrieben und differenziert werden können, sind von den aufgezeigten anthropologischen Strukturanalysen her, sofern diese anerkannt werden, durchaus verständlich. Desgleichen ist der bei den Betroffenen aufbrechende Wille zu Gemeinschaft aus dem anthropologischen Sachverhalt zu erklären. Für die christlichen Gemeinschaften, die hier ihre Probleme haben, müßte das m. E. bedeuten, daß sie danach fragen, inwieweit ihre Ursprungsbedingungen noch gegeben bzw. überhaupt aufrechtzuerhalten sind, oder auch anders (im Blick auf ein Diktum von C. G. Jung: »Das Christentum ist eingeschlafen und hat es versäumt, im Laufe der Jahrhunderte seinen Mythus weiterzubauen«), daß die christlichen Gemeinschaften ihre Sinn-Angebote mit dem dazugehörigen Transzendenzgefüge überprüfen und ihre Leistungen an dem anthropologisch und religionspsychologisch erkannten Bedarf orientieren. Das schließt ein, daß die gegenwärtige Umweltsituation mitzubedenken ist. Es ist eine wissenssoziologisch unbestrittene Einsicht, daß die soziokulturellen Bedingungen, die darin gelebte Existenz und die Erfahrung, ob sie als befriedigend oder als unbefriedigend empfunden wird, einerseits, dem religiösen Denken und Handeln andererseits entspricht, und daß zwischen beidem Wechselwirkungen bestehen. Wie ein Nomaden- und Hirtenvolk seine ihm gemäßen Riten und Gemeinschaftsformen zum Zwecke der Daseinsbewältigung praktiziert und nach dem Seßhaftwerden und dem Übergang in agrarische Verhältnisse dementsprechend verändert, so verlangt der Mensch in einer industrialisierten Gesellschaft eine seiner Lebensweise und seinen Existenzproblemen gemäße Sinn-Antwort und eine entsprechende Gemeinschaft, die Stabilität und Kontinuität verspricht. Diesem Umstand müßten die christlichen Gemeinschaften heute Rechnung tragen. – Indessen bin ich mir bewußt, daß keine christliche Gemeinschaft sich als ein »Identitätsreservoir« verstehen will, das dem anthropologischen Organisationsplan dient, und ebensowenig als »Lieferant religiöser Bedeutungen«, wenngleich eine jede faktisch als solche fungiert, sondern daß sie vielmehr ihre Existenz in einer göttlichen Offenbarungsbotschaft begründet glaubt und ihren Wahrheitsanspruch wie ihren Bestand auf das Wirken des Heiligen Geistes zurückführt.

b) Der zweite Aspekt bezieht sich auf die *ökumenische Problematik.* Hier habe ich folgende Beobachtungen im Blick: Die ökumenische Bewegung unserer Tage steht unter dem Signum »Einheit der Kirche«. Die Einheit der Kirche ist ein Glaubensartikel und eine Zielvorstellung, zeigt sich aber nicht in den Fakten, sondern als eine Einheit gleichartiger Ansprüche. Die an der ökumenischen Bewegung beteiligten Kirchen geben teils mehr, teils weniger, doch durchweg ein institutionelles Eigeninteresse kund, auch wenn ihre ökumenisch engagierten Theologen zu Konvergenzen vorstoßen und die Kirchenführer angesichts von Nötigungen innerer und äußerer Art zu gemeinsamen Aktionen kommen. Auf der Ebene des Kirchenvolkes ist festzustellen, daß zumindest mancherorts die Mitglieder der verschiedenen christlichen Gemeinschaften in ihrem Verhalten und Urteilen hinsichtlich des ökumenischen Gedankens und entsprechender Zielvorstellungen nicht unbedingt der theologischen Logik und den institutionalisierten Normen folgen, sondern daß sie einerseits konfessionsspezifische Verhaltensmuster unverändert durchhalten und sozialisieren und daß sie andererseits die mehr oder weniger bekannten

Trennungsgründe teils emotional, teils kognitiv überspielen und das konfessionsspezifische Sondergut beiseite schieben. Bezeichnend für die ökumenische Situation ist weiter, daß die wachsende Vielfalt einheimischer Theologien und Gemeinschaften in Asien, Afrika und Lateinamerika, die aufgrund anderer sozio-kultureller Bedingungen und Erfahrungen und im Kontext ihrer geschichtlichen Vergangenheit und ihrer gegenwärtigen gesellschaftlichen Entwicklungstendenzen in Lehre und Leben ihre Eigenständigkeit betonen und beanspruchen, damit – wie es scheint – kaum die Einheit, sondern eher die konfessionelle und kulturelle Partikularität der Christenheit fördert.

Die angezeigten Phänomene, mit denen divergierende Interessenlagen und Situationen sichtbar werden, lassen sich analog zu den zuvor erwähnten Spannungen ebenfalls von dem genannten anthropologischen Sachverhalt her erklären. Sie sind in ihrer jeweils spezifischen Form Ausdruck menschlichen Bemühens, mit geeignet erscheinenden Mitteln unter den je gegebenen Bedingungen eigenes Dasein in Transzendenzbeziehungen zu ermöglichen und durchzuhalten. Sie haben allesamt ihre Voraussetzung, ihr Grunddatum, in den anthropologischen Konstanten, die den Organisationsplan des Menschen bestimmen und den Selbstfindungs- und Selbstrealisierungsprozeß antreiben. Sie sind mögliche Variablen dieser Konstanten, ihre konkreten Figuren, sei es, daß aufgrund der geglaubten Heilsbotschaft, einer von dem Offenbarungsereignis herzuleitenden Sinn-Antwort, wie unterschiedlich sie auch ausfallen mag, Kirchenführer und Bischöfe sich um die Stabilität und Identität ihrer Institutionen bemühen, oder Theologen die geschichtlich gewordenen Trennungsgründe zu überwinden suchen, oder Kirchenglieder bewährte Frömmigkeitsformen und Verhaltensweisen beibehalten, andere hingegen aufgrund neuer Erfahrungen und Einsichten sie ändern wollen, oder sei es, daß die sog. einheimischen Kirchen und Theologien nach einer ihrer Umwelt gemäßen Identität Ausschau halten. Sofern die anthropologische Prämisse einsichtig ist, ergibt sich als Konsequenz, die konfessionelle und kulturelle Partikularität innerhalb der Christenheit in Lehre und Leben und auch das ökumenische Bemühen gleichermaßen als legitim anzusehen und daran zu messen, was sich davon bei der Suche des Menschen nach Identität und Sinn bewährt. Auch hier muß ich sogleich hinzufügen: Keine christliche Gemeinschaft unterwirft sich ihrem jeweiligen Selbstverständnis folgend dem Kriterium »Mensch«, sondern nur dem, was sie als Wahrheit in dem Christusereignis offenbart glaubt und dem sie sich zu verdanken meint. Einer jeden christlichen Gemeinschaft geht es um die Vermittlung und die Vergegenwärtigung dieser, das Heil und die Existenz des Menschen betreffenden und sie entscheidenden Offenbarungswahrheit.

Die konfessionelle Vielfalt christlicher Gemeinschaften, die ich auf ein anthropologisches Grunddatum zurückführe, womit anderes nicht ausgeschlossen ist, und die ich von dort her zu legitimieren suche, dies einerseits, und der Widerspruch, der von der im Glauben zu erfassenden und allen christlichen Gemeinschaften vorgegebenen Wahrheit her erfolgt, dies andererseits, geben den Anlaß zu einer weiteren Überlegung.

c) Die Faktizität der getrennten Christenheit problematisiert zum einen die Prämisse einer allgemein-gültigen und unveränderlichen christlichen Wahrheit, die für alle einsehbar und geltend gemacht werden kann, wie auch die einer Einheit der Kirche, welche die konfessionellen Gegensätze übergreift und versöhnt und die das instrumentale Zeichen jener Wahrheit ist. Zum andern problematisiert die Faktizität der getrennten Christenheit den Anspruch einer jeden Glaubensgemeinschaft auf ihre Rechtgläubigkeit. So läßt es der Zustand der Spaltung zu, die unbedingte Geltung der einen Wahrheit zu bezweifeln und den geschichtlich-prozessualen Charakter und die Pluralität ihrer Bezeugung zu konstatieren. Er weist aus, daß die Wahrheitserkenntnis an den Glauben von Individuen gebunden und damit geschichtlich und variabel ist, und daß sie der Form und der Struktur nach ein persönliches Bekenntnis und damit konfessionell und partikular ist. Er zeigt die Begrenztheit einer jeglichen Normsetzung und Systembildung, wie sie sich in den Glaubensgemeinschaften vollzieht, und er macht die Frage nach der Wahrheit und der ihr zugehörigen Instanz zum fortwährenden und beunruhigenden Stimulanz der Christenheit.

Dieses Fazit gibt zunächst zu erkennen, daß das *konfessionelle Problem,* das hiermit angezeigt ist, nicht nur mit einem Text, mit dem geschichtlichen Ursprung gegeben, sondern ebenso auf einen Kontext, auf die Situation der jeweiligen Gegenwart bezogen ist. Es steht nicht nur in einem innerchristlichen, vielmehr auch in einem außerchristlichen Problemzusammenhang. Weiter ist zu sagen, bezogen auf die Frage nach den Grunddaten christlicher Gemeinschaften: Die christlichen Gemeinschaften gründen nicht bloß auf historisch und theologisch erkennbare Sachverhalte, sondern ebenso auf anthropologisch einsichtige Voraussetzungen menschlichen Lebens. Indem Kontext und Situation dem geschichtlichen Wandel unterliegen, nimmt die konfessionelle Problematik an diesem Prozeß teil; sie ist nicht nur statisch, sondern zugleich dynamisch zu fassen. Sie ist zudem anthropologisch zu bedenken, weil sie durch die Eigenart des Menschen ermöglicht ist.

Dies besagt:

(1) Dauer und Ende des Phänomens einer getrennten Christenheit, ihre Pluralität und Variabilität werden mitdeterminiert durch den Fortgang der Welt und der in ihr lebenden Menschen. (2) Aufgrund der geschichtlichen Erfahrung bleibt die immer wieder geltend gemachte Normativität des Ursprungs problematisch; sie muß mit den anthropologischen Einsichten vermittelt werden, denen gleiches Recht und gleiche Geltung zukommt.

(3) Die Lösung des konfessionellen Problems erscheint somit abhängig von ausstehenden möglichen Entdeckungen von Transzendenz und von dem zukünftigen Weg und der zukünftigen Gestalt des Menschengeschlechts; doch es ist bereits entschärft, wenn die möglichen Variablen einer christlichen Sinn-Antwort respektiert bleiben.

Abkürzungsverzeichnis

In das Verzeichnis sind aufgenommen die Siglen für die häufig zitierte neuere *Literatur* (Handbücher, Nachschlagewerke, Quellen, Zeitschriften u. ä.), für die *Texte des II. Vatikanischen Konzils* und die mehrfach aufgeführten päpstlichen *Enzykliken*, dazu die üblich gewordenen Abkürzungen für *Kirchen*, kirchliche *Zusammenschlüsse* und kirchliche *Institutionen*, ferner einige allgemeine Abkürzungen. Gelegentlich wurden Seitenzahlen hinzugefügt, wo der Leser nähere Auskünfte findet.

AA	Apostolicam actuositatem, Dekret über das Laienapostolat des II. Vatikanums (55ff u. ö.)
AAS	Acta Apostolicae Sedis (Gesetzblatt des Heiligen Stuhles, seit 1909)
ACD	Arbeitsgemeinschaft der Christengemeinden Deutschlands (194f)
ACK	Arbeitsgemeinschaft christlicher Kirchen in der BRD und Berlin (West) (228ff)
AG	Ad gentes, Dekret über die Missionstätigkeit der Kirche des II. Vatikanums (85ff u. ö.)
AK	Anglikanische Kirchengemeinschaft (205ff)
AKID	Alt-Katholischer Internationaler Informationsdienst (203)
APU	Evangelische Kirche der altpreußischen Union (122f)
AR	Allgemeine Regeln (des John Wesley) der Methodistenkirche (149ff)
BEFG	Bund Evangelisch-Freikirchlicher Gemeinden (161ff)
BFeG	Bund Freier evangelischer Gemeinden in Deutschland (188ff)
BfG	Bund freikirchlicher Christen (161ff)
BGB	Bürgerliches Gesetzbuch
Bilanz	Bilanz der Theologie im 20. Jahrhundert, hg. v. H. Vorgrimler/R. V. Gucht, 3 Bde u. Ergänzungsband, Freiburg 1969–70
BRD	Bundesrepublik Deutschland
CCIA	Kommission der Kirchen für Internationale Angelegenheiten des Ökumenischen Rates der Kirchen (239f)
CD	Christus Dominus, Dekret über die Hirtenaufgabe der Bischöfe des II. Vatikanums
CFK	Christliche Friedenskonferenz (237)
CIC	Codex Iuris Canonici (Gesetzbuch der Römisch-katholischen Kirche) (73ff u. ö.)
Conc	Concilium, Internationale Zeitschrift für Theologie (seit 1964)
ConcOec	Conciliorum Oecumenicorum Decreta, hg. v. J. Alberigo u. a., Bologna [3]1972
CP	Communio et Progressio, Paul VI.: Pastoralinstruktion vom 23. 5. 1971 über die Instrumente der sozialen Kommunikation (95f)
DDR	Deutsche Demokratische Republik
DEA	Deutsche Evangelische Allianz (142ff)
DEK	Deutsche Evangelische Kirche (127)

DEKT	Deutscher Evangelischer Kirchentag (136f)
DH	Dignitas humanae, Erklärung über die Religionsfreiheit des II. Vatikanums
DÖSTA	Deutscher Ökumenischer Studienausschuß (229)
DS	Enchiridion Symbolorum, hg. v. H. Denzinger/A. Schönmetzer, Freiburg ^{35}1973
DV	Dei Verbum, Dogmatische Konstitution über die göttliche Offenbarung des II. Vatikanums
DW	Diakonisches Werk der Evangelischen Kirche in Deutschland (130ff)
EAK	Evangelisch-altreformierte Kirche (145f)
EFBU	Europäisch-Festländische Brüder-Unität (Herrnhuter Brüdergemeine) (172ff)
EFT	Evangelische Franziskaner-Tertiaren (141)
EHO	Evangelischer Humilaten-Orden (140)
EKD	Evangelische Kirche in Deutschland (127ff)
EKU	Evangelische Kirche der Union (122f)
EMB	Evangelische Michaelsbruderschaft (141)
EmK	Evangelisch-methodistische Kirche (146ff)
EMW	Evangelisches Missionswerk e.V. (133)
Enz.	Enzyklika
epd	Evangelischer Pressedienst
FeG	Freie evangelische Gemeinde (190ff)
FEST	Forschungsstätte der Evangelischen Studiengemeinschaft, Heidelberg (136)
GE	Gravissimum educationis, Erklärung über die christliche Erziehung des II. Vatikanums (92f)
GEG	Glaubensartikel der Evangelischen Gemeinschaft (148ff)
GEP	Gemeinschaftswerk der Evangelischen Publizistik (134f)
GMK	Glaubensartikel der Methodistenkirche (148f)
GS	Gaudium et spes, Pastoralkonstitution über die Kirche in der Welt von heute des II. Vatikanums (47ff u.ö.)
HK	Herder-Korrespondenz, Freiburg
HThG	Handbuch theologischer Grundbegriffe, hg. v. H. Fries, 2 Bde, München 1962–63
HPTh	Handbuch der Pastoraltheologie, hg. v. F. X. Arnold u.a., 5 Bde, Freiburg 1964–72
IBK	Internationale Bischofskonferenz der alt-katholischen Bischöfe der Utrechter Union (201ff)
IDEA	Informationsdienst der Deutschen Evangelischen Allianz (142)
IM	Inter mirifica, Dekret über die publizistischen Mittel des II. Vatikanums (95f)
IOB	Internationale Ökumenische Bibliographie, München/Mainz 1967ff
KBG	Konferenz Bekennender Gemeinschaften in den evangelischen Kirchen Deutschlands (126f)
KED	Arbeitsgemeinschaft Kirchlicher Entwicklungsdienst (131f)
KKD	Kleine Katholische Dogmatik, hg. v. J. Auer/J. Ratzinger, bisher 6 Bde, Regensburg 1970–78

KNA	Katholische Nachrichten-Agentur
KO	Kirchenordnung
KVGO	Kirchliche Verwaltungsgerichtsordnung (107)
LG	Lumen gentium, Dogmatische Konstitution über die Kirche des II. Vatikanums (31ff u.ö.)
LThK Vat	Lexikon für Theologie und Kirche: Das Zweite Vatikanische Konzil, Dokumente und Kommentare, 3 Bde, Freiburg 1966–68
MdKI	Materialdienst des Konfessionskundlichen Instituts Bensheim
Mm	Mater et magistra, Johannes XXIII.: Enzyklika vom 15.9.1961 (97ff)
MySal	Mysterium Salutis, Grundriß heilsgeschichtlicher Dogmatik, hg. v. J. Feiner/M. Löhrer, 5 Bde, Einsiedeln/Köln 1965–76
NA	Nostra aetate, Erklärung über das Verhältnis der Kirche zu den nichtchristlichen Religionen des II. Vatikanums
NR	J. Neuner/H. Roos: Der Glaube der Kirche in den Urkunden der Lehrverkündigung, hg. v. K. Rahner, Regensburg ^{9}1971
OE	Orientalum Ecclesiarum, Dekret über die katholischen Ostkirchen des II. Vatikanums
ÖRK	Ökumenischer Rat der Kirchen (231ff)
OT	Optatum totius, Dekret über die Ausbildung der Priester des II. Vatikanums
PC	Perfectae caritatis, Dekret über die zeitgemäße Erneuerung des Ordenslebens des II. Vatikanums
PO	Presbyterorum ordinis, Dekret über Dienst und Leben der Priester des II. Vatikanums
Pp	Populorum progressio, Paul VI.: Sozialenzyklika vom 26.3.1967 (97ff)
Pt	Pacem in terris, Johannes XXIII.: Enzyklika über den Frieden unter allen Völkern vom 11.4.1963 (97ff)
Qa	Quadragesimo anno, Pius XI.: Sozialenzyklika vom 15.3.1931 (96ff)
RGdF	Religiöse Gesellschaft der Freunde in Deutschland (Quäker) (182ff)
Rn	Rerum novarum, Leo XIII: Enzyklika über die Arbeiterfrage vom 15.5.1891 (96ff)
Rohrbasser	Heilslehre der Kirche. Dokumente von Pius IX. bis Pius XII., hg. v. A. Rohrbasser, Freiburg (Schweiz) 1953
SB	Sydower Bruderschaft (140f)
SBEG	Grundsätze moralischen und sozialen Handelns der Evangelischen Gemeinschaft (149ff, 157ff)
SBMK	Soziales Bekenntnis der Methodistenkirche (149ff, 157ff)
SC	Sacrosanctum Concilium, Konstitution über die heilige Liturgie des II. Vatikanums (35ff u.ö.)
SELK	Selbständige Evangelisch-Lutherische Kirche (143ff)
SM	Sacramentum Mundi, hg. v. K. Rahner u.a., 4 Bde, Freiburg 1968–69
StGB	Strafgesetzbuch

Synode	Gemeinsame Synode der Bistümer in der Bundesrepublik Deutschland. Offizielle Gesamtausgabe. Bd. I: Beschlüsse der Vollversammlung, Bd. II: Arbeitspapiere der Sachkommissionen, Freiburg 1976–77
TRT	Taschenlexikon Religion und Theologie, hg. v. E. Fahlbusch, 4 Bde, Göttingen ³1978
UR	Unitatis redintegratio, Dekret über den Ökumenismus des II. Vatikanums
Utz-Groner	Aufbau und Entfaltung des gesellschaftlichen Lebens. Soziale Summe Pius XII., hg. v. A. F. Utz/J.-F. Groner, 3 Bde, Freiburg (Schweiz) 1954–61
VEF	Vereinigung Evangelischer Freikirchen in Deutschland (226ff)
VELKD	Vereinigte Evangelisch-Lutherische Kirche Deutschlands (123f)
WCH	World Christian Handbook, hg. v. H. Wakelin Coxill/K. Grubb, London 1967